U0552091

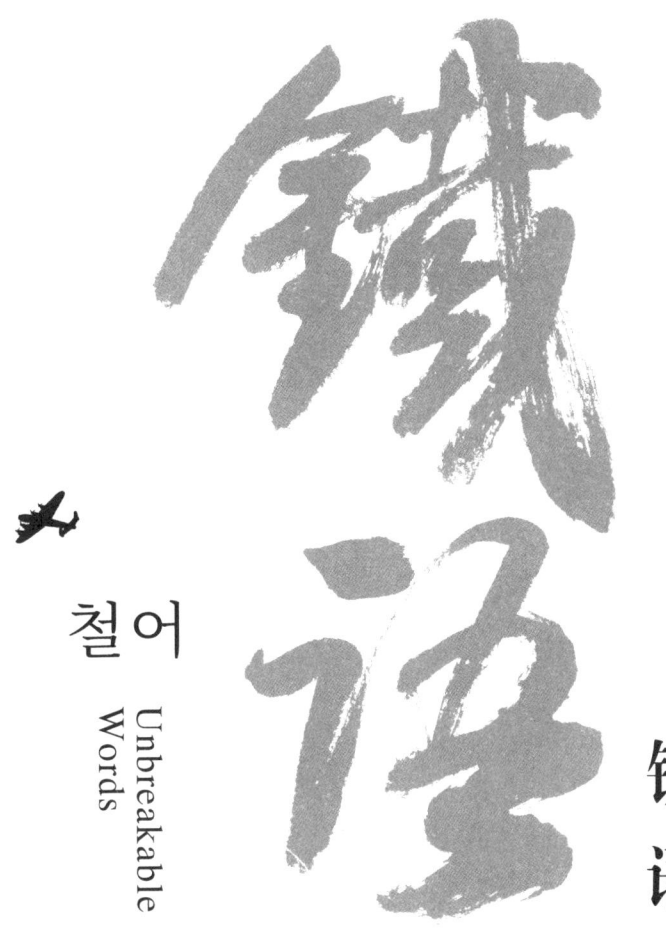

张新科 著

铁语

철어

Unbreakable Words

江苏凤凰文艺出版社

图书在版编目（CIP）数据

铁语 / 张新科著. -- 南京：江苏凤凰文艺出版社，
2025. 6. -- ISBN 978-7-5594-9605-8
Ⅰ. I247.5
中国国家版本馆 CIP 数据核字第 2025UC4540 号

铁语

张新科　著

出　版　人	张在健
策 划 编 辑	于奎潮
责 任 编 辑	孙楚楚　方盛岱
封 面 题 字	孙晓云
装 帧 设 计	嫁衣工舍
责 任 印 制	杨　丹
出 版 发 行	江苏凤凰文艺出版社
	南京市中央路 165 号，邮编：210009
网　　　址	http://www.jswenyi.com
印　　　刷	南京新洲印刷有限公司
开　　　本	718 毫米×1000 毫米 1/16
印　　　张	38
字　　　数	530 千字
版　　　次	2025 年 6 月第 1 版
印　　　次	2025 年 6 月第 1 次印刷
书　　　号	ISBN 978 - 7 - 5594 - 9605 - 8
定　　　价	72.00 元

江苏凤凰文艺版图书凡印制、装订错误，可向出版社调换，联系电话 025 - 83280257

目　　录

第 1 章　上海　/ 1

第 2 章　上海　/ 10

第 3 章　上海　/ 18

第 4 章　上海　/ 27

第 5 章　上海　/ 36

第 6 章　上海　/ 45

第 7 章　上海　/ 54

第 8 章　上海　/ 63

第 9 章　上海　/ 72

第 10 章　上海　/ 82

第 11 章　上海·嘉兴　/ 91

第 12 章　上海·嘉兴　/ 99

第 13 章　沪嘉铁路线上·嘉兴　/ 108

第 14 章　嘉兴　/ 116

第 15 章　嘉兴　/ 124

第 16 章　嘉兴　/ 132

第 17 章　嘉兴　/ 141

第 18 章　嘉兴　/ 150

第 19 章　嘉兴　/ 159

第 20 章　嘉兴　/ 169

第 21 章　嘉兴·上海　/ 179

第 22 章　上海·杭州　/ 188

第 23 章　杭州·嘉兴　/ 197

第 24 章　杭州·嘉兴　/ 207

第 25 章　嘉兴·上海　/ 216

第 26 章　嘉兴·海盐　/ 226

第 27 章　嘉兴·上海·海盐　/ 235

第 28 章　海盐　/ 243

第 29 章　海盐·嘉兴·上海　/ 252

第 30 章　上海·海盐　/ 261

第 31 章　海盐·嘉兴·严家浜　/ 270

第 32 章　严家浜·嘉兴　/ 279

第 33 章　嘉兴·嘉兴至苏州运河上·吴江　/ 288

第 34 章　镇江·杭州　/ 297

第 35 章　杭州·镇江·南京　/ 306

第 36 章　南京　/ 315

第 37 章　南京·镇江·上海　/ 322

第 38 章　镇江·嘉兴　/ 332

第 39 章　嘉兴·镇江　/ 341

第 40 章　镇江　/ 350

第 41 章　镇江　/ 360

第 42 章　镇江·南京　/ 368

第 43 章　南京　/ 377

第 44 章　南京·上海　/ 386

第 45 章　南京　/ 394

第 46 章　南京　/ 402

第 47 章　武汉　/ 412

第 48 章　武汉·长沙　/ 417

第 49 章　长沙　/ 425

第 50 章　长沙　/ 434

第 51 章　长沙　/ 443

第 52 章　长沙·广州　/ 452

第 53 章　广州·重庆·柳州　/ 462

第 54 章　重庆·柳州·綦江　/ 470

第 55 章　重庆·綦江　/ 479

第 56 章　綦江·重庆　/ 488

第 57 章　重庆·綦江　/ 496

第 58 章　綦江　/ 506

第 59 章　綦江　/ 515

第 60 章　綦江·重庆　/ 523

第 61 章　重庆　/ 532

第 62 章　重庆　/ 541

第 63 章　重庆·贵州凤凰山　/ 549

第 64 章　贵州凤凰山·长沙·上饶·重庆　/ 558

第 65 章　重庆·西安　/ 566

第 66 章　西安·重庆　/ 576

终　　章　重庆·上海　/ 586

第1章　上海

江南四月,春寒尚峭。

1932年孟夏之初,烟锁黄浦江边柳,槐月和风拂面柔。被冗长的凛冽拘抻一冬的人们,匆匆褪去厚重的棉衣,换上夹袄、布褂、西服、旗袍,宛如破茧的虫蝶,振翅扑入那云霞翠轩似的繁华。

27日午后四时许,一抹阳光穿过梧桐树青翠欲滴的嫩叶,洒于街边楼宇,光影交错。虹口公园内,游人稀少。公园大草坪的一隅,两男两女在放风筝。偶有路人匆匆一瞥,只当是几个闲散少爷带着玩伴出来踏青。四人中个头最高的青年手握风筝线,眼中闪烁着孩童般的兴奋。身旁身材修长、面容俊朗的崔立骏正稳稳举着风筝。

"准备,跑!"看着三位同伴,崔立骏微笑着喊了一声。

牵线的小伙手指骨节分明,闻声疾奔。风筝御风而飞,姑娘们抛却矜持,笑若银铃。风轻抚着她们的面庞,碎发调皮地张扬着,在余晖的亲吻下令人迷恋。

两个约莫二十三四岁的姑娘,奔跑一会儿便累得气喘吁吁。扎着麻花辫的女生喘着气说:"熙媛,别跑了,歇会儿吧。"叫林熙媛的姑娘留着齐耳短发,上身穿着粉色高领毛衣,下配蓝色微喇裤子,脚蹬黑色漆皮鞋,显得洋气雅致。林熙媛停了下来。

"上学时有体育课,闲时也经常跑步,毕业以后很少锻炼了。"李东禾揉着腰,嘟嘟囔囔辩解着。

"两个半斤八两,各家归去不须嗔。"两个人嬉戏对望,言不尽意地唱道。林熙媛和崔立骏刚结婚半年,仍算新婚燕尔。今天在崔立骏的鼓动下,四个青年人一起出来,演绎起"忙趁东风放纸鸢"来。

"哎,风筝起来了,快来!"执线的尹英魁一边不停地拉着风筝,一边朝三个同伴挥臂招呼。

草坪中央,一群人俯首默工。地上已被他们挖出几个深坑,紧接着几根柱子也被竖了起来。从外部框架看,好似在搭建高台。尹英魁牵着风筝围绕几个工人在周边肆意地奔跑着。工人干累了,偶尔也会直起腰来,茫然地看看奔跑的年轻人,仰头短暂地望向高飞的风筝,脸上浮现向往的神情。那可能是他们永远也触及不到的高度。

四个人正玩得兴会淋漓,"嘀嘀!嘀嘀!"一阵刺耳的喇叭声将宁静祥和生生地撕了一道口子。两辆车子从外面冲了进来。打头的一辆是三轮摩托,蛮横地开出一条路,紧接着是辆黑色轿车。两辆车一直开到施工现场边上才戛然停下。摩托车上跳下三个人,一人小跑至轿车旁哈着腰去开车门,另两人向着尹英魁的方向狂奔而来。

"滚!快滚开!"两个人边跑边猖獗地挥手驱赶,阴冷地叫嚣着。

轿车门打开,走出一个蓄着小胡子的日本军官。尹英魁一眼认出此人正是侵华日军陆军大将兼上海占领军总司令井川重泽。这几天,他天天盯着从报纸上剪下的井川重泽的照片,反反复复看,看完嘴巴看鼻子,看完鼻子再看眉毛,看到最后,仅凭一片唇或者一撇眉,他也能认出人来。

蛰伏多日,今天终于见到了"目标"。尹英魁下意识攥紧双拳,牙关紧咬。他驻足在草地上,忘记奔跑,忘记再去扯风筝线。此刻,他的力量都化作锋利的剑,藏进眉宇里,像是要把对方撕碎。风筝在他背后摇摇晃晃一阵后,咻的一下从天上栽了下来。

时间仿佛凝固。看着不断靠近的两个日本士兵,崔立骏立马拉着他转身,小声道:"别忘了金先生的叮嘱,快离开!"崔立骏佯装惊恐,拉着尹英魁就跑。

两个日本士兵看到他们跑开,以为只是几个贪玩的年轻人,不再追赶。

四个人一路跑着出了公园,断线的风筝早不知去向。

"不行了,跑不动了。"李东禾弯腰捂着胸口,喘得上气不接下气。林熙媛则停下来直接坐到路边一块石头上,脸涨得通红,不停用手帕擦着从额头流向脸颊两侧的汗水,鼻尖的一颗痣衬得鼻梁更加高挺。

望着尹英魁,崔立骏面有愠色:"鲁莽冒失,定会因小失大,回去怎么跟金先生交代?"

"道理我懂,可我一看到那个老贼,就恨不得立马……"尹英魁攘袂扼腕道。

"小不忍则乱大谋。金先生让你今天做什么,我不会问,但不知你今天的任务完成没有?"崔立骏急切地询问。

尹英魁恍然一怔,注视崔立骏片刻,狡黠地点了点头。

4月29日,虹口公园。

上午十时,侵华日军将在此庆祝"天长节",同时举行"淞沪战役祝捷大会"。

大清早,天空阴沉沉的,但满天乌云也未能阻挡狂热分子的热情。自卯时起,携壶提盒、手擎日章旗的日本侨民,便从四方如蚁聚般涌至。虹口公园周遭,警戒线森然布列。两队荷枪实弹的卫兵,一为步卒,一为骑兵,目光冷峻,睃巡于攒动人群。

远远望去,一个穿着日本军服的军官,带着三四个人,也在公园里四处巡视。此人眉眼清秀,身材挺拔,犀利的眼光横扫着四周。他身后的几个人明显忌惮他,在离他不远不近的位置紧随着,一副小心谨慎的模样。

人潮虽涌,安检未懈。公园入口处,排着长长的三支队伍。两支男队一支女队,每支队伍分别有两名保安进行检查。在这长长的队伍中,有位日本少爷模样打扮的年轻人,肩上挂着水壶,手里提着饭盒,伴随队伍慢慢地向前移动着。这位个子高大的年轻人站在普遍矮小的日本人中间,颇有几分鹤立鸡群的感觉。年轻人带着漂亮的女同伴,脸上挂着浅笑,与女伴聊天的间隙不时转脸向四周瞥上一眼。

仔细一看,此人正是前几天在此放风筝的尹英魁。娇俏"女伴",则是李东禾。

队伍慢慢向前蠕动。尹英魁从口袋里掏出怀表看了看,已经八点四十。他皱了皱眉,心中泛起一阵焦躁。旁边女队中有两个日本妇女正在聊天,尹英魁从小就学习日语,听起来毫无障碍。

一个说:"看到了吗?那个趾高气扬的军官,虽然穿着男装,但其实是个女人,叫绫子,在司令部工作。上次我先生带我参加一个聚会,她也去了,先生告诉我的。"

"您说的是特高课的绫子吧,是很厉害的一个女人啊!"另一个附和道。

"还有跟着她的那几个人,都是厉害角色。胖一点的叫佐藤,瘦子叫山本。其他的也都是特高课的。"

"女人能当特高课的头,肯定有过人之处。我们不能和她比,只需要在家做好吃的饭菜,把家里收拾得整洁,等待男人回来就好了。"两个日本女人仿佛达成共识般,咻咻笑了起来。

尹英魁跟随队伍向前挪动。他像猎犬般蛰伏着,不动声色地把听见、看见的一切都无一遗漏地铭记心间。离入口还有十米远时,尹英魁像恋人般亲昵地贴近李东禾的耳旁,低声说道:"东禾,我今天一个人就能完成任务,你不要进去了,快回去吧!"

"不行!金先生要我陪你来,我不能走。"

"东禾,我一个人就够了,请相信我。你今天就离开上海,走得越远越好。"

李东禾还想据理力争,尹英魁脸色一变,突然大声惊叫起来:"忘了,忘了,昨天买的哮喘药,今天要给外婆送去的。"

周围人的目光一下子集聚到了两人身上。李东禾知道,尹英魁这是使计逼自己离开。

"下午再送给外婆不行吗?"

尹英魁拍了拍李东禾的肩膀,用几乎哀求的口气说道:"静子,真的不行啊,没有药,外婆会出事的。"

李东禾已无转圜之地。

"晓得了,晓得了,我,我这就回去送药!"众目睽睽之下,李东禾只得妥协,转身离去……

终于轮到了尹英魁。

他微笑着走到入口处,熟练地用日语和检查人员寒暄问好,又微笑着朝他们挥了挥太阳旗。

两个检查人员神色冷峻,视若无睹。搜身结束,尹英魁正要离开,一个阴沉的声音突然响起:"慢着!"尹英魁瞬间感觉到强烈的焦灼感像冰冷的蛇,牢牢地缠绕住了他。沉吟片刻,他循着声音,缓缓转过身,用地道的日语满脸疑惑地问道:"怎么了?"检查人员指了指他手中的饭盒:"你的饭盒为什么这么大?"

尹英魁拍了拍自己的饭盒,赧然一笑,做出恍然大悟的表情:"你看我,个头这么高,饭盒小了,填不饱大肚皮啊。"

周围的人一听都哈哈笑了起来。凝固的空气变得轻松了些许。

尹英魁作诚恳状说:"长官,要不要打开给你看看?"说罢,一副手忙脚乱的样子,试图掰开饭盒递给长官过目。

检查人员听尹英魁说得颇有道理,外加看到后面的队伍实在太长,便摆手道:"别啰嗦了,进去吧!"尹英魁连点了三下头,鞠躬并道了声"阿里嘎多(谢谢)",然后气定神闲地进了公园。

他不敢大口喘气,只得做出泰然自若的模样匀速向前走着,生怕过快的步伐或者长舒的气息会引起下一场惊涛骇浪。

此时,另一支队伍里,崔立骏也在排着队。尹英魁的一举一动尽入他眼睛余光。看到尹英魁一番周折后进入公园,崔立骏遂向远处轻挥一下手。不一会儿,远处一个姑娘喊了一声"Darling(亲爱的)",崔立骏欣喜地应了一声,手提水壶和饭盒迅速跑了过去。

两人拥抱在一起,女孩轻声问道:"立骏,事情办好了?"

"嗯。赶紧走！"

问话的姑娘正是林熙媛，他们今天的任务就是配合尹英魁进入公园。至于崔立骏和尹英魁执行什么任务，林熙媛一概不知。

现在任务完成，可以离开了，但林熙媛突然说今天这么热闹的活动，作为记者她不想离开。

林熙媛的任性，打破了原定的计划。崔立骏只好再次劝阻一番，不过还是不起作用，只好勉强答应两个人留在外围，就近观察一会儿再走。

尹英魁在公园里漫不经心地游逛，其实内心早已惊涛拍岸。他明白自己肩荷重任，刚才与金先生道别的画面不时在他脑海中闪现……

时间回到五个小时前的清晨六点。

黎明时分，天空覆盖着厚厚的云层，不似往日曙光明媚。尹英魁想起从前，每当这个时候，母亲已经准备好一天的饭食，站在门口送他上学或者去工作。尹英魁没有被丝丝缕缕蹿出的乡愁困住，而是果断地吐掉口中的香烟，抬头往上看，天空阴云密布，黑压压的好似浓得化不开的墨汁，他只觉得暴雨即将来临。

此时，在法租界马浪路一个不起眼的里弄内，一个普普通通的住户家中，一老一少两个人正吃着崔立骏精心准备的早餐。年长者五十多岁，头发花白，穿着中年男人常穿的长袍。年轻点的穿着合身笔挺的西服，打着酒红色的领带，精神头十足。他们面前摆着泡萝卜、泡白菜等小菜，还有海带汤、炒年糕，比较显眼的是中间一大盘辣炒牛肉，用银色的盘子装着，牛肉外焦里嫩，还置了不少辣椒。很明显，这些饭菜是韩国人的饭肴。

年长者指着桌子上的饭食，夹了一筷子牛肉到年轻人的碗里，又看了一眼站在门外的崔立骏，低声道："这是立骏费尽周折找人特意做的家乡菜，你今天就好好享用吧。"

年轻人将一块牛肉咽下，话语略带滞涩地说道："先生，地道的家乡味，谢谢您的款待。"说着他放下筷子，对着年长者直起身，又微微躬身。凝固的空气和沉重的心情似乎让两人都难以开口。

"海带汤在家乡一般是过生日的时候才会端上桌,我记得姐姐烧的海带汤非常好喝……我很久没有喝到了……"被叫作先生的人听到此话,几乎哽咽。

"英魁,我们今天所做的一切,就是为了孩子们将来能安安静静地吃饭喝汤。"

被称作"先生"者叫金凡,是"韩人爱国团"的团长。金凡流亡中国上海,曾一度负责组建和训练特务队,执行特别抗日暗杀活动。

也许是为了缓和紧张不安的气氛,年轻人咧嘴笑了笑说:"在我的家乡,辣白菜在立冬前就会腌制好,一顿饭我能吃一碗。先生,今天我去做的事情只是一弹指顷之艰难,您今后的工作定是千险万难,万望珍重!"

金先生想笑笑以缓解凝重,脸上肌肉剧烈地抽搐了几下,挤出的神情比哭更凄楚。他面前这朝阳一样的青年,就要奔赴死地,即将与他炽热地深爱着的世界分别了,寸心如割。但他只能悲伤片刻,旋即决然道:"我们必前赴后继直至胜利!"

尹英魁庄严地点了点头,朝着祖国的方向拜礼,一股力量充盈全身:"先生,将来您回到祖国,定要在大地上撒上金灿灿的种子,让人民吃饱饭。"

"咯吱咯吱",尹英魁使劲地咀嚼着牛肉,不停地深呼吸,用心体会着牛肉的口感、香味。两颊被食物撑得高高鼓起。他知道,不出意外,这将是自己在这个世界上的最后一顿餐饭。今天就要和热爱的一切永诀了,怅然的情绪笼罩了他,一丝犹豫升腾而起。可一想到祖国的危亡、人民的屈辱……总要有人用命来斗争和挽救,一腔热血陡然涌上心头。"死去何所道,托体同山阿!"在心中,尹英魁凛然地告诉自己。

这间房子,是崔立骏临时租下来的。昨天下午,他专程去了一家东北延边人开的饭馆,预订了几样朝鲜饭菜。牛肉是崔立骏特意嘱咐老板清晨现切的,放进熬了两个时辰的高汤里又炖了整整两个钟头。尹英魁最喜吃辣白菜叶,软软的能包得住肉,崔立骏便叮嘱老板一定要把白菜帮去掉。

金先生给自己连续安排的几项任务，崔立骏虽心中大致有数，却也未曾细究。对于尹英魁，仅仅是半个月以来，两人在金先生这边见了几次面，但并没有打过太多交道。以前，崔立骏时不时地见衣衫褴褛的尹英魁挑着担子在虹口一带卖菜，偶尔还因菜价与买菜的主妇们争吵一番，十足菜市口小商贩模样。但无人留意，多日不见，街角的菜贩已摇身变成了身姿高挺、西装革履的公子。

金先生和尹英魁两人在屋内的时候，崔立骏站在弄堂暗处负责警戒，像一头猎豹，敏锐地洞察着四周的一切。

崔立骏一边观察，一边把最近半个月来发生的事情在心里捋了一遍。几件事在脑海里就像地图的碎片，一一浮现出来，啪的一下凑成了完整的形状。崔立骏一身冷汗，抬头望向还亮着灯光的窗户，禁不住自言自语道："今天，将有大事发生！"

此刻，尹英魁就着泡菜，大口吞嚼着辣炒牛肉和石锅拌饭。这时的他，品尝的仿佛不是食物，而是他的青春时光。

看见金先生招手，崔立骏走进屋内。

见尹英魁吃得津津有味，崔立骏心里得到了安慰。他转脸看了一眼金先生。金先生望着房顶，出神沉思。此刻，崔立骏明白，眼前的尹英魁定是让金先生联想起了二十一岁的自己，那藏匿于屋檐之下的灼灼目光如箭一般冲破屋顶，直射万里之外的韩国，最终的聚焦之处定是安岳鸥河浦。在那里，他亲手杀死一个日本军官，然后找来纸笔，写了一张"为国母复仇而杀此寇"的布告，端端正正贴在大门口后，大摇大摆回到家中从容被捕……

崔立骏看时间已经不早，咳了一声将金先生拉回现实。金先生拼命眨了眨眼睛，擦拭掉眼眶里滚烫的泪，平缓了一下思绪，目光又落回到正在大口吃饭的尹英魁身上。

这一刻，金先生不忍直视这个年轻人。同时，他也想到了自己今后的处境。倘若今日事成，将会改变他和上海所有韩国人的处境。但不是变好,是更加艰难,甚至是兵已在颈、百死难生。但开弓没有回头箭,中国人和韩国人太需要一场壮举狠狠打击日本人的嚣张气焰了。

尹英魁吃完饭,满足地伸了一个懒腰,微笑道:"先生,我吃饱了。"

"饱了就好!"金先生拍了拍尹英魁的肩膀,"那我们开始准备。"

第 2 章　上海

　　遵照金先生的交代，崔立骏把碗盆收拾停当，空出桌子，悄然退了出去。站在门外的崔立骏看似漫不经心靠在窗边，百无聊赖地踢着脚下一块石子，实则警惕地观察着周围的动静。除了偶尔从巷口暗处传来的凌乱脚步声和让人心烦的犬吠声，其他一切正常。

　　房间内，光线依旧昏暗。金先生小心翼翼地从地板下拿出两个小包裹，揭开外面的一层布，里面还有一层油纸包裹着。随着一层层包装剥开，尹英魁的心也跟着一点点收紧，最后出现在他面前的是一个午餐饭盒和一个户外活动用的水壶。

　　看着这两样东西，尹英魁心领神会。因为就在前几天，日本人办的报纸《上海日日新闻》上刊登了一则消息，凡参加天长节祝捷大会的人，可以携带午餐饭盒、水壶和一面太阳旗。

　　金先生点了点头，语气坚定地说道："这是我托人做的炸弹，只有这两样东西才有可能带进去。"

　　"李东禾负责掩护你行动，陪你进入公园。"金先生说。

　　尹英魁点了点头。

　　金先生的目光在年轻人身上停留，细细打量，发现今天的尹英魁的确不一样，自己昨天给了他一点钱，让他好好洗个澡，买好衣服鞋子，按照日本年轻少爷的样子打扮一番。今天他头发梳得光滑，穿着熨烫好的西装，领带也系得端端正正，果然玉树临风。这不免又让金先生心里生出几分难过，他即将要把一条年轻的鲜活的生命推进万劫不复的深渊。

　　金先生取出两枚炸弹，示意尹英魁用手掂一掂重量，然后告诉他："引线拉开后，一定要在三秒之内投出去。第一个爆炸后，肯定有人盯上你，要尽快把第二个也投出去。"

金先生的话音很低沉,因为他已经预料到最坏的结果。年轻人静静地听着,果决地点点头。

"如果第二个炸弹来不及投出去,知道怎么办吗?"

尹英魁掷地有声地回答:"自爆!我早已经做好了为祖国献身的准备。"

这一点,金先生确信无疑。金先生了解尹英魁——他三岁时,日本吞并朝鲜。等到懂事时,家族大人们给他说得最多的话就是不当亡国奴。成年后,怀着对日本人的刻骨仇恨,他发奋学习,精通日语,熟悉日本人的风俗和生活习惯,一直致力于抗日活动。他来上海,不为别的,就为寻找诛寇报国之机。

尹英魁从内衣口袋里掏出一封信,交给金先生:"先生,这是我给父母妻儿的信,请您代为转交。"

金先生郑重地点点头,接过信,捂在胸口上:"放心,我一定送到他们手上。"

尹英魁出门后,脸上挂着粲然笑容,拍了两下崔立骏的肩膀。崔立骏朝尹英魁微微一笑,往前走了几步,打开车门,迎尹英魁上车。

尹英魁快步走向车子,刚准备上车,突然停住脚步,回转过身来把自己的表取了下来,转身递给金先生:"先生,这是用您的钱买的,花了六块大洋。您的表旧了,我们换换吧?"

金先生心中悲痛,拦住尹英魁,低声说道:"你还是留着吧!"

"再过几个小时,这表对我就没有任何用处了。"尹英魁说完强行拉过金先生的手,把表塞入了他的手中。

"祖国和人民会永远记得你。"金先生说完,把自己的旧怀表掏出来交到尹英魁手中。

双手捧着带有金先生体温的怀表,叠在胸口,尹英魁向金先生深深地鞠了一躬:"先生,您要多加保重,国家独立之时,必是您踏上国土之日,我们一定会再见。"

说完，尹英魁挥了挥手，向前走了几步，蓦地转身，目光如炬朗声道："祖国独立之日，烦请先生让我妻儿斟满酒，高举太极旗到我的坟前，告诉我祖国自由了。"

跨步上车，尹英魁再不转头，雕塑般肃坐着。

崔立骏立于身旁，他已经明白尹英魁要去执行什么任务了。尹英魁重重地拍了拍崔立骏，两人如火般对视一眼，崔立骏浑身感受到一股振奋莫名的力量。

崔立骏拍了一下车门，司机驾驶车子像离弦的利箭一般，向着虹口公园的方向飞驰而去……

九点三刻，日本海军司令官久保寺次郎带着一众卫兵来到了会场。

十几分钟后，乐队奏响日本军乐，一行六辆车轰隆隆开了进来。所有参会的人全体起立，引颈眺望，井川重泽在森严的护卫之下进入会场。拥挤的日本侨民看到井川重泽的身影，发出震耳欲聋的欢呼声。井川重泽等人在第九师团长扇谷曾和的陪同下，先对站立的军队检阅一番，然后登上检阅台。

尹英魁并没有像其他人那样尽情欢呼，而是一边随意地走动，一边注意观察四周。因为之前听过两个日本女人的聊天，所以他特别留意绫子和其手下的行踪。

随着一个个重要人物的接踵入场，人群如水波般徐徐流向检阅台。尹英魁也随着人潮一步一步逼近检阅台边。检阅台上，并排站着井川重泽、扇谷曾和、久保寺次郎、日本驻华公使三本杉和驻沪总领事冈川西尾，另外还有日本居沪留民团行政委员长北条小沼、秘书长小菅次贺等要员。同时到场祝贺的驻沪各国外交官也被三本杉和滨尾垣见作为贵宾请上了检阅台。

正对检阅台的，是被指定接受检阅的日军第九师团所属部队。陆军的山炮、榴弹炮、迫击炮、坦克车、装甲车、铁甲车等一字排开，耀武扬威地向人们展示着第九师团的实力。于他国疆土之上这般肆意炫耀，强盗行为如卑劣禽兽。隐蔽在人群中的尹英魁看到这一场景,不由血脉偾张。

最先举行的,是阅兵仪式。众人各就各位后,阅兵总指挥扇谷曾和下令阅兵开始,一行矮小但精壮的日本兵整齐地踏着步伐,穿过检阅台。

随后,在扇谷曾和指挥下,第九师团主力——第十一、第十四师团,军直属部队以及海军和航空兵部队依次通过检阅台,颇具霸道的威风。

一个多小时后,阅兵仪式结束,紧接着举行的就是"祝捷大会"。

这时候,突然狂风四起,黑云压顶,顷刻间白雨跳珠乱入园,一场暴雨倾盆而下。全场人都没有带雨具,检阅台上的人与台下的人一个个淋成了落汤鸡。有人想给井川重泽打伞,却被粗鲁地推到一边。井川重泽抽出自己的指挥刀,划破暴雨,用日语大喊道:"天皇陛下万岁!大日本帝国万岁!"

台下的观众在井川重泽的煽动下变得歇斯底里,咆哮声、呐喊声此起彼伏。然而,如落汤鸡般的各国驻沪外交官,则纷纷告辞,逐次走下检阅台。其实,这些人员离开,并不全是因淋雨,而是因本国政府指令在中日冲突中要严守中立,原本只想参加第一阶段活动,回避"祝捷"的内容,这不期而至的大雨正好给了他们告辞的借口。

望着他们一个个走下检阅台,尹英魁心里暗暗松了一口气。来之前,金先生特意交代他,一定要避开外国外交官,同时也尽量避开参加大会的那些小学生和日本侨民。爱国团行动的目标只有一个——手执屠刀的侵略者!决不能像他们一样把苦难强加于其他无辜者。

看到眼前的情景,尹英魁的内心激荡感慨:"天意如刀,助我杀贼!"他抹了一把脸上的雨水,闪过一丝不易觉察的笑意。

雨越下越大,但丝毫没有浇灭狂热分子的心火。井川重泽、三本杉、久保寺次郎等一个接一个登场,吹嘘日军在淞沪之战中的"赫赫战果"。倭寇们趾高气扬,嘶喊着"武运长久""圣寿无疆",等等。这些人每讲完一小段,台下便响起一片疯狂不已的欢呼。

尹英魁掏出怀表瞥了一眼,时间快到了。尹英魁故作激动地挤到检阅台左角后十米处,也是为了避让绫子。他知道这个身穿日本军服的女人不一般，虽混在人群中，但鹰隼般的眼神时时警惕着周边。检阅台四周，几步开外的地方拦着绳子，相当于警戒线，时刻警示着人们"严禁靠近"。受检阅的队伍已经撤至后面，人们为了看得清楚，大多选择了站在台前正面的位置。

角落里人相对较少，有行动转圜必需的空间。这个地方，是他前天下午放风筝时精心选定的。当时，日本人在这里搭建检阅台，他通过目视和步子测量好几次后，才选准这个地方并且做了标记。而这一切，崔立骏毫不知情。

确定站在最佳位置后，瞬间一阵蚀骨的寒冷袭来，紧接着全身毛孔张开冒出一阵冷汗，尹英魁有点儿眩晕。他重重地紧咬牙关，哆嗦着从西装口袋里掏出烟，将烟叼在嘴里，小心挡着风雨将烟点燃。烟是崔立骏给他买的，他对这个中国小伙子很有好感，稳重老成可靠，虽然有时有点直肠子。

怀表的表针指向十一时三十分，"祝捷大会"进入高潮。各位军政大员演讲完毕，全场一万多名日军官兵和侨民扯着嗓子唱起了《君之代》，所有人的注意力都集中在检阅台上两面巨幅的日本膏药旗上。按照议程，十八架战斗机将作飞行表演，稍后炮兵队还要鸣放礼炮二十一响。

天空的雨，渐渐变得细密。飞机从头顶呼啸而过。引颈观看飞行表演的众人，个个手舞足蹈，得意忘形。此时此刻，只有尹英魁一个人的注意力集中在检阅台上。他敏锐地预感到，苦苦等待的时机终于来了。

在雨雾弥漫和剧烈的心跳声中，尹英魁闭着眼吸了最后一口烟，在脑海中最后一次模拟了扔掷炸弹的动作。

日本人的炮兵部队开始鸣放礼炮，轰隆隆的巨响仿佛是通向地狱的敲门声。

"轰！轰！轰！"第三声礼炮响过，尹英魁拿着水壶的手臂突然向后一伸，紧接着猛力向前甩去。水壶如同一只不归的飞蛾，冲破雨幕，直奔检阅台而去。

眨眼间，水壶准确地落在了井川重泽、北条小沼等人脚下。一行人正站在高台中央，像几只骄傲的鸭子，眼睛齐刷刷地向远处张望。对于突然砸到脚下的水壶，井川重泽只能瞪大眼睛，根本没有时间反应。

"轰隆"一声，天崩地裂。

火光和烟雾之中，高台瞬间垮塌肢解。刚才在台上趾高气扬的一众日寇，随即被裹进灰尘和烟雾之中。井川重泽左侧脸被撕掉一块横肉，血肉粘连，浑身血窟窿，形如竹篓。三本杉被冲击波抛上半空，随后啪的一声重重地摔落在地上，右腿血流如注。

怀表上的时间，定格在上午十一时三十五分。

广场上警笛的嘶鸣，夹杂着歇斯底里的号叫，混乱一片。参加集会的日侨哭喊着、尖叫着如狂流般四处奔逃。一队警卫人员冲向了坍塌的检阅台，另一队人马则开始四处搜索投掷炸弹之人。

涌向检阅台的一路人马冲入烟雾，首先从检阅台下扒出了井川重泽。井川重泽满头满脸全是血，衣服被炸成缕缕碎片，但意识还算清醒，一边喊着："抓，抓，刺客！"一边对卫兵吼叫："去，去，医院！"

其次扒出的是北条小沼。其状更为凄惨，一块挺大的弹片刚好插在他的脖子上，动脉被割开，大股鲜血汩汩地往外冒。一个警卫慌忙之间竟然忘记了训练时的急救要诀，冒失地伸手就把银币般大小的弹片拔了出来。随后，天真的他想用手去捂，堵住血洞，可是没了弹片的阻隔，怎么能堵得住？两个警卫把人抬到草坪上，瞬间工夫，北条小沼两腿一蹬，魂归西天。

爆炸发生时，三本杉同样身受重伤。当时他在台上正得意洋洋地欣赏着"胜利"的战果，从天而降的炸弹击中他左腿，把他抛上半空，又重重地砸在地上。

同时"嗷嗷"大叫的还有久保寺次郎，剧烈的疼痛使他跪倒在地，抖动的双手按着右眼，指缝中汩汩涌出血水，显然弹片嵌在眼眶里了。躺在他身旁的是扇谷曾和，左腿被齐整整炸断。

抓捕"凶手"基本上与抢救工作同时展开。炸弹投掷之后，尹英魁并未离去，反而视死如归地原地站立，振臂高呼："打倒日寇，独立运动万岁!"此时被挤得一团乱的绫子迅速锁定了尹英魁的方向。

"日贼,来抓我啊,我叫尹英魁,我丢的炸弹!"尹英魁一边大义凛然地高声喊道,一边将手伸向携带的另一个饭盒炸弹,决绝赴死之心溢于言表。尹英魁呼喊口号的声音迅速招来了绫子等人。绫子举起手枪,狠命砸向了尹英魁后脑勺。尹英魁一头栽倒在地,红殷殷的鲜血在他的身下漫流铺展。绫子、佐藤和山本扑了过来,瞬间按住尹英魁的四肢。

绫子命令手下带走尹英魁。她自己没有走,而是手持短枪在人群中眼光四扫,继续捕捉她认为可疑的目标。

很快,救护车开了过来,被炸伤的日本军政要员被紧急送往各大医院进行抢救。井川重泽和三本杉被送进平凉路的日本兵站医院。医院马上调集最好的医生、护士进行手术,最终从井川重泽身上取出了204块弹片。手术后的井川重泽被裹得像一具白色的木乃伊,在重症特护病房内苟延残喘了二十几天,终因伤势过重命归黄泉。

"祝捷大会"成了发丧大会,天皇的"生日"成了一众倭寇的"忌日"。

"侨民证!侨民证!"受到冲击的不只是尹英魁这边,广场上也开始大规模地搜捕。大批的日本士兵已嘶叫着分散开来,把广场团团包围。

一个中年女人看到要抓人,恐慌地拔腿就跑,绫子冲至跟前,一脚将她踹倒在地。女人站起来准备再跑,惹怒了绫子。绫子再次将其踢倒,俯下身子抓起女人的右手,展开手面,拔枪对准她的食指和中指连开两枪。女人被打断的两根指头不翼而飞,伤口嘶嘶地冒着鲜血。

女人抖动着残手,呼天号地。

"再跑,我打爆你的脑袋!"绫子持枪顶着中年女人的额头。

一番甄别后,那些能立即拿出日本侨民证的人或者老弱妇孺都一一被放了出去,而那些没有带侨民证或者看起来身强力壮的,或者长相不似日本人的则统统被押上卡车带离现场。

审讯室内,阴森诡谲。

"尹英魁,二十四岁……这就是你的全部口供吗?"绫子缓和一下语气道,"你的同谋还有谁?幕后主使现在藏在哪里?说出来你就可以保住性命。"

尹英魁用尽全身力气缓缓抬起头,凛然地笑了笑。

尹英魁被捕后,绫子亲自审讯,佐藤、山本轮流对尹英魁用刑。尹英魁的胳膊被残忍地拧脱了臼,小腿几乎被打断,身上已经没有一块囫囵肉,赤裸的上身全是血淋淋的鞭痕,脸上几处伤口兀自汩汩淌着鲜血。

"还是老实交代吧!何必受这样的痛苦呢?"绫子手拿皮鞭,不轻不重地扫过尹英魁溃烂的伤口。

"你们这些猪!占我国家,杀……杀我族类,人……人……得而诛之。"尹英魁义愤填膺,双唇颤抖,努力聚集起全身的力气怒斥着。

"绫子小姐,无须和这种人客气,我倒要看看他一身贱骨是不是比刑具还硬。"佐藤恶狠狠地在旁边叫嚣道。

几天下来,鞭打、铁烙、灌辣椒水、竹签扎指甲缝等各种酷刑可谓是无所不用其极。其时,尹英魁已经看不出人样了。

"让他尝尝电流的滋味吧。"绫子轻描淡写地说了一句。

很快,佐藤找来一队人,大包小包拎进牢房,布置电线,测量阈值。导线被缠绕上尹英魁身体,电线上的铁夹子夹住了他的乳头。电流行走在他的四肢百骸,疼痛几乎要击碎他的每一寸皮肤、每一块骨头、每一个细胞,撕裂他的每一根神经。很快尹英魁就感受到了自己裤子里有一股热流,顺着裤腿淌了下来。

看着尹英魁脸部被电击得扭曲变形,绫子捂着嘴巴,嫌恶地嗤笑了一声:"尹君,做英雄只会让你尿裤子,连干净和体面都没有。"

钻心的疼痛让尹英魁几次昏死过去。每当这个时候,日本人就会掐准时间,旁边有人兜头就是一桶冷水倾泻而下。尹英魁连昏迷的权利都没有,但他始终保持沉默,甚至连该有的哼唧声都没有发出。

有人靠近绫子耳边说:"这已经是最大限度了,再下去人就彻底废了。"

绫子盘算着,掩鼻睥睨昏迷过去的尹英魁,抬手示意不必再泼醒。

第 3 章　上海

消停三天，尹英魁被粗暴地清洗了全身。他先是被一桶热水浇透，热水使得被血粘住的衣服可以脱离下来。随后又是一桶热水，几桶热水下来，脚边已经是一摊血水。沉默着一直浇水的牢头内心诧异，没看过人流这么多血还活着。

尹英魁被套上一身干净衣服，又被佐藤和山本押进牢房。

"尹君！请坐。"绫子指着椅子，傲慢地说，"你们这些人太热血，太冲动，有人几句豪言一讲，几句托付一扔，你们就执意头断血流……"绫子顿了一会儿，嘴里慢慢挤出三个字，"太天真。"

她背过身去，开始自己的演说："你们对历史真相还没搞明白，帝国到朝鲜去是天遣使命。自1910年至今，日韩合并已有二十余年，这是不可改变的历史事实。韩国只是一个三千万人口的国家，就算是四万万人口的中国，很快也会成为大东亚共荣圈里的一员。"

绫子凝视着没有反应的尹英魁，继续反问道："你看看眼前，你们这些人搞的独立运动，不过是吃了上顿没下顿，谁愿意接手这个烂摊子？就算炸死井川重泽大将，帝国前进的脚步也不会因为任何人牺牲而停止。"

尹英魁嗤笑了几声，绫子看出来他有反应，往前靠近了一些。"噗！"冷不丁一口口水吐在了绫子脸上。

"强盗！占领他人国家，踩蹦他族子民，侵占他国文化，就是你们的共荣？荒谬至极！"尹英魁的嗓音嘶哑，每说一句都十分艰难。

"八嘎呀路！"山本就要动手，一副日本乡下粗人的模样。

绫子这次并没有动怒，只是悠悠取出手帕，轻轻拭了拭脸庞，随后将手帕扔进垃圾桶里。她见说教洗脑打动不了尹英魁，于是清脆地打了一个响指。片刻之后,美艳的女人端着酒菜走了过来。女人扭动着腰肢,妩媚地把酒杯和菜肴摆到尹英魁面前。

"与皇军合作,美酒和她都是你的!"绫子指着美女和酒食说道。

被捕以来,尹英魁每日所食唯有那稀薄如汤的半碗稀饭,长久未沾油星,腹中早已空空。此刻,珍馐美馔罗列眼前,馥郁香气扑鼻而来。

虽然已经饥肠辘辘,尹英魁抬眼看了眼面前的酒菜,肚子控制不住发出响声,但他立马又冷静了下来。他想起临别前金先生和崔立骏为自己安排的最后一餐,闭眼回味着记忆中家乡温暖的味道。微微一笑后,他再也没看酒菜一眼。

绫子看出了尹英魁的表情,突然说道:"尹君,今天有个人来看你,有话跟你聊几句。"尹英魁看着佐藤带进来一个戴礼帽的年轻人。

"绫子小姐,很荣幸为您效劳!"礼帽男弓起身子,像极了一只蜷曲的虾米,看不清他的样子,只看到他卑怯地弯腰走到绫子身旁。

"眼前这个人,你一定很熟悉吧。你来好好劝劝他。"绫子冷眼看着来者。

来人帽檐压得很低,始终不敢抬头看尹英魁一眼。"遵命!"

来人柔声劝说道:"英魁兄,你想开点吧!人就活这么短短几十年,最不应该的就是跟自己过不去。你想想,要是你母亲看到你这样子,该有多心疼。"尹英魁听到来人的声音,缓缓抬头扫视了对方一眼,只看见帽子盖住了他的半边脸,加上是背光,很难看清戴礼帽者的面孔。

"英魁兄,你一定是受了临时政府的蛊惑,那简直就是个乞丐政府,穷得连房租都付不起,粥都喝不上。咱们都是逃命到上海讨生活的小老百姓,犯不着跟着他们活受罪啊。我们可以共同建设'大东亚共荣圈'。目标达成我们也可以衣锦还乡啊。"

"尹君,有一句话叫'识时务者为俊杰',你的生死荣华全在一念间。但是还有一句话,敬酒不吃吃罚酒,顽抗下去,对你对社会都是罪过!"绫子旁敲侧击。

"来人的声音似曾相识,张口又是自己的名字。但自从被招募进入

'韩人爱国团',见的都是临时政府的核心人物,还会有谁呢?"尹英魁心中又惊又怕,若真是自己猜想的那般,明天过后,自己国人的血又要流满一街道。只在一瞬间的工夫,尹英魁心中有了主意,只听他温声道:"我想喝家乡的米酒!"

难道心动了?绫子有些喜出望外,一边给礼帽男使眼色,一边吩咐香艳的女人赶紧拿酒过来。

"朋友,我不知道你说的什么临时政府,但有一句话叫'大丈夫一人做事一人当',对于你好言相劝的美意,我想和你同饮一杯家乡的美酒,请你作为同乡人送我一程,如何?"尹英魁对着戴礼帽者说道。

来人简直有点不敢相信自己的耳朵,迫切地从女人手上接过酒,说道:"英魁兄,我敬你。"来人虾米般躬着后背向前走近一步,尹英魁终于看清他的面目,原来是和自己有过几面之缘、"韩人爱国团"的外围成员朴泰恒。

只见尹英魁接过酒杯,头一仰将酒全部掀入口中,紧接着,只听噗的一声,尹英魁将口中未咽下的酒连同口里的血污一股脑地喷在了朴泰恒的脸上。

"滚,你这个民族败类,日本人的狗!"尹英魁把手中的酒杯摔在朴泰恒的脚下,整个人旋即向他扑了过去。

尹英魁的一连串动作来得实在过于迅速,不像是一个受刑好几天的人。朴泰恒根本来不及反应,推搡间,帽子掉落地上,面襟也是湿漉漉一片,"你……你……"朴泰恒手指着尹英魁,浑身筛糠似的颤抖着,一个趔趄摔倒在地。尹英魁随手抄起一块酒杯碎片,就要朝着朴泰恒的脖子割去。

"八嘎!"佐藤和山本一拥而上把尹英魁死死按在地上,顿时一通拳脚。

"爆炸案是我一人所为,为的是替国母复仇,为友邦雪耻!"尹英魁视死如归地大声喊道:"你们这群胆小鬼,这群帝国主义的渣滓!你们欠的一笔笔血债,终有一天,我国人民和中国人民会跟你们彻底清算!老子自从想干这件事,就没想着活命。"

半个月后,尹英魁被秘密押解至日本。

4月29日上午,安排崔立骏送走尹英魁之后,金先生和议政院院长李凤吾一起,暂时藏匿于一个韩国朋友家中。

此前,金先生委派安山根等人敲开安昌山、李始荣等所有临时政府要员的家门,只留下一句话——"29日上午十点起,请务必离家,有重大事件发生。绝密,不得外传。"

一切都按金先生的计划有条不紊地进行着。

金先生心沉得像灌了铅,在房间里不停地徘徊踱步,一边眼望虹口公园的方向,一边眉头紧锁,侧耳倾听,试图听到点什么。

时间在一分一秒地过去,他不知看了多少回口袋里的那块怀表。每一次看过时间,他的内心都焦灼得像通红的炭火:"立骏这小子,怎么到现在还没回来?此时此刻,该是他回来报告的时间了!"李凤吾同样也很焦心,坐在那里不停地喝茶。

为安抚两人,善解人意的安山根不停地续着茶水。看着来来回回踱步的金先生,他轻声安慰道:"来,坐下喝口茶,没有消息就是好消息!"

金先生心已经揪成一团,但最后还是坐了下来,双眼微闭。几个月前加入爱国团时的入团誓约再次在他耳边回响:"爱国团者,韩国独立党之特务队长金凡,集合爱国同志组织而成之集团,其目的在求积极以武力拯救祖国,唯自愿作无上牺牲者,始有做团员之资格。凡团员推荐承认者,悉由团长委之,故团中任何团员,除去团长认识各员之外,不得互知。团员亦不举行会议,故工作之进行,绝对秘密。事业为谋杀敌之重要人物,以及破坏敌人之行政机关,借此恢复祖国之独立和夺回民族之自由。"

念及这些,金先生焦虑的心里又泛起一丝丝苦楚。他将一个青年推向绝路,即使是为民族复兴与独立,但是一条生命的逝去,还是使他内心沉重不已。

表上的指针还在不停地向前跳动,金先生虽然表面被李凤吾、安山根劝住坐下喝起了茶，但心里如揣动兔，无法平静。

"年轻人办事可靠吗？"

两天前，尹英魁穿上整齐的日式西装，和李东禾扮成恋人，与崔立骏、林熙媛一起到虹口公园放风筝，详细察看进出公园的道路、公园的出入口、会场的布置情况，目的是选择投弹之地。几个人回来后，告诉了金先生侦查过程中遇到的波折。对尹英魁那天情绪的变化，金先生拍着他的肩膀说道："听立骏讲，你见到井川顿时面热耳赤，恨不得马上动手，不妥！记住，高明的猎手打猎从来不射栖鸟和睡兽，一定要使之奔而后射，才感到痛快。"

尹英魁诚恳地点了点头。

金先生转身看向崔立骏："立骏，你关键时刻随机应变，很好！"沉吟片刻，金先生接着说道："但立骏啊，作为中国人，你可能无法切身体会我们民族的亡国之恨。因此，也就不能全怪英魁这么激动。"

"我懂！"崔立骏同样诚恳地点了点头。

说完这话，金先生先看了崔立骏一眼，接着用手拍了拍尹英魁："中国古代贤者曾有云，'泰山崩于前而色不变，麋鹿兴于左而目不瞬，然后可以制利害，可以待敌'，故气定神闲、泰然自若，则大事可成。"

两个年轻人神色凝重，矜持不苟地点了点头。

"有件事，我还要再给你们讲一遍！"金先生给两人描述了一次非常勇敢但失败的暗杀。那次失败被当成反面例子，从金先生嘴里他们已经听了不下五遍。

那是1922年3月28日，韩国临时政府得知日本陆军大臣田中义一要来上海，事先制订了刺杀计划，由金益湘、吴成伦实施。当日，田中义一在上海外滩新关码头上岸走向汽车时，吴成伦连开五枪，但因距离较远均未击中。见此情形，金益湘毫不犹豫补射两枪，但越慌越出错，不仅没有击毙田中义一，反而误杀了一美国女子。金益湘见枪击不行，急忙掏出随身携带的炸弹投向汽车，可惜紧张之下竟忘了打开保险装置。最后金益湘、吴成伦当场被捕。

"英魁,前辈因鲁莽和轻率付出了惨痛代价,血之教训告诉我们——为了祖国和人民,我们需要保存实力,不能再做任何无谓的牺牲了。"

"我记住了。"尹英魁郑重地点了点头。

没有消息,总比坏消息强。

金先生、李凤吾和安山根三人就这样沉默地坐着。安山根负责续茶,金先生和李凤吾不停地喝茶,抽烟,喝茶,抽烟,整个房间烟雾缭绕。

时间寸阴若岁。

下午一点多钟,市民中开始流传一个消息,说上午的时候有人在虹口公园投掷炸弹,当场炸死炸伤许多日本人,至于是谁干的,众说纷纭,有人说是中国人干的,有人说是韩国人干的,也有人说是苏联人干的。

下午三四点钟,街面上响起了小报贩的叫卖声。"号外,号外。虹口公园发生爆炸案,北条当场炸死,井川重泽、三本杉、久保寺次郎、扇谷曾和和滨尾垣见被炸成重伤。"听到小报贩的吆喝声,金先生赶忙派安山根去买了张小报。

果然,小报上的标题很醒目,报纸详细报道了事情发生的经过:爆炸发生之后,日军在短时间内迅速形成方圆两公里的包围圈,没有来得及引爆炸弹自杀的尹英魁当场被逮捕,同时被逮捕的还有不少中国人、苏联人和韩国人。

"成功了!终于成功了!"金先生长长地舒了一口气,同时,也为尹英魁的命运感到深深的担忧。

尹英魁的义举,也激励了中国人民的抗日斗志,一大批中国的名人志士不惧日本人的淫威挺身而出,通过在报刊发声和捐钱捐物的实际行动支援他们。在上海,商店纷纷为前来购物的韩国人打半价,很多饭馆和小吃店给他们饭碗里加的鸡丁肉块要比其他人多出几块。

"这些人真有血性,脑袋掉了碗口大的疤,阿拉得跟人家学,不做鸭孵卵!"

"国破家亡,他们到中国来避难,阿拉决不能亏待人家!"

无声的支持,就像上海的烟雨,细腻柔和中弥漫着坚定的力量……

对日方来说,虹口公园一声惊爆,不仅损失几位要员,还折辱了日本天皇。日军恼羞成怒,疯狂进行报复,矛头直指在沪的韩国临时政府。

韩国临时政府到底是个什么样的组织?

19世纪末20世纪初,日本通过武装侵略和非法条约将朝鲜半岛变为日本殖民地。韩国诸多仁人志士不堪亡国灭种的屈辱逃亡他乡,其中不少人选择了素有东方巴黎之称的上海。李凤吾是最早一批来到上海的独立运动成员。金先生比李凤吾晚了几年,于1919年3月辗转抵沪。

同年4月10日,在位于上海法租界神父路22号的一间房子里,韩国临时政府宣告成立,并开始系统地开展救亡图存运动。

韩国临时政府成立后,金先生先是被任命为警务局长,后又改任内务总长,因作风勤勉务实,成绩凸显,最后在李凤吾等人的支持下,于1926年12月临危受命担任国务领。

金先生担任国务领后,涣散失和的临时政府虽生机重现,但新问题也接踵而来。

一天,金先生正坐在办公室里思考如何解决临时政府面临的资金匮乏问题,警卫队长安山根带着崔立骏走了进来。安山根俯身在金先生耳边说道:"金先生,立骏做事很细心,他在与人闲谈中得知军务次长金一善回国了。"

金先生颇感诧异:"他没有跟我说。回国有事吗?"

崔立骏心直口快道出心中疑惑:"他回国具体干什么不清楚,但行事有违常理。"

"为什么?"金先生盯着崔立骏追问。

"眼下临时政府的事情千头万绪,我个人认为,他担任重要职务,不该此时回国,这是一个原因;从上海回国,需要不少钱,临时政府成员的薪水都很少,不知道他从哪里得到的路费,这是第二个原因。基于这两点,我觉得事有蹊跷,就向安队长报告了我的想法!"

"无凭无据,不能冤枉人。"金先生摆手道。

"还真没有冤枉他。为查证此事,我打听到一个人。经耐心说服,此人最后交代,金一善前几天暗地里和日本人接触,并和他们签了一份秘密协议,拿了一笔钱后就溜回国养老去了。"安山根停顿一下道,"这个人就是金一善的表弟。"

"金先生,有句话我不知道该说不该说?"崔立骏用询问的口气说道。

"请说!"金先生回答。

"我认为这是日本人的软刀子,杀人不见血!他们用金钱收买拉拢临时政府的成员,要是不加防范,最后不费一枪一弹就能瓦解掉你们的组织!"崔立骏说话时握紧了拳头。

"好!我马上核实!"金先生说完,拍了拍崔立骏的肩膀。

随后,金先生亲自找来金一善的表弟,真相果真如安山根所述。经此事,金先生更加器重崔立骏,认为他身上的敏锐洞察力是同龄人所缺乏的,暗自庆幸自己能将崔立骏招募过来。

经历金一善脱离革命的事件之后,金先生总是会有意地挑起关于坚定理想信念的话题来鼓励大家。

但意外还是不断发生。

几天后,安山根、崔立骏火急火燎地将一份《独立新闻报》放在了金先生的面前。上面一则晃眼的声明,是《独立新闻报》社主笔李义洙发布的:"余因个人原因决意退出《独立新闻报》社,不再担任《独立新闻报》主笔,亦不再参加任何独立活动。"

看完"声明",金先生一拳狠狠地砸在桌子上,杯子里的水飞洒出一大半。一个念头袭上心头——临时政府被渗透了。两天后从消息源处确认,李义洙也被日本人威逼利诱,收了一大笔钱回国去了。

金先生把这些情况和李凤吾一一作了沟通。

"这些情况我已经知道。还不仅仅是他们,我们的副议长也向日本人下跪,卷铺盖回国当奴才去了,西八!"话毕,李凤吾气愤地骂了一句脏话,把领带扯飞了出去。

金先生沮丧地说道:"这些人把革命当儿戏,复国大业在他们眼里还比不上日本人扔出的骨头。如此这般,定会有很多人效仿!"金先生嘶吼得有些口渴,端起水杯喝水,发现水被洒得只剩一小口了。崔立骏赶紧续了温水。金先生猛灌一口水下肚,冷静了下来。

"不会,放心!临时政府里,这些人只是少数,理想坚定之人一定是大多数。"李凤吾安慰道。

第4章　上海

形势每况愈下。

韩国临时政府内部分崩离析,有人相继叛变投敌,还有些人不愿投降做韩奸,但也为生活所迫,各奔前程去了。金先生站在黄浦江边看着乘船远去的昔日战友,点起了一支烟。崔立骏站在他身后,两人无话可说。崔立骏眼望风吹浪逐的昏暗江面,突然想到"逝水韶华去莫留,漫伤林下失风流"两句诗来。

祸不单行,噩耗接踵。临时政府派回国内各郡、各道的秘密组织的联络点被日寇捣毁,被捕同志不计其数。韩国临时政府刚刚提升的威信又降至了冰点。

除此之外,临时政府还面临巨大的财务压力。危局困境下的金先生整天苦思冥想,希望找到一条化解之策。踌躇良久,他再次找到李凤吾,略显激动地说:"我有一个想法,说出来你看看能不能实施。我们临时政府既然在海外,与国内联系因日寇阻挠不畅,那我们何不换一种思路,国内的同胞联系不上,何不依靠海外的侨胞呢?"

"愿闻其详!"

金先生灭掉香烟,拉过一张地图:"你看啊,在美国、墨西哥、古巴有一万多侨胞,大部分是工人,对我们临时政府颇有好感。我们可以给他们写信,请求他们援助。"

"好办法!"李凤吾赞同。

金先生不会英文,只能口述,文字工作还是得放在严恒燮、崔立骏这些年轻人身上。经过两个多月的努力,通过书信筹援的形式,果真募集到了资金,解了临时政府的燃眉之急。金先生内心明白,海外侨胞为临时政府捐钱捐物,是出于爱国之情。只有真正干出成绩,才不辜负海外同胞的拳拳之心。

重振旗鼓,鸣锣再战。

1931年的一天,金先生召集临时政府人员开会,李凤吾、金澈等人员参加。

"现在国内和中国的形势都非常复杂,日本人在中国东北沈阳的万宝山村策划制造'万宝山事件',他们颠倒黑白,大造舆论,挑唆国内不明真相的人烧抢中国华侨开办的商店和工厂,试图扩大冲突,破坏中韩两个民族间的感情;在中国东北制造'九一八事变',一些韩籍浪人依仗日本人的势力欺压中国人,还有在上海,日、韩工人之间也冲突不断。这些对我们民族的形象造成了恶劣影响。我提议成立'韩人爱国团',集中精力做一些大事,打击东洋的嚣张气焰,最主要的是向外界表明我们临时政府的存在,表达抗日决心,以及与中方友好的声明。"金先生提议。

对此,与会人员一致同意金先生担任"韩人爱国团"团长。金先生思忖片刻,铿锵说道:"我建议将'韩人爱国团'直接隶属临时政府,隐藏于暗处,做临时政府最隐秘、最锋利的利器。直说吧,我准备将其打造成一个武装暗杀组织,开展暴力反日义烈行动。"

会议最后决定,"韩人爱国团"的经费筹备、人选问题、确定袭击目标、制定行动计划等一切事宜,均由金先生一人全权负责和直接领导。为防止泄密,也为了安全起见,"韩人爱国团"独立进行暴力活动的策划、执行,无须向临时政府报告。

至此,"韩人爱国团"秘密成立,金先生任团长,并吸收一批敢死队员。至于最终有哪些队员加入,只有金先生一人知悉。他们开始策划义烈行动,进行抗日暗杀活动,以激发国内外人士从事独立运动的斗志。

人生海海,各有传奇。崔立骏何许人也?

崔立骏是中国人,原籍江苏镇江,家住京口区,从西津渡往东二三里地。与绝大多数西津渡孩童不一样的是,崔立骏上学前在镇江扬剧"朱家班"学过四年武生,"爬树如猴、钻洞如鼠"是街坊邻居对他的戏谑评价。

崔立骏十六岁那年,叔叔一家从上海回到镇江过年。叔叔不仅捎带回来许多稀罕洋货,还撇着一口洋泾浜腔,着实让一大家人感到无比新奇。春节期间,崔立骏从叔叔一家那里听到了许多有关大上海的人和事,比如轮船比杨树树梢还高;洋人的眼睛蓝鼻子大,头发卷曲;电影院里火车能在白布上跑,等等,刺激得他心像被猫抓一般,痒痒的。叔叔一家回上海前,崔立骏闹着要去上海上学,父亲因经济拮据没有答应,叔叔正左右为难之际,婶婶站出来说话了:"立骏这孩子懂事体,我欢喜。他去上海上学,家里不就是添双筷子的事吗!"

来到上海后,在叔叔婶婶的资助下,崔立骏如愿以偿考上了同济大学,选择的是工科专业,说是毕业后去造火车、造轮船,挣大钱。

江南的水养人。崔立骏人如其名,长得结结实实,头发茂密,浓眉大眼,有着长长的睫毛,身高一米七八,身板笔直,他性格开朗,很受同窗喜欢。

一个周末,崔立骏起了个大早,到复旦大学去找刚认识的同乡。去的时候天空阴沉沉的,崔立骏特意带上了一把雨伞。刚到复旦,豆粒般的雨点就劈头盖脸砸了下来。崔立骏撑开伞,顶着风冒着雨吃力地走着。

"啊!"只听耳边一声大叫,崔立骏正走得急,不由被吓一大跳。他转眼望去,只见一个女学生的伞被风吹得翻了过去,裙子被雨水打湿,贴在身上,勾勒出少女的身姿。撑伞女生惊慌之时,伞柄脱手而出,雨伞在风中往远处翻滚而去。女生立马完全暴露在大雨里,下意识举起双手捂头挡雨。看到女生的狼狈样,崔立骏紧跑几步到她跟前,把伞举到她的头顶。紧接着,他示意女生接过自己手中的伞,女生恍惚中,立骏已冲进雨里,捡起那把被风刮进弄堂里的伞。

伞是竹木骨架,由于风势过大,伞面翻起,竹木支架已折断了。崔立骏勉强把伞面翻过来,但支架断了,伞面耷拉着,挡风遮雨是不行了。崔立骏把破伞举在自己头顶,跑过来对女生说:"你用我的伞吧,我先把你的伞拿走,过两天修好了给你送来。"

雨水打得崔立骏睁不开眼,只听到一个清亮的女声:"谢谢你,我是新闻系大二的林熙嫒。你下周六上午有空吗?我在宿舍等你。"

"好,那我周六来,对了,我叫崔立骏。"

经过一周的期盼,周六上午,崔立骏小心翼翼地握伞前去赴约。

进入校园,崔立骏经过一番周折找到林熙嫒的宿舍楼后,室友说她去礼堂排演话剧去了。

舞台上的林熙嫒,心神不宁。以往每到周末,她都要回去看望爸爸妈妈。这个周六上午之所以空着,就是为了等崔立骏,谁知被告知要临时排演话剧《湖上的悲剧》。林熙嫒扮演的是主角素萍。这场戏台词较多,由于心中有事,以至于她在排演时台词和走位频频出错。林熙嫒一边懊恼,一边向投来诧异目光的同学不停地道歉。

找到礼堂后,崔立骏从礼堂入口蹑手蹑脚走了进去,驻足听了一会儿,就被台上素萍那美丽的扮相以及绘声绘色的表演所折服,心里不禁暗暗赞叹:"太美了,那不是人间的素萍,是天上的仙女!"

排演结束,礼堂灯光亮起,台上的林熙嫒一眼就看到舞台下手持雨伞的崔立骏。今天的崔立骏身着白灰相间的竖条纹衬衫、蓝色裤子和黑色布鞋,加上蓬松的头发,浑身充满着青春活力。

林熙嫒深呼了两口气,等大伙散尽,才走下舞台。崔立骏看着迎面走来的美丽姑娘,心脏突然如同小鹿在乱撞……

两人瞒着家里,瞒着老师同学,偷偷谈起了恋爱。

热恋之中的崔立骏,逐渐了解到林熙嫒的家庭背景。林熙嫒一家除了妈妈,都是韩国人。林熙嫒的爷爷奶奶最早迁徙到东北延边生活,之后她的父亲来上海闯荡,开了一家东北商店,卖人参、鹿茸和菌菇,生意做得风生水起,后来就娶了林熙嫒的妈妈——一位地道的上海姑娘。他们一家对外称老家在东北,再加上说着地道的中国话,因此街坊邻居根本不知道他们是韩国侨民。

1910年,日本通过武力吞并了朝鲜半岛。日本人规定朝鲜学校全部学习日语。日本首任朝鲜总督寺内正毅更是宣称："朝鲜人顺我者昌,逆我者亡。"亡国的凄惨命运,让林熙媛爷爷经常唉声叹气,忧思难抑。林熙媛小时候不知道爷爷为什么这样,长大懂事后,她的内心时常生出隐隐的疼痛。

两个热恋中的年轻人坦诚相待,无话不谈。由于时局的关系,他们的话题总也绕不开日本侵略和战争。

"中国这么大,国民这么多,日本就是再觊觎中国,也是黄粱一梦。"林熙媛说。

"是的,中国的民族独立和自由,东洋是撼动不了的。"崔立骏信誓旦旦地说道。

"我们国家的情况,你了解吗?"

"我只知道情况比中国糟,是不是真的如报上所说,完全覆灭了?"

"是的。我国面积比中国小得多,已经成了殖民地,国民生活在水深火热之中,他们被剥夺身份,甚至被剥夺语言!"林熙媛情到深处,语气激动了起来。

"熙媛,我虽然是中国人,但为了你,我愿意拿起武器去惩治那些将你的祖国推进苦难深渊的强盗。"

"你真的这么想?"

崔立骏将手放在胸口,一字一顿地吐出两个字:"真的!"

林熙媛灿烂地笑了。

把林熙媛逗笑后,崔立骏看着她含情脉脉地说道:"熙媛,还好你在上海,我只要一想到你生活在你的国家,我就……害怕。"

崔立骏说完这句话,林熙媛凝视了他半天时间,才说出一句话:"立骏,谢谢你!"

交往半年后,林熙媛邀崔立骏到家中做客。

林熙媛爸爸林丙浩是生意人,因为要联通东北和上海的货运,与达官显贵、贩夫走卒、三教九流多有接触,在识人方面自有一套。

崔立骏到家之后,林父与其海阔天空地畅聊,聊中国也聊韩国。通过谈天说地,崔立骏的得体稳重、诚实可信被林爸爸看在眼里。此后,隔三岔五就招呼崔立骏来吃饭,把他当作准女婿来招待。

通过第一次见面,崔立骏就意识到,林爸爸是一个支持民族独立运动的人。后来,去的次数多了,有机会接触到了更多韩国人。一次,家里来了两名五十多岁、气质不同寻常的访客,一位名叫李凤吾,一位名叫金凡。喝到酒酣兴起,几人也不再避讳崔立骏。一餐饭吃下来,崔立骏知道了更多关于韩国临时政府和独立运动的事情。

"此仇若报,死则无憾。必死则生,必生则死!"

回到叔叔家后,崔立骏躺在床上,默默重复着这句话。月光照在崔立骏的脸上,照着这个青年人凝思的神情。

"这些人到底是一帮什么样的人呢?他们到底经历了什么?他们要干什么?在别人看来,丧家犬般的异乡人,却忧国忧民,慷慨悲歌,生死度外。"

崔立骏的心中充满了好奇。

在同济学习期间,崔立骏受周边同学的影响,经常阅读《民国日报》《殖民政策》等,甚至读过政府封禁的李大钊先生撰写的《我的马克思主义观》《庶民的胜利》等文章。那时的上海,租界林立,洋人趾高气扬,辱华事件时有发生。真正戳痛崔立骏的,是在上海发生的一件事。

那天,天气阴沉,正在读大二的崔立骏跟随同学一起走上街头,参加声势浩大的反日大游行。

"上海是中国人的上海!"

"打倒日本帝国主义!"

"收回外国租界!"

崔立骏记得清清楚楚,他与同班同学李立桦和曹斌几个人走在队伍中间,手拿旗子,边走边呼喊口号。整个游行队伍,井然有序地移动着。突然,游行的队伍中有人喊:"快跑!日本巡捕杀人了!"人群开始骚动,原本整齐的队伍一下子散乱开来。

崔立骏、李立桦、曹斌几个人不知道发生了什么,正被推搡着往前走,突然响起了枪声。从人群空隙处,崔立骏看到前面穿黑色警察制服的人正对着人群射击。

原来,在日本人指使下,丧心病狂的租界当局完全不顾舆论,公然下令逮捕学生,并对周边声援的群众开枪。很多日本暴徒更是亲自下场,与租界当局一起镇压手无寸铁的游行学生。

听到枪声,崔立骏几个人出于求生本能,掉头向小巷子里跑去。李立桦个子小,跑在后面。突然"啊"的一声,崔立骏几人回头看时,只见他一头栽倒在地。崔立骏想转身去拉他,却发现李立桦的身体沉得像头牛,怎么也拉不起。"立桦!立桦!"崔立骏一边焦急地呼喊,一边蹲下去想抱他,却发现手上全是血,热乎乎的。李立桦忍着剧痛,用尽全身的力气喊道:"立骏,不要管我,快跑啊!"

情况紧急,如若执意带李立桦走恐怕三个人都脱不了身,于是曹斌猛地攥住崔立骏的手,大声喊道:"快走,警察追来了,我们救不了他了。"崔立骏满是鲜血的手紧紧抓着李立桦,悲痛欲绝,最后还是被曹斌和另一个同学拖走了……

生死一线,阴阳永隔。

李立桦最终死在日本巡捕枪下。两天后,崔立骏远远地看着李立桦的父母从警局接走儿子的尸体。两位老人凌乱的白发、佝偻的腰板、悲痛的神情深深地烙在了他的心里。他静静地站在巷口,想去帮助两位老人,被赶来的曹斌拉住了,曹斌对他说:"他们身后都有特务,谁接近都会有嫌疑。"

面对李立桦的惨死,崔立骏既悲愤又自责,从那时起,复仇的怒火像潮水一般时常翻涌在他心头。

但路在哪里?

此时,崔立骏认识了林熙媛。

对日本人崔立骏有杀友之仇,林熙媛则是亡国之恨。

"熙媛,每当外贼辱国之时,中国历史上总会出现像岳飞、文天祥、戚继光一样的民族英雄。日本人现在占领韩国,垂涎中国,到了该产生新英雄的时候了。"

"你是在说你自己?"

崔立骏憨笑一声,望着林熙媛说道:"我不能和岳飞、文天祥、戚继光他们相比,但国家沦亡民族危急关头,我崔立骏绝对不会当怂人。"

"你这话,是为了我而说的吗?"

"是的。但也为了我自己。"

林熙媛凝视着崔立骏,含情脉脉。

"生逢乱世能得一人相依相伴,无疑是一种难得的幸福。"这话是崔立骏说的,但林熙媛板着脸望着他,非得说这话是她说的。

"好!是我从你心里偷走了这句话!"崔立骏的一句话说得林熙媛脸上绽开一朵花。

大学毕业后,崔立骏在一家贸易公司找到了一份做进口机械的工作。他做事勤恳、踏实,深得老板赏识。两年后,林熙媛也毕业了,她如愿以偿地在报社找到了职位。在报社,她有更多机会了解日本强加在韩国头上的屈辱,掌握了更多一手资料。有时候,她也会把这些材料带给崔立骏看。崔立骏看完后,时常哽咽不止。

"熙媛,强权不是真理,终将被打倒被推翻,我愿用生命陪你等到这一天。"

"真的吗,立骏?"林熙媛迟疑地问道。

崔立骏抚摸着林熙媛的秀发,坚毅地说道:"相信我,时间会证明一切!"

林熙媛扑进崔立骏怀里,动情地说:"立骏,让我们一起等待这一天。"

崔立骏紧紧地拥抱林熙媛。林熙媛满脸泪光,崔立骏含情脉脉地俯下头,两个恋人疯狂地热吻……

时光荏苒,这对情侣的婚事被提上了议事日程。

婚礼安排在上海九江路219号,时人趋之若鹜的"红礼拜堂"——"圣三一基督教堂"举行。婚礼当天,身着西装、胸前佩戴红花的崔立骏坐着一辆马拉婚车,停在林熙媛家门口。林熙媛挽着父亲的胳膊,身穿洁白的新式婚纱,头上本应盖着的中国婚礼常见的红盖头也变成了轻薄洁白的头纱。她手捧鲜花,登上婚车,缓缓向"红礼拜堂"而去。

此时,教堂里已经坐满亲朋好友。金先生向崔立骏的父母、林熙媛的爸妈分别抱拳施礼,恭贺一对新人喜结连理。金先生还入乡随俗,送上两个红包,上面写着"花开并蒂,桑结连理",以此讨个彩头。

教堂钟楼传来悠扬祥和的钟声,悦耳的唱诗声萦绕教堂。林熙媛挽着爸爸的手,款款地从铺着红毯的过道走进教堂。身后两个小童托着婚纱,身前一男一女两个花童,一边走一边撒下鲜艳芬芳的玫瑰花瓣。

神父环视一周后,转头先看向新郎,庄严地问道:"崔立骏先生,你是否愿意你面前这个女人成为你的妻子,与她缔结婚约,无论疾病还是健康,富贵还是贫穷,或者任何其他理由,都爱她,照顾她,尊重她,接纳她,永远对她忠贞不渝直至生命尽头?"

"我愿意。"崔立骏大声回答。

教堂里响起一片热烈掌声。

神父慈爱地问新娘:"林熙媛小姐,你是否愿意你面前的这个男人成为你的丈夫,与他缔结婚约,无论疾病还是健康,富贵还是贫穷,或者任何其他理由,都爱他,照顾他,尊重他,接纳他,永远对他忠贞不渝直至生命尽头?"

"我愿意。"林熙媛回答。

在如雷的掌声中,二位新人紧紧拥抱在一起……

第 5 章　上海

婚后,二人在林熙媛父母家附近租了一处房子。

林丙浩老两口都是热心人,金先生经常到他们家吃饭。崔立骏看着这位消瘦却幽默健谈的韩国人,也会主动凑上去和他聊一聊当前的局势,但都是点到为止。

1931 年 9 月的一天,金先生手握报纸,神情悲戚地走进林家。"你们也看看吧!"金先生把报纸重重地拍在桌子上。

"对于平民实施无差别屠杀,这是违反国际公约的。"崔立骏被报纸上残忍的画面震惊得张大了嘴巴。

"血债一定要用血来偿!"金先生的手重重地拍在桌子上,茶水四溅。

"今天是关东大地震屠杀韩国人惨案八周年!"金先生悲愤地说,"让我们一起为被屠杀的 6000 多韩国人默哀。"

如雷轰电掣一般,崔立骏和林熙媛震惊了。

"不是 6 个,也不是 60 个,而是 6000 多条鲜活的生命啊!不是血流成河,又是什么呢?"崔立骏喃喃自语。

眼前报纸上是一幅幅日本人屠杀韩国人的图片,血腥狰狞,令人眦裂。画面上的人身首异处,甚至连内脏都被刺刀挑开;日本军刀指向即将临盆的产妇,刚刚出生的婴儿还没睁开眼睛好好看看这世界,就被挂在了刺刀的顶端。报纸上醒目的标题和难以描述的惨状,林熙媛扫了一眼就躲进崔立骏的怀里啜泣。搂紧林熙媛,崔立骏眉头紧锁,泪如雨下。

"熙媛,日本人如豺狼残忍。对待豺狼,哭是没有用的,得拿起猎枪!"崔立骏的话声如洪钟。

金先生凝视着崔立骏,一字一句地说道:"小伙子,你真的这么认为?"

"是的。"崔立骏掷地有声地回答。

金先生没有说话,轻轻地点了一下头。

一天傍晚,金先生从外面回到自己住所时,发现门口一层薄薄的煤灰被人踩出了脚印。他依旧镇定地开门进去,然后快速关门,撬开衣柜隔层,拿上重要文件放进包里,将大衣支在衣架上,伪装自己仍然在家的样子。之后迅速打开后窗离开,绕过几个里弄,甩开"尾巴"后闪进了林丙浩家。

金先生的突然到来,令林丙浩一家顿时紧张起来。待金先生解释原因后,林丙浩和林熙媛没有迟疑,坚定地答应让他在家中躲一躲。

崔立骏却提出了不同意见。

"现在这里不是最安全的地方,如果日本人和巡捕房强行闯进家里搜查,任何人都阻挡不住。"崔立骏说出了自己的理由。

"你有更好的办法吗?"林熙媛望着崔立骏,焦急地询问。

"有!"崔立骏毫不犹豫地点了点头。

正当金先生和林丙浩愣神的当口,崔立骏立刻拿出自己的大衣给金先生披上,然后低声说道:"金先生,跟我走!"

金先生穿好风衣,崔立骏上下看了一眼,回头对林丙浩说:"爸爸,拿顶礼帽给金先生!"

"立骏,请你一定要安顿好金先生!"林熙媛摇动着崔立骏的手反复叮嘱。

"熙媛,你就放心吧。"

"立骏,你也要注意安全!"

已走到门口的崔立骏,回头看了一眼满眼担忧的林熙媛,郑重地点了点头。

在黑暗的弄堂里,崔立骏带领头戴着礼帽的金先生左躲右闪,悄然迂回一大圈后,来到了一个仓库前。崔立骏跟门口的人聊了几句,似乎两个人认识。随后,仓库里走出一个人,上下打量一番金先生,看他穿着不合身材的大衣,有些许疑惑。

之后,金先生才知道,崔立骏将自己带到了上海赈济委员会主席朱之澜的地盘上。

直到第二天,天蒙蒙亮,崔立骏才告诉金先生,自己为何把他带到这里来。原来,朱之澜曾经到同济大学作过一场报告,崔立骏、李立桦等学生被他救死扶伤的大仁大爱所感动,曾在一个暑假在这座仓库当过两个月的义工,帮助赈济委员会为灾民分发物资。为此,朱之澜本人还亲手为他们手签了一份嘉奖令。

李立桦中弹身亡后,崔立骏和曹斌曾逃到这座仓库避难。这次仓库负责人见是"熟人"崔立骏,未加迟疑,迅即将二人藏在仓库中的巨大木箱内……

经历这次事件,崔立骏算是见到了金先生的老底。

"金先生,今后您有什么事,我愿意帮忙!"崔立骏一腔热血地说道。

"为什么愿意帮我?"在摸清缘由之前,金先生从不轻易信任别人。

一阵挠头后,崔立骏难为情地开口说:"在中国有句话,叫'一个女婿半个儿',意思就是不把女婿当外人。我发现,熙媛爸妈虽然待我很好,但我还是没有真正走进他们心里。有时他俩和熙媛说话,看我来了,就停了下来。"

"这和帮助我有什么关系吗?"

"当然有。您和熙媛一家关系好,我想为您做点事,请您在他们面前为我美言几句,别把我当外人。"崔立骏嘿嘿笑出声来。

"这个我答应你。"金先生瞪眼凝视着崔立骏。

"还,还有一个。"崔立骏又是一阵挠头后,尴尬地说道,"我们在上海和你们在上海不一样,这里是我们的国家,再苦再难,我们还没有背井离乡,流落他国。"

"我们呢?"

"你们就不一样了。祖宗留下的土地没了,爹娘盖起的房舍没了,整个国家都没了,手里空,心里更空。中国有句话,'宁做太平看家犬,不做乱世逃难人'。"

一句话,说得金先生眼眶湿润。

"对不起,我不该这样说话。"

"不,你说得对。我们没了家舍,没了国家,是地地道道的逃难人!"

"金先生,真的对不起!"崔立骏诚恳地道歉。

"不,我们来到中国,没有忘记祖宗的土地,没有忘记父母的房舍,更没有忘记生我们养我们的国家。日本人让我们失去这一切,让我们成为逃难人,我们每一天每一时每一刻都没有忘记。"

"金先生,我完全理解你们的感受。日本人占中国的东北,占中国的上海,也是中国最大的敌人。我能为你们做点事,也是为我的国家做点事。"

金先生盯着崔立骏看了好久,嘴里才挤出一句话来:"此话当真?"

"当真!"

两个月后的一天傍晚,崔立骏和林熙媛两人刚下班回来,就看到林丙浩神色警惕,双手紧紧插在袖口里。看到崔立骏,林丙浩就松了口气说:"立骏,你可算回来了,金先生在这里等你呢。"

"等我?"崔立骏歪过头侧身问道,对此感到很好奇。

崔立骏进入屋子后,发现金先生早就等候在那里。

"金先生,您找我?"崔立骏问道。

"立骏,熙媛,临时政府目前经费窘迫,需要写信向海外侨胞筹资,你们能帮我们写信吗?"金先生立刻站起,语气庄重地说道。

林熙媛看了一眼崔立骏,崔立骏当即回答:"没问题。用英语写信没有问题。"

"韩语的我来写!"林熙媛附和道。

接下来的几个月,夫妻俩常常就着昏暗的灯光,在那张铺着绿色桌布的长桌上写信,交流着写信寄信的进度和收件人的反馈。每当看着崔立骏认真地读信、回信,熙媛便会起身给崔立骏准备好热腾腾的茶水,崔立骏也会在林熙媛认真斟酌信件内容的时候，满脸怜爱地为她披件外衣。几个月后，通过他们的联络，陆续有人向韩国临时政府捐款，使得独立运动的活动持续开展起来。崔立骏也逐渐开始真正正视这样一个微小脆弱又坚强的组织。

作为"东方巴黎"的上海，聚集着大量来自德国和其他国家的犹太人，租房成了一个大问题。虹口一带的房租比公共租界的便宜，崔立骏便利用林熙媛在报社工作的便利，结识了广告部门的主任，经常刊登一些房源信息，为犹太人寻找房源，从中收取佣金。后来，在崔立骏和林熙媛的介绍和帮助下，犹太人在上海开办了十几家报社，两人也在这些报纸上做广告，赚到的酬金都汇到了金先生的名下。

临时政府的窘境随着一笔笔汇款的到来而得到缓解，金先生终日揪着的心也放宽了一些。但随着人员的增加和活动范围的扩大，临时政府又一次陷入捉襟见肘的境地。崔立骏暗暗思忖，到了另辟蹊径的时候了。

一天中午，金先生正在整理书信及账目，法租界巡捕房三名警察不期而至，带头的是一个叫薛畊莘的中国探长，三言两语后便押着金先生上了警车。车子直接开到了法租界巡捕房。

金先生被带进警察局，整个人战战兢兢，满头雾水。许是临时政府的事情被发现？许是"韩人爱国团"密谋的行动遭泄密？可是不对啊，这也不该是探长来抓，况且，怎么会毫无风声地一下子就发现了他这个国务领？金先生没有恐慌，而是飞速设想各种情况和应对措施。

"你们两个出去吧！"薛探长一扬下巴，示意两个手下退出房间，随即房门被关上。

薛探长啪的一下把一份报纸放到金先生的面前，四目相对之际，薛探长语气缓和了几分，说道："金先生，非常感谢，我们按照您提供的线索，捣毁、查抄的赌博窝点，罚没的老虎机，赌资累计超过三百万元……这三十万元奖励请您收下。"

金先生听得如坠云里雾里。他之前曾依稀听到崔立骏说，前段时间报纸上有悬赏广告,法租界公董局为了整顿日益猖獗泛滥的老虎机博彩业,在报纸上登了公告,悬赏三十万元征集犯罪线索。一张奖金签领单摆在了面前,上面赫然写着的举报人正是自己,金先生百思不得其解。

"不,不是我……"金先生想解释这一切与自己毫无关系。

"真的假不了,假的真不了!我干了这么多年探长,还能看走眼?不说了,签名吧!"薛探长的话不容置疑。

金先生迅速在领款单上签下自己的名字,礼貌性地与探长握了握手后,揣上支票就离开了。

看着金先生将信将疑地拿着奖金支票离去的背影消失在街角,薛探长如释重负。这时,从他办公室里间闪出两个身影,抱手走到探长面前。其中一个人说道:"这么做,巡捕房没有问题吧?"薛探长摆了摆手:"有什么问题?线索是你提供给小崔的,小崔来告诉我,说自己不要这笔奖励,但有人急需这笔钱!"

与薛探长说话的正是朱之澜手下的仓库主任。和他一道出来的另外一人是崔立骏。

望着崔立骏,薛探长有些悲伤地说道:"小崔,立桦是我外甥,你和他是大学同学,是过命的铁杆兄弟,这次与其说是帮你的忙,还不如说我这个做舅舅的,为惨死在日本人手里的外甥完成一个心愿。立桦要是看到你做了他想做的,不知道该多高兴。"

崔立骏也有些伤感,但语气坚定:"您放心,立桦在天有灵,他会很开心的!"

目光交错,二人眼中已满溢泪水。

生命中,总有些人于危难之时伸出援手。

"韩人爱国团"成立后,金先生一直思虑着要干一件惊天撼地的大事。

1931年9月18日,"九一八事变"爆发。日本受到了以国际联盟为代表的国际社会的普遍反对。为了配合在东北的侵略,掩护其在东北建立伪满洲国的丑剧,转移国际视线,日本决定在上海这一国际性大城市制造事端。

次年元旦刚过,阪谷成泽一个电话把绫子召到办公室。绫子是年前才被笠岛久一郎派到上海来的。

"大佐非常想看到您在上海的成绩。"阪谷成泽说着把电报递给绫子。

"哈伊!"绫子点头鞠躬,双手接过电报,边看边琢磨着上司的意图。"……请利用当前中日之紧张局面策划事变,使上海纷乱起来。"作为一名经验老到的女间谍,绫子瞬间就明白了其中的含义。

"请阁下放心,保证完成任务。"绫子向阪谷成泽表了态。

"非常好,绫子小姐,希望你不要辜负笠岛君的信任。划拨五十万经费给你,你全权负责行动计划,要快!"

"哈伊!"

1月18日下午,毗邻上海公共租界东区的华界马玉山路三友实业社内,工人义勇军正在操练。突然,围墙外两名日本日莲宗僧人与三名日本信徒向工厂内投掷石块寻衅滋事。

工厂内,几个工人看到这一情景,不由大声叱骂:"小东洋太欺负人了!"随即抄起家伙冲出大门。在大门口,双方吵了起来。不经意间,从旁边的弄堂里冲出一群人,穿着与工人义勇军一样的工作服,一拥而上围住那两名日本僧人和三名日本信徒。一经接触,双方旋即发生激烈冲突。不知道什么时候,还冒出来两名记者跑来跑去拍照。

"相骂无好言,相打无好拳。"加上是有备而来,这一群人看似没有章法,其实下手很重,把五个日本人打得头破血流,尤其对着其中一名僧人往死里打。打了一阵觉得差不多了,不知谁喊了一声"警察来了",这帮人才一哄而散。

冲突致日方五人中一人死亡,四人重伤。无人知道,此事的幕后黑手正是阪谷成泽和关口绫子。

出了人命,三友实业社的工头害怕了。于是集合工人着手调查,想尽快找到打人者。

"我看到一些生面孔,打人很生猛,现在不在我们队伍里。"一工人道。

另一人插话:"看到出人命,就溜了,明摆着搞事情呀!"

工头恨恨地骂着:"这帮王八羔子!"

即使再生气,可带头打日本人的一帮"工人"人间蒸发般,再也没有寻着。

这边日本人岂肯善罢甘休,气势汹汹指控三友实业社工人纠察队是凶手,要求讨说法。

事态继续升级。

两天后的凌晨,日本指使日侨青年同志会数十名成员趁着夜色放火焚烧三友实业社,又砍死一名、砍伤两名前来组织救火的工部局华人巡捕。巡捕房随即加入进来,事件进一步升级。

之后,绫子煽动日本侨民集会游行,开始打砸抢烧华人商店。

一系列的事件看似偶然,实则精心预谋。为进一步扩大事端,日本打着缉拿凶手、维持秩序和保护日侨的名义名正言顺地大举增兵。运载大批海战队员和军火至上海,做好了随时发动战争的准备。

为了让借口更加充分且无可辩驳,1月24日,日本特务机关派人放火焚烧日本驻华公使的住宅,并恶人先告状,诬称是中国人所为。用这种方式,日方逼迫上海当局给予答复,否则将采取行动。

谬误之箭,误射千里。国民党方面显然误判了日本的侵略野心,一再退让。最后,上海当局接受日方提出的中国军队无条件退出闸北的无理要求,但日本的目标并不在此,又以保护日本侨民为由,于1月28日在闸北突然发动对第十九路军的武装进攻。

"一·二八事变"正式爆发。

那一夜,硝烟滚滚,弹雨纷纷,一寸山河一寸血,蚀骨的疼痛让华夏儿女彻夜难眠。

"一·二八事变"让韩国临时政府的财政雪上加霜,日军迅速封锁海陆通道,在黄浦江北岸架设检查站,日军军舰日夜巡航在黄浦江上。此时，哪怕一只苍蝇都很难飞过去。

金先生已经几天没有合眼，此刻，只见他双手握拳，坐立不安地在屋里来回踱步，在北岸筹得的黄金运进上海受阻，他让安山根派出的几批接头人都无功而返。

"要不问问立骏，他熟悉上海的情况，脑瓜也活络！"安山根猛然想起了崔立骏。

"小伙子倒是不错，但年轻，这么大的事，能行吗？"金先生将信将疑。

"还没让人家做，怎么就知道人家不行呢？"安山根劝慰金先生。

"好吧，让他试试。"金先生最后勉强答应了下来。

安山根把事情说与崔立骏后，崔立骏愣了半天没有回话。随后，崔立骏从早到晚抱头苦思冥想，嘴唇暴起一排水泡。林熙媛心疼崔立骏，安慰说："不急，办法总比困难多，事情总会解决的。"三天三夜地绞尽脑汁，一个人在崔立骏的脑海闪现了出来——日清商行社长王朝先。

"我在同济读书时，王朝先受邀来学校参加过一场沙龙。"崔立骏兴奋地告诉金先生和安山根，"我清楚地记得他曾经说过，'救亡强国，在兴民权；欲兴民权，在开民智'。"在学校以后的活动中，崔立骏又与王朝先打过几次交道，彼此留下了不错的印象。

大四下学期，崔立骏还到日清商行短暂实习了一段时间，对王朝先的好感又加深了几分。听闻崔立骏的介绍，金先生还是有些疑虑，王朝先毕竟是日清商行的社长，一定跟日本人交道匪浅，金先生不放心。

"金先生您放心，王先生虽在日本商行任职，但不失中国人气节。日清商行和朱之澜先生也有生意上的往来，我再从朱先生那边打探打探。与其枯坐干等，不如放手一搏。"崔立骏态度诚恳地说。

金先生深吸一口气，好像下了极大的决心，双手用力抓住崔立骏的肩膀说："我们就冒险一试，切记安全为要！"

"立骏，放手去做吧，我带几个人在背后保护你！"安山根也拍了拍崔立骏。

崔立骏郑重地点了点头。

第6章 上海

地处黄浦江北岸的日清商行,主要从事中日间的贸易。经过王朝先多年的苦心经营,日清商行不但在日本人那里畅通无阻,还与上海滩道上人物有所交往,属于真正的黑白通吃。

听闻崔立骏从原来公司辞职,在找到新职位之前打算在日清商行工作一段时间,王朝先欣然应允。

从黄浦江北岸运输黄金,谈何容易。崔立骏待时而动。

三月底的一天,王朝先正在办公室和戴着金丝边眼镜的崔立骏一起商议工作安排,有职员忽然来报,日清商行日方副社长三木一郎暴毙,需将灵柩从北岸运到十六铺码头后再运回日本。

"天助我也!"崔立骏经一番激烈的思量,计上心来,"王先生,这段时间您太忙,这事就交给我来办吧。"

王朝先严肃地叮嘱道:"三木一郎先生生前是我们最大的生意伙伴,他的丧事一定要确保万无一失。棺椁和灵柩的护送,就拜托你了!"

很快,崔立骏就置办好了一口上好棺材,并安排专人整理三木一郎仪容,更换寿衣,放入防腐材料,慎重将其装殓入棺。

日清商行由于有日资背景,驻沪诸多日军高层皆受其惠,故而对商行信赖有加。日清商行的人只需要一张他们签发的特别通行证,便可通行。

第三天早上,崔立骏找来两辆马车,分别装上棺材还有商行的货物。他和四个抬棺人以及一班吹鼓手,便浩浩荡荡地出发了。

得知运送的是日本客商的尸体,日军哨卡的官兵看到送葬队伍中的崔立骏作为中国人,对三木一郎的丧事表现得如此上心,一副悲伤的神色,颇感满意。因此,一路上即便遇到比较严密的关卡,也只是被要求检查一下随行的货物车辆，对车上的那口棺材，哨卡的官兵只是低头默哀，连碰都没碰一下。

别人不知道的是，崔立骏运送的棺材内不只有三木一郎的尸体，他的四肢和前胸后背用胶布裹缠着韩国临时政府急需的金条。

就这样，崔立骏顺利地将金条从黄浦江北岸运了进来。在停靠码头等待次日交接的间隙，临时政府的人伪装成码头夜班工人，在朱之澜的帮助下，趁着夜幕深沉，将绑在三木一郎身上的三十根金条神不知鬼不觉地取出，混杂在货物中间，顺利地交到了金先生手中。

经英、法、美等国斡旋调停，中日双方拉锯式谈判进行了一个多月，拟于5月初签署停战协定。日军为彰显"胜利者"的姿态，在此空档期，决定借4月29日庆祝"天长节"之际，在虹口公园举行"淞沪战役祝捷大会"。

在中国的土地上公然举行"祝捷大会"，是赤裸裸的耀武扬威，是对中国也是对世界各国坚持正义的人们的蔑视和挑衅。面对日军嚣张跋扈之举，中国爱国人士个个满腔怒火。在沪政府行政院代理院长兼淞沪警备司令陈士铭忍无可忍，决定实施暗杀行动，断然阻止日军此次活动。

陈士铭在沪经营多年，结交了一大批三教九流的朋友，其中之一便是王鼎宇。

斧头帮帮主王鼎宇在上海滩大名鼎鼎，一直过着刀头舔血的营生。生逢乱世，他纵横黑白两道，颇为各方所重，一时声名大噪。

王鼎宇很快找到与其交情颇深的临时政府内务部长安昌山，向其提出此事，并愿意提供经费四万元。安昌山随后约见时任韩国临时政府国务委员，也是"韩人爱国团"团长的金凡。

"韩人爱国团"成立后，金凡长弓在手，一直在卧薪尝胆，等待时机。如今，利剑砺就，这样的机会终于展现在眼前。"我同意！"金凡的态度决绝而坚定！

金先生的果敢坚毅，自然有其根源。

金先生年轻时加入东学党，由于学识出众，加上出色的口才，周围聚集了一大帮追随者。与历史上许多农民运动一样,东学农民运动最终以失败而告终。在他身陷彷徨之际,东学农民运动的领袖安泰勋进士十分赏识他,留他在自己的庄园内居住,并以上宾礼待之。更幸运的是,金先生遇到了改变他人生际遇的恩师高能善。经过一段时间的考察,高先生指出了他性格里致命的缺陷:对一些事情能够明晰事理,却缺乏杀伐决断的勇气。

"宋代道川禅师曾作颂:'得树攀枝未足奇,悬崖撒手丈夫儿。水寒夜冷鱼难觅,留得空船载月归。'这前两句你要好好领会,遇到险境时能抓到一棵树活命不是什么稀奇的事,关键是眼望脚下的悬崖,真正能够做到不顾一切撒手跳下,那才是真正的英雄豪杰。"一天夜里,月朗星稀,高先生和金先生仰望星空,高先生不禁感慨道。

"老师,您觉得我以后的路怎么走才能达到我的理想,为国出力呢?"年轻的金先生问出对于自己最重要的一个问题。

高先生右手捋着花白的胡须,以不容置喙的语气坚定地说:"国之将倾,奸臣当道,君子不立于危墙之下,内求获得的办法已经失败,为何不向外看看?"年轻的金先生想到山河破碎的祖国,脱口而出:"像我这样一个毫无建树的人,又人生地不熟的,能去哪里呢? 去到那里又有什么用呢?"

"你并非一个人在战斗!"高先生解释说:"你能去之地,别人也能去,志同道合之士集结在一起必会商讨救亡图存之事,久而久之,随着你们的成就和影响的逐渐提高,就可以对世界发出怒吼之音。通过你们的努力,长此以往,人民就会慢慢觉醒,侵略者必将感到恐惧。当心与心凝聚在一起,那份力度足以扭转乾坤,将来总有一天能够把侵略者赶出去。"

受高先生的启示,金先生于1919年初背井离乡,历经千辛万苦后来到了中国上海……

接受刺杀任务后,金先生心里清楚,选定的目标是一群重要人物,他们身边必定戒备森严,携带武器万难接近。

金先生的心在经受着煎熬。直到有一天,他不经意地翻开日本人办的报纸《上海日日新闻》，上面刊登着一则消息：日本人即将在虹口公园举办天长节祝捷大会，凡参会之人都要携带午餐饭盒一个、水壶一个和太阳旗一面。他眼中闪过一丝光亮："有了！"

　　金先生想到这次刺杀任务非同寻常，各项筹备工作都很繁琐，必须要找一个心思缜密、做事稳重且熟悉上海的帮手来完成外围的工作。金先生脑海里第一个想到的是崔立骏。经过一年多的考验，他觉得这个年轻人为人正直，办事稳妥，关键是，在上海还有一定的关系。

　　决心已下，金先生就登门拜访林丙浩。

　　林丙浩静静地听着金先生试探性的想法，没有马上回应，只是弯腰捣弄着煤球。金先生说明白来意后，就坐在后面的椅子上，内心期待着对方的同意，但又似乎想得到对方的拒绝。空气中仿佛只有煤炉燃烧的吱吱声。突然林丙浩放下手中的火钳，打破沉默，艰难地说道："孩子们长大了，他们想做什么就去做吧。"这个看似精明的商人，胸中有丘壑，眼里存山河。金先生对如此回答颇感意外，但更多的是敬佩和感激。他不由得站了起来，伸出双手与林丙浩紧紧地握在一起，再三保证会尽力保全，只让孩子们做一些外围工作。

　　翌日，金先生把崔立骏单独叫到办公室，关上门，先是对崔立骏表示感谢，紧接着深深地鞠了一躬。

　　"金先生，您这是为何？"一时之间，崔立骏被金先生搞得有些不知所措。

　　"立骏，你是林兄的东床，是韩国女婿，我想邀请你加入一项重要的任务当中，愿不愿意，决定权在你。"还没等崔立骏回过神，就听金先生用恳请拜托的语气对他讲了这样一番话。

　　"现在，熙媛父母对我这个女婿比对亲儿子还亲，什么话都跟我说。您说话算数，我也要学您。请说吧，要我做什么？"崔立骏握住金先生的手真诚地说道。

　　"我让你做的事是件大事，任何人都不能透露，哪怕是至亲家人。这件事如果失败，后果不堪设想，你要想好！"金先生真诚地盯着崔立骏。

看着金先生一脸诚意且略显严肃的表情,听着他郑重的语气,崔立骏这才意识到也许真的要做一件惊天动地的事情。

"是对国家和民族有益的事情吗?"崔立骏沉思片刻,庄重地问道。

"是的。对两国都有益。"金先生一字一顿地回答。

说话间,崔立骏脑海里闪现的是日本巡捕在街上开枪追杀学生的画面,满脑子回荡的是李立桦倒在巡捕的枪口下,挥舞着淌满鲜血的手大喊着"立骏,不要管我,快跑啊"的画面。血在烧,心未冷,意难平。崔立骏没有犹豫,坚定地说道:"中国人说,苟利国家生死以,岂因祸福避趋之。只要是对国家和民族有益之事,您尽管吩咐吧!"

金先生没有说话,只是用力拍了拍崔立骏的肩膀。

刺杀行动的实施,首要任务就是准备炸弹。

在上海的韩国人不少,各个行当里都有。有开帽子工厂的,有开诊所的,有当电车售票员的,有在车辆修理厂的,更多的是小商小贩。金先生必须找到可靠的人制造炸弹,但他不便抛头露面。因为学习机械专业,金先生选中崔立骏代为联系。

崔立骏虽然年轻,但结识朱之澜后,褪去稚气,日益沉稳,笃信多一个人就多一条路,精心结交了一批天南地北、各行各业的朋友。

说起制造炸弹,崔立骏一番努力后找到了一个叫王雄的韩国人。

"王雄,在上海一家车辆修理厂任技师。"崔立骏一路上忙着向金先生介绍了解到的情况,这个厂名义上是车辆修理厂,但修的大部分都是军车,根据需要,在厂里单独辟出一块作为"兵工厂",修理枪械、火炮等武器。

"王雄说他们厂长是中国人,叫宋浩宇,他们关系不错。"崔立骏继续补充道,"宋厂长是制造炸弹的专家,在德国柏林大学就是学这个的。"

"这两个人可靠吗?"

"应该可靠。"崔立骏语气肯定地说,"听王雄讲,宋厂长腰部有颗黑痣,中国老话说,'黑痣在腰,骑马挎刀'。骑马挎刀者,不是侠客,就是义士或者将军,说话算数。"

"不能信这个。"金先生板脸说道。

"王雄还说,宋厂长很爱国,日常言语里经常流露出对日本人的憎恨之意。"

沉吟片刻,金先生拍了拍崔立骏的肩膀,不容置疑地说道:"好了,你的任务完成了,后面的事不必再问也不用再管。"

"我带您去工厂车间拜访他们吧?"

"不!我自己去。"金先生断然拒绝。金先生拒绝崔立骏,一是人多目标大,容易暴露;二是不想让崔立骏卷入太深,承担更大的风险。

见到王雄,寒暄几句过后,金先生没有兜圈子,直接就把此行的目的和盘托出,拜托王雄去找宋浩宇商量,请他们帮忙制造形似日本人携带的水壶和饭盒的炸弹。

"时间很紧,最好三天内能完成。"金先生补充道。

一点英雄气,四顾浩无边。王雄爽快地答道:"我马上就去找宋厂长商量。"

王雄当晚就给金先生传回了消息:"宋厂长答应了,他说过两天让您亲自到厂里来一趟。"

两天之后的大清早,金先生如约而至。王雄带他来到了厂里。金先生看到的车辆修理厂设在江南造船厂内。

"金先生,久闻不如一见!"初次见面,宋浩宇诚恳热情地说道。

"宋厂长,幸会幸会,非常感谢您的帮助。"金先生自然是为炸弹一事表达谢意。

"造炸弹对我们来说不是难事,能为您做点事是我之荣幸。"宋浩宇根本不问造这些炸弹有何用处,抬手指着不远处对金先生说,"桌子上摆放的几个饭盒和水壶模样的东西就是。"

"外形像!这技术真是没的说。"金先生往前快走几步,用手推了推鼻梁上的眼镜,定睛看,除饭盒稍稍大了一点外,无论是颜色还是形状,伪装得十分完美。

宋浩宇领着金先生来到空旷的院子里。王雄早已在院内挖好了一个一米见方的坑，坑口四周用铁板围了起来。他们躲在十几米远的隐蔽处。一个男人手持水壶炸弹，抬了抬眼镜，挥手示意大家继续往后退。

男人拔掉水壶塞子，拽出里面的引线，抡起胳膊使劲把它扔进了坑里。大约三四秒钟，"轰隆"一声巨响后，铁片、泥块、尘土四处飞溅，威力十分可观。

宋浩宇一边带着金先生检查爆炸效果，一边解释说："水壶炸弹的爆炸原理与手榴弹相似，但爆炸威力远超手榴弹，因为比手榴弹大得多。只需用拉火绳连接拉火管、导火索，然后点燃雷管引爆炸药。这样的试验已经进行十几次，没有一次失败，可以定型了。"

"杀贼之意早决，屠狗之器今具，干！"金先生怒目圆睁，仰天吼啸。

虹口公园爆炸案的发生，无疑给狂妄至极的日本人兜头浇了一盆冷水。在井川重泽还未熄灭的手术灯前，他们想到的第一件事就是——复仇。所有可能的反抗势力在此刻都被他们怀疑、审视和追踪。

爆炸乍起，负责安全保卫的宪兵队及绫子带领的特高课特别行动队第一时间对爆炸现场展开了搜捕，当场逮捕了尹英魁，之后又对参加聚会的人进行围捕，会场各大出入口立即被封闭管制，出入必须辨别日本侨民的身份，并对其他人员悉数进行羁押，人数多达三四百人。

夜里十点，日军驻沪司令部内灯火通明。

总司令在医院生死不明，副总司令担起善后之责。信息通报兼工作布置会正在进行，宪兵队队长、第九师团副团长、特高课课长还有绫子等，个个面无表情。

一脸横肉的副总司令，此时正在声嘶力竭地训话："从明天开始持续对上海市内的可疑分子进行秘密清剿，宪兵队负责明面上的搜捕工作，特高课负责暗地里侦查反日分子的动向。发现可疑目标立即进行监控或者实施逮捕，但凡有反抗者，格杀勿论。这一次，我要扭断所有参与爆炸案者的脖子。"

日本宪兵队下设司法、警务、治安、特高课、军事等机构，而特高课是日本名气响当当的特务组织，隶属日本内务省，最高首脑是创始人笠原。绫子所在的特高课上海分部也是一个特殊的存在，名义上隶属警察署，但她有着完全的自主权，是笠原在上海的代言人。

在前往会议室的路上，绫子高高地扬起下巴，粗跟皮靴在地上发出的"嗒嗒"声，彰显着她的算计和野心。等宪兵副司令布置完工作，她率先举起了手。

"副司令官阁下，我有话要说。"

副司令官点点头，伸出右手做出请的手势："讲！"

绫子表现出特工间谍专业的一面，冷静，克制，还有计谋："我完全同意您的部署，但是我请求上海特高课由我牵头组织一个追捕队，负责暗中追捕和调查反对我们大日本帝国的顽凶，重点是揪出这次爆炸案的背后主谋。"

"绫子小姐，帝国把你派到上海是一个正确的选择，希望你不会让天皇失望。"副司令官半震慑半鼓励道。

绫子神色一顿，随后挺起胸脯，坦然道："我手下只有佐藤、山本和一支行动队，需要副司令官阁下增派人员。还有，如果遇到紧急情况，请您准许我自行判断和处置。"说这些话，绫子是在请求副司令官赋权。只有掌握权力，她才能真正成为自己。

绫子提完要求，副司令官眉头紧锁。这个时候，给予这个初来乍到的年轻女人先斩后奏的权力，是一个很冒险的做法。但舍不得孩子套不到狼，副司令官犹豫片刻后答应了。"当然可以，绫子小姐，如果你能抓到重要人犯，替井川司令官他们报仇，为大日本帝国立功，你想要的，天皇陛下都会给你。"副司令言之凿凿，仿佛自己就是必胜的正义者。

绫子刚想开口说话，被副司令官挥手制止："对这些暴徒，我们决不能心慈手软，必须以暴制暴，以牙还牙。我宣布，成立'猎虎队'，绫子任队长，队员由队长挑选，所有组织和人员必须做好配合。"

"副司令官阁下,绫子决不会让您失望。"绫子大声回答。
"我不相信空洞的表态,只相信血淋淋的人头。"
"所有参与这次爆炸案的人的脑袋,我都会剁下给您拎来!"

第 7 章　上海

会议结束,绫子回到自己的办公室,马上打了一通电话,唤来了佐藤和山本。

小会议桌上首,绫子目光凝重,神情严肃。眼前的这个女人,脱下军装,披着头发,在灯光下看的确长得很漂亮,凤眼黛眉,鼻梁高挺,鼻尖有些下勾,五官精致。即使略显疲惫,但骨头里都散发出咄咄逼人的傲气。

两个部下坐在绫子的下首。虽然是男人,但循规蹈矩地坐着,都像极了霜打的茄子,低着头,没有一个人敢直视绫子,生怕对视后被她犀利冰冷的目光吞噬。

清了清嗓子,绫子道:"'猎虎队',也就是'四二九爆炸案'追捕队现在正式成立。你们都是'猎虎队'的核心成员。我任队长,佐藤任情报组长,山本任行动组长。明天宪兵司令部以及第九师团还会给我们调拨一部分人,我统统分派给你们。另外,司令部还会给我们充足的经费,也划拨你们使用。"

两人频频点头。

"从目前掌握的线索分析,这次爆炸案极有可能是流亡上海的朝鲜人干的。希望你们把钱用在刀刃上,目的就是不惜一切代价,抓到'朝鲜之虎',就算把上海掘地三尺,也要挖出来。明白吗?"

"明白!"两位组长立马起身,齐声回答。

事不宜迟。做事从不拖泥带水的绫子在桌上摊开一张上海地图,用指挥棒指着,厉声道:"为了提高效率,我决定,把上海按区域划分成五块,每一块都要有人去查,必须做到纵横到底到边,不留一寸死角!"绫子声色俱厉:"明天开始把你们的明哨都撤出去,只留下暗哨,跟他们说先不要太急,慢慢趴着,大雨过后一定会有鱼出来透气,谁抓住了第一条,我赏黄金十两。"

两人站姿笔直、表情严肃地听完训话,毕恭毕敬地敬了一个礼。

今晚注定是一个不眠之夜。两人走后,绫子捋了捋秀发,靠在沙发上,微闭双目,睫毛却在不停抖动,眉头皱成川字,看上去像睡着了,大脑却在高速地盘算。

第二天天刚蒙蒙亮,日本驻沪司令部里已是一派繁忙嘈杂。摩托车、卡车相继发动,宪兵们牵着警犬,手握钢枪纷纷爬上了车。从日本司令部开出来的机动车辆,像极了八爪鱼的触角四处伸展。

在静安、虹口和闵行,各有一个带院子的二层小楼,分别成了山本和佐藤的秘密集结地。

所有人一夜未眠。他们知道绫子的行事作风,只要结果,不看过程。此刻,院子里已经汇聚了一批人,穿戴五花八门。有的拿着笤帚扮成扫大街的阿叔阿婶,有的准备了挑子扮成卖菜的货郎,有的扮成卖糖葫芦和卖香烟的摊贩。在这些人组成的行动队里,虽有个别日本人,但大部分是中国人。

在虹口区这个院子里,山本在喧嚣中四处观察他们的准备情况。等到差不多的时候,他轻轻咳嗽了一声,现场缓缓静了下来。

"都给我听好了,干我们这一行,关键要做到扮什么像什么,绝不能让别人看出破绽。"山本对众人发话。

"刘旗!"山本开始点名。

"到!"

"你带人到法租界去,朝鲜流亡组织就在那里,你们潜伏在周边摸排线索,估计他们这段时间不会轻易浮出来。记住你们现在也在暗处,不能暴露身份。"

"是!"刘旗应答一声后,挥了一下手便带着几个手下离开了。

"杨房!"

"到！"

"你带人立即赶往静安寺一带，那边闲杂人员多，反日分子有可能会钻空子。"

杨房也带人匆匆离去……

爆炸案发生后，崔立骏回到金先生住处时，金先生已经转移别处。随后一整天，崔立骏一直在探寻金先生的下落，与妻子处于失联状态。

傍晚时分，林熙媛呆坐在里弄内的家门口理着小葱，不时向远处张望。当崔立骏出现在门口的时候，林熙媛立马扔掉手中的小葱，直愣愣地站了起来。崔立骏快走几步，来到了泪眼蒙眬的林熙媛面前，两只手紧紧地握在了一起。此时此刻，如果里弄内没有他人，林熙媛真想扑进丈夫的怀里痛哭一场。

"立骏，你去哪了？爸爸讲爆炸案前一晚有人敲门，告诉他任何人来问是否认识金先生都要一口否定。我，我都吓死了。"林熙媛边流泪边急切地说。

崔立骏环顾一下四周，把食指竖在嘴唇边，"嘘"了一声，示意林熙媛把声音放小，"这不是讲话的地方，我们进屋说。"进门后，他迅速将妻子搂进怀里，下巴抵住妻子的肩膀，用手轻轻地摩挲着她的后背，让她的情绪冷静下来。林熙媛一把推开崔立骏，面带愠色地说："就不应该放你进来，你们男人做事屁股一拍就走了，叫我们怎么办？我们女人就应该坐在门口，没日没夜地等？"

"我找了一天金先生，还是没有找到他。"崔立骏说。

扫了一眼门窗，林熙媛小声道："爆炸是你们干的吗？整个租界都疯了。"

"我胆子小，干不了动枪动刀的大事，只是做了点金先生分派给我的零星小事。"崔立骏淡淡一笑后回答。

"你骗我！那天去虹口公园，你们两个根本就不是去玩，而是去踩点。"林熙媛边说边轻掐丈夫的手臂。

崔立骏看见妻子脸上的泪痕,心里很是不忍。他轻抚着妻子的秀发轻声轻语:"不说这些了。爸爸他们还好吗?一定要交代他不能乱讲话,现在到处都是耳朵。"

"我都交代过了。"

"你每天照常去上班,不要表现出任何异样,不管谁问,一问三不知就行了。"崔立骏仔细打量了一下林熙媛,发现她的面容憔悴了不少。

崔立骏的担心并非多余。

林熙媛告诉他,里弄内今天来了好几帮搞不清身份的人摸排情况,由于林家很早就扎根落户在上海,且没有对外宣称过韩侨身份,里弄的邻居又能彼此间拍着胸脯担保,才没有人到家里来询问调查。

匆匆一面后的第二天,崔立骏又要走了。望着泪眼婆娑的林熙媛,崔立骏用手指抹掉了她脸上的泪:"这段时间你住爸妈家,对外称我出差去了,要送一批东西去日本。"

"真要去日本吗?"

"不要多问!有事情你就去找法租界的薛探长。碰到事情不要慌,尤其关于我的事情,不要着急,我人在日本,任何事情你都不知道。"

崔立骏说完话,林熙媛扑到了他的怀里。楼梯上的父亲看到这一切,默默退回屋内。崔立骏刚打算松开手,林熙媛很不舍地再次抱紧了他。

"你说,遇到紧急情况,我到哪里找你?"林熙媛抬眼柔声问。

"不要找我,我会跟你联系。你只需要知道我在日本。"说完,崔立骏转身出门,像风一样飞快地消失在街角。

倘若之前林熙媛只知道崔立骏多多少少帮助了金先生,那么爆炸案发生后,她坚信自己的丈夫在金先生那里一定发挥着重要的作用。林熙媛震惊之余,也打心眼里理解、赞同、敬佩丈夫的所作所为。她知道丈夫这么做很大程度上跟自己有关,尽管他一句没说。因为自己,丈夫与金先生认识,又因为自己,决定第一次帮助,随后便是第二次、第三次。林熙媛望着丈夫远去的身影,双手合十,在心中默默为他祷告……

崔立骏没有去日本,而是向公司请了几天病假,藏身于朱之澜的仓库中,一门心思寻找金先生。

第二天下午,天气阴沉,上海一片灰暗。崔立骏把自己装扮成捡拾垃圾的流浪汉,蓬头垢面,背着破布袋,走起路来一瘸一拐。

与前一天同样装束的崔立骏,又一次出现在金先生居住的普庆里,神态和步履一如往常。他知道这样做风险很大,但不入虎穴,焉得虎子?这里是他唯一能找到金先生线索的地方。

很快,他便发现今天的里弄与昨天不一样。里弄内卖糖葫芦、香烟的小商小贩和修车补鞋的摊子明显增多了,甚至挑担子卖菜的乡下人也操着一口浓厚的上海口音。

整条里弄看似很吵,其实很安静。

崔立骏眼睛一眯,敏锐地感知到,空气中弥漫着一股诡谲,一种不可名状的气味。他甚至听到了身后不远处修车摊子上的中年人从腰间拔出短枪时发出的咔嚓声。

"冷静,冷静!"心扑通扑通狂跳着,崔立骏深吸了一口气,假装弯腰从垃圾桶里掏出一些东西,不慌不忙地放进袋子里。一个形象懒散的特务站在崔立骏前方五六米处,右手插在鼓鼓囊囊的下装口袋内。此人边抽烟边盯着崔立骏,半分钟之后,便朝崔立骏低声但冷峻地喊话:"对面里弄垃圾多,去那边捡!"崔立骏指着嘴巴摆了摆手,示意自己是哑巴不会说话,便佝着身子拖着袋子向前走去。行走的过程中,崔立骏感受到对面的里弄平静得如同一潭死水,仿佛时刻都能将人吞噬。

"金先生,您在哪里啊?现在您千万不能回来啊!"崔立骏暗自祈祷。

崔立骏不疾不徐地向对面的里弄走去。在离对面里弄入口几米远的地方,一个拿着扫帚的清洁工正在歇脚,旁边一个挑担子的卖菜者,把扁担斜靠在墙边,心不在焉地点起一管土烟。二人有一搭没一搭地聊着。

"到底是何方神圣?防范那么严,结果还是让他得逞了。"卖菜者吐出一口浓烟嘟哝着。

"是啊,都在这耗四五天了,连根毛都没见到,我看八成人早逃了。"清洁工头也没抬地说着话。

"这可苦了我们了,都几天没合眼了啊。"卖菜人埋怨道。

"抽你的烟吧,不怕隔墙有耳啊?不好好干,日本人真的给你吃枪子。"清洁工比了一个打枪的动作。

崔立骏低着头从两人旁边经过,从筐子里那蔫蔫的菜蔬和他们的只言片语中他已完全明白,日本人已在这一带设点布控。崔立骏边走边捡垃圾,没有半点慌张,顺着街道一瘸一拐地向前走。一袋烟工夫后过了街角,崔立骏再也不敢耽搁,立即摘掉破毡帽,脱掉身上褴褛的外衣,随手扔进旁边的垃圾桶内,然后快步走进胡同里。

大约十分钟之后,佐藤骑着自行车来到金先生原先居住的房屋门前,两只脚撑在地上,用手推了一下墨镜问两个密探:"有情况没有?"

"都蹲守几天了,这个大门连个瞎猫都没有出入过,更别说大活人了。"修车人回答。

扫地的也接过话头,瘪着嘴说道:"这里是条小巷子,一天天的也没看到过什么正经人。除了捡垃圾的,有谁愿意到这鬼地方来?"

"捡垃圾的?"佐藤一听,立马警觉起来。

"报告长官!"扫地的不敢怠慢,立正回答,"刚才看到一个瘸腿不会说话的乞丐打这里路过!"

"八嘎!你们两个蠢货!"佐藤火冒三丈,"你们以为就只有自己可以化装打扮吗?这个人极有可能是过来找朝鲜领头者的。"两个人面面相觑,随即把东西一扔,撒丫子就向着崔立骏离开的方向追去。

不久,两人将崔立骏丢掉的衣服拎了过来,放在了佐藤面前。佐藤用脚踩着这件衣服,瞪着猩红的双眼吼道:"找不到人,你们都得死。传我的命令,封锁周边所有的街道,给我搜!"

警哨声顷刻响起,迅速连成一片。

崔立骏气喘吁吁左突右奔走了一段路,突然听到警哨声,立刻意识到自己已经暴露,便加快步履向前奔走。里弄里的警察站立彷徨之时,看到百米开外疾步不辍的崔立骏，便一齐朝他跑来。里弄很长，崔立骏边向前走边张望，希望能找到合适的藏身之处，但一路走过来，经过的住户都是大门紧闭。万不得已，他快速跑进了另外一条里弄。

在里弄内疾驰几十米后，崔立骏看到一处诊所半敞着门，门口挂着个牌子"达生诊所"。

"达生诊所？"崔立骏突然想起，一次他和几位同学参加游行示威，两位同学的头部被棍棒击伤，鲜血如注，就是来这里包扎的。那次大夫不但没要一分钱，还管了他们几个人一顿饭。前路已然是死胡同，身后追捕者的警哨声和脚步声此起彼伏。身处绝境的崔立骏别无选择，索性把心一横，直接推门进入了"达生诊所"。

诊所大堂，一个四十岁左右的中年人正在配药，不速之客的闯入令他惊愕不已。

"大夫，我拉肚子，麻烦借用下厕所！"崔立骏气喘吁吁地请求道。

坐诊的柯医生看崔立骏急急忙忙的样子，伸头向门外左右扫了一眼，虽然没有看到有人跟踪，但是周围警察的哨声灌入耳中。

"你不会就是日本人要找的刺客吧？若是那样，就不是上厕所的问题了。"

崔立骏没有丝毫慌张，神色淡定："当刺客杀人，我没有那个胆子，但我上大学时参加过反日游行，我怕他们胡乱抓人。"

"不是刺客就好，厕所随便用！"

柯医生答应后，叫来了一个个头矮小的小伙子："桩子，带人到后院上厕所！"随手便关上门落下门闩。

小伙子带着崔立骏进入后院几口烟的工夫，诊所的大门被砸得咣咣作响。迟疑一会儿后，柯医生才去打开大门。

佐藤提枪带领几名警察闯了进来。

"怎么这么久才开门？"

柯医生指着桌面上几个插有木质小勺的玻璃药瓶和七八个小纸袋，轻声回答："我正忙着配药呢，几瓶药的大小和颜色都一样，一袋药配完才能停,装错了要死人的!"

"少废话!有没有一个男的进来了?"一个便衣大声质问。

柯医生假装配合地摇摇头,感叹道:"一下午都没有一个病人来。你们来了,我还满心高兴地以为生意上门了呢。"

柯医生嘟嘟囔囔说着,听得进门的几个人很不耐烦,一齐望向满脸杀气的佐藤。佐藤摆了一下手,吼叫道:"给我搜!"

几个人立马分头在房间里翻箱倒柜起来。屋子里搜完后,他们又跑到院子里。院子里除了几棵大树,就只有角落里一个厕所。佐藤挥了一下手,示意手下进入厕所。一个便衣没敢贸然进入,在厕所门口向内探头望了一眼。

"有人!"便衣大叫一声的同时,快速退后两步。所有的人举枪瞄准厕所入口。

"里面的人听好了,我数三下,举手出来,不然的话,我们就开枪!"佐藤大叫一嗓。随后,哗啦啦响起了一片手枪上膛的声音。

"一!"

"二!"

"别,别开枪,我,我擦完屁股就,就出来!"

话音落下后三五秒,一个人走了出来。出来的人不是崔立骏,而是桩子。佐藤的两个手下以迅雷不及掩耳之势扑了上去,将桩子摔倒在地,反剪双手提溜了起来。

"你是谁?"佐藤掐着桩子的脖子,大声喝问。

"诊,诊所的伙计!"

佐藤朝身后两个便衣瞥了一眼,厉声问道:"是刚才那个捡垃圾的吗?"

崔立骏和桩子从个头到长相相差甚远。两个便衣上上下下一番打量后,摇头否认。桩子以为相安无事时,佐藤突然抓起他的头发,狠命地把他的头撞在了树上。望着桩子满额头的鲜血,佐藤吼叫道:"耽误了我们抓凶手,这次给你个提醒,下次再……"佐藤咽下后半句话,愤慨地转身离去。

佐藤离开半个钟头后,头部缠着纱布的桩子要去院内放出崔立骏,被柯医生抬手制止。一个钟头后,佐藤带人直接撞开大门,再次闯进诊所。这一次,搜查队伍里多了一个人——绫子。

第二遍搜查,是绫子的主意。

"每个房间和院子再给我查一遍,看看有没有变动的地方!"绫子吼叫。

"你们刚来查过,没人来,也没人走,能有什么变化呀!"柯医生抱怨道。

绫子两步走到桌前,一脚踹翻了木桌。桌面上所有的药瓶摔碎在地,白色药片撒了一地。绫子用短枪卡住柯医生的脖子,将人逼至墙角:"混蛋,再啰嗦一句,我就杀了你!"柯医生惊慌失措一阵后,鞠躬道歉:"你们搜,你们搜!"

半个钟头后,绫子带人悻悻离去。

第二天凌晨,等外面彻底没了动静,桩子才到院子里把崔立骏给放了出来。原来,忐忑不安的崔立骏被带到后院,桩子并没有问他发生了什么,只是说崔立骏遇到了好人,柯医生医者仁心,普度众生;最后走到一个角落,用手把墙边堆放的干树枝挪开,下面有一个盖板,盖板下面有个洞口。"快下去,我不过来找你,你千万不要出来。"崔立骏纵身跳了下去,桩子推上盖子,把树叶撒在盖子上,并在旁边放上一只装满屎尿的马桶。做好这一切后,桩子长舒一口气,跑进了厕所。

天蒙蒙亮,诊所外清风徐徐,一切安然。崔立骏换上桩子的衣服,打扮成诊所伙计的模样,悄然走出了诊所。

崔立骏不知道的是,面前这位气定神闲的柯医生不是一般悬壶之人,而是中共上海秘密交通站的站长,在上海参与过多起铲除叛徒的重大行动。

第 8 章 上海

按照金先生事先的计划，所有韩国临时政府人员都得到通知，实施静默潜伏，但意外还是发生了。

安昌山被捕了。

安昌山比金先生小两岁，是较早来到上海从事独立运动的领导人之一。来到上海后，他参与了韩国临时政府的筹建，历任临时政府内务总长兼代理国务总理等职。

崔立骏清楚地记得，爆炸案发生的前一天，金先生在一张纸条上用韩文写了几句话并让他给安昌山送过去。信是密封好的，内容是告诉安昌山明天上午十点前务必离开住宅。他按照金先生的吩咐，只管送信，至于信的内容和接下来将会发生什么事，他不会打听。

一切令人猝不及防。

金先生的亲笔信并没有引起安昌山的重视，和之前一样，遇到紧急的事情安昌山都会前往李裕弼家碰头通气。相比较其他临时政府里的要员，李裕弼行事较为高调。日军在爆炸案发生后，初步断定韩国人所为的可能性较大，故前往搜捕平日里就被盯上的李裕弼。李裕弼得到金先生的通知，提前躲了出去，日军搜捕队扑了个空。

安昌山行至街头，警笛呼啸，响彻四周。此时他本应止步，寻处隐蔽。可他心存侥幸，压低帽檐，反复确认无人跟踪后，便抬手叩响李裕弼家门。三长一短暗号后，门缓缓开启，迎接他的并非李裕弼，而是数名日本宪兵和便衣。黑洞洞的枪口，直直对准他。

"不许动！"

安昌山没有惊慌，站在原地将手举了起来。面对两个扑上来搜身的宪兵，他一字一顿地用英语说："I am an employee of Shanghai Huameihua Trading Company. I was just on my way home.（我是上海华美华商贸公司的职员，我是回家路过这里的）"

"说中文！什么人？"

"美籍华人，我妻子是美国人！"

"为什么到这里来？"

"这家主人前年买过我们的皮衣，我们半年保养一次，这不时间到了，来问问。"

一个宪兵走上前，从安昌山上衣口袋里掏出证件，确实是美籍华人的证件，上面写着"高达生"，还有美国大使馆的盖章。宪兵打算放安昌山走，看了一眼一直站在旁边不说话的山本。山本和一个便衣耳语一阵后，便衣离去。

"我听说，今年你们公司的折扣很大。我想给妹妹买瓶 Houbit 香水，你们公司现在的折扣是多少？"山本微笑着问道。

安昌山此时已经汗流浃背，强装镇定微笑道："现在公司的折扣力度很大，尤其是总部希望打开上海市场，都是五折左右。如果您有需要，明天可以来百货大楼三楼办公室找我，我很乐意效劳。"

"好，我刚才让人去给我妹妹打个电话，问她想要几瓶，麻烦你等一会儿。"山本说完，掏出香烟，点火后旁若无人地抽了起来。一支烟刚抽完，先前离去的便衣小跑而返，在山本耳旁嘀咕了几句。山本顿时脸色一变："先生，你们公司至今还没有开通化妆品的业务。"说完，山本手指微微一挥，淡淡一笑："还有，你们公司并没有一个姓高的美籍华人。"

不由分说，两个宪兵把安昌山的双手反剪到背后，将他带到附近停着的一辆卡车旁，野蛮地把他塞进了车。卡车上，已经有半车厢被捕的人。

直到这时，安昌山才如梦方醒。革命者不能仅仅靠运气吃饭，这是金先生多次提醒过的工作原则，可惜他没有认真谨慎地对待。

安昌山被捕后，没有屈膝变节，加上日本人也没有找到他参与爆炸案的直接证据，只能对外解释他的被捕另有原因，最后他被日军押解回朝鲜,在狱中遭受了很多非人的折磨。

除了安昌山,另外被捕的还有两名临时政府成员以及几十名学生,就连普通韩国人及妇女爱国会成员也遭到了日军的残暴对待。

爆炸案发生的当天下午,秘密搜捕四处展开。

在尹英魁就职过的制帽工厂里,下班后的工人三五成群地从工厂走出。大街上到处是警笛声,每个路口都设置了岗哨,过路者都遭到严格的盘查,大家都一头雾水,不知道发生了什么事情。

李义浩心里预感肯定有大事发生,于是就要拉着三个朋友快步离开,突然被几个日本宪兵拦住了去路。

"干什么的?"

"我们是制帽厂的工人,刚下班。太君!"

"虹口公园出了大事,听说了吗?"

"没有。我们才下班。虹口公园离这很远,我们什么都没听到。"

众人七嘴八舌后,一个宪兵开口询问:"认识尹英魁吗?"

李义浩愣了一下,刚要说不认识,谁知一个嘴快的人先出声了:"认识啊!怎么了?"这下捅了马蜂窝,几个宪兵唰一下举枪把四个人围了起来。

"那就不好意思了,跟我们走一趟吧。"

"凭什么抓我们?光天化日,你们还有没有王法?"工人们开始挣扎。一个宪兵"哗啦"一下拉响枪栓,举枪恫吓:"八嘎,再乱动就开枪!快上车。"

此时,李义浩已经意识到,问题出在"认识尹英魁"那句话上。他悄悄地警告几个人:"别白费力气反抗了,跟他们走。"

有两个人意识到问题的严峻,不再做徒劳的反抗,但那个说认识尹英魁的人拐过街角时,趁宪兵没注意,撒腿就跑。

"八嘎!"几个宪兵一边大声咒骂一边提枪追了上去,剩下的三个宪兵则端枪对着李义浩他们。

"啪!"传来一声枪响,逃跑的人瞬间栽倒在地。宪兵追上去,用脚踢了踢地上的人,接着又"啪啪"补了两枪,这才返回来,跟同伴有说有笑。

眼前发生的一切,让李义浩瞬间感觉到人命如草芥。

"都给我老实点,再逃跑,统统毙掉!"

随后,李义浩三人和许多被捕的人一起被推上了大卡车。

此后几天,工厂上班的韩国人因畏惧严苛盘查与无端逮捕,有家难归,只得暂栖工厂,席地而眠。工会多方奔走,派人协商斡旋,却屡屡碰壁。

韩人妇女爱国会同样是山雨欲来。

这天下午,两个韩国女性金爱花和赵真亚相约到妇女爱国会去看一看。一来,因为当前时局动荡,妇女爱国会的聚会已经暂停多日;二来,她们妇女爱国会想为在这次搜捕过程中受到伤害的韩国女性提供一些救助。但是她们没有想到,危险已经悄然来临。

当她们正在收拾屋子的时候,门被"咣咣咣"地擂得山响。

赵真亚疑惑地打开门,四杆日本三八大盖和一个翻译闯了进来。

"突击搜查。你们是什么人?"

"来搞卫生的。"赵真亚强装镇定回答。

一个粗暴的声音吼道:"老实一点!你是哪里人,在这干什么?"

金爱花说:"阿拉是上海人,太君,在这搞卫生呢。"金爱花一口熟练的上海话。

"搜!"一声令下,日本兵像一群贪婪的海盗,肆无忌惮地翻找,但并没有搜寻到他们想要的东西。

韩国临时政府本身就已经穷得叮当响,更不用说一个小小的妇女爱国会。

日本兵用淫邪的目光注视着金爱花丰满的胸部,当翻译官那奴才般的声音传来,提议要对她们进行搜身时,金爱花感到前所未有的羞辱和恐惧。她被逼到墙角,手上碰到的任何东西都朝着日本兵扔过去,一只破损的花瓶擦破了日本兵的脸。其他的日本兵看着他的狼狈模样,竟嘲笑了起来,其中一个宪兵道:"小野君,你连一个女人都制服不了,实在是太丢人了。"

那小野摸了一下脸上的血,勃然大怒,啪的一个耳光就扇了上去,鲜血从金爱花的嘴角淌了下来,"你的,竟敢攻击皇军,良心大大地坏!"

赵真亚赶忙去护住金爱花,四个日本兵看到赵真亚的举动更加生气。两个人一组,举枪瞄准,其中一个用枪托把赵真亚砸倒在地,被划破相的日本兵揪住金爱花的衣襟,又连续扇了几个耳光。她们二人披头散发,脸上已是青一块紫一块,身上伤口鲜血直流。

看着两个嘤嘤哭泣的弱女子,几个日本兵色心大起,蹂躏带来的快感,使得他们兽性大发。他们把翻译撵了出去,然后闩上了门。屋子里,四个日本兵的魔爪伸向了两个手无缚鸡之力的女人……兽行结束后,两个女人已经面无人色。一个日本兵还在金爱花身上嗅着味道,还有意识的她拿起旁边的水壶就砸了过去。一个日本兵当场头破血流,捂着头大声号叫,气急败坏之际,日本兵挺着明晃晃的刺刀残忍地挑开了金爱花的肚子……

覆巢之下,安有完卵。

更多的逮捕、枪杀和凌辱在上海接连发生。更有甚者,爆炸案使很多中国朝鲜族的人也受到了株连,这引起了一部分韩国人的非议。他们当中不少人公开发表言论,说虹口公园爆炸案另有主谋,主谋者逃之夭夭,独留无辜者被捕,这是在逃避责任。

形势万分凶险。

虽然及时撤退的金先生暂时安全,但他早将自己的身家性命置之度外。这段时间一直让金先生寝食难安的是,日军的魔爪正不断地伸向无辜的韩胞。尽管已经料想到日军的疯狂报复,但没想到的是,对方居然这么明目张胆,几乎要将在沪韩国人赶尽杀绝。

经过多日思考,金先生决定浮出水面,吸引所有的火力。

不顾李凤吾、安山根等多人的劝阻,金先生决定通过路透社及《申报》发表声明,公布"虹口公园炸弹案之真相"。

这天，他十万火急地把安山根找过来，把一张纸交到他手里："你抓紧想办法联系崔立骏，尽快发出去。"

安山根打开一看，居然是一份声明，便立即表示拒绝："金先生，这个时候最适合的做法就是保持静默。如果强行露面，凶多吉少。"

金先生知道安山根的说法不无道理，但这件事情的结果不应该让无辜的同胞来承担，必须有一个人高举火把站出来，成为靶子吸引火力，留给其他人撤退和喘气的机会。"执行命令吧！日本人现在就是料定我不敢出来，所以打着抓捕嫌疑人的旗号，肆意妄为。"

"我们进去的兄弟没有一个将您吐出来的，您现在冒出来，那他们的牺牲有什么意义？安昌山被捕后，在狱中受尽折磨，但咬紧牙关，目的就是为了保护您。"安山根态度坚决。

"安山根，我现在是以临时政府、'韩人爱国团'团长的身份命令你，这是命令，不是商议。如果你要申诉，李凤吾和国议院那里你尽管去。但再这样下去，在沪的韩国人就会绝种，你我就是千古罪人。"

空荡的房间里，两人相对而立。风吹开了窗户，光亮投进来的时候，安山根才看到金先生这几天苍老了许多，像一位大病一场的老人。他无言以对。

声明最后由安山根用中文成稿，同时翻译成了英语。声明中表示："虹口公园之爆炸案，日方力图和某机关相连，以求达其目的。真相今犹陷于黑暗之中。余为此次全部事件之主使。为人道及正义，及希望唤起同胞、友人从事打倒日本侵略政策之工作起见，特将本案真相昭告世界。余今已不复在沪，故可直言不讳。"金先生更是连同计划与实施的过程，尹英魁的简历、他自己的简历，统统公布于众。

重任又一次落到崔立骏的肩上。金先生告诉安山根，要尽快找到崔立骏，请他负责把声明在《申报》刊发出来。

林熙媛在报社办公室接到一个电话，打电话的人约她到楼下咖啡厅见面。她坐下有一阵后，安山根才姗姗来迟。

"现在你能见到立骏吗？"安山根开门见山。

林熙媛摇了摇头:"暂时联系不上。金先生怎么样了?"

"情况不好。我需要一个能在《申报》上发表声明的人,你这边有吗?"安山根先是摇了摇头,最后恳切地问道。

林熙媛再次摇了摇头:"我只认识《申报》一般的记者,没用的,但立骏和他们上司熟悉。"

"这件事情比较着急,需要尽快联系上立骏。另外,他一个人在外面也很危险。"随后他在餐巾纸上写下一个地址,递给林熙媛,"这里是我们的一个联络点,你记下之后,立刻烧掉。"

林熙媛回到办公室,突然想到之前帮助金先生筹集资金时,在报纸上登过的广告。"看看能不能跟立骏心有灵犀吧!"林熙媛在报纸上登了一则很不起眼的广告:"吉房出租,司马路76号。价格公道,房东人好。随时可看房。"

司马路76号是两人租出去的第一套房子,一对犹太夫妻租的。当时这对犹太夫妻把价格压得很低,崔立骏用流利的英语磨了整整大半天,犹太夫妻无奈答应了他提出的条件。

崔立骏看到了这则消息,并暗暗感叹妻子的聪慧,预感到肯定是有什么大事。

在一个公共电话亭,他拨通了林熙媛办公室的电话。林熙媛自广告刊登后,一直守在电话机旁。

"喂,你好!"林熙媛的心脏快要跳出胸膛。

"最近怎么样?"

"挺好的,吃得香,睡得好。你呢?"林熙媛一时没忍住,听到熟悉的声音在耳边,眼泪一下子就涌上来,但又被强压在眼眶里,鼻音加重了许多。

"别哭,我也很好,还长了几斤肉,没办法只能去买一件新外套,你要不要陪我去逛逛?"

林熙媛挂了电话,径直前往上次二人去过的咖啡厅。进门后,她选择了一个对着门的位置。

这时迎面走过来一个男人,头戴礼帽,帽檐微微下压,戴着一副圆眼镜,身着一袭长衫,胳膊下夹着一个公文包,一副标准职员形象。来人迎着林熙媛走过来,坐在了林熙媛后面。两人背靠背而坐。林熙媛着急回头,看着他。此人仿佛背后长了一只眼睛,"别看我,我很好,身上该有的一块都没掉。"见崔立骏还有心情开玩笑,林熙媛知道他在安慰自己,眼泪扑簌扑簌地掉了下来。

"别哭了。"

"谁哭了,男人没一个好东西。这么久了,连一个电话也没有,现在没衣服穿了,才知道叫我过来陪你看看。"

旁边的服务生在为另一桌人服务,将这边的情况遮掩得严严实实,崔立骏伸出手,轻轻捏了捏林熙媛纤细的手指。

"金先生现在安全吗?"崔立骏开口询问他心中最关切的事情。

"安全。"

听到这两个字,崔立骏没有说一句话,而是闭眼长叹了一声,多日悬空之心终于放了下来。

"上面是安山根给的地址,他说会在那里等你,金先生要发一则声明在《申报》上。我这边没有什么途径,他们需要你。"林熙媛的情绪安定下来,轻声说道。

"看你瘦了一大圈,要多吃点。爷爷的老寒腿,你让爸爸勤给敷着草药,不够再去我叔叔那里拿。"

听了这些关心的话语,林熙媛忽然又伤感起来。

"熙媛,金先生所做之事为韩国,也为中国,他现在遇到了困难,身边可用的人很少,我得帮他。"

"立骏,你做这一切是不是为了我?"

"熙媛,我们恋爱时,我帮助金先生,可以说全部为了你。但爆炸案发生后,就不全是了。"

"那为了谁?"

"一半为爱情,一半为正义。"

林熙媛还想和丈夫再说几句话,但崔立骏松开了她的手指:"我要走了,你等五分钟再走。"

崔立骏起身离开。等了几分钟后,一个服务员端着盘子走了过来,面前是一块栗子蛋糕。

"刚刚有位先生给你点的。"

林熙媛看着那块栗子蛋糕,泪如雨下。

崔立骏按照地址找过去的时候,只见门口站着两个少年,一个盯着崔立骏,一个转身进屋。不一会儿,安山根走了出来。他一身粗衣打扮,带着崔立骏走了进去。

"门口的孩子,多大了?"

"在这里出生的韩国小孩,一个十四,一个十五,人手不够,只能借过来用。"

进入屋内,安山根直截了当地问道:"《申报》那边你有认识的人吗?"随后,他详细地向崔立骏介绍了登报之事。

"能再劝劝金先生吗?"崔立骏为金先生的想法感到震惊。

"谁都说服不了他。他说,无辜的同胞被捕被杀,自己却躲在暗处,他无法忍受。"安山根看穿了崔立骏的想法,直接点破。

林熙媛跟自己说金先生要发一则声明的时候,崔立骏就想到了声明的内容。但现阶段将在沪韩国人的旗帜暴露在无数只眼睛、镜头和枪口之下,崔立骏不可接受。

安山根站在门口抽起了烟,看着门口的两个少年,丢了支烟给崔立骏:"他们是在华的第二代韩国人,我是第一代,父母都是韩国人,在中国生的我。上个月,那个十四岁小孩的父母被逮捕,至今音讯全无。十五岁孩子的父母被当街枪杀,日本人称枪支走火。"他转过头来,继续说道:"在沪的韩国人不能绝种在我们手上。"

"我认识一个人,但是我不确定他会不会答应。"崔立骏抹了一把眼眶里的泪水,轻声说道。

第 9 章　上海

外滩岸边,江风猎猎,潮水翻涌。

崔立骏紧裹衣衫,静立黄浦江畔。他脑海里不断地冒出安山根的最后一句话:"声明发得越快,就越能多救人。"

曹斌赶过来的时候,两人四目相对,彼此打量。曹斌父亲在政府里担任不大不小的官职,曹斌毕业之后就被塞进政府做了科员,又通过关系擢升到新闻统制办做督察员。李立桦事件后,二人就没见过面。

旧友相见,眼中却难觅昔日热忱。

"立骏,最近在忙什么?"曹斌率先打破僵局。

"忙抗日。"崔立骏盯着曹斌的眼睛,缓缓说出了这句话。

"你真会开玩笑。"

"绝非玩笑。这是立桦生前夙愿,我不过代他履行。"

崔立骏将纸张塞到曹斌的手里,说要刊登一下这个声明。曹斌看了一下,立马合上了,连再看一眼的勇气都没有。

"这几年办公室坐得你胆子变小了。"崔立骏开口道。

曹斌紧紧攥着那张纸,好像希望手掌把它吞噬掉。他有些气急败坏地说:"你知道你给我的是什么吗?不怕我……"

"然后,你就可以身居高位了?你这几年有没有梦到过立桦,我常梦到他,他怪我们抛下他。这几天他又来梦里找我,跟我讲,我做了他想做的事情,他很欣慰。他找过你吗?"崔立骏盯着曹斌,字字恳切。

曹斌盯着波涛翻腾的江面,沉默不语。

"日本人这段时间在上海肆无忌惮,法租界尚且这样,上海之外的地方是什么样子?你想过吗?曹斌,你是不愿看,还是你不敢看?"崔立骏心中悲愤难抑,用力扯了扯曹斌胸前鲜艳的领带。

曹斌显然没有意识到崔立骏一上来就这么直接猛烈,瞪了一眼崔立骏后,转身就走。

崔立骏在后面突然冷静下来:"立桦是为了扶你一把,才被打中的,他是为了跑过去扶你。他用自己的命换了你一命,结果你却在践踏他的理想。"

曹斌突然站住,肩膀微微颤抖起来,随后整个人战栗不停……

三日后的 5 月 10 日。

《申报》在头版头条登出了这份声明。报纸被哄抢一空,《申报》又连忙加印了两倍的数量。

当报纸放到绫子桌面上的时候,扫过一眼,绫子气得不禁拍桌子大骂:"八嘎!一群废物。"她把报纸扔在山本的脸上,叫他一个字一个字读,吼叫说这是韩国人对特高课的戏弄,是对大日本帝国的羞辱。

山本即刻带领一帮人荷枪实弹、气势汹汹地杀到《申报》编辑部,把里外围了个水泄不通。山本斜站在社长办公室内,怒目圆睁,啪的一声把手枪重重地拍在办公桌上。

"这个声明是谁送过来的?"

主编哭丧着脸,嗫嚅道:"不知道,一大早就放在我办公桌上了。觉得有新闻和销售双重价值,我没有多想,就签批了。"

"不知道是谁送来的,就敢随便刊登?"山本气急败坏地咆哮着。

"这位先生,我们在自己国家印刷自己的新闻,是符合道义与法律的。1931 年 6 月 1 日公布的《中华民国训政时期约法》第十五条写明:'人民有发表言论及刊行著作之自由,非依法律不得停止或限制之'。如果你有问题请拿我国政府的法律来与我对话,如果没有,请你离开。"一直站在旁边,默不作声的曹斌终于开口了。

山本知道曹斌有政府的背景与来历,只好讪讪地带着队伍离开。

随后,编辑部里响起雷鸣般的掌声。

金先生虽然声明已不复在沪,但只是布了一个迷魂阵,其实人还在租界内。

声明发表后,崔立骏被安山根带着见了金先生。

"金先生,您还好吗?"崔立骏情不自禁地扑向金先生,紧紧拥抱他,生怕人会再次消失一样。

"立骏,你瘦了!"金先生拍了拍崔立骏的肩膀。

"立骏,前期很多事情为了保密,也为了你的安全,我瞒着你,实在抱歉,但现在你应该明白一切了。"金先生面带歉意地说道。

"金先生,现在我全明白了。"

"立骏,我们不是为了扬名立万,更不是为泄一己私愤,而是为了大韩民族,为了以暴制暴。你是中国人,已经帮助了我们很多,我们对此感恩不尽。你也看到了,干我们这一行的,每一步都是刀山火海,为了安全,我建议你现在还是退出吧!"金先生说完,扭过头去。

崔立骏愣神好大一阵儿。

"金先生,我做错什么了吗?"

金先生并未扭过头来,低声说道:"没有。"

"金先生,那您是逼我做一个言而无信之人吗?"

"什么意思?"

"我再次郑重声明,帮你们,就是帮我们自己。君子一言既出,驷马难追。"崔立骏心急如焚地说。

"字字如铁?"

"是的。字字如铁。"

金先生转过身来,凝视着崔立骏:"立骏,我最后再问你一遍,跟着我死多生少,你真的愿意?"

"金先生,我愿意!"

"字字如铁?"

"字字如铁!"

金先生一把将崔立骏搂在了怀里:"铁,铁汉!"

好半天,两人才分开。望着同样动情的金先生,崔立骏眼眶湿润:"金先生,您才是真正的铁汉。您的声明发表后,立竿见影,日方迫于舆论压力,不得不释放之前抓捕的众多嫌疑人。"

金先生甚是欣慰:"看来这一步赌对了。把焦点吸引到我身上,换取其他人安全,这买卖合算。"

"给,这是带给您的。"崔立骏提起桌边的一个小保温桶,递给了金先生。崔立骏来的时候,给金先生带来了一桶小馄饨。

"太好了,立骏,这些天就想这口。山根那小子,总是给我甩脸色,我也不好意思提。"

"金先生,您现在的处境危机四伏,要格外谨慎。"

金先生放下手中的筷子,对着窗外叹了口气,随后微微一笑:"但我现在只想好好吃完这碗馄饨。"

痛苦有限度,恐惧则绵绵无际。

被日军关押的众多嫌疑人中,一个名叫梁西臣的人,禁不住威逼利诱,供出韩国临时政府的所在地,并配合画像师描摹出金凡的画像,给韩国临时政府和金先生带来了致命危险,使得金先生在上海更加举步维艰。

金先生就虹口公园爆炸案发表声明后,日本人对幕后"朝鲜虎"恨之入骨,追捕力度达到无以复加的地步。综合各方情报,绫子确信金先生仍在上海,于是,在《朝日新闻》头版发布公告,悬赏大洋二十万缉拿金先生。

几天时间匆匆而过,仍然没有金先生的任何消息。

日本外务省、朝鲜总督府、上海驻军司令部岂肯罢休,联手悬红加码,金先生的人头涨至六十万大洋。

从安全角度考虑,金凡、李凤吾过去一段时间基本上都在上海的法租界内活动。一是因为法国人同情韩国人,在困境之中时常给予照顾。二是考虑到法国的地位和国际舆论,日本人要在法租界内抓韩国人,须事先知会法租界当局。金先生任韩国临时政府的警务总长时,与法国警官西大纳关系要好，每次日本人准备搜查，他都会先告知金先生。等到西大纳带人去搜捕时，已是人去楼空。

"包庇"韩国人之事发生几次之后，日本人咂摸出味道来，便不再与法租界警务局进行合作抓捕，而是想尽办法引诱金先生他们到法租界以外的地方，实施逮捕或者绑架。

爆炸案发生后至发表声明前，金先生从没有离开法租界一位朋友家的阁楼，大事小情皆由安山根出面负责。法租界韩国临时政府的人员彼此间保持静默状态，不联系，不见面。声明发表后，金先生成了焦点，日本高层开始对法租界施压，法租界警局再也无力护佑他。

风浪越来越大。

迫不得已，金先生认为到了去联系日方忌惮的美国人的时候了。

声明发表后的第三天大清早，受金先生和安山根委派，崔立骏前往法租界内的天主教教堂，看看仁慈和万能的上帝是否愿意庇护流亡之人。

教堂的牧师，是一位叫费安生的美国人。

费安生是已故费老牧师的儿子，一家人住在霞飞路上一幢有小院的二层小楼里。费老牧师是19世纪80年代来到上海传教的，生前赞同威尔逊总统关于"民族自决"的观点，同情流亡上海的韩国人，与第一批抵沪的韩国人建立了深厚友谊。对韩国临时政府，他时常无偿地提供资金与场地，临时政府前期大大小小的会议都在他家中举行。

费安生生于上海长于上海，从小受父亲影响，立志向善解救众生，成人后子承父业，成了一名牧师，对中国人、韩国人颇为友善。由于金先生时常到教堂去，久而久之两人成了志趣相投的朋友。

崔立骏本想直接到费安生家里，转念一想感觉有些唐突，于是转身去了教堂。

非礼拜日的教堂显得冷冷清清。为不引起怀疑，崔立骏肩上扛了一袋粮食，假装成送货的工人。一个操着上海口音的女佣不让进，说："侬是弄错了吧，阿拉没人想买粮食啊。"

"是费牧师买的。这米扛在肩上怪累人的。"崔立骏很有耐心。

一直磨了几分钟,女佣才不耐烦地拉了拉一根绳子,里面有铃声响起。不一会儿走出了一个金发碧眼的男人。崔立骏一看打扮,就知道对方是自己要找的人。

满头大汗的崔立骏放下肩上的粮食,递上了金先生的亲笔信。

费先生只看了一下书信上面的字迹,便明白了大概。他警惕地朝门外瞥了一眼,示意闭门:"跟我来吧!"

崔立骏跟着费牧师进了教堂内的办公室。虹口公园爆炸案影响太大,费先生自然也在关注这件事,从报纸上看到金先生的声明后,对他的勇气感佩不已。

"不绕弯子,需要我为你们做什么?"费安生开门见山问。

"金先生需要您提供一个容身之地。"崔立骏把金先生目前的困境给费先生讲了一遍。费先生边听边不停地在胸前画十字,"愿上帝保佑你们!"

崔立骏与费先生商定,两日后通知金先生藏身地点。

送走崔立骏,费牧师在办公室里踱来踱去。夫人给他递了三次水,他竟没有喝一口。最后,费安生和太太两人把家里小楼中间一个隐蔽的夹层腾了出来,做成了一个狭小的房间。第三天早上,按照约定,金先生穿上崔立骏从费牧师家带回的用人服装,左手拎着一布袋蔬菜,右手握着新买的一把拖把,顺理成章地来到了费牧师的家里。

为了躲避搜查,金先生足不出户,只能通过崔立骏或者电话询问了解外面的情况。法租界内,由于日本高层施压,这段时间对金先生的追捕日夜不停。夜晚,大街上搜捕队的摩托车呼啸而过,狼狗的叫声还有日本警察皮鞋撞击地面的声音,在费先生家里都听得清清楚楚。碍于费安生一家是美国国籍,日本人的追捕队不敢肆意闯入。

树欲静,风不止。

一天早上，他们正在吃早饭，突然门铃声急促响起。费安生预感到情况不妙，从来没有人不经预约这么早上门。他急忙让金先生通过壁炉后面的暗道躲藏起来，让妻子收拾碗筷刀叉，自己披上外套出去开门。果不其然，大门一开，西大纳带着几个日本便衣，不由分说地闯进院子，后面跟着一身便装的绫子和山本。

西大纳挺着大肚子，站在门口对费先生说："对不起，费先生。虹口公园发生爆炸案，我们辖区内也要协助搜查。其他地方都搜查过了，你们这里也要查一下，请配合。"

费安生耸肩说道："好吧，发生了这么大的事，我的家也应该查，只是我希望你们看在上帝的分上能够文明些，不要弄乱我的家。"

"给我仔细搜！"山本下了命令。

在山本和日本警察搜查的时候，绫子徘徊在费先生夫妇附近，不动声色地观察着费先生夫妇和用人的脸色。几个人分头在楼上楼下仔细搜查了一遍，并没有发现可疑之处。绫子缓步走进厨房转了一圈，看到碗池里胡乱叠放的盘子和刀叉，停了下来。

"人身上有很多味道，撒谎的味道，害怕的味道，这些都会叫你们变得不一样。夫人，你现在身上就有这两种味道。请您告诉我，你们家是不是有人来过？一大早为什么有这么多的刀叉和盘子？"绫子和声细语却暗藏锋芒。

房间里的气氛骤然紧张。

费安生惊出一身冷汗，这才觉得自己还是大意了，只考虑把盘子收到水池里，却没想到数量的问题。即使这样，他也没有慌张，脸上挂着微笑代妻子回答："这么早哪有什么人来，要说有人来也就是阁下几位了。"

一向温文尔雅的费夫人接过话茬柔声地说："我们家人本来就不少，有孩子，还有厨师、司机、用人等，大家作为上帝的子民不都要吃饭吗？你们来这么早，我们根本还没来得及收拾呢。"

绫子用怀疑的目光盯着她，费夫人脸上平静如水。绫子在屋内扫视一番后走向壁炉,先用手敲了敲,接着用手在壁橱上来回摸索。白色的手套被灰尘抹黑。看到这一幕,费安生的心提到了嗓子眼,费夫人也紧张得低下头,眼光看向自己的脚尖。

"费先生,这个壁炉是用来做什么的?"绫子厉声问道。

"夫人身体不好,到冬天就会很怕冷,没办法我就找人搭建了这个壁炉,长期不使用,就会有灰落在上面。"费先生不疾不徐地解释。

看着被抹得乌黑的手套,绫子从语气中感受到费先生对自己的敌意,正要借题发挥,西大纳急忙向绫子使了个眼色,指了指屋里的美国国旗。绫子碍于费先生一家的身份,只好带着几个人悻悻退了出去。他们不知道的是,这灰尘是费先生事前故意做的,好让壁炉显得是长期闲置的样子。

危险暂时解除。

自此以后,这个地方算是进入了绫子的视线。不管是下人们出去买菜,还是费夫人出去闲逛,总能遇到陌生人在附近溜达。一时间,金先生连去院子里晒太阳的机会都没有,跟崔立骏他们联系也只能依靠费先生家的电话。但是费家电话的频繁使用,被颇有心机的山本察觉。冷静思考一番后,山本觉得那天在费先生的家里一切都很正常,但是正常得仿佛是为自己准备的一样。山本没有立刻行动,他在等待一个一击致命的机会。

风平浪静下,暗潮涌动。

几天后的一个下午,费夫人看见院子里有一个东张西望的陌生人,斥责道:"你是谁?为什么到这里来?"

那个人说:"夫人,我是路边磨剪刀的,刚刚急着上厕所。"

王阿姨小跑而来,面露赧色解释道:"夫人,他讲他拉肚子,我才放进来的,可是一转眼,就到这里来了。"一向柔声细语的费夫人语气颇为严厉:"王阿姨,快带他出去。"

陌生人无奈悻悻地退了出去。

费夫人和阿姨两人出门买菜，顺带把家中垃圾收拾了一番，扔进家门外的垃圾桶中。两人走了一段路，费夫人突然想到自己的小挎包没拿，便折返去取，没走几步就看到家门口垃圾桶旁，一个人正埋首翻找。

看到出门的人回来，此人立刻把帽子向下拉了拉，盖住大半张脸，一溜烟地溜掉了。

菜场人多声杂，不时有人凑到她们身边。

买好菜，主仆两人一前一后出了菜场往回走，一个挑菜筐子的人迎面向他们走来。此人一身农民打扮，筐子里有青菜、黄瓜、西红柿，还有刚上市的蚕豆等新鲜蔬菜。

"新鲜蔬菜，实惠得很，看看也不打紧，喜欢的话就买点吧。"

费夫人无意再购，王阿姨见菜色新鲜，不由驻足："阿拉再看看吧，看起来倒满鲜洁咯。"

那个人也在旁边帮着腔："是啊，是啊。眼下时局动乱，大家都喜欢囤东西呢。"

卖菜者放下担子，让王阿姨挑菜。他一边看王阿姨挑菜一边假装不经意地和王阿姨聊天："看你们今天买得不少啊，家里来客人了吧？"

蹲在地上低头挑菜的王阿姨随口说道："阿拉家里本来人就不少。一趟多买点，够两三天吃咯，用不着日日出来哩。"

"是这样啊，确实菜市场人乱晃晃的，听说现在有人抢女的钱包，一抢过来就跑，追都追不到。你讲吓人吧？这样吧，你尽管挑，等会儿我送到你家去。"卖菜者十分热心。

王阿姨被这突如其来的热情弄得有点不好意思："该倒用不着。不好耽搁侬。"

"不会，不会，反正都是卖菜，到哪不是卖啊！还有，外国人给钱都会大方一点。"卖菜人满脸堆笑。

立于一旁的费夫人静静地听着，在上海待了这么多年，上海话能听能讲。此时的她明白，日本人已经盯上自己了。

"不买不买,屋里菜多得吃不脱,要坏脱来。"费夫人佯装生气道。王阿姨见主人脸上现出愠怒之色,立刻站起来对卖菜人说:"不买了,主家不喜欢,我也不当家啊。"

费夫人前头走,王阿姨小跑几步紧跟在后面,一边走一边嘟囔:"侬看看,今朝鸡毛菜倒蛮便宜咯,不买忒可惜哉!"

第 10 章　上海

偌大的上海，每一寸空间都弥漫着焦灼和沉重，令人窒息。

日本人逐渐加大了秘密搜查的力度，尤其是在费先生的必经之路上。一天傍晚下班时，费先生的车子像往常一样驶出教堂大门，开不多远就看到前面有日本人在盘查。在一个路口，费先生的车子被强行拦了下来。一个日本人上前道："费先生，有人举报你车上有违禁物资，请接受检查！"

"我一个牧师能有什么违禁品？"费牧师问道。

"谁说牧师不能有违禁品呢？"

费先生看到山本从后面走出来，鼻子里冷哼了一句："原来是山本先生。"

山本背手笑道："费先生，例行检查而已，请您配合！"他手指朝着后备厢点了点，几个日本士兵就要上去打开后备厢。

"山本先生，恐怕我不能同意，后备厢里是我的私人物品，您没有搜查的权力，还有您这几天在我家附近埋伏的人，已经严重影响我的生活。作为美国公民，我会对您进行投诉的。"费先生冷静地说。

"您无论有什么意见，都得打开后备厢后再说。"山本的话斩钉截铁。

"山本先生，我刚刚已经说得很清楚了，如果你们一意孤行要打开，那也没问题。但是，要是什么都查不到，那可别怪我明天就去领事馆投诉你和绫子小姐了。"费牧师一手挥了挥美国护照，一手按在后备厢上。

山本使了一个眼色，两个日本便衣上前一步拉开费牧师，准备打开后备厢。

"住手！不得无礼！"不知何时绫子已经悄然来到众人身后。她边走边挥手制止。

"费先生,大日本帝国和美国邦谊深厚,我们不想因为这个小误会引发外交事件,只是希望大家能交个朋友,真心的朋友。"绫子在"真心"二字上加重了语气。

"太无理了,我从不与野蛮人做朋友。"费牧师强作镇定地说完,扭头钻进汽车,嘭的一声关上车门,随即开车离去。从后视镜中,费牧师看到绫子好大一阵儿一动不动望着自己的方向。

山本看着费先生远离的背影,在绫子旁边说道:"他的后备厢里一定有东西。轮胎痕迹都不一样。"

绫子瞅了山本一眼,奸笑一声:"不急,大鱼还没有现身,派人给我盯紧就是。"

车内,费牧师深深舒了一口气,握着方向盘的手有点颤抖,豆大的汗珠子从脸上滚落下来。后备厢中,一个人屏息凝神,手心里满是汗水。车子进到家中车库以后,费先生看到了院墙外的街道上有两个人正探头探脑。费先生打开后备厢,一个黑影顺势跳了出来躲到了车后。

"费先生,您被盯上了,真的好险!"崔立骏大呼了两口气。

费先生悄悄说:"是的,外面还有人。你过会儿从后面上楼,那边树多能遮住你。"

崔立骏悄悄摸上楼,费先生已经到了金先生的房间。

"上帝保佑!今天情况真的很危险。日本人忌惮我的美国人身份,今天只是先礼后兵,算是个下马威,下次估计就没这么幸运了!"费牧师心有余悸。

"情况不容乐观。街上到处都是宪兵和化装的便衣,尾巴无处不在。"崔立骏把几天来侦查到的情况向金先生作了详细汇报。同样,费夫人也把几天来碰到的、看到的都讲给金先生和崔立骏听,很明显日本人在想办法把触角伸到他们家里来。

金先生看着美国国旗,苦笑道:"看来这面旗子,也保护不了我们多久了。"随后,他开诚布公地说出自己的想法:"费牧师,费太太,看来你们家也不再是一个绝对安全的避风港了,这样下去肯定会给你们带来麻烦,必须另作打算了。"说完,金先生扭头转向崔立骏:"立骏啊,往后莫要再来涉险,若有要事,去教堂寻费先生即可。电话恐也遭监听,大家暂勿联络。"

天无绝人之路。

经过两天的考虑,费牧师提议把金先生转移至教堂隐藏。那里平时人少,只有礼拜天时人才会多一些,而且教堂有一个地下防空洞,躲藏其中不易被发现。

费夫人关切地问:"那吃饭怎么办?"

金先生摆摆手说:"吃饭都是小事。"

费牧师接过话头说:"我每天都要去教堂,我可以给他带点过去。只是要委屈金先生了。"

"非常感谢你们,你们对韩国临时政府的帮助实在是太大了。"金先生紧紧握着费牧师的手。

时针不紧不慢地走过,一天转眼即逝。

礼拜天到了,经过精心准备,费牧师一家人全换了模样。

按照习惯,礼拜天他们一家都是要去教堂做祷告的。一大早,司机就把车子发动起来。过了一会儿,费先生和费夫人带着孩子从楼上走了下来。

大门打开,车子驶出。扫地的、捡垃圾的一齐紧紧地盯着车子,司机戴着遮阳帽,和以往没有什么不同,后排座位上坐着费先生和费太太。费先生穿着西服,戴着黑色礼帽,友好地跟周围的人打着招呼。费太太身穿礼服,戴着女式遮阳帽,孩子坐在中间,依偎着费太太,好像有点迷糊还没睡醒,一切都和原来他们出行时一样。

"哦,今天是礼拜天!"便衣们想起来了,每个礼拜天他们要去教堂做弥撒。监视这么多天,也算是摸清楚了一些规律。扫地的、捡垃圾的重新把注意力放到对房子的监视上。

车子开出一百多米远,山本带着几个便衣拦住去路:"停车,例行检查!"

费先生一个人下了车,走到山本面前,正要与他交涉,山本不理不睬,边绕车身走动边向车内打探,见车内没有藏人,才抬头面向费先生:"打开后备厢!"

"我是美国人,我抗议!强烈抗议!"费先生怒气冲冲地一把掀开了后备厢的车盖。后备厢内,除了一箱《圣经》和孩子的玩具,什么都没有。

山本悻悻地摆手,让费先生上车离开。

轿车离开后好大一阵,低头冥想的山本突然身体一震,一把抓住手下的衣领,急声问道:"他的司机早上几点来的?"

没有一个便衣回答得上来。

"快追,司机有问题!"

山本马不停蹄赶到的时候,费先生身穿白色神父祭披,正在教堂讲台上为信徒们讲解《圣经》奥义,讲的是摩西带领大家走出红海的故事。他洪亮的声音传遍了教堂的每一个角落,所有人都很安静,聚精会神地听着布道。当山本猛地推门进去的时候,所有人都回过头望向这个闯入者。费先生的目光扫过,如同山本并不存在一般,依然抑扬顿挫地宣讲着。

费太太和孩子端端正正地坐在第二排,入神地聆听。

山本悻悻然在最后面挑了一个位置坐了下来。他静静地观察费先生,就像躲在暗处伺机捕猎的豹子。详细观察教堂内每一个祷告者之后,山本并没有得到他想要的结果——金先生化装藏匿其中。于是,他站起来向院子里走去,刚点上一支烟,就看到费先生的车子停在教堂的后面,一个头戴遮阳帽、穿着像司机的男人正在车子旁打太极拳。

太阳已经升起来了。这一刻,和煦的阳光透过树缝斜斜地照射下来,一切都那么静谧和谐。山本望了一阵司机,也没有看出什么异常,恶狠狠地摔掉烟,对身边围上来的几个便衣说道:"走,回去!"

前一天晚上,费先生就跟司机说今天晚点来上班,直接赶到教堂就行,不用到家里接他了。今天的司机是谁?倘若不仔细看,只看装束,任谁都会认为是每天为费先生开车的司机,但如果仔细观察,他的身形跟司机师傅虽差不多,但稍微有点佝偻。金先生帽子一戴,制服一穿,加上车内光线不足，外人很难看出破绽。

正当金先生深陷危难，岌岌不可终日之时，各方仁人志士纷纷仗义伸出援手。

此时，一位在中国国民党中央党部就职的韩国人，名叫朴赞一，与国民党中央组织部陈姓部长私交甚笃。

作为韩国独立运动的拥趸，朴赞一决心给予韩国临时政府以帮助。他找到陈部长，请其帮忙疏通关系，得到首肯后，立即从南京赶到上海，首要目的就是要找到韩国临时政府和金先生。经陈部长介绍，朴赞一找到淞沪警备司令陈士铭，拜托他为金先生提供生存方面的资助，另一方面也想请陈士铭出马，在必要时帮助金先生逃出上海，到外地暂时躲藏。

来中国多年的朴赞一虽然工作在南京，但和上海有一定知名度的韩国人依旧保持着联系。但此时，为了躲避日本人的搜查追踪，韩国临时政府所有活动都转入地下，成员彼此间也切断了联系，金先生的行踪无人知晓。

朴赞一几经周折，终于在苏州河边一个隐秘的茶馆内见到了安山根。

"都是单线联系，这事还得找崔立骏。这事只有他知道。"安山根摊开双手，无可奈何地说。

深表理解的朴赞一用恳切的语气说："那就请你费费心吧，安排我与崔先生见一面。"

安山根找到崔立骏时，崔立骏立刻意识到问题的重要性："此事要征求先生的意见，我们再联系。"

三天后恰逢周日，教堂的钟声悠悠回荡。信徒们鱼贯而入，混在人群中的崔立骏七折八拐后走进了教堂地下室。见到金先生，崔立骏详细汇报了与朴赞一见面的详情，并认为此时金先生与其见面太冒险。

"外面布满日本暗探，他们有您的画像，很容易识别，实在是难以周全，万一出事，后果不堪设想。"崔立骏忧心忡忡地说出了自己的想法。

"要记住！情形越严重，越困难，就越需要坚定、积极、果敢！日本人要把我变成聋子、瞎子、瘸子,办不到!"金先生的话像一把锋利的刀,划破恐惧,露出微弱的光。

停顿片刻,金先生激动地说:"朴赞一是联系中国政府之桥梁,一旦成功,临时政府就有了希望。即便是刀山火海,此人,定然要见!"

眼看争执无益,崔立骏试探性地建议:"要不我先去见朴赞一,摸摸情况?"

金先生同意崔立骏的建议。

见金先生首肯,崔立骏心下稍安,开口道:"第一,朴先生此时冒着风险来上海,本身就证明了他极大的诚意。他现在的身份如被日本人侦测到,恐怕也是二十万大洋的价格。从某种意义上讲,他此次代表的是国民党政府,理应重视。第二,您派我前去沟通,也表达了我们的极大诚意。第三,安队长是见过朴赞一的,我先去打个前站,先和他好好谈谈。您根据我们见面的情况,再定夺。"崔立骏分析得有理有据,金先生笑着微微颔首。

"我们的极大诚意?"金先生浅笑着凝视崔立骏。

"金先生,对不起,我应该说'你们的'或者说'您的'极大诚意!"崔立骏急忙纠正。

"立骏,不用纠正。"

"金先生,我自己并非你们的成员,抱歉,口误了!"

"立骏,你这样说,我特别高兴……"

第二天,崔立骏找到安山根,把金先生的意见告诉了他,最后两人达成共识:第一,于情,朴赞一是韩国人,虽然是在国民党政府工作,但对于韩国的感情丝毫没有变,同时愿意主动提供帮助,金先生应该和他见面,就当前的局势进行全面沟通;第二,于理,目前金先生的处境十分危险,既不能坐以待毙,又不能贸然出动,依靠外部力量是最大的希望;第三,于利,通过朴赞一和国民党政府建立联系和合作,对临时政府今后的发展具有重大的战略意义。二人又商量了一些会面安排和安全细节后,崔立骏起身告辞。

三日后,见面如约进行。

暮雨初歇,用过晚餐的人们大多被这绵绵细雨困于家中,无所事事,索性早早歇下。

九点半钟的光景,静安寺外面的马路上安静得出奇。迎面开过来一辆黑色轿车,挂着美国领事馆的牌照。驾驶座上坐的是美国人费安生,副驾驶座上是他的太太。后排座位上,坐着两个头戴黑色礼帽的人。

车子七拐八绕来到静安寺的小门边停了下来。后门打开,两个人立即下车,车子随即无声无息地开走了。两个戴黑色礼帽的人走到小门边,按照约定的暗号敲了门,门迅疾打开,两个人闪了进去。

此处会面地点是陈士铭让王鼎宇安排的。

二人跟着带路人一路弯弯绕绕走进一个房间,安山根和一个三四十岁的中年人已经在等着了。看到进来的人,安山根向朴赞一介绍道:"这就是金先生,崔先生您已经见过了。"朴赞一上去一把握住来人的手,热情地说:"您好,金先生!"

继而,朴赞一向金先生自我介绍道:"金先生,我是朴赞一。久仰大名,终于见到您了。"

金先生亦面带笑意:"您好,赞一先生,幸会!"

朴赞一显然有点激动,语带颤音地接着说:"爆炸案发生后,我很振奋,真是了不起的壮举。但听说大家在上海的艰难处境,又很是担忧,这次过来,希望能帮你们做点什么。"

"他乡逢故人,算是一件喜事。"金先生拱手致谢。

"朴先生,现在上海的日本人搜捕很严,早几天金先生暂住在美国人费先生家里,但最近那里也遭到了搜捕和严密监视。我们前几天又转移到了新的地方,但是再住下去也不是长久之计。"崔立骏接着话头,把金先生目前的窘境和盘托出。

思虑片刻,朴赞一开门见山:"金先生,我这样认为,以现在的紧张形势,上海实在难留,得设法尽快转移出去,而且是宜早不宜迟。"

"朴先生,爆炸案发生已经好多天了,日寇的追捕几乎达到了丧心病狂的地步,法租界被围成铁桶一般,他们以抓捕幕后顽凶为名,到处滥杀无辜百姓。我要对此负责。"金先生皱着眉头,满面愁容。

"您不要有这样的思想负担。"朴赞一安慰道,"搞独立运动一定会付出代价。你们搞出的这次爆炸案,政治作用是巨大的,影响是空前的,敌人越是丧心病狂,越说明你们踢到了他们的痛处。"

崔立骏看了一眼金先生和朴赞一,得到两人的首肯后,不紧不慢地把自己掌握的情况一一道来:"眼下在上海滩,沪杭线、沪宁线上的几个城市到处都有日本人的便衣暗探,我们要想逃出上海,绝对不是件容易的事。"

"你们是否有了成熟的方案?"朴赞一把目光转向金先生。

金先生和崔立骏四目相对,几乎同时摇了摇头。

"实不相瞒,现阶段一直是我在负责金先生的安全与联络,在此以前金先生都没有离开过上海,和外界的联系也不多,现在上海以外的资源对我们来说是空白。"崔立骏句句说的都是大实话。

"这样吧,你们先回去!"朴赞一对他们说,"这个事情还是需要妥善筹谋,事不宜迟,我马上联系,等眉目清晰后,我再通知你们。"

"那就拜托朴先生了。"金先生深鞠一躬,继续道,"这段时间我还不能频繁活动。如果有什么事的话,您可以直接跟立骏联系。"

初次见面,惺惺相惜。

金先生与朴先生相谈甚欢,谈到了目前的形势,谈到了中国政府的态度,谈到了韩国独立运动的发展等。时间在他们的对话中悄然溜走。

在崔立骏的催促下,金先生和朴赞一才握手告别。

夜里十一点,陈士铭在办公室来回踱步。他在等一位客人的到来。客人是陈部长介绍过来的,为金先生的事情而来。看到朴赞一,陈士铭急忙起身:"怎么样?谈得怎么样?"

"见到了。但情况不容乐观,他们现在由一个美国人保护着,外面街道上到处都是日本人的便衣。金先生必须尽快转移出去，美国人的地盘可能坚持不了多久。"朴赞一担忧地说。

"那你们有合适的地方吗？"

"没有。我也才到上海，人生地不熟，金先生转移出去这个事可能还要请你们伸出援手。"

陈士铭伸出右手挠了挠头，没说行也没说不行。两个人都紧锁眉头在思考。

过了一会儿，陈士铭一拍脑门说："这个事情，我不能直接出面，陈部长秘书萧峥给我说过一个人，我把他介绍给你，说不定他能帮到你们。"

"谁？"

"褚嘉诚。"

"哦？他是怎样的一个人？"

"褚嘉诚褚老先生是浙江嘉兴人，早年在日本留过学，回国后追随孙中山先生进行反清革命。辛亥革命时期他担任过浙江省政府临时主席和民政司长。'九一八事变'后，积极呼吁抗日，去年12月联合一批知名人士成立了中华民国国难救济会。他现在是上海法科大学的董事长兼校长，也是浙江国难救济会的会长。我和他比较熟，明天我先和他联系一下，你等我消息。"陈士铭信心满满地对朴赞一夸口道。

第 11 章　上海·嘉兴

我有嘉宾，德音孔昭。

第二天上午十点，陈士铭亲至褚嘉诚府邸拜访。褚公年近花甲，蓄着山羊胡，鼻梁上架一副老花镜，身形清瘦，精神抖擞，矍铄非常。

看到陈士铭，褚嘉诚甚是高兴，毕竟是淞沪警备司令部的司令亲自上门。二人热情握手后，老先生说："陈司令，您日理万机，怎么有空来看老朽啊？"

陈士铭素敬褚公，连忙拱手："褚公说笑了，我就是再忙，路过宝府，也要进来拜拜您这尊真神啊，总之该来的时候还是要来啊。"

"应该不是碰巧路过吧？"褚嘉诚料想他是无事不登三宝殿，赶忙把陈士铭让到屋里上座，并让用人奉上茗茶。

陈士铭甫一落座，尚未及饮一口茶水，便开门见山道："褚公，真人面前不讲假话，虹口公园爆炸案想必您也是知道的。我非常了解您的为人，也很敬佩您的胆识，今天我是受人所托，专门为这个事情来找您的。"

褚公一惊，问："这件事闹得沸沸扬扬，到底是怎么回事？详细说来听听！"

"褚公您也不是外人，我今天也就不藏着掖着，给您老来个竹筒倒豆子。"于是，陈士铭就一五一十坦诚相告——虹口公园爆炸事件由中方支持，韩国临时政府实施。爆炸案的具体执行者尹英魁已经被捕，韩国临时政府的国务领金凡发表声明对此事负责，现在日本人悬赏六十万大洋搜捕金凡。虽然很多友人拔刀相助，但在如此严峻的形势下，恐怕他也躲藏不了多少时日。

介绍完这些，陈士铭直言道："我有一个不情之请，不知当讲不当讲？"

"在我这里有什么当讲不当讲的？但说无妨！"褚嘉诚道。

"我是想，褚公家在浙江嘉兴，对当地很熟悉，我知道那里水路、陆路四通八达，嘉兴有您这大树，能不能给金先生他们避避风头？这可能会给您添很多麻烦，甚至还会有风险。但是思来想去，我们能够相信且同时能够做好这件事情的人太少。面对六十万的高额悬赏，不能保证有些人的内心坚定如初，稍有差错，反而把金先生等人推进火坑，那我们怎么对得起那些牺牲的仁人志士？"

褚嘉诚听后忽地站起，他看了陈士铭一眼，激动得话如连珠："这没什么可考虑的，我立即着手安排。但凡积极抗日的人都是我褚某的朋友，朋友有难我理应两肋插刀。"

"哎呀，褚公，看来我没找错人啊。我先代表金凡他们谢谢您。"陈士铭激动地站起来，握住褚嘉诚的双手上下摇晃。

"谢什么！这都是我应该做的。虽然我年纪大了，不能上战场真刀真枪和日本人拼杀，但做些力所能及的事还是可以的。"

"那具体的事情我回头介绍一位叫朴赞一的人给您，计划的落实可能还要委托他来做。"

"司令尽管放心，我马上着手布置此事。"

二人握手道别。

陈士铭走后，褚嘉诚开始闭目思考。"苟利国家生死以，岂因祸福避趋之"，话虽如此，事情难做啊！他要藏匿的不是其他，而是活生生的人，藏在哪里都不能保证永远不露头，再说世上没有不透风的墙，更何况还有六十万的诱人重赏。

褚嘉诚思忖了好长一段时间，比较了好几座城市和地方，最后认为最合适最安全的地方还是自己的老家浙江嘉兴。嘉兴地处沪杭之间，离上海约一百公里，距杭州更近。嘉兴的地理位置特殊，河、湖、海交汇，水路纵横交错，让金先生在老家暂避，不失为一个好主意。

"在嘉兴，风险是什么呢？"褚嘉诚同样考虑到了事情的另一面——在嘉兴，他的家族就有百十口子人，万一有唯利是图之徒，为悬赏金而去告发,牵连到家族的人怎么办呢？日本人知道后,肯定会想尽办法报复,那可是百十口子人啊！一方面是民族大义,一方面是乡梓情深、手足同胞,褚公的心头,像是被两股力量牵扯,无法轻易作出决定。

最终,嘉兴,这个民风淳朴、消息闭塞之地,成为他心中最佳的选择。那里有着他的根,也有着他所信赖的邻里亲朋。褚嘉诚心中有了决断。

当天傍晚,褚嘉诚接到通知,邀他到淞沪警备司令部去一趟。

在陈士铭私密的会客室里,三个人正在等待。除陈士铭外,一个三四十岁,另一个二十多岁。看到褚嘉诚进来,陈士铭拉着褚嘉诚的手向两个人介绍说:"这就是我之前提起过的褚嘉诚褚老先生。"然后又向褚嘉诚分别介绍:"褚公,这就是从南京来的朴赞一先生,这位小伙是金先生的联系人崔先生。他们不方便到您那里去,所以让您老屈尊亲自过来一趟。"

寒暄过后,陈士铭对褚嘉诚说:"我猜想您肯定打算要回老家布置一下,所以在您走之前,让你们双方见个面,有些事还是先沟通一下为好。"

朴赞一和崔立骏赶紧上前握住褚先生的手。朴赞一道:"久仰褚先生高名,今日得见尊颜,荣幸之至！"

崔立骏道:"褚老先生,救人于水火帮人于危难,感谢先生的大仁大义,要给您添麻烦了。"

褚嘉诚的眼光在二人身上流转,只见朴赞一个子不是很高,但长得浓眉大眼,文质彬彬。姓崔的小伙留着平头,虽然穿得旧了一点,但是英气逼人。褚嘉诚听他们说一口流利的汉语,问道:"你们两位是中国人还是韩国人？"

机灵的崔立骏赶忙解释:"朴先生是韩国人,我是镇江人,但我妻子是韩国人。"

听他这样一说,褚嘉诚顿时明白了。

按照事先准备,崔立骏拿出金先生的画像给褚嘉诚看:"本来金先生是有照片的,但是都销毁了,因为我学过绘图,给他画了一张。"褚嘉诚仔细看了看画像,把画像上的人暗暗记在心中,将画像还给崔立骏后,缓缓说道:"金先生的所作所为令老朽佩服之至,老朽将竭诚帮助你们。老朽也表个态，说到做到，绝不食言。我明天乘火车先回去安排一下，然后打电报过来。你们先准备好，接到电报就可以动身，到时我会派人在车站接你们。"

眼前瘦削的老者，眼里是满满的真诚，崔立骏和朴赞一都倍感亲切和踏实。崔立骏连忙上前一步握着褚嘉诚的手，动情地说道："褚老先生，我代金先生谢谢您！"

分别的时候，褚嘉诚把老家嘉兴的概况、火车站的布局、街道连通的情况还有自己家的地址等一一给崔立骏作了交代，并说当天会让自家的黄包车拉着自己一起去接站。万一出现岔子，就在出站口外面找一个叫贵福的黄包车夫。

事以密成。为了确保安全，他们还约定了暗语。

褚嘉诚第二天就乘早班车离开上海，一路上看到的景象让他觉得形势不容乐观。虽然金先生已经声称离开上海，但日本人并没有完全相信，他们一方面悬赏捉拿，一方面把追捕力量作分域布局，警局的人负责上海及周边区域的搜捕，"猎虎队"则兵分两路，一路沿沪杭线追捕，一路沿沪宁线追捕。上海火车站盘查非常严格，特别是独行的男性，更是重点盘查的对象。

风里似乎能嗅到血腥味。

褚嘉诚到达嘉兴火车站的一刻，仿佛置身于一个巨大的黑洞之中。火车站里便衣们躲藏在黑暗的角落，等待着猎物。站台上也增加了不少保卫团的人，还来了一个略显肥胖的叫佐藤的家伙，指挥着手下四处检查。在出站口，褚嘉诚被拦了下来。一个保卫团人员冲着他吼道："票。快拿出来！"褚嘉诚把票递给他，他翻来覆去地仔细查看。

佐藤有点不大耐烦，骂道："睁大你的狗眼，我们要找的金是一个五十多岁的人，比他年轻，比他块头大，不是这么个瘦老头。"

"是，佐藤先生。"保卫团人员挨了骂，不敢反驳，只好老老实实地应声。

闻声识人,曾在日本留学多年的褚嘉诚听出了站在自己面前的是日本人。褚嘉诚心中一惊:日本人的势力已经渗透到了嘉兴这个他曾经认为安全的地方。

褚先生回到家,自然全家人都很高兴。虽说老爷常居上海,上海也离嘉兴不太远,但是因为他很忙,每年回家来的机会也就几次,所以每次回来大家都高兴得跟过年一样。

但他这次回来跟往常有所不同,他一回来就把少爷褚凤鸣喊到了上房。两个人关起门来商量事情,更是吩咐下人,不许任何人打扰,甚至吃饭都延迟了。

褚凤鸣三十出头,从美国麻省理工学院留学归国后,秉承父亲"实业救国"的理念,以集资方式,与几个同学、朋友一起创办了造纸厂。褚凤鸣平时在造纸厂上班,又兼顾家族事务,还要照顾母亲和刚生产的妻子。

褚嘉诚平日里不在家,全家人的吃喝拉撒都是儿子张罗操心,所以他必须把话和儿子讲清楚。褚凤鸣深知阿爸的脾气,更知道阿爸的为人,非常清楚他弄这个人回来意味着什么。

"阿爸,您平时交友众多,这次您南洋的朋友要来,我们总不能视而不见,见死不救。"

儿子的话让褚嘉诚眼前顿时一亮。

"我会叫管家备好房间,阿爸,您一切放心。儿子清楚自己该做什么。"

褚凤鸣的话语在安静的房间里回荡。褚嘉诚望着儿子,没有说一句话,只是重重地点了点头。

褚嘉诚返抵嘉兴次日,崔立骏便收到其电报。电文寥寥数字:"家中安好,来路风大。"

按照事先约定,接洽事宜由崔立骏全权负责。崔立骏怀揣电报火急火燎地找到朴赞一,报告了电报内容。崔立骏提议坐褚嘉诚推荐的下午三点半的一班车,朴赞一点头表示同意,接着问道:"具体安排,你有什么想法?"

早已做过撤离预案的崔立骏倒也爽快,成竹在胸地说:"分为三步,第一,可以先联系费牧师用汽车把乔装改扮的金先生运出来,在离火车站较近的万寿路上玉佛禅寺碰头;第二,事先找一个人去租辆黄包车,我扮成黄包车夫,在寺庙旁边一个僻静的地方先等着;第三,接到金先生,我直接拉着他去火车站与你会面。"

琢磨片刻,朴赞一觉得可行。届时他也和金先生一起检票进站,送走金先生后,自己刚好离开上海回南京去。

白日去如箭。

第二天五更以后,天气阴沉沉的,时不时有几滴雨打在法国梧桐的叶子上。

站在窗前,映入崔立骏眼帘的是上海滩霞飞路上叫作法国梧桐的行道树。法国梧桐树形高大,枝叶茂盛,遮阳非常好,但一个最大的缺点就是春夏之交梧桐絮随风起舞,一不小心,毛毛就会飘飞到眼睛里或者鼻孔里,使人不敢睁眼或喷嚏连连,路上有很多行人都采取了防护措施。男人一般戴着帽子,有身份的人戴的是礼帽,把风衣的领子竖起来遮挡,有条件的还会戴上墨镜;一般人则戴着草帽,有时用脖子里的毛巾遮挡。女士们更是全副武装,戴着帽子,垂着帽纱。

正在为如何装扮出门一筹莫展时,崔立骏看到行人这种装束,暗暗心喜。

中午差不多十二点,正好到了饭点,大多数人这个时候应该都在吃午饭,路上行人稀稀拉拉。

朴赞一上午在旅馆四周的街上徜徉观望,然后随意地溜达进了一家面馆,点了碗阳春面,细嚼慢咽吃下了肚,站起身不紧不慢地回到旅馆里收拾了一下,拎着一个黑色的皮箱就下了楼。此时的朴赞一已经变成了另一种派头,身着白色衬衫,头戴黑色礼帽,鼻梁上卡着一副金边眼镜,脚蹬锃亮的黑色皮鞋,俨然一副有头有脸成功人士的装扮。

出了旅馆大门,他向街的两边望了望,没发现闲杂人员。只是不远处一辆黄包车正在趴活。车夫一边吃着干粮,一边喝着水。他一招手,黄包车夫立马收起干粮和水杯,拉着黄包车跑了过来。

"去南京路!"朴赞一说道。为了安全起见,朴赞一想着还是绕一下,先去南京路,然后再想办法去火车站。黄包车夫拉着他一直跑着,一会儿穿大街,一会儿溜小巷。他由于不常在上海,对路不是很熟,只能任由车夫拉着跑。

紧跑慢跑又过了几条街,突然车子停了下来。朴赞一问车夫:"怎么不走了?"

车夫说:"前面碰到检查的了。"

"他妈的,我还要赶时间呢。"朴赞一骂了一句。

车夫反而劝他:"先生,不要着急,急也没有用。这天天检查都成家常便饭了,说不定走哪就碰上,我们还是耐心等一等吧。"

朴赞一只好坐在车上等待。前面的几个人检查过了,一个同样戴黑色礼帽穿黑色制服的人走了过来,他瞅了那个车夫一眼,轻轻地点了下头。就是这个轻微的动作恰好被朴赞一捕捉到了。朴赞一心里不由得一个激灵:这个车夫肯定有猫腻。

"干什么的?"检查的人问朴赞一。

"出来公干的。"

"从哪里来的?"

"南京。"

"证件拿出来。"

"给。"

一问一答,倒也简洁明快。

朴赞一从身上摸出皮夹子,从里面拿出了自己的证件,递给了对方。检查的人翻来覆去地看着证件,上面盖着国民党中央党部的大红印章。再抬眼看看朴赞一,西装革履,穿戴讲究,身份与提供的证件倒也一致,但是证件上没有照片。

检查人员认为车夫有意把此人拉过来,肯定是有所怀疑的,但是从检查的情况来看,似乎一切正常。检查人员悄悄地盯了车夫一眼,向他不易觉察地摇了摇头。接着,他把证件还给了朴赞一。朴赞一接过证件,装好后对车夫说:"走吧。"车夫也不吭声,瞥了一眼坐在车上有点发愣的朴赞一,假装低头拉车,眼神中微显得意之色。

碰到这种情况,坐在车上的朴赞一不免为金先生感到担忧。他们怎么办?会不会碰到关卡?他们怎么越过关卡到达碰面地点?他看似平静地坐在车上,心里却惴惴不安。

金先生吃过午饭,钟表的指针刚过一点一刻。午饭很丰盛,是由费安生带来的,费夫人今天特意给他做了泡菜炒米饭,配了红烧牛肉和蔬菜。这个时候到市场很难买到泡菜,金先生知道,他们真的是费心了。

出门的时候,按照事先商量好的,同来教堂时一样,金先生仍扮成司机,由他开车把费先生送出去,而真正的司机则按照费先生的吩咐留在教堂里。

距爆炸案发生已过去一段时间,仍没有侦探到金先生的一丝消息,日本宪兵搜捕队以及"猎虎队"日臻焦虑并且变得疯狂。

生死一线,这是留给金先生最后的出逃机会了。

第12章 上海·嘉兴

费先生的生活井然有序,基本上就是家和教堂两点一线。最近几天更是小心翼翼,行事格外低调。山本派出的暗哨开始时盯得很紧,盯了五六天后,见费先生每天从家中来教堂,从教堂回家去,日日无异,慢慢也就放松了警惕。

这天,盯梢之人远远地观察到,司机开车带着费先生从教堂出来,内心挺高兴,费先生回家去,他的任务就算完成,盯梢的任务自然就转给了费先生家门前的人。

因车前挂有美国领馆旗帜,一路上并没有人拦截费先生的车检查。车开得不算快,是计算着时间走的。崔立骏和金先生约好两点钟在长寿路附近的玉佛禅寺见面,不能去得太晚,也不能去得太早。

金先生驾车来到玉佛禅寺门口后,下车和费先生一道走了进去。

另一条路上,朴赞一也到了南京路的路口,掏钱打发走车夫,看着车夫调转车头离开后,便提着包走进南京路一家钟表店。他一边假装看表,一边趁机观察街道上和四周是否有人跟踪。就这样,晃了二十多分钟,进了好几家店,等到确信无人跟踪时,他才重新雇了一辆黄包车,朝火车站赶去。

为了更好地掩护金先生安全撤离,崔立骏向拉黄包车的朋友借了一辆黄包车。他一身黄包车夫打扮,差不多两点差十分的时候,就等在了玉佛禅寺一个拐角的僻静处。

对眼前的玉佛禅寺,崔立骏其实并不陌生。这个寺院原名玉佛寺,因供奉玉佛而得名。玉佛禅寺香火旺盛,前来参观的、烧香拜佛的人络绎不绝。有虔诚的老年人,有经商的商贾,有旅游的外地人,等等。人群中,一个人正一边走一边参观，还不时掏出怀表看上一眼，这个人正是安山根。

两点钟左右，安山根觉得费先生应该到了，就躲在观音堂旁边不时地向大门口张望。果不其然，不大一会儿，扮成司机模样的金先生和费先生一起从大门走了进来。金先生四处观望一番，望到躲在天王殿东侧的安山根后，朝他点过头，便朝后面的怀恩堂走去。几分钟后，安山根从天王殿的旁边走了出来，也向着费先生和金先生的方向疾步走去。

此时的费先生、金先生和安山根走到一个僻静处，金先生和安山根迅速互换了衣帽。

费先生握了握金先生的手，说："金先生，再见，后会有期。一路艰险，您自己多保重！"

一身司机打扮的安山根抱了抱金先生，金先生也拍了拍他的肩膀："告诉上海同仁，纵使刀山剑树，龙潭虎穴，我们的事业也一定会迎来胜利的那一天。"

见时容易别时难。

想到这段时间受到的照顾，金先生深深地鞠过一躬后，感激地对费先生说："谢谢你们的帮助。您和太太也多保重，后会有期。"

此时的组合，已经悄然由原来的金先生和费先生变成了安山根和费先生。安山根和费先生假装成游客，在大雄宝殿、玉佛楼等地又转了一圈，才施施然一同出了大门，然后上车离去。

金先生与费安生道别后，不敢长时间逗留，随即从后面转过大雄宝殿，从另一侧向大门口走去。

金先生一出寺院门，就看到早在门口等候的崔立骏。金先生快速上了车，不待坐稳，崔立骏拔腿向着火车站方向飞奔而去……

下午的宝山路上海火车站，行人来来往往。

半个钟头前，朴赞一就到了车站。他站在火车站前西南角的一个报摊前，买了一张报纸，然后前后左右仔细观察了一番。广场上行色匆匆的旅客当中夹杂着各类摊贩，嘈杂的吆喝声让他很难迅速判断出每个人的身份,但他还是隐约感觉到其中为数不少的监视者。快三点钟了,还没有看到金先生和崔立骏过来,朴赞一显得有些焦急。他心不在焉地看着报纸,眼角的余光扫着四周。

一辆黄包车从他跟前经过,车夫停住车子问他:"先生,坐车吗?"他没有吭声,抬头看到车夫掀起草帽,才认出是崔立骏。这才点点头,说:"走吧!"

这里已经是车站,还往哪里走?崔立骏拉着车子向东边方向走去,跑着绕了一段路,又绕到了车站的东北角,崔立骏停下车,说:"到了。"

朴赞一下车向四周望了望,辨认一会儿才看出还是在火车站附近。不远处的墙边站着一个人,半新靛蓝的上衣,黑色的裤子和黑色的布鞋,头上一顶浙江乡下人戴的宽檐草编帽,几乎盖住了眼睛,脚边放着一只鼓囊囊的粗布口袋。崔立骏朝朴赞一努努嘴,朴赞一立即会意,向乡下人走了过去。

金先生也看到了朴赞一向自己走过来,立即提起脚边的袋子,他的脸转向车站进口处,没有和朴赞一打招呼,但意思非常明显:"你前头走,我后面跟。"

二人前后脚进到候车室的时候,看到他们这趟车已经分两队开始检票。为了保证把金先生送上车,朴赞一还真是想了不少的办法。他先买了两张去嘉兴的车票,又买了一张上海到南京的车票,他要亲自送金先生上车。

两个人没有站在一起,而是排在两列队伍里,前后隔着两三个人,可以互相照应。

进站口,每支队伍各有一个检票员,另有一个穿警察制服的人负责维持秩序。此外有几个穿便服的家伙贼眉鼠眼地在附近游荡。

火车站的候车室里大多时候都是人挨人,各色各样的人都有,老的少的,挎提包的,背袋子的,甚至还有挑担子的。有几个亲朋同行的,集聚一起交头接耳,说说笑笑,也有在拥挤的人潮中形单影只的。车站里人一多,说话的就多,大家你一句我一句,声浪此起彼伏,吵吵嚷嚷。人群中一个小孩子在排好的队伍里钻来钻去,急得他的阿婆一个劲大叫:"阿毛,过来,不好乱跑咯,拐子马上把你拐脱,我啥地方寻你哟。"喊话的阿婆两只手里各提着一个大包裹,显然没有办法再去抓孩子,只能一个劲嚷嚷。

看到这种情况,金先生主动上前,来到阿婆身边:"老人家,您到哪里去?"

"嘉兴。"阿婆回答。

金先生说:"我刚好也是到嘉兴,我们一路的。你看,这是我的车票。这样吧,我帮你拿着一个包,你腾出手来拉孩子。"

阿婆抬头上下打量了金先生一眼,觉得这人口音怪怪的,但看着金先生一脸憨厚,觉得他不像是一个坏人,于是点点头就把一个大包裹交给了他。

正在跑着玩耍的阿毛看到阿婆停下脚步没有继续追赶,自己也停了下来。阿毛虽然只有五六岁,可是人小鬼大,心眼多着呢。况且母亲早就交代过,跟着阿婆出门,要帮阿婆看好东西。此时看到有人从阿婆手里拿走了包裹,他也不跑了,停下来走到阿婆跟前,同时眼睛像小雷达一样悄悄地扫描着拿包裹的金先生。

金先生笑道:"这小鬼倒是精明得很。"

站在另一支队伍里的朴赞一,心里默默感叹道:"姜还是老的辣,泰山崩于眼前而色不变。"

金先生所在的右队离检票员还有三四个人时,忽然左队这边出了问题。一个人推了另一个一下,气愤地大声说:"小灶西,侬踏阿拉脚做啥?"

"骂啥人呢?侬才阿缺西呢。人这么多,阿拉又不是有意咯。"一个声音不服气地说。

"就骂侬了,小灶西!"

"阿是侬脑子有毛病啊……"

两个人你一言我一语,推来搡去,慢慢地就急眼了。两人互相抓住对方的衣服,谁也不让谁,大有要打起来的架势。周围旅客耍猴儿不怕人多,看热闹不嫌事大,纷纷跟着起哄:"打啊,谁不打谁是小赤佬!""揍他个小赤佬!"本来不太严重的事情经众人一哄,一个人抽出手来就朝另一个人的脸上挥去,被打者鼻子里一下就淌出血来了。

维持秩序的警察远远地瞧见后,立马边鸣哨边赶了过来:"干吗呢?想吃牢饭了?"原本在进站口、售票窗口和各处游荡的便衣们也都跑了过来,看看到底发生了什么事。

火车不等人。当冲突起来的时候,金先生只是向这边望了一眼,就继续提着包裹,和阿婆一起带着阿毛向检票口挤去。本来认真核验的检票员注意力也被一旁的闹剧吸引,对拿在手里的车票只是简单看一下时间和车次就放行了,所以,金先生一行三人得以顺利过了检票口,并没有遇到细密盘查。

朴赞一还排在后面,看到金先生进了检票口,暗暗地松了一口气。不过,他也不时地望望那边打架的人,似乎在担心着什么。不一会儿,轮到了他,他递上车票,跟随人流进到了车站内。他环顾了一下四周,然后快步向金先生他们所在的站台赶去。

一阵拳打脚踢后,打架的两个人各自都挂了彩,一个眼睛被打青,另一个鼻子冒着血。在车站巡警的威慑和调解下,两个人终于住手。那个巡警把两个人分别骂了一顿,作为惩罚,把他们攥出了候车室。两人一边不情不愿地向外走,一边嘴里仍嘟嘟囔囔地咒骂。

走到站外广场上时,两人相视一笑,其中一个抱歉地说:"立骏,对不住了,下手有点重,看把你的鼻子都打出血了。"

"这样戏演得才逼真。况且我也没吃亏,我不也把你的眼睛打青了么?"崔立骏撇嘴笑道。

说完,两个人用手互指对方,嘴里嘟囔着分头走开了。远远看去,好像还在不服气地约架一样。

崔立骏并没有走远。到了僻静的地方,他找到在那里等待的同伴,把衣服换了,拿一顶绍兴一带最常见的乌毡帽扣到脑袋上,手上提了一个事先准备好的包袱,转身向候车室方向奔去。

朴赞一费尽九牛二虎之力,挤进了火车站站台。

站台上人头攒动。他环视四周,不见金先生和同行老少的身影,想着金先生的安全,额上渗出一层密密的冷汗。

由于火车车次少,站台上人山人海比肩接踵。朴赞一被提着大包小包、风雨不透的人潮卷着,向前、向后、向左、向右随波逐浪地奔着,汗落如雨,万般焦急。

火车的汽笛声在远处响起,月台上的人群都伸长脖子,眼巴巴地等着列车到达,唯有朴赞一一个人不顾一切地向前挤。

"挤啥挤?要挤死人咯。"有人用手肘推搡着朴赞一的后背,气势汹汹地嚷开了。

"做啥啦?不要乱挤。"

"啥人啊,不要乱推好不啦?"

始作俑者朴赞一哪有闲心理会这些怨言,只希望赶快找到金先生。他奋力地在人群中左冲右突,眼睛搜索着每一处角落。往前挤到差不多三分之二的时候,朴赞一终于透过人群看到阿毛和阿婆在人群边上,"金先生呢?"他心里"咯噔"一下,急忙东观西望,这才发现金先生正背对着阿婆,站在人群的外围低着头抽烟。

朴赞一悬着的心放了下来,使劲往前又挤了挤,来到金先生的旁边。他狠狠地咳嗽了几声。金先生转过身,捂着帽子抬头看了看他,继续抽着自己的烟。二人都没有说话。

上海的流动人口众多,火车经常晚点,正点开车倒是极少见的稀罕事。这趟车子也不例外,晚点二十分钟才在旅客云霓之望的注视中轰轰隆隆地进站。

车门一开,人群蜂拥而上。"不要挤,排队上车。"列车员尖利、声嘶力竭的吆喝声淹没在挤得像一锅沸水的人潮中。金先生看见阿毛祖孙两人被推涛作浪的人群卷着向前涌动,也奋力往前挤着。好不容易跟阿毛会合,却发现车门太窄,三人没法一起上车。朴赞一断然地跟金先生说:"把包裹给我,您先上。这老的小的,从窗户进吧。"他歪歪头示意左边的窗户。

金先生应了一声,便将包裹递给他,轻装上阵,随着人流一下子就挤了上去。然后,他打开窗户,把头伸出来,招着手对着下面喊:"来,来!"意思是让他们往上递东西。

朴赞一刚放下包裹,正准备转头去找阿毛时,一个人从旁边冲过来,举起阿毛,从窗口递给了金先生,又动作利索地将包裹也一一递了进去。原以为是好心人帮忙,等到来人抬起头,朴赞一才看清此人,心里大吃一惊。朴赞一故作镇定看向别处,低声问道:"你怎么来了?"来人正是崔立骏。崔立骏没有说话,只是微微颔首。原来崔立骏购买车票时,早已悄悄地选好了紧靠金先生旁边的座位,他不放心,要亲自陪同护送金先生去嘉兴。

不仅如此,两人对面的座位,实际上也是崔立骏一起买的。他将票转交给褚嘉诚的一个用人,用人的母亲带着孙子从嘉兴来上海,要坐同趟火车回嘉兴。

阿毛和阿婆被崔立骏和一个热心的旅客,抬着从窗户塞进车厢,边上的旅客见状纷纷效仿,争先恐后地从窗口往里爬。其中一个人挂在了半空,进不去、下不来,急赤白赖地央求崔立骏:"老乡邻,帮帮忙,推吾一把好哦?"

崔立骏撸起袖子,二话不说,抓着那个人的小腿肚子用力一送,进去了!

挤挤攘攘一阵儿后,站台上的人终于一个个上了车。穿着深蓝色制服的站台管理员吹响了哨子,警示所有人火车即将关门。而此时,朴赞一却匆忙从车门走下来,急得管理员冲他咆哮:"你怎么回事?火车都要开了。"朴赞一微微一笑,抱歉道:"不好意思啊,临时想起来有个东西忘拿,今天是走不了了。"

火车"咣当、咣当"地驶离车站,朴赞一站在月台上,目送徐徐远去的列车,豪迈不群地小声吟唱道:"鹏北海、凤朝阳。又携书剑路茫茫……先生啊,您一路珍重!"

20世纪30年代的火车客车车厢,分为头等车厢、二等车厢、三等车厢。头等车厢宽敞舒适,软垫座椅,座位间距宽敞;二等车厢装饰设备略逊于头等车厢,但也是软垫椅,座位还算宽敞。相比之下,三等车厢设备最简单。车座是硬板,而且极为逼仄。在车厢排列上,三等车厢一般紧挨火车头。到了夜间,三等车厢摇晃得非常厉害,灯暗、人多、臭气熏天。因为离火车头越近,火车煤灰飘到身上越多,乘客们常常被弄得灰头土脸,到站后的第一件事情就是抖一抖身上的煤灰。

铜币都有两面。到了寒冬时节,车厢排列又会反过来,头等车厢最靠近机车,二等、三等随后。这是因为火车暖气里的热水是从锅炉流出来的,自然是离机车越近,暖气温度越高。冬天里经常能看到雍容华贵的一行人,恣意地坐在一等车厢里,吃喝、打牌、谈情说爱……三等车厢的旅客,安静地坐在自己的位置上,微微一呵,就是一团白气从鼻口处冒出来。

三等车厢内,金先生与阿毛和阿婆相对而坐。

车厢内的卡座是用木头制成的,四个人是一个相对密封的单元。木质靠背和座位上涂着棕黄色的油漆。有些地方的油漆已经斑驳脱落,露出木头的本色,但座位上的号码却清晰可见,仿佛在圈定着每个乘客的领地。

把包裹放到行李架上后,金先生指着行李示意阿毛注意看好阿婆的包裹。阿毛没有说话,乖巧地眨了眨眼。忙完这些,金先生才坐下来休息。他的帽檐始终压得很低,使阿毛看不清他的真容。阿毛的眼睛骨碌碌地转,一会儿望望包裹,一会儿侧低下头,把头歪过来看看这个戴着旧草帽、不说话的爷爷,满心狐疑小声嘀咕道:怪爷爷,赶紧把帽子取下来,丑死了!看,我的小帽子多好看,我都摘下来了。阿婆说挤得浑身臭汗,捂着帽子要长白虱咯。

崔立骏上车后,紧挨金先生在卡座内坐了下来。两人没有言语,只是暗暗交换下眼神,装作互不相识的旅客。在江南地区,火车是远行的主要工具。经常坐火车的人,都知道闷热又拥挤的蒸汽火车时速只有三四十公里,像拉着破车的老牛"呼哧、呼哧"地喘着粗气,时不时发出"呜呜"的鸣叫声。

火车跑起来了,一股股凉风从窗户外钻了进来,逐渐驱散车厢里的闷热。金先生注意到窗户关不紧,阿毛和阿婆坐在靠窗口迎风的一面,坐的时间短还可以,时间一长,一老一少多多少少都会有点受不了。金先生向阿毛阿婆做了个交换座位的手势,起身把阿毛抱了过来,让他们两个坐到背风的一面,自己则坐到迎风的一面,然后用帽子盖着脸,好似挡风的样子。

车厢内逐渐寂静下来,行程的困顿让绝大部分乘客恹恹欲睡。崔立骏假意打了个呵欠,站起来伸了一下懒腰,接着漫不经心地向车厢接头处走去。他不动声色地观察车厢出入口、厕所的位置,拉了拉厕所的窗户,回来后借口向外看,又把座位两边的窗户提拉了一下,对所处环境已了然于胸。

第13章　沪嘉铁路线上·嘉兴

火车"咣咣当当"行驶一个多钟头,被墨色浸染的白云,渐次转乌、变黑,天地一片阴沉。

才四五点钟,天已经暗得看不见窗外的景物。"啪!"一个雨点砸了下来,接着很快噼里啪啦声接踵而至。雨顺着风钻进了合不上的窗户砸到桌板上。出远门的人大都有"饱带干粮,晴带雨伞"的习惯,崔立骏看到雨花钻进来,起身拿出随身携带的桐油伞来,挡在了嗖嗖漏风的玻璃窗户底部。

一眼望不到头的铁轨上,火车如一条巨蟒在爬行。

此时,离开上海的所有交通线上都密布着日本人的密探。火车大站小站逢站必停,接受检查。

火车慢了下来,前面突然传来喧嚣声。金先生稍微抬起帽檐,打探前面发生了什么情况。这一看惊出一身冷汗,只见车厢内一高一矮两个自称办理公务的便衣,高个儿手里晃着一份公文样的材料,命令乘务员协查。乘务员领着他俩刚检查完一个戴着礼帽的人的车票,矮个便衣便粗鲁地把此人的礼帽猛地拽了下来。此人穿着体面,像是城里的教书先生。他不满地抗议了一声,随即便遭到了大声的呵斥。两个便衣挑衅似的把他的帽子扔到地上,用脚踩了踩,旁边的人吓得连大气都不敢出。

金先生顿感不妙。他不动声色地瞥了一眼椅子下面,自己的体格钻不进去;再看看行李架,更是满满当当,无处容身。一股莫名的焦虑刹那弥散,心脏怦怦直跳。他的手心开始变得潮湿,汗水慢慢渗透出来,湿漉漉的触感让他更加不安。

"怎么办?"他不由自主把目光投向了窗外。

崔立骏一颗心全在金先生身上。望着越来越近的检查人员，崔立骏灵机一动，向金先生悄悄使过一个眼神后，自言自语道："我去看看怎么回事。"话音未落，人就从座位上站起，迈步朝几个检查人员走了过去。

"做啥去？"检查人员拦住崔立骏。

"长官，上厕所。"崔立骏双手捂着肚子，向前弓着身子，五官皱在一起，好像快憋不住的样子。

检查人员道："车票拿来！"

"车票？有啊，有啊，不买票怎么上得来。哎呀，长官，我实在憋不住了，回来给您查，好不啦？"崔立骏说完就要挤过去。

"哎，你他妈哪来这么多废话。有尿给我憋回去，赶紧拿票！"两个便衣恶狠狠地拦住崔立骏。

崔立骏在上衣口袋里翻翻找找，可什么也没找到，"奇怪，车票装哪里去了呢？"

"长，长官，憋不住了！憋不住了！上完厕所再找行不行？"崔立骏哭丧着脸央求道。

"不行！在这站着！"检查人员说着，拿出一张画像对着崔立骏的脸庞比画片刻，说："不像。不是的。"但仍然坚决要求他先找到票。崔立骏干脆装作来不及的样子，浑身开始哆嗦起来，一副就要当面解决的架势。乘务员马上伸手制止："哎，你不要在这里上厕所哈，这里都是人。"崔立骏一副没皮没脸的样子，惹烦了三个人，其中一人伸手一把抓住崔立骏的衣领说道："没票，就跟我们走一趟，我找个地方让你上厕所去！"

推搡与喧哗引起了乘客的注意，连阿毛都站在座位上，目不转睛地看起了热闹。

机不可失，时不再来。金先生立即行动，没有一丝犹豫。他抬起一条腿跨过窗口，双手抓着小桌板和窗框一用劲，翻了出去。

崔立骏斜睨着金先生的座位，眼皮抬起之时，发现人去座空，遂转换态度，边点头赔笑边从裤兜里摸出了车票："哎呀，原来在裤子口袋里！"便衣验完票，才骂骂咧咧地放崔立骏离开。

崔立骏归来时,站立的阿毛坐了下来。刹那间,阿毛惊觉金先生不见了:"咦,老爷爷啥地方去哩?"

阿婆慌忙打了阿毛一巴掌,厉声道:"快坐下。查票的人来了。"

"老爷爷不见了。"阿毛揉着生疼的胳膊委屈地撇着嘴再三强调。

崔立骏强颜欢笑:"上厕所去了,我出来,他进去的。"阿毛仍想一探究竟,被阿婆一把按在了座位上。

乘务员走了过来,对阿婆说:"到哪儿去?拿车票来看看!"阿婆抖抖索索地掀开衣襟里面的口袋找车票,一边递给乘务员一边埋怨:"嘉兴,嘉兴。到底啥辰光能到啊,天都黑了。"

乘务员查了半天票,早已心烦意乱,听到询问自然不耐烦,大声呵斥:"少啰嗦!急什么,该到的时候自然就到了。"两个便衣跟在后面,手里拿着画像挨个儿比对,时不时问上一句:"认识这个人吗?"所有的人看过之后都摇头否认,出门在外,没有人愿意给自个儿惹麻烦。阿婆扫了一眼,也同样摇摇头。阿毛很好奇,伸着头瞥了一下,眼睛立马睁得老大——他认出了照片上的人!

阿毛的表情没有逃过便衣的眼睛:"小孩,你是不是见过这个人?"

一声询问,把阿婆吓出一头冷汗。

她重重地拍了阿毛一下,吓得阿毛浑身一个激灵:"你们这是搞什么哦,一个小把戏,懂什么?他是稀奇纸上怎么会有人。"随即,阿婆抱着阿毛身子往里转了转,一副不想搭理的样子。两个便衣不甘心,目露凶光问:"小孩,你见过这个人吗?说出来给你糖吃。"

阿毛刚才挨了揍,眼下阿婆龇牙咧嘴的样子叫他知道,她不喜欢面前的两个人。于是他赶忙摇摇头,可是想到那两个人说要给自己糖吃,不由自主地又点点头。两个便衣莫名其妙,不知道到底是见过还是没见过。

阿婆见状用手悄悄在阿毛的屁股上拧了一把,疼得阿毛"哇"一声哭了起来。阿婆说:"看看,看看,你们把我孙子吓着了吧,一个小囡晓得啥咯!"

阿婆又在阿毛屁股上连拧了两把。

阿毛哭得声嘶力竭，引得车厢众人纷纷侧目。两个便衣瞧这孩子年幼，哭声又惹人厌烦，周围乘客也皆是一副不忍直视的模样，便和乘务员悻悻然转身离去。

"好了，好了，乖囡囡，不哭了。"阿婆一边说着，一边拍着阿毛的背安抚他，又凑在他耳边悄悄地说："路上坏人多，小人出门别乱说话，弄不好会被坏人拐走的。"

听了这话，阿毛终于明白阿婆为什么拧自己了，原来自己差一点被坏人给掳走。想明白这些，阿毛才慢慢地止住哭声。

崔立骏想着挂在窗外的金先生，心重如山。他攥紧拳头，紧张得几乎无法自持。

雨越下越大，风肆意地摇晃着车窗。尽管窗缝塞了雨伞，但雨水还是顺着伞面滴到车厢里。崔立骏知道，吊在车外的金先生此刻正经受着狂风暴雨的鞭打，命悬一线！他心急如火，为自己帮不了金先生而感到万分沮丧……

火车终于再次减速，乘务员边走边喊："各位旅客注意了，前方是嘉兴车站，下车的旅客请做好准备。"

到站者都争先恐后抢着从行李架上往下拿行李，唯恐落后下不了车似的。崔立骏用手拍了拍阿毛的脑袋，微笑着点点头后，踮起脚帮阿婆取下行李。阿婆道谢后便拉着阿毛朝车门方向走。崔立骏悄悄挪开雨伞，打开车窗，没有看到金先生。一个冷颤后，他马上意识到，金先生可能趁火车减速已经跳车。趁着旅客下车拥向车门处的纷乱间隙，崔立骏不动声色地翻窗跳下，融入茫茫的雨幕中。

事，预则立。

在掩护金先生撤离上海的前两天，崔立骏已经独自坐过一趟同列火车。他认为，只有对现场详细勘查，才能设计出万全的撤离方案，其中最危险的就是危急时刻爬出车厢躲避日本密探。综合金先生的年龄、体能等因素，如果人悬在车厢外，脚部没有支撑的话，根本无法长时间坚持。为金先生购好车票后，崔立骏前一天半夜偷偷溜进车站，找到那列火车的那节车厢,用石块砸破了这个座位窗口外车身上的车灯灯罩,露出一个灯洞。灯洞正好可以作为身体悬空之时的踏脚之处。上车后,崔立骏在帮助阿婆放置完行李,趁她用毛巾给阿毛擦额头上的汗水时,神不知鬼不觉地将两根短钢丝塞进了窗户底部的缝隙里,造成车窗无法关闭的事实。崔立骏这么做,自有他的考量。车窗关不上,就会有风或者雨刮进来,放把雨伞表面上挡风挡雨,实际上为遮挡金先生的手指……

火车缓缓进站。

车厢里广播响起来,乘务员已经在提醒到站的人准备下车。火车减速,对金先生而言,这是绝佳的逃生时机。在火车经过一处弯道再次减速的那一刻,他猛地一跃而下,身体在空中划过一道弧线后稳稳地落在地面上。虽然落地瞬间脚踝传来一阵剧痛,但他顾不上这些,立刻挣扎着站起身来,踉跄离开。

列车停了下来,车厢里的人骚动起来,拿着大包小包的人们开始争先恐后地向车门口涌,阿毛跟着阿婆亦步亦趋地往车门口挤去。

跳车后跑开一段距离后,崴脚的疼痛让金先生不得不坐下来揉着受伤的脚踝。坐在地上,没有了火车上的疾风,雨也小了许多,金先生眼眶一阵温热,嘉兴,这片陌生的土地,给予他一种前所未有的安心和解脱感。

嘉兴,果真会如崔立骏所言,是金先生的福地吗?

"消渴天涯寄病身,临邛知我是何人?"暗夜里,金先生一边感慨,一边一瘸一拐沿着南湖边高高低低的路基向嘉兴城进发。

走了大半个钟头,远处有片地方聚集着灯光。金先生心头一惊,知道那就是嘉兴县城了。雨淅淅沥沥地下着,他又咬紧牙关走了半个多钟头,铁路两边的房屋才渐渐密集起来。金先生心想,不能再这样走下去了,再走就进入火车站里面了。虽然与褚嘉诚约好在火车站出站口接头,但此时早已过了约定的时间,只能等进城后再作计议。

离开铁轨,摸索好大一会儿,金先生终于找到一条通往火车站方向的大路。他没有走在大路上,而是猫腰前后观望着溜行在路边的树缝间,尽量避免被大路上过往的行人看见。

真是怕什么来什么。突然,他模模糊糊听到身后有人在说话,定睛一瞧,一群人从身后二十多米外赶了过来,像是一队巡逻的士兵。

金先生的心一下子提到了嗓子眼。他本能地停下脚步,转动脑筋思考着对策。快速向前奔跑躲开他们,因受伤,加上体能原因,他不可能办到。马路两边都是三米多宽的河道,过河动静太大,显然也不可行。向前又快走了七八步,金先生看到路边几丛长藤的灌木,花期已过,但茂密的叶子仍然留在枝头。人群越来越近,已经没有其他选择,金先生顾不得潮湿,俯身趴了下来,顺着灌木丛的边缘把湿漉漉的藤条顶起慢慢地往里钻。藤条把金先生的脸划出几条血痕,但他已无暇顾及。

金先生刚藏好,一队人马哗哗啦啦走了过来。他们说的大部分是嘉兴当地话,金先生不能完全听懂,但是在上海时很多中国朋友用中文喊他的名字,因此"金凡"这两个字从他们口中说出来,他听得一清二楚。

"你们讲,金凡到底是啥等咯人,值六十万,那得是多少铜钿……抓到这条大鱼,拿到六十万赏金,我们兄弟就发财了!"

"是啊,有,有这么多铜钿,真是要啥有啥哩!"

这队人马,就是日本人买通的协助搜捕金先生的巡逻队。

漆黑的夜寂静无声,四周深邃而昏暗。金先生趴在灌木藤下紧屏呼吸,一动不动,生怕一点细微的动静惊动这帮人。踢踢踏踏的脚步声掠过灌木丛,金先生才长长地呼出一口气。"好险啊!"看来褚先生电报上写的"路上风大"的提醒并非夸大……

崔立骏从火车上跳下后,一直在思忖:"金先生一定会在火车进站前跳车,我如果向后找,定能找到他。"于是,他便沿着铁轨往回走。年轻人脚力足,走得颇快,可是半个多钟头过去了,连个人影也没看到。又走了一支烟工夫,仍然一无所获。

"金先生,您究竟在哪里呀?"

崔立骏停下脚步,寻思人就是跳车摔昏过去,也应该在铁道边,沿途没看到金先生也未必是坏事,说明他没有受伤,还能走动。如果这样,金先生会干什么?他绝不会坐以待毙,定会想方设法去约定地点接头。

想到这儿,崔立骏看着远处铺延开的火车轨道,迅速掉头直奔嘉兴城……

褚嘉诚发出电报后,隔天上午就收到了崔立骏的回电,上面是简单的几个字:"下午发货,注意查收。"看到这个,他知道金先生下午出发,坐的应该是自己推荐的那班车。

褚嘉诚把消息告诉了儿子褚凤鸣,要他做好接待客人的准备,并再三强调不能告诉家里任何人,包括母亲和媳妇。褚凤鸣媳妇叫朱佳慧,半个月前刚刚生了孩子,现在还在坐月子。

褚嘉诚历来重礼仪,何况这次接待的还是金先生这样一位有着特殊背景的客人;褚嘉诚让儿子凤鸣传下话来,要求厨房当天多买点菜,多准备点饭食,说有远客晚些时候要到家里来。

厨娘是一个叫庆嫂的中年妇女,在褚家做工十几年,很懂规矩。庆嫂还有个女儿,叫柳叶,人如其名,柳叶弯眉,具有十分鲜明的江南水乡女子的特色。柳叶是摇乌篷船的,得闲便来探望母亲,帮着做点杂务。

让客人安宿何处,这是褚凤鸣当前最困扰之事。他在后面院子里转了几圈,思忖再三。既要保证客人住着舒适,又要保证安全和隐秘。他挑选了两个地方,请父亲定夺。

褚嘉诚经过斟酌,选定离书房比较近的东厢房末间,这样方便来往交流。再者,靠近书房,下面人不敢随意走动,还算比较隐秘。随后,褚凤鸣遣人把房间仔细打扫干净,备齐崭新绵软的被褥,放好写字桌、椅、柜子等家具。

诸事就绪,时辰尚早,褚家父子这才落座,沏上香茗,闲聊起来。

褚凤鸣说:"阿爸,您忙半天也累了,在家休息一会儿,我去火车站接客人。"

褚嘉诚望着窗外正在飘洒的细雨,轻轻摇头,说:"还是我亲自去吧,你没有见过他。"亲自去接站,这不单单是尊重,而是出于隐隐的担心。回嘉兴路上以及在火车站遇到的情况,都在提醒褚嘉诚,危险无处不在。

褚凤鸣看父亲表情严肃,有些不放心地说:"阿爸,那我陪您一同去接。"

褚嘉诚摆摆手说:"不用了。"

临近六点,庆嫂差厨房帮厨小安到上房询问开饭时辰,凤鸣少爷应道:"候着,开饭时自会知会下去。"

又喝了一盏茶,已经六点一刻,褚嘉诚说:"我现在就过去。上海到嘉兴的火车一共是三个半钟头,他们应该快到了。"

褚凤鸣赶忙起身去拿伞,给父亲撑着伞,搀扶父亲走出屋子。雨小多了,外面的石板路被雨水冲洗得光滑如镜,褚凤鸣不时提醒父亲注意脚下。他把父亲送到门外,自家的车夫贵福早已在门口候着了。

贵福穿着蓑衣,戴着斗笠,穿着草鞋,这是江南人雨天的标配。他正坐在大门的门房里,看到老爷出来,立马蹦了起来,赶忙搀着老爷到了车子边,将长长的车把低下来,放下脚踏,扶着褚嘉诚坐上去。

褚凤鸣对贵福千叮咛万嘱咐,恨不得自己替父亲去才好。

第 14 章　嘉兴

褚家离火车站不远。一袋烟工夫,贵福拉着褚嘉诚就来到火车站前的小广场上。

小广场上,只有几个撑伞者零零散散地站着,显得有些百无聊赖。贵福上前一问,他们也是接人的,从上海来的这趟车还没有到站。褚嘉诚悬着的心这才放下来一些,他坐在车子上耐心地等待。贵福站在车前,抱着膀子观察着前面的情况。很快二人都注意到了不寻常之处,车站的出口处被围栏挡着,巡逻的次数也开始变多,旁边的值班室内人影绰绰。褚先生猜想到,这可能就是上次他回来时对自己进行检查的那些人。

"这都啥辰光了?"又候了十几分钟,褚嘉诚掏出怀表看了看,已经六点半,可是出站口还是没有一点动静,心里不禁犯起了嘀咕。略一思量,他让贵福去出站口打听,一个检票员看是个一身蓑衣的穷苦人,翻了下白眼,不耐烦地回话:"做啥?死开点!我又不是开火车咯。"

难不成出了什么事?褚嘉诚的心中有了不祥的预感。

一分钟,两分钟,十分钟,半个钟头……褚嘉诚不由得焦急起来。一直等到七点一刻,车站工作人员才开始有了动静。他们从值班室里陆陆续续地走出,奔赴各自的工位。

出站口处一如前天他回来时一样,盘查得很严,查一个放行一个。四个士兵背着枪,和几个便衣站在那里。一个胖子站在暗影处,像极了幽灵。那人说着略带口音的中国话,一副阴沉的模样。一种不祥之兆,涌上褚嘉诚心头。

人流不断地涌现,褚嘉诚让贵福再去探问,确认是从上海三点钟发的那趟车后,他的视线就再也没有离开出站口。随着一个个旅客的离去,褚嘉诚由淡定逐渐变得焦躁起来。十几分钟后，出站的旅客已经所剩无几。最后走出来的两个人，是阿毛和阿婆。褚嘉诚瞪得有点发涩的双眼闪出一丝光亮，这一老一小正是撤离方案中用来掩护金先生的，只是他们自己并不知情。

就在褚嘉诚考虑上前询问金先生下落之际，从阴影里走出一个撑着油纸伞的中年人，接过老妇人手里的包裹，替她撑着伞，向着黄包车的方向走来。褚嘉诚让贵福叫住这三个人，他自己则走下车子，缓步来到他们跟前。中年人看见褚嘉诚，赶忙鞠躬施礼："褚老爷，好久不见，给您问安了。这么晚了，您怎么在这里？"原来中年人正是褚嘉诚厨师的弟弟，是来接母亲的。

褚嘉诚点头致意，说："等一位朋友，但一直没等到。这里不是说话的地方，我们往远处走走，借一步说话，我有些事情想问问这位老人家，可以吗？"

"可以的，可以的。"于是几个人一起向黄包车走去，把包裹放到车子上，阿毛也爬了上去。到了一个僻静的地方，褚嘉诚问阿婆："你们这趟车几点钟从上海出发的？"

阿婆眯着眼睛努力回忆道："听旁边的人讲应该是三点钟，但晚了二十多分钟。"

"路上你们遇到啥咯事体吗？"

"啥咯事体……对了，这一路上到处都是检查，到嘉兴前面那一站，还碰到了车上穿官衣的查票，后面还有两个看着恶狠狠的人拿了一张照片对人头，好像在寻啥咯人。"

"那你们有没有碰到跟平时不太一样的人？"

"这，这个……"老妇人看看褚嘉诚，又回头看了看小儿子，似乎欲言又止。

"姆妈，这是褚老爷，阿哥就在他府上做事，您有啥咯情体都讲出来，没关系咯。"

阿婆这才开口道："回褚老爷的话，大儿子送我去车站路上，叮嘱我照应同坐的老实人，说那人没出过远门，胆小怕事。还真有这么个人，五十来岁,脸上有些麻点,不声不响的,瞧着倒憨厚。上车前,他还帮咱提行李,扶我和小囡上车。"

褚嘉诚心中焦躁,摆手问道:"后来呢?"

"后来,后来一个穿官衣的和两个凶巴巴的人过来查票,他趁人不注意就翻到了窗外。"

褚嘉诚闻此,放下心来。金先生出发前,他和崔立骏商量过在火车上遇到紧急情况时的处理方案,崔立骏也为此做过精心的实地探查。金先生是位胆大心细且睿智机灵之人,没被日本人直接抓去,就不会有问题。

"老姆妈,这件事千万不可跟任何人再提,否则只会给自己招惹大麻烦。"

"褚老爷放心,我记下了,不会给自己找麻烦的。谢谢您给我大儿子一碗饭吃,谢谢您让管家给我们家小把戏买了一大包穿的吃的。"

得知金先生的确从上海站上了车,且很有可能已经到了嘉兴城外,褚嘉诚放下了一半的心。然而人还未到眼前,这颗心始终难以安定,下一步就是如何尽快找到人。

贵福拉着褚老爷急匆匆回了家,褚凤鸣早已等得焦急万分。看到只有父亲一人回来,他小跑迎了上去,心里已然明白了八九分。

他赶紧吩咐贵福离开,急切地问道:"阿爸,怎么样了?"

沉吟片刻,褚嘉诚摇了摇头后吩咐道:"当务之急是抓紧找到人。你赶紧交代几个族里精明能干品行端正的子弟出去寻人。务必要仔细,火车站附近多放几个人手;警察局附近派几个机灵的蹲着,告诉大家客人从香港来的嘉兴,汉语说得不好。"

众人记下褚嘉诚描述的金先生的外貌,外出分头寻找。

看到老爷回来,厨房的灶火又重新燃起。小安又从厨房来到上房,问老爷要不要用膳。褚嘉诚心里烦躁,根本没有胃口。儿子褚凤鸣看在眼里急在心上,低声劝慰:"阿爸,午后您就没怎么吃东西,刚刚又冒着风雨跑出去这么长辰光。您先吃点垫一垫,不然身体真吃不消咯。"

褚嘉诚看儿子讲得实在诚恳,便稳了稳神,吩咐夫人和儿媳妇她们先吃,又让厨房上了两个菜,自己和儿子一起在书房吃。

两人心中都藏着事,面对一桌子饭菜毫无胃口。吃了几口便放下筷子,褚嘉诚在躺椅上躺下。突然,褚嘉诚从躺椅上弹跳起身,高声喊道:"帮我备车!"屋外的小安吓得一个激灵,这么多年来老爷说话无论和谁,哪怕是家里的下人,都是轻声细语和颜悦色,从来不似今日这般急切,便赶忙应了一声,去寻贵福。

褚凤鸣看着父亲不容商量的模样,于是让贵福用车子拉着他,一主一仆开始大街小巷地穿梭。褚嘉诚特别注意墙根处、树影里、桥头旁,还有街头巷口的小吃摊。每当看到有行人看不清楚样貌时,他就会让贵福停下车子,定睛瞅上许久。

夜色如水。

嘉兴城的夜晚没有了白日的喧嚣。雨停过后,街上已经没什么行人,整个街巷显得冷冷清清。车子走走停停,很快一个多钟头就过去了。望着路边的房屋在夜色下越来越朦胧阴森,褚嘉诚心中的惆怅,笔墨难抒……

不知不觉间,几个高大的建筑群映入他的眼帘。他仔细辨别一下方向,原来已经走出了主城区,来到了天主教堂附近。这座天主教堂是1917年由法国遣使会传教士、著名建筑师韩日禄神父主持兴建的。这座哥特式大教堂之所以远近闻名,不仅因建造华丽,而且两座对称修长的钟楼高高耸立,仿佛要刺破嘉兴的天幕一般。

平日里,这个教堂附近聚集着一些穷苦人和乞丐。他们喜欢蚁合此地,是因为神父和修士、修女常给予他们些许施舍。

晚上,这里的人依然比别处多出许多。他们有的踱来踱去,围着天主教堂到处游逛,有的蹲在墙根处打盹,还有的干脆就瘫坐在天主堂大门口。

褚嘉诚对着贵福说:"停一停。我自家往前走走。"

雨已经停了,路边还有不少积水,贵福麻利地停下车,把风灯点上,给褚嘉诚照着脚底的亮。看到有人从黄包车上下来,旁边乞丐们立马清醒了。有几个人动作麻利地围了上来,手里端着破碗伸向褚嘉诚,眼中闪着渴望的光芒。

"可怜可怜吧,老爷,赏口饭吃!"

"老爷,老爷,上帝保佑你,可怜可怜我们吧。"

眼瞅这一群蓬头垢面、无家可归的人,褚嘉诚心里五味杂陈。他心中酸涩,感慨万千,国势飘摇,百姓竟沦落到这般田地。他逐一给众人分发钱币,不一会儿,手中的钱便散尽了,可乞丐们仍不满足,手臂依旧执拗地伸着。

褚嘉诚哪见过这阵仗,只能说:"对不起了。来日褚家会在门口施粥,你们可以过去。"他们一开始还不相信褚嘉诚的说辞,直到褚嘉诚把自己大褂的口袋倒过来,从里到外翻给他们看,他们才相信。

贵福看老爷找得辛苦,甚是心疼,忍不住劝道:"老爷,都这么晚了,我们先回家看看吧,说不定少爷那边已经找到人了。"

褚嘉诚听他这么说,心中也动了回去的念头,出来已经两个多钟头了,不知道凤鸣他们找的结果如何,是应该回去瞧瞧情况了。

和父亲分开之后,褚凤鸣迈出家门,向造纸厂走去。

造纸厂并不大,二十几个工人,大都是附近的居民,下班后就回家。还有几个人是褚凤鸣妻子朱佳慧的远房亲戚,家在海盐,离嘉兴比较远,平时吃住在厂里。工人们下了班后也没有什么娱乐,多是躺在床上闲聊,嘉兴人叫"讲争"。褚凤鸣过去的时候,几个人正在"讲争"。他并没有把情况和盘托出,只说是家里远在香港的一位亲戚来嘉兴,在火车站没有接到人,可能走丢了,让他们去街上寻寻是否有陌生人出现,遇到要询问是不是来寻亲的,回答是,就把人带回到厂里。

工人们都撒出去了,褚凤鸣自己也向火车站方向走去。

在火车站周边一边走一边观察,褚凤鸣突然感到右边肩膀被人拍了一下,他僵硬地回过身,只听到有人先说道:"褚大少爷,这么晚了,不回去抱儿子,在这里做啥?"

第14章 嘉兴

声音听着很熟，褚凤鸣却因夜深未看清来者，只得摘下近视眼镜朝镜片哈了一口气，然后掏出上衣兜里的一块褐色方形眼镜布快速擦了擦，戴上后才看清来人。

"陆威，原来是你小子啊，吓我一大跳。"

"吓成该副样子，阿是做啥亏心事哩？"陆威笑着调侃他。

叫陆威的人是褚凤鸣的中学同学，两个人上学时是同桌。中学毕业后褚凤鸣前往美国留学，回国后在嘉兴创办了两家工厂，而陆威中学肄业后靠亲戚关系进了县保卫团。不承想，近几年，他官运亨通，现在已经是保卫团的团副。

"夜深哩，你在这做啥？"陆威问道。

褚凤鸣当然不会说实话，假装无奈道："阿爸从上海回来小住，今朝吃好饭，说是要出去荡荡，已经出门两个多钟头了，家母不放心，叫我出来看看。"

陆威笑着说："哈哈哈，伯父还是闲不住，他老人家土生土长的本地人，还怕他丢了不是？我俗事在身，等有空再去给二老请安。"

褚凤鸣赶忙答应："陆兄，不敢不敢。你公务繁忙，不敢轻易叨扰。"褚凤鸣说过了觉得有点谄媚，又赶忙补问一句："这阵子忙啥呢？"

陆威也不在意，苦笑说："能忙啥哩？日日忙着找人。上海出了大事体，死伤几个日本大官，听说是韩国人做咯。东洋人邪气恼火，到处搜捕他们，据说他们有些人逃出了上海。前几天有个叫佐藤的日本人来到嘉兴，带着厚礼见了我们县长，密谈了两个时辰。后来县长把我们团长叫去，关照我们对日本人的活动一是不要阻止，二是提供方便。不要提了，我们这几天有白天没黑夜地忙。"

陆威的话，褚凤鸣听后心里一紧。之前父亲虽向他透露了一些，但他还没有想到日本人已将触角如此之快地伸到了嘉兴。直到陆威挥手离开，褚凤鸣还杵在原地愣神……

满头大汗的崔立骏正匆匆忙忙低头走在铁轨上，猛然抬头看到远处昏暗的灯光。"车站，是车站！"崔立骏心头一阵欣喜。

小县城不比大上海，往来火车共用一条铁轨，离车站较远的地方就成了货场。崔立骏仔细观察了一下，在货场的一角，有一间小屋。屋内亮着灯光，崔立骏猜想这大概就是看货场者的居住之地了。

也许是为了防盗，货场两边的围墙足有两人来高。崔立骏想起了刚才看到的圆木，于是折返回去，挑了一根，费了很大的力气辗转挪至围墙边。他先把木头的一端搭在墙上，然后又找了两块石头把地上的另一端固定好，自己试着往上爬。木头淋过雨后有点滑，他爬了好几回，上到一半就滑了下来。也许他的动作有点大，弄出了响声。小木屋那边传来了几声犬吠，吓得他马上噤声屏气，俯下身子好长时间没敢动。

等到狗吠声停下，他决定尽快翻出去。他脱下鞋子，别在腰里不妥当，鞋子留在这边，赤脚去找金先生更不妥。他一咬牙，决定破釜沉舟，把鞋子扔过了墙去。

崔立骏抱着木头一点点往上挪，滑下来一点再继续向上。此刻他不知道的是，危险正在一步步逼近。

原来，狗吠过后，货场值班员就产生了怀疑，便牵犬出来巡逻。离着还有几十米，就隐隐约约看到有个模糊的影子在爬墙。放开狗绳，狗嗖的一下利箭般窜至崔立骏爬墙处，"汪、汪、汪"狂叫不停，吓得崔立骏差点从木头上滑下来。

恶犬在下，没了退路，他只好竭尽全力往上爬，终于接近顶部。他咬紧牙关，猛地一跃，扒住了墙头。顿时，他只觉得右手手掌钻心地疼，墙头上可能安插了毛竹片之类的尖锐物。形势严峻，他顾不上许多，两个膀子一使劲就直接爬上了墙头，顺势把木头蹬倒在地，吓得狗子后退了几步，崔立骏转身从墙头跳下。

手心全是血，这才知道手划破了一个很大的口子。他在口袋找到一条手帕，手嘴并用把右手包扎了一下，然后借着灯光，摸索着找到鞋子，辨别好方向，向着火车站飞奔而去。

嘉兴南湖上，缥缈的雨丝织出一张巨大的幔帐。一个叫柳叶的姑娘正驾着一叶扁舟,漂荡在南湖如画的碧波上。她头戴斗笠,身披蓑衣,站立船头轻摇船橹,只见她收起、推出、再收起、再推出……手中的桨荡开层层叠叠的波纹,岸边的柳树新绿满枝,在微风中摇曳。江南好风光将柳叶这般的江南姑娘滋养得清秀灵动。

天空落着雨,柳叶一边摇着橹,一边望着远处的水面,唱起了嘉兴民间小调《南湖采菱歌》。

> 东南风吹来暖洋洋,
> 烟雨楼造在湖中央,
> 四周自有青菱荡,
> 荡中出路有船行……

雨渐渐停了。

柳叶解下身上的蓑衣,摘下斗笠,露出了窈窕的身姿。她上穿一件蓝底小白花的带大襟的上衣,上面盘着精致的葡萄扣。下穿一件蓝士林布的裤子,俊眼修眉,顾盼生姿,她只静静站立船头,就成了一幅天然的江南烟雨图里的主角。

天慢慢暗下来,到该收工的时候了。她把船停到"西米棚下"的褚家河埠,然后走到船尾,弯下腰拎起一根绳子,一个网兜浮出水面。她仔细看了看,脸上瞬间笑开了花。网兜里有几条半斤重的鲫鱼和一些小杂鱼,还有不少的湖虾。这是当地特制的网兜,网兜有两层,中间有一个入口,鱼虾只能进不能出。平时行船时这个网兜就挂在船尾,随着船的移动网兜的口就张开了,鱼虾只要进到这个洞里,只能乖乖地束手就擒。

柳叶把船靠在河埠头拴好,拉出网兜解开底部的绳子,干练地把鱼虾倒入一个竹编的篓子里,然后提着篓子上了河埠。

旁边一个渔民笑道:"柳叶姑娘,今天网蛮重咯嘛。"

看着竹篓里的大虾,柳叶美滋滋地应着:"是咯啊,今朝夜里我家姆妈吃弯转(虾)哩。"

第 15 章　嘉兴

在河埠头,能看到不远处褚家大院和前后两进深的二层木楼,正对着大白场后面。

柳叶手提一篓鲜鱼虾,款步朝着褚家方向走去。她此行一来是探望在褚家帮厨的母亲,二来想着少奶奶正在坐月子,多些新鲜鱼虾下肚,小少爷便能有充足奶水。

刚拐过弯看向大门口,柳叶就见到小安站在门房那里,正伸头探脑地张望。贵福和他的人力车也在门外等着,看样子家里好像有什么事。

一见到柳叶,小安立即飞奔过来,接过柳叶手里的竹篓,笑眯眯地说:"好柳叶,你总算来了,我等你好半日哩。"

柳叶也不搭理他,径直走到贵福面前,笑吟吟地打起招呼:"贵福哥,今天用车吗?"小安看到柳叶故意这样对待自己,也不生气,只是挠了挠头,笑了笑。

"是,是咯。老爷吩咐说要用车咯。"贵福人老实,有点木讷,家里又穷,快三十的人了还没有娶到媳妇,听到柳叶主动和他说话,竟结巴起来。为了缓解贵福的紧张,柳叶这才转过脸,戏谑地问小安:"这么巴巴地盼着我来,有啥事体?"

小安窘得脸都红了,说:"也没啥大事体,到了吃饭辰光,担心你在船上没吃上,怕你饿着。"说完,转身一路小跑走了。

贵福则憨厚地看着柳叶,嘿嘿一笑。

柳叶娇嗔着跺脚道:"要你管。"

牵挂,早已成为小安生活中不可或缺的习惯。小安的心事柳叶其实是知道的,他喜欢柳叶,曾经明里暗里给柳叶娘暗示过这事,但柳叶娘就是不接这个茬。

柳叶娘知道女儿有主见，所以谁要和她说柳叶的事，她就用一句话打发："女大不由娘，你们还是自家去问她吧！"

两个人一前一后来到厨房，柳叶先忙着把鱼和虾放到鱼池里，后麻利地卷起衣袖坐到了娘的身边，问："姆妈，夜饭都吃好了？"

庆嫂摇了摇头，说："还没吃呢。昨天下午老爷回来了，今朝吩咐下来让准备不少菜，说有位大老远来的朋友要住几天。结果到现在也不传话让上菜，小安刚去问过，说让候着。"接着又问柳叶饿不饿。柳叶下意识地点点头，又立马摇摇头。

母女二人坐在那里有一搭没一搭地说着话，时而相视一笑，时而交头接耳，家长里短的闲谈让厨房这一方小小天地里充满着烟火气。柳叶没闲着，不停地纳鞋底。柳叶人水灵，手也巧，做得一手好针线活，特别是做的鞋子不仅样式好看，穿上又合脚。有时心情好了，在鞋底上她能纳出喇叭花来。

不一会儿，小安回来了。他涎着脸，凑到柳叶跟前，没话找话说："啥辰光，也，也帮我做一双？"

柳叶翻了他一个白眼，说："那你就等着吧！"小安讨了个没趣，嘿嘿一笑。转身到灶膛里用火棍拨弄了几下，扒拉出来两块烤山芋，拍打干净上面的草木灰，稍微凉一凉，把其中一个塞到柳叶手里，另一个则轻轻放在柳叶旁边的凳子上。

柳叶一边慢悠悠地和母亲聊天，一边剥山芋，剥好之后递给母亲，就见到褚嘉诚和儿子一起从上房里出来，慌得柳叶娘赶紧小跑到厨房门外，却不料褚嘉诚爷儿俩根本没提吃饭的事，径直向门外走去。褚嘉诚坐上车离开，褚凤鸣则一声不吭又回到了上房。

家中弥漫着沉闷而压抑的气氛。众人噤若寒蝉，谁也不敢多问半句，心底却都隐隐有了预感，似是有什么重大之事即将发生。

庆嫂心中惦念着太太和少奶奶，更何况少奶奶还在哺乳期。在庆嫂的坚持下，先给她们婆媳两个简单上了菜，让她们凑合着吃了。

又等了一个多时辰,褚嘉诚孤身返回,不见客人身影。褚嘉诚紧锁眉头,心事重重,任何人也不搭理,径直走回上房,关起门和褚凤鸣低声说话。柳叶看到这种情形,心里顿时揪紧。她跑到大门口,到了贵福跟前,悄悄地问他:"你不是跟老爷去接人了吗?客人呢?"

"没,没,没接着。"贵福结结巴巴地说。

"不要慌张,慢慢说,到底怎么回事?"

贵福稳了稳神,才慢慢说道:"火车晚点了三四十分钟。我们等了一会儿,直到人快走完了,老爷也没接到客人。最后出来的刚好是严家浜阿毛和他阿婆,我看老爷向他们打听了一番,具体啥咯事体我也不晓得。"

听闻此事,柳叶眉头紧锁。

院子里,终于传来褚凤鸣吩咐让上饭菜的声音,柳叶赶紧跑进厨房,帮助母亲热饭热菜,然后帮忙给老爷和少爷端上去。都饿了这么久了,他们急需些热食来暖暖胃。只用了一袋烟工夫,老爷匆匆吃完饭,随即起身又与贵福出去了。

褚凤鸣在大堂来回踱步、坐立不安。柳叶递了杯茶,迎着褚凤鸣说:"少爷,我也可以帮忙的。"褚凤鸣明显怔了一下,片刻之后,仔细看了看柳叶,说:"你跟我过来!"他知道柳叶是个靠得住的姑娘,于是就把她喊到一间屋子里,问她:"你都晓得什么了?"

柳叶说:"我听贵福哥说了,家里要来位客人,但是您和老爷没有接到,正着急呢。"

褚凤鸣思忖了一下对柳叶说:"是咯,但可以肯定的是,客人已经到了城里。我们已经出去找了一圈了。水道你熟,要是得空,你沿河边寻寻。此事不宜声张,以免节外生枝。"

"少爷,您放心。客人只要在嘉兴城里,总归寻得着咯。"柳叶的语气很笃定。

于是,褚凤鸣把金先生的模样大致描述了一下,最后又叮嘱道:"人肯定在县城,只是眼下天黑哩,寻起来更加难点。"

柳叶顾不上和母亲告别就急三火四地跑出院子。跳上小船,柳叶解绳摇橹顺着河道向着火车站方向奋力划去。她挥动着双桨,船身如同一只穿梭在水中的游鱼。

市里的河道不宽,窄窄细细地蜿蜒着,南门头附近河道的两边是整齐的石帮岸和错落有致的河埠,市河由北向南延伸,两岸星罗棋布地坐落着江南特有的板壁木楼和通过木桩半坐入水中的吊脚楼。

木楼的外侧,是过街廊棚。人走在下面,一路都淋不到雨。这街廊因一度很繁华的米行而得名"东米棚下"和"西米棚下"。

很快就到南门头离火车站比较近的杨家桥边,柳叶把小船拴到河边石头上的铁环上,跳过踏板走上河埠,然后向不远处的火车站走去。

雨已经停了,路上仍残留一摊摊积水。火车站前的小广场上依然罕有人迹。广场东侧的炮楼在候车室灯光的映衬下,若隐若现地掩在黑暗里,像一个守城士兵,时刻威慑着脚下的过往行人。柳叶站在候车室前顿了顿,接着在广场上转了一圈,边走边仔细地观察身边每一张面孔,身边的路人没有与褚凤鸣描述的先生相似的。

穿过广场,她径直走进灯光昏黄的候车室。室内,几排座椅背靠背摆放,稀稀落落没几个人。有五六个候车人躺在座椅上睡觉,另有三两个躲避寒冷的流浪者,警觉地蜷缩一角,怕被人驱赶。柳叶用目光把整个候车室扫了一遍,脑海中快速把看到的人和客人模样进行比对,没有一个人相符。

心有不甘,走出候车室的柳叶把搜索范围向广场外扩展,车站的围墙里里外外,以及树影下都看过了,还是没有跟目标类似的人物。

正在这时,柳叶瞥见火车站附近的一条街道上,一个人蹒跚走来。此人戴着帽子,身子好像在泥地里摔过跤一样,狼狈不堪。趁着与此人交错走过之时,柳叶睨着眼,试图窥探他的面容,天太黑没能看清。

直觉告诉柳叶,此人不会那么简单。她停了下来,目送此人朝火车站的方向踽踽独行。柳叶心中涌起一股冲动,于是悄悄尾随其后。当此人走入广场向候车室走去时,柳叶停了下来。这个人一副左顾右盼的模样,和自己一样也像是在寻人。

火车站前的小广场上，此刻已经杳无人影，只有旁边值班门房里渗出的灯光把人的影子拉得老长老长。走在广场上的崔立骏，此时还未发现自己已被一个姑娘跟踪。他觉得这么晚了，检查的人以及"猎虎队"的人会消停一下了，便直接去了候车室。

过了大概半个钟头，崔立骏就从候车室里走了出来。他没有发现自己熟悉的身影，满怀的希望化为了泡影。崔立骏打算去找褚嘉诚，然后看看他是否有更好的办法，可并不知道褚家地址。此刻的崔立骏身心俱疲，从出发到现在，为寻找金先生他已经走了很多路，饥饿感如潮水般包裹着他，双腿也像灌满了铅，浑身好像是被抽走了所有的力气。但一念及金先生的安危和困境，又振作精神向前继续寻找。

不知不觉，崔立骏晃悠到春波桥。桥下，离河埠头三四米远的地方，停着一艘小船，舱内透出熹微灯光。那缕微光，仿若久旱甘霖，让崔立骏喜出望外。他站在船外，望着那点亮光，欲言又止，迟疑着不知如何开口。

在跟踪崔立骏的过程中，柳叶通过观察，更加确定对方是在找人。但她无法确认此人是什么来路，是否和老爷的客人有关联。藏身暗处，柳叶猜出崔立骏想要接近小船，而此刻船舱里亮着灯，说明好姐妹春梅就在船上。柳叶心里盘算，现在春梅和自己是两个人，就是有事也不怕。

崔立骏下到河埠头，坐在河沿上就势小憩了一会儿，似乎若有所思。向四周观察一阵后，他捡起地上的一块小石头，朝着小船边扔了过去。咚的一声，石头掉到水里，发出响声的同时，也溅起了一片水花。

窗户开了，春梅小心翼翼把头伸到外面使劲地看了一会儿，逐渐适应了黑暗，这才看清楚河埠头站着一个人。于是，春梅出声喊道："做啥？"

"有、有件事情想麻烦你。"崔立骏声音不大，"打听一下，去褚嘉诚先生家怎么走？"

这话一说，让春梅惊愕不已。八点钟时，褚老爷曾派人来过一趟，丢话说如果有人要找他们家，要多留意一点。还说，倘若是一个五十多岁的人，外地口音，要想法留住他，之后把金先生的样貌、特征、衣着等交代了一遍。

想到这些,春梅起身来到外面,把船往岸边靠了靠,想近距离观察一下这个人,但是晚上看不清楚,只能尽量引他多说说话。听这个人说话,春梅感觉此人话语很流利,腔调也比较年轻,不像是五十多岁的人。春梅基本判断不是褚家在等的客人,但还是多问了一句:"你找褚老爷有啥事体?"

崔立骏急忙回答:"阿姐,有事,急事。我要尽快找到褚老爷。你能带我去找吗?"

春梅听其口音,已断定此人绝非褚老爷苦寻的客人。她抬眸望向黑沉沉的四周,在不明对方身份时,自是不敢贸然上岸。然念及此人要找褚老爷,又恐误了要事,便为他指明褚家大致方位。

崔立骏依着春梅所指,转身踏上朦胧的夜路。

站在远处暗影中的柳叶把一切都看在眼中,两人之间的对话她也听到了。她知道,这个人不是褚家要找的客人,但他为什么打听褚家且要找褚老爷呢?

柳叶疑虑重重,踌躇不决之时,崔立骏已悄然消失,不知去向。柳叶从暗处闪出,决定继续寻人。

此时,柳叶不知道的是,桥边树丛的黑影里,一双眼睛正紧紧盯着她。

崔立骏问过春梅之后并没有走远,因他不能确定姑娘所指方向是否正确。走了一会儿,他又迅速转身回到原来的地方,阒然躲进暗处。其实从火车站候车室出来后,崔立骏凭直觉隐隐觉得身后有人跟踪。他走得快,后面的人也快,他慢,后面的人也慢下步子,但当他真回头看时,又什么都没有发现。问过春梅后,他便佯装离去,伺机躲了起来。

过不多时,果真有人蹑手蹑脚从暗处现身。崔立骏从此人走路姿态中窥出端倪,断定是个女子。崔立骏很有耐心,隐藏在黑暗处静静地等着,他相信,鸟儿总要飞回自己的巢穴。

崔立骏来了一个反跟踪,悄悄地尾随着柳叶。崔立骏很奇怪,大晚上的,她一个姑娘家为何不回家,在街上来回走?崔立骏突然意识到,姑娘应该也是在找人。她找谁呢？会不会也是在找金先生？

跟着柳叶走过几条街，崔立骏迷惑顿消，前面的姑娘并没有明确的目标。他有了一个更大胆的计划，趁着柳叶未曾觉察，悄然提速，一点一点拉近与她的距离。一开始他想出其不意地现身，但又怕吓着柳叶，直到她走到杨家桥下了河埠头准备归家时，他才下定决心。崔立骏估计姑娘可能也有一条小船，果不其然，在河边他看到了柳叶在解缆绳。崔立骏这才现身，试着小声喊了一声："姑娘。"

"唉！"正在低头找船桨的柳叶突然听到有人打招呼，下意识地答应了一声。答应过后觉得不对劲，柳叶赶忙转头往岸上看。树影婆娑下，一个黑影结结实实立在那里。一向胆大的柳叶此时大叫了一声，把船桨举在了胸前。柳叶故作强横地问："是人是鬼？给我出来！"

崔立骏从黑处现身后细声说道："不要怕，我不是鬼，你能带我去见褚老爷吗？我有急事要找他。"柳叶打量着崔立骏，崔立骏静静地站在原地一动不动，他要给柳叶安全感，不然的话，半夜三更她一喊叫，自己的麻烦就大了。见对方说话规规矩矩，柳叶放下一半心，或许眼前之人不是坏人，与今晚众人一直在找的客人有关。

带还是不带？柳叶有些踌躇不定。崔立骏看出姑娘的犹豫，开口温言抚慰道："小姑娘，我不是坏人，只是有紧要事与褚老先生相商。"

柳叶左右权衡一番，决心一试。她在心里宽慰自己，自己常年在船上，驶船如履平地，难道还怕一个外来客？思量一番后，柳叶壮着胆子，右手一挥，一副漫不经心的口气："要见褚老爷，上船！"

说话间，柳叶把小船靠边停好，崔立骏朝小船走来。谁料他刚跨上小船，柳叶腰身一扭，顷刻间小船猛烈地颠簸摇晃起来。崔立骏立足不稳，顿时踉踉跄跄、东倒西歪，十分狼狈。柳叶想扶他一把，崔立骏却吓得连忙蹲下身来紧抓船帮。柳叶断定对方是个"旱鸭子"，脸上露出了一抹不易察觉的微笑。

很快，小船就到了褚家不远处的河埠头。柳叶又多了个心眼，觉得不能直接把人领到褚家去，还是要先去禀告老爷，让老爷来做决定见还是不见。可船上的人怎么安置？他自己溜走了怎么办？转念又一想，是这人央求自己带他过来见褚老爷的，不见到老爷，他定是不会走的。于是，柳叶停下船，用命令口气对崔立骏说道："想见到褚老爷，你就得按我说的做，老实在船上等着，我先去告诉老爷。"崔立骏点了点头，双手合十以表谢意。

第16章 嘉兴

此时,柳叶娘也正在担心着女儿。所以,外面门房处一有响动,柳叶娘立马站起身走了出去。看到柳叶,一把抓住骂道:"死小囡,你到啥地方去哩啦?真要急死我了,我看你真该吃家生(挨打)。"

"水,水,我要喝水。"柳叶跳着脚,急吼吼地说道。

柳叶娘拉着她一头扎到厨房,舀了半碗水,又兑了点热水,递给柳叶喝。柳叶也不说话,端起碗一口气喝了个底朝天。放下碗,她才顾得上问娘:"老爷呢?我有急事找他。"柳叶娘看女儿渴成这样,心疼得不得了,但嘴上却还埋怨道:"老爷也是你想见就能见的?"

"娘,别打岔,我真的有事体见他。"

"老爷也是才回来,在上房歇着呢。那么大年纪,累了一整天,就别打扰了。"娘絮絮叨叨地说着。柳叶可不管这些,站起来朝上房奔去。

褚老爷回来大概有一袋烟的工夫,喝了几口茶水,正躺在竹椅上,眯着眼做着思量。

听到敲门声,褚嘉诚支撑着疲惫的身体打开门,随即一惊:"柳叶,这么晚,你怎么来了?有啥事体?"

"老爷,有个人非要见您。"

"谁?"褚嘉诚声音中透露出一丝警觉。

"不晓得,看着二十多岁,我把他留在船上了。"

"快领我去看看。"说完褚嘉诚顾不上穿长衫就跨出门,跟着柳叶往外走,全然不顾柳叶娘在后面嘟嘟嚷嚷地絮叨。

到了河埠头,柳叶对老爷说:"褚老爷,您先等着,我去把人喊上来。"

柳叶说完直接下堤岸向小船走去,对着小船喊着:"先生,先生,上来吧,老爷来了。"然而,当她喊了几声后,却惊讶地发现船上空无一人。

褚嘉诚眉心皱成一个川字,沉声道:"人呢?"

"我让他在小船上等咯,就这么一会儿工夫,怎么就不见了呢?"看到人不见了,柳叶着急得要掉眼泪。褚嘉诚心中虽是困惑,但还是先安抚焦急的柳叶:"你先别着急,快把遇到的情况跟我详细说一说。"

柳叶抽抽噎噎,将前后经过一一道来。褚嘉诚一边听一边思量,听着描述像是崔立骏了。但一定就是他吗?褚嘉诚自然不敢百分之百地肯定,猜测此人不会走远,定是隐藏在附近。于是,他走上前,用不大但非常清晰的声音喊道:"我是褚嘉诚,您不是要来找我吗?现在这里没有外人,请出来见个面!"

大约过了二三分钟,从几米外房屋拐角闪出一个人来,径直向褚先生走来。柳叶到底年轻机灵,率先看到,于是用手指着那人对褚嘉诚说:"老爷,就是他。"

褚嘉诚缓缓地转过身,睁大眼睛辨认着,来人戴着宽檐帽,挡着半张脸,还真看不出是谁。

那人走到褚嘉诚跟前,才把帽子摘掉,低声叫一声:"褚先生!"

天太暗了,褚嘉诚没认出来,有些恍惚,"您是……"

"崔立骏。"来人答道。

褚嘉诚凑近眯着眼再三打量,见真是崔立骏,惊喜交加道:"啊,真是崔先生,这里说话不方便,快!快!屋里去,屋里去。"

回到家里,崔立骏暗声问褚嘉诚:"金先生到了吗?"

褚嘉诚摇了摇头。

"啊!"崔立骏浑身一个惊颤。

崔立骏欲再开口,却被褚嘉诚抬手制止。他吩咐庆嫂速速将饭菜端上桌来。庆嫂本就未曾安歇,柳叶也帮着母亲一道温饭热菜。不多时,四菜一汤便齐齐摆上了桌。柳叶打来一盆清水,端至崔立骏跟前,供他洗漱,褚嘉诚又让庆嫂寻出一身干净衣裳,让客人换上。

洗漱过后,崔立骏坐到桌前,看到四菜一汤,两眼放光。褚先生含笑道:"崔先生,先吃饭,吃完饭再说。"柳叶一副疑惑的模样,眼前之人瞧起来清秀文弱,却风卷残云般连吃三碗饭,桌上的菜碟也是一扫而空。

饭毕,褚先生让庆嫂和柳叶收去碗筷。他亲手为崔立骏斟上一杯姜茶。暖黄的灯光下,姜茶散发出辛辣而又香甜的热气。褚先生双眼微眯,开口问道:"我在火车站并未迎到金先生,他究竟在哪里?"

"在火车站不可能接到他,因为还没有到站他就跳车了。"崔立骏简要地把他们怎么进上海火车站,一路上经历的盘查等情况叙述一遍后,接着说道,"金先生肯定进了嘉兴城。他的汉语不好,不便和别人搭讪问路,此刻他或许一边掩藏自己一边在想办法找我们呢。"

崔立骏的观点,褚先生完全同意。但问题的关键是,怎么找到金先生呢?

"我让犬子凤鸣派手下人去找了,还没有结果。"褚嘉诚说道,"我刚才也出去转了一圈,火车站、教堂、夜宵摊都去了,也是一无所获。"

"现在,金先生很有可能已经找了个安静的地方猫着了。教堂、寺庙落了锁,他进不去。"崔立骏分析了一番。

两个人商议了半天也没个头绪。褚先生看看时辰不早了,安慰崔立骏道:"你先休息,我再等等,等凤鸣回来了,看看他那边找的情况怎么样。"

褚凤鸣带着一拨人一刻也没闲着。几个人在各自负责的区域内寻觅。街道上商店都打了烊,每看到一个人,他们都盯着看上一会儿,搞得对方莫名紧张。外号叫"老鼋"的人,四十来岁,个子不高但长得敦实,被他盯着看的一个人也不是瓢茬,反过来盯着他问:"你小子老看我做啥?我脸上有花吗?"

"老鼋"不想惹事,赶忙说:"我咯眼睛不好,看东西盯的时间比别人长。"

那人不依不饶:"眼神不好更该弯腰看路,不该盯着别人的脸死看。"

"老鼋"瞬间被激怒,反击道:"你当自家是黄花大姑娘,看你两眼那么多话!"两个人你一句我一句杠了起来。

此时几个路过的保卫团人员听两人吵得不可开交,掺和进来,质问两个人为何大半夜在此吵架。见到手里拎家伙的官府人员,两个人瞬时生了悔意,异口同声道:"老总,我们闹着玩呢。"

请神容易送神难。一个小队长模样的人向前两步,卡腰吼叫:"今朝正好没办法交差,带回去,仔细盘问!"于是几个保安推搡着两人就往保卫团驻地走。

"老鼋"心中叫苦不迭,自己没完成主人交代的事反而被保卫团抓了,这算啥个事体?两人被押着往前走,走到一处光亮的地方,"老鼋"突然喊了起来:"褚老板,救我,救我。"原来,他看到了街对过走着的褚凤鸣,就像抓到了一根救命的稻草。

听闻叫喊声,褚凤鸣向声源处张望,一下子看到手忙脚乱的"老鼋"。他担心"老鼋"被抓,一旦吐露点什么,后患无穷。没有多想,褚凤鸣走到马路对面,给保卫团的每人散了一支香烟。

褚凤鸣边点烟边问:"老总,这是我们厂里的人,犯啥个事体?"

"他们在街上大吵大闹,寻衅滋事,我们要带回队里审查。"

褚凤鸣把小队长拉到一边,低声道:"老总,你看,他没有犯什么大错,你就高抬贵手放了他吧。我们厂子活太多,明天我还指望他干活呢。我是造纸厂的老板褚凤鸣,你们团副陆威是我同学,要不我请他来跟你解释解释?"说着就从口袋里掏出几张卷着的钞票悄悄塞到了对方手里。

小队长听说老板是副团长陆威的同学,再加上几张钞票在手,态度来了个一百八十度的转弯,笑得见牙不见眼:"久仰,久仰,褚老板,我叫师人杰,这是大水冲了龙王庙啊!既然是我们团副的同学,那肯定里面有什么误会,您把人领走吧。改天我请您和陆团长吃饭。"

褚凤鸣带着"老鼋"紧走一段,脱离保卫团的视线后,狠狠地把"老鼋"训斥一顿:"让你出来找人,不是让你出来惹事,今朝你要是被抓,怎么办?"

褚凤鸣非常懊恼,意识到让自己的工人出来找人不是明智之举,于是对"老鼋"和其他的人说:"你们先回厂里!我再转转。"

大约快十二点的时候,褚凤鸣回到了厂内。工人们也都回来了,看他们个个垂头丧气的样子就知道人肯定没有找到。褚凤鸣对大家说:"虽然没有找到,家父还是非常感谢大家,已经吩咐厨房,明天给大家开开荤。但今天的事体大家不能对外透露一丝风声。谁走漏风声,我就砸谁的饭碗。"

褚凤鸣从厂子里回到家已是凌晨一点。他拖着疲惫不堪的身躯走进上房,不禁一愣,只见父亲正与一陌生人促膝长谈,似在等候他归来。

他欣喜地问道:"阿爸,人找到了?"可仔细一看,不对,这个人看起来很年轻,不像五十多岁。

褚嘉诚告诉儿子:"还没有。这是崔先生,也是从上海过来的。"又转头对崔立骏说:"这是我儿子褚凤鸣。"

褚嘉诚说完,两个年轻人躬身施礼,算是相互认识。

褚嘉诚看儿子一脸疲惫,给儿子倒了一杯茶,说:"来,过来坐。歇会儿。"

"眼下外面风声很紧,嘉兴的保卫团也在搜寻金先生,刚刚厂里的工人在找人过程中差点被抓,看来是我太心急了。"褚凤鸣语气中透露出深深的担忧和自责,又带着几分不甘和无奈。

褚嘉诚拍了拍儿子的肩膀,三人互相说着宽心的话,讨论着下一步的对策。眼看东方既白,褚嘉诚揉着额头,无奈地说道:"夜深了,先休息,等天亮了我们再作打算。"

一切都笼罩在缥缈的晨曦里,人们在迷雾中穿行,影影绰绰。崔立骏瞪大双眼,扫视着四周,周围的人与他擦肩而过。他急切地想看清每一个人的脸,然而人们的面容隐匿在雾气之中,模糊不清。

正在迷茫之际,一道身影从雾中踉跄跌撞而来。崔立骏定睛一看,顿时泫然泪下,脱口而出:"金先生!金先生!是您吗?我终于找到您了!"他欣喜若狂,朝着金先生奔跑过去,忽见一群手中持枪的人狂追而来。

"快！快跑！"崔立骏边喊边转头，想拉着金先生向旁边隐蔽的小巷跑。奇怪的是，面色苍白的金先生大汗淋漓地径直从他身旁跑过，却全然听不见他的呼喊。

崔立骏抬高音量，呼喊声在空气中回荡，越发嘹亮震耳，金先生却仿佛什么都没有听见。

后面的一群人如狼似虎，疾步猛追。"嘭！"一声枪响，金先生身体猛烈摇晃颤抖了一下，随后，右手死死地捂住左胸，鲜红的血从指缝间汩汩而出……

"金先生！金先生！"崔立骏猛然坐起，只听见如擂鼓般咚咚的心跳声，脸上不知是汗水还是泪水簌簌滚落而下……原来是一场梦，一个让他胆战心寒的噩梦。

"崔先生，怎么了？"听到动静的褚嘉诚在门外拍着门板关切地问道。

"没什么，褚先生，做了个噩梦。"崔立骏定了定神，下床开门。

褚嘉诚披了一件外袍，站在门廊下。

"褚先生，您还没睡？"

"人一老，觉就少。"褚嘉诚褪去白日里知名乡绅的威严，一脸愁容。

崔立骏微微叹了口气，下意识想去拿烟："也不知道金先生有没有找到落脚地。"

褚嘉诚拍了拍崔立骏的肩膀："夜深了，别想那么多，等明天天亮再说。"

虽然身体疲惫不堪，但崔立骏此时头脑却无比清醒："褚先生，您也早点休息。等天亮后，一切还得依靠您主持大局。"

褚嘉诚微微点了点头，踱回了房间。崔立骏站在门口，凝望夜空："金先生，您到底在哪里啊？"

远处阑珊的灯火接连熄灭。黑暗悄然蔓延，死寂空旷的路上空无一人，倏忽间会传来几声流浪狗寥落冷清的狂吠。

猫身暗夜，金先生心神不定地沿着荒凉的小路奔逃。饥寒交加消磨着他的体力,考验着他的意志。金先生深知自己不能再漫无目的地走下去,如此这般,体力跟不上暂且不说,天一亮,没有夜色的掩护,自己肯定会成为活靶子。当务之急,首先要找个歇脚的地方缓口气,同时也能保存一点体力。

何处是容身之所?他边走边思索。小路蜿蜒曲折,一片比周围房子高大的建筑群出现在面前。他警惕地打量着,首先看到的是一道围墙和大门,围墙是砖砌的,隐隐约约透着连绵起伏的山脉状,大门是典型的江南样式。

金先生一时间不能确定这是一座大户人家的宅院,还是别的什么。说是宅院,一般像这样的大户人家,门口都会有镇宅之物以及相应的照明之物,然而眼前什么都没有。

金先生想翻墙进去,但对院内情形一无所知。倘若院内有狗,那岂不是自投罗网?思来想去,他打算蹲在门边凑合一会儿,但又怕自己疲惫过度,昏睡不醒,被人发现。沿着围墙走过一圈,他终于在拐角处找到一个较为隐蔽的地方。这里放了一堆箩筐,里面装了稻草。金先生掏出稻草,裹紧身体躺了下去。甫一躺平,他下意识伸手摸了摸额头,滚烫如炙。他喃喃自语:"就眯一会儿,一会儿就起来。"刚闭上双眼,金先生腾地坐起,自言自语道:"在这里躺下,若是没人发现,我或许就真睡死过去了。"

"不,不能这样!"扶着墙壁,他艰难地站起。头晕目眩中,他再次向大门口走过去,眼前如有一块黑色的幕布时有时无地遮挡,让他越发感到眩晕……

崔立骏从梦中惊醒,心有余悸,辗转反侧,怎么也睡不着了。他起身看了看怀表,才四点多钟。他眼中布满血丝,面色憔悴却极力汇聚目光,苦苦思忖着金先生到底躲在哪里,天亮后该从哪里开始寻起。

崔立骏心里想,会不会去了教堂?明天要问问褚先生嘉兴有几座教堂。从上海出来前的最后几天,金先生就在费安生的掩护下住在教堂里。金先生对教堂环境比较熟悉,在举目无亲的情况下,金先生大概率会选择教堂进行躲避。

学校？这也是能吸引金先生的地方。崔立骏以前听金先生提过,他一直对校园颇有好感,如果遇到合适学校的话,说不定也会躲到里面去。

还有哪里呢？寺院？对,寺院。过去听金先生讲过,他从仁川监狱越狱后,曾经去过南部的麻谷寺,在那里躲过一年。他应该对寺庙不陌生,南朝四百八十寺,嘉兴县城里定有香火缭绕的寺庙……

早上六点,下人们向褚凤鸣问好的声音响起。崔立骏赶紧起来,跟褚凤鸣互致问候。两人洗漱完毕,柳叶娘和小安已经摆好早点。早饭甚是丰盛,小巧精致,很有江南特色。稀的有大米粥、八宝粥、馄饨,干的有五芳斋粽子、煎包、煎饺、烧卖、粢饭团子、老嘉兴的芝麻冷面、炒米线、煮鸡蛋,小菜也有五六个。桌上粥盛了两大碗,为防止凉得太快,上面盖着木盖子,每个大碗旁各配着勺子,小菜和煎饺、烧卖等各用小碟子装着,围着两个大碗排成一圈,最外侧是几副摆放整齐的碗筷。

这时,褚嘉诚正躺在竹椅上看书。人年纪大了,觉睡得少,况且心中有事,更是难以入眠。他选择稍晚露面,以便年轻人多睡一会儿。

早饭上了餐桌,褚凤鸣去书房知会父亲,褚嘉诚这才出来用餐。三人皆是满腹心事,餐桌上的气氛并不轻松,大家都默声吃着早饭。褚嘉诚实在看不下去,力劝两位年轻人:"你们年轻,昨天又忙一天,要多吃点,这几天势必要辛苦的。"

崔立骏本无心进食,听褚先生这样说,又默默地盛了一碗芝麻冷面,多吃了一个粢饭团子。褚嘉诚看着低头吃饭的崔立骏,也陪着多喝了一碗米粥。

用罢早点,崔立骏迫不及待地把刚刚厘清的思绪说给褚嘉诚和褚凤鸣听。

褚嘉诚觉得很有道理,毕竟崔立骏和金先生相处的时间更长,更了解金先生的想法和习惯。之后,褚凤鸣把嘉兴的情况给崔立骏作了介绍,他用手蘸着茶水在桌子上比画着嘉兴的地形,包括有哪些学校、教堂、寺庙和医院等。确定重点后,寻找金先生的方案渐渐明朗起来。

"需要搜寻的范围还是很大的,我们分一下工。天主教堂和基督教堂离得不远,我去那里找;茶禅寺柳叶熟悉,崔先生您和她一起去。学校和医院人多眼杂,凤鸣和里面的管事有些还是熟悉的,进去会方便些。"褚嘉诚一口气道出分工。

褚嘉诚说完,大家皆无异议,随后就开始分头行动。车夫贵福早早地等在了门口,根据褚嘉诚的吩咐,拉车直奔天主教堂。

第 17 章 嘉兴

今晨的教堂,与昨天夜里相比又是另一番景象。

教堂的大门洞开,昨夜聚集在门口的乞丐、流浪汉已经四散乞食而去。打眼望去,教堂的大门虽然开着,但进出者寥寥无几,或许因为今日并非礼拜日,抑或是嘉兴城内信教的人并没有那么多。

褚嘉诚深受儒学浸润,并非天主教徒。这座前后建了十三年,直到 1930 年才全部完工的教堂,他只是在竣工之时出于好奇参观过一次。褚嘉诚进了大门,里面零零星星地坐着一些信徒,正在默默地祈祷。他微微探着身子,放轻脚步目不转睛地看着这些人的脸庞。然而,并没有他想看到的那张脸。

钟楼后接长方形的中厅和两侧侧廊。侧廊南端设有小经堂,东侧接告解室和登临钟楼的通道。

褚嘉诚步出教堂,看到有人正在打扫院子,便上前询问:"劳驾,请问神父住啥地方?我想见见他。"那人瞧见褚嘉诚穿戴讲究,神态和善,友善地用手一指:"老先生,就在边上的二楼。您上去看看神父在不在。"

顺着那人的指引,褚嘉诚抬眼看去,那是一幢独立的三层四坡顶建筑。"神父楼"为仿罗马建筑风格,高大的穹顶和拱形券门,栩栩如生的浮雕和四色地砖,更贴近韩日禄这个意大利人的喜好。

褚嘉诚慢慢地踱了过去,上到二楼,一个个房间探视,终于看到挂着神父名字的办公室。褚先生敲了敲门,一个带着奇怪口音的声音传出:"请进!"推开门,褚嘉诚一眼就看到了满头白发的洋人神父坐在木桌前。神父也注意到了这位六十多岁的中国老者。从衣着和神态上判断,神父觉得此人绝非凡俗,于是从桌前站立起来。

"先生,您找谁?"

"在下褚嘉诚。来找韩日禄神父。"

"您好!褚先生。我就是。"神父一边说话一边走上前握住褚嘉诚的手,把他引至椅边坐下,并奉上了一杯茶。

韩日禄神父在嘉兴传教多年,对嘉兴的人情风俗早已了如指掌,何况是像褚嘉诚这样的名人乡绅。

这次褚嘉诚主动前来,让他着实又惊又喜。

"请问褚先生,您有什么事情需要仁慈的上帝帮助吗?"韩神父虽然一口外国人的口音,但其实早已经是中国通了。

"韩神父,实不相瞒,我有位亲戚昨天从外地来,与我约好在车站见面,但是他却失约了。此刻人肯定在嘉兴,但联系不上。我想请上帝指点迷津,让我早点碰到他。"

褚嘉诚这样一说,韩神父立马明白对方来意。"褚先生,对您的遭遇深表遗憾。但是,今天上帝并未遇见您的朋友。如果他来投奔上帝的护佑,那我可以跟您保证,他在这里会非常安全。"

两人交谈间,突然门外传来"咣咣咣"的急促敲门声,韩神父还没说"请进",一个修女匆匆忙忙推门而入。"神父,您快出去看看吧,门口有几个保卫团的人,要进来检查。"修女神色慌张地说道。

闻听此言,韩神父也很吃惊,抬头瞥了一眼褚嘉诚,看他一副镇定自若的样子,又想到他刚才说的那些话,心中已经猜到大概。定了定神,韩神父对修女正色道:"任何想要亲近上帝的人我们都欢迎。走,我们下去看看。"走了两步,神父好像想起什么,转身对褚嘉诚说:"褚先生,您在办公室稍等片刻,我出去处理一下即回。"

韩神父到了大门口,果然看见几个持枪者被教堂守门人挡在门外。师人杰正在指手画脚,气焰嚣张。旁边人的眼睛都跟着他的枪口转,生怕他一不小心走了火。

"干什么?"韩神父声如洪钟,大吼一声。

师人杰斜睨着韩神父,冷笑道:"听好喽,外国佬,今天我奉我们团座的命令,带弟兄们来搜查江洋大盗!"

韩神父也是聪明之人,顿了顿,慢条斯理地答话:"我们教堂是不会窝藏逃犯的。"眨了两下眼,韩神父提高了嗓门:"贵县县长的太太,还有团副的太太常来此做礼拜,她们对这儿最是熟悉。"

师人杰听韩神父不动声色地抬出几位官太太,脸色瞬间柔和了不少,顺势降低嗓门:"外国佬,不不,神父,我们弟兄也是扛枪当差,奉命行事。这几天你们这里有没有生人进来?"

"我们每天早上七点准时开门,晚上六点准时关门。平时还有值班人员进行巡查,只有进行祷告、拜见主的人可以进来,闲杂人员一律不许入内。"韩神父神情自若地答话。

"对不住了,我们必须检查一遍!"师人杰说完就带领手下闪进教堂。

韩神父疾步返回办公室,把外面的情况向褚先生述说一番,意思是嘉兴的形势不知为何变得如此紧张,过去保卫团的人从来不进教堂检查的。听韩神父这么说,褚嘉诚心中已有了几分猜测。爆炸案过去这么多天,仍未寻得金先生的下落,看来急眼的日本人将触角从上海伸向了嘉兴。

一分钟、两分钟、三分钟……时间一分一秒地流逝,褚嘉诚的眼睛不时瞟向墙上的挂钟。一刻钟过后,门再次被重重敲响,韩神父起身开门。门开后,韩神父和褚嘉诚皆大吃一惊,修女带着师人杰和几个保卫团人员站在门外。

师人杰提着手枪,粗鲁地推开带路的修女,仰着脑袋奋力挤到前面,眼睛瞄上了褚嘉诚。师人杰从外地调至嘉兴不久,并不认识褚嘉诚。保卫团此次突袭教堂,也是有暗哨报告,说有一个五六十岁的可疑人员进了教堂。师人杰立功心切,派人禀报陆团副的同时,自己就带着几个人闯入教堂。

"神父,多有打扰。"师人杰嘴上说着,该做的动作一个都没漏掉,扭头斜睨着眼睛问褚嘉诚从哪里来、干什么的。

"从上海回来,来拜访韩神父。"褚嘉诚礼貌地回话。

为保护褚先生,神父抢着介绍说:"这是褚先生,我的朋友。"

"你说是朋友就是朋友了？谁能证明？"一听人是从上海回来的，师人杰顿时提了精神，转头促狭地问几个队员："你们能证明吗？"几个队员赶忙使劲地摇头。

"我们接到通知，必须要严加盘查上海来的人，韩神父必须证明这人的身份。"师人杰不依不饶。

屋子里的局面僵持不下，褚嘉诚微笑着面对师人杰："那你说怎么证明吧。"

师人杰跺了跺脚，用咄咄逼人的口吻吼道："你马上跟我到保卫团走一趟！"闻听此言，褚嘉诚心中的气愤达到了顶点，在嘉兴自己还没有受过这种腌臜气，但毕竟是见过大世面之人，心中琢磨不去的话，可能麻烦更大。想到这里，褚嘉诚站起来，准备跟着他们往外走。刚走几步，门口再次出现骚动。师人杰抬头一看，立马收敛起尖锐的目光，两脚一并立正敬礼，头上斜戴的帽子差一点掉在地上。

"陆团副好！"师人杰大声报告。

"好什么好，这大清早的，你们把我喊来干什么？"陆威没有好脸色，一边往里走一边抬眼扫视屋子里的人，当看到褚嘉诚时不觉吃了一惊。

"哎哟，伯父，您老怎么在这里啊？"陆威好像压根没听到师人杰说话一般，直接恭敬地开口询问道。

"我来拜访韩神父，就遇到这位队长进来检查，还要我证明自家是韩神父的朋友，我不晓得怎么证明。既然这样，小陆你来帮我证明证明吧！"

陆团副一时非常尴尬，气不打一处来，咬牙恨恨地剜了师人杰一眼。这突如其来的变故让师人杰不自觉往后缩了缩身子。

陆威昨天陪老婆打了一夜的牌，刚下牌桌，就被告知抓到一条大鱼，他放下粥碗就奔了过来，结果抓到的竟是老同学令尊。陆威心里窝着一团火，又不好当场发出来，只得赔着笑脸说："误会，误会，伯父，实在对不起，是我手下的这些人不长眼，您大人不记小人过，改天我一定登门谢罪。"回头对着师人杰一帮人低声吼道："还不快滚，净给老子添乱！"

太阳还没有升起,空气中弥漫着雨后的温润之气。从家里出来后,褚凤鸣雇了一辆黄包车前往嘉兴中学。

嘉兴中学是当地最有名的中学,也是褚凤鸣的母校。中学毕业后,父亲就送他赴美留学。回国后,因忙着办工厂跑业务,他一次也没有来过。

几年过去了,学校变化颇大。除了原来的老教学楼外,后面又新盖了一栋教学楼,在北面靠墙的地方也建了一栋宿舍楼。褚凤鸣看着母校的变化,思绪万千,这里的每一片树叶、每一滴水珠都曾见证过自己的青春岁月,中学时代一直是他记忆里最美的存在。

今天来嘉兴中学,褚凤鸣是来拜访老同学连华的。在褚凤鸣的记忆中,连华性格开朗活泼,好像从未看到她有过少女娇羞的模样,很多老师同学都说她像一个假小子。还有,连华和陆威关系不错,陆威性格外向,和女同学相处洒脱自然。

阳光透过校园里茂密的叶片,渐渐形成光束。微风掠过,寒气散去,令人神清气爽。

褚凤鸣一路问询,终寻至连华办公之处。这是一间宽敞大屋,数位老师共处一室,各据一方办公桌。褚凤鸣很快就找到有连华名字的办公桌。连老师这时还没有下课,一位教员接待了他。下课铃声响过一会儿,一个女老师手里拿着教案,风风火火地冲了进来,声音洪亮地问:"啥人寻我呀?"褚凤鸣站起来,看到连华身着白色外套,搭配一条黑色九分裤,脚踩一双经典的黑色乐福鞋,大气的方圆脸型,齐肩短发,看上去十分干练。

"老同学,是我啊。"

"哈哈,褚凤鸣。是啥个风把你这位大少爷吹来了?"连老师热情地伸出右手,走向褚凤鸣。

"连老师,长远不见,这次刚好路过学校,就进来看看你。"

"褚大老板来看我这个教书匠,稀罕,稀罕!"连华知道褚凤鸣的性格,如果不是有事相求,断不会主动前来叙旧。

"嘿嘿嘿。"褚凤鸣尴尬地笑了笑。

同事有贵客拜访,大屋子内的其他教员都主动走了出去。

连华倒了一杯茶水递给褚凤鸣，直截了当地问他过来到底有什么事。褚凤鸣并没有着急说找人的事，因为两人这么多年没有接触，他不清楚现在连华的状况，想先叙叙旧探探她的底。

褚凤鸣说："这么多年不见，今朝就顺道过来望望你。"

"那好啊，刚好我上午的课上完了，可以陪你好好聊聊。"连华何等聪明之人，她看褚凤鸣不愿说破，也就揣着明白装糊涂。两个人先从各自的现状聊起，学习、工作、生活等，最后聊到婚姻家庭。褚凤鸣知道这么多年连华还没有结婚，家里非常着急，为了耳根子清净，她干脆搬至学校去住。二人又聊到同学们的近况，相约以后一定召集大家一起聚聚。两人不知不觉就聊到了当前的局势，对日本人占领东北和攻打上海，连华义愤填膺，对政府应对局势的软弱痛心疾首。

通过聊天，褚凤鸣基本上断定，正直善良的连华没有变。

"连华，有桩事不晓得当讲不当讲？"褚凤鸣终于说出了自己来学校的真实目的。

连华"扑哧"一下笑出声来，说道："就知道你不是单纯来看我，老同学间还有什么当讲不当讲？这里又没人捂你的嘴，讲就是了。"连华这算是对褚凤鸣比较客气的了，要是换作对陆威，她就能说出"有话就讲，有屁快放"的粗话来。

"这事真的需要找你帮忙，就怕太麻烦你。"褚凤鸣还是道出了自己的担心。

"你还没说什么事呢，怎知道麻烦不麻烦？"

褚凤鸣把金先生来嘉兴且失联之事说了一遍。褚凤鸣最后补充道："家父提及这位友人是个文化人，最可能凭借自家直觉去熟悉的地方，比如学校、教堂或者医院，请你在学校帮我多多留心，或许能碰着。"

连华咯咯笑了，又转身续了半杯茶水，喝过一口后说："我还当是多大事体呢，这也值得你这个大少爷大费周章？"

"连老师，这个朋友是家父生死之交，他在外地得罪了恶人，想到嘉兴躲一躲。"

看着褚凤鸣严肃的表情,连华收敛了笑容,真诚地点头说道:"老同学,你就放心吧,我一定尽最大努力,只要他来学校,就一定把人给你带过去。"

临走的时候,褚凤鸣再三叮嘱连华:"这事还请你保密,嘉兴城里最近不太平,最好对啥人都不要讲,包括陆威。"

吃过早饭,崔立骏和柳叶一起出了门。

"崔大哥,我们先乘船到对面,寻个近便的地方靠岸,再走过去。"柳叶提议。

"这里你熟悉,你说怎么走我们就怎么走。"崔立骏点头同意。

"崔大哥,你扶好船帮,我们开船。"柳叶说完,竹篙往岸边石头上轻轻一点,小船如箭一般划开水面,离岸而去。

南湖微波粼粼、清澈见底。堤岸一行垂柳,已经长满黄绿的嫩叶,像窈窕的舞女在五月的微风中婀娜摇曳。

湖心有一个小岛,岛上有座两层的亭楼。柳叶告诉崔立骏,嘉兴人叫这个岛为湖心岛,那个楼叫烟雨楼。楼很久以前就立在这里,乾隆皇帝六下江南时就曾八次登楼赏景。

驶过宽阔的南湖,小船转入一条几米宽的河道。河道两边是用石头筑的河堤,堤岸上住户相连。起初,房子还比较规整,一户户紧挨着。船往前走,岸边房子越来越稀。一段光景后,崔立骏远远地看到了三座塔。柳叶说这就是嘉兴人熟知的三塔,茶禅寺就位于这三塔的后面。

三塔位于古运河的边上,既是行船的航标,也是嘉兴的地标性建筑。划了大约半个钟头,二人来到三塔河岸附近,再往前驶,岸边人家就更稀少了。

"我们就在这里下船吧,再往后就没有埠头咯,不好上岸。"柳叶说。

二人上了岸,柳叶找个地方把船拴好。他们顺着小径往上走,这是一个坡地,茶禅寺就建在坡地之上。

茶禅寺坐落在三塔北面,四周古木蔽日,葱茏参天。三拐两绕之后,他们就来到了寺院的正门。此时,寺院的大门敞开着,静静等待着每一位信众。崔立骏跟着柳叶进到院子里,他们仔细打量着这里的一切。刚一入院,柳叶便全神贯注地留意众人面容,不放过丝毫线索。崔立骏虽初临嘉兴、初访此寺,新奇之感油然而生,但念及寻人重任,石刻古碑纵有千般韵味,他也无心细赏。

寺庙内一派祥和。香客不多,只有三五个游人在院内闲逛。崔立骏与柳叶寻了一圈,并没有看到与金先生相似之人。主禅堂里供奉着观世音菩萨和茶道仙师,一个僧弥静坐在桌子旁,好像入定一般。崔立骏想找人问问,但是也不敢贸然上前。他给柳叶使个眼色,二人退了出去,又绕着院子慢慢地观察。院内,僧堂、僧房、厨房、茅房、茶室等一应俱全。这些地方若是藏人,确实难以发现。但除大殿、僧堂外,其他地方都是封闭的,没有熟人,根本进不去。他们转了一圈,没有任何收获。柳叶有点沮丧,无奈地看着崔立骏。

"你认识这里的僧弥?"崔立骏问柳叶。

柳叶摇摇头,说:"我哪里认识啊,小时候调皮,把他们的东西弄坏了,还被他们追着打呢。"

崔立骏又问:"那你知道僧房从哪里进吗?"

"小时候我们在这里玩过捉迷藏,稍许有点记得。"柳叶沉吟片刻。

崔立骏点点头:"走,我们到僧房去。"

两人不知道,就在他们悄悄计划的时候,背后有一双眼睛已经盯上了他们。待他们快走到僧房门前时,一个穿灰布僧衣的僧弥立马闪了出来:"阿弥陀佛!禅房圣地!施主止步!"

事出突然,柳叶吓得一哆嗦。崔立骏下意识地向前一步,挡在了柳叶前面。

崔立骏双手合十:"小师父,在下有事相求,能不能见见你们住持?"

"有啥事体可以跟小僧说,小僧代为转告。"小僧弥态度强硬。

崔立骏眉头微皱,板脸说道:"此事非同小可,非得见到住持不可。若耽误了大事,恐怕师傅会责怪你。"

小僧弥犹豫片刻,但再瞅瞅两个人,年纪都不大,仍然硬着头皮道:

"我说不行就不行。不是谁都可以见住持的。"

崔立骏见劝说不成,忽然心生一计:"那麻烦您通报一下,就说山下褚家盼子多年,终于在此处求得一子,想问问捐赠多少香火钱较为妥当。"

小僧弥通报后,崔立骏和柳叶被请到了客室。

"阿弥陀佛,请问施主有何事?"主管问崔立骏。

"阿弥陀佛,我佛慈悲。师父,我们有一事相求。请问您是否听闻过城里褚嘉诚先生?"

"有所耳闻。"

"我们是他的亲戚。昨天下午褚先生有位好友从外地过来,但在车站没有接到人。听别人说可能是提前下了车。褚先生让我们出来找一找,客人人生地不熟的,怕是迷了路。"

之后崔立骏又把金先生的外貌特征描述了一遍,主管一直闭着眼睛沉默不语。

崔立骏心中着急:"主管,我们就是想来问问,从昨天晚上到现在,庙里有没有进来陌生人。褚先生很着急,想尽快找到他。佛法云,佛度有缘人。我想问贵庙有没有这样一位有缘人。"

主管垂着眼皮,静静地听着,云淡风轻,无喜无悲。等到崔立骏说完,方才抬眼对崔立骏道:"施主所述之事,我已经明白,可是据我所知,到目前为止,寺院里并没有您所说的那个人。如果他来求助或者我们遇到他,一定第一时间到褚先生府上去告知。施主看这样可行?"

话说得很客气,让人挑不出一点毛病。尽管心中焦急万分,崔立骏也只好点头回话:"谢谢主管,若有消息,烦请一定尽快告知。"

崔立骏走时将身上所带钞票全数投进了功德箱。柳叶也有样学样,将几个铜板投进箱内。

他们不知道的是,主管到后院便立即向住持报告了情况。住持手捻佛珠喃喃道:"褚嘉诚,褚嘉诚。"

第 18 章 嘉兴

住持一边捻珠一边踱步,脑子中浮现的尽是清晨之事。

晨曦微露,五六点钟光景,僧弥们纷纷起身,洒扫庭除,挑水担柴,开启一日清修。一僧弥开启寺门,乍见一人趴伏于大门旁,纹丝不动。

僧弥急忙喊人过来看,同时报告主管。

"快抬进来!"出家人慈悲为怀,主管暗自思忖,此人定是遭遇困境,不然怎会落魄至此。况且,茶禅寺地处幽僻,此人能辗转至此,想必在嘉兴城内已是无路可走。众人上前探摸,尚有气息,只是额头滚烫,料是烧晕过去。

主管赶忙安排人把这人抬了进来,又吩咐将他潮湿的衣服换下来,照顾他的人勉强掰开他的嘴喂水和米汤,还忙着给他降温。一袋烟工夫后,来人气息开始平稳。

从崔立骏描述的时间、长相等大致情况,主管猜测这个人很可能就是他们要找的人。之所以没有告知崔立骏他们,他有着自己的考量,一来那个人还发烧昏睡着;二来他并不认识崔立骏和柳叶,不能贸然把人交给陌生客。

在僧房里躺着的,正是金先生。

此刻,他蜷缩成一团,身上盖着一条毯子,额头上布满了一层汗珠。他皱着眉头,表情似乎非常痛苦。主管盯着金先生看了又看,不敢贸然惊动。住持早已传下命令,寺院里所有知情僧侣都要对此事三缄其口。并让一个小僧弥坐在他的旁边,边煮药边望着他,一旦人醒过来,立即报告。

金先生一直睡到晚上六点才恢复意识。迷迷糊糊地睁开眼睛,一片昏黄的灯光映入眼帘,他不动声色地躺着没动,脑子却飞速地转动着:

"这,这是什么地方?我,我在哪里?"他努力地拼凑着记忆的碎片——天很黑、黑黢黢的房院、围墙、空气中还飘着熟悉的暗香……金先生意识到,一定是这里的主人发现并救了自己。他现在还躺在他们的家里,就说明自己的身份仍然没有暴露。他两只耳朵却支棱起来,细心敏锐地捕捉着周围微弱的声音。周遭没有一丝杂音,静谧如夜。考虑再三,金先生决定还是要直面眼前的问题。于是,他故意发出声响,表明自己已经苏醒。果然,那个一直在打瞌睡的僧弥听到动静,立刻提起精神出屋唤人。

主管带着两个人过来,双手合十招呼道:"施主,您好!"

金先生也回了一个双手合十的手势,以生硬的口音回道:"师父,多谢!"

主管蹲下来,用手摸了摸金先生的头。金先生一动不动,看到几个人身上所穿的衣物,心里已经明白八九分。自己曾经剃度出家当过一年和尚,难道冥冥之中是菩萨在庇佑着自己?

他的头还有点微热,高烧已经退了,主管问他:"施主,饿不饿?"

金先生微微点了点头。

"备些斋饭,吃过饭再说别的。"主管吩咐随行的人员。

几盘素菜、一份素汤和一大碗米饭,金先生风卷残云般消灭殆尽。已经很久没有这么舒心、畅快地吃过一顿饭了。饭后,金先生的体力得到些许恢复。休息片刻,住持让主管泡好茶,把金先生请到了自己的卧室。金先生知道寺庙中僧侣的善意,对他们并没有多少防备。

"敢问施主,高姓大名?从哪里来?准备前往何处?"一旁的主管和颜悦色地问道,并没有透露有人来寺庙里找过他。

金先生没有直接回答他的问题,而是反问了一句:"请问师父,这里是嘉兴吗?"

"正是。"

得到肯定回答后,金先生长舒了一口气。下了火车后,他还没有与人说过话,之前并不能确定来到的就是嘉兴。他端起杯子喝了一口茶,一股茶香沁人心脾。放下茶碗,金先生从容说道:"请问师父认识褚嘉诚先生吗？我是他的朋友。"

又是褚嘉诚先生！上午那一男一女来找的定是这个人。主管还想打探更多的问题，但看着对方欲言又止的样子，住持摆摆手制止了他，让他退了下去。

住持接着问金先生："请问施主来嘉兴有啥事体？"

金先生诚恳地说："师父，来拜访褚先生。恳请你们带我去找他。"

第二天大清早，褚嘉诚府邸门前来了一个化缘的和尚，声称要见褚老爷，谢谢他的香火钱。

僧家主动登门言谢，这般情景殊为罕见。下人们自是不敢轻慢，忙将师父恭迎至堂前安坐，奉上清茶，旋即遣人飞报老爷。忙碌一天的褚嘉诚还在休息，两夜一天的奔波、担心和焦虑让他吃不下睡不好，犯了牙疼病，正在房间里躺着。

一听说有人登门造访，褚嘉诚一把扯掉脸上冷敷的药巾，立马披衣出屋，客气地把化缘和尚请至上房。化缘和尚正是茶禅寺的主管，看到褚嘉诚先生如此客气，也就不绕弯子，直接说出了来访的目的。

"施主，我佛慈悲。您得偿所愿。"主管就把收留之人大概描述了一番，褚先生一听就知道是金先生无疑，悬着的心总算放了下来。

褚嘉诚心里激荡难平，赶忙说道："多谢菩萨保佑，劳烦师父了。"

主管说，那人还让我给您带一句话："何以脱身？"听到这句，褚嘉诚就更加笃定对方是金先生，因为那是他们约定的暗号。褚嘉诚说出"悬崖撒手"四个字，主管嘴角立刻露出一抹会心的微笑。

"好！有劳了，请高僧稍等片刻，我更完衣马上就来，我要亲自去拜谢贵寺住持。"褚嘉诚迅速洗漱更衣，把儿子和崔立骏喊至书房，几个人关起门来商议。

褚嘉诚吩咐儿子准备一笔钱以香火钱的名义捐给庙里，以示感谢。得知金先生藏身茶禅寺，崔立骏激动得手舞足蹈。

崔立骏主动请缨："褚先生，让我去接金先生吧，我昨天上午去过一趟，路熟。"

第18章 嘉兴

褚嘉诚沉吟片刻,决断道:"为了不引人注目,去的人越少越好,就让柳叶带我去,你们两个都不去了,我们水路去水路回,遇到的人也少。"

等待越长久,相逢也就越幸福。

终于,在离开上海的第三天中午,褚嘉诚在茶禅寺见到了金先生。两个人像久别重逢的老朋友一样,开心激动的心情洋溢在脸上,两双手紧紧地握在一起,久久不愿松开。

"金先生,我们终于找到您了!"褚嘉诚感慨地说道。

"谢,谢谢褚先生!"金先生同样激动不已,话音刚落,金先生像是想起了什么,紧接着问道,"立骏,立骏到嘉兴了吗?"

"到了,这两天他也一直在寻你。"褚嘉诚使劲摇动了两下金先生的手,坚定地回答。

虽然只有三天两晚,但两人都觉得像过了半个世纪般漫长。褚嘉诚本来就瘦弱的身躯更显单薄。他两眼通红,布满血丝,一边的脸由于着急上火肿得老高,连续几天没睡个囫囵觉,黑眼圈和眼袋连成了一片。

"金先生,找不到您,我褚嘉诚担不起,真的担不起啊!"褚嘉诚说话时泪水盈眶。

"褚先生,谢谢,谢谢您!"松开褚嘉诚的手,金先生泫然泪下……

自从安全到达褚府,金先生便被安置在东客房。虽然过去几天有惊无险,但是褚嘉诚依旧对府中人千叮咛万嘱咐,没有特殊事情不得外出。因为这几天在找金先生的过程中,他深知日本人的触角已经伸到嘉兴,万万不可大意。

崔立骏也暂时陪金先生住了下来。

两天后,金先生与崔立骏促膝长谈。

金先生坦言,得褚先生庇佑,现在基本稳定了下来,建议崔立骏返回上海,因为那里有他的工作、家人和妻子。

"金先生,您才到嘉兴,虽然有褚家帮助,但依旧危机四伏。上海那边,现在许进不许出,我贸然回去,势必会引人注目。"崔立骏给金先生递

153

了一杯茶,"您这么多年一直在为大韩民族奔波劳顿,我和熙媛非常敬佩。"

听到这里,金先生甚是动容。崔立骏趁热打铁,紧接着又说道:"我虽是中国人,但也是韩国女婿。熙媛不止一次对我说起,她的爷爷、父亲一直牵念韩国那片土地。那是他们的血脉根源。在上海,我还亲眼见证过日本侵略者的暴虐与杀戮,日寇是我们共同的敌人。现在,在中国这片土地上您需要帮助,于情于理,我理应护您周全。"崔立骏说得言辞恳切,盛意拳拳。

金先生有些哽咽,停顿好大一阵,开口说道:"立骏,我代表韩国临时政府感谢你。你说得对,日寇是我们共同的敌人。你和熙媛将是改变世界的人。"

"不,是我们在跟着改变世界的人做事。"崔立骏目光炯炯地望着金先生。

"立骏,如果要说改变,是你和褚先生改变了我。因为有你们的支持和帮助,我对自己的事业更加笃定。"金先生随后提出了一个想法,上海形势恶劣,在嘉兴也不能无所事事,他请崔立骏回趟上海,摸摸那里的情况。另外,他在策划爆炸案时制造了一批炸弹,分散放置于侨胞家中,如果可能的话,最好运到嘉兴来。

这几天的变故让崔立骏成熟了不少,他眼神坚毅,沉思片刻后说道:"金先生,我知道上海日寇盯得紧,我们损失惨重。但中国有句古话,叫'心急吃不了热豆腐'。现在先不说将一批炸弹从上海运过来有多难,就是出上海也不是一件容易的事。再说,将炸弹从上海运过来,我们又能放在哪里呢?"

"我们总要做点什么!不能在嘉兴养老吧?"金先生对于当下的时局有些焦虑。

"我和褚少爷说说,让他先给我找个活干,一来掩藏身份,二来可以补贴家用。我明天给上海那边写封信问问情况,形势一好转,我就去上海。"

转天,经与褚凤鸣商量,崔立骏以苏州"蔡俊生"的身份来到造纸厂上班,且住在厂内协助进行原材料的征调以及工人的管理。由于崔立骏具有上海商行的工作经验,稍加适应,做起来便得心应手。

一天,正在轰鸣的机器突然哑了火,工人们围在一起,捣鼓了半天后也是束手无策。褚凤鸣心急如焚,停一天工浪费不少成本不说,关键是有一批订单要得实在急。如果还是搞不定,就只能请外地的专家来修。崔立骏放下手里的工作走到机器旁边,提出让他试试。对此,褚凤鸣颇感吃惊。崔立骏让人把机器的图纸拿出来,然后低头琢磨起来。机器有些年头了,按着图纸研究,崔立骏看不出有什么问题。过了一会儿,崔立骏让所有人都离远一点,一个人卷起袖子几乎把机器拆掉了,一个个的零件从机器里掏出,按顺序摆好,以防弄乱。

他拿着图纸仔细查看,细心比对,终于找到了原因——一个螺杆因使用太久发生侧弯,导致其他的零部件不能正常运行而停机。

"俊生,没想到你真有两把刷子。"褚凤鸣立即让人赶紧拿上这个零件当样品到街上去买,可是找遍整个市区都没有相同的配件,倘若从原厂调货过来,所需时间更多,褚凤鸣十分忧虑。

崔立骏的目光落在了厂房内一台闲置的老式机床上。这台机器是当初开办造纸厂时一起配套送过来的,只是没人会操作。崔立骏如获至宝,摸了摸坚固的车刀,心下已经有了主意。

整个晚上崔立骏都在量尺寸、画图纸、找配件和捣鼓机器,工厂里的灯光亮了一夜。天刚亮,一个完整的螺杆就加工完成了。随着机器的轰鸣声再次响起,来上工的工人们惊奇地看着这个忙活了一夜的工友。褚凤鸣非常感谢崔立骏,晚上特意把他请到家里喝酒。两人推杯换盏,喝了一夜黄酒,直到天微微亮。

数日后,崔立骏铺纸提笔,给林熙媛修书一封,信封上书"读者来鸿",并以他们两个约定的方式做了记号。

信中只说自己已经出差一段时间,对熙媛非常想念。自己准备过半个月就回去,如有要带的东西,请尽快寄信来。信封里还附了一朵雀儿花。这是那天崔立骏跟踪柳叶,躲在黑暗里跟蚊子战斗好大一会儿,无意中发现摘了一朵,放在了衣兜里。

金先生住在褚家,化名"张震宇",对外称是褚嘉诚在广东做生意时结交的朋友。

改名一事,乃褚嘉诚所提。那天,两个人坐在书房里商量了半天。褚嘉诚说:"金先生,您在嘉兴寒舍,虽然比上海要安全很多,但还是不可随意外出,一来您口音较为明显,二来嘉兴来了日本奸细,真的被发现,恐怕我也有力所不能及之时。如果您实在待得无聊,我让人陪您在周边散散心,看看嘉兴的风土人情。另外我建议您改变一下自己的形象,小安会剪头发,明天我叫犬子给您带几件长衫来,您还需要一个新名字。"

金先生想了想,一拍脑门,说:"确实得换一个形象。那我现在不是金先生,是您的朋友张震宇,我外祖父家就姓张。"思考了一会儿,笑着补充说,"震宇,就是震惊全球的意思。"

褚嘉诚也笑了,金先生的心态一点都不像快六十岁的人,有时候还会跟小安有说有笑。"这个名字好。虹口公园的爆炸案,金先生,不,张先生势必已经震惊全球了。"

自此,嘉兴就多了个张震宇。

初来乍到,嘉兴的一切对金先生而言都十分新奇。起初几天,他还老老实实地听褚嘉诚的话在家里待着,看看书,给花浇浇水,帮助干一点家务活,或者跟小安在门口偷偷打几次牌。小安会时不时和金先生聊一聊嘉兴城的趣闻和家长里短,偶尔也会在傍晚时分带他在院子周围走一走。可没几天金先生就急了。长时间从事反抗运动,迫使他养成了必须熟悉周遭事物的习惯,听小安断断续续地讲述见闻,金先生内心甚是兴奋,渴望出去亲眼看看嘉兴的模样。

一天清晨,金先生乔装改扮,悄然迈出褚府,沿着人少的街巷溜达,边走边观察街道两旁的房屋建筑、河道流向以及河里来往的大小船只。

嘉兴,有着与金先生家乡不一样的风景。这里虽然距上海很近,但与上海迥然有别。金先生家乡没有这么多像八爪鱼一样的河汊,伸向四面八方,也没有如此多大大小小的船只。金先生来到南湖,南湖中的水很清,清得能看到水底的鱼在悠闲地游来游去。靠河边的每家每户都有一个河埠,男人从那里挑水,女人浣洗衣裳、淘米洗菜,欢声笑语交织。

不知不觉间,金先生走到了城边上。循着远处阵阵哨音,金先生好奇地走进当地驻军的操练场。训练的士兵分成两部分,有的排着队伍在训练队形,有的端着枪在练习瞄准。

韩国临时政府成立不少年头了,一直没有自己的军队,金先生做梦都想有一支队伍。金先生看得入迷,已然忘却了时间。旁边的人走了一茬又一茬,唯独他一直钉在那里一动不动。

金先生离开后,褚家乱了套。最初发现金先生不在的是小安。小安给金先生送开水时,发现金先生不在房间里,便赶忙出来在院子里找,却怎么也找不到人。褚嘉诚不在家,小安六神无主,还是柳叶娘提醒他快到厂里找褚少爷。崔立骏和褚凤鸣听说金先生不见了,立马放下手中的活计往家赶。

而那边金先生正看得如痴如醉,远处的几个士兵觉得奇怪,就走过来和他聊了起来。

一个士兵问:"你是哪里人?听口音不像当地人啊。"

金先生说:"广东人,到这里来做生意的。"

"哦?你是广东人?正好我们这里有个广东后生,靓仔刘。"随即,叫靓仔的刘姓小伙子被叫了过来,对着金先生叽里呱啦就是一串广东话。金先生脑袋怔住,顿时傻了眼。不是广东人却冒充广东人,其中必有蹊跷,几个士兵互相使了一下眼神,立即把金先生团团围住。金先生被带到了驻军连长面前。吴姓连长抬头扫了一眼,随后挥挥手:"你们去训练,我来处理。"

吴连长领着金先生往附近的办公室走,快走到门口时,恰巧崔立骏顺着这条道找了过来。

"老总,等等,等等!"等崔立骏气喘吁吁地跑到跟前,吴连长疑惑地把他一块叫进屋内。

接过崔立骏递上的香烟,两人攀谈起来。得知崔立骏读过大学,吴连长顿时一怔。

"我弟弟和你同岁,也读过大学……"吴连长说。

"你弟弟大学毕业后在哪里高就?"崔立骏套近乎。

"我弟弟,他……"吴连长哽咽着说不出完整的话。

随后,吴连长说:"我弟弟大学没念完就报名当了兵,在淞沪抗战中被日本人打死了,他比我小两岁。小时候,他天天黏着我,现在,我连他的尸骨都没见到。"

"吴连长,这都是日本人造的孽。你要不嫌弃,今后就把我当你弟弟吧。"

"好,好!你别说,我弟弟也和你一样,挺俊朗的。"

崔立骏赶忙接过吴连长的话头,说老家东北被日本人占领后,田地被收,房屋被烧,七岁以下的孩子都必须用东洋话上课,实在是活不下去了。

"那你们就跑到嘉兴来了?"

"是的,今天有点空,就出来溜达溜达。"

"溜达溜达?你们都溜达进了我的训练场了。"吴连长把目光转向金先生:"他这口音可不像东北话啊。"

崔立骏打了个岔:"哈哈哈,这是我远房表叔,之前在广州,日子过得也不好,所以投奔到我这了。哎呀,我这表叔就喜欢看热闹。"

"赶紧走吧,趁士兵们还在训练。以后不要一盯就盯大半天了!"

"好的!我们回去了!"崔立骏鞠过躬,带着金先生从训练场迅速离开。

第19章　嘉兴

两人归途中,恰逢嘉兴县集。

为了安全起见,崔立骏没有和金先生走在一起,而是远远地跟在后面。两人在小摊小贩们和店铺之间的狭缝中穿行。

与上海不同,嘉兴街道不宽,两旁是白墙黛瓦的两三层的楼房。临街的楼房一楼都开着店铺,用一块块的板子拼成木门。晚上店家把板子拼上去,白天再一块块卸下来,虽然过程有些麻烦,但可以最大限度地展示门面,是店铺的最佳选择。这些方式金先生的家乡也有,金先生对此有莫名的亲切感。

集市上除了店铺,街边的空地上摆满了竹筐、竹篓、竹匾等。竹篓里装着新鲜的鱼虾,竹筐里装的是刚刚出水的莲藕、水芹、茭瓜等新鲜蔬菜。柳叶和春梅也在赶集的人群中,柳叶的鱼虾最是新鲜,看样子是刚从水中拎出来。春梅的蔬菜上闪烁着晶莹的露珠,做饭的主妇个个清楚,是早上刚从地里采摘的。

金先生很稀奇地这看看那瞧瞧,在一个摊位前停了下来。"啊,真漂亮!"他由衷地赞叹了一声。一个圆圆的竹匾上,摆着一条长长的嫩藕,足有半米多长。莲藕没有被截断,一节接着一节,白白胖胖的,像牵着小手的娃娃们一般。他蹲下来摸了摸,卖菜的老人说:"先生,买点吧,新鲜的莲藕。"说着拿起一块洗得干净的嫩藕掰了一小块递给他,还示范似的咬了一口,以示很新鲜。金先生下意识地摆摆手:"我,我没有钱。"

说者无心,听者有意。在他身旁,一个歪戴帽子的年轻人听到了,霸道地推开其他人,说:"你做啥的?没有铜钿赶啥集?"

"路过看看,路过看看。"金先生匆忙回答。

遇到泼皮无赖了！金先生第一反应便是如此。歪戴帽子者是这一带有名的痞子，绰号"仙骨"。

"啥地方人？口音怪里怪气的。"最近保卫团的师人杰找过仙骨，让他留意一下嘉兴县城里有没有脸生之人。仙骨这么一嚷嚷，很多人都朝这边望过来。从远处气喘吁吁赶来的崔立骏心一下子提到了嗓子眼，集市上鱼龙混杂，早知如此就绕行了。他头脑快速旋转，思考着对策。

不远处，柳叶也注意到了这边。"啥事体啊？"她问旁边的人。

"仙骨在找一个外地人的麻烦。"有人说道。

一听到"外地人"三个字，柳叶心中像过电一般，急忙对旁边的春梅说："帮我看看摊头，我过去看看热闹。"说着，拔腿就朝向人堆处跑。

"死小囡，多大的人哩，连个摊位都守不牢，热闹有啥好看的。"春梅笑骂了一句。

崔立骏正要快步赶到金先生处，突然看到柳叶跑向金先生。仙骨曾经打过柳叶的主意，不过柳叶不是软柿子，硬是连骂带撒泼镇住了他，才使得他不敢那么放肆。当柳叶看到仙骨纠缠的人正是金先生，瞬间冷汗就下来了。

柳叶急忙走上前，伸出双手一把抱着金先生的胳膊，边拖边急切地说："哎呀，大表哥，你咋跑到这里来了。你这人生地不熟的，我和立骏哥都在到处寻你呢，快点回去，快点回去！家里菜都做好了，你不带铜钿就别出来瞎荡了。"柳叶刚拉金先生时，金先生还有点诧异，但听到"立骏"两个字时，立刻明白姑娘在帮他，急忙点了点头。"嗯嗯，这就走。忘带钱了，忘带钱了！"

仙骨拦住柳叶："他是你啥人啊，你就抱着他胳膊拉回家？"

柳叶也不示弱，心里知道仙骨一贯欺软怕硬，斜眼瞪着他，大声呵斥："癞皮狗拿耗子，管得着吗？嘴巴给我放干净点，这是我们家来的亲戚，难不成还要向你禀报？"

柳叶应付仙骨的过程，崔立骏看在了眼里，到了帮柳叶一把的时候了，藏在人群中的崔立骏一声吼叫："咸吃萝卜淡操心，管别人家的事体做啥!"

　　崔立骏的话点燃众怒。仙骨正想耍横,瞟一眼周围看热闹的人个个面带怒色,只好作罢。趁这当口,柳叶赶紧拉着金先生挤出了人群。崔立骏长吁一口气,继续在暗中护送。

　　柳叶一边走一边对金先生说:"大表哥,你不知道,那个家伙是个无赖,喜欢挑事,能离他远点就远点。"金先生心有余悸,感激地冲柳叶点了点头……

　　小城的时间格外缓慢,仿佛每一刻都在拖延金先生的焦虑痛苦。一周后,褚家收到了一封信,上面写着一个"林"字。小安不敢耽搁,一路小跑,奔出一里多地,匆匆赶往厂里,将信递予崔立骏。

　　崔立骏拆开一看,果然是林熙媛写来的。

　　林熙媛在信中告知崔立骏,日本人在上海的搜查已经疯魔,抓了很多人后,才意识到金先生可能已经离开上海。当下,搜捕范围已向周边城市蔓延。信末,她附上一行小字:家中安好,不急归。

　　同时,林熙媛在信中也提到了"商行"——韩国临时政府的事,但没有明说,而是用暗语说安大哥将家里的"雇工"陆续送至杭州,准备在那里设立办事处,具体情况可能还要到杭州去一趟才能清楚。崔立骏心中明白,韩国临时政府应该在安山根的张罗下迁到了杭州。

　　韩国临时政府是金先生魂牵梦绕的头等大事,知道同仁现在都安全转移至杭州,他悬着的心才算放了下来。

　　"我想马上去杭州看看!"当金先生提出这个要求时,褚嘉诚和崔立骏认为风险太高,都不赞同。见两人言之有理,金先生暂时放下了前往杭州的打算。

　　经过一连两场风波,褚嘉诚的邻居们都知道,褚家来了个外地客。

　　一天晚上,褚嘉诚把金先生、崔立骏和褚凤鸣召到书房,忧心忡忡地说他几日后需回上海处理些事务,不放心金先生的安危。褚嘉诚的担心不无道理,金先生在此逗留已半月有余,引起了不少人对褚家和他的关注，况且褚家院落封闭，没有后路，如果有人来搜查，将藏无可藏，逃无可逃。

金先生被褚嘉诚说得有些惭愧，自知都是自己擅自出门导致的后果，倘若一直待在家中不出门，也不会生出祸端，将自己和褚嘉诚一家置于危险境地；他满心歉意，只好垂首不语。

"这一时也寻不着适当的住所啊？"褚凤鸣首先沉不住气了。

褚嘉诚喝了一口茶，不缓不急地说自己想到了一个办法——让金先生暂住到他的寄子陈彤升家去。陈彤升家临南湖而建，有一道暗门通向楼上的阁楼，为了好看做成了壁橱样式，设计巧妙，一般人看不出来。另外，阁楼空间不小，足够金先生居住。

褚凤鸣边比画边说："阁楼就那么点大，金先生这样子不能总躲在阁楼上吧？"

"金先生不是一般人，不能总让他待在一间小屋内啊。"崔立骏附和道。

"不必担心。我已经跟彤升商量好，平时金先生就下来在他们家吃饭。另外我又雇了柳叶和她的小船给金先生使唤。"褚老先生解释道。话毕，褚嘉诚又转头对金先生道，"您要是想出去，就让柳叶的小船夜里带您到湖上吹吹风，散散心。总之，您不能再到街上转悠了。平时我让柳叶把船泊在不远处，万一有紧急情况，您就在阁楼窗口挂件红衣服，柳叶看到这个信号就会过来接您。"

金先生起身，对褚嘉诚鞠了一躬，说："一切听凭褚先生安排。"

夜深，静如死水，了无波澜。

金先生在褚嘉诚的带领下住到了陈彤升的家里，并且在小楼外的河边与柳叶见了面。这几天，他已经熟悉了这个善良的姑娘。

阁楼的生活平静而安逸，让金先生感到非常安心。南湖水面的微风吹来，窗帘微动，小孩在楼下的欢声笑语丝毫没有影响金先生，觉睡得非常踏实。早上起来，陈彤升太太已经备好早饭，儿子文昊跑上楼来唤他。

小孩童不认生,拉着金先生就下楼去洗漱吃饭。

在这湖畔的阁楼间,金先生常常独自眺望,微风拂过碧蓝的湖面,扬起的波纹像丝绸般起伏绵延,闪烁着银白色的光芒,犹如一幅活的水墨图。

这天,他在日记中写道:"嘉兴没有山,湖与运河像鱿鱼须似的四通八达,因此连七八岁的小孩子都会撑船。嘉兴土地非常肥沃,所以物产丰富,人心淳厚,与上海迥然不同。与我逼仄的家乡也很不像。"每当孤独之时,金先生一想到今后能坐上柳叶的小船到南湖上去透透气,心里顿感舒畅。

生活似乎回归平静,一切又进入正轨。崔立骏一如平常到褚凤鸣厂里上班。褚嘉诚隔天去了上海。

人算不如天算。

褚嘉诚家大门常闭,只因褚凤鸣之妻朱佳慧新诞一子,月子中的母婴需要静谧环境休养。小安外出担水,皆从侧门出入。

褚嘉诚离开第三天上午,突然传来"咚咚咚"的敲门声,小安问:"谁啊?"

门外无人回答,只是一个劲地敲打。小安微微打开一条门缝,看向外面。

"做啥咯,敲半天才开门?"门一打开,就传来了仙骨凶巴巴的喊叫声。见是仙骨,小安就要关门。

仙骨一把抵住大门:"唉,关啥门啊?"仙骨拎两条用芦苇串着的鱼,抬脚就迈进了大门,一边走一边问小安:"褚老爷和少爷在家吗?"

小安回答:"都不在。"

"不是来客了吗?客人呢?"

说话间,仙骨已经大摇大摆走到厨房门口。柳叶娘听到声音迎了出来:"我们老爷出门去了。仙骨,你有啥事体?"

一看是柳叶娘,仙骨脸上堆欢,殷勤说道:"哟,阿庆婶啊,你看我给你们送鱼来了。前一段呢,我从柳叶那里拿了两条鱼,今朝我刚巧得了两条鱼,就还回来了。顺便呢,望望褚太太。"

今天的仙骨像变了个人似的,手捋着几根稀疏卷曲、长短不一的胡须,尽力挤出和颜悦色的表情。伸手不打笑脸人,柳叶娘接过两条鱼转手递给小安,笑着回话:"那谢谢你了,给我吧,正好少奶奶坐月子,熬鱼汤顶补养了。"

仙骨却没有走的意思,四下里瞅了瞅,自己搬了一把竹椅子坐了下来,嬉皮笑脸道:"婶子,我忙了半日,拨口茶吃呗!"柳叶娘没办法,只得倒了一杯水递上。

仙骨慢吞吞喝着水,没话找话:"婶子,前几天在集上我见到柳叶的表哥了,怎么在家没看到人?"

柳叶娘明显愣了一下,眼睛转了转,想起那天柳叶回来给她说金先生到集市上闲逛遇到仙骨的事情。

"哦,你说的是我娘家表侄啊,他是来看我的,家里太忙,停了一日就回去了。"柳叶娘笑着说。

仙骨说:"看他年纪也不小了,你有那么大的表侄?"

"哎,咱这里老话不是讲吗,萝卜不大都在辈上长着呢,侄子比叔年纪大的多了去了。怎么到你这还成稀罕事了?"柳叶娘的一席话怼得仙骨哑口无言。

仙骨讨了个没趣,眼睛滴溜溜转过一圈后,心里生出了别的主意。他站起来,说:"我来也来了,就给老爷太太去请个安吧。"说着站起来朝院子里走,边走边贼眉鼠眼地四下打量。

"仙骨,你最好别乱走动。老爷不在家,太太在吃斋念佛呢,少奶奶正坐月子,你一个大男人,不便往内院去咯。"柳叶娘紧走几步拦在仙骨前面。

仙骨没有硬往里闯,但还是假装看看院子里的花草,左瞅右瞅了一阵子才心有不甘地离开。

晚上,柳叶娘悄悄把事情给褚少爷和崔立骏说了,二人吓出一身冷汗。褚凤鸣后怕地说:"幸好阿爸有先见之明,前天把金先生送走了,不然真不晓得要出啥事体!"

崔立骏惊魂未定地说:"看来日本人搜捕的网越来越密实了。以后,我们要更加小心一些。今天,是仙骨来打探,说不定明天就是日本人直接闯进家里搜查。"

"大家都要格外当心,就是家败人亡,也要保护好金先生!"褚凤鸣一字一顿地说道。

金先生自搬到陈彤升家后,虽然住在阁楼上,但有扇窗户面朝南湖,他常从窗户向外眺望。在晴天晨曦微露的时刻,湖面上升起薄如蝉翼的雾气,如同轻纱抚过小桥、绿树和房屋,如梦似幻;雨天时,水墨烟雨的南湖,似乎在跳着一曲轻灵的舞蹈,让人仿如身处仙境,不觉沉醉其间。绝大多数时间,金先生安静地在家中看书,写日记。傍晚时分,想出去透透气,他就在窗户上挂上那件红衣服,柳叶就会把小船划过来。不久后,一老一少就会在江上随波荡漾。下雨天时,柳叶还会带上一壶嘉兴黄酒,金先生披着蓑衣坐在船上,对着烟雨朦胧细细地啜饮。

危险如蛰伏于黑暗中的猛兽,窥探着、等待着,伺机猛扑。

仙骨家离褚嘉诚家并不远,隔着一条街,走路也就一袋烟的工夫。这天傍晚,外面的商铺都打烊了,街上的行人渐渐稀少。吃过晚饭,一胖一瘦两个人来到了仙骨家门前。

瘦子举手敲了敲门,直接推开门就往里走。

仙骨迎了出来,一看来人,立马卑躬屈膝:"师队长,您,您怎么来了?"

"有事。"来人正是师人杰,他毫不客气地带着人向堂屋走去。仙骨不敢再问,赶紧跑到前面去带路。进到屋内,师人杰看到仙骨的老婆孩子都在,把眼一瞪,眉头皱了起来。仙骨立马对女人孩子吼道:"快,快点出去!"

仙骨拖了两把椅子,用衣袖在椅面上擦了又擦,招呼二人坐下,把自己最好的茶和烟献上,低眉顺眼地站在一边。待屋内剩下三人,师人杰站起，恭敬地朝胖子鞠了一躬，对着仙骨昂首道："这就是佐藤先生。佐藤先生这趟从上海来，就是要追踪虹口公园爆炸案的策划人。你不是有线索了吗？快点报告一下！"

"喀！喀！喀！"狡黠的仙骨干咳了几声，抬眼谄媚地看了看师人杰，略显尴尬地摸了摸下巴，嗫嚅道："有，有可能是我弄错了。"

自从进到屋内，佐藤的脸色就阴沉得吓人。当他听完仙骨说的话，眼中闪过一丝不易察觉的嘲笑，随即从口袋里掏出一卷钞票，啪的一声重重地拍到桌面上。

"来个竹筒倒豆子，统统地说完，钞票归你！"佐藤语气冰冷，仿佛在施舍。

仙骨这人，名不副实，虽有"仙骨"之名，却满身透着一股宵小之徒的贱气。刚才，故意吞吞吐吐，仙骨意在试探。现在见到真金白银，心中暗自狂喜。按捺住内心的躁动，他用确认的眼光瞥了一眼师人杰，看到对方点头，他才敢扑上去一把抓过钞票，大致目测一下厚度，快速塞进口袋里。

"前几日我在街上看到了一个陌生人，外地来的，讲是我们这里柳叶的表哥，可谁知道是不是真的？那个人年纪我看着可不像，倒是非常像你们要找的那个人。今天我找机会到他们家去打探，没看到人影，说已经走了。"

"八嘎！为什么不早报告？"

"我，我今日去柳叶家，仔细观察了一遍，确实没有外人。"仙骨驴唇不对马嘴地解释道。

"进房间找了吗？"

"没，没有。褚老爷儿媳妇在坐月子，外人进不到内宅。"

师人杰瞟了一眼日本人，见他面色不善，小心翼翼地试探："万一他藏在房间里呢？"

仙骨凝神想了想，觉得也是这个道理。

"呦西！你们的，继续探查，不能让人跑了！"佐藤怒目圆睁，握紧拳头在桌子上擂了一下，把仙骨、师人杰吓了一大跳。

"是！"二人异口同声回答。

褚嘉诚因为担心金先生的安全，很快就从上海返回嘉兴。

这天晚上，褚嘉诚跟家人用过餐，在书房坐着喝了一杯茶，又闭目养神思考了一会儿，还是决定去陈彤升家看望金先生。

打定主意，褚嘉诚站起身，走到院子里，与小安迎面碰到，撞了个满怀。小安忙不迭退跳到一旁，抱歉道："对不起，老爷，您要出去吗？天太黑了，我陪您吧。"

"以后做事不要这么冒失。不用你陪，嘉兴城走了几十年，闭着眼也不会走错的。"褚嘉诚慢慢悠悠地踱步离开。

黑暗笼罩天幕，一弯新月斜挂在天边。幽深的街道看不见行人，只偶尔传来一声虫鸣。远处有人斜靠树身在抽烟，烟头的红光时明时暗。褚嘉诚并未在意，继续前行。走了几十米，感觉不对劲。他走，那人走；他停，那人也停。

"有人跟踪？"褚嘉诚心里甚是疑惑，但他又不敢肯定。转念一想，不行，不能直接去彤升家，如果现在掉头回去，就会跟后面的人撞面。怎么办才稳妥？褚嘉诚最后决定改道到儿子褚凤鸣的厂子里看看。

他走得很慢，到了厂子大门口，趁抬手叩门之际，漫不经心地向后观察。

不大一会儿，大门打开，崔立骏站在了门口。当他看到褚嘉诚时，惊讶地问道："褚先生，您怎么过来了？"

褚嘉诚伸手挠了挠头，顺势悄悄地用手向后一指，示意崔立骏看看后面，然后故意大声地说道："白天忙，现在有空了，我过来看看厂子里这些天运转怎么样。"

"快请进！"崔立骏看到了不远处的人影，赶紧把褚嘉诚让了进来，然后关上大门。

"有人跟踪？"崔立骏警惕地问。

"我本来打算去看金先生，后来发现这个人好像跟着我，保险起见，就转道来这里了。"

"您肯定被人盯上了！"崔立骏断定。

"是谁呢？"提心吊胆地摸黑走了一路的褚嘉诚琢磨起哪一个人在背地里算计他。

"很可能是仙骨。"崔立骏用平静且肯定的语气说，"听阿庆嫂说，昨天仙骨来过家里，可能没打探到情况，今天不甘心，直接打上您的主意了。"

褚嘉诚心中警觉，说也不一定，保卫团的人也得防着。前一段时间在教堂还遇到过他们，那个自称师队长的，看起来绝非良善之辈。

第 20 章　嘉兴

　　为避开仙骨,褚嘉诚在厂里待到十点才离开。崔立骏拿起外套,对他说:"走,我送您回去。"

　　"不必了,你也累了一天了,再说这么晚,那人应该走了。"褚嘉诚婉言拒绝。

　　"我陪着您,看看人是不是还在。若人还在,您就直接回家去。人不在,就可以去见金先生。"崔立骏坚持道。

　　"也好。"

　　二人一起走了出来,崔立骏用余光观察着周边的情况,又在门口借着系鞋带的由头观察片刻。行至门口,再次借弯腰系鞋带之机,细细观察。

　　走了一会儿,崔立骏果然发现那个人还在后面悄悄跟梢。

　　崔立骏拉了拉褚嘉诚的衣角说:"褚先生,还是先回去吧,过几天再说。"

　　褚嘉诚点点头,低声道:"嗯。等会儿我先把那个人引走,你假装回去,然后再拐到彤升家去,叮嘱金先生这段时间务必要小心谨慎,不到万不得已,不要外出。"

　　"明白。"崔立骏应道。

　　又走了几步,褚嘉诚停了下来,大声对崔立骏说:"小蔡,别送了,都到家了,快回去吧。"

　　崔立骏向前跟上几步朗声地说:"还是送到家吧,天这么黑,怕您有个闪失。"

　　"真的不用。回吧!"二人道别,好像没有觉察到暗处有人一样。

　　褚嘉诚一直低着头走路,像是生怕不小心会摔跤似的。黑影人远远地跟着,一直看着褚嘉诚进了自家的大门。

崔立骏和褚嘉诚二人所料不差,盯梢的黑影正是仙骨。自从师人杰陪佐藤来过家中,仙骨满脑子就是那六十万大洋。思来想去,仙骨觉得还是从盯梢褚家人开始。

白忙活半夜无功而返,仙骨怒从心起,恶念顿生,自言自语道:"我就不信,你们露不出一点马脚。"他想发泄心中的怒气,便恶狠狠地捡起一块砖头,用力砸到褚嘉诚家河埠头边的湖水里,溅起尺把高的水花。

另一边,崔立骏扭头往工厂的方向走。当看到两人走远后,将身子一闪,如暗夜中的黑鸟快速转往陈彤升家的方向。

天空中只剩下一弯明月,几颗星星隐隐约约发出黯淡的光。

敲门声响起,陈彤升心怦怦直跳。他一生行事谨慎,全因义父褚嘉诚嘱托,这才将金先生接到自己家里。他惶恐地走向门前,深吸一口气,故作平静地问道:"谁啊?"

"陈大哥,是我。立骏。"

是崔立骏的声音,陈彤升打开了门。

"怎么这个时候过来?"崔立骏刚一进门,陈彤升就紧张地问。

"金先生呢?"

"在阁楼上,我带你去。"陈彤升说罢,前头带路。

上回随褚嘉诚前来,崔立骏也曾一道上楼瞧了瞧,但毕竟身处他人宅邸,不便细究,仅是走马观花、粗略一览罢了。这次他看得很仔细,穿过客厅行至屏风后面,左边是房间,右边是灶屋。靠墙边是一排三个柜子。正当崔立骏疑惑找不到上次进出楼梯的那道门时,只见陈彤升把柜子中间的搭扣解开,抓着一边向外一拉,柜门被拉开,露出一个上楼的暗道。哦!这下崔立骏恍然大悟。顺着暗道内的楼梯向上,就是小阁楼,那里是金先生的卧室。卧室西北角有一块结构巧妙的活动地板。遇有特殊情况,打开地板,下来后不走前门,通过客厅后面一道小门,走下几个台阶就可抵达南湖水面,从水路坐船撤离。

"当初怎么想起这样建房子的?"看着这么精巧的设计,崔立骏忍不住好奇地问道。

"在客厅后面开边门主要是方便从水路往家里运东西。有时候运点烧柴、粮食、蔬菜等走正门,拖泥带水的得拐好几个弯。直接从水路运到这里,方便多了。另外,留个小阁楼,原来是想当仓库放些东西的。"

崔立骏心里暗暗佩服营造匠用心之巧妙。

两人一前一后走上逼仄的楼梯后,小桌面大小的活动地板就从里面打开了。原来他们的脚步声早已经惊扰了金先生。

"这么晚,你怎么突然来了?"金先生手里掌着灯忙不迭地问崔立骏。

"是褚先生让我过来的。"崔立骏就把褚先生本想来看他,结果被人跟踪的事情一五一十讲了一遍。

"褚先生嘱咐,现在嘉兴的形势十分紧张。日本人在上海搜捕无果,就怀疑您已经逃出上海,现在正沿着沪杭线和沪宁线一带活动。"

金先生点点头:"这是迟早的事啊。"

崔立骏神色忧虑,进一步解释道:"眼下状况,只怕比您预想的更为严峻。前日有人前往褚府打探,今夜又有人在他家附近盯梢。据推测,盯梢之人或许曾与您打过照面,足见日本人已勾结本地人员,以高额悬赏诱使贪财之徒为其充当眼线。"

陈彤升担心地问:"会是谁呢?"

"一个叫仙骨的人。"

"他?那可真得小心了。"陈彤升心下一惊,补充说,"这个人是嘉兴一霸,是个贪财好色之徒。"

"金先生,从现在开始,您断不能再离开阁楼半步了!褚先生说,他会找机会来看您。"崔立骏走开几步后,又回过头对着金先生补了一句。

看着有点失落的金先生,他又安慰道:"柳叶跟我讲,过几天嘉兴的螃蟹就肥了,等我开工资,就请您吃一网。"金先生被崔立骏逗得笑了起来。

三天之后的下午,造纸厂机器再次出现故障,崔立骏忙得一头汗,和另一个师傅一起把机器拆开进行检修,脸上都是油污,成了大花脸。两人只顾低头修机器,连褚凤鸣陪着几个人走到他们跟前都没有注意到。直到褚凤鸣喊他,才直起腰。

"蔡老弟,进展如何?"

"刚刚才找到毛病。"

崔立骏说着抬头看,是几个穿保卫团制服的人。为首之人身材魁梧,穿着制服,颇为英武。他身侧之人则显得瘦小,看起来獐头鼠目,一双眼睛骨碌碌乱转,眼神游离不定。

"来,擦下脸,我给你介绍。"褚凤鸣给崔立骏递了一条毛巾,他拍了拍站在旁边的人,对崔立骏说:"这是我同学陆威,现在出息得很,是嘉兴保卫团的团副。"

褚凤鸣的炫耀之词陆威看起来很是受用,不自觉地挺了挺腰板,但嘴里仍然客气道:"哪里,哪里,老同学过奖了!"边说边向崔立骏拱手致意。

褚凤鸣指着小个子继续介绍:"陆团副的部下,师人杰师队长,一听名字就知道是人中豪杰。"

师人杰看看崔立骏,点点头,脸上露出尬笑的神情。

"哎呀,我差点忘记介绍咯,这是我表弟,蔡俊生,来这里帮我修机器。厂里机器用的时间久了,老出毛病,时不时就闹罢工。"

褚凤鸣介绍完,崔立骏一脸木讷地笑笑,恭敬地点了一下头,说了声"侬好!"这句话是用嘉兴话说的,来了几天,他跟着工友已经学了不少的当地方言。

陆威未置一词,师人杰却率先开口:"这里的工友都是本地人吗?"

褚凤鸣忙回话:"是啊,都是乡里乡亲,不少还沾亲带故。"

"你表弟呢?他从哪里来?"

"他啊,苏州人。不过他十几岁就出去闯荡,上海、杭州、广州都去过,也算见过世面。唯有一点不好,就是不爱说话,只喜欢和机器打交道。"

他们说话的时候,另外两个背枪的队员已经在厂区溜达,褚凤鸣知道他们是在暗查,但看破不说破,反而大方地回话:"看,随便看!"

陆威笑道:"让他们随便走走吧,我们到你办公室喝杯茶,你小子有好茶。"陆威拉着褚凤鸣走了。有了陆威这句话和褚凤鸣的默许,师人杰带着两个手下毫不客气地在厂内转了起来。

几个人一边转,看到可疑的地方还用枪托捣一捣,好像里面藏着人似的。在制浆作业区,几个工人正在忙活。师人杰走到他们跟前,仔细看了一阵,忽然指着其中一个人说:"停一下,你过来。"

大家伙一愣,都停下手中的活计,疑惑地看着师人杰三人。

"就是你,过来!"师人杰又指了一下。

"我吗?"被指的老鼋一副不可置信的表情,他瞄了瞄周围确定一番,然后指着自己的脸问道。

"就你。"师人杰吼叫。

老鼋不知所措地走了出来,跟着三人来到旁边无人处。师人杰不紧不慢地问他:"还认识我吗?"

"不晓得啊。"老鼋眨巴眨巴眼睛,露出迷茫的神情。

"你忘性真大。再仔细想想,前段时间晚上,你是不是和一个人争吵,本来我们要把你带回队里去的,后来遇到你们老板,是他把你领走的。"

"哦,您看我这记性,想起来咯,想起来咯。队长好,我这眼就是两窟窿,是摆设,队长见谅。您有啥个事体尽管吩咐。"老鼋弯腰鞠躬,点头哈腰。

"你叫啥个名字来着?"

"我姓袁,大家都喊我'老鼋'。"

"你在厂子里干啥事体?"

"杂活。"

"你们这里最近来过生人没有?"

"生人?没有。厂里的人都是老乡,大家互相很熟的。"

师人杰放低声音问老鼋,同时瞥了一眼还在忙活的崔立骏:"他,你也很熟吗?啥个人?啥个辰光来的?"

"熟啊。"老鼋眯了眯眼,老鼋想起老板的交代,便开始胡诌,全然没有了那天夜里的愣头愣脑。

"我怎么听说他才从上海过来,还是和一个老头一起来的?"师人杰冷不丁地抛出了一句话。

"啊?您听谁说的?开春后他就一直在厂里,我们天天都能见到他。"

"我会听错?老鼋,你要是骗我,知道什么后果吗?"师人杰试图讹诈。

"老总,借我十个胆子,我也不敢糊弄您啊,要不我们去找老板问问,看我到底有没有说瞎话。"老鼋话音未落,抬腿就要朝褚凤鸣的办公室走。

师人杰一看急了,本来拿话诈老鼋,谁知对方仗着在自己的地盘上,不吃这一套。

"你老板和陆团副在喝茶呢,别打扰他们了。没有就没有,干活去吧。"师人杰甩甩手示意老鼋离开。

三个人磨蹭了半天,也没有发现什么异常情况。师人杰气得在心里大骂仙骨:真是个成事不足败事有余的玩意儿,说得有鼻子有眼,结果连个屁渣子都没有查到。

看看天色已晚,褚凤鸣对陆威说:"老同学,我还欠着你们一顿酒呢。择日不如撞日,走,今天晚上我请客。我们好好喝几杯。"褚凤鸣做了一个举杯喝酒的手势。

"你小子啥咯情况?上次不是刚喝过,这次又欠啥咯酒?"

"欠师队长的酒。你忘了,我曾经给你说过的,前段时间有天晚上,厂里的老鼋出去溜达,在街上与人草响木(拌嘴),还是师队长看你的面给解的围,不然麻烦就大了。今天要请他好好喝几杯。"

陆威笑笑:"原来是这事体,那得喝!"转头对师人杰说:"这是我老同学,厚道,义气,以后多关照着些,别没事问七问八的。"陆威回头的瞬间笑容消失,瞬间变了脸,眼神也锐利了三分,吓得师人杰不敢与他对视,低下头笑着应和。

陆威今天来这里,并非自愿,是被师人杰逼的。师人杰告诉他有人反映他老同学的造纸厂里藏着陌生人,是不是从上海逃过来的还很难说。师人杰当着团长的面请他带队来这里检查,他也不好说什么,若是不来,就有包庇的嫌疑,所以只好硬着头皮过来了。

接连几次碰壁,师人杰心中带着几分不甘,他想再做最后一次努力:"褚老板,要不把你表弟一起叫上吧,也陪我们喝几杯。"

褚凤鸣稍微一愣神,明白了对方的意图:这个师人杰是贼心不死。褚凤鸣没有让步,一脸遗憾地摆手道:"不行啊,师队长。机器都罢工两天了,要赶快抢修,厂子里有那么多工人要养活呢。再说,我表弟也不喜欢说话,叫他来也喝不到一起。"

褚凤鸣说完,为难地看了一眼陆威。陆威明白老同学的意思,不耐烦地吼道:"还有完没完?人家老板都讲话了,是喝酒重要,还是修机器重要?机器不转,钱会从天上掉下来?"

师人杰看陆威发话,也不好再坚持,只好悻悻地跟着他们出了厂门。

望着保卫团几个人离去的背影,崔立骏注视良久,心中隐隐觉得不安起来。

一路上,几个人有说有笑,大步走向"江南春"酒楼。

时方下午五点,陆威率人行走于街市,路人见之,畏缩有加,纷纷侧身避让。褚凤鸣瞧在眼里,打趣起陆威:"老同学,威风啊,走在大街上,颇有张飞'长坂桥边怒气腾,一声虎啸退曹兵'的气势。"陆威苦笑了一下,尬笑道:"我们就是猪八戒照镜子,里外不是人。还是你好啊,专心捣鼓自己的一亩三分地,俗世喧嚣不入耳啊。"

"唉,家家有本难念的经。子非鱼,安知鱼之乐。你非我,安知我之苦啊。"褚凤鸣说完,和陆威一道开怀大笑起来。

又向前走过三五步,陆威突然低声喊了一句:"连华?"褚凤鸣顺着陆威手指的方向望去,在前方四五十米远的地方,连华正从一个铺子里走出来。她并没有注意到他们,出门后径自埋头朝着前方走去。他们两人大步迎上去,这才看清刚才连华去的是"品嘉笔墨"——嘉兴城不怎么起眼的一个书斋。距离还有十几米的时候,陆威大喊了一声:"连华!"

连华闻声诧异,忙扭头回望,看到两个老同学正朝自己走来,立马回道:"你们怎么今天凑在了一起?"

"老同学,见不到你,我们两个还不能一起消遣度日?"陆威笑着调侃。

"真巧,我也是难得出来,刚好来这里买套笔墨。"解释完,连华爽快地脱口而出,"你们这是准备去哪?"

"到'江南春'吃饭。"陆威率先答道。

连华看向褚凤鸣,差点脱口而出:"你不是找……"她想问问褚老爷的朋友找到了没有,才说几个字,忽然想起褚凤鸣那日的嘱托,赶忙转变话锋,说自己已经备好褚凤鸣要找的两本书,怎么不见他来取,最后还取笑道,两个男人没事就约在一起开怀畅饮,看来还真是酒色胜书香啊。

褚凤鸣笑着连呼"冤枉",说书籍之事自己一直心心念念。本想今日前往取回,但碰巧赶上陆团副带着手下例行检查,自己有幸请得尊驾在茶房喝了杯茶。眼看天色不早接近饭点,就打算趁机和陆团副到"江南春"一聚。最后,褚凤鸣恭敬地一摆手,说相请不如偶遇,连老师倘若有暇,请屈尊同往。

连华不屑地瞟了一眼陆威旁边的几个下属,笑道:"这么多人呢,又不是只你们俩,我一介女流不喝酒,别扫了你们的兴。"

褚凤鸣与陆威默契地对视了一眼,陆威说:"两不搭,他们吃他们的,我们吃我们的。"话毕,陆威绅士般做了一个邀请的手势,手臂伸到连华的面前。师人杰赶紧献媚:"团座的同学,难得相遇,小弟岂敢打扰,我们自行找酒吃。"

"那小女子恭敬不如从命喽。"连华没有再推迟,微笑着点头应允。

一行人进了"江南春"酒楼,陆威遣师人杰带着两名手下另寻一桌,他们三位老同学则拣了处清幽静谧之地落座。酒过三巡,杯盏交错间,陆威望向连华,年少时的情愫悄然泛起,双眸之中,柔情缱绻。连华知道陆威的家境,自知不能陷入尴尬局面,故佯装视而不见。连华瞪了陆威一眼,转移话题说:"你今天带人去凤鸣的厂内是不是不怀好意?"回过神的陆威放下酒杯,苦笑摇头道:"我在你们两位老同学心中难道就是这样的人啊?"

"你自己说的,带人去凤鸣厂里,难道还冤枉你不成?人家开门做生意,图个吉利喜庆,你没事带人带枪跑去干吗?不会说专门去找凤鸣喝茶的吧?"

陆威在嘉兴当地也算是有头有脸的人物,但是连华连珠炮似的一通话让他有些无言以对。刚欲辩驳几句,连华却滔滔不绝,陆威脸色渐渐阴沉。褚凤鸣看出气氛不对,忙打圆场,说大家好不容易相聚一场,不提污糟之事,平白无故坏了兴致,还劝连华不要多心,陆威没那个意思,他是想老同学了。

三人再次碰杯,连华语气有所缓和,说自己是真心为陆威好。她听说上海那边日本人还在追捕虹口公园爆炸案的幕后"真凶",很可能已经波及嘉兴。这局势,日本跟中国必有一战,万一日本人来嘉兴追捕,劝陆威不要数典忘祖,为虎作伥。

陆威了解连华的脾气,知道她性子耿直,有时说话口无遮拦。对连华的话,他没有真正听进心里,只是无奈地叹了一口气说,姑奶奶就别替他操心了。喝了一口酒,夹过一口菜,陆威继续解释道,这年头兵荒马乱,自己拖家带口,为讨口饭吃,有时候身不由己,过场还是要走走的。

褚凤鸣随手斟满酒,看着陆威,顺势见缝插针地问道,难道那些人真的会来嘉兴吗?

"天可怜见,这谁能知道。估计上头也不知道。如果韩国人逃出上海,最有可能是沿着沪宁线和沪杭线走,日本人现在就是朝着这两个方向追查。"

"这两条线贯穿整个中国东南部,那得需要多少人力啊?"

"使钱呗!"陆威放下酒杯,一脸苦笑介绍说日本人现在是双管齐下,一方面登报悬赏六十万大洋,重赏之下必有勇夫,谁看到这个价钱,不趋之若鹜?另一方面,找当地政府的话事人送一笔钱,许以好处,言明利害,胁迫他们加入调查。陆威说着又把一杯酒掀入口中,怅然若失地说,至今为止,这个人从头到尾都没有人见过,不知躲到了哪里。

"我们嘉兴现在也是这样吗?"连华跟褚凤鸣对视了一眼后,不缓不慢地问道。

"八九不离十。现在一个叫佐藤的日本胖子,以县长的朋友自居,出入县府如家常便饭。"

"我们老同学难得相聚,不提这些糟心事了,来,喝酒。"褚凤鸣大概明白了事情的原委,怕再追问下去陆威起疑心。

听陆威这样说完,连华也不再刨根问底,而是举起酒杯,脸挂笑容道:"一辈同学三辈亲,同学情谊依旧真,小女子敬两位老同学。"

第21章 嘉兴·上海

身处阁楼,仿若与世隔绝。金先生觉得自己就像聋子、瞎子一般,陷入了无尽的迷茫。

面对日本人丧心病狂的报复,孱弱的临时政府依靠谁?战友们的安危如何?这一切都让他寝食难安,夜不能寐,嘴唇上长满了水泡。

崔立骏当然明白金先生的心情,晚上他就去见了金先生,还特地带去几包清热祛火的金银花茶。站在阁楼上眺望远处的南湖,在习习湖风中,两人低语交流。

"金先生,您不必对临时政府的事过分担心,刚刚得到消息,南京政府通过秘密渠道帮助临时政府的很多人于5月初顺利到达杭州。在杭州,安全是可以得到保障的。"崔立骏轻声劝慰道。

"真是雪中送炭啊,只要种子还在,我们的事业就大有希望。但愿他们在杭州一切平安。"金先生欣慰地说道,"现在形势有所缓和,我这边有褚先生一家周旋,你可以回趟上海,一方面回家看看,把家里的事情安置好,另一方面,你打听一下上海的形势,最重要的是确认临时政府在杭州的落脚点,尽快与他们建立联系。如此,我这边能心中有底,应对裕如。"

"好。我明天就动身。"

"一定要注意安全。"金先生说完,二人相视一笑。

眺望远处波光潋滟的南湖,金先生思绪万千,想着祖国血流成河、泪流成渠,他忧思如海,同时又增强了勇气和决心,他喃喃地说道:"嘉兴的南湖真美啊,和我们韩国的忠州湖一样。"

次日,崔立骏启程前往上海。厂内,由褚凤鸣出面对外宣称他去外地购置原材料。

重要路口和火车站依旧有便衣在盘查。崔立骏一身工人装扮，背着一个铺盖卷低头赶路，无论在嘉兴还是在上海火车站，他都顺利过关，未受到过多盘查。

抵达上海，崔立骏没有直接回家，而是在街头徘徊几圈，确认没有"尾巴"后，挨到天黑才走进那条熟悉的里弄。自从上次送金先生声明时与林熙媛见过一面，崔立骏为了不把妻子牵扯进风暴漩涡，没有透露过一句内情。小两口两地相隔，林熙媛知道丈夫在为金先生效劳，生怕他有事突然回来找不到自己，一直没有搬至父母处居住，而是默默留守在自家小屋内。站在熟悉的里弄口，崔立骏抬头看见家里亮着灯，他知道这盏灯是妻子为他点亮的。日思夜想的人近在咫尺，崔立骏心跳加速。

"当！当！当！"崔立骏轻叩门扉。

"谁？"里面立即传来低沉且惊恐的声音。

夜晚有人敲门，崔立骏能想象到熙媛此时害怕的样子。他知道自从自己不辞而别，妻子肯定每日为他提心吊胆。所以，他压低声音柔声说："熙媛，是我，立骏。"

门应声打开。双方仅仅对视一眼，两人仿佛互相守候了一辈子。林熙媛看着日夜牵挂的丈夫，既熟悉好像又有些许陌生。昔日英俊的丈夫，面庞略显憔悴，只是眼神却多了几分坚毅。但当两人拥抱的一霎，那熟悉的心跳、熟悉的气息，甚至呼吸的频率都让二人沉醉。两人久久不愿松开，恨不得一辈子都这样将对方紧紧搂在怀中。

"熙媛，他们没有找你的麻烦吧？"崔立骏话语中满是关切。

"我倒没有。但《申报》那边的人遇到了不少麻烦。声明发出后，日本人到《申报》调查，本想滋事生非，好在主编还有你的同学曹斌巧妙周旋，他们才没得逞。"林熙媛缩在崔立骏怀里，闭着眼睛感受丈夫的气息。

"我一直担心这事会给你带来麻烦！"

"你做的事情就不冒险吗？"林熙媛深情地望着崔立骏，心疼地说道。

"通过这次爆炸事件，我才认识到，有些人为了理想，真的能够慨然赴死，就像尹英魁。"

"他是位英雄，了不起的英雄！但我觉得你也挺有勇气的。"林熙媛捏着崔立骏的耳朵，"老实交代，从爆炸案发生，你帮金先生送声明后，那么长一段时间杳无人影，是不是以为我真的不知道你在干什么？"

"嘿嘿。"崔立骏略带歉意地笑笑，随即拉住林熙媛的手，郑重问道："对这件事，你怎么看？"

"立骏，我是出生在中国的韩国人，东洋人在上海横行霸道，这场爆炸灭了他们的威风。大家聚在一起谈论此事，都觉得解恨！"小两口你一言我一语交流着别后情形，两颗年轻的心彼此依偎，情感浓烈炽热。崔立骏借着昏黄的灯光痴痴地望着娇美如玉的妻子，深情地吻上她温润的唇。林熙媛紧紧地握住崔立骏的手，眼含热泪说："立骏，谢谢你所做的一切，我从心眼里佩服你。我虽然在上海出生，从没去过韩国，但是每次听爷爷讲到故土，讲起日本人对韩国残酷的统治，我就气愤难耐，真希望那片土地再也没有战争和杀戮。"

立骏安慰林熙媛："这一切是我心甘情愿做的，每次想到你我同仇，做起来就会更加坚定。"

"立骏，你说得对，我们有共同的敌人。我一直想问，你最喜欢什么啊？"林熙媛话锋一转，调皮地问丈夫，试图缓解有些悲愤的气氛。

"我喜欢……"崔立骏顿了顿，然后看着林熙媛的眼睛一字一句深情地说道：

> 春天的泉
>
> 夏天的莲
>
> 秋天的枫
>
> 冬天的雪
>
> 以及任何时候的你……

林熙媛本来是想逗逗崔立骏，没想到他随口给自己作了首情诗。

夫妻二人的手紧紧地扣在一起。林熙媛把头埋进丈夫火热的胸膛，享受着久别重逢的缠绵与欢爱……

天空一点点变得明亮,暗淡的星光渐渐隐去,鸟儿叫声渐次多了起来。空荡的街头,慢慢变得熙熙攘攘,楼下菜市场热闹的烟火味开启了一天喧嚣的生活。

崔立骏离开家,前去寻找他认识的韩国临时政府的成员,想去探明还有多少人滞留在沪。

到底从哪里入手呢? 思来想去,崔立骏决定先去找李凤吾。他随金先生去过李凤吾家一次。凭着记忆,他找到了那条街。数着门牌号,李凤吾家租住的地方出现在他的眼前。崔立骏假装路人,从他家门前走过,大门紧锁。

"外出还是搬走了?"崔立骏远远地观察了近一个钟头,也没有看到有人进出,倒是旁边的邻居家不时有人出入。确定周围没有暗哨后,崔立骏假装过路人走到了邻居家的门前。

"大妈,侬好! 给口水吃,好哦?"

"好的哇,侬等一等。"大妈进屋端来一碗水给他。

"谢谢侬。"

"不客气!"

"邻居家的人呢?"

"搬走了。不住这儿。"

"侬晓得他们搬哪里去了?"

"不晓得。那位先生有天把钥匙给我,让我转交房东,就不曾见了。"

和大妈聊了一会儿,没有得到有价值的信息,崔立骏道谢后匆匆离去。

下一位要寻找的,是个叫金彻的人,这是金先生交代的。金彻在临时政府中担任国务委员,爆炸案发生后,金先生通知他及时撤离,不知道他现在还在不在上海。

崔立骏身穿长衫,头戴礼帽,来到金彻家所在的里弄。里弄内人来人往。路边的摊贩们吆喝着,卖着香烟、糖葫芦、花生糕等各种小吃,补锅的、修鞋的手艺人也在低头忙碌。崔立骏第一次来,对周围环境并不熟悉,不敢贸然行动。他找了一个可以观察到金彻家的卖馄饨的摊子坐了下来,要了碗馄饨,不紧不慢地吃了起来,眼睛余光却紧张地留意着周边的情况。

金彻家租住在弄堂石库门中间的一栋二层小楼的楼上。一楼不知道住的是什么人,但这会儿大门半敞着,没有看到人进出的情况。难道金彻已经撤走了?难道又是白跑一趟?崔立骏手中竹筷有一下没一下地拨弄着碗中的馄饨,计划继续观察一阵再做打算。

正在他低头吃东西的时候,一位五六十岁的妇女引起了他的注意。她从半敞着的大门进去后,上到二楼去敲门,见屋内没有反应,又改为大力拍门,还一个劲儿用手拽门锁。

"什么情况?"没等崔立骏反应过来,不远处补锅者和卖糖葫芦者果断扔掉手中的活计,迅速跑过去扑倒老太太。不明就里的老妇大力反抗:"侬,抓我做啥?我是房东啊。"

两人问:"来干什么?"

"今天是收租日,来收房租。"老太太面带愠色。

"走,跟我们走一趟。"

"你们是啥人?"

"少啰嗦!"

不由分说,两人提着老太太向里弄口走去。

崔立骏看得目瞪口呆,暗自庆幸自己没有贸然行动。另外两个吃饭的人和摊主低声交谈起来。

"啥情况?"

"听说这里原来住的是韩国人,跟虹口公园的爆炸案有牵扯。"

"这老太要触霉头了,把房子租给不三不四的人。"

"刚才那两个家伙装得可真像。他们这一段时间一直在这儿,要不是他们自动跳出来,别人还真看不出来。"

"嘘……"

眼前发生的事情如此突然,崔立骏感到自己就像是一片孤单的浮萍,在暴风雨里被随便吹打和蹂躏，稍有差池，便会在这暗流涌动的世道里粉身碎骨。虽然两个日本便衣走了，但不确定还有没有其他人。崔立骏清楚此地不可久留，慢慢把碗中的馄饨吃完，定了定心神，恢复镇定自若的神态，缓缓站起走出弄堂。

接连两次碰壁，崔立骏早上出门时的精神气已经被消耗大半，走起路来脚步也格外沉重。困惑感萦绕在心头，一时间不知道接下来该怎么办。他一边走一边想，蓦然想起一个叫王雄的人来。此人并不在金先生提供的人员名单中，但在目前走投无路的情况下，他想试试看。

于是，崔立骏朝着车辆修理厂的方向走去。

工厂的大门紧闭，看不出有什么情况。他吸取教训没有贸然去敲门，而是躲在远处观察。时间一分一秒过去，约莫过了一个时辰，已然到了薄暮时分，按常理，此时理应有工人下班归家，可那大门依旧紧闭。

"难道里面没有人？"崔立骏心中疑惑更甚，但又不甘心就此离去，又继续等了大半个钟头，还是没有一个人出来，这才觉得事有蹊跷，不敢再作停留，只得悻悻离开。

如此看来，只有最后一条路可走了。最后一条路，不到万不得已不要踏入，这是金先生再三强调的。

翌日清早，崔立骏去了四川路。在四川路与海宁路交叉口，有一家书店，名叫"晓山书店"。店老板叫查良生，是位三十多岁的年轻人，待人接物中透露着一股儒雅和爽朗。

以前在上海时，金先生来过这家书店几次。第一次见到查良生的那天，他用结结巴巴的汉语和对方聊了几句。查良生当即猜出他不是中国人，又恰逢雨天，便诚邀金先生坐下来喝茶聊天。从聊天中，查良生得知金先生是韩国人。金先生痛恨日本对韩国的殖民统治，决心团结韩国人与日寇抗争，这令查良生暗生敬佩。

几次来往后，二人由陌生到熟悉，最后变成了朋友。在之后的相处中，查良生从金先生口中得知了韩国临时政府的存在，有时还会给金先生提供开会的场所。查良生虽看上去温文尔雅,但颇有侠义之风,主动向金先生表示,以后有什么需要之处尽管言语,但凡有他能尽绵薄之力的地方,定会鼎力相助。

"非常感谢。"金先生为之动情。

金先生以为查良生只是一位普通的侠义之人。然而,他并不知道,这位看似普通的年轻人曾经留学美国,是芝加哥大学的博士。在之后漫长艰难的时光里,金先生每遇急困,都是利用书店作掩护传递情报,查良生和他书店的职员默默相助,从不多问一句。

爆炸案发生前,金先生给好几个韩国同仁准备了信件,担心直接寄出会被日本人拦截,就先寄存于书店,让查良生代为转交。正是因为这些情报的帮助,后来临时政府中的人都及时转移,躲过了日本人大规模的抓捕猎杀。

因此,韩国临时政府的几位关键人物都了解这条信息通道。

崔立骏赶到四川路,找到海宁路口,果然在一个拐角处看到了"晓山书店"的牌子。他压低帽檐,燃起一支烟站在远处歇个脚,顺便观察书店周边的情况。

书店开着门,有人进进出出。一个穿着长衫的人迎来送往,书店的营业一如往常。崔立骏仔细观察了一会儿,觉得没有什么异常,摁灭烟,迈步走了过去。书店不大,仅有五六十平方米左右,几个顾客正在静静地挑选书籍,一个店员忙碌地整理着书架。崔立骏站在书架旁,随手拿起几本书翻阅。就这样等了一会儿,见周围并无异常,他拿起一本书,走向收银台假装结账,小声问道:"请问,查老板在吗?"

"您是哪位?"

面前三十多岁的年轻人稍显惊愕,怔怔地望着崔立骏。

"朋友介绍我来的。"崔立骏低声道。

低头结账的查良生并未动声色:"哪位朋友?"

"金先生。"

查良生写字的手稍稍一顿，但还是生硬地回复道："哪个金先生，我不晓得。"崔立骏并不认识查良生，但此时他心里明白，目前只剩下这唯一的接头渠道了，而且通过观察，这个书店并没有可疑之处，于是便鼓起勇气小声说道："能不能帮忙转告一下查老板，就是与他订过一本《申紫霞诗集》的金先生！"

听罢崔立骏的话，查良生顿时清楚眼前之人的身份。《申紫霞诗集》是流亡中国南通且得到张謇资助的韩国著名诗人金泽荣编校过的诗集，这样的暗语只有金先生和自己知道。查良生不动声色地走到一旁与年轻店员低声交代后，回来后对崔立骏说："先生，请到书店对面的茶室等。"

二人在茶室碰面后，找了个安静的地方坐定。

"我姓崔。金先生托我来寻您。"安全起见，崔立骏并没有详细介绍自己的身份。

"幸会。"查良生心中明了。

虹口公园爆炸案后，查良生心底悄然松了口气，知晓金先生暂时应是无虞，至于其间的琐碎过程，在这风口浪尖上，自是无须过多探究。

想到这里，查良生只简单问了一声："先生可好？"

"暂且还好。"

"金先生让您来有何事？"

"找人。金先生东躲西藏，和其他人失去了联系。我这次回来就是想替他与大家重新取得联系。另外，先生也有一些私人的事情想了解。"

"联系上了吗？"

"没有。我昨天去了两个地方，都没有结果。"

"那我能为您做些什么吗？"

"先生说您之前帮他很多忙，他想知道是否有人临走时在您这留下什么东西。"

"有，是一封信件，那人特意嘱咐让先生亲启。"

"先生现在不方便自己过来，我来之前先生让我向您说明我可以代表他。您能给我看看这封信吗？"

查良生此时对来人的身份已经没有疑虑，于是说："在书店里。你在这里等我，书店里人多眼杂，不安全。"说完便起身回了书店。

崔立骏拿到信，简单瞄了一眼后，顿时激动不已，这真的是"山重水复疑无路，柳暗花明又一村"，因多日来连续受挫造成的阴霾也被一扫而空。

立骏起身紧紧地握着查良生的手，真诚地感谢道："谢谢您，查先生。这封信对我们来说太重要了，谢谢您为我们做的一切。"

崔立骏将信小心地藏好，与查良生道别后马不停蹄地赶回家中，仔仔细细默读了起来。

信是金彻留下来的。

世兄：

　　见字如面。近来沪上市面萧条，待在家中无计营生。故弟等决定南下游玩几日，听闻那里湖景如画且美食众多，弟去品尝鲜美醋鱼和片儿川。世兄勿念，后会有期。

　　愚弟彻留字。

一九三二年五月五日

第 22 章　上海·杭州

崔立骏一字一句反复琢磨金彻的信，南下游玩肯定是指向南走，醋鱼以杭州西湖醋鱼最著名，说明地点是浙江杭州。但"片儿川"是什么？他不知道，但肯定也与杭州有所关联。

怎么去找他们呢？是直接去杭州，抑或先回嘉兴向金先生汇报之后再行动？崔立骏踌躇不定。

斟酌一番后，崔立骏考虑到嘉兴离杭州不远，即便先回嘉兴汇报，终究还是要去杭州，不如直接前往杭州寻探，待事情有了眉目，再带着确切消息回嘉兴。主意打定，当晚，崔立骏就与林熙媛商量再次出远门的事情。丈夫刚回来两天又要离开，林熙媛心中虽能理解，但终究不舍，脸上分明写着怅然若失。崔立骏当然知道妻子此刻的心情，内心满怀愧疚，始终赔着笑脸，主动将晚饭做好，吃过饭又抢着洗碗。

林熙媛看他忙碌的身影，有点不太忍心，努力把笑意挂到脸上，抱着崔立骏问道："你这次出去，要多久才能回来？"

崔立骏哪里能说出具体时间，只能低头刷碗，但还是诚恳地说："估计很快。但你也知道，金先生现在需要我的帮助，好多事情需要我去代办。我走之后，你就回家住，这样我也放心。"

泪水从林熙媛的眼眶中流出。

"我向你保证，只要一有机会，我就回来看你。"崔立骏急忙放下手中的空碗，擦干手为妻子抹去泪水。

"熙媛，金先生他们现在非常困难，若是锦上添花，我肯定不会去，一定会在家陪你，但眼下他们急需帮助，我做的事是雪中送炭。再说，危难之时守望相助可是中国人的传统啊！"

林熙媛一把甩开崔立骏的手,气呼呼地喊道:"我们韩国人也是一样的!"崔立骏哈哈大笑起来,一把将林熙媛搂在怀里:"这就更好了!你是韩国人,同时又是中国人的媳妇。我是中国人,同时又是韩国人的女婿。我帮韩国人,就是帮中国媳妇。你理解支持我,就是支持韩国女婿,你说对不对?"

一段绕口令,说得林熙媛扑哧一声笑了出来:"你这个韩国女婿,就会耍嘴皮子。"

"你这个中国媳妇,就会撒娇!"

两人再一次紧紧拥抱在一起……

黎明时分辞别妻子,崔立骏去车站,购买了前往杭州的火车票。

虽然事过数十日,但上海火车站进站口仍然有岗哨和便衣盘查。崔立骏一身朴素打扮,手拎一只大号布袋,肤色也因日晒而显得黝黑,混在摩肩接踵的人群之中,与贩夫走卒毫无二致。

上海到杭州也就两百公里不到的路程,但火车每个小站都要停靠,上下客耽搁了不少时间。六个小时后,火车才抵达杭州。

杭州站旅客出口处,晃动着两个可疑的人。崔立骏随着人流走,虽有些紧张,但心想自己并未露出破绽,应该不会有什么问题。他掸掸衣服,压紧帽檐,低头缓缓向前。前面还有两个人,他拿出车票捏在手上,做好出站的准备。前面两人顺利出站了,崔立骏将车票递给检票员。检票员见是上海来的车票,特意多看了两眼,但也没看出有什么特别之处,就准备挥手放行。

"站住!"突然,旁边窜出一个人,后面还跟着一个胖子。崔立骏一看,心里不禁一惊,胖子正是他以前在上海和嘉兴都远远看到过的佐藤。

佐藤来到崔立骏跟前,盘问道:"从上海来杭州干什么?"

崔立骏强压紧张,平静地回答:"我在一家商行上班,老板让我来这边看看今年桑蚕的情况。"

"哪家商行?"佐藤仔细打量崔立骏,见他的穿着打扮不像一个商人,反而像一个劳作工人。

说一个谎言，要用无数个谎言掩盖。崔立骏想了想，如果说谎肯定漏洞百出，便说出了自己原来工作的商行。他对这一方面的业务熟稔于心，不管对方怎么问，都可以应答如流。

两个便衣搜查崔立骏随身携带的大号布袋时，佐藤提出了一连串的诸如怎样养蚕、浙江桑蚕特点和往年桑蚕价格等许多问题。崔立骏一一作答，思维清晰，外加说话没有丝毫走音变调，佐藤没有发现什么蛛丝马迹。崔立骏抬腿刚要离开，谁知佐藤突然冒了一句："你在杭州住哪里？"

"我这马上就下乡，准备找个便宜的小旅馆随便凑合一下。到了乡下，一切都得靠自己打点。"崔立骏一边说一边拍了拍装有铺盖卷儿的大号布袋，表示自己有备无患。见问不出子丑寅卯，佐藤点头放行。

离火车站出口较远的一处拐角，一身黑衣便装的绫子正窥视着火车站广场各处的动静。她也注意到佐藤在盘问崔立骏。看见佐藤挥手放行，绫子盯着崔立骏，朝身后的一个便衣摆了一下手。手下点头离去。

走在火车站广场上，崔立骏反复思量，究竟是什么破绽，让日本人产生了怀疑。

实际上，是崔立骏的一个微不足道的小动作。在出站排队的时候，他用手压了压帽檐。这一微小动作让佐藤心生疑虑。平白无故为什么要做掩饰的动作？一个外表平凡普通之人，下意识不想让别人看到自己的脸，肯定存在蹊跷之处。

崔立骏没有想到自己的这个动作让佐藤产生怀疑。但经过这个过程，他深知今后旅程的凶险残酷，意识到在与绫子"猎虎队"的血刃搏杀中，自己对所有的计划、所有的语言和所有的细节必须考虑精密再精密，否则，不仅完成不了任务，自己也将万劫不复。

出了杭州站，崔立骏面对茫茫人海，不知所措。他根本不知道韩国临时政府主要人员的住址。到哪里去找他们呢？还有，今天晚上怎么在杭州过夜呢？

火车站前有一条街，街两边是高低错落的黑瓦白墙的建筑物，有单层的院落,也有二层的小楼,几乎全部是小商铺和小饭店。忧心忡忡的崔立骏鬼使神差般走进了这条街。站在街边,他手夹烟卷,像是喘气小憩,但眼睛暗暗向四周打探。正在四处观望时,突然一块写着"片儿川"的招牌,吸引住了他的视线。

"片儿川?"崔立骏像被子弹击中一般,浑身一颤。金彻的信定是仔细思考过的,除指明他的目的地在杭州,信里还提到"醋鱼和片儿川"两样东西,金彻在杭州的住址肯定和这两样东西有关联,怎么竟在这里看到了?不管怎样,崔立骏决定先过去看看。

"片儿川"招牌下面,是一家小饭馆。他一进门,店伙计立马迎上前来:"请问客官,想吃点什么?"

"片儿川。"

"好嘞。客官请稍等。"

"客一位,片儿川一碗。"店伙计对着后厨叫了一声。

不大一会儿,一碗面条端了上来。崔立骏疑惑地用筷子挑起一根面条看了看,心道这"片儿川"明明就是面条嘛,和自己镇江老家的锅盖面也没什么区别。见崔立骏望着面碗疑惑的表情,身旁的伙计自来熟地开口道,杭州的面条就叫"片儿川",这和它的做法有关,首先要将笋片、肉片和雪菜在沸水里汆烫,再加入手工面条烧煮而成。因汆和川音近,时间一长,"片儿汆"就渐渐被叫成了"片儿川"。

了解"片儿川"背后的故事后,崔立骏心中泛起涟漪。如果片儿川就是普通的面条,那为什么金彻要在信中特别提到醋鱼和片儿川呢?会不会特指某个地方?

细细品尝后,崔立骏转过头问同桌的一位白发苍苍的食客:"老先生,打扰一下,杭州哪儿的醋鱼和片儿川最有名?"

老人见有人恭敬请教,顿时精神一振:"要说醋鱼哪家烧得好,当数西湖楼外楼无疑,而片儿川嘛,数奎元馆的正宗。"

"先生知道这两个地方在哪儿吗?"

"奎元馆在中正街,楼外楼在西湖边。"老人热情答道。

"好的,谢谢!"

吃完大半碗面,崔立骏要了一辆黄包车,直奔西湖边"楼外楼"。

黄包车夫看崔立骏略显寒碜的样子,踌躇着要不要接他这趟活。崔立骏看出他的犹豫,直接开口道:"放心,不会少你一个子儿。"

跑了个把钟头,黄包车停了下来。崔立骏下车,因天色灰暗并没有看到西湖,只看到一条马路和路边高高低低的楼房。

"这是什么路?"

"孤山路。"

"'楼外楼'呢?"

"你看,那就是。"拉车人用手指着不远处。

崔立骏仔细看去,果然看到一座二层小楼,门口挂着几只红灯笼。走到近前才看清门头上挂着"楼外楼"的牌匾。此时,正是晚饭当口,跑堂的伙计看崔立骏一副穷酸样,没有上前搭理,直到崔立骏往他手里塞了一张钞票,才赶紧将人迎进了门,又是让座又是倒茶,然后拿来菜单递上:"客官,看看我们这里的菜,个顶个的地道,吃过的客官好评如潮啊。"

崔立骏接过菜单,假意翻看,但脑中却不停地思考着信中的线索:"金彻不可能一直在这么一个南来北往的店里等人找他,但如果对信的内容理解无误,他一定是在此留下了什么线索。但会是什么呢?"此时,伙计看着若有所思、迟迟没有下手点菜的崔立骏说道:"先生,我们家西湖醋鱼可是远近闻名,这杭州城里可是独一份。好多名人食客吃完还乘兴留下墨宝夸赞。"

说者无心,却让崔立骏心中豁然一亮。对啊,客人留言可以供所有人翻阅又不会引起丝毫的怀疑,这不是一个绝妙的传递信息的渠道吗?于是他顺着伙计的话说道:"我是第一次到你们店来,不知道行情。既然好评如潮,早就听说杭州饭店里经常有客人留下墨宝,先拿顾客的评价让我长长眼。"

"好嘞。"跑堂伙计应声跑去拿来了一个厚厚的线装本子。

"有劳了,你先去招呼别的客人吧,我先看看,看完再点菜。"崔立骏拿着本子仔细翻看起来。本子上确实有不少条食客的好评,有说某道菜口味好的,有写伙计伺候好的。崔立骏一条条看着,其中一条引起了他的注意。写的是:

> 晚霞映澄闪金光,
> 清彻湖景真妖娆。
> 醋鱼味道天下鲜,
> 慕名而来品尝了。
> 独留名品片儿川,
> 奎元馆里见分晓。

仔细琢磨几遍后,崔立骏两眼放光,恍然顿悟,六行诗中,前四行中暗含了"金彻"两字,字迹又与那封信的字迹相似,大致能确认为金彻所书。后两行虽然没有留下接头的具体地址,但"奎元馆里见分晓",则暗示下一步可去奎元馆进一步打探。

"客官,你看好没有?"跑堂的伙计过来催促。

"好了,好了。看了好多美食家的推荐,你家的西湖醋鱼最不错,要多长时间能上来?"

"这个么,至少需要半个钟头,这会儿正是客人最多的时候。"

"这么长时间啊。我有急事,能不能下次来吃?"

"那肯定是以您的事为先啊,下次您在饭点之前来,就不用排队等候了。"伙计很有耐心。

"好菜不怕等,那就这样说定,改天我一定早点过来。再见。"

楼外楼距奎元馆约莫有十几里路。崔立骏只好又叫了辆黄包车,七拐八拐到了中正街上。

奎元馆位于中正街四拐角西北面,路东面是家杂货商店,西南面是家铺面较大的食品店。每家门口都挂着霓虹灯,衬得此地繁华又热闹。站在路口,崔立骏并没有直接进入奎元馆,辨清面馆四周的方向后,观察起进进出出的客人来。面馆的食客还真不少,过了一袋烟工夫,崔立骏没有发现异常,才缓步进入店内。

进店后,崔立骏本想找一个僻静的座位,可找来找去,竟然找不到一张空桌,只好寻了个人少的桌子坐下。待点好的面端上来,崔立骏搭眼一看,面条上盖着肉片、笋片和雪菜做的浇头,与在车站吃过的大致一样。

"奎元馆的面,和其他面店没什么区别呀?"崔立骏不由嘀咕了一句。这话刚巧被对面一位老者听到了,老者笑着说道:"小伙子,别着急,先尝尝再说。"

崔立骏慢慢搅拌一阵后,先夹起肉片和笋片品尝,接着挑起一根面条在嘴中咀嚼,最后捧碗喝了一口面汤。浇头,肉片鲜嫩,笋片和雪菜色泽翠白分明,食之鲜美爽口;面条,粗细均匀,光滑筋道;面汤,颜色奶白,稠厚甘浓。浇头、面条和面汤浑然一体,与上一家相比,可谓云泥之别。

"好吃!"崔立骏忍不住赞叹一声。吃完之后,对跑堂的说:"伙计,有没有顾客留言簿,我来留言评价一下。"说着,塞给跑堂的一张钞票。小伙子很高兴地给他取来本子和笔,崔立骏一边思考一边翻看,还不时赞美一声:"这条写得不错!"

他一条条看得很仔细,最后找到了一条和在楼外楼看到的字迹相同的留言:

楼外楼看夕阳晚,
奎元馆品片儿川。
清泰舍听窗外雨,
人生三大乐事也。

纸面上的四句话,崔立骏反复琢磨,夕阳晚、片儿川、窗外雨是描述事物本身,没有什么特定含义,楼外楼和奎元馆皆是地点,那么"清泰舍"也应该是个地方,且是自己要寻找的地方。

崔立骏在留言簿的最下面留了几句赞美的话,然后把本子和笔还给了跑堂的小伙,不经意地问道:"你知道清泰舍在哪里吗?"

"不知道。我只听说过清泰旅社,就在附近。"

"'舍'字之义,一个是房屋,另一个就是旅社。'清泰舍'即'清泰旅社'的意思。"崔立骏恍然大悟,但佯装失落模样对小伙计说算了算了,自己也就顺便问问。

天完全黑下来了,露水浮地,一片凉意。

崔立骏问清方向,准备步行前往。当他刚到一街角,暗处突然冲出几个人,紧紧扭住了他的胳膊。崔立骏顿感不妙,使劲挣扎想摆脱束缚,突然感觉腰部被一锐器死死抵住。

不远处,一辆黑色的轿车停在路边。崔立骏抬头一看,立马惊出一身冷汗,一个恶魔般的身影立于车旁,居然是特高课的绫子。

"是自己被日本人发现了,还是'晓山书店'出事了?"崔立骏心中泛起一阵寒意,没有过多时间琢磨,事已至此,只能随机应变了。

"你、你们是什么人啊,我、我真的没钱啊。"崔立骏假装惊慌地叫道。绫子死死地盯着崔立骏,仔细观察着崔立骏的反应。这时,旁边一短衫便衣先冷笑道:"出站时,故意压低帽檐,说,想掩盖什么?"崔立骏立即装着可怜的样子辩解:"来杭州前老板让我带了些钱,说是碰到合适的桑蚕价格,可以先给一部分订金,不能让生意跑了。所以我特别担心,就怕半路上钱被人扒去。你们如果要钱就给你们,求求你们别杀我,我家里还有老婆孩子啊!"说着就掀起外衣,露出用布袋贴身绑着的钱袋,嘴里不停地嘟囔着:"求求你们了,求求你们了!"

"少废话!明明已在车站填饱肚子,为什么还要往楼外楼和奎元馆跑?你他妈的长几个胃?"

崔立骏只觉得冷汗直流,意识到自己忙于寻找线索,实在是太过疏忽,以至于露出破绽。眼下这个坎过不去,杭州就是自己的葬身之地。眼睛一眨,崔立骏找到了话头:"各位官爷,我商行老板的母亲是杭州人,经常唠叨'片儿川'和'西湖醋鱼',我在车站吃的'片儿川'不正宗,只吃了几口,今天跑两个地方,就想吃顿正宗的,回去好和老板的母亲搭话。"

"我们不会冤枉好人。你说你喜欢吃面条,很巧,我也有相同的爱好,你都吃过些什么好吃的面条？"绫子瞅着崔立骏，嘴角挂着一丝冷笑。

"我到过的地方不多，想想，无非就是扬州的阳春面、淮安的长鱼面，除此之外，还吃过上海的蟹粉面、山西的刀削面、岐山的臊子面、四川的担担面，要说最喜欢的，还是镇江锅盖面。"崔立骏咬字清晰，气息稳定。

"镇江锅盖面有什么特殊之处？"绫子追问。

"锅盖面用的面条是'跳面'，就是把和好的面放在案板上，由厨子坐在竹杠一端，另一端固定在案板上，上下颠跳，反复挤压成薄薄的面皮，最后用刀切成面条。这种面条有毛孔，卤汁易入味，吃在嘴里耐嚼有劲……"

绫子听得认真，眼睛直勾勾地看着崔立骏，认真复盘着他的回话，想分析出其中的破绽。正在这时，一个人匆匆跑了过来在绫子耳边低声说了几句。绫子狠狠地盯着崔立骏沉思片刻，挥了挥手，示意放人，然后带着几个便衣钻进小汽车，一溜烟走了。

崔立骏装作惊魂未定的样子，不停地对着汽车鞠着躬，生怕自己的行为又会引起怀疑。

第23章 杭州·嘉兴

隔壁街巷一家韩国泡菜店里,一个穿着普通的年轻人买完泡菜刚走出大门,布控在附近的佐藤的手下立刻上前扑倒了他。他手里的罐子摔得粉碎,渍菜狼藉。

绫子走进一个私家院落时,年轻人被吊在房梁上,气若游丝。

"这个人嘴巴挺硬,就说来买泡菜,其他什么都不肯说。"佐藤见绫子前来,赶忙趋前禀报。

"年轻人,嘴硬没什么好处,我劝你还是早点交代。"绫子笑意盈盈,腰间拔出的匕首却毫不留情,猛地刺进年轻人的大腿根。

年轻人瞬间迸发一声惨叫,脸上冷汗流进嘴巴里。

年轻人没有说话。

绫子拔出匕首,猛然插进他另一条腿。

"我,我说,我,给我东家买泡菜的。"年轻人痛苦地挤出一句话。

"东家?叫什么?现在在哪?"

"裴,裴东旭,中泰街26号。"

绫子微笑着朝佐藤摆摆手。佐藤会意,立刻带着几个手下出了门。

绫子指挥手下把昏死的年轻人挪到另一间屋子,佐藤已经带人冲到中泰街,抓捕了毫无防备的裴东旭。

裴东旭被带进审讯室时,绫子正悠闲地坐在椅子上,把玩着匕首。利刃反射的寒光,照着绫子得意又残忍的神情。

佐藤几个人把裴东旭吊起来,讯问他是否接触过金凡,是否是"韩人爱国团"成员。裴东旭一口咬自己对爆炸案毫不知情。一番鞭打和棍击酷刑后,裴东旭已经奄奄一息。

绫子失去了耐心。

"姓裴的,我劝你老实交代,你一个人的安危事小,可你的家人呢?"

听到绫子提及家人,裴东旭低垂的头微微抬了一下。绫子眼尖,瞅见此状,当即从腰间掣出匕首,在他溃烂的创口处狠狠割下一块肉,挑至裴东旭的眼前。裴东旭痛得怒目圆睁,脖颈处暴起青筋,喊叫声被嘴里的布包堵住,已经上气不接下气。

"你要是再不说,我可不敢保证你的家人会不会也这样。"

"我,我,我说。"裴东旭愤怒的眼神里含着一丝无奈。

"有没有接触过姓金的?他现在哪?"

"我。我真的不知道,我只是'韩人爱国团'的外围成员,根本接触不到他。我看上海风声紧,怕殃及自己和家人,才,才躲到杭州来的。"

绫子厌恶地把匕首扔到佐藤脚下,举头望着天花板,轻声说道:"无用的废物,连同隔壁的那个,全处理掉吧!"

崔立骏躲过一劫后,没有立即前往清泰旅社。他知道自己已被日本人盯上,在杭州的一举一动如果和刚才表明的身份有一丁点儿出入,就会招来更难应付的局面。他在路边的台阶上坐定,稍稍整理下自己的情绪和思路,想着这么晚到清泰旅社住宿也是情理之中的事情,即便有人跟踪也不会引起怀疑。想好了这一步,他立即起身朝清泰旅社赶去。

等崔立骏辗转找到清泰旅社时,已经接近夜里十点。

"先生,要住店吗?"旅社伙计十分热情。

"嗯。我的朋友先来了,你能帮我查查他住哪间房吗?"

"你朋友叫什么名字?"

"你看看有没有姓金的?"

值班员拿出登记簿,仔细查看后说:"没有。你是不是记错了?"

"没错啊,他说住清泰旅社的。"

值班员说:"没有姓金的,倒是有个叫车金的。"

"要找的人叫'金彻',而这里的住客叫'车金'。金彻……车金……"

崔立骏快速转动着脑筋。"金彻……车金……车金颠倒过来,是'金车','金车'不正是'金彻'的谐音吗!"

破解了暗号,要是旁边没有人崔立骏真想大喊一声,但此时他只能表现出自己是个出门在外的旅客,言辞恳切地向伙计求一安榻之处。

但伙计却告诉他,今日客满。崔立骏千辛万苦地找到这,任务终于有了眉目,岂敢轻言放弃。他指着门厅里放着的两把长条靠椅,说天这么晚了,向伙计提出,愿意出一块钱在椅子上躺一晚上,第二天清晨就走。伙计琢磨椅子空着也是空着,自个儿还能挣一块钱,在交代崔立骏必须在客人起床前离店走人后,也就勉强同意了。

也许是累极的缘故,崔立骏坐了一会儿就自顾自地拿出铺盖,顺势便倒了下来,两口烟的工夫就鼾声如雷。

黑夜逐渐过去了,第一缕阳光透过窗户洒落在脸上。

清晨五点,崔立骏就起来了。大厅里来来往往的人看到椅子上坐着一个小伙子,都频频回首。此时,有一个人从大厅经过,上下打量着崔立骏。

"崔?"来人试着喊了一声。

"哎!"崔立骏下意识地答应着,脑子还没有转过弯来,只能眯着眼四处寻找。

看清对方后,崔立骏心下一阵激动,多天的辛劳在此刻终于有了结果,他低声感叹道:"我可算找到你了。"

"上来说。"金彻竖起手指做了个噤声的动作,然后带着他到房间去。

进屋,关门,金彻看着憔悴困顿的崔立骏,紧握着他的手说道:"您辛苦了,先生怎么样?"崔立骏答曰金先生暂时无虞,只是日本人对其搜捕从未停歇。金先生对临时政府的工作和各位同仁的安危非常关心,此次派他到杭州,一是与临时政府建立联络,二是了解临时政府目前的工作和同仁们的现状。崔立骏最后说,如时局稍缓,金先生还计划来杭州与临时政府的主要成员见面。

"目前我在这32号房设立了临时办公处。我和另外两人留守在这里，还有部分同仁分散在各处。临时政府现在是一盘散沙，我正试着把大家聚拢在一起。你可以跟我一起了解下情况，见到金先生可以跟他详细汇报。"金彻是临时政府国务委员的成员，虽然年轻，但是说话做事相当稳重。

当天傍晚，在柳叶的小船上，从杭州匆匆赶回的崔立骏见到了金先生。

崔立骏向金先生详细汇报了上海、杭州的情况。当得知金彻等骨干成员大部分都撤出上海，并且安全落脚杭州，更重要的是目前在如此艰难的环境下临时政府的组织还在运作，金先生甚感欣慰。作为临时政府的首脑，他当即提出想赴杭州与同仁共商未来的想法。

崔立骏听闻，顿觉一阵眩晕。自己在杭州的经历清楚表明日本人已将杭州作为搜捕的重点。去，一张大网正在等着他们；不去，金先生作为临时政府的首脑不能在此时站出来稳定军心，稍有意外，临时政府将分崩离析。纠结的崔立骏一个人无法做主，只能找到褚家父子商量对策。

褚凤鸣说："要不给他办张假证明揣在身上，以备不时之需。"

崔立骏表示反对，理由是金先生不仅语言不通，还有他的样貌也较难大变。大家想了几种办法，商量来商量去都不稳妥。最后褚嘉诚发话，他愿意陪金先生去趟杭州，事先他会与萧峥联系，请他与浙江省政府协调，派人到杭州车站迎接，顺带把化名"张震宇"的金先生带出去。

"有人认出金先生怎么办？"褚凤鸣问。

"你们给他化下装，贴上大胡子，戴上墨镜和帽子。"

思考再三，崔立骏认为这个方法可行，省政府的人到车站接人有特殊通道，一般人不会盘查。大家一看崔立骏同意了，脸上都露出欢快的神情。但崔立骏这段时间经历的事情多，脸一直阴沉着，他还有另外一个担心，就是在嘉兴这边，金先生怎么进入车站。

对这个问题，褚凤鸣说同学连华的表舅在嘉兴火车站工作，他看看是否能通过她表舅的关系提供方便,从员工出入的小门进入车站,火车票照常买,只是略过检票的环节而已。

"这个主意好。"崔立骏和褚凤鸣相视一笑。

崔立骏主动请缨,去筹备金先生的乔装物件。这段时日的磨炼,让他对此类事情驾轻就熟。

褚嘉诚亦不多耽搁,出门唤上贵福,直奔电报局,用密电方式与萧峥联系。褚凤鸣则前往嘉兴中学找老同学连华。

"怎么,老同学,你爸爸的朋友还没有找到?"连华笑着调侃褚凤鸣。

褚凤鸣红了脸,仿佛被揭了短:"看你说的,没事我就不能来看看你吗?"

"当然可以。但是据我了解,你怕是无暇于此吧?"

褚凤鸣未置一词,对外面努了努嘴,意有所指。办公室里还有其他老师,连华遂携褚凤鸣出了办公室,向操场走去。

在操场上,褚凤鸣知道连华是个直爽性子,没有拐弯抹角,径自吐露此行目的。连华没有多问,一口应承了下来,答应下班后尽快去找表舅。

临别之时,连华问:"你家的客人打算什么时候启程?"

"车次大概是明天下午三点钟。会不会碍你上课?"

"不妨事,即便有课,我也肯定赴约。你放心。"

连华不愧是风风火火之人,当天傍晚就给褚凤鸣回话,表舅同意了。

第二天吃过午饭,崔立骏就带着化装物料到了陈彤升家。经过一个多钟头的精心装扮,金先生竟似换了个人。两人下楼时,陈彤升眼前一亮。金先生一脸的络腮胡子,脸上有一个明显的肉痣,原来的圆眼镜换成了黑色方框的,戴一顶灰色礼帽,一件灰色的中式对襟褂子,里面不知道衬了何物,人看起来有点驼背。

"哦?金先生,您看起来完全不一样了,我差点都没有认出来。"陈彤升眼神溢出惊讶之色。

"这就对了。"崔立骏得意地说道。

差不多两点半时,柳叶用小船把他们送到火车站附近的杨家桥河埠。两个人一前一后向火车站走去。

在火车站广场外面,褚嘉诚坐在人力车上等候。褚凤鸣站在不远处张望。当他们看到一前一后走过来的两人时,也愣了一下。崔立骏走过去与褚凤鸣接洽,金先生站在后面静候。褚凤鸣悄悄对崔立骏竖个大拇指,把一张火车票递给了他,小声交代:"你和我阿爸各自进站,把金先生交给我吧。"

崔立骏点点头,接过车票,什么也没说,转头径直向候车室走去。随后,褚老先生也去了候车室。

褚凤鸣摆手让金先生上前,让他先坐到人力车上。金先生一切听从安排,因为崔立骏事先跟他说过,褚少爷接手后,一切听从他安排就好。

等了一会儿,连华还没有到,褚凤鸣不时地掏出怀表来看,一颗心提到了嗓子眼儿。比约定时间迟了大约八九分钟,连华才匆匆忙忙赶过来,嘴里不停地说着:"对不起,对不起,临时被事情绊住了。"

"你可急死我了,还以为你来不了呢。"褚凤鸣终于放下了一直悬着的心。

"哪能呢。"连华笑笑,随即转入正题,四处张望,"人呢?"

褚凤鸣一扬下巴,连华顺势望去,只见人力车上坐着一个毫不起眼的小老头。她瞥了眼怀表,眼见时间不早,便领着金先生匆匆向小门走去。她与表舅约好在那里会面。

二人刚走没几分钟,不远处一个熟悉的身影突然闯入褚凤鸣的视线,他不禁怛然失色。

来人是他的老同学陆威。

"凤鸣。"陆威大声招呼着。

褚凤鸣心下疑窦丛生,诸多揣测瞬间闪过脑海,暗忖陆威是否一直隐藏在暗处观察。不管怎么样,褚凤鸣已经没有其他选择,便硬着头皮迎了上去。陆威还是一副云淡风轻的模样,褚凤鸣脸上堆起生硬的笑容。

"陆兄,咱们俩真是有缘啊。前两天才见过,今日又相遇。嘉兴的治安这么好,都是你老兄天天出来,威震四方的结果啊。"

陆威也打着哈哈:"你休要取笑我,官差不自由啊,不出来转悠就没薪水领。哪像你老兄,日进斗金,坐在家里都能数钱。你在这干吗呢?"

褚凤鸣微微一笑道:"也没啥事,我阿爸要出去,我来送送他。"

"啊?是这样啊。"陆威有意无意地往四周瞟来瞟去,脸上似笑非笑的,让人捉摸不透。

聊了几句,褚凤鸣心不在焉,心中祈祷陆威赶快离开,若是让他和连华碰到一起,只会徒惹嫌疑。但陆威可不顺从其意,继续热情地与褚凤鸣聊着。

"你不是去巡查吗?我还有事,就不耽误你了,改天请你喝酒啊。"褚凤鸣主动出击。

"急什么。整天出来巡查转悠,一刻也不得闲,好不容易有个停下来的机会,让我歇歇喘口气儿。"陆威说得很委屈。褚凤鸣心不在焉地应和着,不时地朝连华去的方向看。又过了几分钟,连华出来后直接朝这边走来,而陆威站在人力车的旁边,估计连华视线被挡住了,看不到他。

褚凤鸣心急如焚,但他什么也不能做,只能眼睁睁地看着连华走过来。最终,陆威还是顺着他的视线看到了连华。等连华走近,陆威开起了玩笑:"我说呢,你小子怎么神色不定,原来有佳人相约。"

连华笑着骂陆威:"是你阴魂不散啊,怎么哪里都有你?"

陆威眼睛里满含笑意:"连华,你在这里干啥事体?是要出门还是送人?别告诉我你到火车站是跟人有约吧?"

"陆威,你正经一点,人家有家室,又新添了一个大胖小子,这种玩笑不能乱开的。"

陆威见连华动了气,只好缓声道:"好,好,说说你来干啥事体?"

"我来给表舅送点东西,他这两天身体不好。刚好一出来就看到你们两个,真巧了。"连华轻描淡写地回应。

"是啊,这天底下的巧合全被我们碰上了。"陆威嘴角噙笑,顺势接话。

三个人又站着说了一会儿话,连华说还要上课,匆匆告别。褚凤鸣和连华走后，陆威看着候车室的方向若有所思地笑了一下。

候车室门口两个执勤人员看到陆威来了，赶忙点头哈腰地问好。陆威微微点头，算作回应。

陆威进到候车室，搭眼一看，果然看到褚嘉诚一个人坐在椅子上候车。

"褚伯伯，您要出门啊？"

"嗯，去杭州。省府有事，非要让我过去一趟。"褚嘉诚以前担任过省政府委员和民政厅厅长，这番说辞倒也合情合理。

"哦，那您路上小心点，这兵荒马乱的，多保重啊。"说话间，他的目光扫遍了候车室的每个角落。

崔立骏躲在一个角落里，戴着帽子，背对着陆威而坐，通身打扮与寻常乡民无异，故而未被认出。与褚嘉诚闲叙几句后，陆威自觉话不投机，便转身步出候车室。

陆威走了，崔立骏不禁长吁了一口气。

检过票，崔立骏在站台接到金先生，便一起上了火车。两人虽然不坐在一块，但在一个车厢内，可以互相照应。火车开动后，两个便衣挨个车厢巡查。虽说金先生的相貌和装扮都有了很大改变，但崔立骏仍然提心吊胆，万一对方询问，口音是难以改变的，一不小心就会露出破绽。当便衣询问到金先生处时，崔立骏的心瞬间提到了嗓子眼。金先生毕竟久经沙场，还未等便衣开口，便一副没见过世面的样子，忙不迭地把票递上去，憨厚老实和胆小怕事的神态，没有引起便衣的任何怀疑。

看到便衣前往下一个车厢，崔立骏悬着的心得到了片刻放松。金先生对着崔立骏点了点头。

杭州站到了。

等其他人下得差不多了，他们才慢慢走出车厢。褚嘉诚在站台上找了一会儿，终于看到了来接他的人——他之前在民政厅时的老部下张鹏飞，现已是民政厅副厅长。张鹏飞受过他的提携，对上司甚为恭敬。

"褚公，您的行李呢？"

"有人帮我拿着呢,就一个小箱子。后面这两个是我的朋友,和我一道的。"

"好咯,没问题。等会儿我会用车把你们直接送到旅社。"

由于萧峥事先打了招呼,火车站站长亲自接待,带他们从贵宾通道出了站。迎接车辆停在门口,一出站他们便直接上了车,一切出乎意料地顺利。

鸡蛋不能放在一个篮子里。一行三人深谙孤注一掷冒险行为的后果,决定分别入住邮电路上的清泰旅社和聚英旅社。二者相距不是太远,方便彼此联络。

是夜,崔立骏就将金先生引至清泰旅社32号金彻的房间。

会合后,二人拥抱握手,寒暄几句后,便进入正题,就临时政府如何重建展开了高效的会谈。崔立骏负责在下面警戒。

暮色四合,最后一抹日光留恋着、徘徊着,给屋顶镶上了一道金边。崔立骏有些恍惚,但更多的是欢欣雀跃。历经几个月不知疲倦、不问归期的颠沛流离,金先生终于和他临时政府的同仁们在杭州会面了!

第二天,临时政府决定在清泰旅社召开国务会议。

也许是见识过对手的狡诈与残酷,崔立骏的思虑越发细致周密。会场设在清泰旅社的二楼,32号房间放上了牌桌,有扑克牌和茶水瓜子,每人手上都配备数量不等的纸牌,伪装成老友在此小赌怡情,预防外人突然闯入。

会议只做口头商谈不做文字记录。一切准备停当以后,崔立骏还特意购买两颗钢珠在手里把玩。遇到意外出现,钢珠有特殊的用处。

参加会议的人有金先生、金彻等四个人,通过了三项决议:一、临时政府组织不能撤销,即使困难重重,也必须重建;二、调整委员们工作分工:金彻总负责临时政府重建,宋先生和车先生协助;三、讨论、制定并通过了危机事件的处理方案等。由于虹口公园爆炸案后,金先生发表的声明使他成为众矢之的,会议一致决议,目前金先生以隐藏身份为主要任务。

"我们是否考虑全体搬到嘉兴去？如此一来，便于联系，减少来回奔波的风险。"金彻提议。

金先生摇摇头："现在，我是日本人的追捕目标，和我同行风险极高。杭州眼下形势稍为平稳和缓，经萧峥先生协调，浙江省府对我们也较为友好，我们分散在嘉兴和杭州才是万全之策。"

第 24 章 杭州·嘉兴

临时政府的会开了两天。第一天比较顺利,但第二天下午出了状况。

会议期间,崔立骏伪装成金彻先生的伙计,经常偷空与旅店的员工聊天,两天下来已经和旅社的值班员混得熟稔。

第一天他买来葱包桧,在场的每人都分得一块,第二天又买了酥油饼,给每人又分了一份。崔立骏也时常帮忙接待旅客,俨然一个有模有样的店小二。

第二天下午,楼上在开会,崔立骏在大堂与一个名叫柳三的值班员有一搭没一搭地聊起了天,手里悠闲把玩着两个鸡蛋大小的钢珠,眼睛却不停地扫视着四周。

一个自称姓高的男人走了进来,戴着礼帽,手拎皮包,看似四十岁有余,打听有没有房间。得到柳三肯定的回复后,他提出要先看看房间。柳三应承下来,拿了钥匙,本欲在一楼就近给他开个房间瞅瞅,可高姓男子却不愿住一楼,执意要上二楼。

此时大厅值班员就柳三一人,他不敢走远,就请崔立骏带客人去。柳三把一串钥匙递给崔立骏:"崔哥,你上去给他开门吧。二楼 19 号、21 号、29 号都空着,随便打开一间让这位客人看看。"

崔立骏接过钥匙就带领客人上了楼。他与客人闲聊,问他从哪里来,来杭州做何事。高姓男人支支吾吾,心不在焉,双眼却东张西望、左顾右盼。崔立骏骤然警觉起来。

上到二楼,往左拐就看到 21 号,崔立骏打开门让他进去看。高姓男人并没有仔细看,反而张口问崔立骏,平时这里住的人多不多,都是什么人,有没有听起来说话口音奇怪的。

崔立骏佯装好奇,反问他问这些干什么。那人讨好般答道,怕与奇奇怪怪的人住一起别扭且不安全。崔立骏摇摇头:"我们酒店治安很好的,警察局局长是我们老板阿几(兄弟)。不是我自夸,盗贼来了,都得绕道走。"

高姓男人看过21号,还要看29号。崔立骏心里暗自着急,嘴上却说这里的房间样式一样,没有必要每间都看。29号与金先生他们开会的32号相邻,难道开会的消息泄露了?

高姓男人坚持要看,崔立骏想阻止但一时也找不到合适的借口。他只能装出不耐烦的模样,使劲把门"咣当"摔上,一边走一边大声说:"你这人也真是的,住个店要这么麻烦吗?"不经意间,崔立骏手上两个把玩的钢珠滑落在地板上,瞬间发出咚咚的响声。

32号房间内,几个人正在低声商讨,忽然听到门外的摔门声和钢珠撞击地板的声音。这是崔立骏与他们设定的突发情况的暗号。

几个人赶紧停止谈话,合力抬开桌子上的覆板,露出一副麻将。几个人屏气敛声,转入静默状态。

两人的脚步逐渐逼近29号房,崔立骏这边有意无意地把玩着钢珠,嘟嘟囔囔地表达着心中的不满。那人也不争辩,板脸观察着楼内的情况。

29号房与32号房斜对门,崔立骏打开房门,语带不满地说:"进去看吧,看看是不是一模一样。"

高姓男人进去转了一圈,与其他房间并无二致,他还伸头从窗户向楼下看了看。转过头来,斜着眼问崔立骏:"你这伙计,看下房间怎么让你这么不耐烦?"

崔立骏闻此一言,心头猛地一震,赶忙回话:"客官,您在下面看到了,我就一个帮工,这个点已经到收工的辰光了,家里还有病人等着我回去伺候呢。再说,每个房间都一样啊,我实话实说罢了。"

高姓男人也不言语,只是自顾自地再次驻足于窗边,目光向下探寻,而后转头走出房间。崔立骏心中疑虑重重,琢磨这人为什么三番五次地观察窗户。

那人离去后,崔立骏的不安达到了顶峰。这人四处张望踅摸半天,却急匆匆地离开,没有想住店的丝毫表现。崔立骏敏感的神经之弦被拨动,他扔下钢珠转头就往楼上跑去。按照之前约定的暗号,他敲开房门,闪身而入。一边火速收拾金先生的行李一边说:"有暗探,赶紧撤!"金先生冷静果断地说:"大家不要慌,分散离开,今晚就住在聚英旅社附近,先按兵不动。"

几个人没有多问,各自分头行动。

原来,高姓男人是佐藤手下的一个侦探。离开旅社后,他立刻截停一辆黄包车,赶回火车站附近的办公室。等待半个钟头后,佐藤回来了。高姓男人报告说,他的线人这两天看到清泰旅社有几个人频繁出入,不像是一般商人。刚才他谎称住店客人前往实地侦查了一遍,虽然没有发现什么重大问题,但店伙计的行为有些不同寻常,尤其对他上二楼看房间反应过度,所以他认为有必要带人前去搜查。

佐藤立即集结七八个暗探,风风火火向清泰旅社赶去。

在旅社楼下,这位高侦探说他已经事先了解了这个旅社的构造,楼并不高,因此窗户离地的距离并不吓人,嫌疑人很容易跳窗逃走,建议在旅社前后左右各派一个人把守,其余人进去搜查。佐藤点头同意。

崔立骏本可以像其他人一样离开清泰旅社,但他没有那样做,一来他要把金彻等人的行李拿到新住地,二来他要防备形迹可疑的高姓男人杀个回马枪。如果自己不在的话,反而会露出破绽。

看到高姓男人去而复返,还带了七八个人一起来,柳三心里直打鼓,小声对崔立骏说:"还真让你猜对了,果真又回来了。"

"别慌张。我帮你一起应付。等把他们对付走,请你吃顿'楼外楼'。"崔立骏悄悄在柜台后叮嘱柳三。

"怎么对付,我全听你的。不过,你说话得算数。"

"放心!"崔立骏重重地拍了一下柳三的肩膀。

看到有人进来,崔立骏迎上前去,高兴地说:"高先生,谢谢你带了这么多客人来。"

高姓男人冷笑一声，直接亮出自己的证件，面色铁青："我们是来搜查的。有人举报你们这里窝藏罪犯。"

"哪个王八蛋乱嚼舌根子，栽赃陷害我们小老百姓。"崔立骏双脚跺地大喊冤枉。

"混蛋！"佐藤突然暴喝一声，整个房间顿时鸦雀无声。

崔立骏心头一颤，立马装出畏惧状。他曾与佐藤打过照面，但那次他化了装，佐藤并没有见过他真实的面貌。如今崔立骏穿着服务员的制服，一脸的无知模样，使得佐藤没有将两次交集联系在一起。

高姓男人让崔立骏拿上钥匙带路。崔立骏从柳三手中接过钥匙，带着他们向房头走去。四个人分开行动，挨个敲门，房间里若有人在，便强行推开门进去盘问搜查一番；如果没人在，就示意崔立骏把门打开。走到32号门前，高姓男人上前敲门，敲了几下没人开，便命令崔立骏把门打开。

屋子里没有人，床铺整理得整整齐齐。两人兜转一圈，翻查柜子，探视床下，一无所获。其中一人使劲抽了抽鼻子，嗅了嗅，疑惑道："怎么这么大的烟味？"

崔立骏说："估计客人在房间抽烟了。他们走后，我们还未来得及开窗通风。"他这样的解释倒也合理。

高姓男人眉头紧皱，又走到窗户边向下望去，并没有发现可疑之处。当他掉头往回走的时候，不经意间撞倒了身边的藤椅，藤椅向后退了半米，藤椅脚粘着的一个烟头掉了下来。他像发现新大陆一样戴上了手套，蹲下来对着那个烟头端详了一会儿，随后他把烟头捡拾起来。高姓男人拿着烟头细细思考了一会儿，又放在鼻子下慢慢嗅闻了一会儿，拉出一点烟丝用手捻了捻，低声说道："哈德门，烟屁股还未干，时间不超过两小时。"

"房间烟味这么大，我敢断定，这间房的客人肯定不止一个两个。这位伙计，你能告诉我这儿住的是什么人吗？"

高姓男人的一席话，说得崔立骏毛骨悚然。他在心里暗暗责骂自己，金先生走后他没有再彻底检查一遍。但说什么都为时已晚，必须尽快想出补救办法。历经如此多的波折,崔立骏早已是遇乱不惊。崔立骏摇摇头,推说自己不晓得,每天有那么多客人,况且客房部与大厅工作是分开进行的,他们什么时候离开自己怎么可能一一记得呢。

"走,去登记处看看。"高姓男人瞪了崔立骏一眼,拿起烟头塞进了自己口袋,率先走出了房间。

柳三还在值班室候着,看到他们一行人下来,以为没事了,谁知高姓男人张口就命令他拿出登记册检查。柳三不知何意,只好乖乖地将本子递上。高姓男人看得滴水不漏,专门挑出32号房间的登记信息检查。上面登记的是不同的名字:车金、张长友、刘盛成、吉宏发等,有的住一天,有的住两天,也有空置的时候,时间不等。

高姓男人问柳三这些人有没有从上海过来的,柳三说口音不像。

"抽哈德门,说明不是一般人。说说都是什么身份?"

"都是做生意的。"

高姓男人提高嗓门说道:"我来的时候要看空房间,你们为何没有说32号房间是空着的?"

崔立骏于一旁辩解道:"老总,空房间多呢。但是,我们旅社有规定,客人退房后需要给客房部两个钟头左右的时间打扫卫生,我们只能将其他房间介绍给您。您刚刚也看到了,客房部那些人做事实在是不仔细,一个这么大的烟头都看不到,等到明天,我们会跟老板报告这个情况。"

高姓男人不依不饶:"你之前就快快不乐,想要回家,怎么现在还没走?"

崔立骏不慌不忙地道:"接班的人没来,总不能把我这位伙计单独放在这里。"

高姓男人被说得哑口无言,只得愤愤地把烟头掷到地上,用脚狠狠地跺着。

送走这些瘟神,崔立骏长舒了一口气,直接瘫坐在长椅上。

柳三说,幸好崔大哥在这,要不他都不知道如何应对呢。原来,崔立骏安排几个人离开后,悄悄把金彻的行李拿了出来,放在布草间里,又让保洁员赶紧打扫卫生。崔立骏看了一遍觉得万无一失，没承想还是忙中出乱，细节处有了纰漏。

登记簿上的记录是金彻想出的主意。刚来时，他和旅店老板说要长住一阵子，老板为有一个固定客源感到喜不自胜，但金彻提出一个条件，就是登记簿上要记录不同的信息，不能让别人看出是一个人。老板对此有顾虑，金彻说他跟一些生意上的朋友喜欢打麻将，赌点小钱怡怡情，但家里那位管得严，如果不同意他就另投别处。见金彻话讲得合情合理，老板只好答应。

经过那番惊心动魄的会议，金彻他们充分意识到，杭州并非避乱的世外桃源。于是，他们愈加小心谨慎，时常更换藏身之所，断不久留一处。

经褚嘉诚牵线，金彻与浙江省政府取得了联系，具体由民政厅副厅长张鹏飞负责接洽。考虑到他们居无定所，并不安全，张鹏飞派人在湖边邮23号，为他们找了一处居民楼。

金彻带人悄悄前往勘察。那里是一处典型的杭州民宅，青砖建造的二层房屋。暗灰色的砖墙、有些褪色的赭色玻璃窗，都在证明着这座房屋历史悠久。

选中的这座二层民宅坐落于高低错落的大片民居中，周围居民三教九流，身份复杂。这市井之地是隐藏身份的极佳场所，正所谓大隐隐于市。再进到房屋内部查看，楼下是客厅、厨房，还有一个后门，可备不时之需。楼上是视野开阔的两个卧室，房前屋后道路上的情况都能看得清楚。金彻非常满意，果断租下房屋，作为韩国临时政府的秘密驻地。

金先生和褚嘉诚在旅社遭到搜查的第二天晚上返回嘉兴。崔立骏留下处理善后事宜。

飘飘扬扬的柳絮飞舞着，落满了南湖水面。

春意将尽之际，端午时节到了。

端午节在嘉兴历来是祭拜龙祖、祈福辟邪、欢庆娱乐的民俗大节。家家户户都在忙着准备端午节享用的粽子、雄黄酒、腌咸鸭蛋、采菱角。

小文昊的妈妈忙碌不辍。她将糯米舂得软硬适中，准备用来做肉粽子和年糕。虽然当地五芳斋的肉粽很有名，但价格昂贵，还是自家做的更实惠一点。另外她还要做香囊、染五彩丝线、采草药……这些都是节日必不可少的。

端午节正是嘉兴春蚕收获的时节。为庆祝这一丰收时节，嘉兴人餐桌上总会摆上一碗独具特色的蚕花饭。端午节晚上，蚕家点烛焚香，供奉鸡、猪头等祭祀蚕神嫘祖，叩拜"蚕花利市"，也有犒劳自己的意思，俗称"吃蚕花饭"。除"蚕花饭"，宽绰之家还要吃"五黄"，即在端午节当天吃黄瓜、黄鱼、黄鳝、咸鸭蛋和雄黄酒，以求驱邪避灾，顺遂安康。

端午节一大早，金先生正在房间里看书，突然听到窗外一阵"咚、咚、咚"的鼓点声。他好奇地问小文昊这是在干什么。小文昊告诉他，每年的端午节嘉兴都要举办赛龙舟，鼓声是龙舟队在南湖上进行赛前练习呢。

这让金先生想起了家乡相似的民俗端午祭。

南湖边事先被选定的竞赛水域，插满了红黄蓝绿的彩旗，龙舟也早已整齐划一地排列在湖面，蓄势待发。试音的鼓点"咚、咚、咚"敲了起来，一派热闹景象。

金先生一直站在窗户边朝远处望着，心里被密集的鼓点闹得焦躁不安。此时的阁楼间就像是一个束缚自由的笼子，他急于想冲出去。可念及暗哨明岗遍布，日本人定在四处蛰伏，伺机而动，所以还是打消了出去的念头。

"咚、咚、咚，咚、咚、咚……"远处的湖畔锣鼓喧天，人声鼎沸，比赛开始了。

此时，十几条龙舟像离弦之箭，"加油！加油！"的呐喊声在岸边此起彼伏。观众摩拳擦掌，兴奋不已。稳坐在龙头的鼓手，是龙舟的灵魂，划手们的一切行动都要听从他的鼓声引导，"咚、咚、咚，咚、咚、咚"，有节奏的鼓声犹如万马奔腾，高亢有力，给划手们带来了无限能量。

湖面的高潮，令金先生热血沸腾。

正在这时,柳叶的小船来了。

"柳叶,你怎么来了?"

"金先生,我知道您想看赛龙舟,我来带您过去,看一眼就回来。"柳叶晒得红扑扑的脸蛋洋溢着笑容。

"这可使不得,万一被发现怎么办?"金先生断然拒绝。

"先生,您放心好了,我帮您打扮一下,戴个草帽,围上毛巾,只要不说话,根本看不出来和本地人的区别。"

"不行。我不能再给褚先生添麻烦了!"

"我和褚老爷和立骏大哥说过了,他们都同意。"

"他们真同意?"

"真的!"为了不让金先生憋出病来,柳叶说了一句善意的谎言。

金先生依然踌躇不定。柳叶瞥着仍旧愣神的金先生,二话没说,便自他身后拾起一件早已褶皱不堪的衣物,胡乱地套在他身上。又顺手在锅灶里抹了一把锅灰,草草地涂抹在他那略显苍白的面庞上。她再解下一条旧毛巾,搭在他的头上,垂下的部分系起来挡着脸,最后寻来一顶破旧的草帽,重重地扣在他头上。柳叶拽着金先生往镜子前一站,为自己的这番易容术得意地笑了。

就这样,柳叶拖着金先生匆匆奔向埠头。随着柳叶轻盈地划动船桨,小船在波光粼粼的水面上缓缓前行,沿途的风景让金先生的内心渐渐舒展开来。他迎着暖洋洋的风,开始放松了紧绷的神经。小船在柳叶的操纵下,很快便抵达了那热闹非凡的赛龙舟的现场。

龙舟比赛如火如荼进行着,湖面上加油声、呐喊声此起彼伏,仿佛要将整个湖面掀个底朝天。龙舟队员们咬紧牙关全力以赴地划动着船桨。金先生身临其境,自然被热烈的气氛感染,紧握拳头在岸边为龙舟队加油助威。

在这欢腾的人群中,隐秘地涌动着一些不为人知的暗流。

师人杰就是其中一个。他带着几个手下在人群中穿梭,目光如炬地扫视着每一个人。他们并不关注女人、小孩和年轻人,而是紧紧锁定那些年约四十至六十岁的男人。

临近中午时分,阳光越发毒辣。为了遮阳,很多人纷纷戴上了草帽。这无疑给师人杰甄别增加了不小的难度。然而,他们并不死心,每当发现一个可疑人员时,都会上前仔细辨认。对那些个头和体型与金先生相似的,他们甚至会粗鲁地掀掉对方的帽子进行甄别。

湖岸另一端,陈彤升的龙舟队刚赛罢上岸休憩。小文昊一眼就看到了父亲,拉着母亲的手挤到父亲的身边。陈彤升一边擦拭着汗水,一边轻声询问老婆带着儿子出来时"张先生"的情况,文昊妈说人一直在家,没有出门。

"别看了,你们赶紧回去看看!"陈彤升不放心,催促老婆回家查看情况。

"要是有情况,赶紧去找干爹。"

为节省时间,陈彤升给文昊母子叫了一艘小船。他们回到家,文昊妈一把推开灶屋旁遮挡的橱柜,小文昊一个箭步就沿楼梯蹿了上去。

"张爷爷不在!"

听到阁楼上儿子的话,陈彤升老婆吓得一屁股坐在了地上。愣神半分钟后,爬起来就朝褚嘉诚家跑去……

第 25 章　嘉兴·上海

湖中心，又一轮比赛热火朝天地开始了。

心急如焚的崔立骏和厂里的一帮工友赶了过来。湖岸上，人潮涌动，要想一下子找到金先生并不是件容易的事。崔立骏瞪大双眼在人群中一步步艰难穿梭。

忽然，崔立骏收住匆忙的脚步。不远处的人群中，他瞥见了师人杰。

"蔡师傅，蔡师傅，你也来看热闹？"眼尖的师人杰同样发现了他。

崔立骏只好硬着头皮上前："是啊，来凑个热闹。"他边说边从口袋里摸出纸烟，抽出一根递给师人杰，又殷勤地给他点上。

"蔡师傅，你口音里有点上海味。"师人杰又一次向崔立骏发难。

崔立骏的心再次提了起来。师人杰之前就问过一次，现在又旧事重提，定是在讹自己。心里这么想，崔立骏嘴上却不敢有丝毫怠慢，赶紧应对道："师队长说笑了，我要是上海人就好了。谁喜欢背井离乡做事情啊，那是因为我从十几岁就离开苏州，跟着表叔到上海做学徒，能说几句上海话。"

"上海你熟悉，虹口公园爆炸案听说了吗？"师人杰继续追问道。

"报纸上铺天盖地登着呢，肯定知道啊。"

师人杰冷眼睨着崔立骏，问他对这件事的看法。

崔立骏朗声一笑后，说自己就是个靠手艺糊口的平头百姓，原本没有什么想法，但从报纸上看到扔炸弹的是个韩国人，才来了一点精神。在师人杰的反复催问下，崔立骏又说自己和不少熟人私下里都认为，东洋人又是占东北又是炸上海，韩国人替中国人出了口气，说起来我们该感到脸红才是。

崔立骏这样说,意在反向试探。孰料,师人杰仿若未闻,依旧优哉游哉地吞云吐雾:"这年头,什么中国人、韩国人、日本人,没钱就不是个人。"

师人杰没能从崔立骏嘴里套出什么有用的东西,大失所望。崔立骏也不想再跟师人杰虚与委蛇地周旋下去,假装抬头兴致勃勃地观看龙舟比赛,向着前面人多的地方走去。

崔立骏边走边观察,试图在人群中尽快找到金先生。

烈日当空,酷热难耐。众人多着单衣,肩头搭巾,头顶草帽,衣衫色调不外乎黑、白、灰三色,乍一看去,仿若千人一面,令人目眩。

好在崔立骏对金先生比较熟悉,只看身形就能认出个八九不离十。他向前又走了一段,突然看到了长辫子的柳叶。怕吓着柳叶,崔立骏轻轻地喊了她一声。柳叶闻声转头看到崔立骏,表情由惊转喜。由于旁边有人,她不好直说,而是用手悄悄指了指不远处的一群人。

崔立骏顺着她手指的方向看过去,一群头戴草帽、差不多一样打扮的人聚集在一起。再仔细辨认,才觉得其中一个身形微胖的人像金先生。崔立骏靠近柳叶,悄悄耳语:"柳叶,赶紧把先生带回去,师人杰他们来了。"

柳叶一个哆嗦,点头后就朝人群挤过去。她好不容易挪到金先生身后,拽了拽他的衣袖,轻声说道:"立骏哥来了,要我们赶快回去。"

金先生站着未动,低声回话:"知道了,我们不要一起走,你先走,我跟着。"

柳叶刚刚转身打算返回,一个人远远走了过来,是仙骨。

"妹子,柳叶妹子!"仙骨边走边喊,快步凑到了柳叶跟前。

听到喊声,本想转身跟随柳叶离去的金先生急忙停了下来。柳叶不想搭理仙骨,但见他一个劲地纠缠自己,又怕他注意到金先生,便只能向远处挪了几步。仙骨死皮赖脸地继续缠着柳叶,竟还伸手去揪她的长辫。

"滚开!"柳叶愤愤地骂道。这次她的嗓门特别高,她想让崔立骏他们听到。

崔立骏、老鼋和一个工友闻声而来,低声嘀咕商量着对策。老鼋和伙伴抬头看了一眼崔立骏,心中不由得钦佩他的主意,爽快地点头同意。

于是三个人先倒回去十几米,突然发力又跑了回来。崔立骏在前面跑,老鼋他们边追边大声喊:"去哪儿啊?跑这么快!"

崔立骏回答:"回家,有急事!"

跑到仙骨背后时,崔立骏放慢脚步,老鼋和同伴从后面狂奔而来,重重地撞在了崔立骏身上。崔立骏顺势向前冲去,结结实实地撞在了仙骨身上。毫无防备的仙骨一个趔趄,一头栽进了湖里。由于冲劲太大,崔立骏也没止住脚步,跟着跌入湖中。

老鼋悄悄走到柳叶身旁,让她马上离开。柳叶与金先生心领神会,双双挤出人群。

两人双双落水,仙骨很快就站稳脚跟,抹了一把脸上的水珠,便破口大骂起来。崔立骏知道此时不能恋战,赶紧向岸边游去。

老鼋和同伴七手八脚把崔立骏从水里拽了上来,留下仙骨一个人泡在水里骂骂咧咧。老鼋实在看不下去,捡来土块狠狠地朝仙骨砸过去:"有种,就爬上来比试比试?"仙骨欺软怕硬,并不敢上岸。

"啥事体?啥事体?"正在几个人闹得不可开交时,师人杰大声吆喝着跑了过来。他看了一眼岸上浑身湿漉漉的崔立骏,又看了看水里的仙骨,一脸的莫名其妙。水里的仙骨见靠山到来,急忙恶人先告状:"师队长,他们几个使坏,硬把我撞进了湖里。说不定他们和那个叫柳叶的有什么勾当呢!"

"你个不要脸的,还有脸说这话?"老鼋气不过,又向仙骨扔了一个土块,然后扭过头来对师人杰说:"长官,别听他胡说。他扯人家姑娘辫子,还想摸人家屁股,实在看不过去,我们才收拾他,不信您可以问问周围的人!"

旁边的几个人纷纷作证。

看着众人义愤填膺一边倒的局面,师人杰也不好替仙骨出头,骂了一句"成事不足,败事有余",气呼呼地走了。

上海，侦缉行动展开已近两月，却未发现金先生的一丝踪迹，日军司令部对绫子"猎虎"行动的进展大为不满。

这天，上海占领军副总司令又召集警察局、纠察队、绫子"猎虎队"的人一起开会。副总司令对绫子大发雷霆，指责她耗费大批人力物力财力，却一无所获，丢尽了大日本帝国的脸面。

会后，恼羞成怒的绫子回到办公室，一脚踢倒茶几，一个电话把佐藤和山本全召了过来。

"一个月，再给你们一个月，不惜一切代价，一定要把姓金的给我抓到。"绫子面目狰狞，紧握拳头在空中晃动，咬牙切齿地下达了命令。

"是！"两人战战兢兢地回答。

两个人提心吊胆地从绫子办公室出来，肥胖的佐藤紧张得出了一头虚汗，一边走一边用手帕不停地擦拭。

两天后，佐藤的身影又一次出现在嘉兴县府。县长李桂贤看到佐藤，喜忧参半。喜的是又能从他手里得到一笔好处，忧的是佐藤得寸进尺，让自己无法做人；毕竟自己见利忘义的勾当，传到上峰那里，是很难说得清的。

这次来嘉兴，佐藤带了两个人来，一个叫万兴顺，一个叫申成海。

佐藤提出，让李桂贤把这两个人安插进保卫团，让他们和保卫团的人一起行动。李桂贤没有细想，当天就把他们交给了陆威。

县长对陆威有知遇之恩，陆威能做上保卫团的团副，李桂贤起到关键作用。当天晚上，陆威请万兴顺、申成海两人到嘉兴最好的饭庄吃饭，师人杰等几个小队长也一起作陪。

觥筹交错间，陆威不经意地问两人是哪里人。万兴顺和申成海对视一眼后，万兴顺说自己是东北的，申成海说自己是山东威海的，都是从老家跑出来在上海谋生的。

众人正喝到高兴处，褚凤鸣带着两个生意场上的朋友也进了饭庄。他看到堂厅里坐着陆威，于是过来拍了拍陆威的肩膀："老同学，又碰见你了。"

"人多酒香,正好凑一大桌!"陆威看到褚凤鸣,赶紧让人给他们三人加座,并向在座各位介绍这位老同学。褚凤鸣与友人也是八面玲珑,寒暄和附和声此起彼伏。

陆威的手下皆识得褚凤鸣,只有两个客人对他感到陌生。陆威介绍时,着重强调了两个客人是上司派来督导缉拿上海逃犯之事的。说者无心,听者有意。褚凤鸣从陆威的话里听出了潜在的危险,不动声色地端起酒杯,满满地敬了客人两杯酒。

众人你来我往,喝得十分尽兴。最后,褚凤鸣主动把账结了。

一行人从饭庄出来,褚凤鸣和师人杰分别搀扶着摇摇晃晃的万兴顺和申成海。黄酒入口之时绵柔爽口,但后劲很大。他们第一次到嘉兴,自然不知黄酒的厉害,于是多喝了几碗。夜风吹拂,两人只觉得头晕目眩,脚步踉跄,还未到住所就已经感到身体绵软,手脚无力。

在门口台阶处,褚凤鸣扶着的客人一脚踏下了两个台阶,要不是褚凤鸣撑得紧,说不定摔得嘴啃泥了。然而,在这短暂的失衡中,一声低低的咒骂却清晰地传入了褚凤鸣的耳中:"八嘎。"

"东洋!"褚凤鸣心中大惊。

回到家中,褚凤鸣赶紧打发小安到厂里把崔立骏叫了过来。

深夜,崔立骏、褚凤鸣和褚老爷子三人围坐一圈,低声商量对策。

褚凤鸣说,佐藤的两个手下隐藏得极深,他们汉语极好,若不是偶然听到喝醉后骂人的话,根本猜不到他们是日本人,说不定陆威也被蒙在鼓里。从他们谈话中自己隐隐约约听出几个片段,好像日方抓到了韩国临时政府的什么人,此人交代说金先生已经离开上海,他们两人被派来嘉兴督促追查。

此时的嘉兴,呈现出一种风暴来临前的宁静,"渔歌欸乃声高下,远树溟蒙色有无",即使战乱不断,善良乐观的嘉兴人依然过着踏浪而行、河畔炊烟的水乡生活。

嘉兴一处茶楼灯火通明,佐藤和李桂贤带着一干人员正在汇总手上的情报。通过推理、比对,一致认为仙骨提供的信息最有价值。

佐藤眯着双眼,眼神里有一种拿捏所有人的精明,低声道:"李县长,仙骨君,来嘉兴之前,绫子队长有令,要我等对上海至杭州间的所有城市逐一摸排,嘉兴作为第一站,必须给其他城市做样板。为此,她拿出五千大洋作为特殊经费,以犒劳诸君……"

经一事,长一智。

自从端午节湖畔遇险后,柳叶对崔立骏的沉着冷静、机敏应变钦佩不已。

时光荏苒,转眼三伏天到了。太阳火辣辣地炙烤着大地,不遗余力地散发着热量,晒红了行人的脸庞,晒焦了路边的树叶,晒得花儿失去了光鲜。

傍晚时分,柳叶的船,停在陈家河埠的浅滩上。"梆!梆!梆!"金先生楼下传来一阵阵敲打声,柳叶正在给小船加固顶棚,并装上纱网。

豆大的汗珠从柳叶额头滚下来,粗黑的大辫子也一次次地从她肩头滑落。汗水浸透她掐腰的碎蓝花裉子,少女充满力量的矫健身形被勾勒出来,长年累月的劳作让这个年轻姑娘身上散发出特有的勃勃朝气。

"别弄了,大热天不用船。赶快休息一会儿吧。"金先生从窗口探出身子,怜惜地望着这个忠厚、勤快而又默默无声的姑娘。他的心情变得痛苦而复杂,感觉是自己无端将这天真的异国姑娘拖入巨大的危险境地。柳叶抬起头来,抹了把汗,微笑着回话:"不累,不累,褚老爷和崔大哥叮嘱过,您的船,啥辰光都不能耽误。"

这时,神情严肃的崔立骏闪进了阁楼。

他告诉金先生,日本"猎虎队"的暗探已来到嘉兴,接下来必然会联合当地保卫团进行周密的搜查。这两天,褚府门前隐隐约约出现了不少陌生面孔。为确保金先生安全,他和褚嘉诚商定,请金先生从今晚开始,就到柳叶的船上暂避,这样方便遇险转移。

金先生点头同意。崔立骏留下茶叶、药品及几册书籍后,便与金先生执手作别。

天将黑时，落雨了。

豆大的雨点砸在船篷上，整座船篷被砸得哗哗作响。柳叶的小船停在暗影里，她撩开窗户上的纱网，斜斜地看向陈彤升家亮着灯的阁楼。

阁楼上，金先生忙而不乱地整理着东西。

约莫十点钟光景，一个黑影出现在陈家河埠附近的湖面上，犹如鬼魅般轻轻划着湖水朝金先生居住地游去。

"仙骨？看身形十有八九是仙骨。"柳叶心中暗忖，不禁打了个寒战。柳叶当机立断钻出船舱，把着船橹，准备着。

黑影，正是仙骨。

在师人杰的密谋下，他已将嘉兴城里二十多座可疑的房屋排查出来。今晚，他更是从房屋后面的湖面上偷偷摸到与褚嘉诚关系密切的陈彤升家，想要一探究竟。

仙骨从湖水中踏上陈家河埠后，如幽灵般贴墙根绕到前院。

"砰砰砰"的砸门声骤然响起。紧接着，前院的灯惊慌地亮了起来。"谁啊？谁啊？来了！来了！"陈彤升老婆那尖锐的嗓门刺破夜空，临河小阁楼里的灯一下子灭了。

"不好，出事哩！"柳叶闻得声响，足尖猛蹬桥墩，橹入水中使劲一扳，小船似箭一般射向陈家河埠。

陈彤升边开门边将眼光瞥向阁楼，心里忐忑不安。由于不知道金先生现在的情况，他披着衣服磨磨蹭蹭打开院门，绕到前院的仙骨带着刚刚抵达的保卫团的人就气势汹汹地冲进院子。仙骨与保卫团的人之所以一前一后夹击陈彤升家，是为了防止搜查前有人从后面跳窗逃跑。仙骨带人正欲进屋搜查，突然听到院子角落的鸭舍内传来一片"嘎嘎嘎"的鸭叫声。

"鸭舍有人！"仙骨大喝一声，转身就冲进了鸭舍。他带人把鸭舍翻了个底朝天,除了一群乱飞的鸭子,却一无所获。气急败坏之下,他一脚踢掉鸭舍的木门,带着保卫团的人冲进了屋内。

而此刻,金先生已趁乱迅速拎着藤箱悄无声息地走下了阁楼。

前院仙骨搅得鸡飞狗跳,却浑然不知鸭舍"炸窝"是金先生、崔立骏和陈彤升早已商定的临阵脱逃之策。

差不多就在小船靠上河埠的同时,金先生向鸭舍投下几个石块。之后迅速从阁楼走到一楼,打开后门跳上了小船。柳叶提橹一撑,迅速掉转船头,双臂像蝴蝶般奋力飞舞起来,竭尽全力摇着橹,小船快速滑入开阔水域,在黑暗中不见了踪影。

金先生和柳叶隐入了远处的芦苇丛。回头发现几束雪亮的手电光朝开阔的水域照过来。湖面除了呼呼的风声,平静深邃,没有一条船;陈家河埠被晃来晃去的手电光衬得明亮起来,隐约可见七八个人影在推搡、纠缠,其中有个人被扑倒在地,还伴随着刺耳的辱骂、嘈杂的叫喊声和孩童的哭喊声。

"不能让陈家人无端因我受罪!"金先生心如刀割,决然抢过船橹,想回去!

柳叶流着眼泪一把夺过船橹,举起竹篙用力撑了几下,小船向更深更暗的芦苇荡驶去……

暗探一无所获,没有发现任何蛛丝马迹。陈彤升夫妇顶住所有皮肉之苦和恫吓压力,没有透露关于金先生的任何信息。陈彤升老婆是个精明的女人,她怕小文昊年幼吐出真情,反复告诫儿子无论是谁问起,都要说家里没有住过任何人,不然就再也不会给他买好吃的好穿的。后面保安果真讯问小文昊,但孩子像是被吓傻了一样,哭闹着不发一言。最后,还是褚嘉诚派人出面,用钱打通关系,救出了刀在颈侧却守住气节的寄子陈彤升一家。

随后几天,金先生一直隐藏在柳叶的小船上。崔立骏深知这不是长久之计,和柳叶一个姑娘家日夜蜷居于逼仄的船上,定有诸多不便,更何况盘查一旦扩大到水面,必然陷入无路可走的困境。

迈着沉重的步伐，崔立骏踏入褚家，找褚嘉诚父子商量对策。一番讨论无果，大家长吁短叹，陷入迷茫。

"树挪死，人挪活。"褚嘉诚自言自语。

崔立骏道："君子不立危墙之下！"

一语惊醒梦中人，褚凤鸣一掌击在大腿上："把金先生转移出嘉兴。"

"嗯？有什么好的提议？"褚嘉诚抬头看向儿子。

褚凤鸣想了想，轻声说这事他自己也想到了，但实施起来比较困难，要找一个可靠的，同时又有能力保护金先生的，琢磨来琢磨去，只有佳慧一人。佳慧娘家在海盐，山里有别墅，且山中人迹罕至，不易暴露。

崔立骏、褚嘉诚一致同意褚凤鸣的意见。可是，说易行难。大家在如何把金先生安全转移出嘉兴城的具体办法上犯了难——何时去，怎么去，谁护送？褚嘉诚年纪大了，腿脚不便，褚凤鸣生意繁忙难以脱身，崔立骏又人生地不熟恐难以应对突发情况，而佳慧刚出月子，经不起舟车劳顿。但是让别人去更不合适，谁出面代替佳慧去她娘家送一位陌生人小住，都是会招人疑心的事情。把所有的人都排查了一遍，最后不得已还是锁定佳慧。佳慧何许人？是褚凤鸣刚刚诞下麟儿的妻子。

褚嘉诚当即让儿子把佳慧叫了过来。佳慧朝公公和崔立骏行过礼，把自家在海盐的房屋情况大致介绍了一遍。佳慧娘家在海盐南北湖村有座载青别墅，是当年爷爷花费千金所建，用于二儿子养病读书。别墅建于南北湖畔，背靠金牛山，面朝碧波；当地环境幽静，空气清新，本想着二儿子能把病养好多活几年，无奈人算不如天算，二儿子还是走了。现在别墅无人居住，派了个老家丁在那里打理。

佳慧主动建议，把金先生装扮成褚家家仆，送她和孩子回娘家省亲。褚凤鸣摇了摇头，担忧地说道还是他亲自去一趟为好，把金先生送过去安置好再回来。佳慧则微微一笑，安慰褚凤鸣道，她娘家褚凤鸣没有去过几次，对那里不熟悉，去了还要麻烦别人，人多口杂不安全。她提议让柳叶撑船送他们去，大部分是水路，顺水而下，不会太辛苦的。佳慧说得有条有理,崔立骏心里暗自佩服。

"阿爸,去南北湖村的路,我以前跟家人去过几次。到了海盐,我带着柳叶亲自把金先生送过去。等金先生安顿好,我就回来。"佳慧胸有成竹地对褚嘉诚说。

褚嘉诚静听了佳慧的周全筹划,又见儿子褚凤鸣并无异议,遂望向崔立骏,最后微微颔首,默许了佳慧的提议,却又实在担心刚满月的孙儿,便再三叮嘱一定要细心照料,并代他向亲家公亲家母问好。

第 26 章　嘉兴·海盐

当天夜里,褚嘉诚和崔立骏摸黑上了柳叶的船。见到金先生后,两人你一言我一语把情况详细地说了一遍,金先生也深知在嘉兴多待一天就多一分危险,该离开了。

"褚先生,立骏,你们的大情大义,金某我镂骨铭肌,没齿难忘!"金先生望着一老一少两个中国人,哽咽吐言。

"山不在高,有仙则名;水不在深,有龙则灵。能请金先生来嘉兴小住一段时间,是我褚某的荣幸。您在嘉兴这段日子,褚某能力有限,没有照顾周全,还望先生海涵。"褚嘉诚说完,从口袋里掏出一个鼓鼓囊囊的布包,递给了金先生,"这是一点心意,请务必收下,眼下乱世,无钱寸步难行。"

金先生推辞再三,终是推托不掉,遂满含感激地接过布包。

"金先生,这次我就不陪您去海盐了。等您安顿好,我就去看望您。请您在那里安心待上一段时间,等眼下的危险时期过去,我们就能相聚了。"崔立骏眼望金先生,说话的声音很低。

"立骏,你什么地方都不要去,就在这等着我。在中国,离开你我什么事都办不成。"

"金先生,您放心,我哪里也不去,就在这等您!"

翌日清晨,天际方露鱼肚白,柳叶便摇起小船,赶赴约定之处,接上佳慧母子。褚风鸣站在岸上,牵肠挂肚地挥手目送小船离开。

出于安全考虑,崔立骏和褚嘉诚没有亲自前往送别,而是选择一段郊外的河岸伫立送别。船舱里的金先生从布帘的缝隙,不经意看到静立岸上的两人,再也控制不住情感,掩面而泣。

"再见了,嘉兴!"

清晨的江南,河水像无瑕的翡翠,闪烁着美丽的光泽。船舱里,佳慧怀中的婴儿睡得正香。佳慧轻轻地闭着眼睛养神,可能是早起的缘故,她看起来有些许疲惫。

金先生静静地看着这一切,既汗颜又愧疚。一个刚生过孩子的女人,为自己跋山涉水,这一路上多少人为自己不遗余力、轻身殉义,他实在过意不去,却又无能为力。晨风穿过布帘吹进船舱,金先生将手中的外套轻轻地搭在了佳慧母子身上。

一路上还算顺利,下午金先生一行平安到达海盐。

上岸后,佳慧雇车径奔娘家。邻里乡亲见她归来,纷纷围拢问候。

乡邻好奇地询问与佳慧同行者是何人,佳慧淡淡一笑,不急不忙地解释,是自己婆家派来帮忙的,这次她带着孩子不方便。说着指了指柳叶与金先生,只见柳叶抱着小毯子,提着装婴儿用品的布包,看起来像个保姆。金先生则戴着草帽,一身乡下人打扮。

看到小外孙归来,家中二老喜不自胜。全家上下也欢天喜地一阵忙碌,没有人注意到一旁的金先生。等收拾停当,佳慧才悄悄地把父母拉到一旁,低声解释起金先生的身份及来意。她说这位"张先生"是公爹在广州做生意时结交的朋友,生意亏损欠了一笔外账,一时拿不出来,想在山里住阵子躲债。

佳慧母亲是个心思单纯之人,并没有多想,只觉得是亲家的朋友,立马应了下来:"刚好房子空着,日常你阿龙伯在那里打理,客人住在那里他们还有个伴呢。"然而,佳慧的阿爹却十分谨慎,他也算是海盐见过世面的人。且不说先前他从未听过亲家在广州有过生意,就按俗话说乱世多财,这位张先生何必放着白花花的白银不赚,来这穷乡僻壤?但对方毕竟是女儿带过来的人,又搭着亲家这条线,望着女儿殷切的目光,他点头首肯。

佳慧说:"客人有些怕生,明天我亲自送他过去。"

父母亲诧异地对视一眼,满是不解:"你不要照看小宝吗?那一段路坑坑洼洼,前两天又刚下过雨,非常难走。"

227

佳慧像是铁了心一般，坚定地说自己既已应承公爹与凤鸣，一定亲自将客人安置得妥妥帖帖。小宝留在家中，有劳二老费心照看一日。二老见女儿如此执意，虽心中万般疑惑，也只能点头同意。

翌日清晨，佳慧吃过早饭，把孩子托付给母亲照看，便让柳叶拿上食盒，带着金先生一行人从侧门出发了。马车只能行至山边，上山的路要靠他们自己走。

从海盐六里堰到南北湖边的载青别墅，要穿过一个叫野鸭岭的山头。山上只有一条用石头随意铺设的小道，曲曲弯弯，极不平坦。小道两旁杂树丛生，拉拉藤遍地，稍不注意就会被拉到衣服、划破皮肤。皮肤沾染过后，就会发炎红肿，因此，行人经过时，无不左躲右闪。

起初，还比较凉爽，众人脚步还算轻快。待日头渐高，暑气蒸人。佳慧穿着浅蓝色的旗袍，颈间的盘扣紧扣着，她有些喘不上气，边走边拿手帕不停地擦拭涌出的汗水，脸上泛出一阵潮红。她脚上穿的是高跟鞋，应是未曾预想到走山路会如此吃力。

一行三人勉力前行，佳慧走在最前面，柳叶跟着她，金先生殿后。佳慧因产后身体虚弱，大汗淋漓，举步维艰，每走上三五步，都要扶着腰喘息一阵。金先生见状，赶紧摘下草帽连同手中的木棍递给佳慧，"少奶奶，拄着省省力，日头毒，戴上草帽遮遮阳。"佳慧婉言谢绝，但在柳叶和金先生的再三劝说下，最终同意了。

抬头望着郁郁葱葱的山岭道，她仍然不忘提示柳叶和金先生要多加小心。

金先生身为男子，加上之前东奔西跑的经历，体力相对较好，走这种山路对他来说不算什么。前一段一直在屋里闷着，现在走出来，反而得到了自由，他心底里是喜悦和轻松的。要不是有两位女士在，以及环境不允许，他真想放声高歌一曲《阿里郎》。

阿里郎，阿里郎，阿里郎哟！
我的郎君翻山过岭，路途遥远，
你怎么情愿把我扔下，

第26章 嘉兴·海盐

出了门不到十里路你会想家!

阿里郎,阿里郎,阿里郎哟!
我的郎君翻山过岭,路途遥远,
晴天的黑夜里满天星辰,
我们的离别情话,千言难尽。

三人走过一阵,金先生看到柳叶背上和手里都是沉甸甸的东西,二话不说,上前把柳叶手里的竹篮夺过去自己扛上。这样一来,柳叶就能腾出手搀扶佳慧。山路蜿蜒向上,他们走走歇歇,十几里的山路走了近四个钟头,佳慧的脚上都磨出了血泡。

到了山间别墅,阿龙伯热情地出来迎接他们。听说金先生要在这里住段时间,他非常高兴。平时他一个人守着这偌大的别墅,现在终于有了个伴,自然喜出望外。

自此,金先生开始了长达半年闲云野鹤的隐居生活。

佳慧和柳叶吃过阿龙伯做的饭,小憩片刻后,当天下午就下山返回海盐。

此时,百公里外的嘉兴,又一轮秘密搜捕正在紧锣密鼓地进行。

保卫团被分成东西南北四个小队,万兴顺和申成海每天各自随一个小队行动,顺便监督他们的行动。就在佳慧他们离开的当天晚上,万兴顺悄悄地去了一趟仙骨家,言称奉佐藤之命而来,又将一沓钞票放在仙骨面前。

见钱眼开的仙骨明白万兴顺的来意,刚才还磕磕巴巴,现在竟伶牙俐齿,把近期掌握的可疑情况一五一十详细地告知了万兴顺。比如,褚家一个多月来做事总是鬼鬼祟祟,褚家老爷从上海回来已住了很长时间,柳叶几次三番招惹自己,特别是他们家一开始在寻找什么人,后来无声无息。说完这些,仙骨又恶狠狠地说,上次搜查陈彤升家,结果让佐藤先生失望,肯定是因为褚家在当地有头有脸,背后出钱摆平了此事。

"那你觉得如果人还在嘉兴,会藏在哪里?"万兴顺顺手拿起桌上那叠钞票把玩着,纸张与手的摩擦声勾得仙骨心痒痒。

仙骨指着油灯,说:"'灯下黑'。"

几乎同时,两人会心地笑了,万兴顺把那一沓钞票甩进仙骨的怀里。

按照安排,师人杰带人负责对梅湾街周边进行搜查。附近居民平时出来聊天、散步、挑水和在河埠头洗衣服,一片安居乐业的景象,如今却只能用未知、恐惧的目光望着他们,等待随时可能响在他们头上的霹雳。

搜查这几天,大家都心照不宣地闭门不出,河边静悄悄的,偶尔有一两个挑水的人,也是把桶灌满后便匆匆忙忙地挑起担子离开。敷衍搜过几家之后,一队士兵便有恃无恐地冲着目的地褚家而去。

师人杰上前装模作样地敲了敲门。小安把门孔打开,问了一声:"你,你们,弄什西(干什么)?"其实他去挑水的时候已经看到保卫团在搜查其他家户,回来后就禀报了褚嘉诚。

一群人不由分说便进了院门。褚嘉诚从房门里出来,板脸吩咐小安让开道,叫他们进来检查。看着褚嘉诚威严的神情,师人杰等人反而不淡定了,皮笑肉不笑地说道:"褚老爷,不好意思,公务在身。我们随便看看就能交差了。"话音未落,师人杰使了一个眼色,一队人马随即散开。

堂屋里、厢房、灶屋等等都被搜了个底朝天,最后,搜查的人一个个报告什么也没有查到。

万兴顺站在旁边冷眼看着,悄悄地观察着褚嘉诚。从褚嘉诚走出来时,万兴顺就意识到今天肯定会无功而返。因为褚嘉诚看起来不慌不忙,语调平稳,仿佛一切尽在掌握之中,甚至直接叫小安奉茶到后院,这样的人不可能被人抓住把柄。

师人杰不甘心就此善罢甘休,悄悄向万兴顺耳语了几句,万兴顺点点头。一行人冷脸离开褚家,连一声抱歉都没有讲。

师人杰带着人,向褚凤鸣的厂子疾奔而去。

站在办公室窗口的褚凤鸣看到一队人来敲厂门,立即猜到了他们的意图。

师人杰带人赶到造纸厂,褚凤鸣站在中间让人打开大门,客气地接待他们。

以前陆威和师人杰带人来查过一次,所以基本情况都熟悉,这次是熟门熟路。

经过一番折腾,没有发现任何可疑之处。

万兴顺并没有参与搜查。他静静地站在一边,用眼睛观察着每个人的表情,侧耳倾听厂内众人的言谈。

一侧,两三个工人围成一群,在旁边悄悄议论着。

"不晓得他们在发啥咯疯哩,日日到处搜查。"

"前一段不是来搜查过了吗?怎么又来了?"

"听说在抓杀人犯,抓到有六十万大洋哩!"

"咦!真不少。听着就让人眼红。嘉兴县哪里能藏得住六十万的杀人犯?"

万兴顺一边听着一边斜眼瞥着,他在辨别是谁在讲话,以及讲话人的脸。

搜查结束后,师人杰问走不走,万兴顺掏出烟点上,只说等会儿。他突然走到那几个正在干活的人跟前,几个人吓得立马噤若寒蝉。他在他们面前缓缓踱步,逐一询问姓名,工人们一一作答。

当崔立骏回答完之后,万兴顺突然指了一下崔立骏:"你,出来一下!"

崔立骏有点迷惑不解,他们刚才说话,自己可是一声没吭,怎么反而让他出来?佯装害怕的样子,崔立骏战战兢兢地向前迈了几步。

"老总有啥咯事体啊?"崔立骏学着工友们说话的腔调。

"他们刚才都在发牢骚,为什么唯独你一声不吭?"万兴顺发问。

崔立骏感到很委屈:"我刚才在调试机器,这台机器都折腾好几天了,再不修好,表哥又要骂人了,我可没工夫和他们闲聊。"他说得情真意切。

"中国有句俗话,咬人的狗不乱叫,乱叫的狗不咬人。你不哼不哈的,我怕你……"

"你这人,怎么这样讲话。褚老板,快来!"崔立骏一边叫屈,一边喊褚凤鸣,因为他清楚,事情闹得越大解决得才越快。

褚凤鸣正在应付师人杰,忽听崔立骏呼喊,赶紧跑了过来。了解具体情况后,褚凤鸣顿感不寒而栗,觉得万兴顺这个人不一般,居然能熟练使用中国俗语,并且从几个人中一下子就把崔立骏给提拎了出来。

褚凤鸣虽心惊肉跳,但还是强压惊悸,微笑着上前解围:"这位先生,在我们厂,他最懂机器,喜欢机器比喜欢人还多一点,刚才他估计入迷了,没有听到大家在议论。"说话间,褚凤鸣已熟练递上香烟,抽出火柴点上。

"这个情况,师队长你们应该都知道的,陆团副以前带人到我们这里检查过。"褚凤鸣这话的意思很明显,是想借自己与陆威的这层关系,让师人杰帮腔说话。

师人杰脑袋转了转,一来想着今天也没查到可疑的线索,二来万兴顺这茬实在找得有点牵强,便堆笑说道:"先前我们陆团副带队上门来登记时,就查过这几个人,今天也没看到有生面孔。褚老板是陆团副同学,前日晚上大家还一起喝过酒。"见师人杰这样说话,万兴顺虽心有不甘,但也知道强龙不压地头蛇,只好作罢。

从褚凤鸣厂里一出来,万兴顺就带着师人杰等人直奔陈彤升家。

对付陈彤升这种平头百姓,保卫团自然不会手软。两三个团丁冲进陈家,不由分说,将陈彤升推搡至墙角,一阵拳打脚踢。一个领头的说他们现在奉命搜查,命令陈彤升老实交代家里几口人,有没有来过陌生人。

"我们家几口人,你们不晓得?你们上次不都查得一清二楚啊!你们要做啥?"陈彤升话还没说完,就被两个团丁狠狠地摁在地上,动弹不得。

"等我们查到了,看你的嘴还硬不硬。"小头目大手一挥,团丁们涌进屋内,开始搜索。而此时的万兴顺如同猎犬般在屋内来回游走,视线从堂屋转到灶房,最终落在灶膛前的文昊母子身上。他挤出几分瘆人的微笑,从口袋里抓出几颗糖,伸出手对文昊说:"小孩,过来,给你糖吃。"

糖果是稀罕物,孩子本能地被糖纸鲜艳的颜色吸引,但又怕妈妈不同意,怯怯地转脸望向妈妈。妈妈狠狠瞪了他一眼,他赶紧低下头。万兴顺知道文昊怕妈妈,不敢过来,就走过去一把拉住他,满脸挂笑道:"不要怕,叔叔是好人。你告诉叔叔,是不是有个老爷爷住在你们家里?叔叔找老爷爷有事商量,只要你说了,我把这些糖全给你。"

陈彤升之前已经反复警告过小文昊。这次开门前,又把小文昊叫到身边加重了吓唬的语气,"向外人说了张爷爷,阿爸阿妈就要被关到大牢,你再也看不到我们了。"所以当万兴顺拿着糖果诱惑小文昊时,孩子虽然眼中流露出渴望,但想起父亲的警告,还是坚定地摇了摇头。然而,孩童的天性使他无意间向橱柜瞟了一眼。这微妙的动作,未能逃过万兴顺犀利的目光。他立即顺着小文昊的视线向橱柜走去。在橱柜前驻足,左顾右盼,又推又摸,经过一阵琢磨,万兴顺终于发现了其中的奥秘——这竟是一扇伪装成橱柜的门!

"来人!"万兴顺像发现了新大陆,激动得声音发颤。

等师人杰带人过来后,万兴顺一挥手迫不及待地率先冲上楼梯。可令他失望的是,阁楼上并没有见到他臆想中的人与物。阁楼间家具齐全,一看就是特地打扫出来住人的,但唯独没有人。万兴顺不死心,命令师人杰带人仔细搜查,可地方就这么大,哪有藏人的地方。花费一阵工夫后,师人杰怏怏地带人退了出来。

万兴顺心有不甘,坐在椅子上思考着小房间有哪些疑点,自己的猎物会不会遗漏下什么。环顾四周,房间里很干净,好像才打扫过一样。"没有人住,为什么会打扫这么干净?"他心中疑虑重重,暗自嘀咕着。万兴顺用手抹了一下桌子,上面没有一点灰尘,顿时,他心中的疑惑被放大数倍。

万兴顺慢悠悠地走下楼来,坐在客厅的椅子上,眼睛盯着陈彤升一动不动。陈彤升从没见过如此场面,被看得心里发毛。过了足足五分钟,万兴顺才开口:"说吧,人藏在哪儿?"

陈彤升此时内心是笃定的,因为"张先生"已经离开了自己家,而且自己还有底牌。褚凤鸣对他说过,无论如何咬死只说不知道,顶多受些皮肉之苦,后面的事他会和父亲出面帮助解决。就在那一次,陈彤升曾悄悄问过褚凤鸣,"张先生"对褚家到底有多重要。

褚凤鸣决然地答道,在他父亲心中,如遇危急自己和"张先生"只能保全一个,父亲会毫不犹豫地把机会让给"张先生"。陈彤升听完这话,只对褚凤鸣说了三个字："晓得了。"

"啥咯人？我不晓得你说啥咯事体！"陈彤升假装不解地反问。

"别装了。住在你楼上小房间里的人在哪里？快点交出来！"

"冤枉啊。楼上一直空着，哪有啥咯人住啊？"

"你的谎言，实在拙劣。有人目睹你家楼上夜间亮着灯，还有，那间一直空置的屋子，为何一尘不染？桌椅之上，竟寻不见半点儿灰尘的痕迹。"

"我老婆每隔两日便会上楼打扫，我也时常上去坐坐，喝喝茶。怎么，保卫团如今连百姓家务事也要管吗？"陈彤升冷笑一声。

"我们并非要管你的家务事，阁楼这般洁净，肯定是有人居住过。"

两个人你来我往，争吵持续不断。陈彤升固守阵地，矢口否认家里有外人住过。

第 27 章　嘉兴·上海·海盐

万兴顺认定阁楼有人住,但没有抓到现行,面对这样的线索岂肯轻易放弃?他不再与陈彤升继续纠缠,转身向文昊母子走去。文昊母子俩一直坐在灶屋里,客厅里人说话他们都听得清清楚楚。小文昊虽然小,好歹还能分辨,这些人进门又骂又打自己的父亲,肯定是一帮坏人。万兴顺把两人喊了出来,顺手把糖果递给小文昊。这次,小文昊毫不犹豫地摇头拒绝了。

万兴顺见一招不成,又和小文昊耍起心眼,说道:"小孩,过来。告诉我,你们家有外人住过吗?"

小文昊果断地使劲摇了摇头。

"小孩子不说瞎话。说瞎话鼻子会变长的。"

小文昊刚想下意识地摸鼻子,但看到父亲眼睛一眨不眨地盯着自己,再次摇摇头说:"没有。"

万兴顺收起装出来的假笑,脸上慢慢变得狰狞,背过身把糖果装进口袋,随后猛地一转身直接一巴掌扇了过去。小文昊倒在地上,哇的一声哭叫起来,同时鲜血从鼻孔里涌出。看到儿子遭此暴行,陈彤升夫妻怒火中烧。陈彤升一边怒骂着、一边顺手抄起旁边的凳子,做出要拼命的架势。文昊妈妈跑到儿子跟前,看到孩子满脸是血、痛苦无助的样子,二话不说转身回到厨房,抄起一把菜刀就朝万兴顺砍去,嘴里喊叫不停:"凭啥咯打我儿子,凭啥?老娘砍死你个狗日的!"

武功再高,也怕菜刀。师人杰和仙骨不敢相信平日一言不发的女人竟有如此大的爆发力,一帮子人被吓得四散开来。当发现菜刀的目标是万兴顺时,师人杰想,财神爷可不能出事,赶紧吩咐手下抢夺女人手中明晃晃的菜刀。

"毒头,你们要是再来,老娘不要命了,跟、跟你们拼咯。"女人被三个保卫团员按在地上,嘴里却不依不饶。

动静闹大了,周围的街坊邻居纷纷聚了过来指指点点,场面陷入混乱。仙骨看事情闹得有些不好收场,语气缓和道:"都是乡里乡亲的,不要撒泼打滚了。"

"前段时间,我找了几个弟兄,晚上来过一次,没发现什么。"仙骨朝师人杰使了个眼色,那眼神中的意味深长,足以让师人杰明白,此刻的纠缠已没有意义,不如及早抽身。师人杰也自觉这般大张旗鼓地对褚家出手,未免过于显眼,自己还要在此地立足,于是也顾不得万兴顺的想法,叫了一声"收队",一行人狼狈离去。

金先生离开嘉兴后,万兴顺、申成海带着保卫团的人折腾了一个多月,一无所获。两人想起来嘉兴前绫子"不达目标,要向天皇陛下谢罪"的话,顿感如芒在背。

来嘉兴的前一天下午,佐藤带着万兴顺和申成海来到绫子办公室。

"此次嘉兴之行,你们的任务就是悄无声息地搜寻、缉拿可疑人员,如果他们企图逃跑,可以断然处置。爆炸案发生两个多月了,我们虽在上海周边的杭州、苏州、湖州、绍兴等地捕杀了一批韩国人,可他们的首脑金凡至今不能归案。此次你们到嘉兴,要打起十二分精神,宁枉毋纵。"绫子说着,用犀利的眼神扫视着佐藤等人,"如果不能达到目标,我们有人是要向天皇陛下谢罪的。所以一切拜托了!"万兴顺、申成海明白眼前这个女人的手段,边擦着额头上的冷汗边回复:"保证完成任务!"

趁金先生不在的这段时间,崔立骏悄悄地回了一趟上海。

曲阑深处重相见,匀泪偎人颤。

又是一个多月,林熙媛才见到丈夫,感到欣喜的同时,又嗔怪他这么久不着家也不知道寄信回来。崔立骏想解释又怕解释不清楚,只能推说这段时间形势严峻,写信会不安全。

林熙媛又问道："你这次回来还要不要走？"崔立骏只是微笑不语，林熙媛料定他肯定又不能长待，心中感到委屈，转身低声哭泣起来。

与世界上所有深爱妻子的丈夫一样，崔立骏面对爱人的眼泪总是手足无措。他深知自己亏欠妻子，结婚一年不到，当属新婚燕尔，但这一年两人聚少离多，还总是让妻子为自己提心吊胆。崔立骏一边帮着熙媛抹了抹眼泪，一边小声劝慰着："熙媛，真的是委屈你了，我也舍不得你。但那边事又离不开我，我当然有选择退出的权利，但你知道的，这样的选择违背我的本意。真的是两难啊。"

熙媛突然抬起头与立骏的目光对视着，一字一句地说道："我要跟你一起去。"

"啊，你说什么？你跟我一起走，你报社的工作怎么办？"崔立骏没想到妻子这样的反应，一时不知如何作答。

林熙媛说："这个事情我考虑了很久。只要我们能在一起，是好是坏我都愿意。至于报社的工作，我已决心辞去，再寻新的生计，以后无论是执笔为记者，还是埋首做编辑，或是执教鞭当教员，我都可以的。"

此时理性还是提醒崔立骏认清自己目前的处境。他轻叹一声说："外头兵荒马乱，日本人如狼似虎，我实在担心你随我在外会遭遇不测。在上海起码是安全的。"

"我不想一个人在家独守空房，没日没夜地等，每天都担心在报纸上看到你们的消息。只要能和你在一起，去哪儿都行！"林熙媛决绝地说道。

爱情很多情况下难明"对"和"错"的界限，潜意识不会骗人，跟着它做决定不会错。崔立骏盯着妻子看了好大一阵，嘴里最后冒出一个字："好！"

一念之间，林熙媛与崔立骏的人生轨迹就此改变。

将金先生转移到海盐的载青别墅，是一个非常明智的选择。

嘉兴与之有关的人员不但因此在几次大搜捕中躲过一劫，更重要的是此处隐于山林之间，人迹罕至，是绝佳的隐身之处。

载青别墅，当地人也称之为"钱老爷大屋"，位于南北湖西北侧，离湖一百多米的距离，从楼上窗口能俯瞰整个湖面。晴天时，波光粼粼，偶尔还会有白鹳鸟儿在湖面嬉戏。湖的北面有金牛山、观音山，南面有鹰窠顶山、云岫山，群山耸立之间，林草丰茂，云雾缭绕。

　　在中国漂泊十余年，此地让金先生第一次体会到这般自由放松的心情。金先生每天可以走到湖边，望天悬日月，风轻云淡，看湖水清澈，波光潋滟。他时常置身于山水之间，远离东躲西藏的流亡生活，越发觉得自然的景物比人间更加亲切，同时也让他静下心来对以往数十年的韩国抗日独立运动进行全面的梳理反思。

　　熟悉周边环境后，金先生经常一个人出来转悠。云岫庵是去鹰窠顶的必经之处，阿龙伯说里面住着一群尼姑。一次，金先生忍不住好奇，借着歇息的时候走了进去。

　　一个老尼迎了出来。她人很客气，一边念着"阿弥陀佛"一边问询："施主是远道而来的吧？阿弥陀佛！请进庵堂里来吃口茶水！"

　　金先生跟着老尼进了庵堂，他举止恭敬，在佛前拜了拜，上了一炷香，刚想把一卷钱塞进功德箱，老尼伸手阻止道："施主，山中人迹罕至，金银俗物在此用处不大，下次若有缘分再来，帮小观带一袋稻米就好。"

　　随后，金先生被领进庵房喝茶。庵房里，金先生看到每个房间里都有面孔白皙、安静不语的年轻尼姑，穿着庄重的海青，颈上挂着长串佛珠，手里拿着拂尘，向他合十行礼。他也礼貌回礼。金先生说话带有浓厚的韩国口音，老尼师问他是什么地方人，金先生毫不犹豫地回答自己是广东人，到此游玩小住。金先生以前有过一段出家为僧的经历，与老尼一同品茶论经，心得颇丰。

　　"闲来垂钓碧溪上，忽复乘舟梦日边。"

　　金先生偶尔会去山下的湖边漫步，主要是去看别人钓鱼。"一蓑一笠一钓竿，一人独钓一湖秀"的乡野场景，常常让金先生有种错把异乡当故乡的感觉。大部分时间，金先生缄口不语，有时实在忍不住，也会用简短的词汇和渔者聊天，顶多也就一些"是的""对的""恭喜恭喜"之类的词和短句。时间久了，钓鱼者熟识了金先生，觉得他憨态可掬，有时也会拿出多余的鱼竿,借给他试试手。起初,金先生对钓鱼一窍不通,甚至连怎样抛钓钩都不了解,但他心里充满好奇,还是欣然接受人家的好意。在钓友的指导下,金先生学会了抛竿,他把鱼竿的头拉弯,尝试着抛了一下,果然鱼钩和浮标很容易就漂到湖中心。他的眼睛紧盯着湖水中的浮标。浮标一沉就表示有鱼咬钩。刚刚上手时,他满心盼着能钓上一条鱼,可偏偏事与愿违。经过一段时间的练习,金先生也成了一位十分地道的"渔翁"。后面,他已经能够熟练且利落地在鱼钩上挂上蚯蚓等鱼饵,扬起鱼竿,目不转睛地盯着浮标,随着浮标猛地一晃,渔线剧烈地抖动,他毫不迟疑地用力向上提钩,大鱼剧烈地甩动着尾巴在水中挣扎。人鱼之间或长或短一阵较劲后,耗尽所有力气的大鱼终于俯首称臣,乖乖地被拉出水面。随着时间的推移,金先生身边的鱼篓里也渐渐热闹起来,等鱼篓满满当当,金先生才收起鱼竿,与钓友告别。

  崔立骏夫妇辞别熙媛父母,离开上海来到了嘉兴。在褚凤鸣和连华的热心关照下,林熙媛在嘉兴中学觅得了一个教职,算是暂时安顿了下来。

  崔立骏责任在身,金先生的安危让他不能在嘉兴久留。安顿好熙媛,他一个人独自来到海盐。在佳慧的帮助下,住在了佳慧娘家附近。

  崔立骏穿梭于嘉兴和海盐之间,一边照顾金先生,一边陪伴林熙媛。

  就这样,几个月过去了,一切显得风平浪静,不知疲倦的崔立骏在心中祈祷这样的日子能够再长久些,使爆炸案的余波慢慢归于平静,直至危险全部解除。

  树欲静而风不止。

  这天晚上,崔立骏与佳慧弟弟朱梓轩等几个朋友在海盐"海之味"酒家小聚。"海之味"大厅里坐满了人。他们的旁边有四个人也在喝酒。四人聊得兴致勃勃,隔壁桌甚至能听到他们谈论当下时局的声音。

  崔立骏悄悄问梓轩是否认识他们。朱梓轩摇摇头说不熟,只知道其中一个高高瘦瘦的人叫朱新运,另一个矮胖者叫吴水生。

朱新运在谈话中提及自己前两天去了趟嘉兴,并从嘉兴的同学处得知东洋人对虹口公园爆炸案愤恨难平,到处追捕幕后真凶,还说嘉兴保卫团正在协助他们进行追查,抓到真凶有六十万大洋赏金。说到激动处,朱新运比画了一个"六"的手势,在座各位惊呼连连。

一个人问:"你同学是做啥咯的,他怎么知晓的?"

"我同学是嘉兴保卫团的,姓师,是个小队长,消息灵通的嘞。他还让我在这边也注意观察,说要是提供线索抓到人,可以发财的……"朱新运说。一听说可以发财,几个人都放下酒杯,让朱新运赶快讲一讲到底要抓什么样的人。朱新运一听来了精神,把自己所了解的情况添油加醋讲述了一遍。

说者无意,听者有心。崔立骏佯装与朱梓轩几人觥筹交错,实则侧耳聆听邻座言谈。听罢,心中暗叫不妙,想来海盐此地亦非净土,要抓紧向金先生汇报,早做应对之策。

"嗨,你还别说咯,也许就该兄弟发财,我还真有点线索。"一个人粗声大嗓地描绘着,"这几次我去北湖那边钓鱼,还真看到过一个陌生面孔,年纪五十多岁,出现过两次,听口音不像是我们当地人。"

崔立骏斜眼看去,说话的正是那个叫吴水生的矮胖子。

另一个人急吼吼地问:"他住在哪儿?"

"不晓得,我都没跟他讲过话。这样吧,明日我再去钓鱼,看能不能碰到他。"

"好,那你可得盯紧咯。来来来,我们喝酒。"

隔壁四人的话听得崔立骏如坐针毡,他当即决定明早就进山去见金先生。整个晚上,崔立骏喝酒都心不在焉。佳慧弟弟端杯敬他,他都以身体不适推托掉了。等到朱新运、吴水生四人喝酒散场,崔立骏便结账离开。

一夜无眠。

天还未亮,崔立骏就直奔载青别墅。

崔立骏向金先生详细地报告了酒馆里的所见所闻。金先生万万没想到他的踪迹再次引起了别人的关注,想到由于自己不慎,可能会给朱家人带来灾祸,不由心急如焚。稍稍冷静后,他吩咐崔立骏,还是要做最坏的打算,今天就把东西收拾好,将所有可能引起怀疑的物品找个安全的地方藏起来。

崔立骏院里院外来回看了一阵,院子里有个水池,可以把书用油布包好沉到水里,上面再压上别的东西,就不易被发现,当然也可以在院子里或屋子里挖个坑,万一有人来查,可以把小箱子藏到里面。

阿龙伯并不赞同。理由是,用油布包书浸到水里,但万一没有包好把书弄湿就"挫霉头"了;再者,在院子里挖坑埋东西,新覆土的痕迹容易被发现。金先生思索片刻,认为还是让阿龙伯想办法,他长年累月住在这里,对这里的一草一木比任何人都熟谙,肯定能想出更周全的主意。阿龙伯此刻静静地蹲在院内的香樟树下吧嗒、吧嗒抽烟。两锅烟抽完,他忽然站起,带着两人来到一间卧室。

"这是二少爷以前养病的房间,他是得痨病去世的。当地人忌讳这个,一般不愿意进来。在这个衣柜下挖个洞,再把少爷的照片挂在衣柜上,外人应该不会仔细搜查。"

金先生和崔立骏对视一眼,都觉得这主意不错。说干就干。他们把大衣柜抬出来,挖了一个地洞。洞口用木板盖上,上面再铺一层地砖,然后再把大衣柜抬上去。不知晓内情的人,基本上看不出什么。

载青别墅内几个人忙活不停之时,湖边垂钓者很早就在岸边架起了鱼竿,其中就有吴水生。

后来崔立骏曾悄悄向朱梓轩和他的朋友打听过,朱新运刚刚调到县警局工作,而吴水生则是个见钱眼开的生意人。

架好鱼竿后,吴水生并未如往常那般全神贯注钓鱼,他的目光四处游移,期待着前几次与他一起钓鱼的那个人再次出现。可左等右等,已经日上三竿,天也逐渐热了起来,还是没有看到要等的人出现。他心下琢磨,这会儿不来,恐怕一时半会不会来了。于是,他收拾好东西,准备明天再来试试。

　　翌日一大早,趁着天气凉快,吴水生就赶到了湖边钓鱼,仍然是支好鱼竿就开始左顾右盼。然而,金先生因为得到了崔立骏的提醒,再也没有外出垂钓。自然,吴水生又是穿孝鞋走路——白跑一趟了。

第28章　海盐

　　一连三日,吴水生都没有看到金先生的身影。他颇感疑惑,这几天怎么一直不见踪影?六十万大洋的吸引力实在巨大,他怎肯轻易罢手,便当即做出决定,"你不来,我就去找。"

　　过了一天,吴水生把自己打扮成附近的村民,戴上草帽,肩扛一根缠着绳子的扁担,手里拿着镰刀,俨然一位上山打柴的樵夫。在山上假模假样地到处转悠,半天他才打了两小捆柴。

　　太阳当头之际,又饿又累的吴水生看到了"钱老爷大屋"。当地人都是这么叫,因为最初不知道房主姓什么,看外观便知道是有钱人盖的房子。吴水生心想,百闻不如一见,何不趁此机会进去见见世面?双眼扫过四周,他放下挑着的两小捆柴,轻轻地走上前敲门。

　　屋子里,阿龙伯和金先生正在喝茶闲谈。听到敲门声,金先生与阿龙伯对视一眼,起身闪进了里屋。事先两人商定,倘若陌生人来,由阿龙伯出面应付。

　　"后生仔,有啥事体啊?"阿龙伯打开门,询问来人。

　　来人指指地上的柴:"阿伯,我出来打柴咯。天热,看到这座大屋,想进来讨口水喝。"

　　阿龙伯为人淳朴善良,在山中住久了,更是乐于助人。他微笑着朝吴水生点了点头,吴水生跟随阿龙伯进了院子。

　　"汪汪汪",院子里阿龙伯养的狼狗"阿黄"一边对着吴水生狂吠,一边张牙舞爪地扑将上去,吴水生吓得不敢近前。

　　阿龙伯赶紧过去喝退爱犬,给来人解围。

　　金先生透过窗棂向外窥探,因来者戴着草帽,看不清面容。阿龙伯本来想给来人倒碗凉水,只听那人说就喝桌上的凉茶就行。躲在里屋的金先生心中一怔,刚刚赶着离开,忘记把桌上的水杯拿走了。阿龙伯也注意到了水杯,但已泼水难收、别无良策。刚才在门口看到来人挑着两小捆柴,阿龙伯对其身份有了怀疑。大热的天,农户一般都是大清早趁凉上山打柴,最少要砍两大捆感觉才划算,眼前这人,快到晌午了,才打了这么点儿柴,肯定不是附近山民,阿龙伯断定。

金先生仔细听着屋外阿龙伯和来人的对话。心底却泛起波澜:这人声音怎么有点耳熟呢?

吴水生坐下来喝茶,和阿龙伯聊起了天。他瞥见桌上两只杯子,便佯装随口问道,这么个大宅,定不是一个人独住吧?另一杯茶,又是为何人而备?阿龙伯抽着旱烟吧嗒数下,嘴里突然冒出一句,自己不是一个人住,而是在此陪伴一个人。

听到阿龙伯说这话,躲在屋子里的金先生大吃一惊,竟从椅子上霍然站起。

"在这陪谁?"吴水生双目圆睁,追问不舍。

"陪,陪,陪……"阿龙伯像是想到了什么,欲言又止,终是未吐出那人的名字。

"是外人吧?"吴水生低声试探。

此言一出,阿龙伯彻底知晓面前之人不是砍柴谋生之辈,而是前来寻人的。

"可以说是,也可以说不是。"阿龙伯含糊其词。

"那人这辰光在啥地方?"吴水生显然很激动。

"在,在地下。"

"啊!"吴水生似是没反应过来,直勾勾地盯着阿龙伯。阿龙伯轻啜一口茶,缓缓道出这里本是少爷养痨病之所。少爷前年虽已辞世,但他总觉少爷仍在,恐其孤寂,故留此相伴,倾诉衷肠。用餐时,为少爷摆上一碗;品茶时,也为少爷倒上一杯。说罢,他朝吴水生诡异一笑。

吴水生初闻不觉有异,可越听越觉脊背发凉。他本来还想在屋内转一转,听阿龙伯这样说,心里发怵,觉得这房子越发恐怖。阿龙伯敏锐地察觉到吴水生的怯弱,于是故意朝他咳嗽两声,眼睛瞥向桌面上的水杯,殷勤道:"你想不想到少爷屋里去看看他,和他说几句话?"在海盐,人人对痨病避而远之,听完阿龙伯添油加醋的描述,吴水生只觉得毛发直竖。这时,阿龙伯把刚才金先生用过的杯子倒满水递给了他。吴水生接过杯子准备喝两口压惊,但突然触电般放下杯子,"这杯子不会也是少爷用过的吧?"

瘟疫之地不可久留,草草谢过老伯,吴水生转身匆匆离开,生怕少爷在后面追撵一般。

打柴人的身板和他讲话的声音,金先生仔细回忆和琢磨,终于确认这个打柴人就是那个高挑的湖边垂钓者。

"他们果真闻到味了。"金先生自言自语。

崔立骏得知此事后,争分夺秒地思虑应对之策。

若是一人前来,可巧妙周旋,若来者众多,该如何是好?阿龙伯瓮声瓮气地提议:"他们若人多势众,我们跑便是。"

"关键是怎么跑,这别墅前后就一个门。"崔立骏蹙眉思考。

院子本来就不大,不管藏到哪里,都很容易被发现。崔立骏沿着围墙又走了一圈,走到大门口的时候,忽然一拍脑袋:"这里有个前门,我们能不能在后面开一个小门,小门直对后山……"

崔立骏说完这个主意,阿龙伯略加思索,领首赞同。

三个人拿来工具,旋即开始改造。三日三夜,不眠不休,小门终告竣工,一条蜿蜒的小路也随之清理而出,直通后山。

阿龙伯为人比较老实,崔立骏故意考他:"阿龙伯,你们家有大门,为什么还要开个小门啊?"

阿龙伯想了想,笑着说道:"我每日都要去后山砍柴,开个小门,运柴方便啊。"

"阿龙伯,真有您的!"崔立骏满意地点了点头。

崔立骏又告诉阿龙伯和金先生,无事时就到小门那里来回多走几趟,把新开的小路踏踏实,把小门和围墙做做旧。经过两人一段时间的折腾,小门和小路果然看起来没有那么显眼了。

金先生也经常和阿龙伯一起从小门出去,顺着小道踩一踩小路。山坡上杂树丛生,藤蔓蓬蓬,稍不注意胳膊上就会拉出一条血痕。他们用镰刀一点点砍,走出去一里多地,这条小道与另一条小道连接了起来。金先生不知道通向哪里,但来到这里有一些时日,因此并不担心迷路。走着走着,周围渐渐熟悉起来,仔细辨认,原来是连上了通往云岫庵的路。

此后,金先生就把自己打扮成一个农夫,有时间就在山里面转悠,各种小道基本熟稔于心。从上次崔立骏提醒之后,他再也没去过湖边凑热闹。

转眼到了秋天,天气逐渐转凉。为避免麻烦,金先生在别墅过着深居简出的生活,但始料未及的意外还是不期而至。

这天,崔立骏刚好来给金先生和阿龙伯送粮油,中午三个人围一桌高高兴兴吃了顿饭。阿龙伯生性喜欢热闹,崔立骏来了之后,更是谈笑风生。

午饭后,崔立骏叫金先生和阿龙伯午休一会儿,自己想躺会儿再返回嘉兴。

突然,大门口传来震天的敲门声,同时还有一阵阵犬吠。三人对视一眼,顿感情况不妙。崔立骏先反应了过来:"不好,搜查的人来了。"

"怎么办?你们怎么出去?"阿龙伯紧张地问道。

崔立骏没有惊慌,快速对二人吩咐:"阿龙伯,你送金先生从后门出去,这里我来收拾。"于是,转身收拾起屋子里的东西。阿龙伯和金先生几步跨出小门,沿着那条小道跑了出去。把金先生送出后门,阿龙伯跑回来看崔立骏已经把东西整理好,急切地问:"你怎么办?他们问你是谁,你怎么说呢?"

"记住,你就说是朱老爷家的哑巴伙计,今儿特地来送粮油的,旁的什么都别说。去开门吧!"

阿龙伯向门口跑去,崔立骏也跟在他身后。门外的人显然已经等得不耐烦,咣咣咣把门擂得山响。

"做啥哩,这么久才开门?"阿龙伯刚打开门,五个人就一拥而进,直接朝屋内奔去,好像商量好似的分头寻找各自的目标。

"你、你们是做啥咯?"阿龙伯急着喊道。

然而那些人却仿佛没听见一般,继续肆无忌惮地翻找着。阿龙伯想要上前阻拦,却被其中一人猛地推开,一个踉跄差点摔倒在地。阿龙伯愤怒地在院子里直跺脚:"没有天理了,打扰我家少爷安息啊。"

朱新运身着黑色警察制服闪进院子里,看到除阿龙伯外,还有一个年轻人。

"你,做啥的?"

崔立骏呜呜啦啦了一阵,把手放在肩膀上作扛东西状,一会儿指指自己一会儿又指指阿龙伯。朱新运听不明白,问阿龙伯:"他说啥咯?是做啥的?"

阿龙伯说:"我们朱老爷家的哑巴伙计,今日来送点米面和油,正打算回去呢。"

朱新运疑惑道:"哑巴伙计?我怎么从来没有见过?"

阿龙伯说:"他是在家里干活的,不常出门,就是偶尔出去,怎么能每次都碰上您呢?您忙的是大事体,怎么会注意到我们这样的小人物。"

阿龙伯说得很谦恭,朱新运很受用。说话的当口,阿龙伯偶然扭头看到大门外一个似曾相识的身影,于是他走出去仔细瞧了一眼。大门外靠墙站着一个人,虽然穿着变了,但发型和脸没变,正是前一阵子借口喝水进来歇脚的吴水生。

吴水生犹如惊弓之鸟,躲在外面没敢进院。当阿龙伯锐利的目光投向他时,他慌忙扭转了头,避开与阿龙伯的对视。阿龙伯心中雪亮,这帮人一定是他招来的。原来那天吴水生借口进来转一圈,虽然没有发现什么,但他还是对那个水杯有点怀疑,考虑到附近没有太多人家,如果姓金的藏身此处,倒不失为高招。此后,吴水生便如附骨之疽,时常在此转悠,希望能看到那六十万大洋的影子。

功夫不负有心人。吴水生在这山中如野鬼般游荡了十几天,终于还是看到了那个"老头"。只不过他没有正面去接触金先生,而是远远地跟着,直到望着金先生朝着"钱老爷大屋"方向走去。六十万大洋即将到手,吴水生两眼放光,但他同时明白双拳难敌四脚,便没有直扑过去,而是赶紧回去禀报。

院子里突如其来的喧嚣打破了原有的宁静,"阿黄"开始不停地狂吠,拖着脖子上的狗绳左右挣扎,看上去让人心惊胆战。其中一个检查的人抄起墙边竖着的铁锹就去吓唬"阿黄"。结果,"阿黄"叫得更凶,气得那个人取下背上的长枪。阿龙伯想要去阻止,但已经来不及了。

"砰砰"两声枪响,"阿黄""啊呜"一声,夹着尾巴转了两圈,轰然倒地,鲜血汩汩涌出。

阿龙伯扑过去,"阿黄"悲伤地呜咽着、吃力地望着他,满眼是泪,慢慢地闭上了眼睛。

"啊,老天爷,你睁开眼看看,作孽啊。'阿黄'死了,它从小就陪着我和少爷,你们赔我'阿黄'!"看到日夜陪伴自己的伙伴被打死,阿龙伯悲痛欲绝。他一边揉眼大哭,一边就去抓那个开枪的人,全然忘记了满手的狗血。

打狗还得看主人。开枪之人看闹出了事,加上朱家在海盐也算得上是名门望族,心里一阵慌乱。其他几个人看到这种情况,也无心在屋内细搜,都聚集到了院子里。有的人拉阿龙伯,有的人劝说,企图将事情大事化小。十几分钟后,阿龙伯才慢慢安静下来,但嘴里已然念叨着一定要下山找老爷讨个公道。

吴水生趁乱也混入院子,在院内转了两圈后,凑到朱新运耳旁悄悄说,他发现后边的院墙处还有一个小门,如果家里有人,早就从后门跑掉了。

"真的假的?"朱新运一脸疑惑。

"那还有假?你去看看不就清楚了?"吴水生信誓旦旦。

"走,看看去!"朱新运一摆手,几个人马上跟了上去。

果不其然,在后围墙处看到了小门。看痕迹半新不旧的。朱新运眼珠一转:"去,把老头拉过来。"两个人跑过去把阿龙伯架了过来。一大把年纪的阿龙伯被他们一搡,立马倒在了地上,脸上横一道竖一道不知道是自己抹的狗血,还是磕破了头流出来的血,看起来神情凄惨。崔立骏跑过去,扶着他。

朱新运蹲下来瞪着阿龙伯:"老头,说吧,谁在你们家藏着?为啥开后门?是不是把人从这里放出去了?"

阿龙伯又气又急,哆哆嗦嗦地站着,一副精疲力竭的样子。

"没有。"阿龙伯有气无力地说,"开个后门就是为了打柴方便。"

阿龙伯说完,便闭上了眼睛。看问不出来个所以然,吴水生给了一个眼神,示意朱新运从小门出去顺着路寻找,说不定能找到什么。朱新运也怕闹出人命,于是一行人不再管阿龙伯,从小门鱼贯而出。

几个人边走边向树丛中扫视,仔细查看里面是否藏着人。有时还咋咋呼呼喊上一嗓子,一是吓唬隐藏的人,二是给自己壮胆。一行人兵分几路,就这样一路走一路吆喝着。朱新运带领几个人竟走到了云岫庵。朱新运目光冷峻,逐一扫过众人面庞,众人面面相觑,谁也不敢背负亵渎菩萨的罪孽。

朱新运最后把目光定格在吴水生的脸上。

"据说有人曾看到貌似画像上的人曾来过这里。我们平时难得进去,今日反正已经到了这里,何不进去瞧瞧?"

朱新运一挥手,众人就如狼似虎地涌入了尼姑庵。

这时候,金先生的确躲在云岫庵。他之前来过几次,和庵里的住持挺谈得来,这次急中生智,脚步跟着小道就到了庵里。住持看他神色慌张,没有多问就将他藏了起来。

朱新运几个人在门口嘀咕的时候,已经有小尼姑望见了他们,并且很快汇报给了慧仁住持。住持听说他们都背着枪,心里已经猜到几分,吩咐金先生无论如何不要出来。交代完一切,住持才慢慢走到院子里。

"请问几位施主有啥事体？修行圣地，不得喧闹。"慧仁住持彬彬有礼。

"少废话，你这里有没有藏人？"来人大声吼叫，一时"藏"和"钞"没有讲清，变成了"你这里有没有钞人"。

"啥钞？我这里没有金钞，也没有银钞，只有冥钞。"慧仁住持不紧不慢地回答。

"老虔婆，老子找的是人，不是啥咯金钞银钞。给我搜！"那人恼羞成怒地命令。

几个人分头冲进庵房，吓得小尼姑连连惊叫，忙不迭地躲闪。

庵房搜过了，院内也搜过了，所有人集中到了大殿内。几个人目光像探照灯一样四处乱瞟，但殿内除供奉的三尊大佛像外，就是靠墙两边摆放的小佛像，还有地上放置的打坐用的蒲团，根本没有藏人的地方。

慧仁住持见状，面带怒色道："各位施主，云岫庵是佛门静地，你们惊扰菩萨，就不怕轮回上走错了道？请马上退出云岫庵。"

几个人面露尴尬之色，朱新运走到正中释迦牟尼的佛像前，红着脸跪下来，双手合十，一边嘴里念叨着，一边拜了三拜。朱新运虽身染恶行，但并非不避子卯之人，自然害怕因果报应。其他几个人看到头头这样虔诚，也都有样学样，双手合十拜了拜。

几个人灰溜溜地走后，慧仁住持长舒一口气，吩咐小尼姑们到后殿诵课。

过了一炷香的工夫，一个小尼姑回来报告，刚才那群凶恶之人已经远去。

慧仁住持让人搬来院墙边的一个梯子，小心翼翼地把梯子靠在释迦牟尼佛像的后面，吩咐人爬上去，撩起佛像的衣服，拉开一个小门，向里面小声说："出来吧，凶恶之人已经走远。"

金先生从里面露出头来，问明情况后才慢慢地转身顺着梯子爬了下来。站稳脚跟后，金先生对慧仁住持双手合十，感谢道："麻烦你们了。我让佛祖受到惊扰，也让众位法师受到逆徒惊吓。"

慧仁住持摆摆手："快别说这些客气话。佛度有缘人,这些人并非良善之辈,你定是遇上了难事,佛祖脚下,普度众生。"

与慧仁住持相处这么久,头次听到慧仁住持带有情绪的话语,金先生只觉得顿感亲切。

金先生道："别具一格修行地,人间最美云岫庵。祈愿法师早日出世降娑婆。"

晚些时候,金先生摸黑回到别墅附近,院子里黑灯瞎火,没有犬吠。徘徊了好一阵,确定没有异常,他才悄悄开门进去。

金先生非常奇怪,阿龙伯和崔立骏哪儿去了?以往有人进来的时候都能听到"阿黄"叫上几声,今天院子里却悄无声息。看到门虚掩着,用手敲了敲,没想到门"吱钮"一声就从里面拉开了,吓得他几乎跳了起来。

崔立骏知道是金先生回来了,点亮灯,金先生才看到阿龙伯头裹着纱布在床上躺着,问了情况之后才知道他受伤了,看门狗"阿黄"也被打死了。

金先生感觉心脏被一把钝刀反复铰割般疼痛,胃里翻江倒海,几乎快要窒息。愧疚如同一条毒蛇肆意缠绕上他。随后几天,金先生无微不至地照顾着阿龙伯,无论做了多少,依然觉得自己做得远远不够。夜深人静时,金先生在日记本中写道："在这片土地上,我受到不计其数淳朴、善良中国人的保护与照顾,我能否活下去尚不得知。我期望将来看到这个日记本的韩国人,无论如何都不能忘记这些用生命来保护我的中国人……"

第29章 海盐·嘉兴·上海

　　山中围捕之事,让金先生意识到深山荒林也不是世外桃源。自此,他待在别墅读书写字,足不出户等待时机。

　　崔立骏仍然时不时过来送些吃喝用度,同时带来一些外面的消息,充当金先生和外界联络的信使。

　　这天,崔立骏又如平时一样来到别墅,金先生看他整个人精神了许多,心中暗喜。崔立骏将这几日自己在外面的观察和搜集到的信息全部罗列出来,向金先生一一作了汇报。金先生听完,眼神深邃,陷入沉思。片刻之后,他骤然起身,在屋内来回踱步,又迟疑地颓然坐下。经历一番挣扎,像下定决心似的,他走至崔立骏面前:"我有个想法,有段时间了。"

　　话说一半,金先生又迟疑起来,难以启齿的样子。见状,崔立骏知道此事定非寻常,于是说道:"先生,您尽管直说!"

　　金先生叹了一口气,一双血红的眼睛和深重的黑眼圈正是他几夜难眠的见证。像是受到鼓舞,他极其缓慢郑重地说道:"立骏,这段时间的遭际,让我明白了一个道理,那就是要干成大事,必须有枪有弹。不然,只能永远被动挨打。我们得想办法把滞留在上海的那批炸弹安全地运过来,作为武装我们的军备。"金先生一口气说完了自己的想法,长长地舒出一口气,然后看着崔立骏。

　　崔立骏微微蹙眉,坦言上次他回上海找了几户人家,皆不清楚炸弹藏在何处。金先生说,他上次回去正是形势危急之时,况且停留的时间也不长,没有找到实属正常。现在上海的形势应该已有所缓和,建议他可以再返回上海打探。

　　微微思虑一下,崔立骏重重点了点头。有了这些炸弹,一来可以保护自己,二来韩国临时政府的腰板就可以挺直。

"一事不烦二主,我再回趟上海,全力以赴完成任务。"崔立骏说道。

"此乃多事之秋,可能有人变节,有人成了日寇诱饵,务必谨慎行事。"金先生叮嘱道。

崔立骏回答:"堤溃蚁孔,气泄针芒,我会小心。"

望着崔立骏,金先生的眼神满是赞赏。

"立骏,你这般模样,让我想起了一个人。"

"谁?"

"英魁!"金先生缓缓地吐出这个名字。

崔立骏的表情一下子凝重起来。金先生又痛惜道,尹英魁目前生死不知,一定受尽了人间酷刑。崔立骏眼前出现那天早上,尹英魁登车出发去虹口公园时的眼神,那眼神没有畏惧,没有恐慌,平静而坦然,像是去看一场电影般寻常。崔立骏还清晰地记得,上车前尹英魁有力地拍了拍他的肩,那湿热的、沉沉的分量让崔立骏充满着千钧之力。

翌日,崔立骏就动身前往嘉兴。

在嘉兴租住的小屋内,他和林熙媛商量返沪事宜。林熙媛问她要不要跟着一起回,好有个照应。崔立骏心下仔细斟酌,终是摇了摇头。此番返沪,身负重任,见熙媛期待焦虑的神情,崔立骏将妻子揽入怀中,亲吻了一下她的额头,轻声道:"熙媛,你安心教书,把你从上海带到嘉兴,已经误你半生了,再让你跟我一起担惊受怕,我真是无地自容。"

"结发为夫妻,恩爱两不疑。"林熙媛眸光似清澈见底的秋水,她望着丈夫道,"立骏,我既然选择与你在一起,就做好了最坏的打算。你和金先生做什么事我不过问,但你要答应我,任何时候都要好好保护自己。"

一句"恩爱两不疑"让崔立骏眼眶湿润。崔立骏知道林熙媛相信自己,担心自己,但他无法向林熙媛过多解释。他与金先生之事,稍有不慎,就会将她卷入无尽的深渊,于是只能搂紧妻子,动情地说道:"熙媛,娶到你,真是我的福气。"

许久,林熙媛从怀中抬起双眸:"你这次回上海,帮我给父母亲带一封信吧，免得两位老人担忧。"

"放心！"崔立骏郑重许诺。

抵沪后，崔立骏先到了岳父母家。岳父母拉着他好一番打量，一阵欣喜过后，问起女儿为何没有一道回来，他只能拿出林熙媛的信，谎称她已经在南京安顿下来，一切都好。然后匆匆与二老告别，开始了自己的探寻之旅。

寻找炸弹该怎么着手？思虑良久，崔立骏决定租赁一辆黄包车，以黄包车夫的名义走街串巷。这样既合情理，又方便出行，一举两得。晚上他不愿打扰岳父母，就找了家便宜且偏僻的小旅馆落脚。

两天后，经朋友介绍，他在"先施公司"租到了一辆黄包车。

大街上，拉客的黄包车多如蝼蚁。崔立骏穿着黄包车夫的衣服，融进车夫的队伍中。

崔立骏按照金先生提供的清单，拉着黄包车四处寻找名单上的人。一周下来，一无所获。

在街上，头戴工帽、身着车夫装、拉着黄包车的崔立骏看着人来人往，觉得自己仿佛是一个游荡的孤魂，无根、无依、无牵、无绊。白天，低头潜行躲避熟人，夜晚，没有一盏灯为自己而明。有一次，看到一对步履蹒跚的老人，他心头一酸，伤感不已。他想念自己的父母，离开镇江到上海，已经很久没有见过他们了。这次回上海，几次路过叔叔家，有一次甚至看到了叔叔的身影，他没能，也不敢上前招呼一声。"我真是不孝啊！"崔立骏痛苦地责备着自己。

崔立骏不知道的是，其实叔叔一家一直在四处探寻他的消息。数月来，叔叔一家包括在镇江的父母只知道他离开了原来的公司，至于他身在何方，从事何种营生，却是没有一点儿音讯。

一日，崔立骏拉着黄包车经过叔叔家门前的拐角处，恰逢叔叔招手要车。崔立骏只能狠心地低头逃离。叔叔不解地大声喊道："这人真奇怪，有钱不挣？"就在崔立骏的黄包车拐进另一个巷口的片刻，叔叔忽然感觉车夫的背影有点熟悉，愣在原地喃喃自语："怎，怎么，有点像立骏？"

这天，崔立骏拉着黄包车在大街上跑，偶然抬头看到"徐记面馆"这四个大字，"徐大爷的面馆还在？"他顿时心潮澎湃、悲喜交加。在这家面馆，崔立骏吃过好多次饭，每次徐大爷都把碗盛得满满的。

时已近午，徐记面馆内座无虚席。他只好将车停在门口，蹲坐在车前，低着头抽烟等待位子。好一会儿有了空位，他进门和徐大爷打了个招呼。徐大爷抬眼看见崔立骏，只觉得眼熟，却一时想不起来是谁。待崔立骏脱下毡帽，徐大爷这才反应过来，立马将他引至角落坐下。徐大爷给崔立骏上了一碗面，碗底都是实打实的肉块。

待食客散尽，崔立骏和徐大爷相对而坐。徐大爷边回忆边低声告诉崔立骏，爆炸案发生后，有一阵子确实查得非常严，他的小吃店也是天天有人来盘查。以前的一些老主顾也都逃的逃，走的走。

崔立骏急切地询问徐大爷是否还能见到那些韩国人。

"嘘。"徐大爷探头往外望了望，见四周无人，才悄悄回答能看到一些，但最近实在是接触不多。

"他们最近都忙些什么？"

"不晓得，他们好像都很害怕，不愿意讲话。"

"你知道他们在哪里做工吗？"

"具体不晓得。但听说还是在工厂里。以前一些停工的厂子好像慢慢又恢复了一些，比如制帽厂、车辆修理厂、砂场这些地方。我记得制帽厂好像还是一个韩国人开的，不知道现在怎么样了。"

从徐大爷这里虽然没有得到什么确切的消息，但一句话点醒梦中人。崔立骏醒悟过来，道谢后就离开了面馆。临走前，要付面钱，被徐大爷阻止，说崔立骏所行之事太凶险，像他这样的平头百姓什么也干不了，只能在此略尽绵薄之力。崔立骏心头一热，一时间竟无言以对，只好点头致谢，转身拉着车子离去。

崔立骏来到了制帽厂。

来来回回在厂门前徘徊了数次，那扇大门却一直紧闭，崔立骏心知这般无休止的转悠绝非长久之计,此刻是上班时间,还是正常去拉客招揽生意,待下班的时候再来碰碰运气。

一直等到六点半,大门才缓缓地从里面拉开半边,工人们鱼贯而出。崔立骏拉着车子靠过去,一边招揽生意一边观察有没有面熟之人。工人们都是一脸麻木,丝毫没有下工的喜悦。崔立骏拉着黄包车穿梭其中,显得有些格格不入。人走得差不多了,他仍然没有看到熟悉的面孔。

崔立骏有点失望,觉得这次自己又是盲人点灯——白费蜡。正当他垂头丧气准备离开时,大门里走出一个人来。他端详那人的面孔,只觉得熟悉但一时又想不出是谁。绞尽脑汁想了片刻,他突然回忆起来,自己曾经和此人有过一面之缘,姓李,具体名字叫什么,他实在记不清了。

崔立骏赶忙拉着车子迎上去,侧首佯装拉活,问那人是否需要坐车。那人摆手拒绝,片刻不留继续大步朝前走,一副漠不关心的模样。崔立骏拉着车,跟在他后面走了百十米。那人发觉黄包车车夫不对劲,停下脚步,扭头看向崔立骏,不耐烦地斥道:"我说过不坐车,你一直跟着我干什么?"

这次,崔立骏得以细细端详对方,但见他生就一张方正的"国"字脸,双眉倒竖,呈八字怒张模样,心中已然有数,遂开门见山问道:"您可是李大哥?家中兄长托我前来,问问您近来可好。"

对方仔细打量着崔立骏,在脑子里快速搜寻记忆的碎片。

"请问家兄贵姓?"

"姓金。"

"是金银的金吗?"

"是金口玉言的金。"

李大哥闻言点了点头。回忆将他拉回到很久以前的一个夜晚,那时,金先生背后站着的那个年轻力壮的小伙。左右扫过一眼,李大哥低声道:"是崔老弟,我们见过一面。找我有事吗?"

"哎呀,你老婆快生了,我特地寻来,上车,我拉你过去。"

李大哥心下了然,直接上了车。

崔立骏拉着李大哥来到了黄浦江边。

夜幕已垂，江畔依旧是人影憧憧，不少船员上上下下忙乎不歇。人多而杂，两人在这里反而不会引起注意。此时已经入秋，江风徐徐吹过，不觉间寒意袭来，二人心中也是一片萧索。

此人名叫李义浩，两年前就在这个制帽工厂工作，和金先生、尹英魁都相识。两个人望着一江秋水，各自抽着烟。

"金先生现在如何？"李义浩关心地问道。

崔立骏轻轻地抽了一口烟，语气平和地说："还好，他现在比较安全。你们在上海还好吗？"

"目前还可以，情况缓解了不少。爆炸案刚发生那阵，我的一个同事被日本兵当街开枪打死，我们也全被抓了进去，受尽折磨。有一位'韩人爱国团'的成员因坚决不肯吐露秘密，'猎虎队'的绫子用老虎钳一颗颗拔掉他的牙齿，每拔一颗就问一句'姓金的在哪'。直到他满口牙齿被拔光，他也没吐一个字。"李义浩眼含泪水，痛苦地回忆着当时狱中的情景。

"蛇蝎女人，这个仇，我们一定得报！"崔立骏紧握拳头，压制着心中的愤怒。

"后来金先生发了声明，而我们则一口咬定毫不知情，加之工会出面斡旋，我们才得以脱身。"李义浩的语气里仍带着几分余悸。

崔立骏松了一口气，低声问道："你与周围同志还联系吗？"

"有，但这段时间大家都很少见面。"

于是，崔立骏把金先生口中的名单逐一报给了李义浩，问他认不认识。李义浩沉吟片刻，说认识两三个。

"太好了。"崔立骏喜出望外，猛地一拍李义浩的肩膀，结果李义浩"哎哟"叫了起来。原来被捕入狱后，李义浩肩膀被日本人打残了，还没有完全康复。崔立骏尴尬地挠了挠头，连连道歉。

事不宜迟，崔立骏当即携李义浩，匆匆赶往第一家。

主人看到李义浩，很客气地把两人迎进屋内，但眼角余光掠过崔立骏时，难掩一丝疑惑。崔立骏心知肚明，为消其顾虑，坦言相告："在下受金先生委托,昔日他曾在这里寄存一包药品,如今要取回。"

"金先生,他还好吗?"闻听金先生,主人面上浮现出激动的表情,急忙打听他的情况。

"金先生让我向你们致歉,他说他连累大家了。"崔立骏说完,站起来郑重其事地给大家鞠躬。

两人赶忙上前阻止:"要不得,要不得。我等皆有共同目标,何谈连累?唯有同舟共济才对。"言毕,主人持锹引路,带二人来到院内的一个角落。片刻之后挖出一个铁盒子,里面装着用油纸紧紧捆扎的一个包裹。主人郑重地把东西递给崔立骏后,提及金先生曾言此物极为珍贵,务必妥善保管,远离火源水湿。他深知盒中之物的价值,视若生命,自迁居后,为寻一安全藏匿之地,煞费苦心。

离开这家人之后,崔立骏和李义浩又顺道拐去了另外两家,同样顺利地拿到了东西。

如接力一般,两人又从这些韩国人口中打听到了其他人员的地址。连续四天日夜兼程的奔波之后,崔立骏把炸弹基本上搞到了手。

为了安全,崔立骏分几次把东西运回自己所住的小旅馆。离开上海之前,这么显眼且重要的东西放在哪儿,就成了崔立骏头疼的事情。

崔立骏想到了上次回上海,金先生让他取信的书店。可是书店里人来人往,人多眼杂,并不是稳妥之处。想得正出神,崔立骏不小心碰到了床板,"哎哟"一声,他按着被撞破皮的腿,忽然灵光一闪,对,诊所!他记得第一次寻找金先生的过程中,曾经在一家诊所后院的洞坑里藏身过。把炸弹放在那个洞坑里,不但隐秘而且安全。

崔立骏寻来一只粗布袋子,将物品仔细装好,稳步走进弄堂里的"达生诊所"。

诊所大堂里,柯医生如平常一样正在悉心配药。一旁扫地的小伙子正是上次对崔立骏伸出援手的桩子。

"医生,我这两天心悸,来看看病。"崔立骏径直走向柯医生,放下背上的包裹。

柯医生抬头看了崔立骏一眼,示意他将手伸出。指尖轻轻搭在他的脉搏上,片刻后,柯医生缓缓开口:"你这是心中忧虑过多,只需好好休息几日便可,无需用药。"

"谢谢柯医生,其实我是来感谢您的,顺便来借贵地暂放几天东西,不知可否?"崔立骏笑着问道。

柯医生微微颔首,目光不经意间掠过崔立骏手边的布袋:"要放什么东西?假如是和虹口公园爆炸案有关的枪弹,我这里可容不下。"看似开着玩笑,言语间却带着几分认真。

"不过是我老家的一些食物,暂放几天就行。我现在住的地方老鼠成灾,咬坏了就不好送人了。"崔立骏心中一震,面上却仍保持着平静。

"放食物没问题,我这诊所最防老鼠。"柯医生说完,看向桩子,"带他去后院。"

崔立骏点头致谢后,随桩子走向诊所后院。

柯医生瞥了一眼崔立骏的背影,低头继续配药,嘴角微微上扬。

万事俱备,只欠东风。对崔立骏来说,下一步就是如何平安地将炸弹运回嘉兴。

崔立骏明白,此时要从上海运出一批炸弹,定非易事。况且这批炸弹还与虹口公园爆炸案有关,一旦被日本人截获,定会招来一场血雨腥风。思来想去,崔立骏还是决定去和李义浩商议。

"乘火车的话,能快点到达。"李义浩建议道。

崔立骏摇了摇头:"不妥。现在看似松了一些,但是种种迹象表明,日本人只是表面上放松,暗地里搜捕的大网还在,只等我们往里钻。"

李义浩挠着头提议:"要不乘船吧,走水路,检查比火车要松得多。万一遇到突发情况,箱子扔到海里,还可以销毁证据。"

崔立骏想了一下还是否定了:"不妥不妥,海上耽误时间更长,箱子的目标太大,很容易被盯上。"

李义浩沉吟片刻,觉得崔立骏所言非虚,遂追问道:"你是不是有主意了？"

"算不上什么好主意，我想用最笨的办法，步行。先想办法出城，然后再搭车一程一程地向南走，直到到达嘉兴为止。"

李义浩点头附和："那你可想好了如何出城？"

"今天来就是想与你商量这个事。"

用黄包车拉吗？显然不切合实际。黄包车夫多在人烟稠密之处招揽生意，若贸然驶向市郊或乡野，无论载物与否，都难免惹人猜疑。

乘电车呢？先不说电车能不能走到城外，单说带着这么危险的东西，万一出现意外，极可能殃及无辜乘客。

怎么办呢，两个人苦思冥想，愁眉不展。

"有了。"李义浩灵光一现。

他一声喊叫，把崔立骏吓了一跳，而他自己反而又故作闭目冥想状。崔立骏着急地推了他一把："别卖关子了，快说，我知道你有点子。"

李义浩睁开眼睛，慢悠悠地说："我认识一个朋友，他在汽车修理厂工作，有些时候还会给政府修修车。车修好后，总得有人去试车吧？他们有出城通行证，我去问问他，看能否借机捎你出城。"

崔立骏一听："这主意好。事不宜迟，明天就去问吧，越快越好。"但激动过后，他冷静下来问："这个人可靠吗？"

"没有问题。"

第30章　上海·海盐

　　李义浩说的这个朋友，正是王雄。

　　上次制造炸弹之事，崔立骏知道是金先生与王雄和上海兵工厂厂长宋浩宇合作完成的，只是金先生考虑到他一大家人在上海，为安全起见，没有让他深度参与。听完崔立骏三五句话的解释，李义浩未曾料及王雄与金先生竟有如此深厚之交。

　　第二天，李义浩见到了王雄。王雄坦言，车辆修理厂复工不久，诸多事宜尚待办理。李义浩听后，便直言相告，问其是否能为金先生再次提供帮助。王雄未加思索便慨然应允，说明日下午将有一辆车修缮完备，可供使用。于是二人当即约定了时间、地点。

　　崔立骏得知进展如此顺利，喜出望外，当日便将黄包车退回。而后他又去了岳父岳母家一趟，说事情已经办完，要回南京和熙媛团聚。

　　岳母满心不舍，却又无可奈何。她精心打包了一些熙媛爱吃的食物，递给崔立骏，叮嘱道："如今世道不宁，你们小两口在外定要小心为上。"言罢，几声叹息，扭过头去不忍相看。

　　"工作固然重要，家庭也要兼顾，我还等着抱外孙呢。"岳父开腔缓解离别的气氛。

　　"我会照顾好熙媛的，二老一定要多保重身体，将来才有力气抱外孙。"崔立骏叮嘱岳父母。

　　至约定时辰，李义浩领着扮成徒弟的崔立骏与王雄会合。王雄孤身一人开着卡车前来。李义浩交代一番后离开，王雄将车开至一僻静之地停了下来。崔立骏着急出城，见状问道："怎么停车了？"

王雄却不搭话，自顾自地走到车后，伸手就爬了上去。他站在车顶观察一阵后，俯视着对崔立骏说道："这样子走肯定不行，得把东西藏好。"虽然没有人告诉王雄箱子里装的什么，但他曾经给金先生运送过炸弹，此时的他心里明白，那绝非普通物品。

藏东西也是一门学问。崔立骏对车辆的情况并不熟悉，无从想起合适的藏匿地点。而王雄则不然，他天天与车子打交道，自然知道何处最为隐秘。车厢内装满生活垃圾，蝇虫缭绕。崔立骏心中暗忖，王雄此举必有深意。正想着，却见王雄拿起旁边放着的棍子，在垃圾中扒拉起来。看了一会儿，崔立骏恍然大悟，立马也赶紧跳了上去，两人合力就在垃圾中间扒开一个坑。崔立骏直接把箱子拿过来，准备放进坑里。王雄看了看，摇头说不行。他让崔立骏把箱子打开，将里面分别用毛巾裹扎好的东西轻轻取出，分散埋在了垃圾坑内。然后，箱内装上工作服和修车工具之类的物品，放在了车上。

两个人开着卡车行至市郊。这里与城内相比，处处显得凌乱萧索。眼看卡车即将转到乡间土路上，突然眼前出现了一个隐藏于路边的检查卡口。车子被拦了下来。

一胖一瘦两个人手提长枪走到车前，敲了敲门让崔立骏和王雄两人下车接受检查。崔立骏看了王雄一眼，独自一人下车应付。

那名瘦得形销骨立的兵士，凶巴巴地问："干什么的？到哪里去？"

"老总，我们是运垃圾的，城里现在搞卫生大赛，不给倒垃圾。我们积攒了一车垃圾，只能送到城外去。"崔立骏回答。

对方听了崔立骏的解释，似乎并未完全放下戒心，要求打开车厢检查。崔立骏只得依言照做。随着车厢板打开，一堆乱七八糟的垃圾呈现在他们眼前，异味刺鼻。

"老总要不要上去看看？"崔立骏捂住鼻子假装耿直地问道。

检查人员瞟了一眼崔立骏，同样捂着鼻子摇摇头，但眼睛一个劲地盯着箱子。崔立骏问他要不要打开，检查人员点点头。崔立骏跳了上去，一手捂鼻一手把箱子提了下来，直接放到了两人的面前。

箱子打开后,里头不过是擦车布、工作服、工作帽、修车工具等杂七杂八的东西。此时的崔立骏心里十分忐忑,但他还是捂着口鼻,对胖乎乎的检查人员说:"老总,要是还不放心也不嫌脏,那我扶你上去看看吧?"

胖子对崔立骏翻了一个白眼,右手挥到叠着三层赘肉的后脑勺做出欲打人的姿态,恶声咒骂:"快滚!你个小瘪三,自己是个脏鬼,还来膈怪我。"

在两个检查人员的虎视眈眈下,崔立骏匆匆关上车厢板,车子风驰电掣般驶离。车行十几公里,到了人车稀少处,王雄把车子停了下来。

崔立骏奇怪地瞥了一眼王雄:"怎么不走了?"

王雄解释道,车子是他以试车之名方得出厂,且此车并未报备出城,若久行不归,恐生事端。故此,千里送君,终须一别,只能送到此处了。

崔立骏和王雄将藏在垃圾堆里的东西取出,用毛巾擦干净后装进箱内,然后把垃圾卸在了附近一条沟内。两人一个向南一个向北挥手告别,临走时王雄把一个包裹得很严实的东西郑重地塞到崔立骏手里。崔立骏仔细摸了摸,面露喜色,心情复杂地塞到贴身衣服口袋里。

王雄用力拍了一下崔立骏的肩膀。一股热流传遍崔立骏的全身。

"我有个问题,不知该不该问。"分别之前,崔立骏突然想到一个问题。

"请说。"

"宋厂长还好吗?"崔立骏突然想起了曾经帮助金先生制造炸弹的宋浩宇。

"爆炸发生不久,宋厂长就带着德国夫人和孩子离开上海,说是回德国了。后来日本人怀疑是他制造了如此大威力的炸弹,在上海和德国四处找他,也没有找到!"

"祝他和家人平平安安!"崔立骏双手合十,说出一句祝福的话。

"我能有今天,都是他教的。这辈子,我不知道还能不能再见到他……唉,不说这些了,你快点赶路吧!"

直到崔立骏的身影成为一个小黑点,站立不动的王雄才独自归去。

崔立骏手提重箱，贴着路边疾行。

看山跑死马，远路无轻担。装满炸弹的箱子足足四十多斤重，刚开始崔立骏还可以承受，一个钟头后逐渐感到吃力，浑身上下已经被汗水浸透。崔立骏知道这样走下去，三五天时间定是到不了嘉兴。

于是，他艰难地跨过路边的水沟，到对面找了个树荫处坐下，把箱子靠着身子立了起来，好像一个寻常人走路累了坐下来歇脚一样。他抬头向远处不停地眺望，等待车辆经过。

等了半个多钟头，终于看到驶来一辆马车。马车拉的是一些杂货，许是从城里进的一些小商品。赶车的汉子看起来五十岁左右，风尘仆仆，面露风霜之色。车上还有一个二十出头的年轻人，不出意外应是儿子或者伙计。

崔立骏赶紧起身挥帽吸引注意，同时问能不能搭个顺风车。年轻人没有吭声，看向年纪大的赶车人。崔立骏上前两步，殷勤地递给中年汉子半包香烟。中年汉子接过香烟点了点头，崔立骏连声感谢。年轻人想帮助拿箱子，崔立骏连忙摆手，把箱子轻轻放进车厢，自己则坐在了车帮上。

坐上马车，崔立骏一直紧绷的心终于得到片刻的放松。赶车的年长者似乎刻意地找着话题与他聊天，问他干什么，到哪里去，家中有几口人等等。崔立骏此时本不想聊天，但坐了别人的车，于是便按照临时想出的说辞一一作答。说自己此次去嘉兴谈笔生意，因为耽搁了乘车，所以想搭个顺风车前往。年长者夸他好面相，耳垂大而厚实，定是生意兴隆，属于有福有钱之人。崔立骏笑笑，没有回应，只向赶车人抱拳拱了拱手。

接近傍晚时，马车悠悠来到一个岔路口。赶车师傅转头对崔立骏说，车下主道二三里路就是他家。并说天色已晚，如不嫌弃，可在他家留住一宿，明日再做打算，若要继续赶路，就在大路上将人放下车。崔立骏抬眸，虽说暮色尚未深沉，可此地前不着村、后不靠店，万一遭遇变故，实难周全。见对方热忱相邀，崔立骏忙不迭地答应了。

到了家中，除父子两人再无他人。下车进屋的整个过程，崔立骏始终都是自己提着箱子。师傅下意识地脱口说了一句:"你这箱子不轻啊!"崔立骏心中怦然跳了一下,父子两人为什么会留意他的箱子,难道他们知道什么?应该不会,因为他们与自己是路上偶遇的。

崔立骏与两人一起吃过晚饭,赶车师傅就在儿子的小屋内加置一张床铺,让崔立骏先行休息,随即向儿子使了个眼色,便出去卸货了。

崔立骏想到刚才心中那份疑惑,在将箱子妥善置于床下后,又找了半块砖放在了门边,伸手从怀中掏出一个沉甸甸的物件,这是一支勃朗宁M1906手枪。王雄似乎算准了崔立骏这一路赤手空拳会遇到什么。

崔立骏躺在床上和衣而卧,把手枪压在枕头下,心中顿时踏实许多,两口烟工夫便酣然入睡。

在离家不远处幽深的水塘边,两个黑影正窃窃私语。儿子面带疑云,不解父亲何以选在此等偏僻之地密谈。然而,当父亲口中吐露出一番骇人之语时,他惊愕地张大了口。

父亲低沉而阴冷地告诉儿子,那人手拎重箱,又是生意之辈,必定怀揣金银。他们不如趁机行事,将其了结,再神不知鬼不觉地掩埋了事。儿子闻言,心中涌起一股莫名的恐惧,颤声询问若是被人发觉,该如何是好,他的家人寻来,又该如何应对。父亲冷笑一声,恶狠狠地回话,他孤身一人在外漂泊,刚才一路上又无人看到,谁又能知晓他曾在家中留宿?

"再说了,你小子不正愁没钱娶媳妇吗?"儿子虽心中忐忑,但贪念如野草般恣意生长。最后,父子两人商定,等半夜崔立骏熟睡,两人便进屋动手。

一阵凉风拂过,半梦半醒间,崔立骏恍惚听闻门后传来砖块倒地的声音,料想是刚忙完活儿的小伙子进屋,便未睁眼,只眯缝着眼窥探。

小伙子蹑手蹑脚走到崔立骏床边,瞧了两眼后,才慢慢转身回到自己床边坐定。或许是害怕,他的双眼一直盯着崔立骏。小伙子的反常行为立刻引起了崔立骏的警觉,脑子如同重重敲击的钟一般,嗡的一声被激活,惊觉此异常之举定有蹊跷。崔立骏悄无声息地摸出枕头下的短枪,轻轻握在手中,就这样一直处于假寐状态。

几分钟后,他再次听到了门响,好像有人窸窸窣窣走进房间,随后脚步猛然加快朝他直奔而来。

崔立骏屏住呼吸,紧握手枪一动不动。突然,两个黑影如饿狼一下子向他扑来。一人企图用绳子捆住他的双腿,另一人则手举舂米的石舂准备砸向他的头。崔立骏腿部遭按压之际,陡然发力,猛地挣脱羁绊,顺势朝着那人裆部奋力一踹。只听一声惨叫响起,那人疼得满地打滚。听声辨人,崔立骏确定倒地惨叫者正是赶车人的儿子。

踢倒小伙子的同时,中年汉子举起了石舂,意欲砸向崔立骏脑袋。千钧一发之际,崔立骏抡起枪把用力砸在了对方鼻梁上。中年汉子痛苦地号叫一声,石舂垂直落下,砸在了他的脚面上……趁此机会,崔立骏从床上一跃而起,再次用枪托砸向汉子的头部。这次重击,对方被彻底打蒙。年轻人刚从地上爬起,作势欲扑,却闻一声断喝:"我手里有枪,再动我就打死你!"听到有枪,父子俩吓得魂飞魄散,再也不敢动弹。

"去,把灯点亮!"崔立骏冷冷地指令年轻人,"敢耍花招,我就开枪。"

待灯点亮,昏黄的灯光下,父子两人看清崔立骏手中的那把黑漆漆的手枪,心中更是惊恐万分。

"谁指使你们干的?想活命,就老老实实地回答。"

老者此时蹲在地上,结结巴巴交代并没有外人指使,而是自己财迷心窍,看他孤身一人跑生意,又手提重箱,想着里面可能装着不少金银财宝,遂生歹心,企图摸黑杀人,占有钱财。

儿子的回答,佐证了父亲的说法。崔立骏判断两人说的大致不会有假。为了唬住对方,他自称是江湖人士,手里这把快枪一路上杀了好几个见钱心黑之人。还警告两人,自己在方圆百里内的帮会有很多结拜兄弟。倘若今天的事透露半个字,见阎王是轻的,到时候让他们生不如死。这父子二人本是见财起意的普通人,吓得面如土色,跪在地上叩头如捣蒜。

崔立骏把两人捆好,堵上嘴巴,第二天天未亮就离开了这个是非之地。

经历这场搭车事件,崔立骏变得更加小心翼翼。在路线的选择上,他思虑了半天,决定转道去海盐,这样直接就能看到金先生,把一箱子"宝贝"当面交给他。

又换了两次车,乘了两次船,经过三天两夜的奔波,崔立骏终于抵达海盐,然后马不停蹄地去了载青别墅。

看着满满一箱子炸弹和崔立骏身上褴褛的衣衫,金先生能想象到这一路上的艰难险阻。他紧紧握住崔立骏的手,千言万语凝结成一句话:"乱世之时,人心不古,凶险无时不在,立骏,真是辛苦你了,你对韩国临时政府有大恩啊!"

时光匆匆如白驹过隙,转眼又过了半年。

崔立骏每隔一段时间,就会踏上山径,为金先生送来米面粮油和生活必需品,但金先生视若珍宝的则是崔立骏带来的各种近期报纸,这也是金先生交给崔立骏的一项重要任务。这些报纸在金先生看来就是最好的情报来源,不仅能了解日寇不断蚕食中国的动态,更为重要的是能够及时掌握中国政府对日态度,为确定他们临时政府下一步的行动纲领提供方向。

自从"阿黄"被打死的事情发生后,金先生变得更加谨慎,多数时光待在载青别墅内,深居简出。想来从韩国到上海的十几年间,金先生一路为独立运动奔波辛劳,足迹遍布杭州、苏州、南京、徐州等地,但途中危险如影随形,岂有游山玩水的闲情逸致,就连在隐遁藏形几年的上海,他也很少在黄浦江边、虹口公园这些地方流连。如今藏身于野鸭岭这山清水秀、空气清新之处,金先生的身心得到了放松。

阿龙伯见金先生整天大门不出二门不迈,从早到晚读书冥想,从心底里佩服他的毅力,同时也体谅他的酸楚。

时至深秋,一天吃过早饭,阿龙伯准备去囤积冬日里要用的柴火。砍柴的地方人迹罕至,不存在被人认出的风险,他便叫金先生与自己同行,领略一下山中景色。二人刚走出不远,突然发现远处山坡小道上隐隐约约闪动着两个人影。这里一直是崔立骏单线联络的,而且他刚来过别墅,肯定不会是他。想到这,阿龙伯不禁担心起来,急忙让金先生到林子深处躲一躲。金先生同样担心阿龙伯,建议不如两人一起躲起来,省去许多麻烦。阿龙伯说自己是本地人,当地人都知道他是别墅的守屋人,并无危险可言。他可以留下与他们周旋一番,看看他们是什么人,为什么出现在这里。

"您快去吧,被他们看到就糟了。"阿龙伯催促着。

金先生匆匆转身向密林深处隐去。

阿龙伯找了块石头坐下,不到一袋烟的工夫,只见那两人便顺着小道绕了过来。阿龙伯从帽檐下偷偷地瞄着他们,其中一个人他认得,正是那个两次出现在载青别墅的吴水生。两人说的是本地话,阿龙伯一字一句都听得真切。其中一人嘀咕道,上次在"钱老爷大屋"闹了一出,结果什么人都没捞着。但奇怪的是,河边那个生面孔的钓鱼老头就凭空消失了。那个"高丽棒子"是不是到海盐来过?阿龙伯戴着顶旧草帽并不想主动搭理他们,但眼前有个大活人,还是引起了两人的注意。

两人一抬眼看到路边的阿龙伯,立即停了下来,其中一人冲他喊道:"嗨,老头,你过来!"

阿龙伯故意装作听不清:"是喊我吗?"

"不喊你,难道这里还有别人?"二人很不耐烦地回道。

阿龙伯放下手中的树枝,手握镰刀慢慢地向二人走去。待走近两人时,那两人方惊觉,这不是那个"钱老爷大屋"的管家吗?

二人心中大喜,却又极力压抑情绪,打算在阿龙伯嘴里套出一些话来。阿龙伯这边也想探明他们的意图,故作木讷。

"嗨,老头,你经常在山里转悠,这里到底有没有陌生人来过?"

"有的啊,你们两个不就是陌生人吗?"

两个人头上直冒黑线,心中暗骂老头装疯卖傻。

"你们那大屋里有没有住过其他人啊?你知道这山里还有哪些地方能住人的?"

"有的啊,我不是一直陪着我们家二少爷住在屋里吗?山里这么宽敞,天为盖被,地为宽床,只要不怕蝎子毒蛇,这山里哪里都能住。"

那两人被阿龙伯的话怼得半天没缓过神来,又不死心地继续追问:"那你们大屋到底有没有来过外人,你总该知道吧?"

一连串的问题让阿龙伯确定了一件事情,这些人并没有消除对"钱老爷大屋"的怀疑。

见套不出阿龙伯的话,吴水生也不再拐弯抹角:"上次在湖边钓鱼,我亲眼遇到一个外乡人,就是往你们'钱老爷大屋'那边去了。"

阿龙伯早就想好了对策,吴水生话一出口,他突然变了脸色,怒目圆睁地瞪着吴水生,如一头被激怒的睡狮,由木讷转而歇斯底里地怒吼道:"你一说这,我倒想起来了,我说怎么看着脸熟,你就是上次带官兵到我们家找麻烦的那个人,还把"阿黄"打死了。我正想着找你算账呢,你倒是自己送上门来了。你今天别想跑,快赔我"阿黄"啊!"

吴水生心里发怵,暗叫不妙,边顺着下山方向退,边向阿龙伯辩解"阿黄"是当兵的搞死的,不是他打死的。阿龙伯此时哪想与他废话,举起镰刀直愣愣地朝吴水生奔去,边哭边喊:"啊,老天爷,你睁开眼看看,作孽啊。'阿黄'死了,它从小就跟着我和少爷,你们赔我'阿黄'!"

吴水生见状,心想光脚不怕穿鞋的,跟一个山野村夫较劲没必要,急忙朝另外一个便衣使了下眼色,两个人一溜烟地跑走了。

确定两人走远,阿龙伯钻进密林找到金先生,告诉他事情的经过。

看似平静的湖面实则暗流涌动,湖底的猛兽盘旋着、潜伏着、等待着……湖面之生物稍有松懈,便会遭到致命一击,头断肢碎。念及这些,金先生唏嘘感叹,看来,这载青别墅平静的日子要结束了。

第 31 章　海盐·嘉兴·严家浜

两天之后，崔立骏来了。

金先生和阿龙伯把再次遇到吴水生的事一说，崔立骏马上认识到问题的严重性。"钱老爷大屋"虽然有朱家庇护，却仿若薄如蝉翼的屏障，一旦被撞破，金先生便如砧板上的鱼，只能任人摆布。

金先生没等崔立骏开口，又急切地补充："我个人安危事小，但不能殃及褚家和朱家。立骏，事不宜迟，辛苦你马上赶回嘉兴，找褚先生商量，尽快换个地方为妥。"

当天夜里，崔立骏匆匆踏上归途，直奔嘉兴。抵达嘉兴时，已是深夜，他决定先回林熙媛租住的小屋，第二天一早再去找褚嘉诚。

屋里透着灯光。数月来的谨慎使然，他没有直接去敲门，而是蹑手蹑脚走近窗前透过窗帘缝隙观察屋内的情况。

崔立骏看到，此时的林熙媛正坐在窗前灯下批改作业。近一步端详，他看清妻子清秀的脸庞似乎又消瘦了一圈，那原本圆润的下巴如今变得尖细，心中顿生怜爱心痛之意。夜灯下，林熙媛有些冷意，轻轻地搓了搓手心手背，伸了个懒腰，接着捶了捶腰，继续埋头批改学生的作业。

林熙媛一点也没察觉到窗外的异样。她不知道，一双充满爱意的眼睛在一直盯着她看。

看着妻子专注的神情，崔立骏决定逗她一下。于是，他捏着嗓子在林熙媛窗外喊了一声："林老师！"

"谁？是连老师？"林熙媛听着声音以为是连华，毕竟她在嘉兴没有其他好朋友，但又觉得声音有些别扭，于是握紧手中的笔，笔尖朝外，警惕起来。

"是我啊,快开门,给你带了礼物。"窗外传来崔立骏特意掩盖的笑声。

林熙媛连忙合上作业本,盖好钢笔帽,麻利地起身,快步跑到门前。门开的一刹那,崔立骏熟悉的身影已经立在眼前。

"快进屋!"林熙媛抬头看到崔立骏时,明显恍惚了一下,但是随即又反应过来,冲着崔立骏嗔怪道:"你个坏人,什么时候学会女人声音了?"

崔立骏一脸傻笑后,指着手里的挎包说:"猜猜,我给你带了什么?"话毕,他从包里拿出一袋拉丝糖,那是临行前林母特意为他收拾的包裹里头的一小袋。他知道熙媛爱吃这个,便特意给她留了下来。

崔立骏紧紧搂着妻子,发现她的腰身似乎又纤细了不少。

"信都给二老了,他们都好。倒是你又瘦了!"他疼惜地抚摸着妻子瘦削的脸颊。

"前段时间受凉,过了一阵才好,心中又挂念你,要不是连华时常来找我,真是度日如年。现在你回来了,一切就都好了。"说着她搂紧丈夫的腰,仿佛要将这些日子全部的思念一一倾诉与崔立骏。

"你突然回来,是不是遇到什么麻烦了?"

崔立骏本想把海盐载青别墅发生的事情说上几句,然而话到嘴边,又咽了回去,他只轻描淡写地提及海盐那边有些许状况,需尽快向褚嘉诚先生禀报。

望着妻子稍显惊慌的眼神,崔立骏宽慰道:"先别想这些了,今天不早了,快休息吧,明早我还要去跟褚先生商量对策。"

翌日清晨,崔立骏醒来时没有看到妻子的身影。只见一个七分熟煎鸡蛋和一个五芳斋的大肉粽,还有一杯豆浆摆在了餐桌上。吃完早餐,崔立骏便匆匆地赶到褚府,把海盐的情况详细地说了一遍。

褚嘉诚"啪嗒啪嗒"吸了几口烟,最后叹口气说:"要真是那样的话,必须抓紧时间转移。金先生的安全,容不得半点闪失,我在乡下再找个地方。"说着他抬头望向屋顶,似乎在回忆着什么,"对了,我在上海的厨师是嘉兴乡下的,金先生坐火车来嘉兴时,曾与他母亲和儿子一趟车。"

"是阿毛和阿婆?"崔立骏问道。

"是的。彤升和他们认识,一会儿我去和彤升商量一下,让他去问问住一段时间行不行。"

褚嘉诚说完,就拉着崔立骏一起去了陈彤升家。陈彤升亦是爽快之人,深知事态紧急,当夜便摸黑赶往阿毛与阿婆所在的严家浜。天色未亮,他又匆匆赶回,告知褚嘉诚已然商量妥当,金先生随时可以动身。

为了减少路途风险,褚嘉诚依旧安排柳叶撑船与崔立骏一同前往海盐。

柳叶在小船上等候,崔立骏下船后立即奔赴朱宅,向佳慧的父亲说明原委并致谢辞行。随后,崔立骏没有作任何停留,又立即上山,带着金先生趁天黑摸下了山。

大清早,人们生火做饭之时,两人已经坐上柳叶的小船,驶往嘉兴。金先生也结束了他在野鸭岭南坡载青别墅长达半年多的隐居生活。

"海盐啊,我会永远记住你!"金先生望着远去的湖光山色,泪水不禁模糊了双眼。

路上,崔立骏和柳叶商量,小船直接驶往严家浜,让柳叶自己选择路线,越快越隐蔽越好。柳叶说,一般快的路线都是抄近路,必然走的人多,人越多就越不安全。和金先生商量后,两人最后达成一致意见,不求快,还是把安全置于第一位。

严家浜,这个隐匿于嘉兴城南河汊处的幽静村落,几十户人家聚居于此,以耕田捕鱼为生,过着与世无争的日子。这里既是陈彤升心中的故土,也是阿毛与阿婆温暖的家园。

抵达之后,船停泊在村头,崔立骏和金先生在船上等待,柳叶则下船联络。

柳叶曾在阿毛和阿婆去嘉兴城拜访褚府时,给他们撑过一次船。没有耗费多大工夫,她就寻到了阿婆的家。阿婆已经从陈彤升那里得知情况,二话没说便跟着柳叶到了码头边。金先生刚下船,阿毛一眼就认出了火车上那个脸上有麻点的爷爷。

阿毛过去牵着金先生的手,忽闪着紫葡萄般的大眼睛,呆呆地歪着脑袋问:"爷爷,您上次去哪里了?怎么又跑到这里来了?"

崔立骏赶忙弯下身子凑到阿毛面前,将手指举放在唇边制止道:"嘘,小家伙,以后可不许这样说。你从来没有见过爷爷,这是爷爷第一次跟你见面,以后他要在你们家住上一阵子了。谁要问起,就说爷爷是你们家亲戚。"

"对对对!"阿婆赶忙接口,把阿毛拉到身后,对着崔立骏道,"是我娘家表弟。表弟怎么称呼啊?"

崔立骏接口道:"他姓张,叫张震宇。外人问起,就说您表弟是来养病的。"

到家后,阿婆给金先生单独安排了一个房间,在主屋的旁边。她知道褚嘉诚是个学问人,作为他的朋友,"张先生"肯定也是读书人的做派,便找了一张桌子给金先生做书桌。

阿婆见崔立骏进来时扛着个大箱子,以为是行李箱,想接过来帮他放在床底下。金先生摆摆手,示意让崔立骏自己来做。崔立骏小心翼翼地将行李箱放置在床底,阿婆并未作声,心里明白这行李箱里的东西肯定非同寻常。

夜深,金先生特地造访阿婆,言辞恳切,道出箱子的重要性,又提及床底湿气重,恐损箱内物什,恳请阿婆指条明路,觅一稳妥藏处。阿婆闻之,抚掌而笑,眼中闪烁着几分狡黠与得意。她娓娓道来,提及几十年前自己结婚时有个陪嫁的大衣柜,长年累月锁着,她保管着钥匙,家中无人敢去招惹,说不知放在里面如何。

金先生瞥了一眼阿婆缠在衣兜里的钥匙,满意地点点头说:"那就拜托表姐了。"金先生的箱子本身就是上锁的,放在阿婆的衣柜里又上了一层锁,等于双重保险。

让金先生一直担惊牵挂的箱子,里面装着的正是崔立骏历经千辛万苦带回来的炸弹。

隐居阿婆家的金先生倒是很悠闲，严家浜离城远，村子显得十分宁静。

平时，金先生就坐在房间里读读书写写字，有时也会教阿毛画画写字，没事时也会戴着草帽与阿婆一起下地干点农活，慢慢地就与周围邻居熟络了起来。当地民风淳朴，并没有人过多关注金先生的身份和来历。只是农村人好热闹，逢婚丧嫁娶都要聚在一起吃酒席。

有一天，村里洪大爷过六十大寿，邀请全村人去吃流水席。金先生本无意参与此等热闹事，但洪大爷竟亲自上门敦请。盛情之下，金先生只得拉着阿毛一起前往。筵席上，一村之人把酒言欢。一个叫李常有的人紧挨着张先生坐下，又是倒水，又是递瓜子，表现得热情又殷勤。李常有见金先生并未反感，便打开了话匣子。李常有看似随意却处处暗藏机锋，直指金先生的身份与来历。

当金先生说自己是阿婆娘家表弟时，李常有仿佛抓到了一个漏洞，连忙惊讶地说道，金先生口音不对，与阿婆差很远，绝对不是一个地方的人。金先生一时哑口无言，急得旁边的阿婆皱起眉头，用皲裂的手指不停地抠着衣角。待李常有一说完，她就连珠炮似的开了口："你这闲人真是咸吃萝卜淡操心！查我祖宗十八代也轮不到你！我表弟从小随舅舅去了广州，口音自然不同。"

席散归家，金先生问阿婆缘何众人疏离李常有。阿婆告知，往后少与这厮往来，此人见利忘义，村人都骂他是暗中使坏的"戳壁脚"。

金先生心中有数，他与李常有没有直接的利益冲突，只能不远不近地敷衍着。李常有经常邀请金先生去钓鱼虾，被金先生以各种理由拒绝。

形势平稳了一段时间。

金先生和崔立骏商议，决定还是得想办法把临时政府在杭州的几个人转移至嘉兴。如此一来，两地间距缩短，往来联络便不再那般棘手。

在褚嘉诚父子的帮助下，经崔立骏和在杭州的安山根两边沟通，临时政府其他几位要员和家眷陆续来到了嘉兴。褚嘉诚帮他们在日晖桥那里租了一个带院落的小楼房,生活需求皆由崔立骏负责。众人安顿下来后,褚嘉诚嘱咐他们一定要低调生活,减少外出,尽量不引起别人的关注。金先生和临时政府要员间的秘密联络,由崔立骏和安山根具体负责。

崔立骏仍然在褚凤鸣的厂子里上班,林熙媛在嘉兴中学教书,日子风轻云淡地过着。

但他隔几天就会和柳叶一起摇船去一趟严家浜,带点旧的报纸和吃的东西,然后陪金先生聊聊外面的形势,传达一下韩国临时政府的消息与决议。

然而,这平静的日子被阿毛的一次外出意外打破。

一天,阿毛要去隔壁村的郎中那替阿婆拿药,出门没多久,就被一直在自家附近转悠的李常有发现。李常有见阿毛独自一人走在乡间小道上,便殷殷问阿毛要去哪。听说去隔壁村,他立马说自己也要去,可以和阿毛同路。

一路上,李常有用各种哄骗话术,试图从阿毛口中探听出一些关于金先生和崔立骏的秘密。他的问题像连珠炮般砸向阿毛,让阿毛应接不暇。一开始时,阿毛还按照阿婆教自己的话搪塞对付,可是后来李常有越问越多,甚至关注到了金先生平时都干什么以及来找他的那个年轻人是干什么的。正当不知如何回答之时,阿毛想起了崔立骏和阿婆告诫他的话,张爷爷的事不能多讲,不管谁问,就说自己小囡一个,啥事体都不晓得。

念及此,阿毛小嘴一噘,眼珠滴溜一转,佯装懵懂道:"我只是个小孩,你总问我那么多大人的事做啥。我连自己的事都记不清哩。"

"阿毛,你要是能把你知道的都告诉我,我就给你买糖葫芦。"李常有见硬的不行,便换了副嘴脸。阿毛不吃这一套,一句"我不想吃"之后,故作漫不经心地玩起脸颊来。他鼓起腮帮子,用手指戳着左侧脸颊,空气都跑到了右边,右脸便瞬间鼓了起来,于是又戳了一下右侧脸颊,来回变换,随着手指的戳动,左右脸轮流出现鼓起来的"气球"。

眼看就要到隔壁村的村口，李常有的耐性被耗尽，恶狠狠地说："我真是白疼你了。你自己一个人走吧，我去别的地方还有事。"

阿毛回到家后，将此事一五一十地告诉了阿婆。阿婆眉头紧皱，告诫阿毛，以后不要单独同李常有一块出去，也不要单独跟他说话。阿婆也把情况及时告诉了金先生，让他不要和李常有走得太近，并告诫金先生，一肚子坏水的李常有急着跟孩子生套近乎，不知道背后到底打的什么鬼主意。

李常有三番五次接近金先生，表面献殷勤，心里却怀着鬼胎。事情还要从那次金先生跟着阿婆去吃酒席说起。

那次李常有见到金先生，总觉得有点面熟，可一时半会儿又想不起来在哪里见过。回到家后，李常有为此茶饭不思，天天在琢磨这个事情。终于想起大概一个月前，有次他去城里办事，回来时给小孩买了一斤糕点，是用旧报纸包裹的。他依稀记得那报纸上有一张比较大的照片，上面的人很像张先生。他识字不多，不知道发生了什么事情，但听人说过，那是被通缉的人，举报的人有大的奖赏。

一念及此，李常有的心思瞬间活络起来。这张先生，莫不是犯了事？要真是这样，自己发现并举报肯定能得到一大笔钱。苦了大半辈子，穷得叮当响，没准儿这就是老天开眼，赏他一个发财的良机。

李常有在家里翻箱倒柜地找那张报纸。那张报纸被他压在了席子下，可这会儿却不见踪影。他老婆见李常有翻来覆去寻找着，问他找什么，李常有回答在找一张报纸。他老婆这才说出那报纸早就让她当点火纸烧锅用了。闻听此言，李常有气得大骂老婆是个败家子，把他的财运烧掉了。

事情到了这一步，李常有还是没有死心。虾有虾路，蟹有蟹道。他平素里交往的同道中人不在少数。无计可施之下，他便怀揣满腹心思，去找他们讨教。

几位狐朋狗友你一言我一语，聊起一年前上海那场惊天动地的爆炸案，投炸弹的人当场被抓，但幕后主谋已经跑掉了。日本人又是登报纸悬赏通缉,又是到处搜查缉拿,闹得整个上海鸡飞狗跳,但到现在,这个人好像人间蒸发一般,没有任何音讯。

一个烂眼者插话道:"悬赏的价格真不低,六十万大洋呢。谁要是发现这个人,那就发大财了。"

李常有心中一震,六十万大洋,这可不是个小数目。他忍不住探头询问道:"那你们说,这个人最有可能藏身何处呢?"

"大隐隐于市,小隐隐于野。王侯将相这个级别的人算大隐,习惯不了乡野,藏身地一般是城里。杀人越货、偷鸡摸狗之类算是小隐,藏身地极可能是偏远的村庄。"说这话的是一个戴着眼镜的人。说罢,他自鸣得意地摇了摇脑袋。

李常有怔住了。

烂眼者用胳膊肘捅了一下李常有:"常有老弟,你问这问那,是不是有啥咯线索了?"

"没有,没有,就是问问。"李常有虽然这么说,从此之后,他更加关注金先生的动态,动不动就找借口从阿毛家门前经过,借此寻找和金先生碰面的机会。

有一天,李常有又约钓虾。金先生本欲婉拒,却架不住李常有如蝇附膻般的纠缠,终是勉强应承下来。

在钓虾的河边,李常有紧挨金先生坐下,一会儿帮挖蚯蚓,一会儿把蚯蚓串在铁丝上,一切都弄得妥妥当当。两个人有一搭没一搭地聊着,李常有此时一口一个"张大哥"地叫着,恭维金先生看起来就是富商大贾,见过大世面之人。李常有接着套话道,自己也想做生意发大财,问金先生能不能传授一些生意经。

金先生已经清楚李常有的底细,故作不悦地说道:"我有一句话,送给老弟,食然后言。我们还是专心钓虾吧。你看你这么大声,把虾都吓跑了。"李常有只好缄默,不好再多问。

一计落空,又生毒计。

钓虾成果颇丰,一个多时辰就钓到了半桶。金先生很高兴,心想阿毛今天又有了口福。然而，正当他全神贯注于钓虾之际，只听李常有大喝一声："快跑，侦缉队来了！"言罢，他急匆匆地收拾东西，拎起虾桶便逃之夭夭。

金先生听到吆喝，也顾不上四处看看，慌忙扔掉手中的竹竿，把帽子往下拉了拉，站起来跟着他就跑。两个人跑了几百米，气喘吁吁地停了下来。对着跑来的方向张望，金先生根本没看到什么侦缉队，只有一个人在田里干活。金先生此时已经知道是李常有在使诈，心中顿生一计，疑惑地问道："你跑什么啊？"

李常有诡异一笑："你不是也跟着我一起跑了吗？"

"我根本没听清你喊什么，你跑，我也就跟着跑了。"金先生言之凿凿。李常有本以为自己找到了证据，没有想到反被对方驳斥得哑口无言。

崔立骏得知这种情况后，立即和褚嘉诚进行紧急商量。三天后的黎明时分，金先生悄悄离开严家浜回到了嘉兴。

临行前，金先生与崔立骏趁着曙光昏暗，将一箱子炸弹用桐油纸包好，小心翼翼地埋在了院内一棵老槐树下。金先生取出一张纸条，挥笔写下"张震宇"三个大字，随即将纸条一分为二，将其中一半交予阿婆，嘱咐说一箱子书他会派人来取，取书者会拿出另一半纸条，只有双方拼好完整的三个字，方可告诉对方藏书地点。阿婆将纸条揣进怀里，看了一眼金先生和崔立骏，低声说道："表弟你放心，这位小兄弟也请放心，随你们啥辰光来取都行，我活多长就等多长，我不行了会交给儿子，儿子不行了，会交给阿毛！"

第32章　严家浜·嘉兴

祸起萧墙。

金先生离开严家浜的第二天傍晚,绫子带领十几个便衣化装成乡民,由李常有带路,悄悄包围了阿毛的家。搜寻无果后,绫子恼羞成怒,命人将阿婆与阿毛五花大绑,捆于院内老槐树上。

"姓张的到底是什么人?"绫子用枪顶着阿婆额头。

"我,我,表弟。"

"你表弟怎么和你说的话不一样?"

"他,他打小去了广州。"

"人这会儿在哪里?"

"回广州了。"

"回广州什么地方?"

"我一个老太太,不晓得。"

"他走时留下什么东西没有?"

"我,我想想……有!"

"什么东西?"

"给我孙子钓虾的东西。"

阿婆牙齿被绫子用枪托逐一敲落,满口鲜血,却未吐露半句绫子想听的话。

绫子最后走到了阿毛面前。阿毛已经被阿婆的模样吓傻,无论绫子怎样讯问和用枪托砸嘴巴,反反复复只说一句话:"张爷爷走了,我吃不到虾了! 张爷爷走了,我吃不到虾了!"

绫子犀利的眼神里充斥着杀气。看到绫子点了两下头后,两个便衣从怀里掏出匕首,在阿婆和阿毛胸口各自捅了四五刀。鲜血从两人胸口喷涌而出,不大一会儿后两人软绵绵地垂下了头。

然而,绫子并未就此离开,她命令李常有解开捆绑两人的绳索,把阿婆和阿毛的尸体背进草房内。李常有战战兢兢地听从命令,刚放下阿毛的尸体,绫子一刀就捅进了他的后背。李常有翻过身来还想挣扎,但岂是绫子的对手。绫子拔出带血的利刃,一刀插进了他的咽喉处……

最后,绫子点燃油灯将整个草房付之一炬。火光映照着她冷酷无情的面容,严家浜这场屠杀的全部证据,被就此掩埋。

从严家浜回到嘉兴,金先生住在何处又成了天大的难题。

摆在崔立骏和褚家父子面前的,有两种选择——是安排金先生与藏匿于嘉兴日晖桥的其他韩国临时政府成员共居一檐,或是另觅一处隐秘的新居。

崔立骏沉吟片刻后说,炮弹不可能再次落在同一个弹坑,更勿论连续三次。陈彤升家既已两度被查,想来日谍亦不会再将其视为盘查重点。他提议金先生仍旧藏匿于陈宅,毕竟另觅新居既费时日又易泄露行踪。褚家父子思量再三,终是同意了该建议。

金先生悄悄搬进陈彤升家的当天夜里,崔立骏却辗转难眠。经过对当前形势的分析,他深知,要保金先生周全,非得巧借政府之力不可。既要限制日方追捕人员肆意妄为,又不使他们产生怀疑。于是,第二天他即向褚嘉诚建议,抓住严家浜谋杀案的契机,利用自己的影响呼吁彻底溯源核查,请求政府以维护治安为名强化对日谍的监督和管控。

此举果然奏效,褚嘉诚为保护金先生,通过萧峥,联系上浙江省警务处长蒋伯诚,使其加大对杭州、宁波、嘉兴等地的治安巡逻和盘查,日谍猖獗一时的搜捕一定程度上被遏制。金先生的住处虽然与日晖桥相隔不远,但日晖桥那边的人并不知道金先生住在哪里。韩国临时政府的人多次询问过崔立骏,出于安全,他始终没有对外吐露一个字。

福无双至,祸不单行。刚料理完阿毛与阿婆的后事,崔立骏又收到一则噩耗。

1932年12月下旬的一天夜里,崔立骏心事重重地来陈彤升家找金先生。金先生见其情绪低落,未及开口询问,崔立骏已将一卷报纸递了过来。

金先生心中已有预感,赶紧翻开报纸,果然在头版头条看到了一则醒目的标题:虹口公园爆炸案主犯尹英魁被执行枪决。细细读来,方知是前几日之事。12月19日上午,尹英魁在日本石川县金泽陆军基地内被执行枪决,年仅二十五岁。报道称爆炸发生后尹英魁并没有逃跑,而是高喊"大韩独立万岁",被捕后被押往东江湾路10号的日军司令部。面对日军的严刑拷打,他坚称投弹之事乃他一人所为,与他人无涉。日本对尹英魁进行审判,整个过程不允许设置旁听,不允许记者采访。最终,日方以"杀人""杀人未遂"等罪名判处他死刑。

之后,他被羁押于日军上海派遣军宪兵队本部拘留所,11月份被秘密转押日本神户,后又关押在大阪陆军卫戍监狱。19日,在金泽三小牛山的东南侧平地上被处决。日军宣读了对尹英魁的判决书,并询问其有何遗言。尹英魁答:"大丈夫无愧于世。"随后尹英魁就被蒙上眼睛,从容就义。

读着这些惊心动魄的文字,金先生撑住窗户勉强站了起来。"一个鲜活的年轻人,就这样离开了,是我亲手把他送上了这条路!"金先生只觉心口似被一只铁钳狠狠钳住,疼得几近窒息。

金先生和崔立骏就这样默默地坐着,谁也不说话,手上的烟燃尽了,谁也没有动,一直过了很久很久。

突然,砰的一声巨响打破了这死寂的气氛。金先生重重一拳砸在桌子上,把茶杯都震得跳了起来。

"立骏,你怕死吗?"金先生厉声问道。

崔立骏没有立即回答,而是将视线转向窗外的湖面,黑夜里没有月光,无法看清湖水的波澜,只听他喃喃道:"金先生,这句话您已经问过我一次,我想再重复一遍,不怕!"

"我也不怕!我金凡与日寇不共戴天,誓死抗日,为英魁复仇!"金先生掷地有声地说道。

"我愿协助金先生,为韩国也为中国,誓死抗之,为英魁大哥报仇!"崔立骏的话慷慨铿锵。

"我金凡所说的话字字如铁,永不食言。"金先生举起右手一字一顿地说道。

"吐语成铁,此生不悔!"崔立骏同样高举右手,誓言仿佛深深刻入骨髓。

阳历年之前,褚嘉诚突然造访,给金先生带来了一封信。信是国民党中央组织部陈部长托人转交的,信中大意是中国政府对金先生和韩国临时政府的处境表示极大关切和同情,希望他们对今后发展能有一个统筹计划,并期待金先生择机赴镇江商讨具体事宜。

金先生看过信,难抑心中兴奋之情。他深知这是极难遇到的契机,旋即告知褚嘉诚,此事需召开国务会议,审慎斟酌后拟定书面意见,而后再奔赴镇江或南京。

当天,金先生便找来崔立骏,将这一重要消息告诉了他,委托他负责安排会议场所并通知参会人员。

崔立骏接下任务,可开会的地点让他颇费思量。此时,虽然日方搜捕人员在嘉兴的行动和出没得到一定遏制,但被他们收买的保卫团人员以及仙骨之流还时常出现在嘉兴县城的大街小巷。

在褚凤鸣的工厂里开会?那里工人多,人多眼杂,容易走漏消息。崔立骏立刻打消了这个念头。

在柳叶的小船上?想法倒是不错,船在水上行驶,安全可以保证。但问题是,柳叶的小船太小,坐不下这么多人。

思来想去,崔立骏决定去找柳叶。

崔立骏在小船上找到柳叶,试探着问她,若是十几个人同游嘉兴湖上,能否寻个宽敞些的船只。柳叶眼也不抬,随口便答:"船么,自然是有的,只不过得花银子租用。"

崔立骏暗喜,答:"钱的问题可以商量,只是金先生不喜生人同船。"正说着,他忽然意识到什么,话锋一转,向柳叶问道,"租来的大船,你可使得了?"

柳叶捏了捏耳垂,垂着眼沉思着。这是她思考问题时习惯的动作。

"应该没问题。实在不行,让船主人把船开到一个地方固定好,我再用小船把人一个个接过去就可以了。"柳叶回答。

隔天,柳叶就租好了船,比她的船大一倍还多,关键是她也能使唤。为不引人注意,她还是让春梅帮忙,用小船先把金先生接了过来,随后又在安山根的接应下陆陆续续接了其他人。韩国临时政府在嘉兴的一帮人到齐后,就在船舱里开起了会。

里面说的是韩语,柳叶一句也听不懂。她坐在船头,点着炉子炙烤些鱼虾,眼睛不停瞭望着远近湖面的动静。

微波粼粼的湖面,湛蓝的天空飘浮着几朵白云,倒映在蓝绸子般的湖面上。湖水一直延伸到远处的山脚,加上深秋后两边有些泛红的枫叶,交相辉映,真是风景如画。

不时有船只路过,船上的人与柳叶打招呼。深秋天气,寒气逼人,但船舱内开会的人却个个精神抖擞,无惧寒冷,热烈讨论着。

上午的会议进行得颇为顺利,为节省时间,也为避免带来麻烦,中午饭是崔立骏送到船上的。金先生和大家将就着吃了一些,便接着开会。

下午五点来钟,金先生他们讨论得差不多了,决定让记录人员先形成初稿,后面再找时间讨论。就在他们商量着准备结束之时,从远处驶过来一条船。

柳叶仔细一看,心头一惊,原来是仙骨和他弟弟的船。她立马站起来,用橹连击了四下船帮。

"有情况!"安山根压低嗓音示警,同时拔出手枪,子弹悄然上膛。

船里的人个个屏息凝神。

"哟!我说是谁呢?原来是柳叶妹妹啊。怎么,今天换大船了?"仙骨露出一副无赖嘴脸。

见是仙骨,柳叶原本静如湖水的眸子,瞬间燃起了怒火,喝道:"要你问,狗拿耗子多管闲事。"

"唉,我这不是关心你嘛。天马上黑了,怕你有什么危险,要不我上来帮你摇船吧?"仙骨言语之间满是轻浮。

"滚!离我远一点,不然叫褚先生派人打断你的双腿。"

"好呀,有本事让褚老爷现在就派人来呀!"仙骨不仅不惧,反倒有些挑衅的意味。

两人你一言我一语,针锋相对。船舱内的人听得真切,心弦紧绷。安山根紧握手枪,蓄势待发。说话间,仙骨的小船已经贴上柳叶的大船。

安山根将枪口对准了仙骨。

就在仙骨抬脚准备从小船跳向大船时,从他身后传来一声大喊:"哟,是仙骨兄弟啊,真是巧了,我今天刚好没事,柳叶喊我来帮忙。"

仙骨只顾纠缠柳叶,没有发现自家船后冒出一条小船来。这条小船上站着的人不是别人,正是崔立骏。除崔立骏外,船尾还有一位手拎工具箱的年轻人。经过端午节相撞掉到湖水里的那一遭,仙骨和崔立骏成了仇人,想不到在这里冤家路窄碰上了。

"你,你,怎么哪里都有你,你来这里做啥?"仙骨露出畏惧的神情,结结巴巴地吼叫。

崔立骏说:"除了我,别人还真不行!大船螺旋桨被缠住了,要进行修理,柳叶派人通知让我来,你会吗?"崔立骏是造纸厂的技术员,会修机器,这一点仙骨是知道的。

仙骨嘴巴好似合不上一般微张着,稀疏的胡须在下巴下方随风舞动着,他的心里打起了鼓,心中充满疑惑。这时,他弟弟抬头望了一下天空,打起了圆场:"走吧,走吧,天快黑了。我们得赶快回家了。"

眼见几个人皆对自己投来不以为然的目光,仙骨只得讪讪地摆了摆手,示意弟弟划船离去,心中却暗自嘀咕——这"蔡俊生"每每在关键时刻如同神算子般现身,其中必有蹊跷。

呼！虚惊一场，柳叶、金先生、安山根以及船舱里的所有人都长舒了一口气。

崔立骏神兵天降，是早已做过精心谋划的。他带着褚嘉诚安排的一个小伙子从上午至下午一直乘船不远不近地守卫在大船附近，当看到原来坐着的柳叶突然站起，意识有突发情况，便迅速靠了过来……

仙骨心里总感到"蔡俊生"这个人非同寻常，但又找不到什么确凿的证据。他想找佐藤，可找来找去也未能找到。原来佐藤因中方暗中加大检查力度，这段时间带着两名手下到外地避风头去了。仙骨又匆匆赶往保卫团求助，却被告知师人杰因父亲离世，带着几名随从回乡奔丧去了。仙骨没有就此打住，而是身揣"孝钱"，匆匆去找师人杰。

"师队长，我觉得褚家和造纸厂的人有见不得人的勾当，您手里有带响的家伙，何不去探个究竟？"

师人杰却只是摇了摇头，叹气道："不行，省警务处蒋处长已有严令，再查这事我的饭碗就没了。"

"佐藤对我们不薄，临走时交代我们继续跟踪，啥都不干肯定不行啊！"仙骨一脸愁容。

师人杰默然片刻，突然摘下头上的孝帽，在父亲棺材旁踱了几步，对仙骨低声耳语道："佐藤临走时，留了些大洋给我。你快回去，到街上找几个机灵的乞丐替我们盯梢，盯几天就管他们几天饭。记住让他们轮流，别被褚家人发现了。"

"好！这就去！"仙骨听后，撅着屁股朝棺材三鞠躬后，一溜烟地跑开了。

而在另一处，船上众人反复推敲和修改，整理出了会议纪要的初稿。随后几天，参会人员逐一看过，提出修改意见，最后由金先生汇总、修改和审定，形成了一份较为正式的韩国临时政府国务会议的会议纪要，也就是韩国临时政府今后工作的设想。按照与南京方面的约定，1933年1月初，由崔立骏护送着金先生奔赴镇江。临行之际，金先生忽萌一念，提出想见李凤吾一面,嘱托崔立骏设法安排。

满足金先生提出的所有要求,这是崔立骏和褚嘉诚的信条。崔立骏立即风驰电掣地跑来和褚嘉诚商议,建议让李凤吾与金先生在陈彤升家见面,褚嘉诚听后连连摆手。他对崔立骏解释说,知道金先生住处的人越少越好,万一走漏消息,金先生的安全没有办法得到保证不说,从镇江回来后的住处也就成了大问题。

崔立骏旋即又提议,让金先生前往李凤吾他们住的地方见面。

崔立骏这样说,自然有他的理由:一来,这里离日晖桥不远,晚上用小船把金先生送过去,可以在李凤吾住处的河埠头上岸,在夜色掩护下,能够做到神不知鬼不觉。另外,金先生对嘉兴不熟悉,加上天黑,自然也不会知晓身处何地。

褚嘉诚端起茶杯抿了一口,思虑一遍崔立骏的话,觉得这个办法可行,于是点头同意。

走出褚家大门,崔立骏念及事情能够如此顺利解决,心中甚喜。当然崔立骏并未在褚嘉诚面前表现出来,在残酷的斗争中,他早已变得喜怒不形于色。

暮色沉沉,崔立骏在路上悠闲地走着,边走边看。

当天晚上接近八点,崔立骏再次来到褚家时,没有直接进去,而是在门口溜达了一会儿,又蹲在河埠头抽了根烟。这看似悠闲的自在举动,其实是故意为之——倘若有人在附近监视,他这样做正好可以吸引对方的目光,给金先生离开陈彤升家去会见李凤吾提供时间。

其实,崔立骏下午就已经找到柳叶,并约定晚上八点到陈彤升家河埠头接金先生,然后送到日晖桥那里。

崔立骏这一声东击西的计谋果然起了作用。仙骨派其中一个乞丐去褚嘉诚家盯梢,嘱咐他一旦有陌生人进出,便需火速报告。突然,一个身影缓缓走来,他身穿长袍,头戴礼帽,正是崔立骏。乞丐如获至宝,转身一路小跑,到了仙骨家,推开门就喊:"财、财神爷,他们家大门口来了一个先生模样的人,正蹲在河埠头抽烟呢。"

"真的？这个人你原来见过没有？"仙骨眼神里透出邪恶。

"一次都没见过！"

随手抛给乞丐几枚铜板，衣冠不整的仙骨，趿着鞋便向外冲去。恰逢家门口的黑狗横卧，他心慌意乱，一脚踩上狗背。黑狗吃痛，转头就咬了一口他的脚面，疼得他立即抱住了左脚，单脚原地跳了好几圈。气不过，他抄起门闩杠子就朝狗打去。黑狗知道自己闯了祸，正站在不远处眼巴巴地望着主人，看到主人抄起了家伙，吓得一溜烟跑出了大门，不见踪影。仙骨又气又恨，跐着被咬的左脚扶着门框，龇牙咧嘴地痛骂不止。出了这么个小插曲，仙骨顾不上再去褚家门前了，还是处理伤口要紧。待他收拾妥当来到褚嘉诚家门口时，只见大门紧锁，门外连一个鬼影也没有。

仙骨抚着那裹着纱布的脚，心头涌起一股不甘。煮熟的鸭子，岂能就此飞走？他愤然坐下，倚着一棵歪脖树，即便钻心的疼痛袭来，他也誓要揭开这深夜造访者的神秘面纱。

冬日之夜，虽说是在南方，依然寒气逼人。仙骨出来时，根本没来得及多穿衣服，冻得浑身瑟瑟发抖，但一想到六十万大洋，浑身仿佛打了鸡血般充满了力量。

两个时辰过后，崔立骏估计金先生已然归家，才与褚嘉诚告别出来。二人在门前稍作逗留，高声寒暄，故意提高嗓门说了几句道别的话。

"俊生，今后来家里就别穿得这样正式了，对你这位搞技术的人来说太麻烦。"褚嘉诚笑着大声说道。

"褚先生，我和妻子对您特别尊重，别处或许可随意，但来贵府，怎能不正式些？还有，那上等的龙井茶，真是回味无穷！我这就告辞了。"崔立骏回应着，声音同样洪亮。

这时，乞丐手里提着灯，按照仙骨的指派故意经过褚府门前，藏身暗处的仙骨借着灯光，看清和褚嘉诚说话的是崔立骏，他心中怒骂一声"他妈的"，愤怒之下竟忘了脚上的伤痛，猛地踢向旁边的树。剧烈的疼痛让他差点叫出声来，但他紧捂住嘴巴忍住了，生怕露了行踪。

第33章 嘉兴·嘉兴至苏州运河上·吴江

之前皆是序曲,金先生前往镇江方是大戏。

对于金先生如何前往镇江,褚嘉诚告诉崔立骏,他从上海乘火车去,姑且算作中间人打个头站。金先生他们把身边的事情安排好,晚两天启程也不迟。

确定下来真要前往镇江,崔立骏喜悦之情无法言表。他告诉褚嘉诚,自己就是镇江人,从小在镇江西津渡长大,陪同金先生前往镇江没有比他更合适的人了。经过几个月的相处,褚嘉诚从心底里认可崔立骏的能力和为人,同样觉得由崔立骏陪同金先生秘密前往镇江,是上上之选。

为安全起见,崔立骏和金先生决定不坐火车,而是乘船走水路。这样既可以避开上海的检查哨口,同样也可以避免旅途中的各种巡查。嘉兴水系四通八达,是京杭运河的必经之地,从嘉兴可以直接乘船到镇江,但是唯一的弊端就是走水路耗时过长。

在褚嘉诚动身去镇江的当天,崔立骏从客运处买了两张前往苏州的船票,因为直达镇江的船还要等三天才有。他计划到苏州后再换乘到镇江的船,这样既不会被别人检查到行踪,也可以尽快赶到镇江。从杭州开来前往苏州的船大约晚上十点到达嘉兴。乘夜船有个好处,上船可以倒头就睡,几个钟头后天一亮就能到苏州了。

崔立骏通过柳叶把票交给金先生,自己简单收拾了一下,又叫连华转告妻子,只说自己出趟远门。

金先生不能去太早,而是坐在柳叶泊在附近的小船上,待杭州来的大客船停好后,直接由相熟的船员领上船。崔立骏与金先生两人分头上船,彼此装作不认识。

赴镇江之前,崔立骏一直忙里忙外。他没想到,近几天暗地里一双眼睛时刻在盯着他。

在码头售票处购票的时候,一个乞丐看到崔立骏,转身就回去跟仙骨报告。仙骨听上气不接下气的乞丐说完,用力站了起来,没想到扯到了脚面的伤口,疼得他龇牙咧嘴。这崔立骏想干什么,又是找褚嘉诚又是买船票,难道要送人离开嘉兴?

仙骨决定亲自跟踪崔立骏,采用的是守株待兔的做法,既然崔立骏买了船票,他哪儿也不去,就在码头等。谁知这一等就是大半个晚上,始终不见崔立骏的人影。

无奈之下,仙骨就去了一趟售票处,获悉了最后一班船的时间。仙骨心想,崔立骏今天如此这般大张旗鼓,肯定晚上送客人离开嘉兴。如果送的客人是那个姓金的,六十万赏钱就到手了。想到这些,仙骨止不住一阵大笑。佐藤不在嘉兴,他手下的两个人也不在,师人杰同样不在,这是什么?是上天眷顾自己,把机会留给我一个人啊!只要自己耐住性子守好最后一班船,要找的那人插翅难逃。想到这里,仙骨心里乐开了花。

九点一刻,在候车室眯眼打盹的仙骨一睁眼,正好看见崔立骏低头走进候船室。崔立骏没带人来,说明他并非送客,而是自己外出。为了不引人注意,仙骨用围巾搭在头顶上围了一圈,再扣上一顶帽子,静观其变。

九点半时,候船室的人多了起来,仙骨躲在角落里,悄悄地注意着崔立骏的一举一动。

此时的崔立骏并不知道危险就在眼前,一阵左顾右盼,好像在寻找什么人似的。这一举动立刻引起了仙骨的注意,他凭直觉认为崔立骏不可能是一个人走,一定还有其他人同行。

晚上九点三刻,开始检票。

崔立骏上船时有些迟疑,双眼前后扫了一遍。这一动作被仙骨捕捉到了,他更加确定崔立骏非单独出行。怎么办?思考片刻,仙骨快速跑到售票处,咬牙买了一张船票,低头悄悄尾随最后一个旅客上了船。

崔立骏登船后,并未进船舱,而是站在甲板处观望。从这里看四周,视野最为开阔。而仙骨上船后立即钻进船舱,生怕崔立骏认出自己。

离开船的时间仅剩下十分钟了。就在这时,崔立骏心心念念的金先生,终于在码头的喧嚣中露出了身影。他手里紧握着一个小巧的包裹,被一位船员引领着,匆匆地奔向检票口。崔立骏的目光在他身上轻轻地一扫,便将他那严严实实的装扮尽收眼底——围巾、大檐黑色礼帽、灰色的棉袍和黑布鞋。

金先生上船后,远远看见了崔立骏,不动声色地微微点了点头。随后,金先生便悄然遁入船舱深处,寻得一隅铺位,安然落座。

船开了,风也随即刮了起来。崔立骏站了一会儿,冻得有些发抖,抽了根烟,便躲进了船舱。他没有直接走到自己的床位,而是装作不熟悉船舱环境的模样,故意从前门进,一排排看过来,表面上是在找自己的床位,实际上是想观察船舱里乘客的情况。

船舱内的乘客有的衣着光鲜,有的布衣敝屣;有的谈笑风生,有的闭目养神,更多的则侧脸眺望船外,欣赏运河两岸流动的斑斓灯火。放眼望去,崔立骏一眼就看到了金先生。金先生在左侧靠窗的位置,他已经把帽子拿了下来,但是围巾依旧在脸上裹着,不停地大声咳嗽,边用手绢擦鼻子边对旁边人说:"不好意思啊,感,感冒了。"

周围的乘客闻言纷纷避让,生怕被传染。崔立骏心中暗笑,金先生果然是个老江湖,伪装之术炉火纯青。

双眼扫过一圈,一个奇怪之人还是引起了崔立骏的注意。就在离他不远的座位上,一个人和金先生一样裹着头巾、戴着帽子,浑身上下裹得严严实实,似乎很怕别人认出他来。更令崔立骏感到奇怪的是,这人的身影有点熟悉。所幸的是,崔立骏买票时故意选了后面的位置,那人在前面坐。崔立骏能看到他的背影,他却不好回头看向崔立骏。想了一会儿,崔立骏仍然没有头绪,觉得会不会是自己多疑,于是闭上眼睛,边假装睡觉边继续观察。

仙骨对此一无所知,并未察觉到崔立骏已经开始对他心生疑窦。船行驶半个钟头后,他坐不住了,推了推旁边的人:"让一下,让一下,我出去透口气。"出去的时候,仙骨扭头向后瞥了一眼,看到崔立骏在眯眼打盹,而自己右后方座位上的那个人用围巾遮住嘴巴,礼帽盖在额头上,不时咳嗽几声。

崔立骏的心猛地一紧,他敏锐地捕捉到了此人眼神中的一丝慌乱与不安。

"难道旁边的这个人与姓蔡的有所勾结?"这边仙骨的心中也疑虑重重,要说是有瓜葛,两人却并未并肩而坐,更无甚触碰,或许那人真是患了伤寒,才如此裹鼻捂嘴?

"且再瞧瞧!我就不信狐狸能一直藏得住尾巴。"

仙骨心想,反正这会儿在船上谁也跑不了,眯眼打个盹也罢。

仙骨眯眼打盹之时,崔立骏在自己座位上也在盘算着怎样才能摆脱这个可疑之人。路途中间客船还要停靠几个码头,倒不是没有引他下船的机会,但这样的话,金先生虽然安全了,两人势必就此分开,船抵苏州后,剩金先生一人,还是不妥。崔立骏心下犹豫。

辗转反侧半晌,崔立骏终于想到一个方法,他拿出笔,在一张纸条上写道:"有尾巴。吴江安德桥码头我下船,您直接去苏州。码头留言板留言。"写好之后,趁上卫生间之际,悄悄地塞在了卫生间的门框上面。

按照事先约定,金先生随后取走了纸条。

凌晨四点,众人正沉浸在梦乡之中,船舱内突然响起船员的喊声:"醒醒,醒醒,安德桥码头到了!"

两三个人骚动起来,崔立骏假装突然惊醒的样子,一下子跳了起来,嘴里喊着:"到了吗?到了吗?差点睡过了。"

崔立骏一边举着包裹,一边朝船工抱怨:"怎么不早点叫一声,差点过了吴江。"侧身而过时,他瞥见那可疑之人的半张脸:确定是仙骨无疑。

船泊安德桥码头,三个大包小包的旅客走在前面,崔立骏紧走几步赶了上去,对其中一个中年汉子说:"大哥,你东西多,不好下船,我帮帮你。"

睡梦中被吵醒的仙骨,抬头看到崔立骏正和一位中年汉子紧挨着走出船舱，但右后边那个戴帽捂脸者仍然坐在座位上，心中不禁猜测，难道他们不是一路的？再看看前面的崔立骏和一个五十多岁的人一道拎着东西，还说着话，似乎更像是一起的。仙骨不敢拖拉，一跃而起，绕过身旁的人走了出来，跟在崔立骏几个人后面下了船。

时值半夜，安德桥码头静悄悄的。

船停片刻，就起锚开动了。崔立骏想回头看一眼，又担心暴露，便径直向外走去。

舷窗旁的金先生身体虽然纹丝未动，但一双眼睛却密切地关注着下船的崔立骏。

崔立骏帮汉子拎着行李，跟着他走出码头。崔立骏询问他，这会要到哪儿去。那人是做弹棉花营生的，说在候船室待到天亮就出去找活儿。崔立骏问他附近有没有可以过夜的地方，那人说平望镇里有家叫"群乐"的客栈。

"能劳烦你带我前往寻找吗？"崔立骏豪爽地邀请中年汉子同行，解释说他这一路舟车劳顿，腰酸背疼得厉害，得赶紧找个客栈歇歇脚恢复一下元气，汉子可随他一同前往休息片刻，房费由他来出。

中年汉子也不想在那候船室内苦熬半夜，现在有人提出去找客栈，还不用自己花钱，便欣然点头同意。两个人提着行李边说话边往镇子里走。天黢黑一片，仙骨在十几米开外亦步亦趋地跟着。走了一段，崔立骏对中年汉子说："后面好像有人，感觉下船后一直跟着我们，还故意戴着帽子遮住脸，是不是要打咱们的主意啊？"

中年汉子惊慌地问道："真的？在哪儿？"说话间，就要转头看。

"别看！你感觉一下，是不是我们走他也走，我们停他也停？"崔立骏说着，紧走了几步，忽然停了下来。

"是，是，还真是。"

崔立骏镇定地说："老哥，这人肯定是看咱们人生地不熟想打劫。咱们不能眼睁睁地受欺负。这样，咱们先跑起来，然后你突然停下，我绕到他后面，看他到底想做什么。要是他确实是来找咱们麻烦的，那就先下手为强,我不信咱两个还对付不了他一个。"

已经别无选择,中年人答应配合。

崔立骏喊了一声"快跑",两个人一起往前跑去。

仙骨猝不及防,看两人快步离开,拔腿就追。跑出百十来米,手拎一包沉甸甸弹棉花工具的中年汉子气喘吁吁地停了下来。仙骨也赶紧刹住车,弯腰喘了几口气,突然看到原来的两人变成了一人。崔立骏不见踪影,焦急的仙骨二话没说,直接走到中年汉子面前,直来直去地问道:"你,你们不是两个人吗?那个人呢?"说着话,仙骨伸手过来就要抓中年汉子的行李。弹棉花的工具虽然不值几文钱,却是中年人吃饭的全部家当。他紧紧拽着包裹,大叫道:"你,你干什么?是不是想打劫?"说完,大声喊叫起来:"来人啊,有人打劫了!"

崔立骏握着手枪从黑暗处猛地蹿出,照仙骨的后脑勺就是一枪把,打得仙骨抱头在地上翻滚。中年人也不含糊,上前朝仙骨的裤裆连踢三脚,生气地说道:"我打死你!打死你这个强盗!"

"老哥,我看算了,别把人打坏了。咱们走,到'群乐'睡一觉,天亮后我还要赶到盛泽修纺机呢。"崔立骏说。崔立骏这话是说给仙骨听的,表明自己没有认出仙骨,只是把他当成打劫之人了。

找到群乐客栈后,崔立骏付钱要了两个房间,一间给中年人,一间留给自己。待隔壁中年人鼾声如雷后,崔立骏从后窗跳了出来,在河边雇了条渔船直奔苏州。

吴江至苏州,五十华里水路。三个钟头后,崔立骏到达苏州。他马不停蹄地赶到码头,在留言板上发现了一张下面两个角向内打折的纸条,上面写着:"鸿兴旅店,张。"他立即买好两张下午前往镇江的船票,转头直奔鸿兴旅店。

在鸿兴旅店找到金先生所在的房间后,两人相视一笑,仿佛所有的疲惫都在这一刻烟消云散。他们各自倒头就睡,美美地享受了一个悠长的午觉。醒来后,两人结伴前往附近的一家饭庄,尽情享用了一顿丰盛的午餐。

两人无论如何也不会料到,在他们吃饭的小店外面,一个人正远远地盯着小店门口,眼睛一眨不眨。

下午三点多钟,崔立骏和金先生坐上了去镇江的客船。在河岸上,一个人远远地看着他们上船,却没有跟上去。

五点半钟,那个一直盯梢崔立骏和金先生的人登上了由苏州开往杭州的客船,返回嘉兴。

此人不是别人,是仙骨的三弟,外号"三愣"。原来,仙骨考虑到自己一个人势单力薄,一旦遇到意外情况需要帮手,便千方百计劝说弟弟与他一起坐船盯梢。起初他弟弟不答应,说耽误捕鱼挣钱,仙骨上去擂了弟弟一拳,说赏金六十万呢,倘若逮到了这条大鱼,比他在湖里捕一辈子鱼挣得都多。说完,他咬牙给了弟弟一沓钱,一半是船票钱,一半算作辛苦费。复又附耳低语,而后两兄弟似陌路之人,各自登船。

在船上,崔立骏和仙骨有着各自的盘算。崔立骏在吴江安德桥下船时,仙骨很快就反应了过来。他悄悄叮嘱隔壁座位的弟弟,自己要跟踪崔立骏下船,摸清楚对方到底在做什么。"三愣"见状欲随,却被仙骨一把拉住,责令其留守舟中,密切注意那咳嗽之人。"三愣"困惑,问及苏州之行如何应对。仙骨嘱咐道:"紧紧跟着,看看他到底和姓蔡的是不是一伙。若是,姓蔡的肯定还会到苏州与他会合,到时我跟踪姓蔡的也过去和你会合。若不是,姓蔡的肯定不会去苏州,明日我不到苏州,你就直接返回嘉兴。"

仙骨的这番话,"三愣"听懂了一大半,只知道跟着戴礼帽系围巾的人就好。最后,他没有等到哥哥仙骨,倒是等来了崔立骏。为什么崔立骏过来了,而他哥却没有过来?他不好去问崔立骏,只有远远地盯着,看他们到底要干些什么。

一直跟到两人上了去镇江的船,"三愣"才罢休。

返程的客船开到吴江码头,"三愣"跟着要下船的人到外面透口气,老远就看到码头上一个受伤的乘客手拄木棍,头裹布条。"三愣"定睛一瞧,此人正是自己牵挂一路的哥哥。

在船上,仙骨向弟弟讲述了受伤的经过,最后说:"我觉得姓蔡的故意把我当成打劫的,估计是认出我来了。"

"三愣"听后,眼中闪过一丝精光:"他们是一伙的。在苏州我一直跟着那个人,后来姓蔡的和那个人见了面,两个人还一起上了开往镇江的船。"

"他们有没有异常的举动?"仙骨追问。

"倒也没有,就是那个人好像是个老头。"

"哦?你看到他们买的到哪儿的票?这班船在无锡、常州、丹阳都停靠的。"

"没看到。我怎么知道他们啥辰光买的票,你又没告诉我还要看这个。""三愣"面露难色。

"毒头,你咋不跟着他们?"仙骨训斥"三愣"。

"哎呀,不是你让我回来的吗?左等右等你也不来,不晓得你啥情况。还有,马上要下雨了,想着赶回嘉兴看看能不能再捞上几网……"

回到嘉兴,仙骨将从"三愣"那获取的信息及一路所见所闻详尽地禀报了师人杰,断言那与姓蔡的同船而行的老者,定是通缉令上的爆炸案主犯。师人杰不敢怠慢,立刻派手下找到暂时回到上海的佐藤。佐藤得到这个消息如获至宝,立即禀报绫子。

"贪财之人不可信,但可用。"绫子说。

"对这件事,怎么处理?"佐藤请示。

"宁可信其有,不可信其无。传我命令,在继续监视杭州、嘉兴、海宁、海盐等地的同时,在无锡、常州、丹阳、镇江撒下大网!"绫子道。

"每人给他们一千大洋,算是奖赏!"

"奖赏?"绫子嗤之以鼻,"不!"

见绫子如此态度,佐藤忙改口道:"那……每人五百大洋如何?"

绫子却摇头道:"每人一万大洋!记住,贪财之人如柴犬,只有不断喂食才会听话咬人。"说完她用手指轻轻点了点佐藤的额头,转身离去。

甩掉仙骨这张狗皮膏药,崔立骏和金先生欣赏着运河两岸的湖光山色,心情轻松了不少。

碧空流云散,大江阔千里。两人心中生出无限感慨。船经寒山寺时,崔立骏对金先生说:"您看,这就是那个有名的寒山寺。唐朝诗人张继曾题诗一首,《枫桥夜泊》您可知道?"

轻闭双眼,金先生吟诵道:"月落乌啼霜满天,江枫渔火对愁眠!"崔立骏被诗意打动,随着金先生一起吟诵起来:"姑苏城外寒山寺,夜半钟声到客船!"

"要不是这世道混乱,真想到里面游览一番。"金先生感慨道。

崔立骏说:"世人苦难多,不知何年才是太平之时。"

看了周围一眼,金先生凛然道:"也许我辈生来就是要赴汤蹈火的。"

"等赶走日寇,天下太平了,我一定陪您到这里来看看。"崔立骏安慰金先生。

"好。"两人相视而笑。

第34章　镇江·杭州

　　船一路劈波斩浪,经过整夜颠簸,终于在朝阳东升、霞光洒满江面时分,抵达镇江西津渡古码头。

　　近乡情怯。崔立骏踏上故土的那一瞬间,情感如潮水般涌上心头。细细算来,已有两年之久未曾归家,双亲身体可还安康?稚气的小侄子是否已开始习文识字?还有那自家附近、打小钟爱有加的"润州面馆",是否依旧顾客盈门?这里所有的一切,都唤起了崔立骏深藏于内心的温馨记忆。

　　平时热闹祥和的西津渡口今天有点异样,四个日本便衣两两一组立于码头出口两侧,紧盯着每一位从客船走下的旅客。一老一少两个男性,更是他们紧盯的重点。两个挑着担子的小贩刚走出站口,就被四人扑倒在地,架至附近的汽车内。

　　正在这时,一个穿着破烂衣服、浓眉大胡子的人搀扶着一位踉踉跄跄的老太太,夹在旅客中间慢悠悠地走出了出站口。

　　汽车内,山本抓着一个年长商贩的衣领,大声喝问:"姓金的,我们找你找得好苦啊。"

　　商贩惊恐万分,极力反抗:"什,什么姓金的,我姓佟。你们抓我们干什么?"

　　"从哪来?来镇江干什么?"

　　"我和儿子从铁岭关上的船,挑着鸭蛋到大京口去卖。"老人说完,山本一把摘掉了老人头上的帽子,对着手里的照片看了一阵,确认不是金先生。

　　山本猛地掏出手枪,对准年轻商贩的鼻尖,厉声质问:"他说的是实话？"

年轻商贩被吓得魂飞魄散，颤声回答："老，老总，我爹和我每隔三五天都从铁岭关去大京口卖鸭蛋，说谎你打死我！"

"你们身上的长衫和礼帽哪里来的？"山本摇动着短枪。

"爹和我在船上遇到两个老板，看我们穿得破破烂烂，就给了我们两身衣服和帽子。"

"八嘎，金蝉脱壳！"山本气急败坏地骂道。

此时，在不远处的工具房背后，扮作佝偻老太太的金先生和贴着假胡子、戴着假发的崔立骏，经过一番精心装扮后，以乡下人的模样从屋后悄然走出。金先生望着比实际年龄大上十几岁的崔立骏，止不住捂嘴笑了起来："立骏，就你这模样，我保证你绝对做不了我们韩国人的女婿。"崔立骏嬉笑道："我什么模样，熙媛都会喜欢！"金先生打心底欣赏眼前这位细心聪明的韩国女婿，若不是他在铁岭关想出赠送商贩衣帽之计，在西津渡肯定成了绫子的囊中之物。

带着金先生踏上西津渡口，走过几百米才到达古街。一路上，崔立骏如数家珍地向金先生介绍镇江的历史，说经过数千年的时代变迁，镇江临江延伸，逐渐发展成一座城市。为验证自己的话，崔立骏随口背出了清代诗人查慎行途经大运河镇江段时留下的著名诗句："舳舻转粟三千里，灯火临流十万家。"

两人顺道从古街走过，街道两边聚集着上百家商铺，有木匠铺、缆绳店、打铁铺、中药铺、车马店、旅店客栈等，当然最热闹的还是各种镇江小吃铺。每次有客船到达，来自四面八方的旅客基本会把各个店铺挤得满满当当。从崔立骏口中，金先生早就知道镇江的锅盖面。在一爿小店，两人各要了一碗面。崔立骏还特地往金先生碗中加了一勺镇江香醋。

人饿饭香。由于之前几顿饭都没有好好吃，此刻两人早已饿得前胸贴后背。面一上桌，两人便埋头吃起来。金先生吃完后满意地擦了擦嘴巴，竖起大拇指："'锅盖面'和别的地方的面，味道不一样。"

"镇江面的味道不错,一是面好,二是醋好!镇江的醋酸而不涩,香而微甜。"

"立骏,看到你现在这个样子我特别高兴!"

"先生,为什么呢?"

"立骏,你知道吗?人一回到家乡,就开朗就健谈!"

"先生说得对,可能是家乡让每个游子感到安全的原因吧!先生,您的家乡黄海道海州怎么样?"

"我,我,我的家乡?"金先生的声音突然滞涩了。

崔立骏立刻意识到,此时他不该问金先生这个问题。

"你的家乡靠江,我的家乡靠海,和镇江一样美丽……"说到这里,金先生再也说不下去了。

吃完了面,金先生问崔立骏到哪儿落脚,崔立骏说出四个字来——江苏旅社。

在出发之前,崔立骏去了一趟褚家。褚嘉诚告诉他,到镇江后先到水陆寺巷江苏旅社落脚。那里是江苏省政府接洽公务的场所,离省府比较近。

"到了你老家,你应该知道怎么走吧?"金先生问崔立骏。崔立骏大概知道省府的位置,从饭店顺着路走下去,估计有七八里路的样子。

"有车么?"崔立骏找到一家车行向里面的人探询。车老板回话说铺里仅有大马车。金先生怕费钱便提议步行前往,说漫步之间尚可熟悉此间风土人情。崔立骏闻言,欣然从之。

金先生虽是第一次踏足镇江,但他早知道有一些韩国人住在这里。以前一直在临时议政院任职的洪熹,1924年辞任后就隐居镇江。两年后的7月,洪熹在临时议政院被选为国务领,他从镇江前往上海就职时与金先生打过交道。

崔立骏好奇心起:"您可知道他的住处?"

"具体不详。但和他共事时,听他讲起过福音堂和清真寺。估计他们住在清真寺街一带。"

街道两旁的旷地上,有不少撑着油纸伞的小商贩,谈不上繁华但也不算冷清。街上有挑担赶路的,有驾牛车送货的,有驻足欣赏镇江城市风景的,更多的则是三三两两逛街的。

走了二里多地,清真寺街映入眼帘。

崔立骏告诉金先生,清真寺街得名于街北头有座苏南地区最大的清真寺。

崔立骏向过路行人探问,这里是否住有高丽人。路人要么不知什么是高丽人,要么连忙摆手,闪身离开,崔立骏接连吃瘪。

两人又在小巷子里转了一阵,知道这里叫杨家门,还看到一所学校,名为"穆源学堂",里面不时传出琅琅的读书声。朝里望了几眼,他们还是没好意思进去打扰。穆源学堂,是这一带专门为回民子弟办的学堂。"穆源"取"穆如清风,源远流长"之意。学堂校长杨公崖身为"反日救国会"的主委,同情韩国人失国惨状,与一些韩国人来往密切。崔立骏和金先生不知这些,虽从学堂门前经过,因没有进去打听,使得他们与寻找的目标失之交臂。

两人一无所获,无奈之下只好前往江苏旅社,先安顿下来再说。

在崔立骏和金先生到达之前,褚嘉诚已风尘仆仆地提前赶到了镇江。他直接前往拜见了兼任江苏省长的陈部长,表示金先生抵达镇江,便会安排双方见面。陈部长同情韩国临时政府的遭遇,在虹口公园爆炸案发生后,便指示相关人员迅速展开对韩国人的救助。囿于中日双方还没有完全撕破脸,国民党政府对韩国临时政府的帮助和支援都秘密进行,或者委托像褚嘉诚这样的民间人士出面操办。

晤面在省政府会议室里进行。

金先生从三个方面对韩国临时政府国务会议磋商的工作计划进行陈述。一是临时政府以发布文告、宣传政令,媒体宣传等方式,唤醒民族感情、指导国民和团体之间沟通、促进韩国侨民投入独立运动。二是整合光复战线,促使各党派组成联合会,拥护临时政府。三是培养军队干部,加强特务工作,对内肃清不良分子,对敌进行大规模破坏活动。

陈部长表示赞成韩国临时政府的工作计划,至于经费问题,他思索片刻后说道:"请等我的消息。"

趁陈部长前往南京之时,崔立骏带金先生回了一趟家。

为了安全起见,两人先乘轿车,接着换黄包车,最后又步行绕道,终于回到了阔别已久的家门。

老老少少认出崔立骏后,呼啦啦围了上来。在日思夜盼的家人面前,崔立骏笑得像个孩子。年过花甲的爷爷,曾是位私塾先生,拉着他的手久久不愿松开,关切地询问他在外的冷暖与饥饱。

"爷爷,您老人家就保重好自己的身体吧。我都是成家的人了,哪会让自己冻着饿着呢?"崔立骏安慰着老人。

老人紧接着问道,孙媳妇怎么没有一道回来,什么时候要孩子啊?崔立骏被爷爷这一突如其来的发问弄得有些手足无措,只能憨笑着敷衍。而爷爷却毫不在意,目光灼灼地转向了金先生,围着他细细打量了一番,然后捋着花白的胡须,用文绉绉的镇江话念念有词:"一双眼光射寒星,一副身板阔如海,如同天上降魔主,堪比人间太岁神!"

金先生被镇江方言,尤其是如此文雅的表述整得一头雾水,求助似的转脸看向崔立骏。崔立骏用大白话向金先生解释,爷爷说他是驱魔降虎、保护人间平安的英雄。金先生听后,脸上乐开了花,嘴里却连说"不敢当"。

"爷爷,您说他是降魔主、太岁神?他是我同事,真有那么大的本事?"

"立骏,你们俩一进院子,我就发现天象顿变。你不可能有改天换地的本事,肯定就是你这位同事了。"

一番话引得崔立骏和金先生捧腹大笑。而崔家向来以热情好客著称,看到儿子带贵客回家,崔父崔母赶忙系上围裙张罗饭菜。弟弟妹妹们也被吩咐出去采购食材,一心要为金先生献上一桌丰盛的晚宴。

晚饭果然不出崔立骏所料,丰盛得能够媲美除夕年夜饭。弟弟买来了镇江水晶肴肉、清炖蟹肉狮子头,妹妹买来了拆烩鲢鱼头、百花酒焖肉、河蚌和秧草。一道道菜肴摆上桌子，看得金先生目瞪口呆，除了水晶肴肉刚到镇江时吃过，其他的别说吃了，更是连见都没见过。

崔立骏笑着，边给金先生布置碗筷边说："镇江锅盖面我们已经吃过了，今天就不上了。我爸买了蟹黄汤包和秧草包子。这些东西都是逢年过节才能吃到的，这次我真的是沾了您的福气。"

崔立骏妈妈端过镇江香醋，吩咐他们蘸肴肉吃。

金先生双手合十，做了一个韩国人表示感谢的动作。他指着盘碟，对崔立骏妈妈说："这个醋很美味，我在上海就吃过，念念不忘。这些料理看起来很漂亮，我会好好享用的。"大家看过去，他手指的是水晶肴肉和清炖蟹肉狮子头。

饭桌上，爷爷首先夹了一块肴肉蘸点醋示范了一下，金先生才有样学样。果然，肴肉蘸醋放入口中，柔而不腻，入口即烂。金先生感叹道："唔，好吃好吃。请问这是怎么做到的呢？"崔立骏也迫不及待地夹了一块，蘸好醋放入口中，闭上眼睛，细细品味，盘踞心中两年的乡愁终于烟消云散了。他看着金先生说："这一次还是让爷爷说吧！从小爷爷就给我们讲过。"

爷爷接过话头："嗯，我们镇江有个笑谈。说的是古时候镇江酒海街酒店的小二，腌猪蹄髈时误把硝当盐，煮好之后，却发现香味浓郁，味道醇厚，特别是卖相好，肉红皮白，卤冻透明，和水晶一样。先是称为'硝肉'，后来为了好听就改为了'水晶肴肉'。"

"唔，这水晶肴肉名副其实。"金先生赞不绝口，又伸筷夹取。品味间，只觉余香绕舌，意犹未尽。之后他一一品尝了崔家人夹给他的清炖蟹肉狮子头、拆烩鲢鱼头、百花酒焖肉、咸肉河蚌秧草。每个人都给他夹菜，让他有些不知所措，为了表达感谢，他只能将每一块食物放进嘴巴里。

在金先生看来，这里的每一道菜都是那么鲜美，也许是受崔立骏家里人的热忱感染，身处异国他乡的他，竟从中品出了回家的感觉。

正在他大快朵颐的时候，崔妈妈端来了一个小碟子，里面放着一个大大圆圆的包子，说是蟹黄汤包。包子的面皮薄如蝉翼，呈半透明状，透过它,隐约可见内里的汤汁。崔立骏解释,上海的汤包比较小,但是镇江正儿八经的汤包就是这么大。盘子放在面前,金先生怔怔地看着硕大的汤包,不知道如何下口。只见崔立骏把包子移到自己盘子里,放点儿姜丝淋点儿香醋,用指尖儿捏着包子褶,俯下身子轻轻地在包子皮上咬出一个小口,用力吸一口,汤汁就涌进了嘴里。金先生依样画葫芦,果然觉得汤包口感独特,称赞不已。

那一夜,金先生在崔立骏家中度过的时光轻松愉快。在他漂泊不定的生涯中,这样的时光实属难得。

回到旅社,两人一连等候数日,却始终未等来任何消息。崔立骏着急上火,嘴唇四周起了一圈水泡,而金先生却泰然自若,他反过来劝崔立骏耐心一点。他清楚在政府内部,但凡涉及经费审批事宜,一定要办很多手续,花费很多时间。

因为不知要等待多久,两人与再次来镇江的褚嘉诚商量,褚嘉诚劝他们还是先回到嘉兴去。崔立骏把来时被仙骨跟踪的情况叙述了一遍,同时又提到在镇江码头日本人设伏之事,这立即引起了褚嘉诚的警觉。

"仙骨肯定已经向主子报告了,后面无锡、常州、镇江几个城市都将会纳入日本人的监控视线,你们要格外小心。"褚嘉诚嘱咐完,低头思忖片刻,然后说,金先生和崔立骏两人分头回去,崔立骏先回嘉兴,试探一下他们的反应,观察一下沿途的情况。金先生可以先去杭州,到那里住上一段。接着,他一字一顿地特别强调,关键之关键,就是不能到处乱走,等镇江这边有了消息,他再通知两人赶来。

褚嘉诚没有说错,"猎虎队"的行动一刻也没有停止。仙骨报告在运河沿线城市发现金先生身影的消息,宛如投石湖中,一石激起千层浪。上海日军司令部立即调兵遣将,一张新的秘密搜捕的大网在大运河沿岸铺开。

凡铜币,皆两面。日本人把注意力转移至苏州、无锡、常州、镇江一带后,无形之中减轻了杭嘉地区的压力。崔立骏和金先生决定前往杭州暂住。

上次离开杭州时，经浙江省政府暗中帮助，韩国临时政府办公处已经迁到长生路湖边邨23号。这是个相对比较隐蔽的地域，外人很少进来，只要不出去，被发现的概率很小。

然而，经深思熟虑，崔立骏仍不肯让金先生孤身赴杭。路途中风云变幻，他需亲自护航，以应对未知的风浪。

一路有惊无险。

抵达杭州后，崔立骏细细打量他们藏身的小楼，暗自称赞位置之佳。但为了绝对安全，他仍然向负责韩国临时政府安全的安山根建议，除此处安身立命之所，还需预备两处备用的地点。

安山根又带人分头出去寻觅，分别找到叫思鑫坊和五福里的房子。备用点的房子都有同样的特点，就是房屋附近至少有两个方向的大门或窗户，万一遇到跟踪，便于立即转移。

这两个地点崔立骏都去看过一遍，基本满意。这两个备用点后来发挥了大作用。

一个多月后的一天，金先生正在屋内看书，崔立骏匆匆忙忙跑进来，将一把钥匙塞到他手里，说："您赶快从后门走，到备用点思鑫坊去躲一躲，这里可能要出事。"

金先生愕然抬头，还想询问究竟。然而崔立骏却拿起他的外套，几乎是将他推出门外："快走，没时间解释了。您先去，我们稍后再去找您。"

金先生反应过来，三步并作两步冲下楼，身后传来崔立骏的叮嘱声："不要走巷口，那里有人。"

一个月来的相安无事，让崔立骏的警觉放松了几分。当天下午，他几次出现在清泰客栈门口，却未察觉已被人盯上。当他回到胡同口时，方觉不对劲，但已是进退两难，心想，马上掩护先生撤离还来得及，自己一个人更方便与跟踪者周旋，便果断地返回湖边邨23号。

跟踪者由于不熟悉房屋的情况，不敢贸然进屋。金先生走了之后，崔立骏赶紧把家里东西归整好，本以为跟踪的人很快就会上来，可一直到晚上吃过饭也没见人来。

他和安山根以为跟踪者今天只是盯梢,应该不会来。可九点钟光景,两人刚想松口气,门口就传来了"咣咣咣"的砸门声。

开门后,四五个人一起拥了进来。领头者一把推开崔立骏:"例行检查,证件拿来!"在褚嘉诚帮助下,崔立骏他们办理了在杭州所需的所有证件。检查人员拿着证件左看右看,有点不找出问题不罢休的意思。

"怎么了?证件有问题吗?"崔立骏故意问道。

领头的说:"看起来没什么问题,但谁知道这证件是怎么来的。"

"居住证是警务处办理的,我们是守法的良民。"

领头的人听了崔立骏的话,不再纠缠证件之事,开始询问下午的情形。崔立骏解释道,自己和清泰客栈的小伙计是朋友,托他买了东西,这次去是问他买到没有。这是他事先与客栈伙计商量好的说辞。

见问不出什么,他们还不甘心,一个人边探头探脑边问道:"你们这里住几个人?"

"三个。"

"不止吧?听说你们这有四五个人,经常进进出出的。"

"他们是我们的朋友,只是过来玩,不住这里。"

说着话,两个检查人员强行上楼搜查,安山根赶紧跟上去,嘴里不停抱怨:"楼上没人,东西丢了我明天就去找你们警察局赔啊。"

几人楼上楼下翻了一遍,一无所获,只好悻悻离去。

第 35 章　杭州·镇江·南京

1933 年 5 月,崔立骏接到萧峥通知,是褚嘉诚通过财政厅副厅长张鹏飞转告的,让他陪同金先生即刻乘船前往镇江。

金彻对此行颇为担心,打算让安山根陪同前往。崔立骏摇了摇头,说临时政府的人员多在杭州,安队长得留下来保护他们,提出仍由自己护送金先生前往镇江,目标小,反而更安全。

金彻、安山根等人看崔立骏说得坚决,也就不再坚持。

到达镇江,金先生再一次见到了陈部长。果然不出金先生所料,政府最高首脑要亲自见他。第二天,崔立骏和金先生一起坐上陈部长的轿车,抵达南京后,被安排住进了中央饭店。

进到屋内,门扉轻掩,崔立骏尚未来得及细赏这满室的雅致,便已匆忙地检视起每个角落来。他目光如炬,一一扫过床下桌底窗户外,乃至台灯电话,确认无虞后才稍稍安心。然而,这高级饭店的奢华,他们二人却是头一遭体验,心中难免有些许忐忑,只是面上却不露分毫。

次日清晨,萧峥派人将早餐送入房间,并特意交代他们饭后耐心等待,不得踏出房门半步。崔立骏心中虽想出门熟悉一下中央饭店的出入线路,但考虑到此行的重要性和危险性,只得耐着性子在房间内等待。他们二人都是首次来到南京,中央饭店又紧邻国民党政府这样的要地,因此他们丝毫不敢大意。

实在闲得无聊,崔立骏就侧身站在窗户后,俯视着街上的行人。他不知道的是,在斜对面的楼中,有人正手持望远镜,监视着中央饭店进进出出的人。

整个上午崔立骏都心神不宁,仿佛有什么东西触到了他敏感的神经,以至于整个下午都有些头痛。

下午三点,一阵敲门声骤然响起,来人无话,只让他们即刻上车。崔立骏把帽子递给金先生,两人戴上墨镜,出门后径直上了轿车。黑色轿车的车窗全部用布帘遮挡。

三十分钟后,车子开进了一个很大的院子,有几栋小楼,眼前的这栋楼像是办公楼,不远处的大屋顶估计是大礼堂,再往里,几栋楼看似是教学楼和宿舍楼。楼前有一个大操场,这会儿操场上全部是正在训练的学员,吼声连天。

"这里是中央陆军军官学校,也就是人们常说的南京黄埔军校!"看他们疑惑,迎接的萧峥一句话揭开谜底,"金先生一个人进去,崔先生请在此等候,也可让司机领您在校内走走。"

崔立骏很高兴,在军校里,金先生的安全肯定能够得到保证,他可借机看看这所闻名遐迩的军校。

在黄埔军校的校园内,青翠树木和碧绿草坪映衬出一片宁静和美丽,有种新生的、蓬勃的生命力。崔立骏跟着司机一路向操场边走,他看到操场上的学员分成不同的区队,有的趴在地上练习瞄准,有的练习投掷手榴弹,还有的在进行体能训练。崔立骏看着和自己年龄相当的年轻人能够得到正规的培训,心里羡慕不已。

崔立骏问一旁的司机:"老哥,黄埔招人的标准是什么啊?"

"效忠国家的人都可以报考。"

崔立骏又问道:"他们学业结束后都到哪里去?"

司机不厌其烦地解释道:"大部分到部队里带兵打仗,也有一些特别的人经过更严格的训练,从事特殊工作。"

崔立骏心想,一个成熟的政府理当拥有自己的部队、兵工厂和银行,这样手里有枪杆子、票子,腰杆子才硬啊。望着操场上那群生龙活虎的年轻人,崔立骏多想成为其中的一员啊!可是,自己已经答应照顾金先生,背后岌岌可危的韩国临时政府更需要有人穿针引线,牵线搭桥。显然,自己与这所军校大概是无缘了。

在与最高首脑的会面中，金凡详细介绍了韩国临时政府的计划，提出希望中国政府能够提供援助经费一百万银元，并保证两年之内可在日本、韩国、中国东北方面掀起暴动，切断日本侵略亚洲大陆的后路。

一百万银元虽不是一个小数目，对中国政府来说，筹措算不上什么难事，但最高首脑显然不赞同金先生以暗杀行刺来救国的办法。

经双方商议，一致决定从两方面推进。一方面中国政府决定拨款支持韩国临时政府，由他们自己行动，组建韩国自己的武装力量；另一方面，选派韩国抗日青年到黄埔军校洛阳分校受训。这次会面，是国民党政府对金先生的第一次正式支持，相当于承认了他在韩国临时政府的领导地位，标志着韩国临时政府由暗杀为主转入培训军事人员的新阶段。

会面结束后，商谈成果以备忘录的形式固定了下来。

回到饭店，金先生将会谈之事告知了崔立骏。崔立骏听闻，满心欢喜，热烈地向金先生表达祝贺。金先生问他有什么想法，崔立骏直言不讳地回答，如果要开办武官培训的话，他也想参加，因为在黄埔军校参观了一圈，他真的是太羡慕了。

金先生听后，沉吟良久，没有明确表态，说容他好好考虑考虑再决定。

翌日，两人又辗转回到镇江，计划在此多盘桓几天，设法联系在镇江的韩侨。

两人在江苏旅社下榻期间，绫子派往镇江的山本带人摸排了镇江的大小旅馆，始终没有发现金先生的蛛丝马迹。鉴于江苏旅社属于政府公务接待之地，明岗暗哨戒备森严，山本一直没敢贸然接近。崔立骏白天陪金先生乘坐省府派来的车辆离开旅社，化装成普通游客或路人在镇江街头巷尾活动，傍晚时分，两人再悄悄在指定地点乘车返回。

江苏旅社门前的夜市摊位密密麻麻，人声鼎沸，各种小吃应有尽有。金先生晚上在旅社看书写日记的时候，崔立骏会独自走出旅社逛一逛。看到小时候常吃的风味小吃，崔立骏垂涎欲滴，忍不住品尝了凤爪、牛蛙和叉烧。不承想,半个钟头后,崔立骏疼痛难忍之下,和金先生言语一声后,便捂住肚子去找诊所。

"济世诊所"已经闭门,但里面还亮着灯。崔立骏敲了敲门,不一会儿门打开了,一个四十多岁的人出现在他面前。

"小伙子,有事吗?"

"我吃坏了肚子,想找大夫拿点药!"

"进来吧。"大夫和蔼地将崔立骏迎进诊所内。

此时,一个七八岁的小孩从房间里跑出来,对着大夫展示自己的纸风车,谁知大夫夸奖的过程中,竟带出了韩语语气词"哎一古"。

大夫瞬间意识到自己的失态。他慌忙将孩童哄回房间,而那熟悉的语气词,却在崔立骏的心头荡起了涟漪。这不是他常在熙媛家听到的那句韩语吗?难道说,这位大夫竟是韩侨?

有了这个猜测,崔立骏决定和大夫多聊几句,便谎称自己不是本地人,第一次来镇江,看到这么多好吃的,一不留神把胃给吃坏了。大夫忙着给他找药,崔立骏又假装不经意间说自己去了西津渡,那里很繁华,还说也到过清真寺,帮朋友去找一位叫洪熹的韩国人。崔立骏一边说一边注意大夫的表情,当听到"洪熹"两个字时,大夫身子微微一震。

崔立骏心想有戏,突然用韩语问了一句:"药找到了吗?"

"找到了。"医生下意识地用韩语回答了一声。

崔立骏当即佯装惊讶地问道:"你是韩国人吗?"

大夫矢口否认,谎说自己只是懂一点韩语。崔立骏让大夫不要紧张,坦然道:"我并没有恶意,我的夫人也是韩国人。"

随着交谈深入,大夫逐渐放松了戒备。他告诉崔立骏,自己名叫文仓济,因生活所迫带着家人逃离韩国,凭借医术在中国扎下了根,能在镇江立足也是机缘巧合。他们初到上海时过着颠沛流离的生活。有一天,他在街头救下晕倒的路人郭守钧,郭守钧感恩图报,邀他们前往镇江定居,并资助他开办了这间诊所。

崔立骏环顾着整洁有序的诊所,赞叹不已。文仓济也高兴地说,多亏郭先生帮忙，刚开始只是间小门面，后来赚了钱把郭先生资助的钱也还了，铺面也扩大了。两个人兴奋地聊着，其间崔立骏吃下文仓济开出的几颗药丸，腹痛渐渐缓解。文仓济问崔立骏到镇江有何贵干，崔立骏说是生意上的事，帮朋友打听一个叫洪熹的人。

文仓济听他说找洪熹，说自己可能见过这个人，一个朋友带来看病的，只听见朋友叫他洪先生。如果需要，他可让朋友帮助问问。

"太好了！找到了真要好好谢谢你。"

"不客气，我这个诊所，有人擦肩而过，有人驻足一刻。我相信每次相遇，也许都是命中注定的缘分。"

崔立骏听其言辞雅致，不禁心生敬意。两人约定明日再会，崔立骏怀着愉悦的心情离去。归途中，他庆幸自己肚子不适竟无意间为金先生解了一桩心事。

房间里，金先生还在挑灯看书。崔立骏过去一把把他的书合了起来，金先生被崔立骏的举动吓到，吃惊地看着他，他从没有见过这般孩子气的崔立骏。

"立骏，什么事叫你这么兴奋？"

"我说捡到宝了，您相信吗？"

"看把你兴奋的，信！"

崔立骏倒了一杯热茶，把刚才所经历之事原原本本叙述了一遍，末了还高兴地说："明天就能联系上人了，您要不要去见见？"

金先生倒没有那么兴奋，泼了崔立骏一头凉水，说不要高兴得太早，见到见不到暂且不提，就算是洪熹，这么多年没有见了，也不知道人变了没有，他不能贸然前往，倒是这个文仓济，他可以见见。

崔立骏思量一会儿，觉得金先生所言极是，暗怪自己年轻，把事情想得太过理想。

第二天上午十点，崔立骏如约来到诊所。他将金先生的意思转达给文仓济后，文仓济爽快地答应，并邀请他们中午至家中用餐。

文仓济居于马家巷15号,住所与诊所相隔不远,是一栋二层小楼,单门独户,还有一个比较宽敞的院子。院子里种的有菜,有花,打理得井井有条,看得出来这一家人在镇江的生活和事业都很顺利。

中午的饭菜是标准的韩式菜肴,石锅拌饭、烤五花肉,还有文太太自制的泡菜。家乡的味道让金先生吃得很是过瘾。三个人边吃边聊,当文仓济得知对面坐的金先生曾亲手当街杀死过日本人,敬佩之情油然而生。

文仓济站起身向金先生深鞠一躬,激动地说:"有先生这样的人在,祖国就有希望。需要我做什么,您就开口吧,我也应当为祖国的早日光复尽一份力。"

三人商议既定,决定由文仓济出面,通过其朋友之力,将洪熹约至诊所。崔立骏将先行与他会面,探其态度,若谈话进展顺利,再请金先生出面。

次日午后时分,数位韩国人士汇聚于诊所之内。

经过两三个钟头的交谈,崔立骏觉得洪熹对万里之外的祖国依旧赤胆忠心,他虽然参加的是韩国独立党且当选为中央委员长,但希望韩国独立的初衷没有变,从内心还是肯定韩国临时政府的。

过了两日,崔立骏寻得洪熹,言有一人欲与其相见。洪熹询问究竟何人,崔立骏只说到时自然知晓。

崔立骏领着洪熹向僻静的江滨走去,远远就看到一个人伫立于江堤之上,只见那人背着双手、挺胸抬头、意态坚毅地眺望着长江,似乎是一座雕像。

洪熹起初并没有认出金先生。随着越走越近,他陡然觉得似曾相识。难道真的是他?洪熹担任国务领时,金先生是警卫长,彼此相识,但并没有到熟稔的程度。去年,金先生率领几个人支撑的韩国临时政府,闹得撼天动地,洪熹深深感佩于他的能力和坚韧。

近了,更近了。洪熹最后确认,真的是他。两双手紧紧地握在了一起。

"你,还好吧?"两个人异口同声问出了这句话,同样激动得热泪盈眶。距上次晤面已经七年,有许多话想问,一时间竟都无从开头。

江堤上人迹稀少,走累后两人干脆坐了下来。

崔立骏扮作游人远远地警戒着。出发时,他特意把短枪揣进了怀里。

洪熹听金先生说已经从中国政府那里争取到一笔经费,准备培训韩国的军事干部以及特工人员后,振奋异常。金先生问他有什么好的建议,他说可以先遴选一部分精英送到黄埔军校去,但同时韩国临时政府也要选拔一批人,自己慢慢培养。关于眼下的工作,洪熹建议抓好两个重点,一是人员选拔,二是选择合适的地点,二者缺一不可。洪熹接着问金先生,人员怎么选拔,地点选哪里合适。金先生早已成竹在胸,回答说要想挑选合适之人,可能还要派得力的人到韩国侨民中去宣传,甚至要回韩国去宣传,要让他们看到希望,看到临时政府的力量,坚定对于未来的信心,这样,年轻人才会踊跃响应,父母才能愿意送子女参加。至于地点,金先生说上海、杭州形势仍然紧张,嘉兴也有日本人盯着,目前来看,镇江比较合适。

洪熹听后深表理解并点头表示认同。金先生补充说,这只是初步设想,具体实施时还需开会讨论论证。

"嘘唏……"两个人说得正热闹,忽然长长的一声口哨引起了他们的警觉。这是事先与崔立骏约定的,如果有什么情况,以口哨声为号。

金先生抬头远望,看到有几个身份不明的人正朝两人所在的方向走来。刹那间,他霍然起身,对洪熹说道:"今日言谈至此,且容我们回去后再作深思。待得机缘成熟,我必亲自登门造访。"

崔立骏自从上次在南京见识到中央陆军军官学校火热的训练场景,又听说了国民党政府同意韩国临时政府选派人员参加培训,他入军校学习的心愿更加强烈。他时常梦到自己在军校里参训,像一只蓬勃向上的猎鹰,在乌云密布的天空中展翅翱翔。

关于此愿,崔立骏已向金先生表达过一次,然而金先生却不置可否。

在金先生眼里,崔立骏早已成为他不可或缺的助手。如今世事纷繁,棘手之事层出不穷,他实在不愿放崔立骏离他而去。

这天吃过晚饭,崔立骏却磨磨蹭蹭,迟迟不愿离去,神色间满是踌躇,欲言又止。

"金先生,上次给您说的事,考虑好了吗?"

"何事?"

"就是我想去黄埔军校培训的事。"

金先生反问崔立骏:"待在我身边不好吗?为什么想去黄埔?"

崔立骏抓了抓蓬乱的头发,坦言道:"我自知未曾受过专业训练,体能不济且枪法生疏,更谈不上什么精准度了。至于跟踪反跟踪、侦察反侦察之术,过去也只是凭自己瞎摸索罢了。我深感自己能力不足以护卫您周全。前几次能侥幸脱险,我想多半也是托了老天的福。如今听闻黄埔军校有此类专门的训练,我思忖着唯有在那里深造一番,方能配得上在您身边效力。"

"立骏,你说得很有道理。但你想过没有,你走之后,谁来协助我的工作?"他和崔立骏在一起这么长时间,从生活起居到出门远行,有崔立骏在旁边,他感到放心。

崔立骏说:"金先生,我考虑好了,在镇江这边租间房子,您暂时先住在这里。这里有洪先生和文大夫,你们可以互相照应。您给我两个月时间,不用多,两个月就行。等我学成归来,您的安全就更有保障。再说,临时政府组建自己的自卫军,我学好本领,还能将所学传授给他们。"

崔立骏说得振振有词,金先生无法反驳,不禁松口道:"条理清晰,逻辑严密,我倒是被你说服了。"

崔立骏笑着说:"这还不是跟您学的吗?名师出高徒啊。"这话仿佛一阵春风,轻轻拂过金先生的心田,让他露出了会心的笑容。他看着眼前这个年轻人,仿佛看到了自己年轻时的影子。

见崔立骏去意已决,金先生郑重地说:"军校训练很艰苦,三伏暑天顶骄阳,寒冬腊月裹飞雪,你可要有思想准备。"

崔立骏朗声说道:"雏鹰不经狂风暴雨变不成雄鹰。"

金先生将两手一摊:"到时候你不要来找我哭鼻子就好。"

最终,金先生同意了崔立骏的请求,并亲自出面与陈部长协调。经过一番周折,崔立骏终于如愿以偿。为了方便与金先生联络,他还被特意安排在了中央陆军军官学校学习。

第36章 南京

半个月后,崔立骏将镇江的一切安排妥当,便踏上了前往南京的旅程。

入学后的第一堂军事理论课,上课的黄卫教员个子不高,四十岁左右的年龄,看起来斯文儒雅。据教务主任介绍,此人是黄埔军校一期毕业,在讨伐陈炯明的两次东征和与直系军阀孙传芳的作战中表现出色,现已位居副师长。这次到南京来公干,被请来临时给同学们上一课。

上课伊始,黄教官在黑板上写出一行字,"兵者,国之大事,死生之地,存亡之道,不可不察也。"旋即,他旁征博引,"两军对垒,强者胜。弱者只能被欺,比如目前的韩国,亡国于日本殖民统治之下。还有中国,日本弹丸之国却能占领我东北三省,犯我上海,对我华北更是虎视眈眈,凭什么?凭的是武器装备先进,凭的是军事人才所受的教育程度之高。"

课堂上,黄教官又结合战场上的实际案例讲述了战略防御、战略进攻以及声东击西、围魏救赵等计谋的实际应用。一堂课下来,崔立骏收获满满,记了十几页密密麻麻的笔记。

除了军事理论课,崔立骏上得最多的是枪械使用与维修课。他是班上最刻苦的一个,班长要求练习瞄准射击一小时,他练两小时,汗水淌入眼角,也目不转睛。班长不无感叹地对崔立骏说,他是一个狙击手好苗子。

小小的靶子在崔立骏的沉默中变得越来越清晰,无论是卧姿还是站姿,据枪、瞄准、击发的动作自然,连贯有力,他一发接着一发地射出,子弹都击中了目标。

一天，崔立骏的同窗胡学军与李冬阳玩性大发，两人密谋一番，欲拿崔立骏寻开心。在崔立骏趴在地上全神贯注练习瞄准时，他们悄无声息地接近，手中提着水壶，恶作剧般地朝他裆部倒下。霎时间，崔立骏的裤子湿漉漉一片，可他犹如老僧入定，纹丝不动。事后，他湿裤贴身，尴尬地走向宿舍，却被教官撞个正着。教官一番盘问之下，崔立骏只得尴尬地吐露"尿裤子"的实情。教官在责备胡学军与李冬阳的同时，却也对崔立骏那份在突如其来的"热雨"中岿然不动的定力很是欣赏。

靠着这股劲，崔立骏在手枪、步枪射击训练中都取得了优异成绩。

枪械维修、保养也是重要的一课。枪械是精密设备，需要经常拆开进行擦拭，另外也可以厘清枪支内部的结构，知道哪些配件需要更换。讲台上，教这门课的是一位年轻的王姓教员。他手拿一把俗称"盒子炮"的毛瑟军用手枪，一边讲一边拆，且拆下的每个部件都摆放得井然有序，然后又飞快地把手枪组装起来。动作之快，令所有学员咋舌。

学员热烈鼓掌。王教员说这不算什么，他可以蒙上双眼拆装，最好的纪录是五十秒。

在学员的掌声鼓励下，王教员从口袋里掏出一条毛巾缠绕脑袋一圈，把双眼围得密不透风。胡学军喊"开始"，李冬阳计时，崔立骏坐在前排眼睛一眨不眨地盯着王教员的手。只见他手指翻飞，咔、咔、咔咔，转眼间就拆完了。随后，他深呼一口气，按照肌肉记忆，一阵咔咔咔后，一支完整的手枪又重新出现在学员们眼前。

四十八秒！课堂上爆发出热烈的掌声。

"谁愿意上来试试？"正当学员们交头接耳之时，王教员一声问话令所有人瞬间沉默。

大家刚才只顾看教员精湛的表演，全然未留意拆解与组装的步骤。此刻心底难免发虚。王教员环视教室一圈，发现同学们都心虚地低着头，只有前排一个学员兴趣盎然、跃跃欲试。

"崔立骏！"

"有！"崔立骏立马站起。

"你上来试试。不用蒙眼,能完整拆装即可。"

"是!"

虽然崔立骏摸过枪,但拆枪和组装他还十分生疏,更不用说在众目睽睽之下。按照教员教的步骤,他瞪大双眼,手上轻微用力,一个一个把零件拆了下来,再一件件重新组装。按照记忆里的步骤,崔立骏作为新手,动作虽显生疏,却沉稳冷静,不见丝毫慌乱。

总算完成了,崔立骏高高举起"盒子炮"。

李冬阳看了一下手表,足足用了五分钟。

王教员带头鼓掌,连声说:"不错,不错。能拆开,还能装上,时间虽然有点长,但已经很不错了。崔同学显然是来认真学习的,不是来划水凑热闹的。"王教员说完扫视全班,胡学军、李冬阳等人都不好意思低下了头。

这堂课过后,只要条件允许,学员们就把手枪、步枪借出来拆装,教练枪有限,摸不到枪的同学,则另辟蹊径进行体能训练,做俯卧撑,拉单双杠,练长短跑。

与一些同学比起来,崔立骏身板并不是特别强壮,现在这么好的机会,他要让自己的体能突飞猛进。

早上,起床号一响,他就第一个从床上蹦下地来,迅速穿戴好衣服鞋帽,第一个跑到集合地点待命。教官让做俯卧撑,每人五十个,他做得快,每次同样时间内能做八十个。累了一天,晚上同学们都休息了,他还要坚持到操场跑上两圈,另外再做三十个引体向上后才返回休息。

李冬阳每次问他:"立骏,这么拼命干吗?"

翻了个身,崔立骏找了个舒服的姿势躺着,然后淡淡地说:"我没有你们那么长的学习时间,要想跟你们的结果一样,就要付出加倍努力。"说这话时,他脑子里想到的是金先生两鬓斑白的头发以及褚嘉诚殷切的眼神。

学期结束之时,军校将组织一场"实战技能大比武",算是学业总结汇报。比武包含实弹射击、枪械拆装后射击和综合技能三项。为了让更多人有机会参与,允许每个班级可以申请两个队,每队五名队员,每个学员可以选自己擅长的项目报名。

崔立骏在班里是尖子生，几个项目都有可能争夺桂冠，但为了给其他同学机会，他打算只报一项。胡学军和李冬阳就此提出异议。李冬阳说："立骏，你仅仅参加射击一项，我们班怎么夺第一名？"

"三项你都得参加，这样我们班才能拿总分第一！"胡学军附和李冬阳。

崔立骏说："这不仅是争第一的问题，主要是为了激发大家的学习热情。要不这样吧，我参加前两项，综合技能就让别的同学参加吧。"

众人同意崔立骏的观点，从此整个班级再没人"划水"，个个起早摸黑投入到了训练之中。

"大比武"的日子在众人翘首期盼中到了。

首先进行的是实弹射击项目。这个项目比的是射击精准度，手枪和步枪两个分项用的是常见的毛瑟手枪和汉阳造步枪。手枪采用站姿，步枪采用卧姿，打的都是不动靶。

先进行的是手枪分项。令人意想不到的是，比赛刚开始就闹了个乌龙。崔立骏是第一组第一个上，每班出一个人，五个人排成一排，每人五发子弹。砰砰砰砰砰，五发子弹很快射完。报靶员报靶，1号93环，2号0环，3号43环，4号45环，5号46环。

现场一片哗然。崔立骏在1号位，李冬阳大声嬉笑道："崔立骏，你五发子弹能打出93环，这可比神仙还神呐！"众人的目光齐刷刷地投向站在崔立骏身旁的2号位学员，他低垂着头，仿佛背负千斤重担。

原来，该学员由于过度紧张，竟瞄错了靶位。这时候，崔立骏站出来说道："吃一堑长一智，今后上战场，看清敌人再开枪。"又安慰2号位学员，"战场上敌人一大片，射哪个不是射啊？只要消灭了就行。"

全体师生哄堂大笑。可是，如何算成绩却成了难题。

教官经过商议，让崔立骏重新打一次。崔立骏毫不犹豫，立马压膛上子弹，啪啪啪几声过后，报靶员报出了48环的好成绩。

2号位学员所在的班也嚷嚷着要再来一次，奈何其他班里的同学都不同意，最终2号只能按0环计算。

手枪比赛结束,紧接着是比步枪射击。崔立骏不负众望,取得了49环的好成绩。

射击竞赛结束,崔立骏的班总分得了冠军。

第二项比的是枪械拆装后射击。

这项比赛要求以最快的速度把枪拆开再装上,并迅速找到靶子进行射击,比的是拆装武器的速度和射击精度。

比赛前,崔立骏把他们小组的人喊到一起,叮嘱大家一定要保持冷静,按照平时训练的方法进行操作。看好自己的靶子再射击,千万不要像2号位学员一样,失分事小,丢人事大。

有了第一轮的经验教训,这一轮各支队伍表现都比较平稳,没有出现什么纰漏。

轮到崔立骏上场了,只见他平静地走到台前,双手合十举过头顶,晃了三下。这是林熙媛教他的,说是以此手势祈福,可以获得上苍庇佑。

站在桌前,他闭眼平静了一下心情。"开始"的口令一响,只见他唰地拿起手枪,三下五除二拆开又装上,迅速站到靶位前,瞄准后一阵速射。

教官随即报分数:"1分30秒,9环。"

拆装步枪也是得心应手,共用时2分40秒,也是9环。

比赛结束,崔立骏又以用时最短和环数最高的优异成绩赢得了第一名,班里的同学高兴地把他抬着抛了起来,如同庆贺战场上凯旋的英雄。

时光匆匆,军校培训学习已然落下帷幕,崔立骏各科都取得了优异的成绩。金先生特地来信表扬他,崔立骏读得眉开眼笑。李冬阳询问是谁来的信令他如此乐不可支,崔立骏半开玩笑地说:"保密!"

待崔立骏结业准备返回镇江时,却接到通知,去见中统负责人徐因白的联络员林金生。

林金生告诉崔立骏不用着急回去,可以先到特务培训班再进行培训。这也是陈部长、金先生的意思。崔立骏听说过特务培训班,能进里面学习是他梦寐以求的事情,便欣然应允。待到上课的时候才知道,和他一起进特务培训班的还有李冬阳。

特训班聘用的授课教员很多都是资深特务,其中就有共产党的叛徒顾广奇。文化程度不高的顾广奇主讲"特务工作的理论与实操"课程,在讲授冷枪、擒拿、格斗、化装、盯梢、守候等特务技术时,结合他过去在中共"红队"的经历,讲得颇为生动有趣。但他在讲授过程中表现出的对共产党的敌对情绪让崔立骏很不舒服,虽然他没有加入任何党派,但在大学期间,身边很多同学都是共产主义追随者,他们的立身处世与顾广奇所说的完全不同。

特务培训班的地点位于中华门内长乐路附近,学员经常被分成小组在夫子庙进行实地训练,练习盯梢等特务技能。繁华且鱼龙混杂的夫子庙为他们提供了绝佳的训练场所。

崔立骏他们时常在此练习盯梢,常用的是"三打一"的盯梢方式,即首先由第一线特务负责跟踪目标,人多的地方就靠近一些,以免丢失目标;人少的地方就离远一点,以免引起目标的怀疑。在跟踪的过程中,如果目标进入里弄,第一线特务就放弃跟踪,并注意目标进入里弄之后的动向;第二线特务按照第一线特务提供的线索,继续对目标的跟踪,进一步探明目标的行动轨迹。就这样,一线换二线,二线换三线,甚至三线换四线,用不同的人跟踪同一目标,获得目标人物的具体轨迹。

采用这种方法,崔立骏带领四位同学在夫子庙一带轮流替换跟踪几个扒窃的乞丐,最后终于在中华门瓮城附近一个大院内,发现了一伙江洋大盗的老巢。第二天,《南京晚报》刊登报道:"祸殃金陵十年丐帮昨日被端。"

在结业前一周的一天下午,崔立骏闲来无事决定去夫子庙逛逛。在孔庙门前,他和一个车夫迎面撞上了。崔立骏觉得此人眼熟,将信将疑报出了一个名字:"朴泰恒?"

听到有人叫自己的名字,朴泰恒愣了愣,随即认出眼前之人正是久违的崔立骏。他心头一热,激动得声音都有些颤抖:"是你啊,崔大哥,真是好久不见了。"

"你去哪里了？我们都以为你出事了。"崔立骏没想到在南京还能遇到熟人。

"爆炸案后，我也弄不清楚情况，车子也在街上被人征收了。我跑回去的时候，金先生他们都不见了。我趁乱在一个工友家躲了好几天，后来跟着大成车行的老板逃到南京，来讨生活。"

"安全就好，安全就好！"对于朴泰恒的话，崔立骏没有怀疑，毕竟在上海散布着很多韩国人，逃到南京的也不在少数。

"我们都很关心你们的安全。不知道金先生现在如何？他毕竟上了年纪，不知道能不能经历这些颠簸之苦。"说着，朴泰恒竟然有些动情，眼眶湿润了。

崔立骏心中一紧，却故意避开这个话题："具体情况我也不太熟悉，听说他还好。"他不想让朴泰恒过多担心，毕竟金先生的情况，不是三言两语能说清楚的。

一来二去，崔立骏和朴泰恒熟络起来。崔立骏向金先生报告了自己与朴泰恒相逢的来龙去脉，还到大成车行打听了一番，得到的情况与朴泰恒说的基本一致。

得知朴泰恒平安，金先生也甚感欣慰。

结业典礼结束后，崔立骏约教官和同学一起到秦淮河边的秦淮饭庄小聚了一次。

第37章 南京·镇江·上海

一个幽灵般的身影,摸进了金先生在南京的落脚处。

"不许动,再动我就开枪!"

金先生仅凭声音就认出了来人,缓缓抬头,"竟然是你?!"

来者是朴泰恒。

原来,声明登报以后,绫子就派朴泰恒到南京打探金先生的踪迹。若金先生在南京,她就可以把朝鲜流亡组织成员一网打尽。但虹口公园爆炸案一年多来,在嘉兴、杭州以及后来的苏州、无锡、镇江等地布下的天罗地网迟迟没有收获,绫子几次受到日本军部和笠原的斥责,不得不将宝押在朴泰恒这张"王牌"身上。

"真没想到你竟然心甘情愿去做日本人走狗!"金先生的声音里透露出难以抑制的愤怒。

"死到临头,还如此嘴硬,何必呢?"朴泰恒一脸冷笑。

"为了日本人悬赏的区区六十万,置民族大义于不顾,就不怕同胞们的耻笑与唾骂?"

"我索性让你死个明白。一直以来,临时政府东躲西藏。我们这些外围人员不仅得不到任何关照,还要出卖苦力和性命来扶持你们。你们知道我们这些人过的什么日子吗?"朴泰恒脸上的肌肉抽动了几下,"去他妈的民族大义!在日本人面前你们不过是以卵击石!要是早有这笔钱,我父母也不会无钱治病而死。"

"你恨错了人,也报错了仇!知道你的父母是怎么死的吗?你到今天恐怕都不知道,他们不是你的亲生父母。"

"你,你说什么?"朴泰恒有点不相信自己的耳朵。

"你的生父金玄直,和我是同乡。他被日本人抓去当劳工,在北方修公路,一年四季泡在大草甸子里。夏天虫蛀蛇咬,冬天赤脚单衣,一天四两高粱米,人饿得只剩一副骨架。即使这样,他还要被迫到山上背石头,一百多斤的石头背在身上还没迈步就栽倒了,是日本人放狼狗,扑上去把他活活咬死的。你母亲,是在逃难中国的途中饿死的。她甚至咬破食指,拿着指尖血喂养你。你那时才几个月大,是你养父母把你从你母亲怀中抱走,在中国养大的。"金先生低声陈述着。

"骗人,你这个老骗子。"朴泰恒通红的眼睛怒视着金先生。

"不告诉你,那是为了不让你心上留疤。你知道你的养父母又是怎么死的吗?"

"因为跟着你们临时政府,缺医少药,被折腾死的。"朴泰恒此时已经没有了先前的底气。

这时,突然冒出一个男声:"是日本人这样告诉你的吗?朴泰恒,我告诉你,是日本人的飞机炸死的。"

朴泰恒立马用枪抵住金先生,大声回话:"崔立骏,你真厉害呀,你不是去吃饭了吗?"

崔立骏说:"你也不简单,可以跟踪我找到金先生。不过把你引到此处,是因为金先生有封信要给你。"

"都别动,我不看什么信,他这条命我要定了,只是我搞不明白你是怎么发现的。"

崔立骏冷笑道:"你表演得无可挑剔,但细节告诉我你不是黄包车夫。第一,你的鞋太新;第二,你的手太嫩。"

崔立骏说着,起身打开金先生一个随身的包裹。

"别动!他还在我的手上。"朴泰恒看到崔立骏要拿包裹,晃动了一下手中的短枪。

"放心,这里只有证据,没有武器。"

崔立骏打开包裹,一张合影照片映入朴泰恒的眼中。

"这是我和你全家的合影",金先生不紧不慢地说道,"坐在我腿上的这个孩子能认出来吗?"

"是谁?"朴泰恒警觉地问,他不明白金先生要干什么。

"是你!"

朴泰恒将信将疑,态度已不似先前那么蛮横。

"这是一封你养父在临终前托我转交给你的信,我一直带在身边,你拿去看吧!"金先生平静地说道。

朴泰恒伸手接过信件,急切地浏览起来——

泰恒吾儿:

见字如面,有些事本想当面告诉你,可惜等不到那一天了。

我和你生父金玄直是最好的朋友,被强行押到一个劳工队里给日本人修公路。你父亲惨死的当晚,我冒死逃出劳工队。你母亲死前把你托付给我。

那时候你骨瘦如柴,才八个月呀!我抱着你偷偷渡过图们江来到了中国东北,后来从关外流落到江南。可不幸的是,日本人的飞机炸死了你的养母,我也被炸成重伤。还好我遇到了韩国临时政府的金先生,是他借钱帮我垫付了医院的治疗费。我即将命不久矣,把你托付给金先生,我才放心。期望你可以牢记国仇家恨。

吾儿呀!告诉你身世,就是让你知道自己是谁,从哪里来。生逢乱世,家国沦丧,我只能在此地做幽鬼,回不了家乡了!

临时政府和金先生的大恩大德不能忘!要记住,是日本人欠下咱两代人的血债哇!

这封仿佛从天而降的信,显然戳到了朴泰恒的痛处,他始而震惊,继而泪眼模糊。崔立骏见状,上前一步卸掉了他手中的短枪。

"朴泰恒,你想想,你这样做对得起谁?你是吃两个韩国母亲的奶水长大的。不为灾难深重的民族做事,反而充当日本人的走狗,残害自己的同胞。你真的叫我失望。"金先生心痛难掩,双眸看着朴泰恒。

"不要说了!不要说了!"朴泰恒痛苦地揪着头发,身躯如同被抽干力气般瘫软下去,直至跪倒在冰冷的地面。

金先生却毫不留情地继续说道:"你的两对父母若在天有灵,看到你这般行径,该是多么心寒!"

金先生的话,像一把尖刀直刺朴泰恒的心扉。左右自扇几个耳光后,他喃喃地呼唤着:"爸爸!妈妈!"声音里充满了无尽的悔恨与痛苦。金先生还未来得及反应,朴泰恒已猛地拔出腰间的另一把手枪,对准了自己的脑袋。只听砰的一声巨响,一切都已来不及挽回。

"朴泰恒!你这般死法,真是窝囊至极!"金先生愤怒地呼喊。血腥气弥漫在空气中,金先生与崔立骏两人相对无言。

崔立骏在南京培训期间,金先生、洪熹已经通过各种方式联系上了在镇江的侨胞。他们逐门逐户做工作,动员韩国侨胞的成年子女报名参加自卫军。从军校结业回到镇江后,崔立骏便与金先生等人积极投入到筹建自卫军的事宜当中,但由于在镇江的侨胞并不多,崔立骏提议,应该派人外出联络,通过亲戚、朋友关系,寻找散落在东北三省、青岛、上海、南京、杭州等地的韩国侨胞。

由于对江浙一带颇为熟悉,崔立骏受金先生指派,前往上海、南京、杭州等地负责招募工作。

第一站,崔立骏去了上海。

岳母看到崔立骏,紧紧拉着不松手,还一个劲地朝后看。崔立骏知道岳母在望什么,便解释道:"妈,别看了,熙媛当老师,没有时间回来。我回来办事,顺带来看看你们。"

晚上,岳父母做了一桌好菜给他吃。望着二老满头的白发,崔立骏甚是惭愧,端起酒杯说道:"爸爸妈妈,子女不孝,不能侍奉在侧,还连累二老担惊受怕。"

岳母抬手拭去眼角的泪花,连连摆手:"说什么呢,没什么孝顺不孝顺的。你们在外面平安就行,你要把熙媛照顾好。对了,你们准备什么时候要个孩子?要是你们忙,我可以给你们带。"岳母的心思崔立骏理解,天下老人哪个不盼望含饴弄孙的天伦之乐?

崔立骏略带羞涩地笑了笑:"快了。等我们准备好了就要。一定给你和爸生个大胖外孙。"岳父没有那么多话,但知道女婿在外闯荡什么,他没有办法与年轻人一样为了独立运动赴汤蹈火,但支持女婿女儿为祖国独立尽力。所以,吃过晚饭,他就唤上崔立骏来到书房,翁婿二人关起门来促膝而谈。

听了崔立骏说起这次回来的任务,岳父沉思了一会儿说道,虽然上海的形势没有以前紧了,但街头巷尾依然暗哨密布,叮嘱崔立骏多加小心,并建议从韩国人开的几家工厂找人。

第二天清早,崔立骏一身工人打扮,前往修理厂找王雄。

熟悉和习惯上海血雨腥风的王雄,从不轻易抛头露面,加上修理厂又跟政府有些许关系,历经绫子几次带人挖地三尺的审查后,他还是把修理厂这个联络点保存了下来。当王雄看到崔立骏的身影出现在修理厂门口时,并没有感到惊讶。他深知,这位老友若非有要事相商,是不会在此时此地现身的。于是,他径直将崔立骏引至厂内一处偏僻的空地,开门见山地询问他此行的目的。

崔立骏把大半年来发生的事情向王雄简要讲述了一遍,最后说到了成立自卫军的事。崔立骏说这次回来就是找人的,先把人统计好,然后统一行动。王雄听后心潮澎湃,被日本侵占后,自己的祖国终于要成立第一支正规的自卫军了。

"我能不能参加?"王雄抹了一把泪水,问崔立骏。

崔立骏遗憾地摇摇头:"不能。来时我特意问了金先生。他特意让我转告你,你的战场不在前线。"

王雄闻言,虽然心中有些许失落,但他绝对服从金先生的安排。他点了点头,语气坚定地说道:"我听金先生的,留在这里尽我所能地帮助你们。只要有用得着我的地方,一定义不容辞。"

随后,两个人的话题转到下一步的工作该从哪方面着手。

王雄表示，修理厂、码头等几个地方的韩侨他知道，他自己去联络；制帽厂、缫丝厂、化工厂等几个厂需要崔立骏想办法。

按照约定，翌日一早工人上班的时候，崔立骏先来到了制帽厂。以前听尹英魁说过，他曾在这里工作过，老板是韩国人。他觉得这里的韩侨应该不少，所以一早跑来问门卫还招不招工人。

门卫请示老板之后，崔立骏被录用了。工头把他领到车间，带到工位后让崔立骏等一会儿，他要找个师傅手把手地教一下。不久，一个人走了过来。

"怎么是你？"来人惊讶发问。

崔立骏说："进来混口饭吃。"

来人是李义浩。两人相视一眼，心照不宣，不再多言。

崔立骏跟着李义浩学了一遍，技术不难学，难的是怎么样编得又快又好，因为计件拿钱，崔立骏学会后，赶紧催李义浩去编织帽子，不用管自己。

好不容易挨到下班，崔立骏热情地招呼李义浩到徐大爷的"徐记面馆"见面。先到一步的崔立骏，远远地看到徐大爷在店里忙碌的身影。

刚一进店，崔立骏就竖起两个指头，示意"两碗素鸡面"。徐大爷迟疑了一下，向着崔立骏努努嘴。崔立骏明白其意，转脸瞥了眼里面一桌，两个人正在往嘴巴里拖大肉面。崔立骏悄悄地坐到旁边，把帽檐向下拉了拉，就是这个细微的动作引起了两人的注意。

"你是干什么的？"一个疤瘌脸走过来，一副凶神恶煞的样子。

"吃饭啊，这不正好是饭点么？"崔立骏脸上挂着笑，但话却干净利索。

"八嘎，我是问你做什么事情。"疤瘌脸提高了嗓门。

"我看你是来这里接头的。"另一个翻译模样的人插嘴吼叫。

"这话可不敢乱说，我就是一做工的。"崔立骏佯装委屈。

"哼，一人点两碗面，分明是在等人！"翻译模样的人不肯罢休，紧盯着崔立骏不放。

"对啊，我在制帽厂做工，另一碗面就是我提前给工友点的啊。"崔立骏一副看白痴的样子，递上自己的证件，疤癞脸拿在手里翻过来调过去看了个遍，没找出啥毛病。

"有谁能证明你说的话？"

"太君息怒啊，他是我们厂子的，我徒弟。"李义浩进门后，一路小跑来到三人面前。

"是你啊！"李义浩悄无声息地塞了一包哈德门给翻译。

"太君，这个李桑，人大大地好。"翻译立刻变了脸色。

"误会，误会！我们都是老实本分的人，今天两位的面钱算我请客。"崔立骏双手又奉上两盒哈德门给了那个日本浪人。

抬手不打笑脸人。日本浪人一把拿过香烟，扬长而去。

"你怎么又回来了？"李义浩一边吸溜着面条，一边小声询问崔立骏。崔立骏简要说明自己的来意后，李义浩当即表示要第一个报名参加自卫军。

"有王雄和李义浩这样的人，韩国不会亡！"崔立骏从心底对他们充满敬意。

一阵嘀咕后，两人商定制帽厂内韩侨的工作由李义浩负责，崔立骏继续联络其他工厂。

崔立骏在制帽厂待了一周时间，动员了十二名年轻人报名。初战告捷，崔立骏对招募计划更加充满信心。

虽然上海不是自己的故乡，但在沪居住多年，这里的每一寸土地都有熟悉的气息，这让李义浩感到自己的作用非同寻常。除了制帽厂，他还主动联系其他厂的侨胞，然后引荐给崔立骏。通过这种方式，崔立骏名单上的人员在逐渐增加。

一天，一个年轻人通过一位熟人突然找到崔立骏。年轻人自我介绍叫洪沐天，目前在街头当黄包车夫。他私下里得知组建韩自卫军的消息，渴望加入其中。洪沐天言辞凿凿，说出自己被尹英魁那份凛然的侠义精神所触动,决心为韩国的独立事业尽一份绵薄之力。

这样热情的年轻人,崔立骏的想法是多多益善。与洪沐天聊了个把钟头,了解基本情况后,崔立骏登记了他的信息,算是预录取,让他等候通知。

临走前,洪沐天向崔立骏表态说,如果需要帮忙,就直接告诉他。崔立骏想了想,说他可以动员熟人或好友参加。满口答应后,洪沐天突然问崔立骏:"你见过金先生吗?"

崔立骏脑海里的弦突然绷紧,说:"没见过。"洪沐天没有注意崔立骏表情的变化,自顾自地说:"是不是参加自卫军就能见到他?我太崇拜他了。"

"也许吧。"

一周之后,洪沐天兴高采烈地带来了好友郝鹏生。

"干得漂亮!"崔立骏夸赞洪沐天。

功夫不负有心人。崔立骏、王雄等人经过两个多月努力,在上海联络了三十多人。之后,崔立骏又秘密前往嘉兴、杭州等地,动员了十几个人,因为那里韩侨较少,能找到这么多人已实属不易。

最后,共有四十五个人有意参加韩国自卫军。

为筹备队伍,在金先生统一领导下,崔立骏等人奔波于各地,前前后后共花费两个多月的时间。精诚所至,金石为开。诸多韩侨纷纷踊跃响应,见此情形金先生甚是欣慰。

崔立骏回到镇江后,见到了金先生、洪熹和文仓济等人。瞧他肤色被风霜染得黝黑,身形也瘦削了不少,三人心疼不已,而崔立骏只是嘿嘿一笑,算是作为回应。

自卫军招募工作暂告一段落,金先生当即决定,召开临时政府特别会议,商量培养和训练临时政府武装力量的系列问题。大家普遍认为,中国政府虽已伸出援手并允诺协助培训人员,但名额、经费均有限;况且中国政府并没有与日本公然敌对,如果此事被日本侦测知晓,必定带来不测之祸。所以,对招募来的学员进行甄选和基本培训成了当务之急。

预备学员甄选工作由金先生亲自负责,说起来这可是他这个担任过临时政府警务局长的人的老本行。至于如何进行培训,金先生和临时政府的成员没有任何经验,但从军校结业的崔立骏对整个流程颇为熟悉。他建议先把学员组织在一起训练一段时间,然后从中选拔出佼佼者送到中国的军校深造。

与会者听后,纷纷点头表示赞同。

可是新的问题又接踵而至。这么多人聚在一起,动静颇大,如何保密?训练地点选择、经费筹措、学员日常起居、伙食又该如何安排?谁来执掌这训练之责?这些问题事无巨细,一一摆在韩国临时政府面前。正在众人无法达成共识的时候,金先生开口打破沉默:"费用问题中国政府已经与我协商,他们答应资助,就由我负责安排协调。现在关键是如何确定培训地点,上海肯定是不行的,到底选在哪里比较合适?"

文仓济思索片刻,试探着提议说:"嘉兴或者杭州怎么样?目前临时政府设在杭州,而且我听闻褚先生在苏杭这一带名望高,人脉广,或许能给我们提供必要的帮助。"

话音刚落,便有人低声附和,表示认同。

"不行。这两座城市与外界的交通线上遍布日军的便衣。"崔立骏听罢举手发言,"'猎虎队'的绫子、佐藤得到情报,说金先生躲在那一带,所以目前他们的注意力还在那边,这么多人贸然过去很容易暴露。"

一直未发言的洪熹,一出口便语出惊人。"依我看,要不就在镇江吧。江苏省政府在这里,日本人总要有所顾忌,不会轻易乱来的。即使遇到问题,我们寻求省政府的帮助也方便一些。"

几个人围绕着选点镇江的利弊进行了细致讨论。

"目前看,大家的意见比较一致。"最后,金先生拍板把地点定在镇江。

"立骏,你是镇江本地人,这里的情况你最熟悉,说说自己的想法和意见吧。"

"镇江确实是个合适的地方。"崔立骏欣喜之情溢于言表,表示一定会竭尽全力协助临时政府做好这件事。最后,他铺展开镇江的行政区域地图,详细地给大家介绍镇江的情况。

领受任务后,崔立骏不敢怠慢,随即马不停蹄地跑了半个月,才逐渐有了点眉目。他先是去了南边丹阳方向,那边山比较少,仅有的老鸦山、马迹山、真观山等几座山相互之间相隔较远,难以形成理想的藏身之所。崔立骏又向西往句容方向找寻,从丹徒到边城,大大小小的山头真不少,从塔山、独山到牛山、狗头山、大鳌山等,山势连绵,加上南方雨水充沛,阳光普照,小山上植被茂盛,人钻到林子里,便如同消失了一般,十分利于隐蔽。

几座山中间,有一处共有的山坳,地势平坦。崔立骏在此处找到一个院子,地理位置极其优越,可谓是四面环山。北面是窑头山,西面是北望山,东面是北青山,南面遥对南望山、青山和狗头山。

经过打听,才知道院子是附近杨家湾一个杨姓大户所建,原本是他们的祖宅,后来全家进城,房子也就空了下来,眼下住着他们家的雇工,一方面照看着附近的几个山头,另一方面也作为驿站,供过路的进山人歇脚,赚些茶水钱。杨姓财主一听崔立骏要租自家房屋,满口答应,但要价不菲。同时还提出了一个条件,自家雇工还是要住在里面。崔立骏满口答应,这一群学员毕竟不是当地人,人生地不熟,如果和当地人住在一起,事事都能有一个掩护,自己行事也会方便很多。

第38章 镇江·嘉兴

镇江这边地点之事刚敲定,杭州嘉兴那边突生事端。

韩国临时政府的几个委员不知出于什么原因,竟一起提出辞职。刚刚看到一点希望的临时政府,此时却面临核心成员解散的可能,这无异于当头一棒。金先生与洪熹紧急磋商,决定立即赶往嘉兴。

当即,崔立骏放下手头的事,护送两人前往嘉兴。

洪熹是生面孔,嘉兴县城内没人认识他。崔立骏给金先生化了装,让他们两个结伴走,自己则远远跟在后面。

三人乘船前往嘉兴,一路无事,不料想在码头外遇见了带着几名手下巡逻的陆威。迎头撞上,躲避已是无济于事,偷偷摸摸反倒更易启人疑窦。于是崔立骏大步上前,和陆威打起了招呼,目的就是吸引陆威等人注意,给金先生和洪熹创造脱身之机。

金先生二人当然也看到了码头上的巡逻队,听到了崔立骏在后面高声说话。洪熹刚想回头看,就被金先生紧紧按住:"别回头,一直走,后面的事情交给立骏去处理。"两个人七拐八绕几条巷子后,直接去了陈彤升家。

陆威记得崔立骏,第一次是跟着师人杰一起到褚凤鸣的厂子里检查,得知崔立骏是褚凤鸣最器重的技师;第二次是褚凤鸣为崔立骏挡酒,使得陆威明白二人关系匪浅。

不是冤家不聚头。陆威的身后,师人杰的身影赫然在列,这让崔立骏心中猛地一惊。仙骨是师人杰的眼线,经过上次的暗亏,他在师人杰面前肯定添油加醋,伺机报复在所难免。既然无路可退,崔立骏狠狠咬了一下牙,脸上挤出一丝笑容,上前打起了招呼:"陆团副,师队长,这么早就出来了?"

陆威点头表示接受他的招呼,师人杰则斜着眼上下打量一番,意味深长地说:"啊呀,你这是又躲到哪里去了?"崔立骏不慌不忙,赔着笑脸说:"还不是为了养家糊口,前段时间接到我师父的信到吴江一家工厂帮朋友修了几台机器,修好就赶紧回来了。"

"怕不是只是修机器这么简单吧?"师人杰阴阳怪气地说道。

"师队长,您料事如神,还真不简单。这机器是用来造纸的,造出来的纸说不定还会供给部队,印成小册子,用来教中国士兵怎样打死日本人。"崔立骏明知他故意刁难,但面上依旧不卑不亢地回答道。

"学会用大话压人了!不过你去干了什么,你自己心里清楚,后面我们会好好查查的。"眼见两人就要起争执,陆威急忙站出来打圆场:"他是我老同学表弟,不看僧面也要看佛面,你这样找人家不痛快,倒把我夹在了中间。"师人杰听到陆威言辞不善,这才勉强住口。

陆威转头对崔立骏说:"你先回吧,代我向凤鸣问好。"

崔立骏转身走后,师人杰气得背着陆威直翻白眼,心中余怒未消。

晚上,师人杰找到仙骨,把崔立骏回来的消息告诉了他,授意他这阵子盯死崔立骏的一举一动。上次被崔立骏教训,瘸了半个月,仙骨正愁没处报仇,师人杰的授意正好挠着他的痒处,他咬牙切齿道:"崭(好)!"

金先生这次回来,旨在解决临时政府内部团结之事,除了在嘉兴的成员,杭州的成员也要过来开会。

通知开会的活儿还得崔立骏想办法。

但从第二天开始,崔立骏就觉察出不对劲。他一出门,后面就跟着尾巴,怎么甩都甩不掉。原本打算亲自前往杭州的计划,只得搁置。

面对危局,他本考虑以到褚凤鸣家做客为借口,找褚嘉诚帮忙给杭州打个电话,找人通知金彻、安山根等人过来开会。但仔细想想,整个计划漏洞太多,先不说电话会不会被监听,自己前脚到褚府,后脚褚嘉诚就到邮局打电话,很容易遭人怀疑。

考虑再三,崔立骏还是把临时政府当下的真实情况向褚凤鸣和盘托出。闻听此言，褚凤鸣十分错愕，连基本的寒暄都顾不上，便匆匆转身回府，急于将这一消息禀告父亲。褚嘉诚听完儿子的转述，震惊之情难以言表，没有料及韩国临时政府竟然到了分崩离析的境地，琢磨良久，暗下决心：在这样一个栉风沐雨才建立起来的组织生死存亡之际，自己必须施以援手。

在褚嘉诚的帮助下，经过紧锣密鼓的筹备，会议定于两天后举行。

鉴于严峻的形势，李凤吾建议会议就安排在他们的住处，金先生等人同意了他的建议，并指派安山根和崔立骏负责本次会议的安全工作。

不同以往的是，这次莅临会议者几乎包括临时政府的全部核心成员，安山根和崔立骏感受到空前的压力。两人秘密碰头多次，磋商举办会议的每一个细节，确保不出现任何差错。

按照两人制订的计划，崔立骏请褚凤鸣帮忙租了一条游船在李凤吾住处附近游弋，同时让柳叶和春梅的小船也停在可见处，以备不时之需。

尽管参加会议的都是熟识之人，但出于安全考量，崔立骏和金先生还是事先都化了装才出门。小文昊还惊奇地摸了摸崔立骏脸上的面具，不相信眼前的大胡子叔叔就是他认识的崔立骏。为了确保会议万无一失，能调度的人都被崔立骏悉数调用，除了柳叶和春梅，林熙媛也被指派带着学生在街上游学，在附近的几条街上充当起了流动哨。她与崔立骏定下暗号，有特殊情况就举黄旗，一切安好就举绿旗。

崔立骏也给机灵鬼小文昊布置了任务。崔立骏嘱咐他这几天假装在附近的街上玩耍，其实是专门盯着仙骨，看他有什么动静。小文昊不负所托地报告，这几日仙骨一直在梅湾街附近转悠，并经常与三名可疑人物窃窃私语。根据小文昊的描述，崔立骏估计与仙骨接头的三人可能是师人杰、万兴顺和申成海。

万兴顺和申成海又回到了嘉兴，且与师人杰接触不断，难道这帮人嗅到了什么气味？崔立骏对此疑惑不解，心中更是多了几分不安。

东边下雨，西边放晴。

到了开会的那天早上，在安山根安排下，从杭州来的几个人都是化装出行。淅沥的雨中,他们有的持伞,有的身披蓑衣,分批次踏入了日晖桥旁的那座幽静小楼。

天放晴后,金先生和洪熹也被柳叶划船送到开会地点。

八九个人围桌而坐,一场对韩国临时政府有决定性意义的会议正式开始。

此时此刻,在保卫团陆威办公室里,褚凤鸣正与他喝茶聊天。陆威正疑惑老同学无事不登三宝殿之时,褚凤鸣喜气洋洋地说昨日接了个大单,后面可能要忙乎一阵子,趁厂房扩大整修前来躲懒,请老同学一起聚聚。同学发财,陆威甚是欣喜,急忙询问褚凤鸣能否让自己兄弟们一道沾点财气。褚凤鸣一口答应,说能带的都带上。陆威急忙遣人去唤师人杰。匆匆赶到的师人杰抬眼瞅了一旁笑容可掬的褚凤鸣,颇难为情地一摊手说道:"今天我还有急事,不能作陪了。"

陆威听到师人杰的话,心里直骂:这装腔作势的狗王八,节骨眼儿不长眼驳老子面子,火气腾地就蹿了上来,双眼一瞪,啪的一声放下手中的茶杯,溅出半茶杯的水,吼道:"你他娘的,下雨天泼街——假积极,我还不晓得你,能有甚鸟急事,天大的事情先放一边儿去。别给脸不要脸!"

师人杰听着陆威的一顿训斥,脑子顿时清醒过来,眼下嘉兴保卫团团长要被调派至杭州任职,陆威可是团长的继任人选,此时正在势头上,得罪了这位爷,今后在保卫团还怎么混?想到这,他赶忙赔着笑脸,恭请陆威等人先行一步,待自己将手头琐事料理清楚,便立刻赶来。

陆威、褚凤鸣等人走后,师人杰立即吩咐亲信去找仙骨,让仙骨卖力盯紧点,有急事可到"醉江南"找他。看着师人杰手下离去的背影,仙骨一口浓痰吐在地上,心里暗骂:"毒头,自己去吃香的喝辣的,只知道指使老子干这干那!"这时的仙骨,表面上跟着师人杰,实际上紧跟的却是万兴顺。

师人杰姗姗来迟赶到饭店的时候,陆威正在为打麻将三缺一而焦躁不已,瞥了一眼师人杰,忍不住训斥道:"你小子怎么跟个娘们似的磨磨叽叽,你要再晚些来,我还以为我陆某人的场面请不动你个小赤佬呢!"听到骂声，师人杰只好接连鞠躬道歉。四个人匆忙上阵垒起了长城，师人杰心中藏事，自然心不在焉，屡屡出错牌，点了好几次和炮。本来褚凤鸣还想着有意输钱，结果看到师人杰比他输得还多，心中暗暗叫好。

一个多钟头下来，师人杰兜里比脸还干净，连忙喊道："不打了，不打了，没钱了。今天手气太差。"

然而褚凤鸣岂肯轻易放过他，缠着师人杰是崔立骏布置的任务，于是赶忙把自己手边的钱拨了一半给他："师队长，陆团副正在兴头上，你可不能扫兴啊。"

"师队长，瞧见没有，你就应该多向我这位老同学学学，专心一点，看住下家，盯着对家，防着上家，随时要眼观六路，耳听八方。"陆威嘴里叼着烟，手里把着牌，努了努下巴示意让师人杰继续玩。

牌局继续，打了两三圈的牌，陆威大杀四方，连续占了好几把庄，赢得盆满钵满。

转眼快到了午饭之时，连华也来到了房间，陆威打趣道："看来有人长了狗鼻子，一路闻着味就寻来了。"

连华白了陆威一眼："是吃你的还是喝你的了？和你吃饭，我才不稀罕呢！"边说边一屁股坐在座位上，褚凤鸣赶紧解释道："是我请连华过来的，老同学吃饭，怎么能少了她呢？"

这边醉江南"激战"正酣，另一边梅湾街上，一场惊心动魄的"暗战"也正在上演。

日晖桥17号小楼里，韩国临时政府的会议正在紧张地进行着，大会讨论的主题是评估几个国务委员辞职对组织的影响以及应对之策、对空缺职务补充人选的选定，分析和研究在新的形势下临时政府的发展方向，以及如何在现阶段大力培养军事骨干和加强抗日斗争等主要工作。

外面街上，一个挑着菜担的中年汉子在几条街巷里游走。他走走停停，不时地用当地方言吆喝几声。寻常人难以认出他的真实身份，但若细细端详，便能从那眉眼轮廓间，捕捉到崔立骏的一丝影子。

第38章 镇江·嘉兴

外面刮起了风,头顶的云层也逐渐变厚。崔立骏假装不经意经过褚凤鸣的厂外,在拐角处看到有两个人轮流在那里晃悠,不用猜就知道是万兴顺和师人杰布置的暗哨。

崔立骏走过梅湾街,远远看到距褚嘉诚家不远处的拐角,偶尔会露出一个窥探的脑袋。他继续吆喝卖菜,转过梅湾街到了汇宾街,来到日晖桥边。这时,那幢小楼房里出来一个妇女,追着要买崔立骏的菜,一下子还买了不少。买菜的妇女走后,崔立骏暗自发笑,这妇女正是之前与崔立骏有过几次照面的熟人,今天面对面讲了半天价,竟然没有认出他来。

时间到了十一点多,崔立骏觉得会议应该进行得差不多了,于是想着转到一台阶处歇一下脚。他刚走到汇宾街街口,前面墙角处站着的两个人引起了他的注意。两人一边抽烟,一边交谈。其中一个是跟自己纠缠许久的仙骨,另一个是陌生人。之前曾听褚凤鸣说过,佐藤有两个部下:万兴顺和申成海,他在造纸厂接触过万兴顺,但一直没有和申成海打过交道。他猜想,这个人会不会正是申成海?崔立骏挑着担子从他们旁边慢慢走过,耳朵却捕捉到了几句断断续续的对话。

"你怀疑他们家?"

"是。早上几个人陆续进了那个院子,一直没见出来。刚刚那家的女人又买了很多菜,看样子是要烧火做饭。"

"你以前认识他们家人吗?"

"不认识……听口音不像是当地人……让姓师的带人去查查……"

"好……吃饭的时候,再打他们一个措手不及……"

虽然听得断断续续,但崔立骏隐约意识到那人让仙骨去找师人杰,要对一栋小楼进行突击检查。

"他们要查的,难道是金先生他们开会的地方?"崔立骏心中一惊,却不敢表露分毫,只得佯装若无其事地走过。必须尽快通知金先生立刻转移!可怎么通知他们呢?又由谁去通知呢?想来想去,他想起了机灵鬼小文昊。他事先已与小文昊约定好,让他上午在街对面的五芳斋门口玩,自己办完事会赶来给他买又甜又香的粽子吃。

挑着菜担，崔立骏看见了五芳斋门口的小文昊。看到崔立骏过来，小文昊却迟迟不敢相认。直到崔立骏比了一个大胡子的手势，并用真声喊出了他的名字，他才明白眼前的人正是崔立骏。

在一个人少的拐角处，一大一小两个人停了下来。小文昊告诉崔立骏，自己看到仙骨和一个人一起鬼鬼祟祟地在这两条街上转悠了一上午。崔立骏点头表示已经知情，并给了文昊一根麻绳，上面挽了五个结，让文昊赶紧抄小路送到日晖桥17号那栋小楼里，告诉那边的人，是自己叫他来的，这个绳子交给一位姓张的爷叔，张爷叔看到后就晓得了。

崔立骏和金先生曾有密约，一旦见到五结麻绳，即事有突变且万分危急，众人须得立刻转移到船上去。小文昊听后，拿起绳子转身一溜小跑，消失在拐角处。崔立骏不放心，将菜担暂寄于一商家，立马又折回汇宾街。果见一人隐于街角，想必是留守窥探之徒。若此人久留不去，肯定会看到从院子里转移出来的人。必须先设法解决此人。

崔立骏迅速戴上帽子，拿出香烟走了过去，掏出一根叼在自己嘴里，又递了一根给对方，做出借火的手势。

趁对方低头掏火柴的时候，崔立骏身子一斜，闪到那人旁边，从腰间拔出短枪，对着后脑勺就是狠狠一枪把。那人翻了一下白眼，身体一软倒了下去。崔立骏将人拖至墙边，将其双手交叉抱于胸前，轻轻合上双眼，看起来仿佛疲倦之人靠墙打盹。

金先生看到打了五个结的麻绳，立刻敏锐地意识到事态严峻。他一边让人上楼在最高处的窗口处摆上一盆绿植，一边让大家抓紧收拾桌子上的资料，立即转移到船上去。

大的游船停在距会议地点不远处，柳叶和春梅的小船泊在其附近。柳叶坐在小船上，眼睛直勾勾地盯着17号楼的窗口。

绿植出现了。

柳叶打了一个呼哨，春梅立即警觉起来。两人一前一后划着小船飞快地驶向那栋小楼。她们还没到河埠头，就看到有人身着黑衣在那里等待了。

小楼内,安山根心急如焚,不断催促众人清理屋内痕迹。桌子上的碗碟杯子要清洗,力求恢复原样。他安排李树斌、王金花夫妇等人留下应付突发情况,以免撤得太干净反而引起怀疑。其他人撤走后,留守人员开始用餐,一切如常。

与此同时,在饭店陪陆威喝酒打牌的师人杰,吃饭时心不在焉。褚凤鸣则殷勤地倒酒。师人杰嘴上说着不喝不喝,但也无法推托。

杯觥交错,酒酣耳热间,饭店伙计通报有人找师人杰。来人正是仙骨,意图是请师队长带人突击检查日晖桥17号。师人杰担心陆威责备自己,只好压低声音命令仙骨赶紧直接去保卫团找另一个人,他已经都安排好了。

假装出来上厕所的褚凤鸣隔着一道墙,听到了二人的对话,暗暗地为金先生和崔立骏他们捏着一把汗。但他也没其他办法,只好按照原定计划,继续回来劝酒,缠住陆威和师人杰。连华似乎与褚凤鸣心有灵犀,让陆威深感意外。

天上飘起小雨,崔立骏躲在隐蔽的墙角处,观察着周围的动静。他心里暗暗祈祷,希望金先生他们顺利撤离。

约莫过了半个时辰,日晖桥17号外面响起了"咚咚咚"的擂门声。一脸憨厚的李树斌刚打开门,一群人就拥了进来。

"这是干什么呢?"李树斌假装惶恐地问道。

"突击检查。少啰嗦,快把你们院子里所有人都叫出来,排队站好!"保卫团一个小队长厉声吆喝着。

李树斌立于院中,其余老幼亦随之而出,合计五六人。小队长看着妇孺老少,犯起了难,随即向身边人问道:"万高参,你看下面怎么办?"

"什么怎么办?进去搜!"

于是,一群人分头在楼上楼下仔细搜查。

衣柜里、床下面、书柜后凡是可能藏人的地方都一概不漏。搜了大概一刻钟,持枪的保卫队员依次下来报告,说什么也没有搜到。

仙骨站在一边嘀咕："怪事，我亲眼看见几个人进来的。难不成他们打地洞钻走了？"

"走，我们再上去看看。"万兴顺喊着仙骨一起上了楼。他们又仔细查了一遍，这敲敲，那踢踢，看看地板和墙是不是空的，试图找出其中的破绽。

结果却让他们十分失望。

正准备下楼的万兴顺转了一下头，突然看到了窗台上的绿植。他不愧是在上海沁淫多年的资深特工，嗅觉自然比别人敏锐不少。

"这会不会是传递信息的暗号？"万兴顺想起中共上海地下党常用的通风报信手段，眯起眼睛通过窗台往外看，远处湖面上大大小小的船只繁忙地穿梭着。

万兴顺吩咐仙骨："去，把这个屋子的主人带上来！"

不一会儿，战战兢兢的李树斌和老婆被带了上来，两人一副无辜懵懂的模样，如同待宰的羔羊。

"这花盆是什么时候放上去的？"万兴顺冷不丁地问。

"我不知道啊，老总，这些花平时都是我老婆在打理。"李树斌一脸茫然，眼睛看向老婆。

王金花更显无辜，抖着声音答道："这，这花盆一直就放在那里的。太阳毒辣才搬进来，阴雨天就放窗口沾点湿气。"

万兴顺冷笑一声，搬起花盆端详。窗台上明显有个相同大小的盆底印迹。王金花的话说得不假，只不过花盆昨天被拿了下来，中午的时候又被搁置上去了。

见问不出什么有价值的信息，万兴顺恶狠狠地瞪了他们一眼，转身快步下了楼。

第 39 章　嘉兴·镇江

万兴顺带人来到河埠头，驻足遥望，只见远处几艘大船于湖面上悠然游弋，河埠头附近只有几只小船。他突发奇想，陆路不通还有水路，兴许那伙溜走的人已经转移到船上，不如乘船在湖面上看看，或许能瞧出些端倪。

万兴顺招手让一条小船靠岸，凑巧的是，这船正好是柳叶的。

柳叶与春梅方才把人送上大船，依崔立骏之嘱，回来观察情况。看到有人招手，柳叶把船摇了过来，自远处探询其意。

仙骨急于献媚，抢着回答："柳叶妹子，你的船被征用了。"

柳叶秀眉微蹙："不行，我正忙着，鱼虾这个时候正咬网呢。"话音刚落，她转念就想到，要是这帮家伙找到别的船到湖面上搜查，金先生他们就麻烦了，只有让他们上自己的船，才能想办法拖住他们。

"你们给钱吗？"柳叶问仙骨。

仙骨唯恐她拒绝，赶快说："给！给！"

柳叶招手把春梅的小船也叫了过来，只为相互有个照应。

万兴顺和仙骨上了柳叶的船，又挑了四个人，让他们上了春梅的小船，其余的人被打发返回。

船至湖心，柳叶把船停了下来，毫不客气地伸出了手："给钱！"

仙骨嬉皮笑脸地说："柳叶妹子，这么见外啊，活还没干完呢。等结束了，哥哥再给不迟。"

柳叶知道仙骨打的就是不给钱的主意。此时，正好借要钱拖住这群人。于是，故意摆出一副不答应就不走的样子，坚称必须先付钱再开船，否则就划回码头，让他们下船。说着还故意摇晃了一下小船，水性好的仙骨并不害怕,可万兴顺却很害怕,蹲下身子,用手紧紧地抓着船帮。看到他这个熊样,柳叶恶作剧般地又故意摇了一下,吓得万兴顺赶忙大声对仙骨叫道:"给,给钱,快快地。"

收了钱,两只小船一前一后地摇着。柳叶问他们到哪里,万兴顺说就在湖面上转转,尽量往船多的地方划。柳叶哪能不知他们的意图,一边故意放缓了划桨的速度,一边心里盘算着对策。仙骨不停地催促她划快一点,柳叶没好语气地说:"你不知道吗,这船划快不稳的,要是这位先生出了意外,你担得起吗?"从上船到现在,万兴顺的两只手就像是焊在船帮上一样,一听这话就更紧张了,对仙骨呵斥道:"闭嘴,就让她慢慢、慢慢地划。"

两只小船就这样慢悠悠地来到了湖心岛南面,这时有两只较大的游览船开了过来。柳叶仔细看了一眼,不是崔立骏租的那条船。仙骨却命小船靠拢以观究竟。行船走水有规矩,柳叶知道自己船小,靠的又是人力,行进过程中是无法靠近大船的,必须保持安全距离,要不大船形成的余浪会让小船无法控制,甚至倾覆。柳叶脑子一动,不如找机会让这些坏家伙吃点苦头,于是就将小船慢慢靠了过去。这时大船上的舵手发现有小船靠近,连忙按规则拉响警告的汽笛。

柳叶此时假意劝说不能再靠近了,可万兴顺、仙骨两人哪里肯放弃,只顾伸长脖子向大船上窥探,但距离不够,加上角度不佳,视线受阻,不能清楚地观察到船上的情形。万兴顺急了,不断催促柳叶靠向大船。

柳叶心里暗自一笑,将小船又向大船靠了靠,果然两条船形成的水波把小船冲得摇晃不止,柳叶看准时机,不动声色地将手中的桨顺着水波的方向猛一使劲,仙骨和万兴顺这时的注意力全在大船上,毫无防备,一起倒向一边,立足不稳,扑通一声栽到了水里。

"啊!救……"万兴顺一声惊叫,"命"还没有叫出口,嘴里已灌满了湖水。

仙骨是湖水里泡大的,可猛然栽到水中,也吓得一激灵。等他从水中浮出来,才看到万兴顺正在湖面上扑腾。他猛然意识到万兴顺不会游泳,于是拼命游过去意图搭救。哪知万兴顺如同看到了救命稻草,一双手死死抱住了他的胳膊。仙骨无法伸展手脚划水,两人就在水中胡乱地扑腾起来。春梅的船跟在不远处,船上四人不通水性,面面相觑,互相推诿,不肯下水施救。

这时,大船上的两个船员发现有人落水,迅速跳了下来。船员们救人有法,游到仙骨跟前,其中一人伸手在万兴顺后脖颈处使劲一击,把人打晕了过去,仙骨这才被解放了出来。

两个船员托着昏死的万兴顺游到柳叶的小船边。在柳叶的帮助下,他们费力地将万兴顺托举上船。看到大仇得报,柳叶心下暗喜,但她还是装出惊恐的样子,哆嗦着嘴唇问两个船员这人会不会死,说着说着竟放声大哭起来。

仙骨体力不支,爬不上船,喘着粗气恶声恶气地吼道:"别号了,他死不了,快拉我一把!"

柳叶边哭边埋怨仙骨,说都怪他,自己的船太小,离大船太近,经受不了大船旁边波浪的冲击。现在出事了,这可怎么办啊?柳叶竟然越哭越大声,越哭越伤心。仙骨见柳叶无动于衷,只得自己拼命地往船上爬,并大声呵斥:"烦死了,别哭了!把船靠岸!"

两只小船摇到岸边,仙骨看着刚才见死不救的柳叶,一股无名火在心中升起,却又无从发泄,只好背起万兴顺,灰溜溜地离开了。

在南湖游船上,韩国临时政府完成了会议的既定议程,改选了临时政府国务委员和临时议政院常任委员,完善了组织机构,又将任务重新进行了分工,使韩国临时政府又回到了正常运行轨道上来。

当然,所有参会人员也都不约而同地感受到了嘉兴的紧张气氛。

当断不断,反受其乱。为了安全起见,根据金先生提议,会议决定把临时政府转移到镇江去。一来考虑到与杭州和嘉兴相比,那里风声不是太紧;二来镇江是江苏省府所在地,与中国政府联系沟通或者寻求他们的帮助比较方便。

会议之后,金先生前去征求褚嘉诚的意见。褚嘉诚听后自责不已,责怪自己未能妥善照顾好金先生等人,以至于他们不得不迁往江苏。金先生鼻子一酸,紧握褚嘉诚的手,摇了半天竟没有说出一句话来。最后,还是褚嘉诚打破沉默,说为了大局迁到镇江也妥,并称赞他们考虑周全。

金先生将计划坦诚相告:他与崔立骏先行一步,去镇江熟悉情况,待一切安排妥当后,再迎接其他人员。金先生对自己给嘉兴带来的麻烦表示歉意,对褚嘉诚一家、陈彤升一家、海盐佳慧一家、阿龙伯还有阿毛和他奶奶表达了感谢和哀悼之意。说罢,他站起身来就要鞠躬致谢,却被褚嘉诚轻轻扶住。

"要不得!要不得!他们和我能为先生做力所能及之事,荣幸之至。如果先生今后偶得闲暇,请一定回嘉兴来看看。"

"我一定会再回嘉兴的!"

"等您再来之时,我一定陪同,希望那时,我们就不用化装了!"崔立骏笑着说。

褚嘉诚笑了,金先生也笑了。

对于褚嘉诚的恩情,金先生心中有千言万语,却无法表达。当天,金先生在日记中写道:"嘉兴人民是我逃亡之路上遇到过的最为友好的一群朋友,他们把最好的留给我。在最危险的关头,挺身而出,护我周全,甚至可以不惜牺牲自己的生命。这份恩情,我们的子孙后代一定要牢记在心。"

崔立骏陪金先生赶到镇江,各项工作就紧锣密鼓地展开了。

临时政府虽然规模不大,但事务繁杂,工作丝毫不轻松。

首先要解决的是住处与办公地点问题。

在文仓济等人协助下,崔立骏很快相中了两处满意的地方。一处在大爸爸巷一号,位于大市口东北侧,距离省政府数百米,为一座二层楼建筑,单门独户,房屋宽敞,金先生和崔立骏主要住在这里。这里与马家巷15号毗邻,而15号正是文仓济的住处,往来极为便利。

另一处在水陆寺巷公益里。一条里弄仅此一户,门牌为水陆寺巷17

号,与省政府仅百米之遥,易受到当地政府的庇护,又便于联系。

地点确定后,临时政府随即将情况向南京进行了通报,并请求设置安保力量。萧峥立即联系江苏省政府警卫室,警卫室即调派人员对这几处的外围进行了布控。出于安全考虑,临时政府所有人继续秉持深居简出原则,对外隐匿自己韩国人的身份,轻易不与他人交谈,只有经常和他们联系的省政府个别警卫得以窥见些许真相。

崔立骏离开嘉兴已两月有余,彼时林熙媛已有身孕几个月,本应返回上海,安心静养待产。征得崔立骏同意后,林熙媛悄悄买了一张第二天从嘉兴前往镇江的船票。但她按照崔立骏的嘱咐,对外讲自己要回苏州婆家待产。

当天晚上,连华找了一家南湖边的小鱼馆,为林熙媛饯行。

两个好姐妹刚点好菜正准备动筷子,一位身穿长袍、头戴礼帽的先生走了进来。

"两位,这是谁吃送行饭啊?"进来的先生发出的却是女人的声音。

两个人一起望向说话者,都不认识化装后的绫子。

"请问你是……"连华望着绫子问道。

"我嘛,是葛洁菲教员的邻居,刚去学校找她,有人说她来这里了。"绫子面带微笑,盯着化名"葛洁菲"的林熙媛。

"抱歉,我好像不认识您!"林熙媛谨慎地看着这位男不男、女不女的不速之客。

"看来贵人多忘事啊,我和你家住在上海一个石库门里……"绫子笑着回答。

"上海"二字宛如两声惊雷,震醒了尚在迷惑中的林熙媛。绝对不会这么巧合,在自己准备离开嘉兴的最后一晚,有人莫名其妙地从上海来嘉兴找自己。

"我家住在苏州,不在上海呀!"林熙媛笑着摊开了双手。

"这位先生,不,女士,你走错包间了吧?"连华感到事情蹊跷,急忙询问道。

"明明是上海人,却说自己是苏州人,我还是第一次见到有人自降身段的!"绫子收起了脸上的笑容。

"我说你这人,我们姐妹正在聚餐,你存心捣乱不成?"连华不高兴了,向前迈了一步盯着绫子。

"这顿饭我买单,加双筷子一起吃如何?"绫子仍然保持着克制。

"不行。"连华一口回绝。

"那好,我走!"绫子说完,转身准备离开。连华、林熙媛两人刚要坐下,没有想到绫子忽然转过身来,举起手枪,狠狠地砸在了连华鼻梁上。

"啊"的一声后,连华已经鼻孔喷血。

就在这时,仙骨、师人杰还有万兴顺、申成海等人闯进包间,架着林熙媛匆匆离开了鱼馆。

原来,金先生、崔立骏两人离开嘉兴前往镇江,"猎虎队"在西津渡截击失败,绫子大为光火,便亲自来到嘉兴,找仙骨、师人杰、万兴顺和申成海四人了解情况,逐渐摸到了与"苏州蔡俊生"有关联的褚嘉诚、褚凤鸣父子和林熙媛的线索。褚嘉诚、褚凤鸣在嘉兴乃至在浙江影响极大,绫子知道轻易不能动手,不然的话,中国政府对"猎虎队"的打击力度会数倍增强。最后,绫子将目标聚焦在了林熙媛身上。她分析,"蔡俊生"离开嘉兴一段时间后,林熙媛一定会悄悄前往镇江与丈夫会合,便叮嘱手下四人轮流监视林熙媛,直到前两天从码头获悉林熙媛购买了次日前往镇江的船票。

获悉消息,绫子从上海来到了嘉兴。她早已计划好,自己带人乘坐同班客船,押解林熙媛前往镇江,在西津渡将知道金先生住址的"蔡俊生"秘密抓捕。

捂着喷血的鼻子,连华跑到了褚府。

褚嘉诚听闻消息,惊得一屁股坐在了椅子上,半天都没有站起来。擦过一把冷汗,他立即拿出十根金条,让儿子褚凤鸣去找即将担任保卫团团长的陆威。

陆威正在家中给母亲过六十岁大寿,见连华和褚凤鸣匆匆而来,知道事情不小,便将两人带至僻静处。

"不好了,我表弟媳妇被人抓走了,我这可怎么向俊生交代啊!还有,洁菲已经有几个月的身孕了!"褚凤鸣说。

"听鱼馆的老板讲,抓人的除了仙骨,还有你们保卫团的人。"连华捂住鼻子说。

"你的鼻子怎么回事?"陆威问。

"被你们保卫团的人打的!"褚凤鸣说。

"他们打我同学?"陆威愤愤地往地上吐了一口唾沫,"这个师人杰,刚才派人来说抓了一个女共产党,明早押到省府去,让我不要管了,好好在家为母亲过大寿。原来是这样……"

"共产党?我表弟媳妇不要说是共产党,她连共产党是什么样子都没见过啊!是仙骨那个王八蛋,还有那个姓师的为了暗地里挣日本人的悬赏钱,到处乱咬人。我来时,家父千叮咛万嘱咐,这事得请您费心,想办法把人放了,这是十根金条,他还交代,不够的话,他亲自送来。"褚凤鸣几乎到了恳求的地步。

陆威挠头不语。

"陆威,你要是为了保乌纱帽办不了,就说句话,或者嫌钱少也说句话,这样磨磨叽叽,还像个男人吗?"连华忍不住发火。

陆威仍然不语。

"陆威,你说话呀!"褚凤鸣急得直跺脚。

连华狠狠瞪了一眼陆威,拉着褚凤鸣,语气决绝地说:"走,咱们没有这样的同学,平时装得一身豪气,关键的时候比谁都狗熊!"

"说谁呢?"陆威勃然大怒。

"就说你!谁不像个男人就说谁!"连华松开了捂鼻子的右手,由于激动,鲜血冲掉棉团,涌流而出。

连华从褚凤鸣手中夺过装金条的布袋,扔在了陆威脚下,然后拉着褚凤鸣匆匆离去……

当天夜里凌晨三点,一辆黄包车将林熙媛送到了褚嘉诚家。为防止夜长梦多,褚嘉诚连夜找了一辆汽车将林熙媛送出了嘉兴城。几经周转,三天后将人交到了崔立骏手上。

善恶终有报,天道好轮回。

还是当天夜里,保卫团羁押室门外的八仙桌上,杯盘狼藉。地上,东倒西歪地躺着三个人,师人杰、仙骨,还有一个保卫团的看管。三人身体僵硬,眼睛凸出,面部青紫且严重变形,呕吐物中带着血迹。这是砒霜中毒的症状。

后来经过调查,酒和肉都是陆威从家里带来的。陆威离开家时,跪在地上给老母亲磕了三个响头,说自己出去一趟。

陆威老婆问:"阿妈今天大寿,你是长子,这是要到哪去?"

"去,去做回男人!"半醉的陆威回答。

老母亲听罢大笑:"做,做男人?从小到大,你一直就是男的啊,阿妈生你还不清楚?"

第二天,浙江省政府警务处保卫团团长的任命书到了,陆威却不知去处。

有人说,他用十根金条在上海淮海路开了一家饭馆,做嘉兴菜的饭馆。也有的说,他随"苏州蔡俊生"去了,在吴江开了一家缫丝厂,成了有钱人。还有的说,在杭州一家饭馆门前看到过一个乞丐,个头和眼睛都像他,只不过双颊各有一道深深的刀疤,双腿也断了……

等诸事安置妥当,崔立骏一刻也没有停歇,第一时间带媳妇回了一趟老家。这是林熙媛第二次到镇江来。上一次,还是刚结婚的时候。新媳妇上门,林熙媛自然在婆家得到了格外的照顾,崔立骏隐瞒了林熙媛的身世,只说她是上海人。这次来,林熙媛有孕在身,全家人更是呵护有加。

望着善良和气的婆家人,还有为了欢迎她而特制的一大桌丰盛饭菜,林熙媛内心百感交集,深刻感受到了游子回家的温暖,那种深入骨髓的亲切和归属感让她几乎流泪。此刻,在她眼里,家就是温馨的港湾,能够容纳自己漂泊的灵魂。

这一刻,林熙媛作为崔家的媳妇只觉得幸运与踏实。她深知崔立骏在外所行之事风险重重,只有回到家中,多日来的心惊胆战才能够得到暂时的抚慰。婆婆慈爱地拉着她的手嘘寒问暖,直言一定要她在家里多住一段时间,把身子养得壮实一点,毕竟生养孩子还是很耗费气血的。小姑子也要带她游览镇江的名胜古迹,带她去吃镇江当地有名的小吃。

看着林熙媛被家人的热情包围得有点招架不住,崔立骏赶紧出来帮她解围,说这次他们回来是要在镇江做事的,不能一直待在家里,来日方长,有话慢慢说,好吃的一顿一顿吃……

另一项迫在眉睫的工作,就是训练临时政府的自卫军。

中国政府所承诺的经费已经如期而至,第一批款项三十万稳稳入账。加上地点已妥善选定,金先生吩咐崔立骏插上招兵旗,"店铺"可以正式开张了。于是崔立骏又秘密潜回上海,和王雄商量把学员带到镇江的事情。

上次动员虽有声势,但真正到了关键时刻,不少人却犹豫不决,打起了退堂鼓。崔立骏听出王雄话语里的怨怼之意,安慰道:"这也不怪他们,生逢乱世,漂泊在上海,生活不易。他们个个都是家里的顶梁柱,一大家老少都要靠他们挣的那点钱活命,要是一走了之,家里人就只能等着喝西北风了。"

经过崔立骏的多次谈心和动员争取,最终有十五个人愿意跟他走。十五个人中较为突出的当数洪沐天和郝鹏生,两个小伙子表现得格外活泼热心。

看着这群意气风发、满怀憧憬的小伙子,崔立骏脑中闪现出了尹英魁。那天他出发时的眼神像刀刻一般留在了崔立骏心里,那是一种为人子、为人夫、为人父所表现出的不舍;那是一种国虽沦陷、精神不亡的自强之志。尹英魁用自己的行动诠释了铮铮铁语!需要众多像尹英魁一样勇敢、热血、不惧子弹的勇士,将这"铁语"播撒开来,眼前的他们就是蕴藏着蓬勃力量的种子啊!

第40章 镇江

一群精干的年轻人目标太大，所以崔立骏将他们分成两三人一组，分头出发，约定在镇江火车站集合。

在镇江火车站会合后，怎么到杨家湾训练驻地却成了问题。崔立骏问了几个车行，要么嫌远不愿意跑，要么就是价钱昂贵。

无奈之下，只能步行前往。崔立骏怕大家吃不了苦，一路上不停地忙着给大家加油打气。他一边走一边不停地给大家讲独立运动的意义，剖析当前的困境，用韩国临时政府人物的事迹鼓励大家。

起初的一个钟头，众人行走得还算有劲。但随着时间的推移、体力的消耗，步伐逐渐变得沉重起来。有人开始抱怨连连，郝鹏生便是其中的一个。他向洪沐天抱怨说，没想到去的地方如此偏僻，走了半天路也没见到几个人影，会不会上当受骗了？

洪沐天抬手拍他，又瞪了他一眼："说什么呢，我们自愿来参加训练，就是来锻炼的，中国有句老话，吃得苦中苦，方为人上人。你要是不想干，现在就可以退出，又没人拿枪逼着你。"郝鹏生见洪沐天发火，噤声不言。

十几号人背着沉重的行李走走歇歇，崔立骏站在高处望着断断续续的队伍，心中甚是着急。中途，崔立骏不断为大家加油鼓劲，甚至为缓解大家赶路的身心疲惫，特意唱了一首上小学时学来的《打麦号子》。

　　大麦上场小麦黄，
　　大家都来打麦场。
　　连枷高举啪啪响，
　　打下麦子做蒸馍。
　　亲朋好友请上座，

粗茶淡饭分外香。

再望来年好收成,

欢聚一堂喜洋洋。

唱毕,又扯起嗓子唱起镇江特有的《插秧山歌》《耥草山歌》《车水号子》……顿时,大家的兴致被调动了起来。洪沐天也清了清嗓子,唱起了朝鲜族民歌《桔梗谣》:

桔梗哟,桔梗哟,桔梗哟,

白白的桔梗哟,长满山野,

只要挖出一两棵,

就可以满满地装上一大筐。

哎嗨哎嗨哟,哎嗨哎嗨哟,哎嗨哟,

多么美丽哟,多么可爱哟,

这也是我们的劳动生产……

在欢歌笑语中,众人暂时忘却疲劳,慢慢加快了步伐。一行人断断续续行走五六个钟头,终于来到了杨家湾。夜幕降临,疲惫的众人连用餐的力气都没有了,纷纷沉沉睡去。崔立骏却心事重重,怎么也睡不着。这么多人饮食起居、日常训练的安排都压在他肩上。下一步怎么做?他在心里盘算着,手上的树枝在地上有意无意地划拉着,他把所有的人都捋了一遍,深知必须把人都调动起来,大家齐心协力才能成大事。

从民到兵的身份转变是困难的,必须从头起步。崔立骏把学员分成两个小组,一组的组长是洪沐天,二组的组长是行事稳健的李树斌。

第二天,针对两个小组的管理,崔立骏也依据情况草拟了一些规定,比如上课的时候一起上,但练习的时候由各小组长负责;做饭每个小组轮三天,以素菜为主,如若改善伙食,须依靠自己打野味。剩下的就是展开正常训练,维持训练秩序。

生性调皮的郝鹏生本来分在二组,憨厚的李树斌根本管不了他,于是多次私下找到崔立骏,要求将郝鹏生调到一组去。

崔立骏思虑再三,最终同意。

但是,洪沐天却不高兴了,一整天面色阴沉,悻悻不快。

这天晚饭过后,洪沐天叫上郝鹏生,说要找他聊上几句,两人沿着幽静的小径,步入密林深处。

行至一处偏僻的角落,两人回头张望,确认四下无人后,便停下脚步。洪沐天率先发难:"郝鹏生,你到底想干什么?你忘了我们此行所为何来了?"郝鹏生听得出他的语气不善,也不甘示弱做出无赖状。

"唉,我现在都后悔接这么个苦差事了。吃也吃不饱,穿也穿不暖,把我们拉到这大山里,吃点油水还要自己去搞,早知如此,说破天我也不会来。"

"世上有钱,难买早知道。我劝你既来之,则安之。我们还得坚持一段时间,等摸清楚背后到底什么情况才能撤离。"他顿了顿,随后又补上一句,"你真的以为姓崔的一个人可以拉起我们这一支队伍?"

面对比上海清苦多倍的日子,郝鹏生非常不满,嘟囔道:"什么时候是个头啊?三天吃不到一次肉,每天还要拉练,我反正练不动了。"

"真是成事不足败事有余。"洪沐天闻言斥责道,"你知不知道你破坏了我的计划,原本是想着我们两个分在不同的组,可以分别掌握他们的动向,得到更多的情报,这下倒好,人家组不要你了,你这不是自断一条路吗?"

郝鹏生被洪沐天一席话点醒,这段时间的惫懒,确实是他的疏忽。他也不再反驳,只是讷讷地嘀咕:"我今后注意还不行吗?"

两人是韩国人在沪的二代,本身对故国就没有什么情感。于是轻易地就被绫子的"猎虎队"外围组织收买,此行的目的,便是通过崔立骏的训练营,探寻金先生的踪迹。两个人在外面待了个把钟头才回来,崔立骏只当是洪沐天在做郝鹏生的思想工作,也没有太在意。

关于训练的安排,崔立骏根据以前在军校培训时带回来的教材,凭着记忆详细列了一个训练计划,包括基础队列、基本体能、内务整理、枪械操作与射击,还有特战技能和侦察技能,满满当当列下来,竟有密密麻麻好几张纸,这着实也把崔立骏自己吓了一跳。

十几名学员良莠不齐,洪沐天算是其中的佼佼者,与崔立骏的关系也最密切,到了称兄道弟的程度。随着关系的亲近,彼此言谈间也多了几分随意。

这天,洪沐天装作随意聊天的样子,有一搭没一搭地问起了韩国临时政府的事情。

"崔大哥,你是临时政府的人吗?"

"可以说是,也可以说不是。"

"临时政府有多少人啊?怎么只看到你一个,从来没有看到过别的人哎?"

"这件事由我一个人负责。"

"那你见过金先生吗?"

"哪个金先生,姓金的韩国人多了去了。"

"就是在《申报》上发表声明,称自己策划了虹口公园爆炸案的那个金先生。"

洪沐天此言一出,崔立骏心头一震。他轻扫洪沐天一眼,随即摆手笑道:"我以前见过一次,还隔着老远。现在就更别提了,日本人不是在到处抓他吗,不知道他到底藏在哪里。"

洪沐天却是不依不饶:"我不信。你帮临时政府做事,怎么可能不知道他在哪儿?什么时候他能来就好了,也让我们见见民族的英雄。"

崔立骏哼了一声:"等着吧,等到什么时候能找到他,就请他来和大家见见面。"

崔立骏只以为年轻人心比天高,谁不想亲眼看见大名鼎鼎的金先生的风采?可在洪沐天这里就有了一个不一样的解读——他料定一向直言直语的崔立骏,此刻吞吞吐吐,肯定是认识金先生的,甚至清楚金先生的下落。

几天过后,崔立骏就在队伍里隐约听到了一种传言,都在传崔队长与金先生关系匪浅，甚至有人言之凿凿，声称金先生不日即将亲临训练现场，与大家会面。崔立骏多次出面澄清，坚称这纯属无稽之谈，然而谣言却如野火燎原，愈演愈烈。

夜里崔立骏辗转难眠，心中疑云重重，这股莫名的谣言究竟从何而起？细细琢磨，想来想去发现最初只有洪沐天特别关注此事，当他次日试探性地询问洪沐天时，洪沐天却一脸无辜矢口否认。

至此，崔立骏心中已经有所警惕。

转眼间，这帮人来到杨家湾已一月有余。训练环境闭塞沉闷，一些人早已经按捺不住，私下央求崔立骏给他们一天假，让他们进城领略一下镇江风光。

崔立骏看着学员们躁动的情绪，也觉得自己平时太专注于训练，忽略了他们的心理需求。当天训练结束之后，崔立骏把队伍集中起来，宣布了一个令人振奋的消息——第二天放假一天，学员自由行动。消息一出，顿时欢声雷动。一时间，多天训练的辛苦得到了缓解。学员们仿佛像未被驯服的野马即将回到广袤的草原上。

吃过晚饭，洪沐天又私下找到崔立骏，看似随意地问道："崔大哥，明天你是不是也要去城里？"崔立骏看似云淡风轻地给出了一个肯定的回答。

洪沐天于是趁机提出希望与崔立骏同行，表示他们这些人都没有到过镇江，人生地不熟的，别走岔了道。

"那这样吧，明天愿意去城里的，大家一起跟着，我把大家领到西津渡口那里，然后就地解散。大家按时归队就好。"崔立骏想了想说。

洪沐天听到了自己想要的答案，心中暗自高兴。他已经计划好，明天暗地里跟踪崔立骏，希望借此行能够有所收获。洪沐天对自己的跟踪技术很有信心，认为只要小心一点，就能在神不知鬼不觉的情况下，查证一下崔立骏在镇江与哪些人接触，争取能够找到他背后的大鱼。

洪沐天他们来镇江之前，上线权毅宏交代过，崔立骏他们不会无缘无故把训练场地放在镇江郊区。根据情报分析，他们怀疑朝鲜流亡组织已经落脚镇江,但鉴于江苏省政府位于镇江,军队和警察防护严密,至今仍没有机会探知朝鲜流亡组织的任何消息。因此,权毅宏命令洪沐天务必利用一切机会收集情报。

这个权毅宏,正是"猎虎队"山本的得力干将。

山本带人在杨家门一带侦查时,偶然发现巷口一座房屋正在翻修,经过与街坊邻居闲谈,他得知屋主老权年事已高,双眼几乎失明,正打算告老还乡颐养天年,将这份家业传给远在山东的儿子权毅宏。山本凭着三寸不烂之舌,短短几日便以山东老乡的身份赢得老人的信任,陪伴他踏上归乡之路。陪真正的权毅宏来镇江途中,山本按照绫子的授意将老人儿子和媳妇残忍杀害,让人假扮权毅宏一家居住了下来,伺机打探金凡和朝鲜流亡组织的消息。

"权毅宏"对着洪沐天面授机宜,吩咐他如若搞到重要线索,立即将情报塞到清真寺男厕所东北墙角的一块砖缝里,那里是他们交换信息的地方。

第二天早操结束后,内务整理完毕。所有人都无一例外地进了镇江城。

走了不大会儿,崔立骏看到这么一支训练有素的队伍走在路上,实在觉得扎眼,便命令大家就地解散,二至三人为一组,混入人群,一来不会太引人注目,二来也能够作为实战训练。

不管队伍如何发生变化,洪沐天总保持在离崔立骏十几米远的地方,有时也会和他并排走在一起闲聊,打发时间,并有意无意地透露,自己还有一个表叔在镇江,有机会一定要去拜访一下。

直到此时,崔立骏的职业警觉告诉他,洪沐天怀有不为人知的心事。

三个多钟头后,他们来到西津渡,崔立骏通过手势告诉学员可以原地解散。洪沐天此刻却凑到崔立骏跟前,说要跟他一起,他声称万一崔立骏在镇江有事自己还可以帮忙搭把手。崔立骏当即表示婉拒,说自己在镇江也只是放松休息,没什么事,让他和同伴去玩,说完就闪身消失在人群里。

郝鹏生凑到洪沐天跟前，揶揄道："人家走了，别看了，还不如我们俩去好好吃一顿呢，我请你。"不料这番话却惹恼了洪沐天，他顿时脸色一沉，怒斥道："吃吃吃，就知道吃，你是饿死鬼投胎啊？上面交代的事情你是真的一点都没记在心里。"说完，也不再理他，朝着崔立骏离开的方向追了过去。

崔立骏此刻顺着渡口街边一路悠然自得地闲逛了下去，一边走一边还时不时驻足在店铺面前问问价格。就在一次不经意回头时，他瞥见了不远处没有来得及隐藏的洪沐天。一闪而过的身影还是击中了崔立骏敏感的神经。

"鬼鬼祟祟跟踪我，他要干什么？"崔立骏心里的疑点被放大，"事出反常必有妖。难道他之前的铺垫就是为了跟着我？"

崔立骏不敢大意，不急不慢地走了一段路，一抬眼，就看到有一家卖锅盖面的店，店面不大，倒也整洁，门两边贴着楹联"锅盖煮面口感鲜，吃上一碗让人欢"。崔立骏脚下一顿，计上心来，于是抬脚走了进去，找到店小二，要了一碗面，慢条斯理地吃了起来。

崔立骏吃饭时，依旧眼观四面，并没有发现洪沐天的身影。他吃完面走出来，环顾四周，并没有发现任何可疑的点。他心里疑惑，是否是自己多心了？但转念一想，他觉得小心无大错，暗自提醒自己还是小心驶得万年船。

为了防止再次被跟踪，崔立骏七拐八绕地转了好几圈，最后确认身后没有尾巴，才放心地朝着文仓济的诊所走去……

从镇江返回训练营地后，为避免引起洪沐天的猜疑，崔立骏依旧让他担任小组长。表面上，两人一如既往，但是凡涉及韩国临时政府的人和事，绝对守口如瓶，绝不让洪沐天窥见半分内情。

这般日子悄然流逝，整整三个月，洪沐天也没有摸到多少有用的信息。每次去向上司汇报情报时，只好弄些似是而非的东西去应付。比如，训练的体量又加大了，送菜的人值得注意等，搞得"权毅宏"颇为不满，并对其能力产生了怀疑。

一天,洪沐天向崔立骏请假,说上次休假遇到自己的表叔,掐指一算已经过去两月有余,他想去镇江城里探亲。崔立骏没有多加追问,爽快地准了他的假。

洪沐天离开军营的时候,崔立骏已经骑马等在门前。他用手拍拍洪沐天的肩膀,笑着喊道:"真是巧了,算你小子走运,我刚好也要进城去办事,骑马去,可以捎你小子一程。"

到了西津渡,洪沐天要求停下来,说自己在这里转转就好,正好可以买一些礼品,让崔立骏不要因为自己耽误正事。崔立骏说是离开,其实并未真的离去,而是把马寄放在驿站里,随即找个隐蔽处快速变了装。然后压低帽檐,迅速朝着洪沐天去的方向追了过去。还好,洪沐天并没有像他所言那般着急,仿佛在等什么人,一路闲逛着打发时间,崔立骏很快就追到了他。

其间,洪沐天去了一趟清真寺的厕所。崔立骏对此并没有起疑,毕竟跑了那么远的路,去趟厕所再正常不过。但从厕所出来后,洪沐天的行踪却引起了崔立骏的注意。他先是去了糕点铺,买了两份糕点拎着,然后去了杨家门附近的一个小院子。崔立骏扫了一眼院子,发现地处偏僻不能长待,于是记下门牌号码,就消失在巷角处。

再次见到金先生的时候,崔立骏把情况向他作了汇报,并提出杨家门的那个小院子很可疑,建议派人盯着,摸清楚情况,防止卧榻之侧有人虎视眈眈。

另一边,洪沐天在厕所的墙缝处找到纸条,上面写着"可以到家详谈",于是他去买了一些当季礼品。

洪沐天的"表叔"正是化名"权毅宏"的日谍大井弘,"家"指的也就是权毅宏的家,只不过现在已经成为"猎虎队"在镇江的联络点。

洪沐天还是第一次来这里。之前他们都是通过纸条交流,只言片语的,只能反映零星的信息。于是借这次会面,洪沐天把几个月来的情况一一细述。他说,据观察,自己所身处的训练营肯定是朝鲜流亡组织主导成立的，但是这一段时间除崔立骏和一些兼职教官，他并没有接触到其他人，更别提姓金的了。姓崔的非常谨慎，似乎对他有所警惕，什么关键消息都很难从姓崔的嘴里撬出来。

大井弘听完，开口道："洪桑，不要太着急，俗话讲，心急吃不了热豆腐。"他边说边摆出磨豆腐的动作，话里话外的意思都是要求洪沐天做好长期潜伏的准备。

转眼间，时间悄然来到了1935年10月。一日，崔立骏再次踏入城中，本来计划直接去大爸爸巷找金先生。但他这一路走来，发现身后总有个人跟着，甩脱不得。

崔立骏不知道的是，就在与洪沐天见面后，大井弘迅速着手在西津渡安排盯梢人员，专门用来对付他。

"哪里出问题了？"崔立骏清楚，慌乱不但解决不了问题，还会产生更大的问题。镇定下来之后，他很快就考虑好了应对之策。他顺势拐了几道弯，兜兜转转就是个把钟头，趁跟踪者体力不济，捂住膝盖喘息休息之际，闪身走进了千世医院。

千世医院是年初由文仓济、李宇焕等人合资创办的，位于中山东路一带，同时也是临时政府的一个联络点。昔日的文仓济诊所，狭窄局促，商住混淆，早已无法满足病人需求，如今乔迁新址，不仅空间扩大，也更便于韩国临时政府成员开展活动，隐蔽性也更强了。

崔立骏假装肚子不舒服，用手捂着肚子进了医院，先到窗口挂个号，然后缓缓拾级而上。上楼时，他微微转头用余光向后一瞥，一直跟踪他的人此时正慌忙躲避。

"看来不给这个家伙一点教训不行了。"崔立骏心里盘算着。

拿着号走到一位老医生那里，崔立骏佯装肚子疼痛难忍，请求速速开药。其实他已经明了，跟踪的人肯定在门口偷听，此番话就是故意说给他听的，就是要让对方误以为他真的是个病弱之人。待医生开好药方，他就着急地问厕所在哪里，刚出门就迫不及待地往厕所跑。在门口，他用眼角余光瞄到跟踪者的侧脸与衣着。

半个钟头过去了,厕所外等待的跟踪者按捺不住推门而入,谁知崔立骏正站在门边等着他,假装与之撞个满怀,一把抓住他,大喝一声:"我让你抢,抢我的买药钱!"跟踪者愣神之际,崔立骏一拳就招呼到了他脸上。跟踪者鼻血直冒,狼狈不堪。崔立骏随后把跟踪者揪出厕所,对大家疾呼道:"他是小偷,你们快看看有没有丢钱丢东西?"

跟踪者原本以为看起来瘦弱的崔立骏应该没什么力气,谁知崔立骏越打越有劲,他只有招架之功没有还手之力,双手抱着头蜷缩在地上。

边上围了一圈看热闹的人,都对他指指点点,更有几个胆大的妇女,边看热闹边骂,说小偷到医院偷人家的救命钱是丧尽天良。一个中年汉子,站在旁边声如洪钟地说:盗亦有道,无论在哪朝哪代,救济灾民的口粮钱和求医问药的救命钱都是偷不得的,这干的是断子绝孙的营生,是得让这小子长点记性。

经过特殊训练后的崔立骏,出手自然凌厉。见教训得差不多了,崔立骏才停了手。这时候早有人喊来保安人员,将这个浑身散架的人拖了出去。

医院里这么喧哗,文院长自然也被惊动。他闻讯赶到大厅,看到崔立骏后,顿时明白了一切,就默默观望,任由崔立骏处置。待崔立骏停手后,他才走过来,对看热闹的人说:"散了吧,散了吧。以后大家来看病,把自己的财物看好,这年头什么鸡鸣狗盗之徒都有。"

崔立骏向文院长默默地点了点头,转头迅速走出了医院。

第 41 章　镇江

等见到金先生，崔立骏把自己被跟踪之事简单作了汇报。二人合计良久，皆觉此事绝非偶然。

金先生说："自你上次提及后，我已派人暗中观察那个院子。院内住着一对年约五十的夫妻，无子女相伴。那女人日复一日地操持家务，而男人似乎并无正业，在街上闲逛度日。每隔几日，便有人前去探望他们。"

崔立骏挠挠头："要不我向洪沐天侧面打听一下他表叔的情况？"

金先生摆摆手："绝对不行。你突然关心他表叔的事情，若是他们本来就是心怀鬼胎而来，势必会打草惊蛇。"

"那怎么办？日防夜防，家贼难防。"崔立骏有点着急。

"少安毋躁，狐狸总是会露出尾巴的！"金先生叮嘱崔立骏，回去后不动声色，先暗中观察一下洪沐天，看看他有什么反常之处。往后若非必要，尽量避免直接见面，有事可通过文院长转达。

其后很长一段时间都是风平浪静。洪沐天再也没有说过去看他表叔之类的话。

相安无事的日子持续了一个月。月末，崔立骏迎来一件大喜事——他即将成为父亲了！

那天，崔立骏进城办事，在去找文院长的路上，与风尘仆仆的妹妹在路口拐角处撞了个满怀。她手里拿的包被、洗漱用品、尿布和婴儿衣服被撞落在地上。

"阿妹，你怎么慌里慌张的啊？"崔立骏定睛看清楚来人是妹妹后嗔怪道。

"哥，你怎么在这？嫂子要生了，人在千世医院。"妹妹激动地说，"嫂子担心你工作忙,就没让通知你。"

"真的?你嫂子现在怎么样?"还没等妹妹说完,崔立骏转身就跑,刚跑出没几步,又回头,一把抢过妹妹手里的东西,一溜烟地向产科跑去。

"熙媛,你现在感觉如何?都怪我,我这段时间天天在外面,根本来不及陪你!"崔立骏紧紧握着林熙媛的手。躺在待产室床上的林熙媛看到丈夫,喜出望外,心里也踏实了很多,被汗水浸透的脸上,露出一丝微笑。

巨大的疼痛使林熙媛浑身颤抖,声嘶力竭地喊着崔立骏的名字,额头上都是豆大的汗珠,乱发湿漉漉贴在她的前额上。此时她脸涨得通红,鼻子急促地喘着粗气,因长时间的喊叫,嗓音已经沙哑。她一只手紧紧抓着床帮,身下的床单早已经被汗和血水打湿,另一只手用力地抓着崔立骏的手臂。绞心的疼痛一阵又一阵袭来,她的脸色逐渐由红变白,崔立骏饶是平时见惯风浪,此刻却只能手足无措地站在一旁,连声问护士长怎么办。护士长反而是一副见怪不怪的样子,不给他好脸色看。此时,林熙媛脸上淌下来的已经不知道是眼泪还是汗水了。她不停地抖动着身体,声嘶力竭的哭喊和号叫声回荡在产房里。崔立骏已经经历过许多生死一线的时刻,只有此刻他才体会到自己仿佛被死亡捏住了喉咙。

突然一股更为剧烈的疼痛袭来,林熙媛捏着崔立骏臂膀的手更为用劲。她躺在床上,头摆来摆去,发出撕心裂肺的呻吟……

"加油,再用点劲,孩子头已经出来了!"护士长大声鼓励。

一想到肚子里的宝宝,林熙媛又咬紧牙关用力大喊一声,仿佛用尽了全身的力气,一声尖厉的叫喊声过后,林熙媛顿时脱了力气,晕了过去。产房里传出了新生儿清亮的啼哭声,孩子顺利地降生了。

护士抱着孩子来到崔立骏面前,打开包裹的毛巾,按照流程询问道:"你是孩子什么人?"

"孩子爸爸。"

"你看仔细了,孩子是男孩是女孩,确认了告诉我。"

"男,男孩!是个男孩。"崔立骏第一次体会迎接生命到来的巨大惊喜,显然有些不知所措,喜悦过后更多是初为人父的紧张,说话都有点语无伦次,这般模样惹得护士长和小护士一阵偷笑。

包裹好的新生儿被放置在沉睡的林熙媛旁边。崔立骏看到儿子平安出生,在妻子疲惫的额头上深情地吻了一口。

坐在产房外走廊尽头的金先生也松了一口气,他默默将一个红包塞给了文院长,让他代为转交。

在镇江,孩子出生十二天后,有"改安"的习俗。

老人们传言,新生宝宝到了十二天,妈妈因生产而打开的骨缝就可以合上了,算是过了月子里最重要的一关。久而久之,新生儿"改安"也就成为一个传统习俗,老百姓一般称之为"十二晌",也有叫"小满月"的。

按照崔立骏老家的习俗,这一天要给产妇吃饺子,寓意着捏合骨缝,祈求身体康复。宴请亲朋好友来吃席,更是少不了的热闹场面,大多人家是吃红糖馓子、荷包蛋,加上少许的菜食,条件好的人家也会有七荤八素的筵席。

崔立骏林熙媛夫妇喜得麟儿,老太爷、公公婆婆一大家人自然是乐得合不拢嘴。席间,文院长举杯祝贺崔立骏林熙媛喜得贵子,母子平安。金先生也乔装坐在其中,对外宣称是林熙媛在上海的舅舅。

文院长建议由金先生给孩子取一个名字,受到崔家喜得贵子氛围的感染,金先生举起酒杯,看着林熙媛怀里酣睡的孩子,动情地说:"我们的事业正在蒸蒸日上,每一个人都踌躇满志,小生命的诞生让我们每个人都引以为豪,对未来充满希望。"太爷爷摸着胡子复述"踌躇满志,引以为豪"八个字,点头表示这个寓意非常好。"我看就取名'志豪'!"喜宴上顿时响起了热烈掌声。

一转眼,快要过春节了。

江南的冬天一如既往地潮湿、阴冷。训练营租住的院子,有些宿舍因为年久失修,四面漏风。

天晴时分,众人依旧挥汗如雨,坚持训练。间隙里,他们也会深入山林,凭借自己的捕猎本领,寻觅些野味来打打牙祭。遇到下雨下雪,就躲在屋子里讨论,崔立骏也会在这时带着大家读书写字。

一天,天色阴沉,不一会儿竟飘起了雪花。

吃过午饭,崔立骏宣布下午的训练暂停,大家可以自行安排。于是,大家有的窝在房间里打瞌睡,有的下棋,有的读书写字。突然,外面来了一个不速之客,在院门口执勤的李树斌上前一问,对方说是洪沐天的表叔。

一群人围拢过来,只见大井弘推了一辆独轮车,上面堆满了吃的、用的,最引人注目的是那只新鲜的羊腿。李树斌不敢贸然放其进入,迅速向崔立骏报告。

崔立骏过来后,来人一副善解人意的模样:"这天就要下雪,担心自己的侄子在这里吃不好,特地买了一只羊腿,给大家驱寒。"

此话一出,大家都知道明天可以改善伙食,纷纷说着感谢的话,围着来人聊起了家常。一开始大家说的还是汉语,说到高兴处,有人就开始讲韩语,尤其是说到羊腿的做法。

自称表叔的大井弘突然造访,令崔立骏心生戒备。冒雪前来,就只为给不熟悉的表侄送羊腿?直觉告诉崔立骏,这位表叔不简单。虽然眼下无话,但他早已拿定主意,决心找个机会试探试探。

冬天,本来就黑得早,加上下雪路滑,傍晚时分,大家都希望"表叔"留下来。大井弘也就顺水推舟,说叨扰大家一晚上再走。

大家吃过晚饭,收拾停当后,崔立骏让伙房烧上一大锅水,说让大家都洗洗脚,脚暖了睡得更好。崔立骏让伙夫把一大锅热水端了过来,众人纷纷脱鞋脱袜,唯独大井弘站在原地尴尬不已。

随后,只见一盆水放置在了客人面前,一个声音在"表叔"耳朵旁响起:"表叔走了这么远的路,脚肯定累了,来,泡泡脚。"

大井弘的头摇得像拨浪鼓:"谢谢,别麻烦了,热水给其他人用吧。"无论崔立骏和其他人怎么劝说,他就是不肯洗。崔立骏没办法,总不能派几个人按住他强脱袜子吧。

这下子崔立骏更怀疑了。

日本人从小就养成了穿木屐的习惯,久而久之,大脚趾和二脚趾之间的距离比较大。只要一脱袜子，立马见分晓。

崔立骏心里更加笃定，便不再强求。

夜幕降临，众人皆入梦乡，崔立骏却故意安排"表叔"与自己同处一室。大井弘还想找话题与他套话，崔立骏根本不想与他周旋，借口疲惫直接拒绝了。

第二天早晨起床，崔立骏有意无意地把"表叔"置于自己的视野范围之内，使得他没有更多机会与其他人闲聊。

吃过早饭，崔立骏关心地问道："表叔什么时候走？"大井弘搪塞说等太阳再高一点就走，阳光照在身上赶路不冷。

崔立骏直截了当地说自己进城有事，可以与他结伴同行，一方面帮他推推车，另一方面两个人还可以说说话。大井弘听出崔立骏话中的逐客之意，心中虽有不甘，但客随主便，只好勉强应了，心里还盘算着在回去的路上或许能从崔立骏嘴里套出点有价值的情报。

准备停当后，崔立骏推着车，大井弘和他一道高兴地与众人道别。

大井弘满心期待能在路途上与崔立骏畅所欲言，获取有用信息。昨夜雪花虽飘，却未积厚，路面先是湿滑难行，随后又变得泥泞不堪。崔立骏年轻，腿脚好，只顾着闷头在前面推着车前行。大井弘年纪毕竟大了，开始还能追赶上崔立骏的脚步，可心里藏着事，心中焦虑犹如千斤重担在身，一时间还未找到突破口，于是越走越吃力，甚至被崔立骏落了一段路。

就这样，两个人一言不发地走到了西津渡。这里是石板路，好走多了。崔立骏于是就把车子交与大井弘，与他道了别。

望着崔立骏渐行渐远的身影，大井弘内心复杂，脑袋瓜子有点恍惚，感觉自己千辛万苦跑这一趟，怎么好像不是去收集情报的，更像是送上门去被作弄的？呆呆地站了一会儿，望着崔立骏远去的背影，眼中不由射出恶毒的光，咬着牙，吐出一句："巴嘎！"

崔立骏与金先生在千世医院碰头，把近期的情况作了汇报。金先生特别提到，根据临时政府警务局上报的情况来看，近期附近几条街上经常有行踪诡秘之人出没,就连省政府接待公务往来人员的江苏旅社也未能幸免。二人分析后得出结论,目前形势严峻,"猎虎队"已经嗅到镇江的异样,他们的触手已经伸向这里,蛰伏在此处的特务也开始被唤醒。镇江,再也不是安全的避风港了。

崔立骏提议金先生拜见江苏省政府陈主席,商议一下接下来的计划。如果能将临时政府搬到南京,将会更加安全。

金先生一口答应,称过几天就去找他们商量。

其实,金先生的心思在另一件事情上,他后天在穆源学堂有一场演讲活动,是一周前就定好的。闻听此言,崔立骏不免有点担心,但他知道金先生的个性,只能缓缓道来:"先生,刚才我们分析的敌我态势您是知道的,这个时候是不是慎重一点,演讲能不能缓一缓?"

金先生看了看满眼关切的崔立骏,突然说道:"立骏,我给你讲个故事吧。"

崔立骏跟着金先生时间久了,彼此之间形成了默契,知道金先生的故事一向是话中有话。

接着,金先生讲述了苏联领导人列宁遇刺的事件。1918年8月30日,在列宁准备去参加演讲的当天,刚好发生乌里茨基在彼得格勒遇刺的事件,当时的苏共要员布哈林就劝列宁,外面的暗杀正处于高峰期,让他最好还是暂避一下,减少在公共场合露面的机会。列宁并没有惧怕,决定正常演讲,并在没有任何安保陪同的情况下穿过整个莫斯科去了米赫尔松工厂。列宁作完演讲后就被刺客击中两枪,所幸都没有打到要害。

讲完这个故事,金先生沉默片刻,像是对崔立骏,又像是对自己说:"列宁知道去演讲的结果可能会搭上性命,但他坦然前行。有时,如果个人的死是必须且有价值的,那就义无反顾,不必瞻前顾后!"讲到此处,金先生的声音突然有点颤抖,他继续说道,"想当年,英魁是知道这个道理的,我和他一样。所以我决定了。"

崔立骏抬眼望去,金先生满眼坚定与决绝。恍然之间,他好像又看到了英魁出发时的神情。

崔立骏张了张嘴，想安慰金先生，但终究没有开口。

学堂内，穆源学堂董事长杨公崖，临时政府的洪熹、文仓济等人都在翘首以盼，等待金先生的到来。当化装过的金先生站在他们面前时，在场的众人竟没有一个人认出，直到他摘下头上的帽子与众人打招呼时，大家才恍然大悟。

崔立骏可没有闲着，到达现场后，立即将院子里的各个地方又核查了一遍，随后站在大门口细心观察每一个进来的人。其实，在昨日，他已经将场地及周边仔细检查多遍，周围的制高点也未放过。

鉴于今天现场人数不少，崔立骏估计敌人不敢明目张胆地在现场实施刺杀，最大的可能是远程狙杀。对于这种可能，他昨天已提前协调省政府，派出警卫，把守在几个高处的出入口。

演讲活动十点半开始，金先生出来之前，崔立骏指挥工作人员搬出两张桌子，在院内搭了一个台子，背朝学堂办公房。然后又让人搬来四把椅子，摆在台子朝外的三个面。众人虽对崔立骏的用意不明所以，但见他神色严肃，便都依言照做。

台子和椅子摆好后，他找来三个人面朝三个方向站在椅子上，手里各拿一面镜子，对着阳光不停地晃动。

金先生去掉伪装，走出来站在了台子上。崔立骏自己也站到了金先生身旁的一把椅子上。那是他认为最有可能遭遇危险的方位。

"同胞们，世界的风云越来越险恶，我们的仇人日本帝国主义灭亡的征兆越来越明显。我们和我们的仇人展开决战的日子已为期不远。在这次决战里，只要是身上流淌着大韩民族血液的人，都不能缺席。哪怕犯过国民罪的人在这一天也应该立功赎罪……"金先生在台上慷慨激昂的演讲深深地吸引着大众，所有人的注意力都集中到了他身上。

然而站在椅子上的四人此时根本无暇聆听这激昂的演讲。他们目不转睛地扫视着远处的高地，手中的镜子在阳光下不断变换着角度，反射出一道道刺眼的光芒。突然，崔立骏感到自己手举的镜片似乎与远处屋顶上的一道光撞击了一下。他无暇多想,下意识地扑向金先生,张开双臂用身体挡在金先生前面,喊道:"快,快趴下!"

话音未落,崔立骏的左肩像被击打了一拳,身体一震,一股鲜血从胸腔喷溅而出。

旁边的两个人见状,立即将金先生拉下讲台,压低他的身形,弓着腰护着他迅速撤到了屋内。听众席也炸开了锅,乱作一团,人们纷纷去找出口,零星几个人将崔立骏拖拽至墙根,崔立骏勉强抬起右手食指指向远处房顶,几名政府派来的便衣警卫迅速跑了过去。

狙击手见一击不中,亦无补枪机会,逃之夭夭。

崔立骏被人抬到屋内,面色煞白,他忍着剧烈疼痛,努力睁眼寻找金先生,确定金先生毫发未伤才松了口气。他瞥了眼左肩,肩胛部的鲜血在向外渗出,顿时觉得天旋地转,眼前的世界逐渐变黑,坚强的意志终究没能撑住耷下的脑袋。金先生赶紧指挥众人将崔立骏送到医院抢救。击中崔立骏的是日本最新式的"九七式"狙击步枪,这种枪是在"三八式"步枪的基础上改进的,所以都有一个共性就是具有"一枪两眼"的效果;因贯穿力大,只要目标没被击中动脉、重要器官或者骨骼,就不会有生命危险,甚至被击中的部位也不会特别疼痛,更重要的是也不需要开刀,因为子弹不会停留在体内。

崔立骏是幸运的,那颗子弹正好从肩胛下角平肋间隙穿过,因此保住了性命。抢救过程中,金先生一直守在病房门口,焦急地来回踱步,内心为立骏的安危担忧。这么多年来的相处,经历了那么多的艰难险阻,命运早就将这一老一少两个人紧紧地拴在了一起。同时,他的心底也充满了歉疚。

所以当崔立骏苏醒后,金先生见到他的第一句话就是:"立骏,让你受罪了!我,我深感抱歉!"

崔立骏气息微弱地回答道:"先生,您安全就是最大的幸运!您得赶紧转移到南京,今后一段时间千万不要露面。"

"我听你的,你放心养伤!"金先生答道。

第 42 章　镇江·南京

经过与南京政府紧急磋商,在一个伸手不见五指的黑夜,金先生悄悄乘车前往南京。崔立骏则暂时留在镇江,一边养伤一边协助其他几位临时政府负责人处理遗留的相关事务。

待一切归于平静,崔立骏开始琢磨,问题究竟出在了哪儿。

崔立骏根据临时政府这几天搜集来的消息,细细整理了一番,发现每起事件的共同点都离不开一个人,这就是洪沐天的那位"表叔"。

"表叔"是日本人或者是日本人的爪牙,那么,与他有叔侄关系的洪沐天是不是也已经投靠了日本人?在这支人数不多的队伍里,究竟还有哪些人已经被日本人收买?想到这些,崔立骏坐立不安,满头虚汗。

崔立骏的心情开始变得十分沉重,他身上的枪伤虽不致命,短期内却严重限制了他的行动能力。

为了崔立骏的身体能够尽快康复,文仓济亲自为他缝合伤口,贵如黄金的消炎药水一瓶接一瓶不计成本地输入到他的体内,而洪熹更是殷勤备至,每日都让家人精心熬制韩国特色美食参鸡汤,硬逼着崔立骏一碗碗地喝下去。

崔立骏享受着最好的治疗。文仓济要求他必须多治疗一段时间,然而内奸之事让他如芒在背,哪有心思安心养伤。

一周之后,他就迫不及待拔掉了点滴针头,瞒着众人偷偷溜回到了培训营地。

回到营地,队员们追问崔立骏这几天干什么去了,他找了个借口搪塞了过去,只是有几个细心的学员发现他的胳膊有点僵硬。

崔立骏不动声色地一边养伤,一边考虑接下来的对策。认真观察几天后,之前的怀疑被一个个证实。

夜,已经很深。崔立骏一个人躺在床上,将时间慢慢拉至在上海招募队员的那段时间,然后又像电影镜头般切换到他们一路颠簸来到镇江以及队员在每一次活动中的表现。定格好洪沐天后,崔立骏通过回忆和推定,一连排除了三个人,最后锁定了与洪沐天走得最近的郝鹏生。然而,仅仅除掉洪沐天和郝鹏生这两个毒瘤还远远不够。只有把洪沐天的"表叔"也一并除去,才能算得上大功告成。

"三只藏在洞里的鼹鼠必须全部清除,绝不能跑掉一个!"崔立骏暗下决心。

趁着返回医院拆线之机,崔立骏去见了文仓济和洪熹,一起商量锄奸计划。

文仓济头也不抬,边给崔立骏拆线边语气坚定地说道:"要我说,找几个人直接冲进他家动手,或者跟踪到无人处解决掉。"相反,洪熹则显得比较谨慎,建议找个借口把他骗到培训基地,在那里神不知鬼不觉,悄悄动手。

思考一番后,崔立骏觉得这两个方案都不妥当。在崔立骏看来,日本"猎虎队"的人个个训练有素。况且,中日双方目前并未完全撕破脸皮,崔立骏不想落人把柄,给日方无端发难创造机会,这样对中国和韩国临时政府都不利。

因此,必须想一个出其不意的法子,一击即中,否则后果不堪设想。

三个人苦思冥想,仍然没有结论。离开诊所时,崔立骏扭头看了一眼"千世医院"的牌子,刹那间,他便有了主意。

第二天,崔立骏前往上海,坐在了"达生诊所"柯医生对面。

"说吧,这次要我帮什么忙?"柯医生笑着问话。

"想通过您介绍位高人,除掉一个天理不容的恶人,我们愿出大价格!"

"我是个大夫,只治病,不杀人,也不会为了钱当掮客介绍人杀人。"

"这次杀的不是一般的恶人,也不是一般的恶霸,是贼寇。"

"多少钱?"

"一万大洋!"

柯医生笑着说:"太少了!"

"那您要多少钱?"崔立骏顿时紧张起来。

"我不杀人,但听说市面上杀个恶人要一万,恶霸要三万,诛'寇'算是大活,价格就不一般了……"

"柯医生,您说吧,到底多少钱?"

"无价!"

三天后,从上海返回的崔立骏在镇江"安济旅社"见到了柯医生推荐的"杀手"。此人身高不过一米二,乍看之下,宛如天真孩童。然而,一番细细打量后,崔立骏却觉出些许异样。此人举止沉稳,行事老练,全然没有孩童的稚气。

"杀手"绰号"小弟"。但"小弟"并非一般杀手,而是中共领导的茅山地区地下党成员。两年前,二十二岁的"小弟"加入组织时,因身形矮小曾被婉拒。但他却不死心,软磨硬泡,最终打动了区委书记,得以留在队中作为后备力量。"小弟"虽身材矮小,却练就了精湛的枪法和遇事不慌的过硬心理素质。

"诛寇是大活,你,你能干得了?"崔立骏心中无底。

"别的事我干不了,干点你嘴里说的大活还可以!"

"一桩大活,要多少钱?"

"三碗大肉面就行。山里吃不到。"

"啊!就三碗面?"

"小弟"点了点头。

猎杀日谍的计划箭在弦上,崔立骏承担起了刺杀的准备工作。第一步,他带着"小弟"指认了大井弘的家,又在那小巷中潜伏整日,直至将目标人物的生活规律及面容特征摸得一清二楚。

次日一早,"小弟"将自己打扮成一个回民小孩,穿着宽松的外衣,蹦蹦跳跳加入了巷口处一群玩耍的孩童当中。他一边玩一边用余光瞄着大井弘家的方向,整个上午那都大门紧闭。

中午,孩子们陆续回家。"小弟"找了家僻静的饭馆吃了三碗面和三盘肴肉。半个钟头后返身,时刻观察着大井弘的家门口。

一直等到下午三点,门被轻轻拉开一条缝,大井弘小心翼翼一阵左顾右盼后,才开门走了出来。

巷子里的行人寥寥无几,上午那帮孩子还在玩耍,大井弘未曾将他们视作威胁,径直朝巷子出口款步而去,与旁若无人的孩子们擦肩而过。大井弘刚拐进一个巷内,对面走过来一个蹦蹦跳跳的孩子。孩子手里抓着一把稀罕的糖果,遇到大井弘,先喊了一声"叔叔好",随后就递给大井弘,接着就是一句童声:"叔叔吃糖!"

遇到如此懂事的孩子,大井弘拒绝不了,接过糖果剥掉外衣准备送进嘴里,张开的大口没有等来糖果,却被塞进一支短枪枪口。砰的一声闷响,大井弘应声倒地。巷子内的住户听到动静,以为是顽童放爆竹,担心他们没轻没重伤了手脚,都赶紧跑出来查看。谁知一出门,就看见隔壁邻居"老权"倒在血泊之中,后脑勺掀开了一个大洞。

发生了枪杀案,一传十十传百,不多久巷子里就被挤得水泄不通。"小弟"在确认目标人物已无生机后,早已消失得无影无踪。

邻居们百思不得其解,他们想不明白,平时没听说"老权"和谁结怨,怎么就平白无故遭冷枪被打穿脑袋呢?

考虑"表叔"被除后洪沐天很快就会怀疑,继而再向日本人告密,果真如此,则整个训练营都会受到牵连。崔立骏思忖一番后,决定一不做二不休,将洪沐天和郝鹏生一起除掉。所以,除掉"表叔"的当晚,崔立骏马不停蹄地返回了驻地。

到达驻地之后,崔立骏立刻让人找洪沐天来见他。可那人却报告说,洪沐天不在营地。崔立骏又赶快让人去找郝鹏生。面对崔立骏的逼问,他起初还试图搪塞,但最终在崔立骏的威逼下交代了实情:洪沐天说他"表叔"家有急事,昨晚便已进城去找"表叔"了。

闻听此言,崔立骏顿感后背发凉,第一个念头就是:大事不好。

崔立骏一面交代李树斌带领大家悄悄收拾行装,以拉练名义,将他们先行带离此处。随后,他则带着郝鹏生骑马进山,借口去看看布置下的捕兽夹有没有收获。

待到了纵深无人之处,崔立骏拔枪就抵上了郝鹏生的脑袋。郝鹏生吓得面如土色,双脚一软,竟跪了下来,他磕头如捣蒜:"崔教官,不要杀我,你要什么我都给你。"

"说,是谁派你来的?"

到了这一步,郝鹏生知道自己已经是瓮中之鳖,只得竹筒倒豆子——一五一十把他如何被洪沐天拉下水,为日本人卖命的过程交代了一遍。

"你们的任务主要是什么?"

"任务就是打入你们内部,弄清楚姓金的到底在哪儿,然后实施暗杀。另外,侦查韩国临时政府的动向,伺机进行破坏活动。"郝鹏生颤声答道。

崔立骏闻言,气得咬牙切齿,一枪击在郝鹏生身旁,怒喝道:"无耻之尤!为了些许蝇头小利,竟能出卖自己的同胞!日本人侵占你们的国家,荼毒你们的亲人,你们不思抵抗也就罢了,竟还助纣为虐,真是令人发指!"

郝鹏生哭得一把鼻涕一把泪,抱着崔立骏的腿,赌咒发誓一定会改过自新,让崔立骏不要杀他。但洪沐天已经跑了,这会儿肯定知道了"表叔"被杀的消息,为避免出事,队伍必须赶快转移,这时候再留郝鹏生,肯定是个巨大隐患。

崔立骏心中一狠,决然道:"不是不留你,是你自作孽不可活。我送你一程,希望你下辈子做个有脊梁的男人。"崔立骏心一横,扣动了扳机。因不想看到郝鹏生丑陋和不甘的神情,崔立骏找了个捕兽洞,把尸体扔了进去。

回去后,李树斌已经带着大家收拾好行装。有人问郝鹏生去哪儿了,崔立骏淡淡道:"让他去通知洪沐天了。"

是夜,队伍离开杨家湾,星夜兼程向着南京方向进发。

崔立骏带领的队伍长途跋涉,又有三人因难耐困苦,而选择离队返回上海。经过半年多的培训,崔立骏将自身本领倾囊相授,学员与初来乍到之时的精神风貌和战斗素养已是判若云泥。按照金先生嘱托,崔立骏下令他们分散隐蔽,藏匿身份,顺带可以找一份工作作为掩护,等待唤醒。

得道多助。

金先生抵达南京后,立即得到了严密保护,暂时安稳了下来。

在南京淮清桥畔租了两套相隔不远的房子,崔立骏很快就把林熙媛和儿子志豪接了过来。他带着之前的队员,计划用十几天的时间,在两个院子隐蔽处挖通一个地道,以便遇到紧急情况时作撤退之用。

甫一到达,崔立骏嘱咐林熙媛,要尽快熟悉周围的环境。于是,她常背着儿子志豪漫步于市集,借买菜之名,悄然观察四周风土人情。不久,她已对附近街巷了如指掌,与街坊邻居也熟络起来。

崔立骏几个人刚动起手来挖地道,就出现了一个大问题。挖十几米的地道,土方量巨大。要是往外运,肯定会引起别人的怀疑。本来是计划乘着夜色倾倒在河边,但往返多次又怕被人发现。

这日,林熙媛坐于院中,细心择菜,同时留意着院门口的动静。崔立骏则紧挨她坐着,逗弄志豪,眼神却不时飘向林熙媛手中的菜。忽地,他脑中灵光一闪,似是有了妙计。

"这个办法好。"他突然喊了一声,怀里的志豪看着父亲癫狂的样子,咯咯笑了起来。

林熙媛问他:"想到什么办法了?"

崔立骏轻声说道:"把土堆在院子一边,用来种菜。"

林熙媛仔细打量了一下院子,疑惑道:"这院子本来就不大,再种上菜,更显小了。"

崔立骏小声嘟囔了一句:"小就小吧,先解燃眉之急,委屈老婆大人了。"

说干就干,崔立骏立马出去找来一车砖头瓦块,用了几天,菜池就垒砌完毕。

几天后,菜池里便被填满了土。林熙媛手持钉耙,细心地平整土地,然后一一栽上嫩绿的菜秧。如此,一个充满生机的小菜园便在这陌生的院子里悄然诞生了。

待一切准备停当,崔立骏便将金先生接到隔壁房屋。两家看似各住院落,相对独立,实则连为一体。崔立骏提出雇一个老实的保姆照顾金先生的日常生活,但金先生没有同意,说日本人和其爪牙无孔不入,还是小心驶得万年船,避免招惹麻烦为上。

开始的几天,崔立骏让林熙媛多做一个人的饭,自己趁人不注意,将一日三餐送至隔壁,短时间内还可以,长此以往,难免有顾此失彼的时候。他无法同时兼顾临时政府的事务和金先生的安全。而且天天送饭不可能不被邻里看到,终究不是长久之计。形势逼迫,崔立骏只能另想他法。

一天送饭,崔立骏告诉金先生,这几天他要去上海一趟,由林熙媛负责送饭。

四天之后,崔立骏回来之时,身后跟着柳叶。

看到柳叶黑亮的眼睛,金先生大吃一惊。片刻之后,金先生反应过来,崔立骏不是回上海而是去了嘉兴。事实确实如此,崔立骏在嘉兴找到柳叶和她娘,向她们说明金先生需要人照料,询问柳叶愿不愿意到南京来。柳叶一听说是照顾金先生,同时还能到南京,便毫不犹豫地答应了。

柳叶手脚麻利,做事勤快,眼里满是活儿,尽管一路劳顿,可进了家门顾不上休息,系上从老家带来的围裙,就开始屋里屋外忙个不停。不多时,袅袅炊烟就从金先生的屋顶冒了出来,人间烟火气瞬间充盈了整个院落……

日本在东北扶植傀儡皇帝溥仪,成立"伪满洲国",同时还在中国各地派遣间谍特工,对关内虎视眈眈。面对这样紧张的局势,金先生与韩国临时政府有心无力。因为人员和经费原因,更因为中国政府最高层的态度,临时政府的刺杀行动只能被迫暂停。

别的事情可以不做,但独立运动对金先生来说,一时一刻都不能停止。在南京的平常时日里,金先生和崔立骏谈得最多的是他的理想——唤醒和组织国人,彻底赶走日本人,光复大韩民国。

"金先生,您的理想一定会实现的。"崔立骏说。

"立骏,你的理想是什么?"金先生笑着问崔立骏。

"金先生,我是个小人物,没有您那么宏大的理想。我想啊,前半辈子跟着您把日本人从中国和韩国赶跑;后半辈子,我就和熙媛在上海开个店,向中国人卖韩国的东西,向韩国人卖中国的东西。"

"我去买,价格得打五五折!"

"八折,八折!"

"你这家伙,看不出还是个吝啬鬼啊!"

两人互相比画着数字,捧腹大笑。

人间三四月,最是金陵春。一转眼就临近了"三一运动"的纪念日。这场运动是韩国被日本殖民以来,规模最大的全民反日救国运动。在宁韩国同胞纷纷向韩国临时政府请愿,要求举行集会,纪念这个用朝鲜半岛人民的鲜血浇灌的重要日子,同时积极宣传韩国的独立运动,以期激起更多中国人的共鸣并伸出援手。

金先生心中当然明白这场纪念活动的重要性,在这场运动中,朝鲜民族第一次向侵略者发出了"吾族将对日本宣布永远血战"的战斗檄文,第一次在朝鲜半岛形成了地不分南北,人不分老少、男女、信仰、阶层的全民族统一战线。但此时他无暇感慨,眼下的时局下,这场活动会不会给南京政府带来外交上的麻烦,参加活动的同胞会不会引来日本人的报复,这一系列的顾虑让他忧心忡忡。于是,他召来了安山根和崔立骏,想听听他们的意见。

"要是只组织韩侨普通民众参加,临时政府的人不公开出面,那就应该被定义为民间活动。"安山根说。

"立骏，你是中国人，比我们更熟悉南京的情况，你说说！"金先生让崔立骏谈谈自己的想法。

崔立骏斟酌片刻，对金先生说："眼下，抗日救亡运动在中国各地可谓风起云涌，日本人疲于应对，所以我们此时举行纪念活动，他们应不会节外生枝，更何况这是首都。"金先生静静地听着，双眼微阖，手指在桌面上轻轻敲打。终于，他点了点头，算是给了安山根和崔立骏一个明确的答复。

安山根和崔立骏得令而归，立即紧锣密鼓地行动起来。

两人召集负责安保的李树斌、金喜顺等人开会商量。大家在会上集思广益，讨论以什么形式进行纪念活动影响最大，同时安全也能得到保证。李树斌听闻此事，异常激动与积极，说可以举办演出活动，演出能达到别开生面和引人瞩目的效果，建议韩侨穿上民族传统服装，在街上表演民族舞蹈，定能吸引许多青年学生和市民，然后可以趁机宣传抗日。金喜顺提出以游戏之名聚人，再用奖品之诱留住他们，比如投壶、套圈等，能吸引青少年，从而使场面更加热闹热烈。还有人建议制作一些传单，到时候散发给参加活动的人，呼吁他们支持韩侨抗日。

关于演出地点，崔立骏力排众议，将地点定在了夫子庙。选址夫子庙，崔立骏自有一番道理，认为在此地举办活动定能吸引无数目光，达到绝佳的宣传效果。

"三一运动"纪念日活动的前期筹备悄然进行着，金先生和所有临时政府的人员翘首等待着3月1日的到来……

第43章 南京

转眼间,3月1日到了。

这日,阳光明媚,早春的风带来丝丝暖意,秦淮河畔飘着幽幽梅香,瞻园里鸟声清脆,河上的小船从文德桥下徐徐摇过,大成殿门前的广场上,游人如织、商贩云集。

上午九点,广场的两端,几拨人悄然无声地涌入。这些穿着异族服装的男女,很快引起了周边市民和游客的注意。人们开始指指点点,低声议论,少数眼尖之人认出了这是朝鲜族的服装。只见这些人到达广场后分工明确,一拨人奏响欢快的音乐,跳起了欢快的朝鲜舞蹈,舞者耸着肩、踮着脚,翩翩起舞,节奏有力。周围的民众绝大部分人从来未见过这样的场面,觉得既新奇又过瘾,不时爆发出叫好声。另一拨人摆好场子,热忱招呼游客们参与套圈、投壶等游戏……眼看聚拢的人越来越多,这时人群中有三四个人对视一眼后,默契地从随身携带的包中掏出标语分发给大家。展开一看,上面写道"隆重纪念'三一运动'!""日本人滚回日本!""打倒日本帝国主义!"等振聋发聩的口号。

有的人读着标语上的字,小声嘀咕:"'三一运动'是什么意思啊?"人群中的崔立骏敏锐地捕捉到了这些疑惑,心想民众不理解这些标语,纪念活动就失去了意义。按照安山根的计划,崔立骏的角色是幕后统筹,但此时他认为有必要站出来向观众解释清楚,便毅然决然地跳上一个石凳,开始为现场民众大声讲述起韩国人民悲惨的被殖民史和日本犯下的滔天罪行。

眨眼间,原本喧闹的游乐场变成了义愤填膺的控诉场。现场的南京市民和青年学生屏息敛声,脸上写满凝重。

崔立骏刚讲完,一个叫李云涵的韩国小伙站了出来,大声控诉道:"日本人不仅对朝鲜半岛实行残酷的殖民统治,还霸占中国东北三省,现在又加紧进攻华北,妄图霸占整个中国,让中华民族亡国灭种,哪一个中国人愿意做亡国奴?"这时,听众中有人振臂高呼:"誓死不做亡国奴!""打倒日本帝国主义!""停止内战,团结抗日!"

呼号声如破空的箭矢,亦如汹涌的洪流在南京上空回荡。火山爆发般的民意迅速在南京城扩散开来,穿过大街小巷,直逼国民党政府机关。鸡鹅巷53号复兴社办公楼内,特务处戴处长对着手下呵斥:"难道校长'攘外必先安内'的方针不作数了?居然有人公开喊出共党的口号蛊惑人心。赶快去查!"

李云涵仍然站在石凳上慷慨陈词,群众的口号声仍此起彼落时,突然听到响亮的口哨声,伴随而来的是大队的警察。他们手持警棍向广场上的人群逼了过来。

"警察来了!"这一声呼喊,如同黑云压城,现场的气氛骤然一紧,一些胆小之人如惊弓之鸟撒腿就跑。但大部分人仍然留在原地,口号声并没有因为警察的到来而减弱,反而更加高昂激越。

安山根、崔立骏和几位活动组织者觉得自己仅是在以民间的方式纪念"三一运动",并无出格之处。但他们没有料及的是,警察一到场,没有给他们解释的机会,立刻挥舞起手中的棍棒强行驱赶。

棍子在人群中飞舞,孩子哭,妇女叫,哀号四起。看到这种暴力驱赶,安山根意识到问题的严重性,急忙劝崔立骏离开,他带人应对。崔立骏一口回绝,说自己是中国人,与警察交流起来更方便,说完便一把推走了安山根。转过身来,崔立骏带领李树斌迎着棍子冲向警察,救下了刚刚演讲结束、惊魂未定的李云涵。警察正愁找不到带头人交差,见崔立骏主动送上门来,随即把他和跟在他身后的李树斌还有另外一个小伙子团团围住。双拳难敌四脚,崔立骏不一会儿就被撂倒在地。

金喜顺等人眼见情形不妙,打算返回救助崔立骏。崔立骏看见他跑过来,急忙大喊:"不要管我,快去找老板。"

听了崔立骏的话,金喜顺瞅准机会从人缝里钻了出去。经个把钟头的奔逃,他终于摆脱身后的尾巴,来到崔立骏家门前,叩响了铜环。

"怎么就你一个人回来了,立骏呢?"林熙媛焦急地边问边伸头往外面看。

"快关门,进屋说话。"房门打开后,金喜顺跌跌撞撞地奔向水缸,舀起一碗水,咕咚咕咚一口气灌下,粗糙的手背在嘴角一抹,才稍稍缓过神来。看着林熙媛那双满是担心的眼睛,他实在不忍心将崔立骏被警察带走的消息告诉她。他定了定神,尽量让自己的声音显得平静些。

"嫂子,我要见金先生。有急事。你能去和他说一声吗?"

林熙媛见他神色慌张,知道事情紧急,便没有多问,说道:"你先坐下休息,等我一会儿。"说完,便牵着志豪的手走出大门,并将门从外面上了锁。她记得崔立骏的叮嘱,不可出门径直去敲金先生的院门。于是,她沿着街角绕了一圈,确认无可疑之人后,方才来到了金先生的院前。

此刻,金先生正在屋内来回踱步,正为迟迟未收到崔立骏的消息而担心着。正在这时,突然传来叩门声,"咚咚咚——咚咚——咚咚咚"。这是他们的暗号。柳叶走到门边,透过门缝向外看。金先生也悄悄地走到门边停下,不敢贸然开门,屏着气息听外面的动静。

这时,外面一个熟悉的声音响起:"志豪,听妈妈的话,小脚别乱踢了。"门内的金先生听到是林熙媛的声音,示意柳叶开门。柳叶轻轻打开半扇门,林熙媛背着儿子迅速进入院内。

林熙媛一见到金先生,原本明亮的眸子竟泛起一层朦胧的水雾,声音微颤道:"先生,怕是出大事了。立骏他,他没有回来,只有金喜顺回来了,说有急事要见您。我们家他是知道的,但想着直接带他到您的住所不妥,是不是烦劳先生到我家里去见他?"

金先生清楚,经过长期考验的金喜顺值得信任。低头沉思几秒后,他果断抬头说:"走,去看看。"说完,他戴好帽子,抱起小志豪,和林熙媛一起走出院门。

金喜顺见过金先生一面,那次金先生见证了他们庄严宣誓,正式加入组织。但金先生的住址是组织的最高机密，不可能让他知道。

这次是第二次见到金先生，金喜顺难免激动。但事情太过紧急，不等金先生开口问，他便焦急地汇报起来："金先生，立骏、树斌他们被警察抓走了。"

"抓走了？"这条消息犹如晴天霹雳，林熙媛只觉得眼前一黑，仿佛被人扼住了喉咙，一直以来最害怕的事情还是发生了。

"不急，慢慢说，越详细越好！"金先生全程闭眼，认真听完后，又提出了一些细节问题，基本验证了自己的判断：问题出在小伙子和市民高呼的口号上。南京政府的方针是"攘外必先安内"，活动中却出现"停止内战一致对外"的口号，这定会触碰某些人的逆鳞，才会出现警察抓人的事情。

金喜顺此刻已是汗流浃背，没有想到一场精心筹备的纪念活动，竟出了问题、闯下大祸。林熙媛满眼噙泪，只觉天旋地转，随时就会坠入无尽的黑暗。金先生怜惜地看着林熙媛，宽慰道："熙媛，你放心，立骏，我们肯定是要救的！"

大成殿广场，崔立骏被几个警察摁住，并拳打脚踢，脸上很快就挂了彩，警察给他铐上手铐，把他扔进了囚车，拉着刺耳的警笛向首都警察厅疾驶而去。

警察把崔立骏几个人押回警局时，局长王全道正站在窗前悠然抽着烟，刚好将这一幕尽收眼底，他抬手对秘书说："叫黄效勇来！"

约莫十分钟后，黄效勇匆匆踏入局长办公室，收了收微凸的肚腩，抬手向王全道敬了个礼。王全道轻摆手，示意他坐下，淡淡地问："事情办得如何？"黄效勇遂将接到命令后的行动经过，以及抓捕过程一一道来，随后请示如何处理这几人。

"还能怎么办？好好审！看看他们是不是共党分子。"王全道不紧不慢地说道。

黄效勇小心翼翼表达自己的困惑："局长，我认为其中可能存有误解。据我了解，这帮人当时正在举行一场纪念'三一运动'的活动。"

"不能掉以轻心,背后说不定有共党煽动。"王全道说完,习惯性地用双眼扫了一遍四周,才接着说道,"复兴社姓戴的已经注意到这些人所做之事,我们肯定要给他一个交代的。按照流程,必要时上点手段。"

黄效勇领命而去。

王全道之所以如此重视此事,皆因上午一通突如其来的电话。电话那头,是复兴社戴处长。他通报说有人正在夫子庙大成殿前游行示威,并高喊共党口号,责令王全道务必安排人员前往查清背后指使之人。

崔立骏被两名警察摁着头,通过一道道铁门,最后被扔进了一间阴冷潮湿的黑屋。铁门在他的身后咣的一声重重地关上。他躺在冰冷的地上活动了一下受伤的身体,好在没伤着筋骨,四肢都还能活动。

不知过了多久,崔立骏才渐渐适应这浓稠如墨的黑暗。他依稀看见这是一间密闭的斗室,没有窗户,唯有铁门下方的小孔,在黑暗中泻入一线光亮,可能是用作送饭的。崔立骏拼命拍打铁门大声呼叫,而回应他的只有自己的叫声和无尽的寂静。黑暗和寂静在吞噬着一切,不停地撕咬着、拉扯着崔立骏,蚀骨的冰冷让他止不住地颤抖。他感到自己在坠入无尽的深渊,绝望地想要抓取一线生机,却一无所获。

几年生死之间的历练,最终还是让崔立骏冷静了下来。他在心里暗暗下定决心,无论如何也不能将金先生和韩国临时政府供出——虽然临时政府受到南京政府的庇护,但现在情况不明,有无日谍潜入中国政府内部更是无从知晓,临时政府特别是金先生的住地和行踪是最高机密,绝对不能外泄半句。

不知过了多久,"哗啦啦"一阵响动后,铁门突然被打开。光线穿入房间,崔立骏的眼睛被突然而至的光亮刺痛,无法直视来人。还没反应过来,来者迅速用布蒙住他的眼睛,推搡着他前往另一个地方。

崔立骏大喊道:"放开我!你们这是干什么?"可并没有人理会他的叫喊。

"少啰嗦,别敬酒不吃吃罚酒,如实交代共党的情况,还能保你一个全尸!"押解之人边说边推搡着他往外走。

崔立骏被死死地摁在一张椅子上,"这是什么地方?"崔立骏的脑子紧张地转动着,努力地想感知周围的情况,浓浓的血腥味、皮肤烧焦的味道和香烟的味道混合在一起,让人窒息。崔立骏不再作无谓的挣扎,只是静静等待着。

吱呀一声门响,似乎一个人走了进来。蒙在崔立骏眼上的布被猛然扯下,一束刺眼的光线直射过来。他想用手挡住那道强光,但肩膀被死死地摁住。他紧紧地闭上双眼,躲避着,但这束光还是让他感到整个眼睛、面部灼热、火辣、疼痛。一个冰冷的声音从对面传了来:"姓名、年龄、职业。"迎着强烈的光线,崔立骏眼睛努力适应着环境,慢慢地发现自己坐在一张桌子前,隔着桌子,坐着满脸横肉的一个人。这人就是黄效勇。

崔立骏内心闪过一丝慌乱,但很快又让自己镇定下来,回话道:"长官,我到底犯了什么事?"

"闭嘴,是我问,你答。"黄效勇猛地一拍桌子,接着说道,"我劝你痛快点撂了就算了,免受皮肉之苦。你到底是不是共产党?"

"长官,我真的跟共产党一点关系也没有啊!"

黄效勇大声咆哮道:"没时间跟你兜圈子,识相点就老实交代,是谁指使你们聚众闹事的?"

"我们几位朋友聚在一起宣传抗日救国,并非聚众闹事。"崔立骏辩解道。

黄效勇此时已失去耐心,向旁边的人挥挥手,登时上来两个大汉将崔立骏拖到审讯架上,熟练地将他的四肢固定好。崔立骏抬眼看向四周,挂在墙上的各种刑具露出狰狞寒光。

一般情况下,警察局的审讯只需三招就足以让犯人招供。第一招是连关数天禁闭,第二招是鞭笞。前两招不灵,就上第三招——烙铁。所谓鞭笞,是指犯人要遭受鞭子与棍子的猛烈抽打,有时还会用绳索反剪双手,让其站立在凳子上,随后将其吊在天花板上,并把凳子抽走,人就这样被凌空悬置。这样,不过多久犯人便因忍受不住剧烈的疼痛而失去知觉。另一种酷刑便是用烧红的烙铁去烙烤囚犯的身体,有时会直接烙烤在衣服上,故意让皮肉与衣服粘连在一起。

崔立骏正遭受着第二招。"噼啪!""噼啪!"皮鞭每次落下,就形成一道深深的血痕,疼痛的感觉布满全身。崔立骏咬牙坚持着,此时唯一的信念就是要保证金先生的绝对安全。

"我看你是不见棺材不掉泪啊!"黄效勇怒喝一声。随后,几个打手麻利地将崔立骏反绑着悬空吊了起来。崔立骏身体的骨节在重力的牵引下发出"咯嘣咯嘣"的哀鸣。臂膀上的痛楚,犹如被烈火灼烧,那疼痛一点点渗入骨髓。紧接着,猛烈的毒打开始了。他紧握双拳,咬紧牙关,试图忍受这种人间极苦。然而,随着时间的推移,疼痛愈发剧烈,他开始渐渐失去了知觉,意识逐渐模糊……

不知过了多久,崔立骏在浑身湿透的寒意中苏醒过来。冷水的刺激让他打了个寒颤,瞬间清醒许多。

"这位先生,装睡是吧?说清楚了,就可以美美地睡上一觉!"黄效勇狰狞地说道。

"长,长官,求,求你了,我真的不知道。"崔立骏声音微弱。

"嗨!没想到今天还碰到一块'滚刀肉'。我倒要看看是皮鞭硬还是你的嘴硬。给我打!"这次,黄效勇安排两人各执一根鞭子,面无表情地分别站立在崔立骏两侧。随着一声声鞭响,崔立骏身上一道道血痕溅出一串串血珠,他的衣裳被鲜血浸透,身体在痛苦中不由自主地抽搐和扭动着,他再一次昏厥了过去。

崔立骏被一桶冷水泼醒时,身上的伤口锥刺般疼痛。这疼痛,仿若打通了一条通往死亡的通道,死亡的预感在他的脑海中反复冲撞、回荡。但是缓了一缓后,那份坚定的信念又占据了脑海,他沉默以对。

面对崔立骏的沉默,黄效勇愈发显得焦躁,近乎有点疯狂。一个眼神后,一个胖子打手左手夹着烟卷,右手举着一块烙铁伸到了崔立骏的跟前。

黄效勇朝崔立骏的臂膀处扫了一眼,胖子一把扔掉烟头。"滋啦啦",一股鲜肉被烫焦的味道顿时弥散在狭小的空间里。黄效勇急忙用毛巾捂住口鼻,脸上现出嫌恶的表情。一声尖锐刺耳的惨叫声从崔立骏喉咙中迸发而出,他的身体在痛苦中扭曲、颤抖,终是支撑不住,又一次昏厥过去。

胖子放下烙铁,端起一盆凉水,兜头朝着崔立骏浇了下去。

两口烟的工夫,崔立骏醒转过来。他的意识在疼痛与恐惧中抉择已定。

"我得活,得想办法把一起被抓的李树斌两人弄出去。"想到这些,崔立骏慢慢抬起了头。

"我,说,说,但要见你们,局长。我,只对他说。"他深吸一口气,努力让自己的声音听起来果敢坚定。

崔立骏被两个人架着带到了审讯室旁边的房间内。一位身着警服者背门而立,崔立骏根本看不到他的脸。此人向后挥了挥手,两个人将崔立骏放在一把椅子上,然后退了出去。

崔立骏耷拉着头,佝偻着腰,眼睛盯着那人的背影,内心思量眼前之人应是警察局长王全道了。突然,王全道猛然转过身来,两道目光锐利如闪电,仿佛要把崔立骏穿透一样。王全道悠闲地点燃一支香烟,问崔立骏:"听说你要见我?"

"事情是我策划的,其他两个被你们抓捕的人都是临时找来帮忙的,放了他们,我什么都说。"崔立骏语气坚定地说道。

"放了他们两个可以,但如果你不如实交代,恐怕走不出这个地方。你可想好了?"王全道话语里明显带有威胁。

"想好了,放了他们两个,我若不说,随你们怎么处置。"崔立骏信誓旦旦。

李树斌两人很快就被释放。被抓之前,崔立骏和他们两个悄悄讲过,遇到意外只说自己是被临时拉来帮忙的,其他事情一概不知。被抓后,两个人翻来覆去就这一句话,审讯之人已经对他们无计可施。

"我认为,我和您之间存在一些误会。"崔立骏进一步说,求见局长是因为事情机密,不宜让过多人知晓。

听闻此言,王全道眼中闪过一丝兴奋,挥了挥手,示意崔立骏继续说下去。喘过几口气后,崔立骏询问王全道是否了解虹口公园爆炸案。王全道点了点头。随后,崔立骏说自己妻子是韩国人,和韩国有感情,就和几个在南京的朋友一道以民间形式举行庆祝"三一运动"活动,并非什么共产党支持的"寻衅滋事"。

"还有别的什么要说的没有?再不说,就没有机会了!"

"就这些。"崔立骏以毋庸置疑的口气说道。

事情几近明了,与王全道前期打探的情况基本一致。王全道无话可问。他随即唤来门外的警卫,交代他们不可再对崔立骏用刑,还要给他准备些饭菜。黄效勇跟在王全道身后,不满地嘟囔着,他认为这是一次千载难逢的立功机会,不想这么轻易放人。王全道猛地转身,狠狠地瞪了黄效勇一眼,厉声道:"这事若是处理不当,别说立功了,咱们都得受上面的责罚!"

"啊,有这么严重?"黄效勇脸上露出了惊愕的表情。

王全道冷哼一声:"高丽人。听说过吗?他们的后面很可能是韩国临时政府,估计很快就会有人出面来捞他们。"

第 44 章　南京·上海

王全道所言非虚。

自从得知崔立骏三人被捕,金先生的心头便如压了块巨石,寝难安席,食不知味。经过深思熟虑、权衡利弊后,他终于寻得一计。他让林熙媛取来纸和笔,字斟句酌写好了一封信。他把信递给安山根:"你抓紧到中山东路中央饭店东侧的正元实业社,找一个叫渠正林的人,把信交给他,就说是金先生让送过来的就行了。"

安山根接过信,心急如焚,忙问:"我是否需在那里等候回信?"

"不用。"金先生摆摆手,"你把信送到就直接回来吧。"

安山根拿着这封信看了看,信封上写着"徐因白先生亲启"字样。他本身对南京政府的体制就不甚了解,更别谈了解徐是何方神圣。从金先生自信的神态,可以推测他所寻找的人必定手眼通天。

其实,金先生与徐因白也只有一面之缘。他从镇江迁移到南京,曾拿着陈部长的介绍信找过他,自己的安置就是由徐派人落实的。当时,渠正林就跟在徐因白身旁。徐因白曾言,日后若有事情,可找渠正林联系。渠正林接到这封信,也没敢耽搁,第一时间就把信送给了徐因白。展开信,徐因白只见上面写着:

徐先生阁下:

　　敝友崔立骏近日与人聚于夫子庙广场,纪念"三一运动",不幸为当局猜疑带走,今生死不明。特斗胆去书,请先生从中斡旋,万望营救为盼,不胜感激之至!

韩国临时政府　金凡敬呈

第44章 南京·上海

阅毕信件，徐因白嘴唇微动，似是低声咕哝了几句。他心里跟明镜似的，事情搞到如此鸡犬不宁的地步，定是自己的对手戴处长插手搅和所致。

崔立骏带领一帮人在夫子庙举行纪念活动，一开始就被当成"危情"递至戴处长的桌前。别人对"三一运动"知之甚少，而戴处长却了解颇深。他吩咐手下，倘若他们只是单纯庆祝、未涉过激言辞，便由他们去；但若他们胆敢高呼与委员长理念相左的口号，即刻拿下严审，看看是否有中共南京地下党参与其中。

听闻有人呼喊"过激"口号，戴处长即刻致电警察局长王全道。王全道对戴处长的指令岂敢懈怠，当即派遣黄效勇率领人马前往处置，终将崔立骏等人捉拿回局。

接到金先生的信件后，徐因白同样给王全道拨了通电话。徐因白是陈部长嫡系，王全道也不敢得罪。

"若查无共党之嫌，即刻放人！"徐因白的口气与戴处长如出一辙，不容置疑。

王全道放下电话，长舒了一口气。但随即一个问题就来了，直接放人肯定得罪特务处，若是不放，又得罪党务调查科。姓戴的特务处是爷，姓陈的党务调查科同样也是爷啊！他苦思冥想、权衡再三，最终决定在放人之前将责任全数推给崔立骏。

崔立骏被带到王全道办公室，王全道吩咐秘书给崔立骏倒了一杯茶，但崔立骏没有碰。

"崔先生，你们举行集会我们事先是知道的。但是利用集会做有损于政府大政方针之事，就是你们的责任了。"王全道开门见山。

崔立骏听后，急忙摇头辩解："我们仅仅是举办一场纪念活动，绝没有做任何不利于政府的事情。"王全道不容解释，手指崔立骏厉声说道："你给我好好想想，广场上是不是有人呼喊'停止内战，一致对外''团结抗日，还我东北'这些共党的口号？"

李云涵喊过这些口号，崔立骏心里自然清楚。他自己心里实在想不通,日本人占领东北、华北,在上海、嘉兴、杭州寻衅滋事,肆意捕人、杀人,这可是自己亲身经历的,这些事政府不敢站出来说句硬气话,为何不许民众表达心声?

"呼喊这些口号的人是谁?"崔立骏抬眼看向王全道,发现一张嚣张跋扈、阴沉恶毒的脸直直地对着自己。崔立骏清楚,若是此时把李云涵的个头和相貌讲出来,李云涵肯定凶多吉少。想到这些,崔立骏灵机一动,赔着笑脸指了指自己的脑袋,佯称脑子因受刑严重"进了水",已经记不清喊这些口号的人是什么模样了。

见崔立骏似乎服软,王全道也乐得见好就收,但嘴上依旧教训道:"口号到底是谁喊的就不细究了,但事情起因是你们。你们是被共产党利用了,知不知道?"说着拿出一份准备好的"悔过书"说,"把这个签了,你就可以走了。"

崔立骏对这种颠倒黑白的做派早已熟悉,该保守的秘密一句没说,该救的李树斌两人已经救下,该保护的李云涵也已经保护,再作辩解已无任何意义。他接过"悔过书",签了字,起身向外走去……

崔立骏被接回家,在林熙媛悉心照料两个月后方才痊愈。

卧榻康复的过程中,金先生隔上两天就让柳叶用瓦罐送来人参鸡汤,帮助崔立骏调养身体。待崔立骏基本康复后,柳叶才忍不住透露:"金先生多年珍藏的三根人参,这次全部拿出来炖了鸡汤。"

崔立骏心存感激,伤势痊愈后,就迫不及待地与金先生进行了一次长谈。在感谢金先生写信鼎力营救后,他又向金先生诚恳道歉,说自己在那场活动中未能严格遵循事前的约定,以致事态如脱缰之马,奔向了不应涉足的险境,给同伴也给自己带来灾祸。

"你此番所受的皮肉之苦,虽是痛苦的经历,却也是难得的教训。"金先生语重心长地说。

"今后,我们做事都要更加慎重,因为我们不但要躲避日本'猎虎队'的追杀,还要权衡处理好与中国各个党派之间的关系。你们国家政党间的事务我无权干涉,但大韩民国几个政党间关系的处理,耗费了临时政府很多精力和时间,我希望中国人齐心协力,共同对外。"

崔立骏点了点头。

望着消瘦的金先生,崔立骏有感而发:"金先生,您身上的担子太重了。"

"立骏,你虽然不是我们组织的一员,但你做得比我们组织内的很多人更为出色。"

"金先生,刚开始时,我还想着最好能成为你们组织的一员,这样心里有个依靠,但现在这些已经不重要了。宋人欧阳修说过,'所守者道义,所行者忠信,所惜者名节',这是一个人安身立命的根本,也是朋友间应该遵循的原则。所有这些,您都做到了,而我还差得很远。"崔立骏说道。

金先生望着崔立骏,缓缓说道:"立骏,前进的方向要自己去摸索去实践,做好你自己认定的事情。我们韩国有句民谚,사람은 죽으면 이름을 남기고, 범은 죽으면 가죽을 남는다。"

"我们中国也有同样的话,叫豹死留皮,人死留名。"崔立骏说道。

"我们都应该做这样的人。"金先生一字一顿地说道。

上海虹口区,戒备森严的日本海军特别陆战队司令部的会议室内,绫子带领"猎虎队"全体成员,低头站成一排等待着训示,对面坐着一脸阴沉的笠原。

虹口公园爆炸案幕后"元凶"金凡迟迟没有归案,随着时间的推移,来自东京的训斥频率和层级越来越高,甚至天皇也在过问此事。笠原如坐针毡,寝食难安。

"五年了,你们这群自诩帝国精英的人干了些什么?真是耻辱啊!昨天,我已向军部承诺,半年之内剿灭金凡一众韩国人。如果做不到,诸位,到时候我会裁撤'猎虎队',所有成员听候处置。明白吗?"笠原说着,阴沉的目光扫向众人。

绫子一记眼风扫向佐藤,佐藤会意,慌忙开口。

"长官,我们没有想到事情会变成眼下这种局面,中国政府里外通吃,虽与我国保持外交关系，但暗地里却采取措施保护朝鲜流亡组织，我们的行动处处受到掣肘。"佐藤抱怨道。

"不仅仅这些，支那人接连在报纸和公开场所支持韩国人，各阶层人员甚至出钱、出人和出地方，提供掩护和藏匿之所。每当我们接近姓金的，他们都会赶在前面转移凶手，导致我们接连失败。"山本接着解释。

"这些原因重要，但还有更重要的。爆炸案发生后，中国许许多多青年学生、市民、商贩甚至贩夫走卒受中国报纸蛊惑，支持这些韩国人，与我们大日本帝国为敌。他们主动协助韩国人的逃亡行动。每到一地都有这样的人，他们人多面广，又熟悉当地情况，让我们防不胜防……"

佐藤痛心疾首地控诉着，话还没说完，笠原突然站起来，双手紧紧握着拳头砸向桌面："住嘴！还有脸在这辩解。我没有你们这群蠢笨如猪的部下。五年了，凶手还没有伏法，你们的行为让天皇陛下颜面尽失，让帝国军队蒙受耻羞。"说完他仰头闭上双眼，似乎心中已经作出了决定。他失望地说道："来之前，我还希望看到你们能在逆境中奋力精进，认真总结这五年的教训，拿出强化计划。现在我看没有这个必要了。一切都该结束了。"

笠原缓缓睁开双眼，眼中怒火熊熊，怒视着众人："现在我宣布，'猎虎队'就地解……"

绫子这时向前一步，站了出来，向着笠原九十度鞠躬，随后朗声说道："长官，我无意冒犯您！他们说这些，都是我授意的。若要处罚，我个人承担所有责任。但我要说明的是，我的本意是请长官充分了解敌我态势，引领我们去消灭一切敢于和帝国作对的敌人。请务必相信我们的意志，不能裁撤'猎虎队'。拜托了！"说着又向笠原行了一个军队特有的四十五度鞠躬礼。

"说了一通对手的，现在该说说你自己这五年屡战屡败的原因了吧？"笠原手指绫子，怒气冲天。

"长官息怒！"绫子第二次九十度鞠躬。

笠原将目光转向绫子，眼神复杂难辨。在捕杀金凡这件事上，她让自已失望至极。想到这些,他对绫子厉声道:"你是行动的指挥官,到目前为止我从你和你的这帮部下的眼中没有看到信心。你难道和他们一样想进行那种无谓的辩解吗?"

"长官,请务必让我把话说完!"

笠原没有再说话,而是将身体转了过去,背对着绫子,算是默认。

"作为指挥官,我有三宗罪。一是轻敌。在制定行动方案时,没有料及爆炸案的元凶是如此狡猾和坚韧,更没有想到支那人会有如此之多的组织和个人站出来帮助转移和藏匿逆贼;二是没有深入分析情报再精准进击,而是没有耐心地四处出击,分散力量,让对手过早洞悉我们追捕的手段和计划布局,从而据情据地加以防范;三是被目前的中日关系捆住手脚,对嫌疑人没有施以无情的铁腕,唯恐生出外交事端。五年间我们的行动如履薄冰,畏首畏尾,导致失败。我应该以死谢罪。请长官定夺,我都心甘情愿,一并承受。"

绫子说完,从腰间拔出手枪,双手托着放在了桌面上,接着又是一个九十度的鞠躬。

众人皆惊。

不像前两次,绫子这一次鞠躬后没有自动站直,像一把角尺固定在那里。

好大一会儿后,笠原冲着绫子大声吼道:"给我站直了!"

绫子将身体扳正,两眼盯着笠原。

"根据相关线索分析,凶手金凡极有可能在南京。我再给你们'猎虎队'六个月时间。"

"请长官明示'猎虎队'下一步的任务!"

"几个月前,中共利用西安兵谏之良机,逼迫蒋介石联合对付我们,蒋是哑巴吃黄连——有苦说不出。我们决不能让他们联合,更不能让他们联手支持朝鲜流亡组织。当前,蒋的心思全在与中共周旋争斗上,我们可以趁机行动。"

"是。我明白了。"

"帝国军队即将进入支那建立大东亚共荣圈之不朽功勋,真是想想都让人激动啊！所以你们不要有所顾忌,可以使用一切手段对敢于拦阻我们的所有人进行肉体上的消灭。但为了迷惑敌人和争取那些想亲近我们的支那人,行动不能留下我们帝国的痕迹。一旦发现金凡藏匿之迹,秘密押走然后审判是最佳方案。条件不具备或者有支那特务严密保护,可采取断然行动并进行验身拍照。注意,行动装备不可用我方制式的,可用青红帮或中共地下人员常用的毛瑟C96。手雷,我们的,德国和美国的都不要用,用苏联柠檬F1。"

笠原的话,让刚才还垂头丧气的特务们都癫狂起来,像是一众马上可以冲入羊群饱餐一顿的狼,齐声回应道:"明白！请长官相信我们的决心！"

"相比承诺,我更喜欢结果！"

第二天,绫子便带领"猎虎队",扑向南京。

"猎虎队"分组对南京的各个区域进行了地毯式摸排,绫子本人藏身下关一西洋参店内,每天不停地调度,询问搜索行动的进展。南京城又将血雨腥风……

一个月后的一天上午。

出去买菜的柳叶给金先生带回来一张《南京晚报》,这已经是两人每日心照不宣的默契。金先生戴上老花镜,迫不及待地读了起来。刚扫过一眼,金先生心中不禁一颤。原来就在昨天,日本人在北平以士兵失踪为借口,发动了令世人震惊的七七卢沟桥事变。

"虎狼之野心,终于暴露无遗！"金先生默默念着这句话,他深吸一口气,慢慢放下报纸,心中涌起一股难以言喻的沉重感。

通过仔细阅读时报,金先生注意到,中国各方的态度跃然纸上——北平守军没有乱了方寸,而是坚守卢沟桥,并致电蒋介石请示对策;蒋介石显然没有预料到现状突变,敦促外交部向日本大使提出口头抗议;在延安的中国共产党则态度坚决,立即通电全国,号召中国军民团结起来,枪口一致对外,誓死抵抗日寇侵略。

处心积虑的日本人一边与北平当局洽谈撤退协议,一边又在不断向中国增派军队,甚至频繁出动飞机和大炮进行袭击。面对日方的强盗行径,中国青年、市民和各方人士纷纷挺身而出,通过游行示威、发表演讲、罢工罢市罢学等方式表达抗议。蒋介石于7月17日发表庐山谈话,宣布中国全面对日作战。

金先生再也无法坐视不理。这天,在柳叶惊愕的表情中,他夺门而出,走向崔立骏家。

"咚——咚——咚",大门外突然响起了急促的敲门声,此时崔立骏正手忙脚乱地组装着手中的物件,闻声赶紧将其藏匿于暗处,转而对林熙媛低声说道:"去看看是谁。"

林熙媛小心翼翼地扒着门缝向外窥探,只见金先生静静地站在门口,神色凝重。她赶紧将门打开,恭敬地将金先生请了进来,语气中带着几分惊讶:"先生,您怎么亲自过来了?"

"我过来看看。立骏呢?"

"在里面忙着干活呢。"

正说着,崔立骏已经迎面走来,他也没想到金先生会过来。金先生看他手上湿漉漉的,便询问道:"立骏,你这是在做什么?"崔立骏甩了甩手上的水珠,坦然回答道:"我在制作宣传旗。南京的街头巷尾每天都有游行的队伍,我身为中国人,自然也要尽一份力。"

金先生无比欣慰地点点头:"说得好。在南京的韩国侨胞全力支持你们。"

第 45 章　南京

翌日，崔立骏、林熙媛及一众在宁的韩国侨胞，手持标语旗帜，悄然融入南京市民的游行队伍中。为了安全起见，众人均按照金先生的要求，全部改变了往常的装扮。游行者一路挥舞旗子向新街口行进，那激昂的口号声，如滚滚雷鸣，震天动地。

抵达新街口转盘时，只见四面八方的人群如潮水般汇聚而来。众人围绕着一枚巨大的炸弹模型——那是南京政府军事委员会防空委员会的杰作，默然而立，秩序井然，听取站在凳子上的一个教授模样的老者慷慨激昂地发表演说。崔立骏和林熙媛此刻也在翘首倾听，他们钦佩演讲者口才出众，气恨自己口舌拙笨，没有办法发出如此震耳欲聋的呐喊。

老者跳下板凳，一个姑娘站了上去。

崔立骏和林熙媛夹在人群中，被人流簇拥着往前移动。

年轻姑娘站在凳子上，挥舞着拳头开始了演讲。

"亲爱的同胞们：我是前来首都请愿的浙江青年抗日声援团成员，日寇的铁蹄已经侵门踏户而来，中华民族已经到了亡国灭种的生死关头。我们不能再看着无辜民众流离失所、家败人亡！我们必须站出来、站起来，枪口一致对外，反击日寇的侵略！坚决不当亡国奴！支持对日作战！把日本侵略者赶出中国去！"

站在高处挥舞着拳头演讲的年轻姑娘，不是别人，正是褚凤鸣的同学、林熙媛曾经的同事——连华。

连华嘴巴一张一合间，话语像连珠炮似的砸向听众。在场的众人被她的言论所折服，频频点头表示赞同。人群中不时传来激昂的喝彩声，越来越多的人聚集在她周围，热烈的掌声、响亮的口号声此起彼伏。

新街口广场一隅，一个人一直在关注着广场中心的动态。一副眼镜架于鼻梁之上，半新不旧的中山装紧贴着瘦削的身体，口袋上那支钢笔显得尤为醒目，三七分的头发梳得一丝不苟，举手投足间，无不透露出一股儒雅的学者气质。和其他游行者一样，此人高举拳头振臂呼喊口号，但细心之人不难发现，他的双唇虽在翕动，却并未发出任何声响。

连华站在高处演讲，这个人看着她，仿佛陷入了深思。

连华演讲结束后走下讲台，被一部分热心听众包围，其中就包括崔立骏和林熙媛两人。那人站在远处眯着眼睛，深深地记住了簇拥者的音容笑貌。

这个人不是别人，正是山本。

山本向后方招了招手，站在不远处的阙根方慢慢地挤到了他跟前。阙根方低头附耳倾听，只见他微微抬起下巴，指向连华所在的方向，低声吩咐："你与杨阿三，盯紧刚才演讲的那个女子，一有情况，立即向我禀报。"

阙根方答应一声后，转身隐没在了人群中。

游行队伍散去之后，连华便离开新街口，前往居住的旅社，在那里与分散演讲的声援团成员会合。

在返回途中，一开始连华并没有意识到自己身后有"尾巴"，一次偶然回头才发现身后远远地跟着一个蹑手蹑脚之人。看到连华回头，那人当即停下，极不自然地佯装看路边墙上的海报。继续前行一段时间后，连华仍然未能找到摆脱跟踪的办法，正在紧张慌乱之际，旁边的小巷内冲出了一辆黄包车。黄包车停在连华身边，林熙媛探出半个脑袋急切呼喊："连华，快上车！"

连华瞥见车上的林熙媛，心中一喜，当即跃上了车座。车夫叫道："客人坐稳，起车啰！"那跟踪的"尾巴"杨阿三眼见事态不妙，生怕暴露了自己，只得悻悻然止步，不敢再贸然跟随。

原来，林熙媛打算演讲结束后就上前与连华相认，被崔立骏一把拉住。崔立骏小声告诉林熙媛，此处人多眼杂，不妨悄悄跟着连华，寻个僻静之处再叙旧情为宜。没有想到,乘坐黄包车的两人发现了跟踪连华的"尾巴"杨阿三。崔立骏让黄包车夫拉着林熙媛前去接应,自己则远远躲在杨阿三身后,暗中观察他的反应。

1937年8月13日,第二次淞沪会战爆发。

几百里之外的南京,亦深陷于战争的阴霾与煎熬之中。

日本空军部队日复一日地派出大量飞机对南京实施空袭。南京城内一片狼藉,满目疮痍。

8月底的一天,中午时分,崔立骏正忙着修补家中被震碎的窗玻璃,林熙媛则在厨房里忙着午饭。年幼的志豪在院子里欢快地跑来跑去,帮忙递着东西,一家三口享受着这难得的平静时光。然而,就在这片刻的安宁中,突然从远处传来"嗡嗡嗡"的声音。起初这声音并不明显,但崔立骏却立刻停下手中的活计,抬头仔细地观察和倾听着。随着声音越来越响、越来越近,他脸上的表情也变得越来越凝重。他急忙冲着厨房大声呼喊:"熙媛!快别做饭了!日本人的飞机又来了,快带着志豪去防空洞!"

崔立骏自己却转身跑向大门,边跑边回头说:"我去带金先生出来,咱们防空洞会合。"

声音越来越响,城北已经传来巨大的爆炸声。

这次,日本出动的飞机比往日多出几倍,宛如天空中密密麻麻的一片"乌鸦"。"乌鸦"所过之处,都会有一串黑色的炸弹鱼贯而下。崔立骏此刻已经无暇顾及这么多,跑到金先生家开始砸门。

敲了几下,屋内并无反应。崔立骏自言自语道:"人去哪儿了?"他思量着,门是从里面上了闩的,显然对方并未远离。他再次敲击大门,大声喊道:"开门,开门,我是崔立骏。"

崔立骏没有猜错,金先生和柳叶听到飞机的轰鸣声,此刻他正在收拾文件,站在一旁的柳叶突然听到门口崔立骏的呼喊,说了一声:"金先生,崔大哥来了,我去开门!"

刚打开大门,柳叶就听到了耳边嗖的一声,紧接着是崔立骏的吼叫:

第45章 南京

"趴下！"他毫不犹豫地就朝着柳叶扑了过去，将柳叶掩在了身下。

"轰隆"一声，一颗炮弹在附近爆炸了，随着巨大的冲击波而来的就是铺天盖地的碎砖断瓦。

瞬间，空气中被硝烟味和血腥味所充斥，伴随着的是人群的惊恐呼喊，哀号声此起彼伏。几分钟漫长的煎熬后，空中那"扑簌簌"的坠落声终于沉寂下来。柳叶被崔立骏重重压在身下几乎无法呼吸，她尝试向上把他推开，却无法撼动分毫。无奈之下，她只得缓缓向一旁移动。费了九牛二虎之力，柳叶终于从重压之下爬了出来。她喘息未定，目光便落在了崔立骏身上。他静静地趴在地上，一动不动，如同死去一般。柳叶心中涌起一股恐惧，她大声呼喊着："崔大哥，醒醒！崔大哥，你快醒醒！"

崔立骏一动不动。

柳叶又是拍打又是掐人中，一阵忙乱后，崔立骏终于苏醒过来。炸弹爆炸产生的冲击波将他震晕，碎砖瓦片如同利刃般划过他的肌肤，鲜血汩汩地流出。

"金先生呢？他逃出来了吗？"崔立骏醒来的第一句话就是了解金先生的情况。

柳叶颤声回答："他，刚刚正整理文件，准备往外走，不知道这会儿怎么样了。"

"走，赶紧去看看。"

日机渐飞渐远，而南京城却被腾空而起的漫天灰尘所重重笼罩。整个天空呈现出一片压抑的灰暗之色，仿佛世界末日已降临。

崔立骏和柳叶顾不上呛人的灰尘，穿越院子里杂乱无章的杂物，迅速地向后面的正屋跑去。崔立骏目光锐利地扫过现场，心中一沉。爆炸的威力超乎想象，弹着点显然就在附近。围墙已然崩塌，正屋也遭受了严重破坏。崔立骏心里捏了一把汗，暗叫"不好"，加快步子向屋里冲去。

崔立骏询问柳叶："金先生刚才在哪个位置？"

"应，应该就在门口不远的位置。"柳叶惊慌地回答。

崔立骏没再多说什么，立刻投入到紧张的清理工作中。他知道，金先生此刻生死未卜，即便没有被砖石砸中，也可能被埋在废墟之下窒息而亡。

崔立骏和柳叶不发一言清理着废墟，丝毫不敢耽搁。他们朝着正屋门口的方向，意图清理出一条通道来。

几乎同一时间，在防空洞口咫尺之近的地方，林熙媛正在撕心裂肺地哭喊着。此刻，小志豪一动不动地躺在地上，满头满脸全是血。

林熙媛慌乱地抚摸着志豪，她的手颤抖不已，再也无法控制内心的恐惧。她不停地呼喊着："志豪，你快醒醒，别吓妈妈啊。崔立骏，你到底在哪里？快来救救我们的儿子啊！"

原来，林熙媛拉起志豪跑向防空洞的途中，一枚炸弹落在了十几米远处。炸弹的冲击波如同山呼海啸般迅猛袭来，将林熙媛狠狠地甩向墙根。堆土的墙根让她没有受到重伤，然而，一块锋利的弹片刺穿了志豪的胸口。

面对着几分钟前还活蹦乱跳的儿子，林熙媛已经无法哭出声来，身体摇晃几下后，一头栽倒在地。

这一切，崔立骏丝毫不知。

崔立骏和柳叶经过一个多钟头的艰苦努力，终于看到了金先生。金先生倒在一个角落里，头部流着血，但神志清醒，想来是被坠落的砖石所伤。

崔立骏和柳叶小心翼翼地把金先生扶出废墟。经过初步观察，金先生除额头有明显出血外，其他部位并未受到严重伤害。由于房屋已被炸成废墟，无法再住人。崔立骏当机立断，背起金先生，一同返回自家的房屋。

崔立骏家的房屋，瓦片全部被掀飞，窗户上的玻璃也被震得粉碎。崔立骏背着金先生进入屋内，把金先生放到床上后，又转身端盆水过来帮金先生清洗。

正在这时，一个邻居抱着志豪，另外一个邻居搀扶着林熙媛走进了家门。

"怎么了,熙媛?志豪怎么了?"

崔立骏蹲下来,看到志豪满脸浑身的血,心里有了不好的预感,再用手去抓他的小手,小手已经变得冰凉。

"熙媛,怎么了?志豪他怎么了?"崔立骏望着儿子,已经有点语无伦次了。

林熙媛看到崔立骏,放声大哭起来,一遍遍地喊着:"立骏,志豪没有了,儿子没有了。"

崔立骏呆呆地看着志豪,稚嫩的小脸双目紧闭,血色已从双唇上消失。往日里欢快地缠着爸爸、妈妈的小志豪怎么就一动不动呢?崔立骏感觉真实的世界此刻似乎离他越来越远,身体中的每一个细胞都如同被冰封了般,慢慢失去了温度,自己的魂魄也仿佛被从冰冷的身体中抽离出来,扔到了无尽的黑暗之中,这绝望快要让他窒息。

突然,熙媛撕心裂肺的哭喊声像一声霹雳将他从黑暗中拉了回来。看向同样伤心欲绝的妻子,自己的意识稍稍恢复,本能地上去紧紧搂住妻子,语无伦次地像是对妻子,又像是对自己说:"熙媛,我们要挺住、挺住。我们,要活下去,要给儿子报仇。听见了吗,熙媛?"

躺在屋内的金先生听到了外面的一切,他艰难地爬起,缓缓走向了屋外。他第一眼看到的是,林熙媛脸色苍白地靠在崔立骏怀里,而她怀里是紧紧搂着的儿子……

金先生再也无法控制自己的感情,仰天恸哭。

崔立骏让柳叶陪着林熙媛,自己独自手持铁锹来到几里外的河岸边,流着泪挖了一个深坑,为儿子筑起最后的安息之地。

到了晚上,崔立骏要林熙媛躺下休息一会儿,他抱着儿子。林熙媛不肯。崔立骏给柳叶使了个眼色,让她接过志豪。但林熙媛却如同护崽的母兽一般,疯狂地挣扎着,不让任何人碰她的孩子。金先生见状,心中不忍,他走上前轻轻拍了拍林熙媛的肩膀:"熙媛女儿,听我一言,放手吧!"

林熙媛仿佛被这句话抽干了所有力气,松开了手,昏厥过去。

深夜,崔立骏仔细地给儿子洗净身体,又换了一身干净的衣服,用床单包裹好。全程崔立骏一言不发,看起来异常沉默与冷静。最后,崔立骏抱着儿子悄悄出了门,站在深坑边上,他最后一次亲吻了儿子,然后把儿子的遗体安放在墓坑中……当晚,崔立骏没有回家,在儿子小小的坟茔旁边坐了一夜。

住所被日机炸毁后,经南京政府协调,金先生在夫子庙重新安顿下来。崔立骏作为他身边的安保和对外联络人员,一直紧紧跟随金先生。

随着第二次"淞沪会战"接近尾声,政府精锐尽失。面对风雨飘摇的时局,本就如同飘零的孤舟岌岌可危的韩国临时政府,此刻更是面临着何去何从的重大抉择。在这乌云压顶的严峻形势下,金先生想听听陈部长的意见。

在中央饭店不远处的正元实业社里,陈部长会见了金先生。

一番寒暄过后,金先生直言不讳地说出了自己的疑虑:"听闻贵政府即将迁往重庆,陈先生以为我等应如何应对?我等对中国其他城市知之甚少,还望先生不吝赐教。"

陈部长显然已经深思熟虑,毫不犹豫便接过话茬说,政府迁都重庆已成定局,预计近期内将付诸行动,此行必先至武汉,再转赴重庆。如此大规模的迁移,混乱恐难避免。他建议,韩国临时政府人员还是避免卷入其中为妙,早做撤离之准备方为上策。武汉虽作为过渡之地,但肯定不是长久之所。大批人马骤然涌入,住宿、餐饮、交通等诸多方面必将受到严重冲击,物价飞涨在所难免,对临时政府人员和韩侨的生活工作都会不利。在国民党政府尚未安顿妥当之际,若诸位贸然随同前往重庆,亦是困难重重。倒不如从长计议,先寻一安身立命之所再做打算。

"先生不妨有话直讲。"

陈部长令秘书展开一幅地图于案上,找到南京和长江后,指着长江从东向西的脉络说道,舟行可自南京至武汉,再下岳阳,西南则可赴重庆,南行则入湘江,直通长沙。长沙离南京甚远,山水环绕,地形崎岖,料想日本人一时半刻也难以到达。再者,长沙百姓质朴淳厚,正适合诸位隐匿行迹。

陈部长深知客居之人的心思,故而言辞婉转。金先生闻之,颔首赞许。商定细枝末节后,陈部长允诺与长沙方面疏通关节,尽力相助,并亲手书写两个人的地址交予金先生。

事不宜迟。回去之后,金先生立即让安山根、崔立骏通知骨干人员召开紧急会议,就迁移事项进行磋商,并明确分工。会后,大家各司其职:有人负责去订船票以确保行程无虞;有人督促侨胞打点行装,以防临行慌乱;有人负责来回联络传递消息。多年客居异乡,众人早已习惯漂泊无定的生活,行李简单轻便。短短五日,一切准备就绪,只待启程。

韩侨们的出行日期定在11月8日。所有人都想尽快离开南京这个历经日军飞机轰炸的苦难之城,找到一处相对安全的栖身之所。

也许是离别在即,柳叶与林熙媛的交往越发紧密,似乎忘记了潜在的危险。按照绫子划分的街道网格,杨阿三在自己的领地里日夜游弋,直至一日看到了林熙媛和柳叶一起前往菜场买菜。上次连华在市中心演讲时,下面的听众里就有林熙媛,杨阿三模模糊糊记得她的面容。

林熙媛和柳叶发现"尾巴"后,转身走进一家书店,装作沉醉于书中。半个钟头后,她们以为已摆脱了追踪,天真地踏上了归途。殊不知,杨阿三正躲在大树后盯着她们。金先生的详细住处绝对不能暴露,林熙媛依循着崔立骏往日的教诲,为慎重起见,她为柳叶招来一辆黄包车,让她先行离去,自己则步行回家。躲在树后的杨阿三反穿了衣服,一直跟踪到林熙媛的住处。在附近守候到天黑,他确定林熙媛不会再出门,才匆匆忙忙离开。

第46章 南京

小人趋利。杨阿三将所见所闻巨细无遗地禀告了山本。山本拍拍他的肩头,摸出一卷纸钞递给杨阿三,算作是对他勤勉做事的嘉奖,并密令他继续深查线索,摸清与林熙媛有牵连的每个人的情况。

经过两天的连续蹲守,杨阿三有了斩获。第三天,绫子便在崔立骏和金先生两家居住地附近布置了暗哨。

"种种迹象显示,两户人家有搬迁之意,至于那一男一女是否与姓金的有牵连,唯有将他们擒获,方能水落石出。"绫子在布控前,神色冷峻地向众人训话。

"趁深夜直接进去抓住他们不就是了吗?"杨阿三立功心切,火急火燎地说道。

话音刚落,绫子猛地转身,一巴掌狠狠地甩在了杨阿三的脸上。

"蠢猪!复成新村居住的都是中国政府的高官显贵,四周布满了流动便衣,谁知他们是在保护中国人还是保护那些藏匿的高丽人?我们的行动必须慎之又慎,否则,你我都会死无葬身之地。"

山本冷眼旁观,对阙根方和杨阿三两人厉声喝道:"行动时坏了我们的事,钱的没有,脑袋的落地。"

两人闻言,顿时噤若寒蝉,头也不敢抬。

而此时的崔立骏已察觉到周边的异样气息。身为特工,他对于这些暗藏的杀机有着天然的敏感。眼看两天后金先生就要离开南京,这个节骨眼上却被人盯了梢,这让他不禁心惊肉跳。如果这些人一直在附近监视,金先生出门势必面临极大风险。崔立骏知道自己家已经暴露,便立即在明面上与金先生和柳叶断绝联系,同时决定自己和林熙媛决不再迈出大门一步。当天深夜,崔立骏就采取行动,翻墙去了隔壁金先生家。搬到复成新村这个新的居住点时,崔立骏发现,金先生家的后院围墙根向后穿过一条巷子,地下有一条下水通道。通道的出口处是另一户人家的前院围墙根。那所房子韩国临时政府租下了,但没有安排人居住,仅作为一处应急场所。

油灯下,崔立骏向金先生建议在明日子夜时分行动,届时他会和林熙媛翻墙过来,然后和金先生从隐秘的下水通道潜至后院,再乘坐早已安排好的黄包车,前往下关码头。

"柳叶怎么办?和我们一起走吗?"崔立骏问。

金先生的眼神在昏暗中闪烁。他迟疑片刻,终于还是狠下心来,将手中的烟头用力掐灭。"这几日我反复思量,柳叶还是回嘉兴为好。不能让她与我们一同承受这颠沛流离甚至是生死未卜的命运。"

商量既定,金先生将决定告诉了柳叶。柳叶情绪颇为激动,眼泪一下子就涌出眼眶,哽咽着说自己不愿离开,希望能继续留在金先生身边照顾他。

此时的崔立骏并不知晓,嘉兴与南京两地的共同经历,早已让两个人走到了一起。

患难中的情谊最为刻骨铭心,柳叶无法抑制自己的情感,泪水如断线的珠子般滚落。

金先生眼中也泛起了泪光,动容地说道:"柳叶,并非我不愿你跟随,只是眼下形势危急,多一个人便多一分风险。你先回去嘉兴等候我,待我安顿妥当后必定回来接你,可好?"

在崔立骏再三劝导下,柳叶勉强接受了金先生的安排。金先生从抽斗里拿出一个布包,递给柳叶:"柳叶,你一直想换条大船,这是我个人积攒下来的一些钱,你拿着,回去换一艘大船!"

"好,买条大船,等你今后回来坐!"

崔立骏笑了,金先生也笑了。但笑过几声后,金先生禁不住哽咽起来。

三个人一起讨论如何突破日本特务的监视时，崔立骏建议柳叶明天夜里和金先生一起去下关码头，然后大部队沿长江向西前往武汉，柳叶则从下关乘船向东返回嘉兴。

对这个方案，柳叶摇头拒绝："那些日本监视者如同饿狼一样，即使离开两个院子时他们发现不了，但后面几个钟头，院子里毫无动静，他们就会产生怀疑。这样的话，你们就不安全了，他们定会如疯狗般紧追不舍。"

金先生与崔立骏闻言，默契地交换了一个眼神，彼此心中都认同柳叶的分析。

"柳叶，你有什么办法？"崔立骏目光殷切，望着柳叶。

"金先生，您和崔大哥还有熙媛都有学问，都是做大事的人，你们的命比我的命值钱，不能有任何闪失。"柳叶低声说道。

金先生深情地凝视着柳叶，温情地说道："小柳叶，不能这样说话。快说说，你有什么主意？"

"我留下来尽量拖延时间，如果能拖上两天不被发现更好。"柳叶毅然决然地说道。

"不行，这太危险，到时候你如何脱身？"金先生说。

柳叶说："你们放心，我一个人目标小。你们安全离开后，我找机会尽早离开。"

第二天上午，为了迷惑监视者，林熙媛和柳叶各自去了趟菜场，在菜场里和平常一样，在一个僻静处碰了头，随后购买了一天的食材和生活用品。

整个白天，两座院落内不时传出交谈声与欢笑声，仿佛一切如常。到了饭点，烟囱依旧升起袅袅炊烟，飘散着家常饭菜的香味。

傍晚之后，两座院子相继亮起了灯。在这昏暗的夜色中，灯光显得格外明亮与温暖。然而，这平静之下，一场精心策划的逃亡即将上演。

晚上九点多，其中一座院子的灯光率先熄灭；十点半，另一座院子的灯光也随之熄灭，整个院子寂静无声。

凌晨时分，崔立骏和林熙媛悄悄翻越围墙，闪进金先生的家。两人没有停留,立刻与金先生一起朝通道走去。柳叶为他们准备了一布袋熟鸡蛋和肉粽,低头递给了崔立骏。

"崔大哥,这是早饭,别忘了让金先生吃!"

接过布袋,崔立骏点了点头。

分别的时刻到了。

"小柳叶,我,我会去嘉兴看你的,还要坐你的大船。"金先生哽咽着说。

"金先生,我等您。好人有好命,快走吧!"

金先生、崔立骏和林熙媛走进了下水道。

三人离开后,柳叶迅速堵上了下水道口,上面覆盖了一层碎砖烂瓦和树枝。

南京的秋夜,气温如断崖式下跌,寒风似刀,直刺骨髓。

距崔立骏家五十米外的一栋两层小楼的二楼,杨阿三正缩着脖子,双臂紧抱胸前,抖如筛糠地向阙根方抱怨:"头儿,这大半夜的,黑灯瞎火啥也瞅不见,咱还守个啥劲儿?要不下去眯会儿,等天亮了再来?"

阙根方捂着鼻子打了两个喷嚏,心里正为杨阿三越级禀报情况之事恼火,瞥了一眼杨阿三,喝令道:"不行,到天亮再换班!不然人跑了,咱们吃不了兜着走!"

此时,崔立骏已携金先生上了两辆黄包车,正疾驰在前往下关码头的路上。黄包车在雨后湿滑的路面上剧烈颠簸,急速前行。拐过一个巷口时,突然传来了嘈杂的人声,前方几个侦缉队的便衣正在盘查过路的夜行人。

崔立骏面色如常,走到另一辆黄包车前和车上的人耳语了几句。

两辆车依旧稳稳当当地向前行驶,后方的黄包车夫情绪略微紧绷,他故意放慢脚步,与前面的黄包车保持着距离。当接近侦缉队便衣时,他低声且慎重地提醒车上的人:"先生,前面有侦缉队盘查,你不要吱声,一切我来应对。"

车上的人微微点头。

前方一名黄包车夫顺利地通过了检查站,而当这第二辆车缓缓行至侦缉队便衣的跟前时,那些便衣仿佛突然间警觉起来,双眼瞪得如铜铃般大,对这位黄包车夫上上下下地打量。

黄包车夫不慌不忙把帽子向上推了推,脸上挂着谦逊平和的笑意,低声问道:"各位老总,大晚上的,辛苦你们了,是出什么事了吗?"

在场的便衣们对两人进行了仔细严格的审视,其中一位便衣训道:"少说废话,你们是从哪里来的?"

黄包车夫点头如捣蒜,哈腰回答:"我们是从附近医院赶过来的。"另一个便衣则紧盯着车上的客人,冷声问道:"车里坐的是什么人?"黄包车夫则不慌不乱地答道:"是我车子的常年雇主,他身体不好,都是我拉着去医院看病拿药。"

便衣们互相对视,迅速交换了眼色。其中一位严肃地说道:"近期接到举报,说在附近发现疑似日本特工的行踪,按照规定我们需要例行检查,请你们配合。"

说罢,其中一个便衣开始动手搜查黄包车,另一个则对车上的客人进行仔细盘问。那位满脸络腮胡子,看似年迈的商客,正托腮咬牙,无法言语。

"什么情况?"两位便衣对视一眼,齐齐凑了上来。黄包车夫见状,立刻解释道:"各位老总,我东家今天刚拔过坏牙,现在疼得没法说话。"

"看着不像是好人,不会是东洋人吧?"

"老总说笑了,您看他这把年纪,又刚做了手术,肯定是讲不清楚的。二位爷多见谅啊。"黄包车夫一边说话一边将一卷钱悄悄塞到了一个便衣手中,"我这一家老小吃喝用度,都指望这位东家呢。"

便衣掂量了一下手里的钞票,又装模作样地搜查了一番,眼见没有发现什么疑点,便示意他们可以离开了。

黄包车沿着湿滑的道路一溜小跑消失在黑暗中。

避过侦缉队便衣后,黄包车夫终于松了一口气:"金先生,我们现在安全了,坐稳了,我现在就拉您去码头。"

原来,发现前头侦缉队设了关卡,崔立骏情急之下多付了三倍的车钱,与其中一个黄包车夫互换了衣服,并约定了还车地点。他这般行事,皆因深知侦缉队内鱼龙混杂,甚至埋有日本人的眼线。

翌日清晨,阙根方与杨阿三两人蹲守的崔立骏宅院附近,门户依旧紧闭,贴近门边,可以隐约听到里头有些微的响动,偶尔夹杂着女子的说话声。

时针指向十点,柳叶拎着菜篮子轻盈地走出了大门。在掩上大门的一刹那,她朝院内高声唤道:"表姐,我去买些青菜,你在家中慢慢收拾吧。"

这突如其来的女子,让阙根方心下一喜。他朝杨阿三递了个眼色,示意他带人尾随其后,自己则原地留守。

柳叶并没有像当时承诺金先生时说好的那样,等他们离开后就马上离开。为了保证他们安全撤离,自己继续坚守了两天两夜。第三天,柳叶心中盘算,崔立骏家中久无人出入,势必会引起日本人的怀疑。于是她决定以采买为由,趁机混入人声鼎沸的菜场,然后神不知鬼不觉地前往下关码头。

而在对面小楼的二楼窗口处,阙根方一面吞云吐雾,一面紧盯着崔立骏家的院门。想起昨日与绫子和山本的会面,山本曾提及在上海调查虹口公园爆炸案时,似曾在现场见过这两人,因此对他们的监视切不可有丝毫松懈。若能借此线索揪出"元凶",大功也就告成了。

相较于昨晚的凄风冷雨,今日是天气晴朗,阳光暖洋洋的。已近十一点,崔立骏宅院内的沉寂令阙根方心生不安。"不妙!"他心中暗叫一声,随即带着一名便衣快步走到门前,向内张望了片刻,却并未发现任何动静。

阙根方情急之下,向随从招手示意。二人慌忙自怀中掏出手枪,硬着头皮往那深幽的院子里探去。他们边走边高声呼喊:"有人没?有人在家吗?"多次喊问,均无人回应。于是,二人进入屋内逐一搜查各个房间。一番仔细搜寻后,并未发现任何人的踪迹,只看到了正屋客厅桌上两盏耗干了灯油的油灯。阙根方顿时大惊失色,对随从喊道:"糟了,人已经跑了。快,快去菜场,找杨阿三!"二人如同饿狗扑食般,慌不择路地朝着菜场方向狂奔而去。

而此时的柳叶,却正在菜场中悠闲地闲逛。她在每个摊位前都驻足片刻,看似精心挑选菜品,但实际上手中只不过拎着一些青菜和几根大葱。她不时用眼睛余光向四周观察,发现始终有两个黑衣人不远不近地跟着,看着实在甩不掉,她又进附近的商店闲逛。

杨阿三并非泛泛之辈。自从上次在夫子庙跟踪连华时被人半途截和,他便变得愈发警觉起来。他看柳叶进了商店,立即转身跟上,决心不让她离开自己的视线范围。柳叶在尝试多次后仍无法摆脱跟踪,心中不禁暗自焦急起来。她知道必须尽快想出脱身之计,否则后果不堪设想。

柳叶刚从一家店铺的门槛跨出,便见远处两人气喘吁吁地奔来。杨阿三见状,急忙迎上前去探询究竟。

"抓,抓住她!"阙根方指着柳叶,气急败坏地喊道。柳叶见势不妙,立刻转身欲逃。然而杨阿三等人身手麻利,迅速上前,一把夺过柳叶手中的篮子,狠狠扔向一旁,紧接着便紧紧扭住了她的胳膊。

"你们是什么人啊?我不认识你们,放开我。"柳叶高声呼喊。面对这么几个魁梧大汉,她深知自己无法逃脱,于是选择大声呼救,希望能引起路人的注意。

然而,柳叶还是太过天真。阙根方迅速从腰里拔出手枪指着众人:"不想死的都别动,谁活腻歪了,老子送他一程。"在场的众人被吓得后退三步,无人敢发一言。

经过一番粗鲁的拖拽,柳叶被强制带离商店,随后被塞进一辆停在路边的黑色轿车。车子启动后,柳叶眼睛被蒙上了黑布,加上车子两边拉着黑色的布帘,她无法看到外面的环境。经过一阵颠簸,柳叶被带至一座陌生的院子里。

她被拖进了一间昏暗的地下室,四周墙面光秃秃的,没有一扇窗户。

这里显然是用来审讯犯人的场所。一个被打得满头满脸是血的人正无力地耷拉着脑袋，被残忍地悬在横梁上。此外，还有熊熊燃烧的火炉，上面架着赤红的烙铁……目睹这些，柳叶的心脏剧烈地跳动着。

在山本和杨阿三的陪同下，绫子走进审讯间。绫子绕柳叶走过一圈，先是翻看了一下柳叶的手掌，接着用手捏了捏柳叶的大腿和胳膊，最后朝杨阿三使了个眼色。

"潘西(姑娘)，把你知道的都撂了吧，免得受大刑之苦。"杨阿三手捏柳叶的下巴，瞪眼吼道。

"我没什么可说的，你们凭什么抓我？"柳叶毫不示弱。

"他妈的！"阙根方骂过一句后，抬手就要打人。绫子一把挡开阙根方，走到柳叶面前，低声说道："你是女人，我也是女人，女人最懂女人。你个人的情况我一概不问，只问两个问题，如实回答后我可以立马放你走。"

"你真的可以放我走？"

山本接话："她是我们的上司，你的尽管放心。"

"那就问吧！"

绫子脸上浮现难得的笑意，语气平和地说道："如此甚好！那么，第一个问题，你与那房屋的主人究竟是何关系？"

"我叫刘花，我表姐叫曹敏，她先生叫陈金生。"柳叶答得干脆利落，无一丝犹豫。

绫子讥笑了一声，望着柳叶，说话的调门高了起来："哦？从房屋租赁合同上，我们的确瞧见了这三个名字。只是，你自己的名字是真是假，我暂且还无法断定。但你表姐与表姐夫的名字，呵呵，都是假的。昨日下午我们便已查得清清楚楚，他们所登记的浙江宁波岳港镇，根本不存在曹敏与陈金生这两个人。"

"这……这不可能！"柳叶脸色骤变，声音都有些颤抖，"我自幼便唤她曹敏姐姐的！"

绫子挥了挥手，制止柳叶继续说话："第一个问题，你说了假话。第二个问题,我希望你说实话。"

"再不说实话,就杀了你!"阙根方恶狠狠地说道。

绫子瞪了阙根方一眼,阙根方急忙后退半步。

"第二个问题,房屋登记本上只有你'刘花'一个人,但你每天除购买当日报纸外,还到菜场买菜。据我们观察,你所购之物,绝非一人所能消耗。与你同住的定然还有他人,且此人对时局极为关注。此人究竟姓甚名谁?"

柳叶听后一阵哈哈大笑:"这位姐姐,你说笑了。男人会金屋藏娇,女的能藏个什么'娇'?每天买报纸我自己看,买的东西也是我自己吃,哪里会有第二个人?不信你们可以去看看!"

绫子冷冷一笑:"看来你第二个问题又说了假话。你的房屋我昨天就派人进去了,屋内虽然打扫得很干净,但院内小菜园里有不少男人的脚印。还有,你这干粗活的丫头,能识字读报纸?要不,我找一张报纸来你读读!"

柳叶一时语塞,说不出话来。

"还有,你很爱这个男人,你有时在菜场里既买白面馒头,也买杂粮馒头。我没说错的话,杂粮是你自己吃的,白面是留给那个男人的。"

柳叶满脸惊愕,难以置信地望着绫子。

"前面很长一段时间,我们没有注意到你,这是我们的失职。最近几天,我们跟踪的人发现你和隔壁邻居家的女人在菜场秘密碰头。我现在终于搞明白了,我们过去重点监控的你们的邻居并不是重点,而你们家才是!说得更确切点,隐居在你家的那个男的才是重点!"

刹那间,柳叶像是被注入了一股力量,抬起头,咬着嘴唇说:"说,你想知道什么吧?"

"那个男人是谁?他现在在哪?"话音一落,绫子从腰间拔出匕首,扔在了柳叶脚下。

"他答应要给我买条大船,我说出来,我这辈子就开不上大船了!"

柳叶的话说得绫子、山本等人一脸懵懂。

"什么大船?"绫子问。

"这是我和我男人之间的事,不能告诉你。"

柳叶话音未落,绫子捡起地上的匕首,猛然扎进了她的大腿。柳叶随即发出一声撕心裂肺的号叫。

"不说清那个男人的情况,我让你生不如死,浑身上下不会有一块囫囵肉!"说完话,绫子拔出匕首,在鞋底上抹了抹,随即对山本说,"冷的热的所有的礼物,让她尝一遍!"

随后的一天一夜,柳叶由一个健硕丰满的女人变成了面目全非的一摊血肉。

第三天凌晨,绫子来到审讯室。她从山本手中夺过皮鞭,撩开柳叶血淋淋的头发,大声说道:"女人最可怜女人,我再给你一次机会!"

柳叶使劲想睁开双眼,左眼最后只能打开一条缝。

"说出那个男人去了哪里,我就放了你!"

"他,他,给我买大,大船,说了,他就不买了。"

"我给你买比他大两倍的机动船!"

"你,你的,再大,我也不要。"说罢,柳叶紧闭双眸,再无言语。

愤怒的绫子从腰间拔出手枪,将枪口对准柳叶胸膛,扣动扳机,直到再也射不出子弹为止……

第 47 章 武汉

金先生一行才离开南京数日后,国民党政府决定迁都重庆并在武汉临时办公。

与金先生一起第一批出来的临时政府人员,多达四五十人。他们在武汉下了船,一行人安顿下来,准备看看形势再作下一步打算。在接下来的数日里,众人各自寻觅安身之处。四五天后,局势日趋紧张,从南京过来的人越来越多,武汉变得异常拥挤,大小旅馆都满满当当。不少人实在找不到地方,只能在江边码头或火车站寻找临时栖身之地。

金先生手持报纸,面对不断恶化的局势,神色凝重。放下报纸,他与安山根、崔立骏在屋内低声商议。

"日军眼下正从上海向西推进,南京城破恐在旦夕之间。国民党政府已经开始向重庆方向撤退。我们要赶快决定去向,迟则生变,断不能在此久留。"安山根说出了自己的想法。

金先生忧心忡忡:"话虽如此,但须从长计议啊,眼下从南京方向驶来的船只皆前往重庆,恐怕这会儿重庆也是一团乱局,我们暂时不能去凑这个热闹。"

"那依先生之见,我们该当如何?"崔立骏急切地追问道。

"按原来陈先生分析的那样,先去长沙,然后根据后面的形势再作决断。"

次日清晨,崔立骏早早便起床联系船只事宜。然而找了两日,也只租得三艘勉强可用的小船。因前往重庆的人和货物实在太多,船资也水涨船高,船老大们都愿意跑那条热门航线而不愿前往长沙。崔立骏费尽口舌并许以高额船资后，三艘船的船主才勉强答应，出发时间定在两天后。

在等待的日子里，金先生每天伫立窗前，望着街道上摩肩接踵的人群，回想起这些年来，自己为开展独立运动来回奔波、四处周旋的艰辛岁月，凌云之心不禁生出缕缕愁绪。日寇铁蹄下，国已不国，家已非家，山河破碎、烽火连天，何日才能光复大韩，何时才能重归故土？几天来，半生颠沛流离的他脑海里不停地回忆着自己为实现国家光复，三十多年栉风沐雨的经历，回忆着漂泊岁月中啮雪吞毡的艰辛，心中有无尽酸楚，有无尽唏嘘。但是他知道，维系韩国临时政府的运行是他不能回避的责任，自己再无退路。

"精卫能把海填上，女娲能把天补上，我们也一定能光复大韩民国，重返故土！"

金先生抬起了头，看见了远处屹立的黄鹤楼。"昔人已乘黄鹤去，此地空余黄鹤楼。"金先生在书中读到过这精妙的诗句，也曾心生向往，如今黄鹤楼就在眼前，怎能不唤起他内心的敬仰之情？更何况还有李白"故人西辞黄鹤楼，烟花三月下扬州"的千古绝唱。

重压之下难有释怀之时，登临黄鹤楼无疑成了一个不错的选择。

隔天，当众人在小旅馆整理行装焦急等待之时，按照安山根的要求，崔立骏带金先生登黄鹤楼，两人都装扮成了当地居民的模样。出门之前，崔立骏问林熙媛他们像不像当地人，林熙媛细细打量了一番，轻声笑道："你们这身打扮倒是挺像的，只是一开口恐怕就会露馅。"

武汉话比南京话还要晦涩，方言中夹杂着很多非官话用词，让金先生和崔立骏都感到有些束手无策。然而，崔立骏并未因此气馁。经过一番深思熟虑，他终于想到一条妙计。入住的几天时间里，崔立骏知道旅馆老板家有个十四五岁的儿子，还在学堂里读书。平时看不到人，刚好今天恰逢休息日，他便与旅馆老板商量，希望让他儿子陪同金先生游览黄鹤楼，并愿意支付费用。旅馆老板爽快答应并建议他们午后去，说傍晚长江上的落日别有一番风味。

旅馆老板儿子叫杨义。一路上崔立骏和他聊天，问他是否知道崔颢、李白,有没有读过他们的诗。小伙子生长于市井之中,颇擅言谈,骄傲地说学堂先生已经教过他们,身为武汉人怎么能不读《登黄鹤楼》?另外,先生还让他背诵《岳阳楼记》。杨义一口一个"先生",让崔立骏觉得颇为有趣,故意问道:"先生还说什么了?"杨义并未察觉崔立骏的揶揄,一本正经地说道:"先生告诉我们,天下兴亡,匹夫有责。每个中国人都应该行动起来,团结一致,把日贼倭寇赶出中国。"

"哦,那你说说,你小小年纪能做什么呢?"

"唉,我现在能做的也就是上街贴标语,有时候被发现还得挨老特(父亲)一顿打。等我长大了,我就扛枪上战场。"小杨义慷慨激昂地说道。

崔立骏心中不禁感慨,孩子年纪不大,志气却不小,是块材料。于是崔立骏鼓励道:"少年强则国强,少年独立则国独立。国之有你等,是国之幸。你一定要记住自己的誓言。"听到崔立骏的肯定,杨义眼睛睁得大了一圈,郑重地对他点了点头。

黄鹤楼与他们所处之地,虽有着一定的路程,但所幸有杨义引领,走的是近道。一个多钟头后,三人便顺利抵达目的地。

今日天气格外晴朗,一路跋涉而来,每个人都已是汗流浃背。小伙子率先把外套脱了下来,转头看到崔立骏两个人还戴着帽子,急忙说:"你们把帽子拿下来吧,也凉快凉快。"

崔立骏看了金先生一眼,对杨义说:"见风容易受凉,还是戴着好。"杨义闻言,也不再纠结,带着他们去登黄鹤楼。崔立骏年富力强,尚能承受,金先生五十多岁,已经有点力不从心,落在了后面。崔立骏让小伙子自行前行,自己则陪着金先生慢慢爬。

始建于三国时期的黄鹤楼,远远望去宛如黄鹤展翅欲飞。身处黄鹤楼之巅,金先生和崔立骏极目远眺,只见蛇山之上,层林尽染,高低起伏,错落有致。长江之上,雾气氤氲,船只往来如织。

金先生对着崔立骏感慨道:"倘若世间无战事,百姓就这样忙忙碌碌过着平静的生活该多好。可恶啊,日寇发动战争,使得生灵涂炭。"

崔立骏亦附和道:"听闻日本人占领上海后,烧杀抢掠,人道尽失。可见在弱国,人民之尊严如同草芥。战争,所较者,无非是谁家兵器更利,谁家拳头更硬。"听闻此言,金先生陷入沉思:"欲将日寇彻底逐出韩国,实现我辈复国之梦,终究还是要依靠自家之铁血军队!"

随着天色渐暗,三人才恋恋不舍地下楼。杨义提议大家到汉正街去逛逛。汉正街离此处不太远,算得上武汉"蛮扎实"的景点。崔立骏与金先生相视一笑,觉得此提议甚好,便欣然同意了,想着顺便找个地道餐馆品尝下武汉三镇的美食。看到自己的提议得到两个大人的响应,杨义立马欢呼雀跃起来。

三人绝对不会想到,他们欣赏美景之际,有几个"鼻子"正暗暗嗅探着他们的行踪。

汉正街上,呈现出一片未受战火袭扰的烟火气。尽管夜幕降临,但街道两旁灯火通明,繁华喧嚣,街头巷尾商铺成群,人头攒动,玩杂耍的,沿街叫卖糖葫芦、汤圆、豆皮等小吃的络绎不绝。

路两边的饭馆门前都有一个伙计在招揽生意,一声声"热干面""三鲜豆皮""汤包"的吆喝声此起彼伏。崔立骏好奇地问杨义,这条街上最好吃的美食是何物,杨义毫不犹豫地推荐了当地的特色美食热干面。于是他们一同走进了"蔡林记热干面"。此店面积不大,但看起来清爽干净,店内食客络绎不绝。杨义眼尖,发现了一张空桌子,便迅速地走过去占位。就在这时,一个身材魁梧的汉子突然从金先生和崔立骏身后闪过,抢先一步坐到了那张桌子旁。

杨义没有想到会有人抢先一步,便和对方商量:"这位置是我先发现的,你去别的地方坐吧!"

说话间,又有两人走到饭桌旁。崔立骏瞥了一眼三人,个个头戴礼帽,目露凶光,显然并非良善之辈。他轻拉了一下杨义,道:"不急,很快就会空出位子的。"

小伙子还有点忿忿不平,一边走一边嘟囔:"明明是我先发现的,凭什么他们要抢走?"崔立骏耐心细致地开导杨义:"吃面吃的是味,味道只有静心之时才能品尝出来。别因一碗面伤了和气，丢了面味，咱们到柜台那里等等空桌！"杨义听后觉得有道理，便不再抱怨。

殊不知，崔立骏为他们避免了一场风险。

崔立骏三人转身离开饭桌时，对方三人中一个身体壮硕的汉子扫了一眼金先生，然后不经意地勾起右手做了一个手势——那是一个极其轻微的动作，常人难以察觉，然而，在这一刹那间，崔立骏的第六感敏锐地发出警告：大事不好。

第48章 武汉·长沙

崔立骏的担忧并非空穴来风。

在南京捕杀柳叶后,绫子虽然没有从柳叶口中得到有价值的信息,但有一点是确定的,那就是知道这群韩国人已经离开南京,目的地最大的可能就是长江中上游的武汉或者重庆。绫子决定将计就计,立即命令"猎虎队"所有成员放弃东线围猎,前往西线城市追捕。

于是,武汉城内蛰伏隐匿的日本间谍,在接到"猎虎队"指令后,如同惊蛰后的虫豸纷纷出动。一张危险的大网,正悄无声息却又来势汹汹地朝着金先生铺天盖地扑来。然而,他们万万没有想到,目标竟然近在咫尺。就在那熙熙攘攘的面店之中,金先生、崔立骏与大个子碰了个正着。大个子,正是日方派出的便衣侦缉,他领着两个被收买的中国人,四处游逛,打探消息。而就在那一瞥之间,受过严格特工训练的大个子仅凭个头和眼睛,就认出了金先生。

"是他,绝对不能让他溜掉!"大个子对两个手下悄悄吩咐道。但他知道,现在的武汉依旧是中国人的地盘,加上面店食客众多,此刻动手无疑是冒险之举,一旦失手,不仅前功尽弃,还可能赔上性命。大个子和手下一阵耳语,决定把住面店的主门,等金先生三人出门后继续跟踪,选定合适之机动手。

然而,他们却忽略了一个关键人物。

从大个子起身的那一刻起,崔立骏的注意力便始终集中在他的身上。崔立骏看似悄无声息,但实则暗自掌控着一切。

崔立骏不动声色地来到面店的柜台旁,向老板陈述心愿,欲等待一张空桌,静享武汉热干面的风味,细品其与北京炸酱面、山西刀削面及上蔡粉浆面的微妙差异。老板见此人是行家,对面条如此了解,于是盛给他们三碗面汤,请他们边喝边等。

崔立骏和老板谈论面道之时,朝金先生使了个眼神。金先生心领神会,双手放在腰带上,一声不吭地朝饭店后面走去。大个子瞧见金先生的举动,见他模样像是去洗手间,心中稍作衡量,便没有命令手下跟踪。

"棋有棋道,茶有茶道,面也有面道!"崔立骏说完,老板望着崔立骏问道:"吃面,还有道?"崔立骏和老板又交流了一阵,待一群新来的食客围在老板附近之时,崔立骏以迅雷不及掩耳之势拉着杨义就朝面店后面走去。大个子反应过来,迅速带着两名手下朝后门追去。卫生间的大门从里面反锁着。三人拍门,里面传来女人的声音:"板马日的,老娘等了半天刚等到位子,急什么急!"大个子一脚踹开厕所门,果然看到一名老妪蹲在便池上。逃跑之人走的不是厕所,一定是后厨。大个子带人转头就向挂着布帘的后厨跑去。

一个手拎菜刀的厨子立刻拦着:"哎,搞么事,这是后厨,外人不能进!"

大个子从怀里掏出手枪,摇晃着骂道:"他妈的,老子是警察。人呢?"

"人,人早就跑,跑了!"厨子慌慌张张地回答。

在后厨间搜索一番无果后,大个子一把抓住赶过来的饭店老板的衣领:"刚才那人和你聊了些什么?"

"说,说什么棋有棋道,茶有茶道,面也有面道!"老板回答。

"还说了什么?"

"还说,说什么端的是碗,吃的是味,品的是道!"

"还说什么了?"

"还说,一方水土一方人,一座城市一碗面……"

原来,甫一踏入店门,崔立骏便探访了面店的后场。他瞥见后厨外面是一条幽深的巷子,便悄悄告诉了金先生。崔立骏每到一处陌生之地,总不忘先观察退路,以备不时之需。这习惯,正是在军校时,由顾广奇调教出来的。金先生虽表面看似急匆匆地走向面馆深处,双手还扶在腰间,仿佛内急难耐,然而他实则并未踏足厕所半步,而是径直去了后场。初时,一名厨子上前阻拦,却见金先生随手掏出半包哈德门香烟,那厨子的双眼顿时为之一亮,欣喜之情溢于言表。金先生顺势许诺,言明稍后还有两人同行。厨子则笑答,只要有洋烟在手,再来两人也无妨。

"快追!"三名日本特务搞清楚情况后,气急败坏地冲出后场,面对的是一条狭长的巷子。三人疾行数十米,终于来到了汉正街背后的另一处繁华地段。此时,华灯初上,街道两旁摆满了密密麻麻的地摊。眼见到嘴的"鸭子"要飞,其中一个特务再也耐不住性子,从腰中拔出王八盒子,对着天空就要放枪,大个子眼疾手快,一把按住了他握枪的右手:"八嘎,在这里开枪,不要命了?"

经此一事,金先生的行踪已经暴露,武汉怕是再难藏身。次日清晨,崔立骏便匆匆前往柜台退房,还故意向老板透露他们即将启程前往重庆的消息。

在崔立骏等人离开后的当天上午,杨义与一个同学一起走在上学的路上,两人叽叽喳喳嘀咕着什么,突然一个人上前抓住了他的胳膊。

"你抓我搞么事,我不认识你!"杨义强作镇定,试图挣脱抓自己的那只手。

"小子,好好看看,你到底认不认识我?"大个子用手指着自己的脸让杨义看,"昨天在汉正街面店里,想起来没有?"

"想,想起来了,昨天的位置不是都让给你了吗,还来找我搞么事?"杨义回忆起昨晚的相遇,知道这帮人肯定不安好心,心里嘀咕着怎么回答。

"我问你,当时跟你一起的那两个人是干什么的?"

"晓不得。"杨义努力挣脱大个子的手,"他们住在我家客栈,昨天给钱让我带他们去看黄鹤楼。"

"那他们这会儿在哪里?"

"啊,我想起来了,早上听到他们说身体不舒服,嫌我家的客栈吵,要换一个地方。"杨义看着这个凶神恶煞的大个子,眼珠子骨碌碌一转说道。

"他们亲口和你说的要换客栈?"大个子瞪着杨义问。

"我出门时亲眼看见,他们在我家客栈门前不远的报摊买了一张《汉口快报》,低头在报缝里找客栈,然后就要了一辆黄包车,上车走了。"

"说的都是真话?"

"学堂的先生说了,真话不一定好听,但谎言的腿一定很短。先生还说,真话……"

见遇到一个傻里傻气的"绕眼子",问不出什么东西,三人愤愤而去。其实,杨义出门上学时,看到的是金先生和崔立骏租了一辆黄包车,匆匆赶往的并非客栈,而是长江码头……

长沙,离武汉距离不算近。

坐在船舱内的金先生望着面带菜色的诸位同胞,心中充满惆怅,然而,他深知自己肩负着众人的希望,不能流露出一丝一毫的倦怠与沮丧。于是一连几个钟头,他都笔挺地坐在铺位上,既不躺下休息,也不倚靠床沿。待大家都睡着后,他披衣独自走出船舱。

站在船头,金先生俯瞰船侧碧波荡漾的江水,不禁想起中国圣人的一句话"逝者如斯夫"。时光荏苒,世事冷酷,短短三年多时间,从镇江到南京,又到江城武汉,现在被迫再次迁徙前往湖南长沙,个中辛酸,谁人能知,谁能忍受?念及这些,金先生心里不禁感慨万千。

"长沙是什么样子的呢?在长沙,我和我的同仁能有安身之地吗?"金先生不禁叹息道。

经过两天两夜的漫长航行,客船抵达长沙。

一下船,金先生便紧锣密鼓地着手布置各项事宜。而崔立骏也马不停蹄地忙碌起来,四处奔波,经过大半天的努力,将众人妥善地安置在当地几家还算干净的旅社之中。

众人的落脚问题解决后,金先生立即想到,必须尽快与湖南省政府取得联系。金先生唤来崔立骏,将陈部长的亲笔信交给了他,派他前去联系。崔立骏接过信件,不敢有丝毫怠慢,立刻出发前往打听湖南省政府的位置。经过一番周折,信终于到达了张主席手中。

张主席打开一看,惊讶不已,竟是陈部长的亲笔信。他随即询问秘书宋焕然:"送信的人在哪里?快去把人叫过来。"崔立骏被带至张主席面前,并向其陈述此次拜访的目的。由于有陈部长的介绍信,张主席对此事高度重视,随即指令宋焕然全权负责韩国临时政府在湘安置和办公的所有事宜。

很快,金先生等人的住处便有了着落。长沙永清巷进去二三百米,在潮宗街上有一栋公馆风格的建筑,围墙很高,墙上开设一道门,入口虽低调,但内里却颇有乾坤。该建筑为连体结构,分东西两部分,皆为木质结构。进门是天井过道,西侧是一个二层的小楼,东侧是主体建筑,比西侧的高大宏伟,两部分加起来总体面积大概四五百平方米。外面的大门上,挂着一个木质牌匾——楠木厅六号。

安山根、崔立骏伴着金先生踏入了那座宅院。一番巡视下来,金先生的眼底难掩惊愕之色。他原本想,能在长沙觅得一处与南京相仿的幽静院落,便已心满意足。然而眼前这座宅子的气象,却远超出了他的预想。其宽敞之程度,莫说容纳数人居住,即便是作为临时政府的办公场所,亦是绰绰有余。只是,与昔日所居相比,此处高墙环绕,让人难免生出几分隐忧。若遇紧急情况,逃生岂非成了难题?金先生眉头紧锁,显然对此颇为忧虑。

可安山根这次却比较淡定,他悄悄地附耳对金先生说:"先生不用担心,我和立骏已经看过,这里的二层楼不算很高,且开有后窗,万一遇到紧急情况,用绳子从后窗悬下,就可以钻进巷子撤走。"金先生仔细观察了一下,发现小楼窗下果真是条连通大街的小巷,且与楠木厅六号大门互不相通,这才放下心来。

长沙,是湖南省省会,市面上物品丰富,令崔立骏和众韩侨欣喜的是,此地的物价低廉。无论是租赁房屋还是日常用度,较之南京都能省下不少银钱。在张主席、宋秘书等人的关照下,所有抵达长沙的韩国临时政府人员都得到了妥善安置,生活和工作又步入了正常轨道。

经宋秘书协调,金先生拜访了张主席。张主席询问金先生未来有何打算,金先生表示,韩国临时政府抗击日本的决心不会变,无论多么困难,也要把临时政府维持下去。张主席说完一通安慰关切的话后,代表湖南省政府表态,中韩两国面对共同敌人,他们不但要从道义上支持,更要从生活和工作上提供必要的条件。会谈结束后,张主席亲自将金先生送至办公室门外,紧握着他的手说道:"若有什么需要帮助的,尽管来找我,不必拘泥于繁文缛节。"

首批抵达长沙的人员安置妥当后,崔立骏每天都给金先生买来各种报纸。

通过分析研判,金先生认为日本军队向南京推进的步伐已经阻挡不住,便通过各种方式催促滞留南京的韩侨尽快南下。很快,长沙迎来了一批又一批韩侨。在宋秘书和崔立骏两人的运作下,这些韩侨不但找到了住所,还找到了适合自己的工作。长年居无定所、漂泊不定的韩侨,长沙成为他们温暖的新家。

> 衰鬓千茎雪,
> 他乡一树花。
> 今朝与君醉,
> 忘却在长沙。

楠木厅六号宽敞明亮,金先生将一个较大的房间留出来作为会议室,又东拼西凑了一些桌椅,看起来临时政府算是有模有样了。

此次抵达长沙的韩侨分属不同的阵营,主要包括韩国国民党、韩国独立党和朝鲜革命党三个党派。三个党派如同三条河流,各自奔涌,却未曾汇聚。韩国在华人员稀少,使得党派之争愈发激烈。多年来,金先生深受其累,心中的苦楚难以言表。在前往长沙的路上,金先生的心中已然酝酿出一个宏大的计划——三党合并。他琢磨着如何将各方英豪齐聚一堂,共商民族光复大业。他的心中充满期待,也充满忐忑。

诚至金开。经过半个多月的积极沟通与周密筹备,事情终于有了眉目,各党派核心代表皆答应在楠木厅六号聚会。

三党聚会共商国是，尚属首次，意义非同小可。为确保会议的顺利进行，金先生指示安山根、崔立骏负责会议的筹备和安保工作。接受任务后，两人组织会务人员精心商讨会场布置方案和安保措施，将院落清扫得一尘不染，室内桌椅摆放整齐，茶水等各项准备工作亦已就绪。

九点钟，陆续有人抵达会场。

参会人员除金先生外，有朝鲜革命党、韩国独立党和韩国国民党的十几个代表。金先生与众人握手寒暄后，一起坐了下来。

金先生开宗明义，首先强调当前所面临的严峻局势——日本人举重兵从上海向南京步步推进，中国军队则节节败退。此情此景，令人不禁想起那句古话：覆巢之下，焉有完卵？韩国临时政府如今亦如飘零的落叶，四分五裂，面临重重难关，仅凭一口气勉强维持着现有的局面。金先生深情呼吁大家应当紧密团结起来，整合各党派力量，形成统一阵线，坚持"共同抗日"这一原则，像当下的中国一样，结成抗日民族统一战线，为共同的民族独立大业而浴血斗争。此言一出，众人无不动容，掌声如潮水般响起，表达对金先生肺腑之言的由衷赞同。

金先生意味深长地说，临时政府不能一味地逃亡和藏匿，适当的时候也要发出自己的声音，与中国人民一起坚持抗日，像我们在虹口公园的义举一样，鼓励中国人民坚定战胜强敌的信心。同时，也要把临时政府的声音传递回国，让国内广大民众知道临时政府的存在，激荡他们不屈不挠誓死抗日的意志。

参会的玄先生、柳先生对日本人怀着刻骨的仇恨，对金先生的话非常认同，但玄先生说："抗日的决心我们都有，如果有什么行动我们可以一起参加，但要说党派合并，可能也不是一时半会儿就能够确定的，毕竟组织内还有不少人。我们要听取大多数人的意见。"

"我同意党派合并，但这也不是我一个人可以决定的。我回去之后传达一下会议的内容，统一一下意见。"柳先生也说。

"三党合并事关重大，涉及多方，绝非一日之功，大家能坐在一起彼此磋商，已是良好开端，我们从长计议。"对两人的观点，金先生表示理解。

大家边喝茶边聊天,磋商气氛热烈。突然,传来阵阵敲门声。守候在会议室外的崔立骏立即起身,一只手压在枪套上,另一只手去开门。

大门打开一条缝,一个浑身邋遢的年轻人出现在崔立骏眼前。

"你找谁?"崔立骏拦住此人,警惕地问道。

"我找的就是你们啊!"

崔立骏依旧小心询问:"你是谁?"

年轻人情绪激动,泪水不禁滑落两颊:"崔大哥,你不认识我了吗?我是李云涵啊,在南京我参加过你组织的纪念'三一运动'的活动。日军打南京,大家都拼命往外逃,我跟着逃到了武汉。在武汉混了一段时间,碰到几个侨胞,说你们到长沙来了,我也就跑来了。"

崔立骏望着李云涵那疲惫而憔悴的面容,心中充满同情。

抹着眼泪,李云涵颇为激动:"我本来还有一点钱,可是在汉口码头我倒头睡了一会儿,钱被偷了。还好事先买了一张船票,不然我都不知什么时候才能到这里。"

崔立骏虽然救过李云涵的命,但和他仅是一面之缘。他知道自己不能仅凭一时的同情就贸然行事,于是掏出十元钱递给李云涵,说道:"你先去吃点东西,然后找个地方安置下来,过几天我们再详谈。"

送走李云涵后,崔立骏松了一口气。二楼的会议也结束了。

等所有客人走后,金先生问起刚才谁来过,崔立骏如实向他汇报了情况。金先生听后并未多说什么,只是轻声叹息道:"既然是同胞,一路风尘仆仆地赶来,我们本该让他进来喝口水、歇歇脚的。"

崔立骏说:"金先生,我们切忌妇人之仁。一来我们这里不是收容所,不是所有的人来了我们都要接待,身份确定等流程还是要做的;二来您的安全是第一位的,他只说认识我,我却不熟悉他,还是小心为上。"

看金先生脸色显出失落,崔立骏安慰道:"不过,您放心好了,我已经给他十元钱,让他出去吃饭和找住的地方,不会饿着冻着的。"

金先生脸上这才露出笑容。

第49章 长沙

尽管日本侵略者的炮声,在千里之外如闷雷般隆隆作响,长沙的百姓们却似乎尚未感受到那股即将席卷而来的风暴,依旧安然地享受着和平的平淡与温馨。中国人如此,那些漂泊至此的韩侨亦然。长时间的颠沛流离让他们苦不堪言,如今来到长沙如此富饶之地,静谧的生活、丰富的物资供应使得他们紧绷的心弦渐渐放松,心情也随之愉悦起来。

这日,金先生叫来安山根、崔立骏,讨论他最近萌发的几个想法。他对安山根说道:"现在中日已经全面开战,我想我们的活动也应该从地下转入地上了。"

"先生,您有什么具体想法?"安山根问道。

"首先,中国正在上下同心一致抗日,我们必须有所作为,号召所有韩国人支持中国人民的抗日行动。我将以临时政府的名义致电中国政府表达共同抗敌之决心。"

"先生,我们终于盼到这一天了。如果这样,临时政府与中国政府的关系将从'协同'抗日变成'共同'抗日。憋屈这么多年,我们终于可以正大光明上战场,报仇雪恨了。"安山根激动之情溢于言表。

金先生看着一旁的崔立骏,接着说道:"第二件事,临时政府已经决定公开,我也应该走到台前了。之前是为了不给支援我们的中国政府添麻烦,但是现在应该是我在阳光下高举抗日大旗,带领韩国同胞们上战场的时候了。"

崔立骏听闻,并未立刻表态。毕竟安山根是队长,安山根尚未发言,他自然不该贸然开口。

"立骏,这事你怎么看?"安山根扭头问崔立骏。

"先生,这么多年,日本人从来没有放松对您的追踪。您是知道的,他们为侵略中国,数十年来一直在布局,他们的特务遍布中国的每个城市。长沙不是万全之地,我建议最好还是慎重一些。"崔立骏力劝金先生。

金先生没有说话,而是站起身来,背对崔立骏,缓缓诵诗一首:"度岭方辞国,停轺一望家。魂随南翥鸟,泪尽北枝花。山雨初含霁,江云欲变霞。但令归有日,不敢恨长沙。"

这首诗崔立骏是知道的,唐代宋之问的《度大庾岭》,诗中充满离愁别绪和一腔抱负。他知道金先生在以诗明志。

待金先生转过身来望向崔立骏时,崔立骏发现金先生的目光已经变得异常坚定:"立骏,我理解你的担心。现在日本人猖狂之至,妄称三个月内征服中国。此时此刻,若是不能弃小我,存大义,与中国人民站在一起,我就不配坐在这个位置上,更是对不起那些为保护我而牺牲的人们。"

话到此处崔立骏不禁动容:"先生,是立骏格局太小。我一定会按照安队长的交代加强保卫,确保先生的安全。但是您的安危关系到抗日大局,也请先生一定要听从安队长的安排。"

金先生、安山根听了崔立骏的话不禁笑了起来。金先生看了一眼崔立骏,说道:"好的,一切都听山根和你的。"

两天后的一个午后,崔立骏正欲出门采买,忽见大门旁蹲着的一人慌忙站起,手忙脚乱地整理着衣衫。崔立骏定睛一看,原是几日前来寻他的李云涵。崔立骏心下一动,觉得事有蹊跷,便将他带至一处幽静僻远之地,意欲探知其近期状况。

"安顿下来了吗?"崔立骏关切地问李云涵。李云涵告诉他,自己已在一户人家租了一个小房间,这两天正试图寻找一份工作维持生计。这点倒让崔立骏刮目相看,他觉得这个年轻人颇为务实,不禁对他产生了好感,忙问他是否找到了合适的活儿。

李云涵老实回道:"刚来此地,人生地不熟,先去了货仓码头,看看有没有招人的。正巧碰到一个船家在卸货,我就主动去帮忙,卸完货后,老板给了我五角钱，够吃饭了。"

"做得好。"崔立骏赞赏道，"靠人不如靠己，凭自个本事吃饭最牢靠。"他之所以这样说，主要是因为个别韩国侨胞的行为实在令人失望。自从金先生从中国政府那里获得资助后，部分家庭困苦的侨胞每月都领到了生活补助金。然而，这一举措也在侨胞们中间引发了极大的矛盾。那些未获得补助的侨胞抱怨不断，无奈之下，金先生最后决定给他们每家补助五元，事情才算平息下来。

李云涵不靠救济靠双手，这让崔立骏甚为感动，便鼓励他好好干，并说倘若遇到问题，可以随时来找他。对热情的崔立骏，憨厚的李云涵连声表达感谢。

日子如细沙从指缝间悄然滑落，长沙城内依旧风平浪静，而千里之外的南京却正经受着巨大的苦难。这日，崔立骏自外归来，手中紧握着数份报纸，报纸所报道的内容不啻声声惊雷。12月13日起六周内，日本军队对南京实施了惨绝人寰的大屠杀，如豺如狼，烧杀奸掠，无恶不作。三十万中国人死于日本人的屠刀，其中包括无数孩童和孕妇……

猛然一声巨响，崔立骏一拳砸在桌子上。只见他情绪激动，紧握拳头，牙齿紧咬，额头上青筋毕露，一副要吃人的模样。

"这帮畜生，恨不得千刀万剐了他们。"崔立骏看到如此之多的同胞被残害，巴不得立马挺身而出，与他们正面交锋。

金先生在读完报纸后，亦是满腔怒火，难以平息。他想象着那些受害者的痛苦与绝望，再想到国内无数被奴役、被残害的同胞，心中的悲痛与愤怒如潮水般汹涌澎湃。然而，他深知愤怒无法解决问题，只有将对日本侵略者的仇恨转化为坚定的行动，为民族独立与解放而奋斗到底。

看到崔立骏怒不可遏的样子，他平复心情，静静地说道："仅凭愤怒无法解决问题，我们需将对日本侵略者的仇恨铭记在心。目前敌我实力悬殊，硬碰硬不是办法，那样无异以卵击石。等待时机，相信有一天，我们定能报仇雪恨！"

金先生的话，让血脉偾张的崔立骏慢慢地冷静下来。

"炸我儿子，杀我同胞，我崔立骏与日本人不共戴天！"

"杀我皇后，占我故土，我金凡与日本人不共戴天！"

1938年1月底，寒冬尚未散尽，一个人找到崔立骏，是宋秘书的朋友，希望能跟金先生做场访谈。崔立骏与宋秘书交往甚多，所以热情地接待了采访者。经过一个下午的畅谈，金先生深感英雄所见略同，晚饭时仍没停下，金先生就所了解的韩国的情况，发表了系统的见解。

崔立骏担心地问："若是发表出来，是否会对您产生不利影响？"

金先生淡然一笑道："何来不利影响之说？这上面既未提及我名，更未泄露我等藏身之处，且此报非本地发行，在长沙怕是难觅其踪。"言罢稍顿，他继续娓娓而谈："采访者文笔犀利而又精妙，能借报纸之力将我心声远播四方，这正合我意。我等不能长久隐于暗处，总需不时弄出些动静来，以示我在，亦显我力。"

崔立骏初时未能理解，但仔细一想，恍然大悟，也跟着笑了起来。金先生在刚才的谈话中详细介绍了韩国民众的抗日情况，并指出韩国应在"共同抗日"这个神圣原则下，不分党派，紧紧携起手来，为共同的目标而浴血斗争。

在这篇采访稿中，金先生还阐述了对中国抗战现状与未来发展前景的洞察，旗帜鲜明地表达出对中国抗战前途的必胜信心。他说，从七七卢沟桥事变以来，半年已过，日寇的凶暴残酷早已激起中国最广大民众的反抗意志，这也直接宣告日本三个月灭亡中国计划的破产。金先生坚定预判，日本越凶残，中国的抗战越坚决有力，同时胜利的把握也日益增强。最后，他希望并呼吁两个民族的战士联合起来，共同粉碎日本帝国主义者的侵略行径。

过了一段时日，金先生和崔立骏几乎将此事遗忘到了脑后。然而，命运的齿轮悄然转动，他们意外收到了一个大信封。崔立骏打开信封，惊讶地发现其中竟然有两份1938年2月5日的《新华日报》。上面全文刊载了一位不愿透露姓名的记者与金先生的谈话纪要，题目是《与大韩民国临时政府领袖金先生的谈话》。

"《新华日报》是中国共产党在武汉办的报纸,现在的影响很大!"崔立骏说。

"没有想到他们偏居西北一隅,竟能关心千里之外我们民族的抗战事业,如此胸怀和视野,了不得,了不得啊!"金先生感慨万千。

李云涵渐渐成了楠木厅六号的常客,频繁前来拜访崔立骏。每次踏足此地,他总会提及初至长沙时崔立骏慷慨解囊的那十元钱,感激之情溢于言表。慢慢地,连金先生也对李云涵的到来习以为常。

春意盎然,时光又悄然步入阳春三月。和风拂面,湘江两岸处处洋溢着暖洋洋的气氛。在家里猫了整个冬天的人们,纷纷迈出家门。

这日,崔立骏办完事后,顺道采购了些生活用品,拎着大包小包往家走去。忽地一抬头,瞥见路上茶肆二楼阳台上有个熟悉的身影正在向他招手。他定睛一看,竟是两位在镇江时结识的老友——文仓济和朴士昌。三人目光交汇,彼此都流露出惊喜之情。

三个人热情握手,然后紧紧拥抱。

寒暄间,崔立骏留意到一个细节,桌面上明显摆放着四小碟茶点和三个茶碗。

"之前有人?"崔立骏疑惑地问道。

"一个朋友临时有事,先走了。"文仓济解释后,立马喊小伙计换一副干净的碗筷。崔立骏并未多加思索,在镇江患难与共的真情使他放下了戒备。

崔立骏想不到的是,刚才坐在这个位置上的人是李云涵。

由于身处二楼,文仓济三人远远地看到了崔立骏。三人都与崔立骏相识,但尚不确定对方是否留意到了他们。李云涵立刻起身说道:"我先走,不能让他看到我们在一起。"

文仓济点头表示默许。

在镇江时,文仓济曾对初到镇江的金先生和崔立骏施以援手,交往密切,崔立骏对其整体印象颇佳。镇江一别,崔立骏再也没有见过他。此番在长沙偶遇,崔立骏也是颇感意外。

崔立骏忍不住好奇,对文仓济说:"没想到你也到了长沙。"

文仓济说:"日本人进攻中国的步伐太快了,上海被占后,镇江已是日寇的囊中之物,打听到在南京的你们都转移了,我们也趁机从镇江跑了出来。"

"原来如此。"崔立骏长叹一口气。

文仓济所言并非实话。

金先生和崔立骏离开镇江后,日本侦探如同嗅到血腥味的鲨鱼,紧紧地盯上了文仓济。上海陷落后,日本将其诱捕,关押在一处秘密的审讯室中。

审讯室里,文仓济真切感受到了日本人的狠辣。且不论那令人胆寒的酷刑,单看审讯室的陈设,已让他毛骨悚然。只见满满一桶水中浸着一根粗壮皮鞭,鞭身吸饱水分,显得湿润而饱满。文仓济光是想象这长鞭抽在自己肌肤上的场景,便觉不寒而栗,钻心的疼痛仿若已提前袭来。

"老实交代,你的那些同伙去哪里了!"

一个日本宪兵从铁桶里捞出皮鞭,重重地打了下去。仅这一下,文仓济已经皮开肉绽,钻心的疼痛让他几乎晕厥。他尚未及开口,第二鞭又落在了身上,接着是第三鞭、第四鞭……十几鞭之后,他已是遍体鳞伤,却仍紧咬牙关,不肯吐露半句。这时候,绫子悄无声息地出现在文仓济面前,只见她轻飘飘地将手里的一件物什晃了晃。文仓济只消一眼,便心如死灰。那是他女儿的衣服。

"别,别打了!我……我说……"

文仓济终于崩溃,痛哭流涕地哀求道。他深知,若不顺从,他与他的家人都将难逃一死。于是,他将自己所知的一切和盘托出,只求能换取家人的一线生机。

所幸的是,他所知的信息并不多,且韩国临时政府也早已离开镇江。

从此之后,文仓济答应充当绫子眼线,帮助追踪金先生,以换取妻女的自由。

文仓济和朴士昌联手,借助日本人控制了李云涵的母亲,迫使其为他们搜集情报。在"猎虎队"线报的指示下,三人一路尾随韩国临时政府来到了长沙。

李云涵的落魄与重生,都是他们精心策划的戏码,目的只有一个——通过崔立骏接近金先生,在他身边埋下一颗定时炸弹,待时机成熟,便将这场戏推向高潮,使韩国临时政府陷入群龙无首的绝境。

对此,崔立骏自然一无所知。

文仓济诉说着临时政府离开后,发生在自己身上的变故:"日本人来了,多年安安稳稳开的诊所没了;逃难的路上老婆和孩子走散了,家也没了,都是他们毁了我这一切!"说及动情之处,文仓济呈悲愤之状,甚至流下了眼泪。崔立骏劝慰道:"钱财都是身外之物,散去了将来可以再挣,您先安顿好,家人也一定能找到的。"

文仓济闻言,表面上感激不已,心中却暗自庆幸在崔立骏面前未露破绽。此后的日子,他处处留心,时时揣度,定期将所得信息传递给"猎虎队"。他深知此事非同小可,必须谨慎行事,因为金先生身边的保卫人员个个精明强干,而湖南省政府为保护韩国临时政府人员的安全,也在金先生等人的居所附近布下了重重暗哨。眼下,日本军队尚距长沙千里,不妨放长线钓大鱼,等时机成熟时来个小池塘撒大网———一网打尽。

在盘桓长沙的日子里,临时政府受到了中国政府的关照以及美、加韩侨的资助,可以算是衣食无忧。金先生意图利用这一时期的有利条件,推动促成韩国独立党、朝鲜革命党和韩国国民党三党合一,组成对日统一战线同盟,此举更有利于开展抗击日寇的活动。

然而三党对于联合统一之事各执己见,言人人殊。金先生四处奔走游说,希望能促成三党合作,最后商定于5月6日在楠木厅六号再召开一次大会。安全事项由安山根和崔立骏负责。

崔立骏即刻投身于会议安保计划的制定工作。

几乎同时，另一帮人也悄然启动紧锣密鼓的密谋。

一间不起眼的民房里，五个人围坐在一起，策划一场阴毒的行动。其中一位就是李云涵。五人中，有他熟悉的文仓济和朴士昌，还有两个陌生的面孔，并没有人向他介绍。

"何事如此紧急？"李云涵的眉宇间流露出几分疑惑。

"临时政府那边有大动作！"文仓济压低声音，急不可耐地说道。

李云涵的心中一阵茫然，他在码头干活已有些时日，其间远离了崔立骏的圈子，他有些跟不上这突如其来的节奏："什么大动作？"

"你要的机会来了。"文仓济告诉李云涵，"据可靠情报，5月6日他们要在楠木厅六号召开三党合一大会，我等须趁此机会，一举成事。"

"消息可靠吗？"李云涵问了一句。

"可靠！"坐在一旁一直没有说话的一个男人开口说话，声音却是女声。

这时，文仓济微微一顿，目光转向说话者："这位，便是绫子队长，这位是山本先生。"

听说两人是绫子和山本，李云涵和朴士昌急忙起身鞠躬。

绫子摘下挡住半边脸的礼帽，向朴士昌和李云涵微微颔首，先是对他们三人在秘密监视朝鲜流亡组织及逃至长沙的朝鲜"难民"方面的所作所为加以肯定。

"现在，请山本给你们布置任务！"绫子说完看了山本一眼。

山本轻轻啜了口茶，放下茶盏的刹那，眼神骤然变得凌厉，言语间流露出杀意："他们要召开所谓的三党合一大会，绫子队长认为这是一个很好的机会。他们不是喜欢搞暗杀吗？我们就以其人之道还治其人之身。"

山本从文件袋里掏出一沓钱和一把手枪放在桌面上，盯着李云涵道："我们计划这个任务主要由李君来执行，文君和朴君负责掩护。"说着将钱递给李云涵，"这几天，你暂停外出工作，这些是你们的活动经费。事情办成了，还有重赏。可要是搞砸了……"他顿了顿，眼神中闪过一丝阴鸷，

"各位的家人,可都还在我们手上。所以,李君,一切就拜托你了。"言罢,山本站起身来,深深地鞠了一躬。

文仓济眼角抽搐了一下。

于是,山本给李云涵详细地分配了任务,嘱咐他每日须前往崔立骏的宅邸,尽显主动,却又需谨守分寸,不可唐突,免得适得其反,惹人生疑。

文仓济问:"云涵通常是隔几天才去,现在突然变得如此频繁,是否会引起姓崔的怀疑?"

山本闻言不答,而是双眼紧盯李云涵,似在探寻他有何妙计可施。

李云涵思虑半天缓缓开口道,他可以跟崔立骏诉苦,说和老板有了矛盾,活重工钱少,想歇息几日再找活儿干。其他四人听罢,斟酌再三,皆点头表示默认。

山本又把一支短枪递给李云涵,嘱咐道:"这几日,还需勤加练习才是。"

"眼下还有一个问题,不知当不当讲?"李云涵略有迟疑地说,"虽然我已初步赢得姓崔的好感,但他并没完全相信我,姓金的住处与办公之所,他始终守口如瓶。'三党合一'这般大事,他更是绝口不提,我这样的外围人物,又怎能插手其中呢?"

"李君,你且安心,绫子队长早已为你筹划一个绝妙的机会来赢得他们的信赖。"山本意味深长地说道。

李云涵眼中顿时放光。

"诸位,大日本帝国交给了'猎虎队'神圣使命,我们每个人都必须向死而生,全力完成。我作为队长,拜托你们了!"绫子说完,面朝三人深深地鞠了一躬。

第50章 长沙

随后几天,李云涵频频造访崔立骏的宅院,热心地探询有何可效劳之处。崔立骏得知他这几日都在歇息,又如此勤快,也就不客气地把一些琐碎的事情交给了他。李云涵与楠木厅六号院子里的人渐渐熟络起来。

晚上回到住处,李云涵就开始摆弄短枪,一遍遍瞄准射击,再一遍遍拆开组装。

因为参会者人数较多,后勤保障与服务极其繁琐,要耗去组织者大量的时间和精力,急需临时帮手,崔立骏自然而然想到了李云涵。

这天,崔立骏携李云涵采购物资。两人经过一个路口时,忽然听到一声尖锐的呼喊:"闪开!快闪开!"崔立骏一愣神的工夫,只见一辆失控的汽车直向他们撞过来。事情发生得猝不及防,崔立骏眼看就要被撞到。

"崔大哥,快闪开!"李云涵突然用力将崔立骏推向一旁,自己却被车辆撞及腰部,重重地摔倒在地。

汽车司机急打方向盘,车子撞倒电话亭后停了下来。愣神之后,崔立骏快速去扶李云涵:"云涵,你没事吧?"

"没,没事,崔大哥。"李云涵疼得龇牙咧嘴。

"云涵,要不是你……我真心谢谢你!"崔立骏愧疚而又感激地拱手道。一番话语落地,李云涵的脸上漾过一丝难以察觉的笑意,说不清那是劫后余生的庆幸,还是终于赢得对方信任的窃喜。

崔立骏当然不知道,自己成为这出惊险剧的男主角,导演正是绫子,而租车和买通司机的则是化装成商人的文仓济和朴士昌。

两人都无大碍且事务在身,他们训斥司机一番后,并未细究。

有了这番生死经历,崔立骏和李云涵的关系更进了一步。在此基础上，经金先生同意，李云涵作为临时帮手，逐渐参与到会议筹备的核心环节。

会议定于6日午后两点举行。

清晨，崔立骏着手筹备，在整条街上和周边布置了流动岗哨，而李云涵也如期现身会场。

"崔大哥，瞧你这般忙碌，若有琐事不妨吩咐我。"李云涵一如既往地热情周到。

"你若真得闲，此处正需帮手。"经过上次那件事情后，崔立骏对李云涵信任有加。

下午一时许，参会人员陆续抵达楠木厅六号。

金先生端坐于主位。仿佛早有默契，其左手边依次坐着朝鲜革命党的诸君，有池先生、柳先生、玄先生等，右手边坐着韩国国民党成员李凤吾、李先生、赵先生、车先生、严先生等，对面背门而坐的是韩国独立党洪熹、赵先生等成员。

会议的主题还是三党合一的问题。不知不觉三个多小时过去了，夜幕悄然降临。随后，金先生作为东道主诚挚地邀请众人一起共进晚餐。他表示，大家用餐后稍作休憩，随后继续探讨会议主题，希望能达成共识，众人对此安排均无异议。

由于之前都计划好了，安山根、崔立骏让厨房准备了丰盛的饭菜，还上了他们自己酿造的米酒。众人品尝之后，纷纷赞叹不已。一时间，交谈声、祝酒声交织在一起，场面异常热烈。一个多钟头过后，酒足饭饱，众人相互携手，围在一起放声高歌朝鲜族歌曲《阿里郎》。

阿里郎，阿里郎，阿里郎哟！
我的郎君翻山过岭，路途遥远，
你怎么情愿把我扔下，
出了门不到十里路你会想家！

阿里郎，阿里郎，阿里郎哟！

我的郎君翻山过岭，路途遥远，

晴天的黑夜里满天星辰，

我们的离别情话，千言难尽。

"叭……"一声炸响，骤然在人声鼎沸的大厅中回荡开来。彼时，众人正身处临时餐厅，乍闻此声，只当是院外顽童放了一个炮仗，未曾多想。

就在此时，金先生突然直挺挺地向后仰倒，身旁的安山根，瞬间意识到有刺客来袭。他一边迅速拔枪，一边不假思索地用自己的身躯护住金先生。只见金先生背后悄然渗出的殷红鲜血，正缓缓染透他的衣衫。

"叭，叭……"紧接着又是几声枪响，参会的玄先生和柳先生接连应声倒地。池先生愕然间，只觉臂上一阵剧痛，血流不止。

"枪手，有枪手！"安山根抱着中弹的金先生，朝人群大声惊呼。大厅内顿时乱作一团，惊慌失措的人们纷纷向门口挤来，意欲逃离大厅。

几年来崔立骏在生死边缘游走，已练就一种几乎本能的敏锐。就在那一刹那，他的耳畔捕捉到了第一声瞬间的爆响，心底便已认定——那是枪声。他原本正守在院门口，此刻却如一阵疾风折身冲入院内，扑向餐厅。他一边跑，一边声嘶力竭地向众人喝道："趴下，全都趴下！"

在混乱的餐厅内，崔立骏慌忙寻找金先生。在一个角落里，他看到了持枪的李云涵。

金先生，是李云涵射中的第一个人。

按照事先的部署，李云涵先是接近金先生，神不知鬼不觉地开出第一枪，接着第二枪玄先生，第三枪柳先生，然后是池先生。

绫子的目标不仅仅是这几个核心人物，她要通过这场暗杀制造广泛伤亡，向韩国的抗日力量发出严厉警告。

准备打出第五枪时，李云涵看到提枪跑进餐厅的崔立骏，急忙弯腰低头，钻进人群。崔立骏看到李云涵后，拔枪就朝他射击。崔立骏在接受警卫特训第一课时，就被告知突发情况下，警卫人员第一法则是消灭敌人，阻止伤亡面扩大。

然而，命运似乎在这一刻偏爱了李云涵。人群和立柱成了他的天然屏障,挡住了崔立骏的致命子弹。李云涵意识到自己已经暴露,借着人群掩护,向大门外狂奔而去。崔立骏被裹挟在人群中,无法射出第二枪。

待崔立骏拨开人群,李云涵已经逃出院门。崔立骏追到门外,李云涵早已消失在永清巷口。崔立骏力竭声嘶地喊道:"抓住他!抓住他!"

巷子里有不少人在纳凉,纷纷好奇地注视着一场突发的追逐战,李云涵手里拿着枪,不时地对着人们晃一晃,市民纷纷避让。尽管崔立骏又喊又追,还是让李云涵跑掉了。

因担心金先生安危,崔立骏放弃了追击。当他跑进院内,现场一片混乱。人们围着四个受伤者,有的把伤员放平,有的拿着毛巾按压着伤口止血。

崔立骏说:"快,将人抬到院外黄包车上,赶紧送湘雅医院!"

崔立骏与金先生在一辆车上,不停地催促拉车师傅加速。当他们率先抵达医院门口时,崔立骏不顾金先生身上的血迹,背着人就往医院内冲,边跑边呼喊:"医生,救人,快救人!"

听到这凄厉的呼喊声,医生和护士们纷纷从四面八方赶了过来,将几名浑身是血的伤者接了过去。他们迅速将伤者放在担架床上,紧接着便推进了抢救室的大门。

医生第一个先抓住的是玄先生的手,搭腕一摸之后,脸色顿时变得凝重:"很遗憾,这个人伤得太重,流血过多,已经不行了。"紧接着,医生又握住了金先生的手。看着他满身鲜血且脉搏微弱,医生不禁摇了摇头,叹息道:"伤势太重,恐怕无力回天了!"然后就去看第三个伤者柳先生,他伤得比前两个轻,医生当机立断地指示:"先救这个人!"

在医生看来,生命不应该有高低贵贱之分,所以对待病人一视同仁,在紧急情况下,医生只会相信自己的判断。崔立骏一把抓住医生的手,恳求道:"这,这位先生还有救,求求您救救他吧!"

"这位先生,请你冷静,我要进去做手术了。"说完,医生甩脱崔立骏的手,径直走进了手术室。

走廊里站了很多人,三党的成员和安山根、李树斌等都守在这里。众人围着金先生的担架床,焦急万分却束手无策。崔立骏手拿毛巾按压着金先生胸口出血的地方,竭力为他止血。一个钟头过去了,他始终紧紧地握着金先生的手,一刻都没有放松。

医生护士忙着做手术,无暇顾及金先生,似乎已经放弃救治。崔立骏却没有放弃,每隔几分钟就会摸摸脉搏,他能感受到金先生还有微弱的脉动。

手术室之门终于开启,医生宣告:"患者手术成功,子弹取出来了,将其送至病房观察。"他看了看崔立骏说:"节哀顺变。"

眼含泪水的崔立骏这时号啕大哭,扑通一声跪了下来:"先生还没,没有死,您,您快来看看,还有脉搏,还,还有!"

医生似乎不相信,走过来摸住了金先生的手腕,随后拿起听诊器在胸前倾听,露出不可置信的表情:"还真是活着,他的命真大。"然后急忙招呼护士,"快,快把他推进去,接着手术!"

"患者伤势严重,首先需进行止血处理,看能不能把子弹取出来。你们做好准备,如果库存的血不够,可能需要现场输血,你们要有心理准备。"医生转头对李凤吾说。

崔立骏急忙表态:"我是O型血,抽我的。"安山根、李树斌、金喜顺等也纷纷撸起袖子,表态要献血,并立即跟着护士去验了血型。

果然,不一会儿,几个年轻人就被叫走了,各自捐献了五百毫升的鲜血。一位护士给了每人一碗糖水,让他们一口气喝下,坐到一旁,静静休养。

池先生由于受伤较轻,清醒后也来到这里等候。

此时,崔立骏浑身只觉得酸痛,这是高度紧张后的肌肉痉挛造成的。屁股落在木椅上的一瞬间,崔立骏一个激灵站了起来,拉着李凤吾走到一旁,低声说道:"此番酿成大祸,都是我的失职,轻信李云涵那个畜生,才导致这么大的祸事。现在他还逍遥法外,我们得尽快想办法把他抓回来。"

李凤吾问:"你有什么办法抓到他吗?"

崔立骏沉思片刻,果断地说道:"长沙这么大,仅凭你我的力量想抓到他,难于上青天。眼下我们还不知道他背后的势力是谁,现在只有您可以代表临时政府出面,去找张主席,请求他发布通缉令。现在才过去个把小时,李云涵应该还没有跑出长沙城。"

李凤吾一想,此事不宜拖延,崔立骏的提议确实不失为一个好办法,随后便坐上车往省政府方向赶去。

此时,省政府人员都已经下班,张主席也已返回官邸。但此事紧急且重大,门卫不敢耽搁,赶忙将消息上报给值班人员。消息层层传递,最终传至张主席耳中。

闻悉金先生等四人遭到枪击,张主席深感震惊。在了解事情的来龙去脉后,立即打电话给长沙警备司令,要求其尽快绘制出李云涵的画像,并在全长沙范围内展开通缉。张主席部署完毕后,立马驱车带着李凤吾前往医院探视。

大约又过了两个钟头,就在他们望眼欲穿的时候,抢救室的门终于打开,医生走了出来,看起来满脸疲惫。所有人迅速围了过去。

"不好意思,实在对不起。"主治医生的话让所有人的心都揪了起来,"我们已经尽力了,这位先生身体里的子弹暂时不能手术取出,因为子弹卡在心脏和一根肋骨间。稍有差池就可能引发大出血,那将是更大的危险。现在血暂时止住了,如果病人两三天内能醒来,或许还有一线生机。"

在场的所有人这才松了一口气,崔立骏听了医生的话,连连鞠躬致谢。

"谢谢您,谢谢大夫!"

崔立骏跟护士把金先生推进病房,安置好一切,心里像压着一块巨石。

金先生住的是湘雅医院。

1914年,湖南省政府委托育群学会与美国雅礼协会合作,创办湘雅医学专门学校,雅礼医院随之更名为湘雅医院。湘雅医院由美国医学博士爱德华·胡美主持,医学水平在长沙首屈一指。

听闻省主席前来，医院值班人员一边做好相关接待准备，一边紧急通知院长。不久之后，爱德华院长也赶了过来。

其时，两个伤者还处于昏迷之中，张主席看望他们后就与爱德华院长一起去了会诊室。院长向张主席详细汇报了伤者的情况，并就另一名伤员因伤势过重不幸离世表达歉意。张主席安慰说，院方既然已尽力救治，便无须过分自责。他强调剩下的两名伤者必须得到全力救治，确保万无一失，同时他表示不要担心治疗的费用问题，不管花费多少都由省政府全力承担。

长沙警备司令部收到上级指示，紧锣密鼓展开对凶手的追捕工作，长沙城内气氛骤然紧张。当晚，火车站、汽车站还有船运码头均被军方管控，任何过往车辆、船只与行人都须经一番严密检查方可放行。戒严之前，一列从长沙开往武昌的火车已驶离车站，也被召回接受检查。因没有李云涵照片，崔立骏配合画像师画出了其肖像。检查人员对照画像，凡稍有相似者，不问青红皂白，一律先行拘捕。这样粗糙的抓捕手段，使得被抓之人越来越多。警备司令部不得不找了个看守所临时羁押，再行甄别。

为尽快找到李云涵，司令部决定让韩国临时政府的人前来辨认。于是，崔立骏带着几个认识李云涵的人逐一核实，并未发现其身影。

与此同时，韩国临时政府内部也在进行一番深入的反思，试图复盘这次遇刺事件的前因后果。崔立骏回想起与李云涵的相识相交，那些曾被他视作寻常的点滴细节，如今想来却是处处透露着不寻常。他如梦初醒般意识到，李云涵从一开始接近自己，就深藏图谋。那些频繁的拜访与求助，并非真的出于无奈或好心，甚至那次"舍身救人"也不过是精心策划的手段而已。

"如此周密的计划，绝不可能是李云涵一人所为。"崔立骏把自己的想法向长沙警备司令部汇报，以便引起他们的重视。经过进一步深挖，李云涵的交际圈子、日常行为等线索逐渐被梳理出来，与他近期见面频繁的文仓济和朴士昌也被列入审查名单。长沙警备司令部刚开始并没有把两人列为重点甄别对象，崔立骏则提出了自己的观点——最不可能的人反而

第50章 长沙

最危险,强烈建议司令部不应轻易排除两人的嫌疑。司令部听进了崔立骏的话,重新把两人列为重点怀疑对象。

枪击事件发生后,文仓济和朴士昌心怀侥幸,认为自己行事缜密,不可能被怀疑,又加上接到山本"按兵不动"的命令,所以并没有离开长沙。在前期问讯中,两人一直坚称与李云涵仅仅是同为韩侨,不曾知晓他从事暗杀活动。两人深知,如果供出日谍身份,他们不仅会受到临时政府的惩罚,自己的家人也逃不过绫子的魔爪,所以异口同声百般狡辩。因两人不是中国人,长沙警备司令部无计可施,只能先行将他们羁押待审。

长沙发生枪击案,街头巷尾,人心惶惶。怀揣凶器的杀手,仍在暗处潜藏,使得百姓们人人自危,生怕下一个目标便是自己。

这般风声鹤唳,却也带来了意料之外的效果——如过街老鼠般的李云涵在这草木皆兵之时,不敢搭乘火车、汽车或轮船,出门只得选择步行。五月的长沙,气温已然升高,李云涵头戴破旧草帽,一副乡下农人的打扮,倒是不显得突兀,在一定程度上隐藏了他的身份。

经过一番盘桓折腾,李云涵终于步行来到长沙郊区的一座小车站,计划在此混上火车逃遁。于是,他走进候车室,在熙熙攘攘的人群中张望良久,最终选择一处僻静的角落坐下。他扣低帽檐,佯装成疲惫的旅人,闭目养神,然而眼角的余光却时刻扫视着候车室内的动静。事发后如此长时间的奔波,使他感到困顿不堪,眼皮逐渐沉重,眼看就要睡着。突然,候车室内一阵响动,被惊醒的李云涵迅速坐直身体,观察四周。不知何时,四名携枪人员已将前门封锁,展开严密搜查。

李云涵心知肚明,对方是冲自己而来。他一边盘算着,一边扫视四周,寻找逃生的希望。他发现另一扇门通向站台,闸门紧闭,仅有一名女性职员值守。他决定冒险闯卡。他开始悄然地向检票口靠近,为避免引起他人注意,他一次只挪几米,坐下来看看没人留意后再行移动。如此反复三四次,李云涵便接近了检票口。

用余光瞥过一眼,李云涵发现检查的军警与自己还有一段距离,他深吸一口气后突然发力起跑,周围的人们被他发狂的举动惊得瞠目结舌。

四个正在检查的军警一看这架势,立马意识到有人企图逃跑,于是纷纷朝闸口方向追去。

助跑之后,李云涵跃身就从闸门上跃过。紧随其后的四个军警,年轻的两人相继翻过,两个年长的则骂骂咧咧命令穿制服的女性职员快点打开闸门。

待军警追至站内,李云涵已经跑到四五十米开外。他们拔枪对着远处李云涵的背影毫不犹豫地扣动了扳机。李云涵身手敏捷,在军警开枪的瞬间突然猫腰翻过铁轨,躲入附近的杂树丛中,再也不见踪影。

第51章 长沙

第三天，金先生才苏醒过来。望着雪白的墙壁，他略显迷茫，急忙询问医生和一直守在床边的崔立骏："我怎么了？这是在哪儿？"

崔立骏紧紧握住他的手，激动不已，哽咽着说："先生，您终于醒了，您昏迷了整整三天！现在我们在医院里呢。"金先生摸摸身上，身上缠着绷带。这时，护士前来为他注射点滴，并轻声叮嘱他伤势不轻，须在床上静养些时日，万不可轻易下床。

一周之后，张主席再次来探望金先生。之前他与临时政府的其他几位负责人商量，为了金先生的安全，最好把疗养地点更换至岳麓山中。因大家都不敢擅自做主，这次张主席直接询问金先生的意见。金先生表示不想给他们添太多麻烦，还是回楠木厅六号休养为好。

站在病床旁的崔立骏竭力劝慰道："既然张主席再三邀请，先生您就领了这个好意吧。那个地方我去看过了，环境雅致，原来是张辉瓒的墓庐，鲜有人去。现在，日本人到处在找您，无人会料到您会选择寓居于此，所以您在那里会非常安全。"

在众人劝说之下，金先生终于松口。医生同意他出院后，崔立骏陪着他一同迁至风景如画的岳麓山张辉瓒墓庐。正如崔立骏所言，这里环境幽雅，山清水秀，空气清新，的确是一个适合疗养的好地方。

在医生护士的悉心照料下，金先生的身体渐渐好了起来。

金先生劫后重生，崔立骏终于如释重负。然而，他内心的愧疚并未消散，这次暗杀事件的发生与自己来到长沙后放松警惕和轻信李云涵等人密不可分。他向金先生禀明枪击事件来龙去脉，屡次忏悔，虽然得到了原谅，但内心却始终无法释怀。见崔立骏每天处于深深自责之中，林熙媛知道劝说没有作用，便采用了激将法。

"立骏，我原来以为你是个意志坚强之人，现在看来截然相反，我对你很失望。"

"你，你怎么这样说话？"本抱头坐在床上的崔立骏，突然间仿佛被重击一般，猛然从床上跳了下来。

"事情已经过去，你这样整天低迷颓废有什么用？没完没了地唉声叹气能阻止日本人继续暗杀金叔叔的行动吗？能保证所有韩国临时政府人员的安全吗？"林熙媛说完，哐当一声甩门而去。

一语惊醒梦中人。崔立骏深知期期艾艾、愧疚自责于事无补，拔掉李云涵这颗钉子，才是破局的关键。此次暗杀必是日本人所为，若他们得知金先生还幸存，势必不会轻易罢休。李云涵是所有线索的中心⋯⋯一夜辗转不眠，窗外透进一抹亮色之时，一个锄奸计划在崔立骏心中渐渐清晰起来。

两天后，各家报纸，包括《中央日报》都刊发了"湘雅医院巧施妙手，韩国临时政府人员奇迹苏醒"的消息。

果不其然。一天深夜，一个身着白大褂、面戴口罩的人，悄然出现在湘雅医院金先生的病房之外。

"干什么的？"门口的警卫喝问道，"请出示证件！"

"医生，查房！"来人应了一声，声音平稳而沉着。

警卫人员略一迟疑，终究还是放行，任由他步入那昏暗而充满药味的病房。

来人径直走到金先生病床前。只见床上的病者眼睛紧闭，氧气面罩遮住了大半张脸。来人从兜里拿出一只注射器，伸向悬挂着的输液瓶，准备将针管中的药物推进瓶中。

"是何大夫吗？"床上的人突然问道。

"是！"来人回答。

床上的"金先生"猛地睁开眼，迅速用一把枪抵住了值班医生的腰部。

"不许动,李云涵!"床上之人冷声喝道,他伸手摘下氧气面罩,露出一张坚毅的面孔,是崔立骏!

"这里根本没有什么何大夫,我早料到你会来。"

李云涵似乎对此结局早有预感,并未放弃最后的挣扎,伸手便抽出身后的枪支。然而,砰的一声枪响,他的手臂被崔立骏击中,枪支应声落地。

枪响过后,门外突然传来急促的脚步声。紧接着,门被猛地撞开。一群身穿制服的警卫冲了进来,"不许动!"一个个黑洞洞的枪口对准了李云涵。

李云涵被捕后,被紧急送进医院急诊室治疗。伤口略有好转之际,他又被押解至警备司令部。为了解暗杀事件的始末,崔立骏第一时间赶往那里。

崔立骏走到李云涵面前,驻足停留,目光犀利地注视着他,面色刚毅地说道:"李云涵,背叛是不可饶恕的。"他质问李云涵为何要暗杀金先生,为何要背叛自己的祖国。此时的李云涵却顽固地紧闭双唇,企图以沉默回应。崔立骏对此束手无策,既不能动粗施暴,也无法恶语相加,只能选择退出审讯室,把人交给警备司令部处置。

经历几番残酷的刑讯之后,李云涵那原本英俊的面容已扭曲变形,狼狈不堪。无尽的痛苦如汹涌的潮水,将他彻底淹没。最终,他再也无法忍受,只能用嘶哑的嗓子道出心中深埋已久的怨恨:有的人生活补助每月五元,而他分文没有,因此,心中记恨金先生。后来再怎么审问,他都咬牙坚持此说,自始至终没有说出文仓济、朴士昌等人的名字。

与此同时,另一间审讯室中,对文仓济与朴士昌的审问也陷入僵局。崔立骏反复提醒警备司令部,对两人的深挖审讯决不能放弃。崔立骏坐在文仓济对面,淡淡说道:"文医生,我很感谢在镇江时你给予我们的帮助。那时,我们齐心协力共同对付日本人,保护金先生的安全。金先生还经常带你女儿玩耍。后来我们离开镇江,依旧非常想念你。但不知什么时候,你变了。"

文仓济听着崔立骏的话语,心中不禁一阵悸动。他既心虚又羞愧,嗫嚅道:"过去的事情就不要提了,每个人都有苦衷。"此后,他便不再言语。

在崔立骏的坚持下,警备司令部经过多方调查,终于摸清文仓济与朴士昌在中国的经历:早期韩国在上海的各种组织繁杂无序,朴士昌曾在上海参加一支秘密义勇队。这个组织初期积极反日,甚至暗杀日本侦探。但由于组织内成员背景复杂,部分人竟抢劫同胞,甚至在生活艰难时选择背叛同胞,出卖情报,一时间成了民族的败类。

崔立骏还向警备司令部提供了一条重要线索,半个月前,金先生集体会见一批韩侨时,其中一人提及朴士昌有意从镇江前来长沙,但因无钱而无法成行,只能向临时政府借路费。金先生当时颇感疑惑,以韩国临时政府当前处境艰难为由,没有答应。而后,金先生与崔立骏闲谈时,又提及朴士昌的儿子朴济道曾在日本领事馆做过事。警备司令部顺着这个线索追查,意外获得一条线索:朴士昌来到长沙后,立即往上海汇了二百元,收款人正是朴济道。朴士昌从何处得到这笔钱,为何要汇给自己儿子?最后经多方核查,才知晓朴济道欠了日本赌坊高达数千的债务,此种操作背后肯定有日本人的影子。

经反复调查取证,正准备结案审判时,日本南侵步伐加剧,情势变得异常紧张,武汉、南昌会战相继失利后,使得长沙的战略地位越发凸显。长沙保卫战一触即发,警备司令部只得将相关人员暂时收押,以待来日再审。

1938年6月底的一天,正陪着金先生在岳麓山张辉瓒墓庐静养的崔立骏,耳畔蓦地传来一阵"嗡嗡嗡"的响动。这声响,带着几分熟悉,顷刻间便打破了岳麓山的静谧。

"先生,您躲到地下室,我出去看看。"崔立骏言罢,提枪匆匆奔了出去。

岳麓山树木葱郁繁茂,为众人提供了良好的掩蔽条件。崔立骏站在树下,抬头仰望天空,透过树枝缝隙隐约看到有三架飞机呈三角形从北向南飞去,机身上的一块"红膏药"依稀可见。

崔立骏心中暗忖，这些飞机飞行高度如此之高，想必是敌方的侦察机。他转身回到室内，神色凝重地对金先生说："形势似乎不妙，日军飞机日日在上空盘旋侦察，长沙之战恐怕在所难免。我们须得尽早谋划应对之策。"

金先生提议道："马上收拾东西，准备下山。"

崔立骏行事向来雷厉风行，转身出去转了一圈，很快便雇来一顶山轿。金先生体内尚有子弹，不便长久走动，只能将金先生抬下山去。发生枪击事件后，崔立骏认为日本特务已经盯上楠木厅六号，那里不安全，所以他们临时住到了安山根家中。

关于中国时局走势的小道消息如漫天飞舞的雪花，纷至沓来。崔立骏每日外出，四处打探消息，归来后便一五一十地向金先生汇报。

紧张不安的情绪也在韩侨中弥漫。

这天，金先生对安山根和崔立骏说："你们赶快联络三党人员，开会商讨何去何从。"

很快，大家聚在了一起，均认同现在党争已经没有任何意义。金先生说："形势危急，战争眼看就要抵达湖南，长沙为中国政府在中南地区唯一屏障，必定死守，与日寇决战在所难免。在此背景下，他们也是焦头烂额，忙得自顾不暇，再要求照顾我们有点强人所难。因此，三十六计走为上计。但是，向何处撤离，还需要大家出出主意。"

安山根提议："中国政府都搬到重庆去了，要不我们就直接去重庆吧。"

李凤吾持反对意见："现在大家都往那里挤，局势肯定混乱不堪。现在过去，不是明智之举。"

有人附和道："当前重庆局势动荡，暂不宜前往。相较之下，南方地区还算安定，可先行前往南方，待重庆形势稳定后再作打算。"

一番讨论后，众人同意暂不前往重庆。

在进一步讨论落脚城市时，金先生问正在门口值勤的崔立骏的意见：

"立骏，你对中国南方的城市比较熟悉，我们想听听你的意见。"崔立骏在心中反复权衡，"南方的大城市中，广州距离香港近，交通也颇为便利，有地理和交通上的优势。"

经过一番商议，众人达成前往广州的意见。

就在金先生决定前往广州之时，又发生了一件奇怪之事，促使他们加快了迁徙的步伐。

决定离开长沙的次日，崔立骏受安山根指派前往码头与车站了解交通状况。他先在码头边徘徊了一阵，见那里候船的人寥寥无几，人们如同往常一样，忙碌地装卸着货物。想来，他们还没有意识到一场大战即将来临，依旧按部就班地过着太平日子。

崔立骏转头去了火车站，看到从长沙去广州有直达列车，但班次不多。相较于乘船，选择火车出行的人数明显较多。购票队伍蜿蜒曲折，长度足有五六百米。看到这种情况，崔立骏心里直犯嘀咕——在长沙的韩侨足有百余人，要想全部买到车票绝非易事。

崔立骏心事重重地走出售票大厅，穿行于站前广场熙熙攘攘的人群中，瞥见两名面对面交谈的男子。从侧面观察，崔立骏觉得与他们似曾相识，却又一时想不起来在哪见过。他不敢多看，怕引起对方注意，只好装作路人，低头缓步离开。但两个人的对话还是飘进了他的耳朵。

瘦子问对面的人："阙君，你发现异常情况了吗？"

"没有。"另一人回答。

"绫子队长今天已经赶到长沙，我们不能有丝毫松懈。"

低声交谈的双方，正是在南京跟踪和杀害柳叶的山本和阙根方。

崔立骏顿感不妙，但他不敢回头观望，便匆匆离去。路途之中，他绞尽脑汁，试图回忆起与这两人相关联的蛛丝马迹，从上海开始到嘉兴，再从嘉兴到镇江，又到南京、武汉、长沙，崔立骏在脑子中一遍遍拉网式地过滤着记忆的碎片，突然，记忆深处闪现出南京新街口的那一幕。

对！是在南京参加游行示威的那一次，连华跳至凳子上演讲，台下的崔立骏偶然四顾，也曾看到相似的一幕，两个人头靠得很近，窃窃私语着。

第51章 长沙

重新审视李云涵事件，崔立骏彻底明白，日本人在长沙的渗透力度比他想象的严重，金先生仍处于被追杀的危险之中。思及此处，他惶惶不安，身子不由自主地打了个颤，匆忙加快了返回住处的步伐。

崔立骏将所见所闻及时向金先生等三党负责人汇报，言语中流露出深深的忧虑："几乎可以确定，那个瘦子便是日本特务山本。绫子的'猎虎队'显然并未放弃行动，而是一直在暗中追杀。"

安山根焦急万分地说："既然这样，我们还是赶快离开这里。"他转头朝向崔立骏说，"你不是去看车票情况了吗，怎么样？"

崔立骏如实说明了火车站买票的人排成长龙的情况。众人听后，皆意识到事态严重。毕竟，在长沙的韩侨人数超过百人，且每人至少携带两三件行李，如此庞大的队伍和行李数量，着实让大家忧心忡忡。他们既担心买不到足够的车票，又担心车票到手，无法安全、顺利地挤上火车。

"要走一块走，要留一起留！我马上去找张主席！"金先生打定了主意。

事不宜迟，崔立骏立刻陪同金先生赶往省政府。

二人进到办公室的时候，张主席正在接电话，他摆摆手示意二人等一下，看样子接的是比较重要的电话，只用"是""好"等简单的词回答。

两分钟后，张主席结束通话，快步来到金先生面前，热情地与他握手寒暄，仔细询问身体恢复情况，并询问二人为何而来。金先生坦诚相告。

"你们究竟有多少人？有多少行李？准备哪天走？"张主席关切地问。

金先生显然对这些细节并不十分清楚，于是崔立骏急忙接过话茬，就准备何时动身、人数以及行李的相关情况向张主席作了详细汇报。

第二天，宋秘书送来一个文件袋，上面有张主席亲笔签字。金先生拆开后，里面有两封信，一封是致广东省政府的，请求对方关照金先生一行；另一封是给长沙交通厅厅长的，让其妥善安排金先生一行人的出行。金先生将其递给崔立骏，让他拿着这封信尽快联系交通厅。

交通厅长看到此信，当即派人带着崔立骏前往车站。见到站长，站长未作推诿，说宋秘书已经打过电话。双方经过一个多钟头的商讨，敲定三天之后出行。

　　几乎同时，在长沙一家客栈的储物间，也在召开着一场神秘会议。主持会议的是几天前秘密从重庆赶到长沙的绫子。

　　储物间密不透风，没有窗户，昏暗的烛光摇曳闪烁。绫子与山本等十余人围坐成一圈。为确保会议的保密性，绫子特意吩咐不点明灯，使得众人只能隐隐约约地看到彼此的轮廓，却难以看清面容。

　　"前一段时间，'猎虎队'派往长沙的十八名成员的工作，如果用分数衡量的话，各位知道我会打多少分？"绫子说话一贯开门见山，从不拖泥带水。

　　众人默然无语，无人敢轻易揣测她的心思。

　　"零分。"绫子冷冷地吐出这两个字。

　　在长沙，李云涵、文仓济和朴士昌三人因刺杀金先生相继被捕，其他成员为探寻韩国临时政府人员的踪迹可谓风餐露宿、夜以继日，虽然未能实现枪响人亡，但也重挫了韩国人的士气，没有功劳也有苦劳，怎么也不该是一无是处的"零分"。

　　"做事，我只看结果。金凶没死，前期所有的付出、所有的辛苦都分文不值。不服气的可以站出来说话！"

　　昏暗的储物间陷入了死一般的寂静。没有一个人站起，更没有一个人说话。

　　"自从文仓济在镇江投奔我们后，我才从他嘴里确切知道有个中国人存在。"绫子语气中带着一丝恼怒。

　　"在此之前，在上海、杭州、嘉兴、镇江、南京还有后来的武汉，派往这些地方的'猎虎队'成员和外围人员都向我汇报，姓金的和朝鲜流亡组织的成员得到了很多中国人的帮助。对这一点，我十分清楚。因为没有中国人的多方帮助，姓金的他们不可能在中国藏匿这么多年。但我忽略了一点，也可以说是犯了一个巨大错误。"绫子说到这里，停了下来，不知是要喘口气,还是愤怒使然。

"我一直认为中国人都在外围,或一地,或一时提供帮助支持,绝对没有想到有一个中国人自始至终参与其中,与姓金的形影不离,成了他的左膀右臂。"绫子的这番话显然是在胸中酝酿了许久,她一口气说完,然后紧紧地盯着众人的反应。

众人屏住呼吸,等待绫子的下文。

"这个中国人,用中国话讲,叫'一手托两家',既联络中国民间和政府,还串通朝鲜各类人等。他就是一座桥,我们的人每次从这座桥上过,不是溺亡就是失踪。此人是什么?是我们的索命桥!"绫子用手把桌子敲得山响。

"这个人会讲朝鲜语?"有人问。

"会讲,他妻子是半个朝鲜人。"山本插话。

"叫什么名字?"又一个人询问。

"你们每个人都记好了,这个中国人叫崔立骏!这有他的画像,拿回去看完记在脑子里,然后马上烧掉!"绫子的话说完,山本给每人手里塞了一张画像。

"见到这个王八蛋,我就开枪杀了他!"黑暗中,阙根方冒出一句狠话。

"你杀他,我就杀你!记住,我们的目的是杀掉那个朝鲜人,我们要通过姓崔的找到姓金的,等我们抓住姓金的,再杀他不迟!"

"既然知道了他姓甚名谁,不杀他本人,把他的家人抓起来,用来交换李云涵、文仓济和朴士昌总可以吧?"

"在长沙,你们的任务只有一个,侦查、跟踪和抓住姓金的!其他的事,你们不能想,不能说,更不能做!如果谁打草惊蛇,误了'猎虎队'大事,我就杀谁,杀谁的全家!听见没有?"

"听见了!"

第52章 长沙·广州

三日后,暮色四合,旅客陆陆续续来到长沙火车站一节静候的车厢旁。两名列车员迎上前去,车厢门应声而开,证件的核实也随之开始。韩侨纷纷从口袋里掏出一张纸片。纸片上,是一个简单绘制的小人儿,那小人儿鼓起腮帮吹着号角,右下角是个画了圆圈的"崔"字。

列车员们所接到的指令明确无误——唯持此证明者,方得登车。

所有韩国临时政府的官员和家眷是从后门职工通道进入车站的。在进口处,却有两人试图鱼目混珠,混入队伍之中。幸亏门卫警惕性高,及时拦下他们。其中一人不甘心,与门卫争执了起来。

"为什么他们能进,我们就不能进?"

"这是职工通道,他们有证明,你们有吗?"

门卫的一句话,便让那两人如泄了气的皮球一般。他们伸长脖子,暗暗窥视着韩侨们手中的证件,最后只能悻悻离去。

在回去的路上,一个人拉了拉另一个人的衣角,轻声说道:"阙队长,从这个入口进入的人大致有两种身份,一是列车人员,他们手中携带一些简单的小包裹;另一种则是乘客,他们的中国话都有点夹生,我敢断定是朝鲜人。这些朝鲜人手中的证件都是一样的,是一张描绘吹号小人的硬纸卡片,右下角有一个带圆圈的'崔'字。"

阙根方接话说:"那又能怎样?我们没有那样的卡片,照样进不去。"

"看来你忘了我是干什么的了。"说话者一脸奸笑,此人正是从南京来的杨阿三,曾因私刻银行兑票蹲过五年大牢。

阙根方不解地问道:"你有法子搞到卡片?是去偷还是去抢啊?"

杨阿三嘿嘿干笑两声,说:"急什么,待会儿你就明白了!"

"你小子,现在可真是长能耐了,学会卖关子跟我打起哑谜来了!"阙根方有些不满地别过头去。

半个钟头后,一对父子携带大小包裹抵达职工通道入口。老者头戴帽子,手拿拐杖探路。年轻人同样戴着帽子,身着长衫,一手拎行李一手扶老者,嘴里不停地叮咛:"慢点,慢点!"

在进口处,二人被门卫拦住,要求出示证明。年轻人从裤兜里摸索一会儿,掏出两张纸片,门卫匆匆扫过一眼,确认无误后,便抬手放行。

前面不远处,一家三口拎着行李慢慢前行,化装成父子的阙根方和杨阿三跟随其后,意图摸清他们究竟要去何处。然而,出乎两人意料的是,那三个人并没有往站台上去,而是顺着铁轨一路向南走。阙根方和杨阿三心中疑惑更甚,却也只能继续跟随。走了一段距离后,两人终于发现谜底所在。正在这时,一个人快步走来协助三人搬运行李。

挥手相迎的,正是崔立骏。他在接待那三人之余,眼角余光瞥见了紧随其后的阙根方与杨阿三,顿觉面孔生疏。在长沙的韩侨圈子里,他能认出个八九不离十,然而眼前这两位却像是凭空冒出来的,让他心生疑窦。

安顿好三人,崔立骏走向阙根方和杨阿三,低声询问:"请问你们也是来搭乘火车的吗?"

阙根方与杨阿三对视一眼,齐齐点头回应:"是的,是的。"其实阙根方心里在不断打鼓,一是因为对方正是绫子给他们看的画像上的那个人,二是阙根方一心想混上火车,生怕被崔立骏问及其他问题。好在崔立骏并未深究,只是淡淡地说:"把通行证交给我吧。"

崔立骏接过两人递过来的卡片,看过一眼后便让他们上了车。

其实,崔立骏接过两人的卡片瞄了一眼,便察觉出了异样,纸张的厚度和硬度一模一样,右下角的"崔"字运笔方式也几近相同,但"崔"的最下面的一横有异。崔立骏在制作每一张卡片时,都会在"崔"字最下面的一横上用力按压,使得从背后摸起来有明显的凸出感。而眼前这两张卡片,却恰恰缺少凸出感。

两人上车后,正笑着与附近的人攀谈着,崔立骏布置好的四个人从前后两个方向以迅雷不及掩耳之势扑了上去。经过审问,两人供述是山本派他们来盯守车站的,观察到众多携带行李者从车站小门上车,顿感可疑,便仿造通行证混了进来。崔立骏用韩语向众人做了说明,所有的韩侨都惊出一身冷汗。

晚上八点半,所有韩侨安全上车。当晚开往广州的列车是晚上九点发车,其他车厢的乘客陆续上车,而独自停在远处的这节车厢,直到开车前几分钟,才被神不知鬼不觉地挂了上去。

火车开动前,崔立骏将两个奸细用麻绳捆牢,蒙上双眼,交给了长沙火车站的值班人员。

一路上,火车穿山越岭,历经两天两夜的颠簸,终于缓缓驶入广州东站。车厢内的旅客,早已被漫长的旅程折磨得疲惫不堪。硬座车厢里,人们以各种姿势或趴或坐,甚至躺着,形态各异。

崔立骏叮嘱大家整理行李,待其他乘客下车后,再依次离开车厢。抵穗人员中,崔立骏第一个走下车厢。脚步落在站台上的同时,崔立骏突然看到五六个便装者在他们这节车厢附近游动,眼睛正齐刷刷地盯着自己。

"大事不好!"是退回去还是让其他人下车,崔立骏一时迟疑不决。

见崔立骏行动迟疑,所有的便衣停了下来,将右手插进了腰间。出于职业的本能,崔立骏也迅速将右手插进口袋,紧紧握住枪把。

坐在车厢内的金先生看到了站台上的一切,不知道下一步会发生什么。正在这时,一位身着铁路制服的中年人在一青年人的陪同下从远处走向崔立骏。

"请问是崔先生吗?"还有三四米远,穿制服的中年人就招呼道。

"您是……"崔立骏的右手仍然插在口袋中,紧紧握住枪把。

"这是我们陈站长。"年轻人抢先介绍道。

"我是广州火车站站长陈之澜,我们刚刚接到省政府秘书处的电话,要求我们车站做好对湖南公路勘探代表团的迎接工作。抱歉,我来晚了一步。"

崔立骏的手从口袋里抽了出来。

便衣们的手也从腰间放了下来。

离开长沙前,宋秘书曾给崔立骏打电话,叮嘱说金先生一行若在广州火车站有何不便,可以自称是湖南来的公路勘探代表团,便可免去许多无谓的纠缠。

"赶快招呼大家下车,跟我走!"陈站长看了一眼崔立骏,又盯了一眼火车车厢门。

"这些人是……"崔立骏盯着远处的便衣问道。

"政府特派的警卫。"陈站长低声解释,"从站台到车站后门,每一步都有他们守护。"

闻言,崔立骏心中顿时明了,一股暖流涌上心头。他转过身,面向车厢内的人们,面露微笑,亲切地招手示意。

看到崔立骏微笑着招手,车厢内响起一片掌声。

因张主席给广东省政府吴主席的亲笔信,韩国临时政府和韩侨一百多号人得到了妥善的安置。

金先生一行被安置在广州市内一处叫"东山柏园"的住宅,位于东山区恤孤院路上。此地不算繁华,靠近郊区,但生活设施还算齐全,一行人生活不成问题。

历经一番波折,临时政府成员及家眷一百多号人马终于暂时稳定下来,崔立骏长长地舒了一口气。尽管离开长沙时成功甩开"尾巴",但他深知,这么多人来穗很难保密,绫子的人马迟早是会知道的。

千里之外的长沙,阙根方和杨阿三被车站值班人员像货物扔进漆黑的货物间,等待着警察局来人处置。狭小的空间里,仅有微弱的天光透过缝隙洒落进来。

杨阿三年轻机智,忍痛滚动至声音源处,仔细辨认着阙根方的头部方向,然后在地上转圈,将脚移至阙根方脑袋附近,不慎踢到阙根方的脸,气得阙根方呜呜哇哇骂了一阵。

起初,阙根方没有明白杨阿三的意图,直至杨阿三尝试用并立的脚尖去夹他口中的布条,他才恍然大悟,然后开始配合杨阿三,把自己的嘴巴往杨阿三脚尖凑。历经两次尝试,第三次杨阿三终于把阙根方嘴里的破布夹了出来。

"呸、呸、呸",阙根方先是吐出嘴里的杂物,然后挣扎着爬过去,用力咬住杨阿三嘴里的破布,将其扯了出来。紧接着,杨阿三费了半个钟头的工夫,用牙解开了捆绑阙根方双手的绳索……最后,两人通过货物间的通风口爬了出去。

逃出车站的阙根方和杨阿三,当天夜里便与山本见了面。三人查看当天的火车车次,按照时间顺序推算出朝鲜流亡组织人员的目的地——广州。

山本请示绫子后,命令阙根方和杨阿三立即赶往广州,继续查找朝鲜流亡组织人员的下落。是人定要一日三餐,朝鲜流亡组织人员也不例外。于是,山本让阙根方和杨阿三先去重点菜场周边打探,他稍后带领其他人员赶赴广州。

一路颠簸折腾,外加要适应陌生环境,金先生的身体状况并不理想。为了照顾他,崔立骏嘱咐林熙媛每隔两天前往市场买一些滋补食品回来炖煮,给金先生补养身体。

抵穗一个月后的一天,林熙媛又照常到农贸市场购买食材。在归家途中,她总觉得有人在暗中窥视。毕竟和崔立骏一起生活,耳濡目染之下,林熙媛对潜在的危险更加敏感。

于是,林熙媛灵机一动,改变原本的路线,故意拐进一条井字形街巷。在广州这个典型的南方城市,还完好地保留着清代民居的特征,民居之间相似度极高,且地形复杂。如若不是长居此间的老广,迷失方向是再正常不过的事情。林熙媛刚来广州,遭遇多次这样的尴尬后才渐渐适应。

这次,林熙媛走进一家带后院的茶庄,购买半斤新茶后,便借口去后院的厕所,趁机从后门溜了出去。

阙根方和杨阿三经过一个月的侦查,终于锁定了林熙媛。他们发现林熙媛走进茶庄,便在门口守候。然而,一刻钟过去了,林熙媛却迟迟未出来。两人按捺不住,径直闯入店内,发现林熙媛早从后门脱身。追出后门,面对几条几乎一模一样的巷子,他俩无可奈何,又担心贸然深入巷内遭到伏击,观察一阵后只得悻悻离开。

躲在茶庄隔壁裁缝店内的林熙媛看两人走后才舒了口气,谨慎起见,她决定绕道回家。原本十分钟的路,她耗了近半个钟头。

"立骏,吓死人了,我今天按照你教的法子甩掉了跟踪我的两个'尾巴'!"

家中,崔立骏正在焦急地等待着她。听完林熙媛的叙述,崔立骏的眉毛顿时拧成了疙瘩:"熙媛,你今天做得好。为确保金先生的安全,我们必须时刻警惕。日本特务无孔不入,遍布省港地区。金先生刚到广州一个月,就有人嗅着味道跟来了。还有,报纸上有消息说,日本人可能很快就要南下广州。"

"我们该怎么办?"

"我现在必须向安队长汇报,然后一起到金先生那里去一趟。"崔立骏转身便向外走去。

抵穗月余,一天,金先生正在院内锻炼身体,见安山根、崔立骏匆匆而来,手中还紧握着一卷报纸,心中不禁一沉。崔立骏把报纸递给金先生,神色凝重:"先生,不好了,日军打算从海上进攻了。"

金先生急忙坐下来,打开报纸,上面赫然写着:日军的军舰一直在东南沿海一带游弋,准备伺机武装登陆。

"倘若日本人从海上发动进攻,广州肯定是他们的重点进攻目标。我认为广州不宜久留。现在国民党政府已经全部搬至重庆,我们是不是应该考虑去重庆?"崔立骏毫无保留地说出了自己的想法。

金先生长叹一声:"此事非同小可,岂能轻率决定? 我们这么多人,千里跋涉并非易事。更何况,重庆那边的情况也尚不了解。"

顿了一会儿，安山根说出自己的建议："要不我们选出两三个人护送您前往重庆，先安置下来，然后再想办法把其他人接过去？"

金先生未置可否，让安山根把几个组织的负责人叫来一起商议。待金先生详细分析广州的安全形势后，众人忧心忡忡，一致决定由安山根、崔立骏等人护送金先生及其他核心成员先行前往重庆探路。

经联系，在重庆的国民党政府同意金先生一行前往重庆。

两天之后，安山根、崔立骏和池先生三位朝气蓬勃的年轻人便陪同金先生踏上了赴渝的旅程。他们决定先折回长沙，寻求张主席的援助。

几天之后，张主席帮他们精心设计了从长沙至贵阳的路线，当时交通建设局正在西南维修一条公路，正好有专用车辆载他们一程。在战乱纷扰的年代，条件十分艰苦，他们一路上风餐露宿，车辆时常发生故障，众人不得不下车，在泥泞不堪的道路上合力推车。路途之中，目睹路旁村民衣不蔽体、食不果腹的状况，金先生对中国人在自顾不暇的困境下，给予他和韩国临时政府无私支持油然而生感佩之情。

经过八天颠簸，一行人抵达贵阳。

安山根、崔立骏等人护送金先生离开后，广州的局势日趋紧张，坊间传闻纷纷，滞留的韩侨惶惶不可终日，他们整天祈祷，期待能早日启程前往重庆。

韩侨柳东岳耐不住寂寞，借购买物品之机，融入广州市民中，想实地感受一下当时的社会氛围。广场空地上，一帮人七嘴八舌，好不热闹。

"听说日本人已经占领武汉，马上要进攻长沙了。"

"日本的军舰天天在大亚湾游荡，会不会从那里上岸啊？"

"广州也不安全了，我的一个亲戚已经举家搬到贵州去了……"

离人群不远处，一位售卖五香豆腐丝的小商贩，被众人称呼为"老吴"，从不参与人们之间的对话，只是偶尔吆喝一声，招揽生意。"老吴"头戴斗笠，穿着带补丁的衣服，来这一带快一个月了。

倾心打探消息的柳东岳，已然引起"老吴"杨阿三的注意。他向面前正在挑选豆腐丝的阙根方使了个眼色,让他盯着柳东岳。阙根方心中一动,他依稀记得在长沙火车站那天,对着自己扑过来的几个人中就有这个人。来到广州已月余,他们的布阵如同一张悄然张开的巨网,只待猎物出现。

柳东岳倾听片刻,觉得没有什么新鲜有价值的信息,于是起身离开,到菜场转了一圈,买好东西往家走去。由于阙根方远远尾随,以致柳东岳转头观察了两次也没有发现"尾巴"。

就这样,阙根方一直跟踪柳东岳到他的住处,并目睹他进入一条巷内的大院。直至天色渐暗,未见柳东岳出来,阙根方心中暗自庆幸,这次跟踪终于有了实质性的收获。他悄然离去,回到租住的院落中,向山本汇报情况。

在昏暗的灯光下,山本、阙根方和杨阿三低声商量着接下来的计划。杨阿三以卖豆腐丝的小贩身份作为掩护,计谋出自山本。来到广州之后,为了便于活动,山本想出了一个绝妙的主意。他在老家北海道时,曾跟着母亲学过制作五香豆腐丝,很受欢迎。于是,他便在院内支锅做起豆腐来,同时指派杨阿三化身为市井小贩,融入街头巷尾打探朝鲜流亡组织人员和崔立骏的下落。

精心化装的阙根方和杨阿三守在巷口,一等就是好几天。在此期间,柳东岳未曾出门。偶尔会有几个家庭主妇模样的女人进出,但两人并不认识。

其实那天,柳东岳也曾有过疑虑。他隐约感觉身后有人尾随,但回头查看时,却一无所获。想到崔立骏对大家的叮嘱,他不敢轻举妄动。妻子外出时,柳东岳叮嘱她小心观察周边环境。由于缺乏经验,她并未察觉异常。

几日过后,局势看似风平浪静。柳东岳难以按捺心中焦虑,午饭过后还是迈出了大门。

巷口处有个棋摊,周围围观者足有十几个,不时有人指指点点。另外还有两个摊子,一个是修鞋的,另一个是捏泥人的。柳东岳站到棋摊旁看了一会儿，觉得无趣，转身向菜场方向走去。待他走出去五六十米，装扮成修鞋匠的山本便朝围观下棋的阙根方和杨阿三使了个眼色。两人随后跟了上去。

阙根方与杨阿三全神贯注地追踪着柳东岳，却未曾料到，螳螂捕蝉，黄雀在后，围观下棋的两个陌生人拨开众人，尾追而来。

山本敏锐地察觉到了周围的异样，心中涌起一股不祥的预感。然而，他却不敢轻举妄动。他深知，这人群中或许还潜藏着更多的对手，正等待着他自投罗网。

两个陌生汉子双手插在口袋中，不远不近地盯着阙根方和杨阿三。阙根方和杨阿三两人的心思全部放在了柳东岳身上，并未留意身后的危险。

柳东岳、阙根方和杨阿三三人相继走出巷口，拐上大路。两个陌生汉子走至巷口的一家裁缝店前，刚要抬腿上大路，突然听到裁缝店内传出凄厉的女声："救，救命啊！"

两个陌生汉子从腰中拔出手枪，一前一后闪进裁缝店。

第一个汉子进门后，一把横飞的匕首就抹断了他的喉管。他左手捂住喷血的脖子，右手刚要抬起，短枪就被一脚踢飞。第二个汉子不明就里，闪进店里后遭遇了同样结局。直到鲜血全部流尽，这两名广东省政府派来保护韩国人的便衣，至死也不清楚自己命丧何人之手。

杀死两名中国便衣者不是别人，正是绫子。

为配合山本三人的行动，绫子化装成中国家庭主妇早早来到了巷口的裁缝店，以裁衣为名与女裁缝攀谈起来。当她发现跟踪柳东岳的阙根方两人被反跟踪后，一刀刺进女裁缝的心脏，将其拖进里间后，便躲在门后呼喊起"救命"来。

阙根方和杨阿三跟着柳东岳进入菜场后，佯装挑选蔬菜，不远不近地尾随其后。

柳东岳在菜场转了一会儿，选购了一些生活用品，随后又在附近繁华区域流连。一个多钟头后，他才意犹未尽地往家转。天气逐渐转阴，路上行人稀少。杨阿三走到了前面十来米,阙根方则在其后方保持同样距离,将柳东岳夹在了中间。

当三人行至一偏僻巷口的拐角处,阙根方心中一紧,疾步上前,与柳东岳擦肩而过的瞬间,猛然挥手朝他脖颈处劈去。柳东岳猝不及防,只觉一阵剧痛袭来,身体如被抽空了力气般软弱无力,眼看就要倒下。阙根方眼疾手快,一把从背后搂住了他,才勉强支撑住他摇摇欲坠的身躯。杨阿三随即赶了过来,俯身将他背起,看到有人路过,嘴里不停喊道:"羊癫风又犯了,赶紧送医院。"两人拦了辆黄包车,迅速离去。

第53章　广州·重庆·柳州

　　柳东岳醒来时,发现自己躺在床上,四周黑暗一片。他的意识尚有些混沌,好一会儿才回过神来,忆起自己走在回家路上时,遭人偷袭。

　　身处何地?眼前之人为何人?他们意欲何为?一连串的问题在柳东岳脑海里回旋。他挣扎着下了床,摸索着走到门边,试图拉开门看看外面的情况。然而,门却从外面锁上了,任凭他如何用力推拉,都无济于事。他拍着门板,大声呼喊:"有人吗?开门啊!"柳东岳喊了一段时间,喉咙几近沙哑,才有一人前来,不耐烦地打开门,对着他一顿臭骂。随后,又有一人出现,两个人开始以一种审问的姿态望向他,直截了当地问道:"姓金的现在哪里?韩国临时政府现在有多少人?主要头目都有谁?"

　　听闻这些问题,柳东岳明白了对手的用意。他坚称自己一无所知,只是一个普通百姓。不管阙根方和杨阿三怎么威逼利诱,他都紧咬牙关,守口如瓶。两人见状怒火中烧,对他拳打脚踢,更狠心地断了他的水粮。柳东岳初始还顽强地硬撑着,然而两天过去,饥饿如同猛兽般袭来,他只觉得头晕眼花,难以抵挡那般折磨。

　　就在这时,绫子走进了那间昏暗的囚室,静静地站在柳东岳面前,一言不发,只是将两只断手狠狠地扔到他的脚下。那断手之上,血迹斑斑,触目惊心。绫子冷冷地开口:"前天,两个中国人跟踪我们,我在裁缝店砍下了他们的右手。太脏了,我用了裁缝店刚做好的三件新衣服才擦干净。希望你不要再弄脏我的手……"

　　柳东岳失踪两天后,家人及在广州的韩国临时政府的人员到处打听,当地警方也开始出动力量寻人。

　　就在众人焦头烂额之际,第四天清晨,有人在通往他家的巷口发现了衣衫褴褛、昏倒在地的柳东岳。众人打探事情原因，柳东岳说自己被劫匪绑架，掠走随身财物后被扔到了荒郊野外。

无人知晓，在生死边缘挣扎的柳东岳，最终为了活命，供出了金先生的行踪。

历经半月的艰辛曲折，安山根、崔立骏三人终于成功护送金先生抵达重庆。

硝烟中的重庆一片混乱，国民党政府已全面迁徙至此，世家大族和士绅富豪也都举家搬迁抵渝。偏安一方的山城瞬间涌入数十万人马，本就热闹的大码头变得更为紊乱无序。

不得已，两人把金先生临时安置在较场口一家小旅馆里，随后分头寻找合适的住所。数日之后，崔立骏终于说动一户人家租给他们一间房，金先生这才暂时安顿下来。

日军占领南京之后，又陆续向西边的信阳、商城、麻城等地发起进攻，战略目标旨在攻占九省通衢的武汉，以摧毁中国人民抗击侵略的意志。

与此同时，日本对中国南方地区亦抱觊觎之心，不断派军舰在大亚湾一带游弋，伺机寻找进攻广州的突破口。每次至少十二架日机如狼群般袭击广州，最多时竟达五十二架，有时一次便投下百十枚重达三百至五百磅的炸弹。在如此大规模且密集的轰炸下，广州不少商店、民居、学校、医院以及市政设施纷纷化为齑粉，广东重要的公路与铁路运输线也遭到严重破坏。无辜百姓死伤无数，哀鸿遍野。

金先生每日忧心忡忡，为在广州滞留的韩侨担忧。他深知广州危如累卵，并非久留之地。因此在与临时政府其他成员商量后，他指示安山根、崔立骏等人想方设法帮助广州的韩侨撤离广州，把人带到重庆来。

正当安山根、崔立骏等人制定具体实施方案时，广州局势骤然生变。10月13日这天，崔立骏焦急万分地将一份报纸递给金先生。

金先生感到疑惑："立骏，何事如此慌张？"

崔立骏赶紧把报纸递给他："日本海军陆战队从大亚湾登陆了。"

金先生一把抓过报纸,仔细看了起来,口中自语:"不应该啊,他们怎么选这个时候登陆?"

安山根接话道:"他们就是看准了这个时机。先生,您想啊,几天前正逢中秋,中国人重视这个节日,必定会守备松弛,此时出其不意地发起进攻,成功概率大大提高。"

"如此说来,广州岌岌可危。你们火速发电报和广州联系,我们这边赶快想办法,尽快把他们接过来。"

安山根、崔立骏火速执行指令。那几日,崔立骏通过各种途径试图与广州取得联系,然而却始终如石沉大海。正当他心急如焚、焦虑不堪之际,一个噩耗如晴天霹雳——广州已完全沦陷。室内,金先生和安山根、崔立骏、池先生等人面色阴沉,默然无语,气氛压抑至极,他们都在为留在广州的同胞担心。

"无论如何,一定要与在广州的同胞联系上。"金先生伫立窗口,面朝东南方自言自语道。

"猎虎队"的人,从广州抵达了重庆。

他们身着破旧粗布衣物,化装成难民,操着一口流利的汉语。这支追捕小队的负责人仍然是山本,他们在广州得到金先生已经前往重庆的消息后,立即汇报给了绫子。绫子旋即对山本下达命令:"你带人马上赶往重庆,在那里我们必须抓住姓金的,我要拿他的头为大日本帝国军队的节节胜利祭旗。"

在小旅馆内蛰伏两天后,第三天,化名"吴本山"的山本让两名部下继续留守,自己独自外出联系上线。

山本头上扣顶帽子,肩背布口袋,经过一个多钟头的步行,抵达七星岗兴隆街。这里商铺林立,人流如织,汇聚了从四面八方逃难而来的人。

山本一边小心翼翼地从这些人群中穿过,一边扫视着街道两边的店铺。当看到一家名叫"渝信典当"的铺面时,脸上露出不易察觉的喜色。在街对面不远处,山本找了个地方蹲下,手拿馒头啃了起来,眼角的余光则瞟向典当行。

在一个钟头的时间里,典当行频繁地迎来送往,顾客大多是拿着包裹进,空着双手出。临近晌午,人流逐渐减少。山本环顾左右,周围之人个个精神倦怠,双眼无神,根本没有注意他。于是他起身拍拍屁股,向典当行徐徐走去。

典当行的伙计黄春生以为此时不会再有客人光顾,检查完账本后,正打算关门,忽然听到瓮声瓮气的声音:"老板,当东西!"

山本说着把手帕包着的东西递了进去。黄春生漫不经心地接过,随手解开手帕,一支镶嵌着花朵的银簪子映入眼帘。他随手掂了掂,一脸的不屑:"这等物事,怕是值不了几个铜钱。"战乱时期,重庆的典当行门庭若市,逃难之人纷纷拿出家中珍宝,却往往只能换得微薄的银钱。

山本闻言,双眼顿时瞪大,语气中满是不服:"你莫小看这簪子,可是祖上几百年的传家宝,还是请店主亲自来掌掌眼吧。"

黄春生依旧不以为然,斜眼瞟着山本,不耐烦地说道:"就这么个东西,想当就当,不当拿走。"

"请你们掌柜的来瞧个仔细,就这么难吗?"山本说着,猛地拍击柜台上的铁栅栏,哗哗的响声,引得内堂一阵骚动。这阵喧闹,终是惊动了当铺的掌柜洪宝琛。他踱着方步,从内间缓缓走出,脸上带着几分威严。

"何事嘈杂?"

黄春生把情况简单向掌柜的叙述了一遍,然后把银簪子递给他。洪宝琛没有瞧山本一眼,而是接过来端详一番,皱起眉头眨了几下眼,这才放下银簪子打量山本,低声说道:"这个银簪子,值得我再好好看看。"

洪宝琛邀请山本入座,黄春生为两人倒了茶。洪宝琛坐下后把玩着银簪子,赞许道:"此簪颇为精美,独具一格,尤其是上面镶嵌的樱花,工艺精湛,显然出自大师之手。请问,此物何处得来?"

"这是家父当年不惜重金,从他一个朋友手中购得的。"山本样子诚恳地说道,"家父的朋友出身名门,但因时局不佳,家道中落,无奈之下,只得割爱。"他端起杯子喝了一口水,接着说道,"现在战乱,我们一家被迫逃离。生活困顿，只能靠典当财物度日。"

"这世道，谁的日子都不好过。"

山本高声道，他叫吴润生，南京浦口人，由于日本人占领南京，全家逃了出来，逃难的过程中父母双亲全都遇难，说着竟假模假式地抽抽噎噎地哭起来。

"啊，原来你是南京人，我也是。"

"润生兄，无须过于难过，事情已然过去，还望节哀顺变。"洪宝琛语气缓和，轻声细语地劝慰"吴润生"。两个人越说越热络，洪宝琛提议带山本一起外出吃饭，山本爽快答应。

二人告别黄春生，一同走进一家名为"巴蜀人家"的餐馆。这会儿已过饭点，饭店人不是很多。洪宝琛要了一个清雅的包间，点了四个菜，要了一瓶酒，对店堂小伙计说要谈生意，让他没事不要打扰。

包厢门被关起来的同时，山本一把握住了洪宝琛的手，激动地小声说："佐藤君，终于找到你了。"

佐藤也使劲摇了摇山本的手，微笑回应道："山本君，真没想到在重庆见到你！"

"绫子组长让我向你问好！"

佐藤的眼中闪过一丝敬意与钦佩："我几个月没有见队长了，她现在还好吗？"

"很好！她会再来重庆的。到时候，我们就会像在上海一样，天天都能见她。"山本激动地说道。

山本此次赴重庆，是奉绫子指令继续追踪金先生。佐藤半个月前已接到绫子的秘密指令，知晓有人要与他接头，但没想到竟是山本。

"唉，真不容易啊。每次都是到关键时候就功亏一篑。"听完山本近几年"猎虎队"追捕历程的描述，佐藤不由感叹道。

山本端起酒杯，一饮而尽，眼中的狠厉之色更甚："没办法，中国太大了，中国人又处处护着他们。要不是有这些中国人帮忙，他们早就成为我们的囊中之物了。"说着，他做了一个杀人的手势。

佐藤问道:"确定姓金的已经到重庆了吗?"

"确定。我们在广州捕获了一个朝鲜流亡组织的人,用了一些手段后从他那里得到的消息。"山本回答。

"好!那我们从现在开始,调动一切力量,就是掘地三尺也要找到他。"佐藤说完这些,从山本手里拿到了金先生的画像。

"我明天洗印一部分,发给我在重庆发展的'猎虎队'成员。"

"都是些什么人?可靠吗?"

"什么人都有。除了我们自己人,按照绫子队长的要求,还发展了三十多个地痞流氓、逃荒的难民、妓女、商人和警察,还有五六个在他们中央政府里工作的职员。放心,他们都有把柄抓在我手里。"

金先生的母亲和儿子、林熙媛还有一众临时政府核心成员的家眷此时都在广州。广州沦陷,对于在重庆刚刚落脚、正准备推进全面工作的金先生而言,犹如冷水浇头。要知道,这些人若是落入日本人手中,会严重掣肘临时政府的工作。当务之急是赶紧寻到他们,并安然接到重庆。除此之外,还有两桩沉甸甸的大事压在他的心头:一件是给在美、加、英、法等国的韩侨写信,争取更多的经费援助;二是策划抗日活动,对外展现抗日决心,提高韩国临时政府在国内外的影响力。

与广州方面联系的任务,落在了安山根、崔立骏等几个人头上。

崔立骏拿起笔,试着给昔日广州的邻居冯占祥写信。在他与林熙媛的联系中断之后,只能寄希望于冯占祥,将自己在重庆的联络方式传递给她。然而信寄出后,便如石沉大海,杳无回音。

原来,广州沦陷后,冯占祥带着家人逃至乡下躲避战祸。三个多月后,风声稍定,他回到广州,却见自己的住宅已在日军空袭中被毁。冯占祥无奈,只能先着手修缮房屋,无暇他顾。

这天,冯占祥正在带人建房,邮递员送来了四五封信。冯占祥迫不及待地一封封拆开看。其中三封是崔立骏寄过来的。崔立骏的信中,满是对广州形势的关切、对亲友的忧虑。他在信中还细述了自己的近况,更不忘留下通讯地址,恳请冯占祥能将信转交给林熙媛。

另有两封是林熙媛写来的,言说他们已经逃到柳州,人身安全无虞,只是无法联系上丈夫,信中留下了自己在柳州的详细地址。

冯占祥立刻致信崔立骏与林熙媛,完成了二人所托。

半个月后,崔立骏收到了广州来信。细细读后,他便和安山根一起去见金先生。金先生阅信后,为家属暂时安全感到欣慰,但是怎么让他们尽快脱险又是一个大难题。他抬头望向安山根,颇有感触地说道:"好在他们都已经撤离到安全之地,但夜长梦多,如果被日本人侦知他们的存在,后果不堪设想,要尽快将他们接到重庆来。你们有什么想法,说说看?"安山根面露苦色,摇头叹息:"现在前方战事紧张,柳渝交通艰难异常,我们自己很难组织这么多人安全撤离,只能向中国政府求助。"

金先生将那封信轻轻置于桌案之上,陷入了长久的沉默。许久,他才缓缓开口问道:"你是说,请求中国政府派车接他们过来?"

"目前只有这个办法了。"安山根点了点头。

金先生内心充满纠结。他知道,当下战事吃紧,此刻向中国政府求助,实在不合时宜。但他十分清楚,单凭自己的力量,要从遥远的柳州将那些人接来是万无可能的。留在柳州的可都是各党要员和至亲。思前想后,金先生认为唯有求助中国政府,此外别无他法。于是决定和崔立骏一起前往中国政府办公处。

然而,崔立骏提出了异议:"先生,现在局势动荡,陈部长必定昧旦晨兴,您也实在不宜亲自出面。依我看,还是先给他写一封信,由我代呈,这样既不误事,也更为稳妥。"

金先生觉得有道理,当即答应。

怀揣金先生的亲笔信,崔立骏来到重庆国民党政府所在地。门卫看到封皮上写着"陈部长亲启",下面写着"内详"二字,不敢怠慢,层层上呈,最终送达警备司令刘岷手中。

刘岷持信拜见陈部长。

陈部长将信打开一看,发现是韩国临时政府金先生发来的求援信,信中写道:"百余临时政府家眷滞留柳州,恐落日寇之手,甚为忧虑。请求陈先生百忙之中拨冗斡旋,如能将他们接来重庆,金凡等将不胜感激。"

刘岷听了陈部长的介绍,不禁眉头紧锁,喃喃抱怨:"这个金凡,真是不瞅眼色。事情哪有他说得那么简单。所有车辆都在前线运兵运补给,哪有车派给他们啊。"

陈部长闻言瞥了刘岷一眼,摇了摇头,缓缓道:"泱泱中华,乃礼仪之邦。要知道,敌人的敌人就是朋友,日本吞并朝鲜,他们被迫流亡到中国,还在上海滩掀起惊天波澜,日本人恨不得生啖其肉。我们岂能坐视不管?"

行动队长魏大通接到任务后,立即联系崔立骏沟通细节,制定出详细行动方案。

可谓是按下葫芦起了瓢,交通问题刚解决,这么多人的住宿又成了新难题。如何妥善安顿众人的住处,确实让人头疼。

与魏大通商量完毕,安山根、崔立骏、李树斌、金喜顺等人便根据金先生的要求,竭尽全力在重庆四处寻找合适的住处。重庆市区规模本来就不大,大量人员撤退到此,导致人口急剧增加,房源极度匮乏。更重要的是各类人员汇聚此地,三教九流、鱼龙混杂,安全成了大问题。为此,金先生与另外几个党派的负责人商讨后,决定在重庆市郊寻找栖身之地。

接下来的日子,崔立骏为落实安身之处终日奔波劳碌,却一无所得。不承想,他的行为,竟引来了一群心怀叵测者的觊觎。

第 54 章　重庆·柳州·綦江

一天傍晚,在经历一整日的奔波之后,崔立骏空手而归。他中午只吃了一个馒头,时至此刻已经筋疲力尽。经过一个巷子时,三四个人突然从巷口冲出,不分青红皂白对着他就是一阵拳打脚踢。

不明对方身份,崔立骏不敢贸然出手回击,只能用双手护头求饶。待对方收手,满脸是血的崔立骏朝地上吐了几口鲜血,愤愤问道:"我,我和你们往日无冤,近日无仇,为何要对我痛下狠手?"

人群中冒出一个瓮声瓮气的公鸭嗓音:"格老子的,少他妈废话,快点把钱拿出来!"

崔立骏忍着剧痛辩解:"我来重庆讨碗饭吃,哪里有钱,你们找错人了。"

另一个破锣嗓子吼道:"你龟儿子憨戳戳的,没得钱?没得钱还到处找大房子?小房子还看不起!老子跟你龟儿几天了,莫想骗老子!"

原来,这伙人的头儿是重庆码头帮主蔺大号手下的一个马仔,名叫边常在。自从政府迁都重庆后,他们就在重庆的大街小巷到处搜刮钱财。蔺大号的组织层级呈宝塔式,边常在处于最底层。这次从上一级领受任务后,他就像打了鸡血一样跃跃欲试,目的就是为了那不菲的赏金。

崔立骏强撑着抬头,目光扫过那个公鸭嗓,暗暗将其样貌刻在心底,解释道:"我真的没钱,要不又怎会落得如此饥饿潦倒,连走路都摇摇晃晃的地步?我其实只是替人打听消息,赚取些许佣金为生。各位兄弟,不信你们可以来搜搜我的口袋。"边常在手下的一个小弟真的蹲下去开始搜身,把崔立骏的衣服从外到里翻了一遍,才从最里面的兜里翻出几个铜板。他一边狗腿模样将铜板交给边常在,一边骂骂咧咧:"格老子的,看穿得人五人六的挺体面,原来是个穷鬼。"

崔立骏今晨出门时,为了不被房东轻视,特意换上了这件稍显体面的衣物,却不承想因此给自己招来了这场无妄之灾。

"没钱?"边常在冷笑一声,"把他的外套给我扒了,我们走!"

一行人将崔立骏剥了个精光,拿着衣服扬长而去。崔立骏在刺骨的夜风中瑟瑟发抖,从地上爬起后擦拭了嘴角渗出的鲜血,活动了一下四肢,虽然很疼但应该并无大碍。他抱住膀子往家走,不时回头观察,以防那群人尾随,兜兜转转,绕过几个圈子,才返回住处。

见到崔立骏一副"光猪"模样,金先生等人愕然之余,个个满脸疑惑。在众人目光下,崔立骏红着脸将自己遇到一群小混混的情况诉说了一遍。

"我今天变成这般模样,虽然颇为尴尬,但也并非全无收获。"崔立骏若有所思地说道,"我在想,连小混混都如此猖狂,更何况是日本人呢?难道我们逃到陪都重庆,他们就不敢对我们如何了吗?"

金先生听着,神色逐渐凝重起来。他边提醒众人今后出行要小心,边递了一杯热茶到崔立骏手里,以示安慰。

吃一堑长一智,崔立骏从此以后多了个心眼,每次出门都万分谨慎。然而,似乎命运与他作对,一周后的一天,崔立骏再次遇到边常在。老远看见崔立骏,边常在一脸痞里痞气:"哟嗬,咱们还真是有缘啊,又见面了。我就想问问,你上次的佣金收回来没有啊?哥几个最近手头紧得厉害。"

崔立骏明白菩萨好拜小鬼难缠的道理,当即换了副面孔,佯装无奈地说道:"大哥,生意不好做啊,上一单生意黄了,一分钱也没有挣到,现在吃饭都是事。"

边常在可不听他诉苦,嘴角微翘,两个手下便立刻趋前,伸出手来。见崔立骏没有掏钱的意思,他们便一拥而上,扯住他的衣裳。崔立骏本想还手,可一想到不能因小失大,影响到重要的事情,只能紧紧咬住牙关,强忍着心中的怒火与屈辱,任由对方将自己身上的钱财搜刮殆尽,然后看着他们大摇大摆扬长而去。临走时,他们还威胁崔立骏,让他今后不许再出现在他们眼前,否则,见一次打一次。

短短几日内,接连两次被同一伙人洗劫,崔立骏烦恼不已,发誓此类事情不能再有下次。

一天,崔立骏在路上遇见魏大通,寒暄几句后便把落难之事一五一十说给了对方。魏大通根本没当回事儿,直接道:"格老子,真是无法无天!明天我带几个人跟着你,要是他们还敢过来招惹,就让他们看看马王爷有几只眼。"

转天,魏大通果然带了四名便衣,远远跟在崔立骏后面。此时的崔立骏,倒像是个诱饵。他故意放慢脚步,四处寻觅那伙人的踪影。崔立骏深知附近几条街都是边常在的地盘,在街上转了两圈,仍不见对方现身,心中不禁有些焦躁。实际上,他一出现在这条街,就有眼线向边常在汇报了。

边常在当时正与几人搓麻将,本欲继续打牌,放崔立骏一马,但架不住几个人的劝说,把牌一推:"还真是个神戳戳不怕死的贱骨头,走,老子这次非打死他不可。"

突然,几名男子从十几米外的门楼冲出。崔立骏定睛一看,为首的正是边常在,便假装惊慌失措,连退两步后转身逃离。

崔立骏跑过几十米,与几个边走边悠闲地抽烟的黑衣人擦肩而过。四个人闪过崔立骏,把烟屁股狠狠地摔到地上,迎面径直走向追赶者。

此时,边常在一伙人仗着人多势众,嚣张地吆喝道:"滚开,给我滚开,别妨碍老子办事。"

"你是在骂我吗?"魏大通猛然上前,一把揪住那口出狂言者的衣领,一拳挥去,那人应声倒地,满脸鲜血。

"弟兄们,给我上!"边常在见状怒火中烧,大喝一声。

一时间棍棒与刀光齐飞,路人皆惊慌失措,四处逃窜。魏大通率领手下奋力抵挡,同时暗中瞄准边常在的方向,悄然逼近。趁其不备,魏大通一个闪身便跃至边常在背后,长臂一展,左手紧紧箍住其颈项,右手迅速从腰间拔出手枪,顶住他的天灵盖,低声喝道:"想活命,就让他们停手!"

"快,快停手。"一声杀猪般的号叫过后,所有人的身影都定住了。他们一齐看过来,只见边常在两只手举在胸前乱摆,身体恐惧得颤抖不已,口中不停地重复:"好汉爷饶命!好汉爷饶命!"

崔立骏此时走到魏大通身边,魏大通傲然抬起下巴指向他:"这是我表弟,听说你们接二连三地找他的麻烦,是不是活腻歪了?"

边常在此刻只能慌不迭地致歉:"对,对不起。我们是有眼无珠,今后你表弟就是我的亲叔叔,在我这一亩三分地上,我保证没人敢再欺负他。"

"真的?别是骗我的吧?"

"真话,绝对真话。"看着几个人手上都拿着家伙,边常在一行人知道他们今天遇到了硬茬,非自己能招惹之辈,于是纷纷点头如捣蒜。

"那以后就要看你识不识抬举了。"魏大通用枪顶了顶边常在的荷包。

"兄弟你大人有大量,这点儿小意思,权当赔偿。"边常在颤抖着双手,将钱包递给崔立骏。

魏大通松开手,使劲一掼将边常在推向一边,但拿枪的手仍然指着他们,怒喝一声:"滚!"

事情并未就此结束。俗话说,强龙难压地头蛇,边常在一伙人平时欺软怕硬惯了,哪能受到了这个气,回去便把事情报告了宝塔最高层蔺大号。蔺大号派人打听后,指着跪在地上的边常在说:"你若再敢动他一根毫毛,我就剥了你的皮!"

边常在询问什么原因,蔺大号一脚将其踹倒在地:"格老子的,那小子是个穷鬼不假,但干的却是皇帝交代的事,说出来,吓死你!"

"么,么子事?"

"告诉你,那小子身怀绝技,之所以扮成穷鬼,是为蒋委员长出行打前站的!"

"啊……"

木棍终究敌不过枪杆。经过这么一闹,接下来的日子果真变得风平浪静。

崔立骏和安山根分头前前后后又跑了半个月,仍未找到合适之处。

无奈之下,他们只得与金先生商议,将搜索范围再次扩大。崔立骏忽然想到,从长沙途经贵州辗转来重庆时曾经路过綦江,并在那里住了一晚。綦江人口不多且环境不错,与重庆城区相隔不远,堪称理想之选。

果然,他们在綦江的沱湾寻得了理想的住所。沱湾的青砖小平房,散发着古朴的气息,既经济又实用。崔立骏打听一圈下来,发现只要租金合适,不少人家都愿意把家里的空房间腾出来出租。这正合大部分韩国临时政府成员之意,他们虽然是同胞,但并非同一家庭成员,分开居住是最为合适的选择。于是,崔立骏分头给大家先租好房间,垫付了半年的房租,算是完成了金先生交给他的任务。

在家书抵万金的岁月里,亲人的久别重逢显得格外珍贵。

1939年4月底的一天下午,沱湾地区临江街禹王庙前,崔立骏、安山根等人陪同金先生早早地等候在那里,他们在等待亲人的到来。他们每个人的心情既欢欣,又忐忑。这时,远处响起了一阵汽车喇叭声,六辆军用卡车缓缓开了过来,整齐地停靠在路边。车刚停稳,就从上面陆续跳下来一群男女,他们面色黝黑,疲惫憔悴,却神色欣然,每个人都在急切地搜寻着自己的亲人。

这百人的队伍,便是从柳州迁移到重庆的韩国临时政府各党派成员及家属。他们的旅程充满艰辛,风餐露宿,栉风沐雨。除此之外,为了安全还必须隐瞒真实身份,自称是从东北逃难出来的。西南地区很少有人去过东北,打过交道的东北人很少,从被日本人占领的东北逃出来实属正常,因此一路上无人对此产生疑虑。

欢迎队伍中,金先生、安山根和崔立骏也在寻找着各自的亲人。

看到白发苍苍的老母亲沟壑纵横的额头上布满泥土和汗迹,金先生不禁泪流满面。他张开双臂想上前拥抱母亲,竟激动得迈不开步子。

"母亲大人,我没有亲自去柳州接您,为子不孝啊!"金先生朝母亲深深鞠了一躬。

"我这么大年纪还能活着见你,你得替我感谢上天,感谢一路护送帮助我们的中国人啊!"

"母亲大人,儿子会,一定会的!"

熙熙攘攘的人群中,林熙媛急切地穿梭着,终于找到了正在四处张望的崔立骏。

"立骏,立骏!"

崔立骏看着眼前这个消瘦单薄、乱发披肩、眼眶深陷的女子,有些愣神。

"立骏,是我啊,熙媛!"

"熙媛?!你是熙媛?"

崔立骏怎么也不敢相信自己年轻美丽的妻子,变成了这般模样。他右手心痛地轻抚她的脸,左手紧紧抓着她的肩,似怕她从自己眼前消失似的。林熙媛扑进崔立骏怀里,眼泪肆意流淌……

待亲人一番相认后,从第一辆卡车驾驶室里跳下一个中尉军官,向众人立正敬礼,他自称名为袁有仁,是此次运送任务的具体负责人。随后,袁有仁问哪位是金先生,崔立骏把他带至金先生面前。

一个标准的军礼后,袁有仁掏出一张皱巴巴的公文用纸,双手递给金先生。

"金先生,我是护送队长袁有仁。我们这次负责护送的贵方人员从柳州到重庆,无一人伤,无一人亡,请您签字确认,我好向上司禀报!"

金先生接过纸张时,发现袁有仁十个手指都没有指甲盖。

"你的手怎么没有指甲盖?"金先生十分诧异道。

袁有仁不好意思地缩回双手,低下了头。

安山根和崔立骏急忙打量各自身边军人的手。这一看不得了,所有军人的手枯如树皮,指尖都没有指甲盖。

"怎么了,到底怎么了?"金先生抓起袁有仁的双手急切地问道。袁有仁没有说话,林熙媛眼含热泪说道:"一路上他们修车补路,好几次塌方,还要搬运大石块。每次干完活,双手都是血淋淋的!"

"我们的人员一个不差,你们护送队还好吗?"金先生焦急地问道。

"报告,一人抢修山路时坠崖,一人被土匪抓走,还有两个重伤留在了当地!"袁有仁话音未落,金先生哽咽起来……

沱湾有条街名叫上升街,街上矗立着一座青砖瓦房,虽简陋却也别具一格,成为韩国临时政府的临时办公场所。众人安顿下来后,各方代表在这里召开了一次协商会议。数月以来,颠沛流离的韩国临时政府基本处于瘫痪状态。这次会议,金先生再次提出多党统一的问题,遗憾的是,仍然没能达成一致,韩国临时政府只能采取国务委员制。所幸的是,众人也达成一些共识,譬如韩国临时政府的工作重心应转向抗日,适时发声,以此提升国际关注度。

会议间隙,金先生邀请崔立骏陪同他到临江街散步。面对湖光山色的江城美景,金先生赞叹连连。望着尽收眼底的绿水青山和江面上的孤帆远影,金先生万千感慨,预言未来这里和上海、嘉兴、镇江、南京、长沙等地一样,必将成为韩国后人追寻的"灵魂故乡"。

"金先生,胜利的那一天一定会到来的!"崔立骏看了一眼金先生,有感而发。

"立骏,你还没到过韩国吧?"尽管金先生早就知道崔立骏没有去过韩国,他还是问了这个问题。

"金先生,我没去过。"

"等到胜利的那一天,我正式邀请你去韩国看一看,我们国家的很多城市也像綦江像重庆这么美!"

"金先生,我一定会去的,请您不要食言啊!"

"不会的!"

经过短暂的筹备,五天之后的下午三点,旅渝韩侨革命团体在重庆市党部大礼堂举行纪念"三一运动"大会。身为国务委员的金先生、李凤吾等依次上台讲话,讲述"三一"革命的情形以及历史根源,还有"三一运动"后韩国革命运动的进展情况以及今后努力的方向,呼吁两国人民携手并进,共同抵抗日本帝国主义的侵略。字字句句,如洪钟大吕,振聋发聩。

在此期间,崔立骏跟着安山根承担了繁忙的会务工作。根据安山根的分工,他负责联系会场和通知参会人员,更重要的是组织会场的安保事宜。为确保会议顺利进行,在会场的入口处,他指派李树斌、金喜顺等四人进行入场检查,要求仔细确认来宾的身份后方可入场。

望着入场人员井然有序,崔立骏稍感放心,便前往后台去看看参加会议的各党领导人是否已经到齐。当崔立骏赶回入口处时,负责安保检查的金喜顺给他讲起了刚刚发生的一件事。

"刚才在入口处,一个人要进会场,我们检查发现他身上有折叠刀具,就阻止了他。不久后,这个人又来了。"

李树斌接过金喜顺的话继续讲述:"看到有人与喜顺吵架,我就走了过去。搞清情况后,尽管这次他未带刀具,但我仍然觉得他很可疑,就没让他入场。"

崔立骏急忙问道:"最后结果呢?"

"为确保出入口的正常管理,我把他带到一旁询问来意,但他语焉不详,说这里人多热闹想来看看。我说这里不是看热闹的地方,请赶快离开。最后,此人不情愿地离开了。"李树斌解释道。

崔立骏闻之,目光深沉,若有所思:"此人,恐怕并非等闲之辈。"

正如崔立骏所说,此人并非一般街痞流氓,而是典当行老板佐藤店里的杨阿三。他和阙根方曾在南京和长沙追踪过金先生。金先生离开广州后,两人被绫子派往重庆,以当铺伙计的身份隐藏于佐藤店内,辅助佐藤和山本继续追踪韩国临时政府成员特别是金先生。对此,佐藤聘用的中国伙计黄春生一概不知。

杨阿三沿街溜达,满心期待自己能够有所斩获。当他行至重庆党部大礼堂,目睹人群入场,便欲跟进一探究竟,没料到被拦在外面。他心下好奇,到底是什么样的集会,检查如此严格。令他没想到的是,他们正竭力寻找的金先生就在这里。

归至当铺,杨阿三即刻向佐藤禀报了所见所闻。佐藤听后,嘱咐他若再次撞见这些人,务必暗中尾随,以探寻他们的藏身之所。

在綦江沱湾的这段时间,韩国临时政府的一项重要任务就是努力实现各爱国团体和党派的联合统一,另一项任务就是筹备召开临时议政院会议,增补议员,改组政府。金先生不便抛头露面,所以只能派人联系居住在各地的韩侨。根据金先生的指示,安山根、崔立骏、李树斌等人忙碌不停地穿梭于綦江和重庆之间。

某日,李树斌一见崔立骏,便急切地倾诉:"我总感觉到,有一双眼睛好像在背后盯着我,不是我太敏感了吧?"

"莫慌,细细说来。"崔立骏温言安抚,示意他说具体点。

"我说不上来,但我总有一种很不安的感觉。"李树斌脸上的不安之情显露无遗,这让崔立骏感到颇为诧异。在他的印象里,李树斌素来沉稳理智,若不是真的受到困扰,不会如此失态。

崔立骏轻轻拍了拍李树斌的肩膀,安慰道:"别担心,把你的想法都说出来。"

"一天我自己回去,路上虽然很平静,但我总感觉背后有双冰冷的眼睛在紧紧盯着我。可我回头望去,发现周围的人都很正常,大家都在忙各自的事情。"李树斌边回忆边述说。

李树斌说,打那以后他就开始留意周围的环境,试图找出背后紧盯自己的那双贼眼。然而,尽管他时时处处竭尽全力,却始终没有发现任何可疑的迹象。但每次行走于街头巷尾,他又能清晰地感受到那股窥视的目光。

听完李树斌的回忆,崔立骏一番思虑后提议:"你近期暂时不要返回綦江,在重庆市区寻一落脚之处,三天后再回去。到时候汽车经过太公山,你在学堂湾下车,然后朝山上观音寺方向走,我在那里接应你。你明我暗,我要好好看看对方到底是何路神仙。"

第55章　重庆·綦江

第三天清晨,李树斌抵达汽车站。

面对熙攘不断的人流,他无法判断是否有人跟踪,便在站内悠闲地踱步,装作等人的模样。直到确信无人注意,他才悄然走向售票口,买下回綦江的车票。这一策略果然奏效,他在两处不同的角落捕捉到了同一个黑衣人的身影。

李树斌的双眼始终紧盯着车门口,直至车辆缓缓启动。在此期间,他并未见到那名黑衣人上车。李树斌心中暗想,难道是自己判断有误?车辆开出车站五六百米远时,突然停了下来。乘客们纷纷探出头来,看到一个身背麻袋的人拦停了车辆。

"去哪儿?"售票员不耐烦地询问。那人却默不作声,只是将车费塞进售票员的手中。

售票员瞥了一眼,是全价到綦江的车费,便不再多问,直接让他登车。

上车的男子戴着一顶破帽,脸上还贴着一块脏兮兮的胶布。李树斌没太在意这个人,只在他经过自己身旁走向后排空位时瞄了一眼,但由于帽檐压得很低,看不清他的脸。

车辆驶离市区后,道路两旁的景观变得单调乏味,田野与山峦如幻灯片般不断向后掠过。乘客们百无聊赖,或昏昏欲睡,或望着窗外发呆。李树斌一边观察一边琢磨,哪一位会是跟踪自己的人呢?

学堂湾到了。下车的人们各自散去,连那个后来上车的男人也随之消失不见。李树斌心里犯起嘀咕,心中的疑团也随之加重。但谜底未解开前,他只能继续朝观音寺走去。一路上,李树斌走走停停,四处张望,却只看见树林间偶尔闪现的打柴人身影,而崔立骏却迟迟未现身。他心中

479

纳闷,明明约定在此会面,为何迟迟不见他的踪影?

走过一阵后,李树斌不经意间扭头朝后观望,远远地看到一位老者提着竹篮,好像要去观音寺上香。开始他还不太在意,但走着走着便觉得蹊跷,无论他快步奔走还是放慢脚步,老者都紧跟其后。

六月的阳光透过树梢洒下,炎热的气息扑面而来。长途跋涉让李树斌汗流浃背,他脱下外衣,边走边抱怨:"这该死的天气,真是热死人了。"

路口处摆着一副茶挑和两张长条板凳,一名赶路的老妪带着两个孩童正在歇脚喝茶。摊主看见李树斌,便热情地喊了一声:"客官,天这么热,喝口茶再走吧!"

李树斌正有此意,便一屁股坐了下来。

茶水馥郁的香气轻轻萦绕,李树斌忍不住端起茶碗,细品慢呷。摊主不经意间瞥了他一眼,那眼神中似带着几分深意。李树斌心中一动,细细打量起这位摊主。真是不看不知道,头裹毛巾的摊主,正是乔装打扮的崔立骏。

"给多了。要不再来一碗吧?"崔立骏笑着说道。

茶碗再次端在李树斌手中的时候,他察觉到碗底附着一个折叠的纸条。他不动声色地接过茶碗,顺势把纸片滑入手掌心。背对低头喝水的一老两小,李树斌悄悄展开纸条,看到了上面写有一行字:"有人跟踪,继续前行即可。"

喝过茶水,李树斌精神焕发,整顿衣服准备继续前行。就在此时,一个手提布袋、满脸络腮胡的中年汉子不疾不徐地走到茶摊前。旧客刚离新客即来,崔立骏热情地倒了一碗茶就迎了上去。出乎意料,汉子见李树斌起身离开,立刻跟着站了起来,转身就要走。崔立骏端着茶碗,本可以轻松避让,但他却故意撞了上去。滚烫的茶水泼了汉子一身,茶碗落地应声而碎。双方瞬间争执起来,没说几句,便动起手来。

见势不妙,老妪拉起两个孩童迅速离开。

双方交手几个来回,不见胜负。正在这时,路边树林中闪出两个砍柴者,手持扁担冲了过来。一扁担落下之后,络腮胡男人双手抱头倒在地上。崔立骏俯下身去，一把扯下那人的络腮胡须。

跟踪者正是杨阿三。

这一路上，他从黑衣人变身背麻袋者，转眼成为手提竹篮的老者，最后又化身为手提布袋的络腮胡汉子，三次易容紧紧尾随李树斌。然而，他的计谋终被崔立骏与匿于树林中的同伴所破。只可惜那一扁担打得太重，杨阿三未来得及多言，便七窍流血，一命归西。

三日过去。杨阿三既未现身也没有消息，佐藤心中生疑，急忙召集黄春生、阙根方等人探询杨阿三的情况。然众人皆茫然摇头，表示一无所知。佐藤心知，杨阿三很可能已遭遇不测。因心中有鬼，佐藤不敢到警察局报案。他部署手下一方面打听杨阿三的下落，一方面敦促阙根方继续侦查韩国人的聚集之处和"大鱼"的具体住址。

为统一指挥秘密猎杀韩国临时政府负责人特别是金先生的行动，绫子来到了重庆。

一天傍晚时分，黄春生刚要打烊关门，一位身着西式马甲、买办模样的小伙赶到当铺，说老板一封邀请信要当面送给当铺掌柜。佐藤接过信还未读，小伙子拔腿就离开了。

穿马甲的小伙子是绫子派来的信使。

绫子与佐藤和山本在重庆的第一次见面，是在磁器口古镇一个名叫"回声"的茶房内。古色古香的茶房包厢内，女扮男装的绫子看起来像一位海派商人，嘴里含着香烟，娴熟地操持着茶具，为佐藤和山本添茶续水。

"绫子队长……"佐藤刚激动地喊出绫子的名字，就被她打断："这里只有关老板！"

"是！"

"从今天开始，我们三个在重庆要做一场大生意。成，大家一辈子荣华富贵，不成，个个脑袋搬家。不知两位愿不愿意跟我一起做？"绫子说完，目光如利刃般依次扫过佐藤与山本的脸。

"愿意！"两人几乎异口同声回答。

绫子宣布"猎虎队"在重庆的三十名人员将与佐藤和山本一起参与行动。当铺是情报和人员汇集总部，由佐藤具体负责，外部的搜索行动由山本指挥。最后，绫子指示山本将人员分小组行动，每组三人，白天分散行动，晚上各组组长将信息汇总至"渝信典当"。

一切布置妥当后，绫子示意山本与佐藤先行离去。

"该去和你们见面时，我会准时出现。"绫子说道。

一日，崔立骏依约和魏大通见面。经过几次变故，崔立骏变得格外谨慎，每次外出都会改头换面一番，贴上假胡须假鬓角后，再戴上帽子，非极熟之人根本认不出他来。崔立骏走在人行道上，忽然有个人拦住去路，那人拿出一张照片，问道："大哥，见过这个人吗？"

崔立骏接过照片，内心陡然一惊，"这不是金先生吗？"但他不动声色，"这人……让我想想……倒是有些眼熟。"

"怎么？大哥真见过这人啊？"对方显得十分热切。

崔立骏端详照片，装作陷入回忆的样子："有一天我乘船到南岸办事，在船上见到有个人长得挺像照片上的这个人。身边好几个人围着。"说完后，就把照片还给了那人。

那人如获至宝，嘴里嘟囔着："嘿，净想着市里了，江南那儿才是藏人的好地方啊。"

听闻此言，离去的崔立骏嘴角泛起一丝不易察觉的微笑。

看来，日本人已在重庆开展大规模侦搜，必须小心再小心。

在金先生的大力推动下，韩国国民党、独立党和朝鲜革命党等组织的负责人最终达成一致，决定将爱国团体与各党派联合统一，成立新的韩国国民党，作为韩国临时政府的执政党。上次议政院会议选举国务委员，还是在嘉兴南湖的游船上，距今已经四年有余，现在到了该改选的时候了。

半月之后，将召开韩国第三十一届议政院临时议政会议。开会的前一天，在沱湾上升街的一座戏院内，李树斌正带领一众劳力布置会场，参与者既有韩国人,也有当地中国人。崔立骏来了。扫过一眼众人,崔立骏的目光落在一个陌生人身上。李树斌告诉崔立骏,此人名叫曲文杰,是自己的邻居,看到李树斌忙得不可开交,便主动提出帮忙。

一个时辰后,崔立骏安排众人休息。坐在李树斌身边的曲文杰好奇地询问:"这是要干啥子?"李树斌摇摇头:"不知道。说要开会,但具体开什么会,我也不清楚。"

会场布置好后,为了安全,从下午开始戏院大门就落了锁。

无巧不成书。当晚,曲文杰的舅舅正好来访。吃饭时,曲文杰无意中把自己帮助布置会场的事唠叨了几句,舅舅一听立即放下了筷子。

"他们是哪里人?"

"具体不清楚,好像是东北人。"曲文杰回答。

舅舅听后,用力拍拍外甥曲文杰的肩膀:"哦,晚上我们两个去戏院耍耍。"

"我们又不认识人家,有啥子看头?"曲文杰不明就里。

"告诉你,别人让我打听东北来的一个人,找对了,有赏钱。"舅舅低声告诉外甥。

这个舅舅何许人也?正是阙根方最近结识的朋友胡喜发。阙根方将金先生的照片分发给胡喜发,说是道上的朋友在寻找一个负债潜逃的仇人,且承诺只要提供有价值的线索,就有丰厚的赏金。同时,阙根方也告诫胡喜发,此事必须保密,若是走漏风声,使得道上的朋友寻人不着,后果将是血光之灾。

游手好闲的胡喜发听闻阙根方透露的发财机会,顿时来了精神,整日东奔西走,四处打探消息。

夜幕降临,山城十月的天气不冷不热,街头巷尾孩童嬉戏玩闹,一派祥和景象。曲文杰带着胡喜发来到戏院所处的西大街,发现戏院大门紧闭。胡喜发问曲文杰如何才能进去。曲文杰自幼在镇上长大,思索片刻,提到戏院供演职人员进出的后门管理较为松懈,或许可以一试。说罢,曲文杰带着胡喜发绕到后门,发现后门同样紧锁着。两人绕到后院,发现院墙的一个低矮处，胡喜发踩着曲文杰的肩膀率先攀上墙头，正当他准备跳下时，一阵刺耳的猫叫声响起，一只野猫蹿了出去，把他吓得趴在了墙头上一动不动，呼吸都变得小心翼翼。

院内宿舍里亮着灯，守夜老人走出房间朝墙边望了一会儿，见并无异常，遂又关上了门。

胡喜发和曲文杰先后跳下墙头，不声不响地走进院内。戏院的后门没有上锁，于是两人悄悄地溜了进去。胡喜发掏出火柴，映照出周围的景象来——戏院里桌椅的格局已经变了，原来的桌椅是分开摆放的，而现在的桌椅已经被移到中间集中摆放，桌子摆成长条形，四周围了一圈椅子。他们抬头看看四周，并没发现能提供具体信息的东西。

前期商量会议筹备工作的时候，有人曾提出来会场上可悬挂横幅以示庄重，但被金先生出于安全考虑而否决了。谁也未曾料到，正是金先生这看似不经意的决定，如同堵上一孔蚁穴，最终保住了整个堤坝。

在戏院内磨蹭半个钟头，没有任何发现，舅甥二人空手而归。

翌日，在崔立骏等人的严密保护之下，临时政府议政院会议如期举行。此次会议增补了议员，改组了政府，重新选举金先生、李凤吾等十一人为韩国临时政府的国务委员。此举极大地提升了临时政府的凝聚力和战斗力，使临时政府成为领导韩国爱国同胞坚持抗日复国运动的最高指挥部。会议结束之时，安山根按照金先生的指示，让人拿出一条横幅挂在了合适的地方，接着请全体人员于横幅下方列队站好，让摄影师记录下了具有历史意义的瞬间。

为了邀功，胡喜发还是将自己在沱湾的发现告诉了阙根方。阙根方旋即报告了佐藤。佐藤与山本当即与绫子在"回声"茶房会面，佐藤汇报了最新的情报。山本提及，一名成员打探到金姓人士曾乘船前往江南岸，因此他们推测"高丽棒子"更可能居住在江南，故而近期他们的人手都集中在了江南地区。

听过两人的报告，绫子先是摇了摇头，然后才开口说话："此前，杨阿三报告说在綦江一带发现情况，但随后就活不见人，死不见尸，至今杳无音信。说明什么？说明綦江有问题。"

绫子饮茶润喉后,继续说道:"我判断,十有八九是杨阿三获悉重要线索,所以才遭遇不测的。现在,在綦江再次发现可疑情况。无风不起浪,连续两次都是綦江有情况,你们不觉得奇怪吗？"

山本点点头深表认同:"是挺奇怪的。"

绫子扫了一眼佐藤。

"我认为,应先将人员从江南调出来,沿着綦江这条线进行深入排查。"佐藤提议。

"放弃江南和市内,重点排查綦江。"绫子轻呷一口茶,重重地将茶盅落在桌面上。

为确保安全,金先生在几处秘密住舍间轮流住,每处仅停留三五日。

近日,金先生恰巧回到綦江,并没有住在上升街那处为他准备的房屋内,而是宿于崔立骏家中。金先生平日鲜少外出,一切琐事皆交由崔立骏或林熙媛代为处理。这日清晨,用过早餐,一切收拾妥当后,林熙媛便准备出门采购食材。崔立骏送至院中,特意嘱咐道:"小心点,留意街上的异常情况。"

"明白。"林熙媛点点头。

林熙媛打扮得极为朴素,走在街头,身姿轻盈却又机警万分。虽然是战时,但街道上依然人流如织,有衣着光鲜的有钱人,也有拖家带口的逃难者,但大部分还是身穿粗布衣裳、面带菜色的普通百姓。

突然,一名奔跑的小男孩撞上了林熙媛。她蹲下身扶住小男孩,下意识地喊了声"志豪"。小男孩抬头望望她,说:"你喊错人了,我不叫志豪。"然后与其他小朋友一起打闹着跑远了。

望着远去的孩童,林熙媛眼中泪光闪烁。小志豪遭遇不幸后,崔立骏与妻子商议,鉴于当前时局动荡,加之二人工作繁忙,决定暂时不考虑要孩子。

轻轻拂去眼角泪珠,林熙媛继续往前走,发现一群孩子围着一个货郎叽叽喳喳地交换物品。货郎旁边还支棱着一辆洋马儿(自行车)，孩子手中拿着的不是破铜烂铁，就是子弹壳，嚷嚷着要换块糖果。

林熙媛本想从旁边绕过，不经意间的一瞥，却敏锐地捕捉到货郎正贼眉鼠眼地斜睨自己。想起崔立骏的叮嘱，她心中一惊，提着篮子小心翼翼地加快步伐，匆匆向菜场走去。

林熙媛离去后，货郎拿出两块糖，笑着对一群孩子说："刚才走过去的那个女的，哪个能说出她是谁，我给一块糖。"

孩子们相互对视，多数摇头表示不知。一名小男孩无法抵挡诱惑，咧着豁了牙的嘴说道："我晓得，她家就住在西街麻绳巷。"

"她说四川话吗？"货郎托着糖果问道。

"不会。我娘说她家是东北逃难过来的。"小男孩天真无邪地回答道。

货郎看问不出更多东西，只好作罢，递给小孩一颗糖。

货郎想了想，对小孩子说："娃娃，你们有空就去他们家那边玩，看到有不一样的东西就告诉我，我就给你们糖果吃。"

林熙媛买菜回来时，发现附近巷子里多了几个小孩，但孩子生性喜欢在外面疯玩，她没有多想，就忙着回去烧饭了。

然而，当崔立骏发现这些孩童在一天之内数次鬼鬼祟祟地窥探自家门户时，便觉得事情蹊跷。为探明真相，他乘人不备，从后院翻墙而出，悄悄绕到前门。只见两个小孩正扒着门缝往里张望。崔立骏趁机一个箭步上前，迅速制住了两个孩子。

林熙媛打开大门，崔立骏握着两个孩子的衣领，把他们拎到了院子里。

"说吧，是谁让你们来这儿的？"崔立骏怒目圆睁，做出吓人的样子。两个孩子没见过这阵势，吓得浑身哆嗦，咧嘴哭了起来。

"不许哭！"崔立骏一声怒喝，接着放缓了语气，"只要你们告诉我，我就放你们走。"

两个孩子一听可以放他们走，立马就将货郎供了出来。

"你们以前见过那个货郎吗？"崔立骏问。

"没,没得。我,我们第一次见。"小孩忙不迭地回答。

"两个瓜娃子,那个货郎一看就不是个好人,他干吗平白无故给你们糖吃?那糖是魔鬼变出来的,吃了以后不仅长不高,还会变傻。"

"啊!"两个孩子一下子愣住了。

第56章　綦江·重庆

次日,货郎如期而至。然而,由于两个孩子的散播,众孩童都已知晓他的"真面目",纷纷避而远之。货郎眼见自己没了市场,无奈地骑着"洋马"悻悻离去。

躲在隐蔽处的崔立骏,把这个货郎看了个清清楚楚。

崔立骏原以为此人离开便万事大吉,未曾料到反而引发更大困扰。

货郎回去后,把情况一汇报,立刻引起头目阙根方的注意。阙根方细细一琢磨,认为此事并不简单。一群小孩不会有那么多弯弯绕,之所以躲着货郎,肯定后面有大人指点。

为探得真相,阙根方决定亲自出马。

于是,一位补匠出现在了綦江沱湾镇街头。四十多岁的阙根方打扮一番后,一下子老了十多岁,看起来与风里来雨里去走村串巷的生意人别无二致。

阙根方扯着嗓子吆喝一阵后,陆陆续续走来了手拿破锅破盆之人。来补家什的基本上都是家庭主妇,等待间隙,她们东家长西家短地摆起龙门阵。阙根方并不多言,只是熟练地拿起一个盆,检查到漏点后,便用小锤子轻轻敲打,将漏点扩大成了一个小洞。

一位女主人第一次来补盆,不满地嘀咕:"让你补盆,怎么把漏的地方敲出这么大一个洞?"

阙根方笑着说:"大妹子,你这就不懂了。漏点之所以漏水,是因为周围腐蚀了,补之前需要把周边腐蚀的部位清理掉,然后新的补上去才能粘得住。"两三个女人估计以前补过锅,点点头附和着:"是啊,是这样的。"

在得到大家对自己手艺的认可后,阙根方顺势打开了话匣子。经过两个钟头的交流,他基本摸清了镇上的情况。其间,他顺便提到这里有高丽人的事,说高丽人就是靠近中国东北那一片的。众人面面相觑之际,一个女人说有个几个月前搬来的邻居,男人看着高高大大的,女主人也很漂亮,不知道是不是从东北过来的。

"哎,你们看!"顺着这个女人的眼神看过去,只见不远处,一个高高壮壮的男人走了过来。"就是他。"正好路过的崔立骏原本并未留意路边的女人,如今被她们注视,便觉得事有蹊跷,瞥过一眼后,发现人群中坐着一个补锅匠。

阙根方认出了崔立骏。

崔立骏回到家中,跟林熙媛讲了遇到的蹊跷事,林熙媛一时不知如何是好,跟崔立骏商量道:"要不我假装补锅去看一看?"

"不行,他们是冲着我们来的,你现在出去,无异于自投罗网。"崔立骏想都没想,立马否定了这个想法。

"那怎么办?"

崔立骏思忖片刻:"我去找李树斌,让他老婆过去探探口风。"

崔立骏寻至李树斌家,将事情原委和自己的想法一一细述。李树斌的老婆王金花听后,毫不犹豫地答应下来。她在墙角翻出一个破旧的铁盆,拎着它就出了门。

阙根方并未对一言不发的王金花给予过多关注,注意力仍然集中在几个说话的女人身上。他看似漫不经心地跟女人们说着话,但在某些关键时刻,总能轻巧地抛出关键话题。只一袋烟工夫,王金花就听出了眼前的补匠是在有一搭没一搭地套话。

此刻,崔立骏与李树斌相对而坐。崔立骏闷头抽了一会儿烟,对李树斌说:"这个人和上次那个货郎定是一伙的,都是来打探韩国临时政府行踪的,目标还是金先生。与其等着被动挨打,不如主动出击。"

"我马上向安山根队长报告,找几个人搞掉他。"李树斌点点头表示赞同。

"我们一起去找安队长汇报。但搞掉他不行,那样动作太大,无异于此地无银三百两；但不搞也不行，他们在这里东打听西观察，最终一定会出问题的。"

"这也不行那也不行，你说怎么办？"

"搞，但不能搞死，让他自己溜掉不敢再来！"

两人将情况报告安山根后，安山根认为崔立骏目标太明显不便出面，由他和李树斌出面较为妥当。于是三人凑在一起，商量起具体细节来。

骄阳似火，天边仿若悬挂着一个巨大的火球，炙烤着綦江两岸。街道的另一端，有两个人并肩走来。领头的是李树斌，身后跟着装成随从、走路时故意摆出一副吊儿郎当模样的安山根。他们径直走向补锅的摊子，李树斌瞪眼对妻子王金花吼道："真是个没用的堂客，叫你出来补个盆，磨蹭了大半天还没完，家里的活计谁来做？"言罢，他一脚将一只盆子踢得老远。

可这一脚踢飞的，却是另一个女人的盆子。女人眼见自家的盆子被踢飞出去老远，顿时火冒三丈，张嘴便骂。王金花不是善茬，立马反击，这样一来二去，两个女人就动手撕扯了起来。

在重庆一带，两个女人开仗，男人一般不会插手。李树斌有气没处撒，于是找上阙根方，说冤有头债有主，一切都源于他手脚笨拙，才导致自家女人等了这么久。阙根方想息事宁人，并没有接他的话，但架不住李树斌喋喋不休，最后被彻底激怒，便回怼了几句。

几句回怼犹如火星点燃了干柴，李树斌找到了撒气的对象，猛地一脚将阙根方用来化铁的炉子踢翻在地。这下彻底惹毛了阙根方，他扔下手中的铁锅，手指李树斌用四川话骂道："你龟儿瓜兮兮的，敢在老子这儿摆谱！"说完便抓住他的衣领，两人相互推搡起来。两个大男人打起架来，两个女人便各自松手，站在一旁观战。

李树斌斗不过五大三粗的阙根方，安山根随即加入进来。一番拳脚交加后，两个男人刚把阙根方放倒在地，王金花用铁夹子夹起炉膛内一块红彤彤的炭块，一下按在了阙根方的屁股上。一声杀猪般的号叫后，阙根方浑身颤抖着哭喊求饶。

"格老子的,这个地方你来一次老子收拾你一次!"李树斌脚踩阙根方的脑袋说。

"明天,你龟儿再来,老子烧的就不是你的沟子,是你前头的裤裆,要你龟儿子断子绝孙!"王金花站在丈夫身旁,手举铁夹指着阙根方痛骂。

綦江沱湾新开了一家不起眼的茶叶店——"綦江翠"。

"綦江翠"门前,悬挂着一块黑色木板,上面写着当日售卖的各级峨眉竹叶青的价格。这家茶叶店的老板,是位驼背老人。他常常坐在店铺的后间,手握一把带嘴的紫砂壶,沉醉于茶香之中,非大客户来不轻易露面。前台则站着一位中年伙计,满脸络腮胡须,热情地接待着每一位来客。

傍晚时分,一个男人缓缓走到"綦江翠"门前,四下观望一阵后,快步挑帘走了进去。

这个男人不是别人,正是柳东岳。

柳东岳进店后,络腮胡急忙起身,跑到门边,透过布帘缝隙向外瞭了两眼,确定没有人后反身对柳东岳点了点头,随后将其带入里间。

这一次,里间坐着的除驼背老板外,还有一位戴礼帽、着长衫的中年商人。

"柳先生,我们又见面了!"戴礼帽、着长衫的中年商人首先开口说话。

"关老板好!"柳东岳说话间,卑微地向女扮男装的绫子鞠了一躬。

"柳先生,朋友间不必拘谨。你刚到綦江几天,一路辛苦了。快坐下喝茶!"绫子显得颇为客气。

柳东岳点了点头,轻轻地坐在椅子上。呷过一口茶,讲述了自己从广州逃到重庆的艰难历程。

听完柳东岳的叙述,绫子安慰了他几句,随即话锋一转,说在他没有到来之前,她以两名手下一死一伤为代价侦悉,朝鲜流亡组织人员和家眷并没有住在重庆,而是栖居綦江。至于"元凶"金凡本人在綦江是长期蛰伏还是偶尔现身,至今仍是个谜。为了锁定他的藏身之处,一个月前特地在綦江沱湾设立新的情报站——"綦江翠"。

"这个情报站就是为你开设的。"绫子毫不掩饰,直言相告。

"为我?"柳东岳愕然,满脸疑惑。

"在重庆和綦江,由于中国特工的外围保护以及安山根、崔立骏等人的内应,我们的人员始终无法接近朝鲜流亡组织高层,特别是姓金的。如今要靠你了。"绫子的声音低沉但坚定。

"我带家人来到这里后,他们给我们租了一间偏僻的房子,还特意叮嘱我不要打听其他人的住址,更不能随意走动。他们是不是已经开始怀疑我了?"柳东岳的语气中透露出深深的不安。

"你不要多疑,假如他们真有你把柄在手,是不会同意你来重庆的。他们不接近你,应该是在观察你。根据我们掌握的情况,从上次枪击事件开始,他们就有了这个安全审查程序。不光是针对你个人,凡是离开一段时间的,在重新进入他们核心圈前,都必须要通过审查才行。"

"那,那我该怎么办?"

"背水一战,成功的可能性反而更大。等你搜集到准确情报,我会把你和你的家人秘密送到日本。至于是东京、京都还是九州,你自己决定。"

已踏上贼船的柳东岳已无路可退,听了绫子的话,他双眼冒出希望的金光,他挺了挺胸,问绫子:"我今后和谁联系?"

绫子微微侧目,瞥了一眼身旁的驼背者,他便是昔日曾在嘉兴与镇江间追捕朝鲜流亡组织成员的万兴顺。万兴顺会意,立马站起,目光直视柳东岳,沉声说道:"你与我接头便好。我姓郭,人称郭掌柜。刚才领你进门的店徒,姓冯,外号'大胡子'。"

万兴顺与他的搭档"大胡子"申从海,自杨阿三与阙根方暴露后,便被绫子调整至重庆与綦江一带。

扫了一眼两人,绫子声音低缓地说道:"注意,你们双方非紧急情况不要联系。每次来这里联系,要观察好黑色木板右上角用白粉笔画的那片茶叶,茶叶尖角朝上不要进店,尖角朝下可以进来。"

"知道了。还有一个事情,我不知道该不该说。"柳东岳彷徨地望着绫子。

"说!"

"我到綦江前,崔立骏和李树斌两人的老婆林熙媛和王金花在菜场与我妻子碰头时,都会说些掏心窝的话,有时顺路也会给我家孩子带些点心之类的东西。我过来之后,她们来我家的次数明显少了。我每次见到她俩,总觉得这两个女人的眼神像在审犯人一样。"

柳东岳说完,万兴顺低头沉默片刻,缓缓抬起头后,望着屋顶说道:"这些人真是不要命啊,自己死活不顾,还把家里的女人推到了悬崖边。"

绫子瞥了万兴顺一眼,他即刻止住了话头。绫子微微闭眼,再睁开时,目光已变得锐利。她盯着柳东岳,声音低沉地说道:"这两人中,主导者定是姓林的。据我们侦查分析,那王金花不过是个泼妇而已。但那姓林的,跟了姓崔的这么多年,早已成了他的同谋。"

"姓林的父亲是朝鲜人。"柳东岳像是谄媚地说。

"这个,我们早就知道。"绫子接着说道,"那姓崔的向来是我们的眼中钉。"绫子说话时,眉宇间流露出一丝狡黠与凶狠,"为了捕捉他背后的'大鱼',我们至今仍按兵不动,并非不想抓他和他女人,只是时机尚未成熟。到了关键时刻,我会让他跪地求饶,生不如死。"

柳东岳来到綦江沱湾后,负责监视他的林熙媛和王金花由于不是专业人员,一直没有发现他的可疑之处。面对暗潮涌动的险情,崔立骏向安山根队长建议,与其被动处处设防保护金先生和韩国临时政府重要人员,不如主动出击,打探"猎虎队"成员在重庆和綦江的老巢,先一步动手铲除隐患。安山根问崔立骏有什么打算,崔立骏笑着说道,东方不亮西方亮,柳东岳这边打不开局面,可以改变方向,从阙根方这边撬开缺口。

"上次那个到沱湾修盆补锅、被王金花烙了屁股的家伙,大家原以为他伤好之后还会再来,却一直没有出现。有什么办法找到他呢?"安山根像是自言自语,也像是问崔立骏。

"队长,这个问题我已经琢磨了好长时间。今天中午出门来你这里时,我老远看到了一帮人,忽然有了主意。"崔立骏脸上由沉重变得轻松。

"快说说,什么主意?"安山根焦急地催促。

魏大通踏进门的那一刻,蔺大号尽管阅尽生死场面,也不由得一阵惊慌。对码头帮主蔺大号来说,魏大通是陪都重庆负责治安的行动队长,不期而至显然不是什么好兆头。但两个人坐下,两口茶一喝,蔺大号变得气定神闲起来。魏大通说,他这次来,不是找茬儿而是相求——是受一位朋友所托寻找仇人的。仇人不但不还赌债,还到处打着他的旗号骗财骗色。蔺大号一口答应下来,说能为官府效犬马之劳,是求之不得的事。

魏大通走后,蔺大号派人唤来了边常在。

"七天之内,找到画像上的这个人。"画像上的人就是阙根方。

"大哥,这杂痞骗啥子?"边常在眯着眼睛打量着画像上的人。

"骗财骗色!"

"重庆大码头是大哥领着兄弟们打下来的,没有骗过人一次钱财。这杂痞不但骗财还骗色,是不是活腻歪了?大哥放心,我让弟兄们白天黑夜轮流到街上去,七天之内,保证把他抓回来。"边常在说完就要带着跟班的离开。

"慢!冤有头债有主,你们只负责搞清楚这个人住哪,剩下的怎么办,托我的朋友自有办法。滚吧!"蔺大号朝边常在摆摆手。

一个星期后,边常在终于发现了"骗财骗色"的阙根方。

次日,安山根、崔立骏二人一起来到金先生的住处。将近期发生的事情向金先生详述了一遍。

"日本人的狗鼻子真灵,我们到哪儿他们就跟到哪儿。"金先生感慨道。

安山根言之凿凿:"诸多迹象显示,'猎虎队'正向我们步步逼近。在此过程中,他们折了一个伤了一个,这肯定会加重他们的怀疑,势必会沿着这条线索继续调查追踪。面对此等凶残之徒,我们也应有所动作,立骏已通过友人找到了绫子一个手下的线索。"

金先生问:"好!你们想怎么办?"

"此人藏身一家典当行内。我们打算诱捕其人,搞清事情的来龙去脉后,再和重庆政府方面一起行动,将其同伙一网打尽。"

"我同意这个方案,你们务必要小心行事。"

第 57 章　重庆·綦江

兵贵神速。

崔立骏深知时间紧迫，不容半分耽搁。他只身来到江北兴隆街一个山坡上，这里矗立着一座水塔。早年，重庆市民的生活用水全靠人力从江中挑取，既耗费体力，又难以保证水质。1927年春，重庆开始筹建第一座自来水厂，厂址设在打枪坝。水厂内，一座高高矗立的水塔，样式别致而精美，是重庆的地标性建筑之一。

崔立骏掏出一支粉笔，在水塔外围的围墙上画了四个符号，是《周易》乾、坤、离、坎四个卦象，分别代表天、地、火、水，也代表正南、正北、正东、正西。韩国人看到这个图案，就会明白这是太极旗的标志。崔立骏接着又在图案旁边画了一个重庆常见的盖碗的图案。

而后数日，陆续有人踏入水厂旁的茶楼。他们在欣赏完川剧变脸表演、品尝过盖碗茶之后，纷纷在留言本上留下只言片语。如同事先约定般，他们皆不约而同地凝视着那句"戏鼓声声催无人，江水嘻嘻渔人湾"的诗句，陷入沉思。

在渔人湾码头，崔立骏成功联系上了一群人。他们均为参加过镇江自卫军训练的成员。这些人是在韩国临时政府大部分成员到达之前提前潜入重庆的。出发前，崔立骏向他们强调，不到万不得已，不得暴露身份，他会在关键时刻启用他们，他的代号就叫"催无人"。

一天中午，一位着长衫戴礼帽和墨镜的中年商人走进了"渝信典当"。只见他从容地递过一个盒子，内装一块造型独特的古玉。商人开口就要一千块，伙计黄春生瞥了一眼那块玉，觉得这个要价过高。他退回盒子，带着几分客气回复来人："这位先生，您这块玉，恐怕不值这个价。"

商人倒也不恼怒,笑着说道:"请您看仔细,我这块是汉代以前的和田玉,质地细腻、色泽温润、莹和光洁、冬不冰手。玉是从宫里流出来的,您要没这个眼力,把店里当家的请出来过过眼。"

黄春生此时心里也没有底,只能进里屋请人。

出来的人不是佐藤,而是阙根方。半个月以来,边常在的人马突然白日黑夜活跃于街头,绫子察觉后,悄悄指示佐藤不要住在典当行内,而由略懂古玩的阙根方代替。阙根方虽不是行家,但也曾在南京朝天宫古玩市场浸淫多年,瞟了一眼便知这块古玉价值不菲:"这位先生,您这块玉从哪里来的?"

中年商人微微蹙眉,叹息道:"此玉石乃我四代家传之宝,已在我手中珍藏十余载。因追随政府迁居重庆,生活窘迫,不得已才选择典当。"

阙根方语气沉稳回应:"先生手中的这块玉,名为青玉龙形佩,自春秋晚期始,至战国时蔚为风尚。若为真品,千金亦不为过,但……"中年商人听到"但"字,急忙接口道:"掌柜的但说无妨,无须拐弯抹角。重庆的典当行,也非贵店一家。"

阙根方微笑着道:"青玉龙形佩一般都是成对的,您这是一半。价格那就要大打折扣了。"

商人听后坦然大笑,收声后淡定解释道:"掌柜的好眼力,家中确实还有一半,这年头兵荒马乱,实在不敢全部带在身上。"阙根方正要接话,中年商人抢了先:"您若是信得过我,我就把玉石先押这里,您先付一部分定金,然后随我一起至寒舍,取上另一块玉石,我们再结清其余款项。不知意下如何?"

阙根方凝视着商人,见其眼神坦荡,遂问道:"贵府离这多远路程?"

"我居住的地方和这里也就一炷香的距离,梨园戏楼知道吧?后面共有三家院落,中间的大院就是。"

稍加思索,阙根方答应了。

就这样,阙根方随着商人穿过几条街道,经过梨园戏楼后,有说有笑地走进中间大院的朱色大门。可刚一进门,阙根方就感觉脖颈处一阵发麻,四肢瞬间失去力量,整个人瘫倒在地。

待阙根方悠悠醒转,发现自己已被五花大绑在椅子上。四周的窗户紧闭,一丝光线也钻不进来。

他惊愕之际,几名汉子陆续进入房间,各自手持一件器具,有的是又粗又硬的鞭子,有的是生锈的虎口钳子,还有明晃晃的砍刀。最后走进来的,正是那位中年商人。然而,此刻的他仿佛年轻了十几岁,面容焕然一新。

"补锅匠,想不到在这又见到你了!"崔立骏的话语中透着一丝戏谑。

"姓崔,崔的,不,不,崔先生,是,是你!"

"说出你的真实姓名,还有上级老板。最好老实回答我的问话,否则,就算我客气,这几个不要命的哈儿也放不过你。"崔立骏说完,斜眼看了一圈。几个人耸了耸肩膀,个个一副不好说话的模样。

"我说,我说,我见钱眼开,不该拿不义之财。那个一千大洋原封未动,我带你们去取,求求你们饶了我。"阙根方慌忙表态,生怕遭受皮肉之苦。

"看来你还是揣着明白装糊涂啊!"崔立骏说完,踱步离开了客厅。

几个汉子噼里啪啦动起了手。一会儿工夫,阙根方从头到脚都见了红。

崔立骏走了进来,掐住阙根方的下巴,大声喝道:"我们并非觊觎你的财物,而是要你说出真实身份,还有幕后指使者。"此时崔立骏知道对方非同常人,不会轻易透露任何信息,倒不如开门见山,省得绕弯子。

阙根方支支吾吾,显然还在犹豫。崔立骏大手一挥,三四个人开始轮番施刑。这时,崔立骏端上来一碗水,置于阙根方嘴边,说:"这碗辣椒水是重庆特有的朝天椒做的。你要不要试试?"辣椒水在碗中荡漾,红色汤汁令人望而生畏。

阙根方的心理防线终于崩溃,他垂头丧气地交代了一切。

"我,我叫阙根方,和杨阿三从南京起就,就一直找你们,但……"

"杨阿三?就是上次和你在长沙火车站一起逃走的那个?"崔立骏打

断了他的话。

"是,是的。"

"他不配合我们问话,已经被扔在乱葬岗了。你也想……"

"配,配合,我配合。"

"谁是你的幕后指使,人现在典当行吗?"崔立骏紧追不舍。

"日本人佐,佐藤,前面一段时间一直住在店里,这,这十来天不知什么原因,搬到了磁器口的江岸客栈。"

"江岸客栈是怎么回事?"

"那,那里是'猎虎队'外围成员交换情报的地方。"

崔立骏将人分成两拨,一拨杀个回马枪,再次前往"渝信典当"寻觅"猎虎队"成员的踪迹,顺手将古玉从胆小怕事的黄春生手里夺回,另一拨则由自己带队,前往磁器口江岸客栈。

在客栈外,再次化装成商人的崔立骏确认周围并无可疑之人后,让其他人守住门口,自己只身一人走进了接待大厅。

"请问这位客人,要住店吗?"前台服务生问道。

"是的。"崔立骏从容地说道。

"先生,请您登记一下!"

崔立骏正低头登记之际,门外一阵骚乱,骤然涌入一批人。这些人个个手持短枪,气势汹汹。他立刻意识到自己已陷入埋伏之中,迅捷地躲入一个满载图书的书柜后面,拔出手枪,警惕地观察着四周的动静,准备随时反击。一队便衣闯入客栈,高呼"警察,警察",随即兵分两路,分别冲向通往一楼和二楼的过道。崔立骏定睛一看,领头之人竟是魏大通,顿时恍然大悟,原来这批警察的目标并非自己。

刚刚,魏大通接到线报,江岸客栈的老板已被日本人收买,为日本特务提供场地,并说有数名特务正聚集在客栈,这才带人来突击抓捕。

藏身于书柜后的崔立骏,刚回过神来,却瞥见门外一个低头擦鞋的汉子回头望了一眼客栈大堂,随后匆匆离去。

"擦鞋匠离开怎么不带走工具箱?"一个问号闪现在崔立骏的脑海中,"修鞋箱对于鞋匠来说比什么都重要,此人空手离开,肯定有问题!"

崔立骏拔出手枪,夺门而出跟了上去。埋伏在客栈四周的李树斌等人正为崔立骏担忧,见他提枪跑出,急忙朝他围拢过去。

"树斌,这里不用管了,是警察来突击搜查,快跟我一起去追刚才离开的那个鞋匠!"崔立骏带领李树斌几个人匆匆跑进一条胡同。看见了胡同尽头的鞋匠,崔立骏几个人刚要举枪射击,鞋匠弯腰就是三枪,然后转进了另外一个胡同。

跑在最前面的一个小伙子躲避不及,应声倒地。

然而,崔立骏与李树斌等人继续奋力追击。在胡同的转角,崔立骏猛然扯住奋不顾身冲刺的李树斌,两人惊险地避开了远方鞋匠射来的子弹。

李树斌和崔立骏对视一眼,不禁倒吸一口冷气。

枪声甫停,崔立骏带领两人继续追击。跑在最前面的崔立骏看到四五十米开外的鞋匠即将冲进行人如织的巷子,遂举枪射击。随着砰的一声枪响,鞋匠抖动一下身子。崔立骏这枪打在了他的胳膊上。鞋匠的速度一下减缓下来。

"抓住他!"崔立骏吼叫着继续追赶,紧随其后的李树斌不经意间一抬头,看见街对面一扇微开的窗户探出一个枪口,大喊一声"不好",一把推开前面的崔立骏。崔立骏被推倒在地。几乎同时,随着一声沉闷的枪响,李树斌猝然倒地,额头上被打出一个鸡蛋大的洞。

身后的队员眼疾手快,立即举枪还击,街对面的窗户玻璃应声而碎,窗内的狙击手身影一闪而逝。

这鞋匠不是别人,是佐藤。佐藤听从绫子的命令,并没有住在江岸客栈,而是住在隔壁一家旅馆,每天以修鞋匠的身份守候在江岸客栈门前,伺机观察情况。

狙击手不是别人,正是绫子。

在佐藤预先规划好的撤退路线上,绫子用狙击步枪射杀了李树斌,佐藤得以逃离。

翌日,《渝报》《时事新报》《新民报》等报纸报道了"党国精兵突击搜查,三汉奸被抓一日谍逃跑"的新闻。一时间,街头巷尾议论纷纷。

李树斌殉难,王金花悲痛欲绝,哭得肝肠寸断。金先生听闻此事悲不自胜,即刻告知安山根与崔立骏二人,李树斌出殡之日,他必亲临綦江沱湾吊唁,送别李树斌,以安韩侨之心。

军令如山。安山根和崔立骏得令后,即刻聚首商议,绞尽脑汁终得一策——金先生提前抵綦,于沱湾暂歇一晚,次日清晨参与起灵吊唁,其后返渝。

第二天,安山根从重庆返回綦江沱湾。

半晌午,沱湾街上行人稀少,柳东岳经过"綦江翠"时,瞥见黑色木板右上角的那片茶叶尖角朝下,便不急不慢地走了进去。

进店后,柳东岳朝"大胡子"申从海点了点头,便快步跨进里间。

"姓金的要来沱湾,还要在这里住一晚。"柳东岳未及落座,便向万兴顺禀报。

"你听谁说的?"万兴顺急忙问道。

"今天上午,安山根匆匆忙忙从重庆回来了,没有回家,直接去看王金花,当时我妻子和姓林的也在场,他亲口说姓金的后天要亲自参加李树斌的出殡仪式。"柳东岳言之凿凿。

"死者为大,如此重要的仪式,姓金的应该不会乱说。"万兴顺面露喜色,"绫子队长杀了姓李的,又引来了姓金的。此番连锁反应,恐连她自己也未曾预料到。"

"姓金的后天参加李树斌的出殡仪式,我们只有两天的准备时间了。"柳东岳面色忽然凝重起来。

"不是两天,是一天半。这次,或许乃上天赐我之良机。我马上禀报绫子队长,你速速返回,务必查清姓金的抵沱湾的确切时辰与留宿地点。"万兴顺吩咐道。

下午,安山根家的院落渐趋喧嚣,三辆黑色轿车鱼贯而入。下车之人手提肩扛,皆是崭新卧具或日常所用之毛巾脸盆。物品安放妥当后,众人离去半数,余下七八人与一辆轿车驻留。明眼人一看便知,他们是负责安保的中国便衣特工。整个下午,安山根带领几名临时政府安保人员把自家院子打扫得干干净净。清理并布置完一间客房,便上了两把锁,钥匙由便衣和安山根分别保管。

傍晚时分,整个院子被封锁起来,只能进不能出。院外站满看热闹的中国人和韩国人,混入其中的柳东岳心里清楚,"大鱼"即将浮出水面——金先生某个时刻将会来到安山根的院子。

斜阳映照,大地披金,余晖洒在"綦江翠"茶叶店紧闭的大门上。柳东岳手挎提篮经过"綦江翠"时,看到黑色木板右上角的那片茶叶尖角朝上,没有显出任何慌乱,继续踱步向前走过几十米,拐进了一家米醋店。打完米醋,柳东岳便回到了家中。天色已经黯淡,正是各家各户吃饭之时,柳东岳确认四周没有人跟踪盯梢后,从后院翻墙而出,溜了两条小巷,走进了沱湾"巴蜀酒馆"。

巴蜀酒馆一间包厢内,听完柳东岳的报告后,一身商人打扮的绫子并无万兴顺与申从海所料之激动。

"声势如此之大,他们不是在摆龙门阵,而是在设鸿门宴,等待我们自投罗网。"绫子说。

"不可能啊,姓金的说话从来不撒谎,他说过要来的,安山根是他的警卫队长,在他家歇脚,名正言顺。"柳东岳望着绫子解释道。

"我们的对手很可能正是用这种名正言顺来迷惑我们,他们是明修栈道,暗度陈仓。"绫子恶狠狠地瞪了柳东岳一眼。

万兴顺上前一步,低声说道:"队长,朝鲜人和中国人一样,对出席葬礼送别逝者这样的事向来慎重,一般不会食言。更何况姓金的眼下需要利用这样的机会笼络人心。"

"你们想过没有,姓金的为什么不住在姓崔的家中?"绫子抛出了一个令三人意想不到的问题。

"安是队长,姓崔的不是,住姓安的家中更合适,更……"申从海说出了自己的观点。

绫子眸光一闪,瞪视申从海,令其即刻噤声:"愚蠢,这次来沱湾保护姓金的是什么人?是中国特工。姓安的虽是警卫队长,但姓崔的经过特工训练,不但与那些'高丽棒子'熟识,与中国特工部门沟通也更为顺畅。金要是住在他家,遇突发情况,处理自当更为便捷。"

申从海恍然大悟:"队长,这么说,姓安的家中阵仗搞得如此之大,是在演戏,吸引我们的注意力?"

绫子看了申从海一眼,脸上浮现一丝笑容:"对的!我分析,在姓安的家中明修栈道,就一定会在某个地方暗度陈仓。"

"定然是在崔家。"万兴顺狡黠一笑。

"我也这么想,姓崔的和姓安的是金的左膀右臂,是金最信任的两个侍卫,他不住在姓安的那里,一定会住姓崔的那里。"柳东岳躬身附和道。

"好!从现在开始,在盯紧安家的同时,把重点放在姓崔的那边。这一次我们要一击必杀,不惜代价置姓金的于死地。至于行动方案,我想听听你们的想法。"绫子重重地将手中的茶碗放在桌面上,眼睛扫了一遍万兴顺和申从海。

包间内一片寂静。

"队长,安宅易盯,因其院门前看热闹的人多,我们可藏在人群中。但崔宅四周无人,若去盯梢,恐难免被察觉。"万兴顺心存疑虑。

"崔家是重点,不但要盯梢,还要进去打探情况。如发现姓金的真住在崔家,就撤回监视安家的人员,集中所有人员对崔家进行打击,让崔家成为金凡的葬身之地。"绫子断然下令。

"崔家内部的情况我们眼下不清楚,这个时候贸然进去,不是把活人扔进虎狼之穴吗?"申从海提出了自己的担心。

"不入虎穴,焉得虎子!都听好了,姓金的极有可能于明日下午或傍晚时分抵达沱湾,今夜我们还需为行动做足准备,真正的行动时机,仅余明日上午。倘若派遣你们其中一人潜入崔家探听虚实,你们说说该怎么做?"

在绫子那锐利如刀的目光注视之下，柳东岳硬着头皮，绞尽脑汁憋出一计，言称可携妻前往林熙媛处，借口为大儿子庆生欲宴请友人，特来请教麻婆豆腐与夫妻肺片两道川菜的做法。申从海说，朝鲜人对牛肉情有独钟，姓金的来沱湾，崔家定会以牛肉款待贵宾。"沱湾牛庄"名声在外，他大可扮作牛肉店伙计，推车至崔家附近叫卖，趁机窥探。

万兴顺也不甘示弱："崔家夫妇对我这个卖茶的颇为熟悉，既然如此，我干脆带着几包新茶上门推销，借机观察院内情形。之后再以品茗、购茶为由，设法潜入屋内，查看是否有为姓金的打算居住的痕迹。"

三人说完各自的行动计划，绫子次次都是连连摇头。

"现在听我命令！"绫子打定了主意。

"申从海！"

申从海猛然起立。

"你混在安家院门前的人群中实施侦查。"

"是！"申从海回答得干脆。

"万兴顺！"

"有！"万兴顺应声而起。

"你混入王金花家门前的人群中，实施侦查。"

"是！"万兴顺的回答亦不假思索。

见绫子没把进入崔家侦查的事交给他们两人，柳东岳心里顿时明白，最危险的事落到了自己头上。

"柳东岳！"

柳东岳站了起来，战战兢兢地问道："要，要我做什么？"

"柳东岳，我命令你到崔家……"

绫子话未说完，柳东岳已是脸色煞白，身体也不由自主地晃了晃。

万兴顺和申从海看出了柳东岳心中的慌张，纷纷投来鄙视的眼神。

"我命令你在崔家附近进行盯梢！"绫子淡淡地说道。

"我，我不到崔家去摸排？"柳东岳不相信自己的耳朵。

"不用你去。你只要在他家附近盯梢即可。"绫子淡淡一笑。

"那,那谁去崔家呢?"万兴顺、申从海和柳东岳三人都想不出,绫子会把最重要的任务交给何人。

"你们三个,要做好各自的事情。明天中午,我们还在这里碰头。"

第58章　綦江

第二天上午，一位老人在一个小伙子的陪同下走到崔立骏家院口前。老者抬手，轻叩门上铜环，"咚咚咚"的声响，在寂静的氛围中格外清晰。未几，林熙媛步出门扉，望见门前老者，惊喜交加，脱口唤道："叔叔，您怎么来了？"

老者不是别人，正是崔立骏在上海的叔叔崔珺汉。二人被恭敬迎入宅内。步入堂屋之际，崔珺汉转向手执礼盒的青年，对林熙媛说道："这是小巩，我商行的伙计。这次我们从上海来重庆拜访客户，专门抽半天时间来沱江看看立骏和你。"

"七八天前，我们收到了您的信，您说要来，没想到今天到了。"林熙媛对叔叔特别尊敬，因为是他把崔立骏带到上海读书，并供崔立骏读完大学。

三人进屋，小巩把手里的礼盒放在桌上，面带微笑朝林熙媛说："崔老板让我订了盒海棠糕和沙琪玛，老香斋的。"

"不是我让订的，是你婶婶特别叮嘱的。立骏小时候就爱吃这两样东西。"

待林熙媛斟好两碗茶水，见崔立骏仍未现身，崔珺汉询问道："立骏不在家吗？"

"叔叔，立骏这会儿不在家。"

"他等会儿还回来吗？七八年没见他的面了。"

林熙媛脸上显出为难之色，欲言又止。

"熙媛，立骏出什么事了吗？"

"叔叔，他这两天特别忙，暂时回不来。"

"老板,要是他在重庆的话,我陪您去看他。"小巩看起来是个明白人,理解叔侄之情。林熙媛思忖片刻,低声对崔珺汉说道:"叔叔,立骏这会儿在重庆,但当你们赶回重庆的话,他可能就不在重庆了。"

"那他从重庆去哪里?"崔珺汉问。

"回沱湾,但他回不了家。"

"熙媛,立骏回到沱湾,你能把他叫回来,让我们叔侄俩见上一面吗?我晚上就乘船从重庆回去了。"崔珺汉的眼里充满了恳求。

林熙媛沉默不语。

"林女士,老板沿途一直念叨侄儿之事。若崔先生事务繁忙,无暇相见,烦请告知他这会儿在沱湾什么地方,我陪老板前往一见即可。"小巩说道。

小巩一番话说得情真意切,崔珺汉目光先落在小巩身上,而后又转向林熙媛,说道:"还是小巩了解我,熙媛,这样可以吗?"

"叔叔,我给您说句实话,但您不要讲出去,立骏反复告诉过我不能说。今天夜里,他陪一位重要的客人来沱湾,直接到朋友家住,明天一大早还要为一位仙逝的朋友起灵送别。"林熙媛的说话声细若蚊蚋。

"来你家的路上我和小巩看到一户人家院门前停有两辆汽车,门口围了很多人,立骏陪客人是到这户人家吗?"崔珺汉问。

林熙媛没有说话,只是轻轻点了点头。

"林女士,我陪老板去这户人家见见崔先生可以吗?"小巩盯着林熙媛问道。

"你们,你们进不去的,不让外人进。"林熙媛回答。

"我们进不去,可以让崔先生出来一下吗? 在院门外说几句话也行。"

林熙媛这时脸上现出紧张之色,急忙解释道:"叔叔,立骏曾再三叮嘱,切勿泄露他的行踪。若你们前往那户人家院门前呼唤他,立骏知道是我说的,会骂我的。"

听了林熙媛的话,崔珺汉不知该如何接话。

"叔叔,这样吧,等立骏忙完这一阵子,我陪他去上海看您和婶婶,向你们赔罪好不好？"

崔珺汉盯着小巩看，见小巩点了一下头，方才说话："一家人赔什么罪啊？我们是突然来的，不能怪立骏，下次见就是了。"

林熙媛急忙站起，给崔珺汉深深地鞠了两个躬，算是替丈夫赔礼道歉。

时至正午，巴蜀酒馆之内，与昨日同一雅间，绫子之座侧，除却万兴顺、申从海、柳东岳三位，又添一人——小巩。小巩的真名叫木村，既是绫子的外甥，也是笠原的秘书。绫子秘密潜伏重庆后，专门把他从东北调了过来，担任自己的联络员，特殊情况下也参加一些行动。

"木村，来这里前把崔珺汉安置好了吗？"绫子问道。

"安排好了，结结实实捆在我们租的院子内，三个人负责看守。按照您的命令，我告诉他如果不配合，他在上海的老婆和儿子明天夜里就会被装进麻袋投进黄浦江。"木村说。

"说说上午的情况！"

木村遂将上午挟持崔珺汉并前往崔立骏家见到林熙媛之事一一道出。绫子听后，厉声问道："依你之见，那姓金的是否有可能藏于崔立骏家中？"

"没有百分之百的可能，至少也有百分之八十的可能。"木村回答。

"说说你的理由！"绫子立即追问。

"我有几点理由。第一，我和崔珺汉前往崔立骏院子途中，看到不少人一直盯着我们两人看，那些人应该是便衣警卫。叩响崔家的门环时，左右邻居家都有人向这边看，而且都是年轻人。第二，我们进了院子，趁姓林的和崔珺汉交谈之际，我仔细观察了院子，地面打扫得干干净净，没有半点杂物。第三，姓林的给我们倒茶，茶碗和茶壶全是新的。"

"总共有几只茶碗？"绫子打断了木村的话。

"八个！"

"继续说！"绫子盯着木村。

"客厅同样打扫得干干净净，我趁姓林的不注意，悄悄用手抹了一把桌面底下,手指上竟没有一丝灰尘,显然家具里里外外全部擦拭过一遍。没有十分重要的客人,主人显然不会这样做。"

"还有没有?"

"还有两点,我认为最重要。"

"说!"绫子站了起来。

"第一,旧的石头院墙上有修补的痕迹,从外边能看清里面的缝隙和洞口都用泥巴堵上了,泥巴是湿的。院内一棵大榆树的两根伸向邻居家的树枝被锯断了,断面是新的,明显是防止外人借助树枝进入院内。第二,我们刚进崔家客厅,趁姓林的弯腰倒茶,我用屁股触碰了一下她家的左侧客房门,竟是从里面插上的,说明客房有状况。"

绫子微微颔首,转而将目光投向柳东岳。柳东岳介绍说,自己遵绫子之命,或佯装散步,或扮作买菜归来,携妻绕崔立骏宅邸徘徊数匝,进行侦查。每至崔家门前,左右及对面三家邻居几乎皆有人探头而出,目光如炬,紧盯不放。窥探者虽皆为女流,但柳东岳深信,这群妇人身后,必另外有人。

一切都昭然若揭,绫子清楚,静水流深,人山人海的安山根家只是个幌子,表面悄无声息的崔立骏家才是金先生在沱湾的栖身之所。

"听我命令!"绫子说完,其他四个人齐刷刷站了起来。

"万兴顺、申从海,你们两人明天带上手枪和手雷埋伏在崔家前往王金花家必经的磨坊前后,当姓金的乘车经过时,从不同方向投掷手雷,然后用短枪实施射击。注意,活要见人,死要见尸,这次决不能让姓金的溜掉。百分之百确认打死姓金的后,你们才能撤离。"

"为了大日本帝国的荣誉,保证完成任务。"万兴顺和申从海举手发誓。

"柳东岳!"

"到!"

"你今天下午和晚上继续盯住崔立骏家,看看有无陌生人员或者车辆进入。若有,立即到这里报告。明天一大早,你带着夫人赶到王金花家,若发现姓金的现身或其他可疑情况,立即报告。"

柳东岳鞠躬领命。

"木村!"绫子大喊一声。

"到!"

"你明天早上不要到现场,带着崔珺汉埋伏在明月桥上,那是沱湾通往重庆的唯一通道。我明天也会在那里,届时听我指挥,若姓金的在崔立骏的保护下没被击毙并企图逃跑,就押着崔珺汉,用他的身体堵车,然后实施第二波攻击!"

"为了大日本帝国的荣誉,誓死完成任务。"木村举手立誓。

夜里十点,月色如水。四辆一模一样的轿车风驰电掣地掠过明月桥,驶入沱湾。

随后,三辆车径直来到安山根家。三辆车刚一停稳,前后两辆车上哗啦啦下来七八个手持短枪的便衣,把中间一辆车团团围住。中间一辆车的车门打开后,身穿长衫,头戴礼帽的金先生走了下来,在一众特工的簇拥下,快步闪进安山根家的大门。大门随即关闭,人群中发出了一声声感叹:"金先生,是金先生!"

另外一辆轿车绕沱湾转过两圈后,悄悄停在了崔立骏家大门外。黑暗中,隐身远处的柳东岳看到一群人进入崔家院内……

沱湾,一夜无事。

时针刚指到凌晨三点,万兴顺和申从海便先后偷偷摸摸地走出"綦江翠"。二人腰间别着手枪,口袋中装着手雷,分别从两条小道,悄无声息地逼近磨坊。此刻,沱湾人皆沉入梦乡,浑然不知两道黑影悄无声息地游荡在磨坊四周。

申从海攀上磨坊屋顶。他清楚,居高临下的射击和投弹命中率更高。万兴顺则用早已配好的钥匙摸进磨坊,绕过磨道来到后墙根,轻轻撑起后窗。磨坊的后窗临近马路,投弹之距,不过五米。这样的距离,对专业特工而言,绝无失误可能。

半个时辰后,街上喧嚣渐起。住在沱湾的韩侨陆陆续续走向李树斌家,向英雄作最后的告别。柳东岳与妻子也眼眶泛红、神色凝重地步入李宅。虽身负使命,但今日之柳东岳,与众人无异,未携任何武器。因他知道,李树斌、王金花的宅院,早已被封锁,进出之人皆将严加搜身。

天微明,木村带着崔珺汉缓缓走向明月桥。鞭炮未响,鼓乐未鸣,起灵之仪尚未开启。对木村来说,时间尚宽裕。昨夜,木村用手枪顶住崔珺汉的额头恫吓,明日务必遵命行事,否则,其困于上海的妻儿将被剁成碎肉投入江中。崔珺汉面色苍白,唯唯诺诺点头,答应只要全家无恙,一切愿听木村驱使。

绫子此时身在何处?无人知晓。

天将亮未亮之时,隐蔽在磨坊屋顶的申从海和磨坊内的万兴顺,几乎同时发现经常在这一带要饭的叫花子步履蹒跚地走了过去。二人对此乞丐颇为熟悉,因其多次前往"綦江翠"乞食,因此并未感觉有什么异常。二人不知道的是,此乞丐已非彼乞丐,而是由绫子装扮的。昨天夜里,绫子于桥洞下将乞丐一刀断喉,换上他的衣服后,将尸体绑上石头投入江中。

绫子来到磨坊,是来核查万兴顺和申从海是否埋伏妥当。按照绫子事先的命令,两人埋伏前需于磨坊旁的枣树下各放一粒石子。看到那两枚静静躺在枣树下的石子,绫子心知二人已就位,遂一手执杖,一手拎着豁边瓷碗,摇摇摆摆,向李树斌、王金花家的宅院走去。

虽然时辰尚早,但李树斌、王金花家院门前已挤满前来参加起灵仪式的韩侨。如绫子预料的一样,每个人在进入院门时都要接受搜身检查。不但如此,院子四周高处布满了固定的特工岗哨,便衣亦混杂于人群之中。要在仪式上采取行动,成功之望渺茫。念及此,绫子心生欣慰,初时舍弃在此处动手之念,看来确是明智之举。

绫子不但决然放弃在起灵仪式上动手,还果断暂停了对安山根家的监视,尽管各种"迹象"都显示金凡已经住进安家。自从木村侦查到崔立骏家的动态,她便坚信,对手必于安家上演一出好戏。绫子还认为,安家的戏码越是生动逼真,越能证明金先生不在安家,而是潜藏于无人注意的崔家。至于由安山根陪同、一群特工簇拥保护的金先生,绫子不但认为是假的,而且还能判断出是谁假扮的——这个人不是别人,正是老对手崔立骏。对此,绫子做过精心研判,能假扮金先生的人,不但要胆大心细,不计生死,不能露出半点惊慌而乱了方寸,还必须有相似的外形和走路的姿势。外形上,崔立骏与金先生有差距,但他完全可以借助礼帽和长袍掩护,遮挡住自己的五官和双腿。走路的姿势,绫子相信,崔立骏模仿起来易如反掌。

"若不是这个姓崔的,'猎虎队'早就得手了。"绫子倚树而立,一边模仿乞丐挠痒之态,一边回忆起"猎虎队"从上海、嘉兴到长沙、綦江的漫长诛杀过程中所遭遇的挫折,都是这个姓崔的造成的!"今天,我要将他碎尸万段!"绫子提拐端碗,在王金花家院门前转了一圈,装出讨不到食物的失落模样,朝明月桥方向走去。

天空泛出鱼肚白,停在安山根家院门前三辆轿车几乎同时发动。瞬间,在安山根引领下,一群便衣簇拥着金先生,疾步跨出院门,进入车内。

三辆轿车旋即启动,向李树斌家疾驰而去。

三辆轿车经过磨坊周围时,万兴顺和申从海各守其位,纹丝不动,目送轿车缓缓驶过,脸上掠过一丝得意的笑。

随着鞭炮和唢呐声响起,起灵和吊唁仪式开始。院子内自觉排成长队的韩侨,一个接着一个走向灵柩。众人先是朝李树斌遗体三鞠躬,然后绕灵柩一圈与王金花握手。王金花此时无语无泪,所有与她握手的人都感觉到了她双手的冰冷。但所有的韩侨都知道,王金花的心,正燃烧着炽热的怒火。她看到丈夫尸体那一刹那,曾愤怒地嘶吼过一句话:"谁杀了树斌,我就杀谁。"

天色仍然没有大亮,柳东岳不想让太多人看见自己,故意排在长队的末尾。其他的韩侨一直在等待头戴礼帽、身着长衫的金先生。柳东岳也在等待,但他等待的却是枪声和爆炸声。

时间过去了十几分钟,柳东岳和在场的所有人一样没有见到金先生,也没有见到安山根和崔立骏,其他人不免流露出了失望情绪,但柳东岳却暗自高兴。在他的期盼和幻想中,金先生再也不会出现在王金花家大院中。

正在此时,三辆轿车来到了李树斌、王金花家门口。

院内,众人皆听到了汽车的轰鸣。

前车与后车,未见有人下来,唯中间一车走下两个人——安山根和崔立骏。车门拉开,接待人员只见安山根与崔立骏,未见金先生踪影,心中咯噔一下,暗暗思忖道:"韩侨人人皆知金先生许下的承诺,本应一言九鼎,现在金先生却缺席送别仪式,这让痛失丈夫且有孕在身的王金花情何以堪?"这让与李树斌并肩战斗出生入死的诸多战友作何感想?念及此,接待人员碍于情面与庄重气氛,并未直接询问,而是面色凝重,引二人走向灵台。安山根和崔立骏围绕李树斌的灵柩绕过半圈,立定站稳,深深地鞠躬。两人深情地凝视着躺在灵柩中的李树斌,每一次鞠躬的间隙都特别长。待第三次鞠躬完毕,两人已经泪流满面。李树斌是韩国人,已在中国辗转奔波十二年,作为与安山根和崔立骏一样负责韩侨安全的保卫人员,一直舍生忘死地冲锋在前,直至被"猎虎队"杀害。

"安息吧,树斌,我们一定会为你报仇,重返故国,赶走日寇。"安山根暗暗发誓。

"树斌,我的好战友,我们没有保护好你,但一定会保护好金先生,保护好你的韩国同胞,还有你的中国妻子和未出生的孩子!"崔立骏泪目仰天,双手紧握,骨节发出了"叭叭"的脆响。

混在人群中的柳东岳看到了安山根和崔立骏庄重鞠躬以及随后与王金花握手的整个过程,一个斗大的问号化作一股强大的电流,不停地击打着他的心脏,几乎就要爆裂胸膛——"姓金的在哪里?"

等待中,猎杀金先生的枪声和手雷的爆炸声迟迟未响,这已经让柳东岳惶恐不安、魂飞魄散,而此刻安山根和崔立骏又突然出现在起灵仪式上,有条不紊地参加吊唁仪式,没有半点儿惊慌,两人悲伤又从容的举止让柳东岳方寸大乱。柳东岳心想,按照他们的计划,这两人该是为掩护姓金的来逢场作戏,但眼前的他们看起来又不像在演戏,像是专门来参加起灵仪式的。这到底是怎么回事?昨天侦查到有人穿着金凡的服装从车上下来,如今三车皆至,假金先生没有来,真金先生也没有来。真假皆无消息,这让柳东岳彻底失去了耐心,一股莫名的恐惧从脚后跟直冲头顶,顿时两眼金花飞溅,要不是旁边的老婆扶了一把,柳东岳极有可能站不稳。

哀乐如泣如诉,在空气中流淌。八名韩侨抬起李树斌的棺材走出院门,安山根、崔立骏和所有韩侨及他们的中国朋友紧随王金花,向着墓地行进。

第59章　綦江

天色渐亮,趴在磨坊屋顶的申从海眼睁睁望着送葬队伍走出王金花家的大院,顿时如被针尖戳破的气球,一下子泄了气。从爬上屋顶,两个多钟头过去了,他一手握枪,一手揣着手雷,等到的是一批批急匆匆奔向王金花家的韩国人和他们的中国朋友,不要说轿车,一辆马车和驴车都没有看见。"是绫子队长的判断出了问题,还是安山根、崔立骏他们察觉了埋伏临时改变计划,不让姓金的从林熙媛那里出门?"天光渐亮,申从海心中满是疑团,是继续留守屋顶守株待兔,还是迅速撤退?申从海不敢擅自做主。

蹲在磨道后墙根的万兴顺同样心急如焚。两个多钟头里,马路上经过的每一个人他都仔细观察,不仅观察他们的身高、身材和脸庞,就连他们的走路姿势,甚至步长和步频他都做了一一比对,确定了其中不但没有他们渴望的猎物"金凶",就连保护他的安山根和崔立骏也没个人影。"难道,难道是姓柳的脚踩两条船,借提供姓金的前来坨湾的情报,诱使绫子队长设伏,然后再将计就计实施反埋伏,给'猎虎队'以毁灭性打击?"正在万兴顺百思不得其解时,他看到了窗户外马路对面站立的"乞丐"。当"乞丐"举起拐杖向天空指了三下时,他才意识到"乞丐"不是别人,而是他们的队长。行动之前,绫子曾经交代,"金凶"不出现,未见她在磨坊马路对面空地上向天指三下,他们不得撤退。绫子是从明月桥方向赶来的,她同样感到事情蹊跷,其中肯定出了问题,便前来通知申从海和万兴顺紧急撤退。

绫子走后,申从海和万兴顺两人迅速撤离,离开了磨坊。

天色已明,从昨天夜里一直停在林熙媛家门前的那辆轿车依旧一动不动。大门紧闭，院内一片死寂，没有炊烟，没有人语，更没有任何人进出。离开磨坊绕过几条街巷而来的"乞丐"绫子远远地看着这番景象，却未敢接近。她心中明了，林熙媛家看似寂静无奇，实际上不知有多少双眼睛在紧盯着那辆轿车，不知有多少支枪口瞄准走近轿车之人。

绫子迈着蹒跚的脚步，不紧不慢地离开，走向明月桥。

一袋烟工夫，柳东岳慢慢靠近林熙媛家。原来，随着送葬队伍走向墓地的柳东岳心乱如麻，恐惧到了极点。他知道，整个行动是基于自己提供的情报，而姓金的早上根本没在沱湾露面，证明情报不准，或者情报是假的。情报不准，绫子会怎么想？情报是假的，绫子又会怎么想？两种情况不论是哪一种，绫子都铁定不允许他和他的家人离开沱湾。若继续潜伏，或许能暂保性命，但若绫子因此怀疑他"一手托两家"，故意提供假情报，诱使"猎虎队"上钩，那一切便将毁于一旦。

终于来到墓地，柳东岳用湿淋淋的手绢揩掉额头上的汗水，渐渐镇定了下来。"自己是被人察觉暴露，或是因为其他原因促使姓金的临时改变计划，今天上午将见分晓。不能乱，必须想好下一步怎么办！"思考良久，柳东岳最后决定不能坐以待毙，必须立即前往磨坊和林熙媛家两个关键地点附近查看究竟。因此，当所有人围绕墓穴站成一圈，为李树斌送上最后一程时，柳东岳悄悄退到圈外，捂着肚子装作内急快速离去。

在磨坊附近，柳东岳细细搜寻，未发现丝毫厮杀与爆炸的痕迹。此时的磨坊，大门敞开，一头毛驴正蒙着双眼，在磨道内吱吱呀呀地拉着磨盘，一旁的农妇正在往磨眼里倾倒黄澄澄的玉米。柳东岳没有停步，折身便朝林熙媛家方向走去。他知道，在那里再打探不出个所以然来，自己和绫子交涉的主动权将全部失去，下一步，在心狠手辣的绫子面前，他只能如刀俎下的鱼肉，任人宰割了。

距离林熙媛家两百多米远时，柳东岳在一条巷子里遇到了万兴顺。按照绫子原来的计划，万兴顺和申从海本应沿两条路线分别回到"綦江翠"隐身，申从海回去了，但万兴顺没有直接回去，而是多绕一段路，他想看看到底发生了什么事，令如此周密的计划化为泡影。万兴顺深知，根源皆在林家。为了安全起见,他故意多绕几条巷子,但他想不到在距林家最近的一条巷子内遇到了柳东岳。

"你怎么在这里?准备去哪里?"万兴顺横眉问道。

从问话和表情上,柳东岳感受到万兴顺的愠怒或者说怀疑。

"安家三辆轿车都已去王金花家,安、崔二人也都露面了,唯独没见到姓金的。我不知发生了什么,便从墓地悄悄返回,想去林家探个究竟。"柳东岳如实回答。

"去那里干什么?"

"摸摸情况,好向绫子队长汇报。"

万兴顺思忖片刻,突然停下脚步,朝柳东岳低声说道:"你去吧,我马上回茶叶店,我们在那里等你。"

"好的!"柳东岳回答。

说罢,柳东岳继续沿着巷子向前行进,万兴顺则回头朝"綦江翠"方向走去。

来到林熙媛家附近,柳东岳没有贸然靠近。他发现林熙媛家的大门紧锁着,黑色轿车一侧,几个女娃在跳绳。有孩童在轿车旁玩耍,至少说明一件事——车内并无人。否则,那些不懂事的孩子定会向车内偷窥。或许能从几个女娃儿嘴里套出点东西来,柳东岳如是想着,便装作若无其事的样子慢慢走向轿车。走近轿车的柳东岳并没有引起几个女娃的注意,因为跳绳、玩耍才是她们最感兴趣的。

"细娃儿,这么早就起来耍啊?"柳东岳笑着走近女娃。

正忙着跳绳的女娃没有搭理柳东岳。

"车里有人吗?"柳东岳问话时已经站在了轿车旁边,但他没有直接向里面窥视,怕车内有人,对自己产生怀疑。

"没得。我们几个在这里耍,就是等着闻汽车香味的。"一个大一点的女娃说道。女娃嘴里说的汽车香味,指的是汽车发动时汽油燃烧后排出的"味道"。

"是的,是的,汽车的味道香得很,我也喜欢闻。"柳东岳观察一眼四周后,一边笑着对付着女娃,一边绕到汽车另一侧,把头贴近内有布帘的汽车后车窗。

就在柳东岳的脸贴近车窗玻璃的瞬间,车门猛地被推开。柳东岳被撞了个满眼金星,身体不由自主地向后踉跄,仰面摔倒在地。他刚欲挣扎起身,却见车上跃下一壮汉,一把卡住他的喉咙,将他拽进了后排座。整个过程如行云流水,前后不到三秒。

在距轿车百米远的一棵大树下坐着一位歇脚者,正是万兴顺。万兴顺在巷子内与柳东岳告别后,没有走远。当柳东岳离开巷口时,他折身返回,悄悄跟在柳东岳后面。他想摸清柳东岳来林家的真实目的。

柳东岳和几个女娃说话的时候,万兴顺便躲在一棵大树后装作歇息,时不时从树后探出半个脑袋朝这边眺望。令他没有想到的是,几秒钟前还和女娃说说笑笑的柳东岳,一眨眼的工夫却没了踪影。

"姓柳的,叛徒一个,竟钻进汽车汇报情况!"

万兴顺不敢犹豫,随即起身匆匆离开。他要抢在第一时间把十万火急的情报告知绫子……

万兴顺来到紧急关头下才启用的联络点与绫子会面。此地既非柳东岳所熟知的"綦江翠",也非前日四人密会的巴蜀酒馆,而是明月桥畔一片幽静的柳树林。这个地点,绫子没有告诉柳东岳。对归顺"猎虎队"的所有韩国人,绫子心中从未给予过真正的信任,无论他们表现得如何虔诚恭顺、唯命是从,她都视他们为戴着面具的演员。

万兴顺踏入柳树林时,绫子和申从海早已在此等候。二人简短汇报了从清晨至今的情况后,绫子神色镇定,不见丝毫慌乱。她沉默良久,缓缓抬起一直低垂的头,目光紧紧盯住两人。

"对手下了一着怪棋,我们必须当机立断,不能再这样被动应付。"绫子断然道。

"队长,下命令吧,就是刀山火海,我万兴顺不会退却半步。"

"中国人说,养兵千日用兵一时。我在中国潜伏十三载,未曾建功,今日正是我为天皇尽忠之时。队长但有吩咐,我申从海必赴汤蹈火!"

绫子提起拐杖,在万兴顺和申从海胸口各捣了一下,旋即说道:"帝国培养你们并派你们来中国,看来没有选错人。杀我大日本帝国将军的凶手眼下正在沱湾,诛之,我辈荣耀。不诛,我辈死难瞑目。听我命令!"

顿时,万兴顺和申从海如同打了鸡血一般,摩拳擦掌,双目圆睁。

"为确保万无一失,我们必须改变原来的计划,同时在两个方向展开行动。我已命令木村在明月桥截停三辆轿车,不惜代价击毙姓金的。但也要做好姓金的不在三辆车中的准备,你们现在立刻前往王金花家,在院门口等待第四辆轿车出现。"

万兴顺闻言愕然:"队长,你确定停在崔家院门前的那辆轿车会去王金花家?"

狞笑一声后,绫子用手中的拐杖狠狠地朝地上戳了两下:"起灵仪式上人员混乱,为了安全,姓金的没有现身可以理解。这会儿人潮退去,姓金的若是藏在崔家,定会乘这辆车前往王金花家慰问,否则,道义上过不去。"

万兴顺和申从海听后,纷纷点头认可。

"王金花家大院内,中国特工必然暗中把守,你二人难以进入。因此,杀死姓金的只有一个机会。"

申从海接过绫子的话头,焦急地询问:"什么机会?"

"王金花家中午要宴请帮忙的亲戚邻居,现在她家院门前肯定仍有不少人,外加汽车一到,很多孩子也会跑来围观。姓金的下车之时人多眼杂,防备必有疏忽,那一瞬间就是刺杀的最好时机。一旦他下了车,中国特工就会团团围住他走进院内,移动目标很难打中,况且从下车点到大门也就两三米的距离。"

"队长,我来执行开枪的任务。"申从海主动请缨。

绫子凝视申从海良久,终以低沉之音问道:"开第一枪,多半无法生还,你不惧怕?"

"为了大日本帝国的荣誉,我什么都不怕。"

绫子又用拐杖戳了一下申从海的胸口。

"'猎虎队'有你这样的勇士,乃国之大幸也!好了,听我命令,申从海负责第一轮射击,若金凶一命呜呼,便大功告成;若他侥幸未死,万兴顺,你要即刻补枪,务必确保姓金的当场毙命。需特别强调,力求一枪爆头。"

申从海和万兴顺习惯性地并脚立正。

"行动结束后,大家分头撤出沱湾,后天中午十二点重庆茶馆见。"

死者下葬后,人们陆续返回王金花家。空气中弥漫着悲伤的气息。服装一致的鼓乐班吹鼓手们聚在一个角落,有的背靠墙根席地而坐,有的头枕锣鼓以帽遮脸打起盹儿,尽显疲惫。安山根和崔立骏没有进入大院休息,而是直接上车,三辆轿车随即离去。

不过十数分钟,三辆车行至明月桥头。

远远看到三辆轿车开来,一直装作若无其事的木村猛地一把提起蹲在桥沿上的崔珺汉,恶狠狠地在他耳边嘀咕几语,朝他后背狠击一掌。崔珺汉跟跟跄跄向前冲了好几步,方稳住脚步。他双肩剧烈地颤抖着,脸色灰白,愤懑而绝望。按照木村命令,他要拦停中间那辆轿车。

木村虽然没有跟崔珺汉说他们后面要干什么,但崔珺汉清楚,木村要杀人,目标是一个戴礼帽、穿长衫的人。

明月桥桥面狭窄,宽度不到四米。早晨八点左右,桥上行人如织。牛车、马车、人力车更是一辆接着一辆,外加挑夫走卒穿插在车马间,三辆轿车开得很慢,不停地鸣着笛缓缓驶向明月桥中央。木村右手插在裤袋中,里面有把上满子弹的勃朗宁 M1911 手枪。这把美国枪是绫子选定的,因事关重大,出不得丝毫闪失,故而用威力大、故障率低的勃朗宁取代已经用习惯的南部 94 式和南部 14 式手枪。

此刻,木村非但无丝毫紧张,反而异常镇定。自领受绫子之命,他便一直保持这种状态。绫子曾言,能为国家承担如此艰巨之复仇重任,乃他

第59章 綦江

一生之荣耀。木村深信绫子的话,对绫子的器重更是感激涕零。自昨夜至今,他的手未曾离开 M1911 手枪。在他看来,此枪已非单纯之武器,而是天皇的信任、帝国的希望、勇士的忠诚的象征。

三辆轿车距桥心五米之遥时,木村紧贴崔珺汉身后,以口袋中紧握的手枪抵在崔珺汉腰间,毅然迎向车队。

放过第一辆车,浑身颤抖的崔珺汉被木村猛然一推,整个身体撞在中间轿车车头引擎盖上,发出咣当一声巨响。轿车骤然停下,第三辆轿车由于惯性撞在中间轿车的尾部,紧接着又是一声咣当。两三秒的短暂安静之后,坐在中间一辆轿车前排的司机和保卫人员还未反应过来,后排的车门打开了,走下头戴礼帽、身穿长衫的"金先生"。

"叔,怎么会是你?"手握短枪的"金先生"冲着崔珺汉喊道。未等崔立骏回过神来,木村已从崔珺汉身后闪出,从口袋里迅速拔出勃朗宁手枪。

"啊,立骏,是你?"崔珺汉错愕不已。

几乎同时,木村举起手枪,瞄准崔立骏。

"不,不能开枪!"崔珺汉猛然推了一把木村。砰的一声,枪口指向了天空。木村欲再次瞄准时,被崔珺汉一把抱住。

"不能开枪,他不是你找的人,他,他是我侄子,亲侄子。"崔珺汉歇斯底里地号叫着。

"砰",又是一声沉闷的枪响,崔珺汉左太阳穴中弹,现出一个大拇指粗细的洞口,汩汩地向外喷着血。

崔珺汉垂下脑袋,但双手十指相扣,死死地抱着木村。

"叔!"崔立骏绝望的呼喊,如撕裂乌云的闪电刺入所有人的耳膜。

木村挣脱开崔珺汉的双手刚要举枪,刹那间,一发子弹从他的天灵盖射入,从下巴处穿出,肥圆的半个脸颊被子弹削去,血肉模糊……崔立骏击毙木村后,和三辆车上的保安一起手持短枪,将中间一辆轿车团团围住,以免车内之人遭受枪击。

与此同时,藏匿于人群中的"乞丐"绫子,悄悄贴近中间轿车的后排座旁边,意图趁乱开枪,射杀坐在后排的金先生。然而她并未行动,因为她准备拔枪时,透过半开的后排车门看到,后排座上空无一人。绫子从口袋里抽出右手,从崔立骏眼前溜走了……

一声轰鸣后,第四辆轿车启动,车尾冒着白烟驶离崔立骏、林熙媛家的院门。这辆轿车除了前面的挡风玻璃,另外三面全部用黑色纱窗遮挡住,里面坐着什么人、坐多少人,从外面完全看不到。轿车所经之路,每隔上三五十米,都有装扮成沱湾居民模样的流动便衣执勤。在磨坊附近,更是多了三五个看相算命、修伞补鞋、烤山芋、打麻将的摊子。沱湾的孩子都觉得蹊跷,一袋烟工夫前磨坊周边还是冷冷清清的,一下子怎么冒出这么多大人来?

眨眼之间,轿车驶过磨坊。

拐过三条巷子,轿车缓缓驶向王金花家。

王金花家门前,围着一群前来帮忙的人和一群哪里热闹往哪里钻的孩子。听到汽车由远及近的轰鸣声,他们全部抬头朝驶来的轿车张望。不久前刚刚开走三辆,怎么一辆又开回来了?

这时,一位老者在人群中间说话了:"要我说,来者一定是千呼万唤始出来的金先生。"

"老廖,你龟儿子又打胡乱说,这个事莫乱扯鬼火哦!"

"你个棒老二,老子是喜欢摆龙门阵,哪一回日白扯谎了?"老廖急赤白赖地说道。

"对头,对头!"质疑者连连点头。

就在众人议论纷纷之际,王金花家的大门轰然打开,四个便衣鱼贯而出。他们边用手比画边大声吆喝着:"让开,让开,门前不能站人!"众人都想凑个热闹,即使在便衣们的驱赶下,也只勉强腾出一块能停下一辆轿车的空地。

第60章　綦江·重庆

此时,申从海和万兴顺已经混迹于看热闹的人群中。

两人在明月桥下的柳树林中都重新化了装。申从海戴了一顶草帽,把半拉脸严严实实地遮挡了起来。万兴顺则扮成一个弯腰驼背的老汉,头上裹着一条满是尘土的毛巾,那土里土气的模样,任谁都不想多瞧一眼。

说话间,黑色轿车悠然驶来,停驻于门前。顷刻之间,四周便被孩童与大人围得水泄不通。众人皆欲争先一睹,下车之人究竟是何方神圣,竟能引起这么大的轰动。

轿车后排座右侧车门外,三个便衣如临大敌,严阵以待。一个面朝车门准备开门,另外两个则背对车门,眼睛向四周不停扫视。

左侧车门外,站着一个便衣,用宽大强壮的身体护卫着车门。

右侧车门被便衣从外面打开,所有的人都伸长脖子,想确认下车者到底是不是戴礼帽、穿长衫的金先生。

"是,是金先生!"车门打开的瞬间,老廖看到了后排座右侧坐着一位戴礼帽、穿长衫者。

"金先生来了,金先生来了!"人群中不知是谁率先高声喊叫,众人皆兴奋异常,随即呼声四起。

正在所有人的目光聚集后排右侧车门之时,站在左侧门旁的便衣突然"啊"了一声,蜷着身体倒了下去。他的呼叫被现场的喧嚣淹没,无人察觉其异样。

原来,申从海趁着众人注意力都被吸引至右侧车门时,悄然从背后靠近,用尽全身力气,狠狠捅了便衣一刀。

便衣刚一倒地,申从海就一把拉开车门,朝着坐在右侧的金先生"啪啪啪"就是三枪。由于距离不到一米,几乎是面对面开枪,两枪打在头部,一枪打在胸口。瞬间,后排座血肉横飞,目不忍视。

申从海知道目标必死无疑,遂转身闪入惊愕失色的人群中,同时向天空鸣了一枪。

最后这一枪,是绫子事先计划好的,目的有两个:一是告知外围的万兴顺任务已完成,立即撤离,二是造成现场混乱,掩护自己撤离。申从海的目的显然达到了,一时之间,王金花家院门前孩童啼哭,大人哀号,乱作一团。轿车右侧的三名便衣立刻意识到有刺客,一人钻进轿车负责救治,另外两人愣了一下神后,看到从人群中钻出的申从海,刚要举枪还击,却又因现场乱作一团而失去了目标。

连续拨开人群,申从海刚跑出王金花家的巷口,蹲在地上做针线活的一老妪突然从竹篮中取出手枪,朝其后背"啪啪啪"连开三枪。

枪枪击中申从海后心。

申从海一头栽倒在地,手中的短枪甩出丈把远。老妪一把抹下头上的黑色头巾,竟是一个干练的年轻女人。女人持枪走到申从海尸体旁,用脚使劲踢了踢他的头部,见毫无反应,这才捡起不远处的手枪插入腰间,提篮而去。

金先生被杀的消息不胫而走,居住在沱湾的所有韩侨,皆如遭天塌地陷之劫,家家紧闭房门,惧怕日谍从天而降。不久前热闹异常的王金花家门前,此时再无一人。原来中午准备举行的答谢宴席由于宾客全部跑掉,只得临时取消。寂静之中,一辆马车停在王金花家院门外,急匆匆接走了外地邀来的鼓乐班,大门随即咣当一声闭上了……

当天傍晚,传来的一则消息不啻一声惊雷——金先生不但没有死,还在重庆接受报纸和电台的联合采访。夜里,很多韩侨围在有收音机的一户人家中聆听广播,是金先生,是他那具有磁性的独特的声音。"同胞们,朋友们,你们好!我刚刚在綦江沱湾参加完战友李树斌的吊唁仪式回到重庆,尽管心情十分沉重,但我很乐意接受采访,告诉你们韩国临时政府的抗日主张和我个人的近况……"

在收音机里听到金先生接受采访的不仅有韩国临时政府的人,还有刚刚和山本、佐藤、万兴顺喝过庆功酒,正准备向笠原发"捷报"的"猎虎队"队长绫子。

听到金先生的声音,绫子整个人如同一根被固定住的木桩,呆呆地杵在那里,眼神中满是疑惑和惊恐。

沱湾到底发生了什么曲折离奇之事？一切还得从头说起。

一段时间以来,崔立骏一直派人紧盯柳东岳,但狡猾的柳东岳每次从"綦江翠"茶叶店出来,手里都拎着一小袋茶叶。仿佛真是个嗜茶之人,需定期购置茶叶。这般迷惑之举,让崔立骏与安山根等人不敢轻举妄动,只得暂且按下抓捕之心,做放长线钓大鱼的打算,目的是挖出其身后隐藏的秘密人物。

李树斌遇害后,崔立骏便向安山根与金先生提议,可利用其葬礼之机,设计一场大局,将隐藏在韩侨内部的奸细及其幕后主使一网打尽,否则这些人犹如不知何时爆炸的炸弹,遗患无穷。崔立骏还向金先生建议,此次行动必须向中国相关部门通报并获得他们的支持。金先生听罢,不但同意崔立骏的建议,还提出在出席李树斌葬礼时,自己会全程配合实施行动方案。

崔立骏和安山根筹划妥当之后,安山根返回沱湾,故意泄露金先生第二天要来参加李树斌葬礼的消息,同时主动与林熙媛对接,对崔立骏家的大院院墙和茂密的树枝进行迷惑性修缮和修剪,并在家中里屋埋伏四位精干的中国特工。崔立骏则持金先生亲笔信件,在重庆向特警部门通报行动方案,并得到他们的通力配合。第二天夜里,崔立骏和官方派来的便衣分乘四辆轿车抵达沱湾。其中三辆停在安山根家门前,中间一辆车上走下的戴礼帽、穿长衫的人并非金先生真身,而是崔立骏假扮的。进入安山根家的崔立骏等人,直到次日清晨前往王金花家之前,一直按兵不动,稳如泰山。

崔立骏心里清楚，安山根家的局，肯定会被狡猾的绫子识破。因此，另一个局必须严密谨慎设计，才能确保万无一失，不然的话再被绫子窥破，将会出现意想不到的结局和难以承受的后果。

这一切取决于林熙媛"演戏"的能力。崔立骏相信，妻子能演好自己的角色。

木村挟持崔珺汉前往崔立骏、林熙媛家一番侦查后，更加让绫子确信安山根家的周密部署是幌子，姓金的必藏在崔立骏家。据此，绫子设计了在磨坊猎杀金先生的计划。但出乎她意料，停在崔立骏大院门前的那辆轿车内，同样没有金先生的影子，除了前排司机和警卫，后排座位上坐着一位戴礼帽、穿长衫的身手矫健的特工。这辆轿车自从第一天夜里停在那里后，躺在后排座上的精干特工就没有挪过窝，在几个看似贪玩的女娃配合下，守株待兔，前来打探者，便是他们等待之人。

崔立骏相信，在王金花家院门前以及狭窄的明月桥面上，绫子一定会布置暗哨，时机成熟时突然现身实施暗杀。然而，他万万没料到，绫子竟会疯狂至此，两路并进。千钧一发之际，爱侄心切的叔叔挺身而出救了崔立骏的命。

柳东岳被抓后，中国特工决定将计就计，一方面派人前往"綦江翠"和巴蜀酒馆，抓捕由柳东岳供出的绫子、申从海和万兴顺，可惜绫子等人根本不在那里；另一方面直接将第四辆轿车开到王金花家，引诱极有可能埋伏在那里的"猎虎队"成员现身。第四辆车开动之前，中国特工组组长命令特工脱下长衫和礼帽，穿戴在了被绑住双手的柳东岳身上。于是，特工摇身一变，成了司机，与另一特工驾车经过磨坊，前往王金花家。果不其然，轿车到达后，申从海现身打死柳东岳，可他也没逃过一劫，被化装成老妪的中国女特工当场击毙。

那么，金先生是否参加李树斌葬礼了呢？

时间回溯到两天前的傍晚。

"金花，谢谢你这个中国人为树斌所做的一切。我没有保护好树斌，让你失去丈夫，我向你道歉！"在李树斌棺材前，金先生三鞠躬后，泪流满面地握着王金花的手。

"金先生,谢谢您能来沱湾送树斌最后一程。这,这里太危险,您赶快回重庆吧,您的心意我替树斌领了。"

"不!你们中国人讲究入土为安,从现在开始我要一直陪伴在树斌灵柩前,直到下葬完我才回重庆。"

"谢谢您,金先生,您还是离开这里吧。您出事,我王金花可担当不起啊!"王金花几乎是在乞求。

"金花,请你放心,我穿这身鼓乐队衣服来沱湾,没有人会认出我的,等安葬了树斌,我再随鼓乐队一起走!立骏、山根他们都安排好了……"

沱湾不大,可租赁的屋舍十分有限,而韩侨却如潮水般不断涌来。

金先生眉头紧锁,询问是否有合适的地点。崔立骏权衡再三后建议迁往铜梁土桥。一来,土桥已有他们布下的岗哨,二来土桥属丘陵地带,住户少且较为分散,邻里间鲜有交集,倒也平添了几分安全。只是……

"只是什么啊?"金先生望着崔立骏问道。

"只是那里的房子比较少。"林熙媛见丈夫迟疑,终于忍不住代为吐露,"要想长久住下去,估计得自己盖房子。"

金先生点点头:"既然如此,那我们就计划起来。"

"可哪有那么多钱啊?"崔立骏望着金先生,苦笑道。

崔立骏进一步解释:"重庆处于群山环绕的盆地之中,为求空气流通,调节室温,屋舍皆需设有通风散热的设施。还有,这里无法像平原那样统一规划,皆依山势地形而建,故建造的成本不低。"

"我们可以开次会议,一起想想解决的办法。"金先生说。

"要不我再去找找魏大通?他对重庆很熟悉,或许能有新办法。还有,他这个人有个习惯,自己解决不了的问题,会向上汇报的。"崔立骏建议道。

"可以去试试运气。"金先生想了想,点头同意。于是他又写了一封信,让崔立骏带着。在信中,金先生不仅提到迁移土桥盖房子之事,还提到了建立光复军的事情。崔立骏不无担心地说："假若要建立光复军，您势必会更多地在公众场合露面，那样会平添许多风险。"

金先生微微一笑，摇头叹息道："活着并非生命的唯一目的，人们还应投入有意义的事业。要想着早日解救那些在日本铁蹄下受苦受难的同胞，不能让安重根、李奉昌、尹英魁等义士的血白流。"

第二天，崔立骏与林熙媛打扮成当地人模样，与魏大通接头。事情进展顺利，二人商定两天后的上午，由崔立骏陪金先生乘黄包车先到一家书店门前，那里距陈部长所住秘密大院还有一段路程，届时再换车，由魏大通护送至大院。

金先生来到渝地后，已换了四五处住所。尽管很长一段时间没有发现"猎虎队"的踪迹，但崔立骏仍然不敢大意。出发前，为防止被叵测之人监视，他先到街上租了一辆黄包车，用围巾裹住金先生面部扮作体弱老人，他和林熙媛各扶一侧，乍一看去，犹如护送老人就医的孝子贤媳。

车子停在另一条巷子边上，崔立骏边走边用眼睛余光观察路人的反应。一路下来，并未发现异常。三人上车穿过数条街道后，崔立骏察觉到后方驶来一辆车，街上车马繁多，之前他并未太过在意。然而，行进一段时间后，又拐了两道弯，那辆车子仍然不远不近地跟着，崔立骏不禁心生疑窦。

"有人跟踪？"崔立骏和金先生、林熙媛交换眼色，决定将计就计。

崔立骏对车夫说："兄弟，去仁济医院。"

到达医院门口，崔立骏与林熙媛搀扶着金先生下车，并支付车费遣走车夫。进入医院时，崔立骏稍作留意，发现那辆车果然跟随而来，一个约莫三十岁的汉子下车后四下张望。

情况危急，林熙媛低声对崔立骏道："我在门口站着，那人看到我在这，定然不会贸然过来，你带先生先进去，然后再从后门离开，我自己会设法脱身。"说着便把崔立骏的帽子摘下，装进自己的袋子里。

如林熙媛所料,汉子看到她站在门口,踌躇着没敢直接上前。几分钟后,林熙媛才向里面走去。这家医院林熙媛极为熟稔,她曾在这里陪伴照顾金先生母亲度过病榻时光。

恰在此刻,一名摇摇晃晃的老太太迎面走来,脸色蜡黄,显见不适。林熙媛赶紧上前,对老太太身边一个陪护的姑娘道:"老人不对劲,我照看着,快去喊医生。"不大一会儿后,医生和护士随姑娘匆匆赶来。大家七手八脚把老人抬到担架车上,推进了急救室。

门外,汉子始终蛰伏于墙角,远远窥视着林熙媛。

急救室内,一片嘈杂与忙乱,各种医疗器械碰撞的声音交织在一起。林熙媛趁此时机,动作敏捷地褪去外衣,迅速反穿,又将崔立骏的帽子稳稳地扣在头上。顺手从门前拿起清洁工的水盆和拖把,悄然离开急救室,步入水房。乘人不备,她弃下水盆与拖把,混入就医的人流,下楼离去。

二十几分钟后,汉子察觉异样,挤进急救室细探,却发现三人早不见了踪影。

在约定的时间,崔立骏与金先生赶到了那家书店,一辆汽车已等候在那里。

几个人见面后,金先生神情显得有些凝重,直言沱湾对众多韩侨而言已不宜居,希望在土桥购地建房。陈部长思量片刻,答应他可以直接跟县长李白英沟通,让他协调买地建房的事宜。

"还有什么要求,但说无妨。"陈部长道。

金先生缓缓道来,自虹口公园爆炸案发生后,日方"猎虎队"就开始对他的追杀,一路从上海到嘉兴再到镇江、南京,后来又到长沙、广州和綦江,日本人穷追不舍,跟踪暗杀不断。在这个过程中,韩国临时政府七八个党派林立,无法统一行动。一路颠沛流离来到重庆避难的韩国人近二百人,日常生活尚成问题,更遑论其他事务。虽临时政府屡得中国政府鼎力相助,但目前国民党政府自顾不暇,实在不好意思再提要求。

定了定神,金先生表示,鉴于当前局势,他欲前往美国,那里有不少同胞,生活条件相对较好。金先生的目的意在筹集经费,归来后成立光复军,与日本人决一死战。望中国政府发给他护照,助他成行。

"出国一趟绝非易事,您打算去多久？再者,真能筹集到足够资金吗？"陈部长有些不解。

"没有十分把握,只能是走一步看一步。"金先生茫然地摇摇头。

陈部长站起身在屋内踱了几步,说道:"与其这样,还不如直接去求助最高首脑,得到一些资助,先把队伍拉起来,造出一些声势,让日本人产生忌惮,兴许你们临时政府的日子会好过一些。"

金先生的眼圈渐渐红了,他说自己并非不愿一试,只是中国政府目前已是困难重重,他实在不忍再为中国政府增添困扰。

"只要你们真诚地投身抗日事业,自然会有援助之手伸出。失道者寡助,得道者多助。您不试一试怎么知道结果呢？"

陈部长一席话打消了金先生的顾虑。

一个星期后,在陈部长斡旋之下,金先生不仅见到了最高首脑,还获得再拨援助款三百万元,用于支持韩国临时政府组建光复军。

得知喜讯,崔立骏欢欣鼓舞,拉着林熙媛跳起了交际舞,边跳边对站在一旁的金先生说:"这是金先生冒着生命危险争取来的。要给金先生记上一大功！"

金先生则在一旁笑道:"谢谢。要说功劳,真正的功劳应属于你们,这么多年,是你和熙媛一直在陪伴着我,保护着我,要不是你们俩,我有几条命都不够交待的。"说罢竟湿了眼底。

风好正是扬帆时。光复军的筹建之事如火如荼地铺展开来。金先生亲自点将,安山根、李青山、范大伟等几个人负责信息传达和会议筹备,崔立骏和林熙媛则担任联络员。

初期会议频繁,几无虚日。建立光复军不是只要有经费就可以,招兵买马、训练管理等诸多琐事,皆需细细商讨。安山根与崔立骏对金先生出席会议的安排尤为谨慎,必先寻一隐秘之家,安顿好金先生,再通知众人前来。已经几个月没有"猎虎队"的动静,尽管绫子在沱湾失掉两员大将,但她不可能就此善罢甘休。崔立骏确信狡猾如狐狸的绫子,此时正蛰伏在黑暗中,密布着更凶险的局,编织着更精密的网。因此,当其他人稍有懈怠时,一种山雨欲来风满楼的诡异感觉让他坐卧难宁,直觉告诉他,一场更大的风暴正在酝酿之中。

第61章　重庆

1940年春节如期而至，崔立骏说服安山根后，两人一道向金先生提议，以已成立的自卫军核心骨干为基础，再组建一个七八人的保卫小组，以此来应对新一年更为艰巨的保卫任务。

时光荏苒。韩国临时政府急需提高影响力，故屡屡在各种场合发表演讲，或者参加中国政府组织的抗日活动，实际上等同于公开宣示韩国临时政府已经迁至重庆。崔立骏心里清楚，这一切，绫子的"猎虎队"不可能不知道。

一日，金先生要外出参加一场讨论会。崔立骏对金先生说："今天是场讨论，请安队长替您在会上将意见表达一下可以吗？几年前我们在镇江的时候也成立过义勇队，大致的运行规则和程序他还是清楚的。"

金先生坚定地摇了摇头："此言差矣，即便危险，我也必须出席。当下，众人的意见分歧较大，各执己见，难以统一。我必须亲自到场，及时了解各方观点，这对我们后续统一思想、制定出切实可行的方案至关重要。建立光复军的计划任务书必须尽快上报，刻不容缓。"

韩国临时政府要成立光复军的消息不胫而走，山本和佐藤率领的两个小组获知了消息。他们报告绫子后，得到的指示是竭尽所能收集情报，配合日机进行轰炸。两人定期在弹子石老街的一家钟表店与绫子会面，绫子具体居住何处，他们一无所知。

为了搜集情报，佐藤不得不广泛招募人员。他通过手下四处寻觅，以赏钱和饭碗为诱饵，很快便建立起一支外围情报队。外围情报员分布在城市各个角落，看似不起眼，却能探听到这座城市最细小血管里血液流动的声音。

一天，一名叫"飞镖"的外围队员急匆匆地要跑去汇报，说在路上无意中听到两个人谈论光复军的事。伙伴"山神"拦住他问："听清楚没？他们在说啥子？"

"飞镖"回答："只听到'光复军'三个字，后头他们声音太小啰，没听清楚。"

"山神"又问："他们哪儿去了？跟上去没得？"

"跟，跟了。""飞镖"忙不迭回答，"我老远地跟着，看到他们两个进了一个院子，就来报告了。"

"你娃儿还有点儿脑壳。""山神"招招手说道，"走，看哈儿去。"

随后，两人一路辗转来到了铁匠营街11号。此处没有挂牌，"飞镖"无从知晓这是何地，但"山神"心知肚明。他气不打一处来，一脚踢向"飞镖"，怒骂道："龟儿子，晓得这是哪儿啰？想坑死老子啊？"

"飞镖"一脸委屈："啷个了吗？"

"你妈呦！硬是耗子给猫当丘二——挣钱不要命了。""山神"气哼哼开骂，"给老子看清楚点儿，这里是政府行动队的地盘儿，哪个二回敢惹他们。"

建立光复军的方案提交中国政府后，4月便得到正式批复。

整个韩国临时政府的人都非常振奋，这意味着他们将要建立自己正规的武装力量。这对流亡他乡的韩国临时政府而言，是值得额手称庆的大事。金先生与临时政府其他成员商量后达成一致意见，决定举办韩国临时政府光复军总司令部成立典礼。

然而，世间之事，往往说来容易，做来却困难重重。经过讨论，各方分工明确，有的负责确定会议地点，有的负责安全保卫，有的负责外事联络，有的负责后勤保障。金先生委托安山根、崔立骏统筹协调整个典礼事宜，既要牵头统筹，也要督导落实。

安山根负责总体协调，几件具体的事情则落在了崔立骏肩上。

首要之务，便是寻觅一处安全可靠的开会地点。崔立骏派出林熙媛、王金花等人四处搜寻,要求最好能找到一处拥有宽敞大厅、足以容纳两百来人的地方。然而,在山城重庆,这样的场所实属难觅。

三天后,终于传来消息,林熙媛找到了一个合适的地点——嘉陵宾馆。那天上午,她在李子坝跑了半天,正准备找个地方歇息,忽然看到几十米外有一栋三层高的楼房。楼房前方的一块石碑上镌刻着"嘉陵宾馆"四个庄重醒目的大字。林熙媛毫不犹豫地走了进去。在前台,她遇到一位刚从楼梯上下来的三十来岁的男士,经工作人员介绍,林熙媛得知他是这里的经理,就主动上前与之搭话。聊了几句,林熙媛忍不住问道:"你是镇江人?"

酒店经理很是吃惊:"你怎么知道我是镇江人?"

林熙媛微笑着说:"我外婆是镇江人,我虽然不会说镇江话,但还是能听出来的。"

经理闻言,脸上露出了惊喜的神色,微笑着点了点头。

"我姓顾叫顾亮。请您去办公室相谈。"顾经理邀请林熙媛。

在经理办公室,林熙媛品着茶,与顾亮聊起了过往。她提及自己曾与朋友一同前往镇江外婆家,对那座城市也算颇为熟悉。二人谈及焦山、北固山,还有常去的西津渡、江天禅寺、御码头等,感到非常亲切。林熙媛说外婆家离西津渡不远,那里的锅盖面、油端子、糍粑等各种小吃令人流连忘返。顾亮说自己老家在北固山附近,原来在南京工作,南京沦陷之前来到了重庆。寒暄过后,林熙媛逐渐将话题引入了正题,说自己和丈夫因战乱而来此地,丈夫如今在一家海外公司任职,公司要建立一个运输公司支援抗战,想办一场典礼,想找一个合适的会场。

"顾先生,贵宾馆是否有一两百平方米大小的会堂?"林熙媛问道。

"我们没有专门的会堂,但有一个饭厅,主要是给客人就餐用的,有时也举办婚礼。"顾亮思索片刻,答道。

"可以租给我们开会用吗?"林熙媛追问道。

"那要看你们用多长时间,会不会影响到我们客人吃饭。"

"我们可不可以包场?包场的价格好商量。"

第61章 重庆

"这个我需要向老板汇报一下。"

"顾经理,请您一定帮帮忙!"

顾亮看眼前的半个老乡林熙媛说得诚恳,只好点头答应,约好第二天听他消息。

归家之后,林熙媛向崔立骏讲述了相关情况。崔立骏听后欣喜若狂,抱住林熙媛,在她脸上亲了一下:"老婆真能干!"羞得林熙媛在他肩上拍了一把:"你看你,怎么像个小孩子。"

次日,崔立骏和林熙媛一道去了嘉陵宾馆。

顾亮说他已向老板禀报此事,并打出了老乡之旗号,力求获得支持。老板态度暧昧,暗示只要不妨碍大局,可自行决定。

崔立骏拍着胸脯保证:"放心吧,不会给您出乱子的。"

经过各方面协调,典礼的时间定在9月17日。

时间既定,参会人员的邀请便是重头戏。一般人员邀请事宜,安山根、崔立骏、林熙媛等人尚可应付,但重要人物的邀请就必须金先生亲自出面了。金先生不顾自身安危,常常外出联络。为了保证他的安全,魏大通派了三辆轿车负责接送和保卫,以防不测。

此次会议非同寻常,会场的安全保卫更是重中之重。最令崔立骏日夜难眠的,当数数月来杳无音信的"猎虎队"。

崔立骏、林熙媛与顾亮碰了几次面。崔立骏请求顾亮对会前五六天的入住人员进行严格审查,发现可疑迹象,立即告知他。另外,会议大饭厅要租用两天,须提前一天检查会场。考虑到较高的租金和同乡情谊,顾亮欣然答应。

9月12日下午两点,一辆人力车停在了宾馆的门前。从上面走下一个西装革履的男人,手里提着一个皮箱,登记后直接住进了窗户面朝嘉陵江的房间。顾亮后来看了一下登记记录,了解到此人叫李洪瑾,武汉商人,此番来渝,意在寻觅商机。晚饭时分,又有两位宾客相继入住,一位是云游四方的道士,另一位则是大学教授。

因典礼将至,顾亮对这几位宾客格外留意。而他心中最为关注的,仍是那位李洪瑾,因为此人太过醒目。五点半,宾客们纷纷抵达餐厅。李洪瑾选了餐厅中心的位置,一个人点了四盘菜,要了一壶酒,自斟慢饮起来。道士还有教授模样的人则选择一僻静处,慢慢品尝着重庆的美食佳肴。

时间很快到了16号。

一大早,崔立骏带着光复军成员,于宾馆四周设置岗哨,严密监视过往行人。宾客们用餐,要么自己前往餐厅,要么提前预订,由服务员送至客房。

用餐大厅此刻已被腾空,饭桌皆已搬离,用于布置会场。唯余四张大的饭桌不易搬动。顾亮便向崔立骏建议,这四张桌子就不搬走了,留在原位供客人坐也是可行的。然而崔立骏却摇了摇头说:"不行。人多厅小,仅几人坐着,岂不失礼?这几张桌子,无论如何也要想办法挪走。"

顾亮只得找人把桌面先拆掉,分开来搬出去,待会议结束后再重新安装。拆第一张桌子时没什么问题,拆到第二张时,惊险的一幕出现了。翻过桌面,竟然有一包不明物体粘附在下面。几个人都不知道是什么东西。顾亮喊来崔立骏一看,立马让所有人赶紧撤离,原来这是一个没有启动爆炸装置的定时炸弹。

众人迅速撤出现场,崔立骏小心翼翼地把炸弹拆了下来。至此,一场潜在的灾难得以化解。满头大汗的崔立骏没有休息,立即吩咐现场人员对所有的东西进行仔细检查。虽然另外两张桌子没问题,但崔立骏仍不放心,又向魏大通紧急求援,申请增派两个拆弹专家前来帮助检查。这次不光检查会议厅,连客房、厨房、卫生间、储物间等公共区域全都仔细检查了一遍。

崔立骏一处一处地核查,不放过任何一个细节。当他走到窗户边,看到窗外的人在检查树洞时,无意中看到了墙上一幅油画,心中一动,问顾亮:"画后面检查没有?"

"平常就那样挂着,没人去碰。"顾亮有点不以为然。

崔立骏并未言语,让人搬来梯子,站在上面把油画取了下来。一把无柄的细长匕首被巧妙地粘在画框边,如若不细心观察,很难察觉。

顾亮吓了一跳,倒吸一口冷气。顾亮不解地问:"为什么弄了个去掉木柄的匕首?"

"很好解释。"崔立骏说,"木柄较为粗壮,易于暴露。像这样一个细条条,叫短剑式匕首,粘在这里不容易被人发现。"

接着,崔立骏又询问顾亮最近几天有没有什么奇怪的人出现。顾亮回想片刻,心道要说奇怪,也就那两天有点奇怪,便向崔立骏讲述了关于西装男、教授和道士的事情。

崔立骏听后点点头说,应该是这几个人所为——那个西装男负责吸引众人目光,掩护其他人暗地里行动。

顾亮恍然大悟。

17日清晨,嘉陵宾馆外,又悄然聚集了十余名便衣。顾亮心中暗自生疑,目光时不时地朝那些人身上飘去,而后凑近林熙媛,小声嘀咕道:"这些人是谁啊?"林熙媛轻声告知,这是政府行动队的人,负责会议的治安检查。

八点一刻,参会者陆续抵达。最先到的是韩国临时政府代表及韩侨,随后是已经入编的光复军核心成员。从宾馆入口至会议厅,安山根、崔立骏设置了三道安检关卡,外来人员不仅要核查请柬编号,还要严查危险物品、管制刀具及枪械。

会议十点才开始,李天白、安山根和崔立骏等几人陪金先生在会场门口内侧接待各方重要客人。崔立骏心里清楚,虽然已经清除藏匿在会场的炸弹和匕首,但绫子绝不会善罢甘休。金先生安全撤离前的每一刻,对他而言,皆是煎熬。

九点半,原本还算平静的宾馆门口突然出现一阵骚动。人群中传来几声低语,还发生了推搡。崔立骏立即让安山根调遣更多人手保护金先生,外面事务他来处理。

在外面第一道检查岗前,一个三四十岁的男子被拦下。此人一边焦急地在口袋里翻找请柬,一边自言自语道:"请柬呢,怎么不见了?来之前我特意叠好放在口袋里的。"

崔立骏上前询问男子的身份,得知对方是《重庆日报》社记者袁一鸣,旁边其他报社的同行亦纷纷证明。崔立骏心头一动,自己确曾给《重庆日报》社社长送去一张空白请柬,让前来采访的记者自行填写姓名。明了来者姓名后,崔立骏唤来林熙媛招待此人,自己则转身去查验收回的请柬。经过排查,崔立骏发现袁一鸣的请柬已被收回。这说明有人盗用他的请柬,且已经进入会议大厅。

"不好,假袁一鸣已进会场!"崔立骏心中一惊。

"后面再进来的每个人都要认真核查!"崔立骏对安保人员下达命令后,便匆匆向会议厅奔去。来到金先生等人身旁,崔立骏对安山根低语:"有人冒名顶替混进了会场,请一定保护好金先生,不要让陌生人靠近,我立即组织人员核查。"

崔立骏几步跃上演讲台,拿起话筒高喊:"各位尊贵的来宾,现在有桩急事,需诸位配合。请各位速速与相熟之人站在一起,查看是否有陌生人混迹其中。"

会场里一阵骚动,众人纷纷寻找熟人,人群迅速分化为数个队列。唯余五六人,或驻足原地,或趁机往人群里凑。崔立骏一招手,魏大通心领神会,迅速带着行动队员把这五六个人围了起来,带至附近一个会议室内。

崔立骏并没有随魏大通进入会议室,而是沿着会场四周来回走动,眼睛如鹰隼般扫视会场内的每个角落。确认会场内没有可疑点之后,他又走上了主席台,再次一寸一寸检查起来。当崔立骏走近主席台后面一个窗口下方时,停下了脚步。为了安全,崔立骏半个钟头前亲自拉上了窗帘。此时,长长的窗帘顺垂在地,唯有中间部分微微凸起,显得格外突兀。

"窗帘拉上时,我曾特意瞥了一眼地面,帘布平整无褶。这凸起之处……"崔立骏心领神会,假装无事离开了。十几秒后,他带人慢慢靠近窗帘,两个安保人员以迅雷不及掩耳之势从两边同时拉开了窗帘,只见一个记者模样的人手里握着一把手枪贴墙而立。正当此人愣神之际，崔立骏如猛虎般扑了过去，将人摔倒在地，手枪咣当一声甩出一丈多远……

假"袁一鸣"被捕后，崔立骏、魏大通对其进行突击审讯，但此人只字不吐。

事态万分紧急，崔立骏、魏大通带队对饭厅进行了第二轮严密检查。现场所有可疑点逐一排除。

十点，代表政府参会的军政要员陆续抵达，中共代表也已步入会场。国民党的高官，崔立骏见过很多，但共产党的名人却是初见，只见他们气度非凡，步入会场时还朝他微微颔首。

典礼准时开始。

韩国临时政府国务委员、韩国独立党执行委员等多位嘉宾，以及中国国共双方代表和光复军军官共计二百余人出席典礼。大会伊始，由金先生致开幕词，他深入剖析韩国独立运动、中韩两国人民的合作关系、光复军使命；接下来由外务部部长宣读韩国光复军总司令部成立报告书，并简要介绍成立过程；之后便是国务委员洪熹、中方代表刘岷及各机关长官、韩国独立党赵姓执行委员等致祝词，最后由光复军总司令李天白致答谢词。

典礼进行了一个多钟头，最后随着一张合影的定格而顺利落幕。直到这时，崔立骏才重重舒了一口气，一颗悬着的心终于可以慢慢地放下来。

那天夜里，崔立骏晚饭未进，便和衣而睡，直至次日中午，方自梦中醒来。

翌日，《重庆日报》大幅报道了韩国临时政府举行光复军成立典礼的消息。新闻一出，震惊了各国政府以及各方人士。大家深知，韩国临时政府在中国流亡历程中备尝艰辛，能在如此苛刻的条件下坚持斗争，不但让韩国人民看到了复国的希望，对中国人民的抗日斗争也具有极大的促进激励作用。为此，中共多次指示党内人士在韩国临时政府需要帮助时施以援手。

几人欢喜几人愁。

日本高层得知韩国临时政府光复军成立的消息后暴跳如雷。笠原秘密抵达重庆,一见绫子便左右开弓,啪啪甩了两记响亮的耳光,咆哮着怒斥绫子是无能的废物。自虹口公园爆炸案以来,已过八载,金姓"匪首"仍未被捕,反而日益坐大,竟然成立了自己的正规军队,是可忍,孰不可忍!

"加派人手,不惜一切手段,我要拿这个姓金的头颅向天皇谢罪。"笠原咬牙切齿地发出最后通牒。

绫子十分清楚,姓金的和朝鲜流亡组织主要成员在上海、嘉兴、杭州、镇江、南京、长沙等地从他们的枪口下屡屡脱险,如今藏匿于国民党政府控制的大后方重庆,要想将其击毙或者缉拿,难上加难。八载春秋,她没有一天不是枕戈待旦,闻鸡起舞;八载光阴,她刀枪不离身,无一日不想手刃金凡。不知多少次,绫子半夜突然惊醒,然后抱头痛哭,因为她在梦中遇到了金凡,她没有丝毫犹豫,拔出手枪对准金的头部和胸膛就是一串子弹……

"姓金的,如今绫子活在这个世界上唯一的理由就是抓住你!我发誓,抓住你的第二天,我就自杀,因为我的生命再无意义!"

望着绫子那一双猩红的眼睛,笠原知道,自己这个时候再多骂一句都是多余的。

"天皇等待着你的消息,帝国等待着你的消息,你看着办吧!"笠原吼道。

"为了天皇和帝国,头断血流,九死不悔!"绫子这次冷静得出奇。这句话是一字一顿吼出来的。

第62章　重庆

在县长李白英的帮助下，土桥村几栋房屋拔地而起。韩侨迁入新居，生活逐渐趋于稳定。

出于对金先生安全及工作便利的考量，安山根建言："日本人追捕的重点目标是先生您，您不在土桥过多出现，不与韩侨接触，他们就不会进入日军的视野。对您、对他们都是一种保护。"站在一旁的崔立骏也插话说道："临时政府及光复军现在已经公开亮相，总得寻个像样的办公地点。这样，您也不必每日奔波，安全系数会更高。"

金先生觉得两人所言甚是，遂点头应允，并委派他们共同筹备办公室等事宜。不日，崔立骏在杨柳街觅得一处民房，将其租下。民房带有一个院落，内有横竖两排草房，共七八个房间。平时主要是金先生还有安山根、崔立骏夫妇带着两个护卫住在这里，临时政府的核心成员有事时才应约赶来。然而，入住月余，就遇到日机空袭，草屋被焚毁，所幸无人伤亡。

此后，崔立骏又在石板街找到一处办公场所。然而三个月后，此处再次遭遇轰炸。这次日机丢下的炸弹在距离房屋仅四五米处爆炸，办公处和住处在巨大的爆炸声中倒塌起火。几人的衣服、被褥等生活用具皆付之一炬。所幸崔立骏和安山根成功保护金先生躲进了防空洞，但一个警卫员为了保护他们，被倒塌的木梁砸中罹难。

崔立骏东奔西走几天，又在吴师爷巷找到一处房子。此处是在轰炸后仓促重建，房屋简陋，用作办公实属勉强，仅可供员工临时栖宿。

寻找固定的办公地点的事接二连三受挫，众人心中甚是沮丧。崔立骏已竭尽全力，但日机对于重庆的轰炸却一直没有停辍。经再三斟酌，崔立骏还是鼓足勇气向金先生提议："我认为，请求中国政府的帮助是我们当下最好的办法!"

金先生沉吟片刻:"他们已经帮我们解决很多问题,你没看粮食配给所门前每日人潮涌动吗?而我们的粮食到点就足额发放。若租房之事再要他们提供帮助,他们会不会认为韩国临时政府始终就是一个嗷嗷待哺的孩子?这样绝对不妥。"

崔立骏挠挠头,尴尬一笑:"不求的话,我们马上就无栖身之地了!"话说出口后又觉不妥,金先生自尊心极强,再强调下去,只会触及其痛处,便不再言语。

几日过后,金先生还是妥协了。在中国政府的帮助下,选定了莲花池38号。

莲花池38号院坐南朝北,共有三十八间房。安山根、崔立骏陪金先生考察时,发现院内瓦砾满地,房间内落满灰尘,推测是近期遭受轰炸的原因,但房屋主体结构依然稳固。由于轰炸不断,主家一直没有补葺,有人愿意接手便欣然同意出售。

尔后,省政府出资四十万法币对建筑进行了修缮。金先生望着修缮后焕然一新的五座小楼感慨万千,在战火纷飞的重庆,大批中国的名人和专家尚且只能住在用竹篾扎成的"国难房"里度日,韩国临时政府却得以寓居于如此风雅体面的院落。金先生随即下令召开临时政府委员会议,对人事进行安排、对办公室进行分配,以期临时政府的工作尽快运行起来。

跨进院门,左手边是1号楼,设为庶务局、警卫队、文化部、军务部、情报分析部和宣传部办公室。右手边为2号楼,分上下两层。一楼是临时议政院会议室兼临时政府食堂,二楼是外务部和外务部部长、次长办公室。3号楼三楼是金先生办公室和国务委员会议室。后面的两栋小楼是宿舍。为了确保安全,临时政府重要成员均居住于此。

崔立骏与林熙媛随后亦迁入此处。夫妇二人身兼数职,一人当几个人用。崔立骏既要负责安全保卫,也要负责餐饮等保障工作。林熙媛则被分配至庶务局,她以前做过记者,此时便有了用武之地,担任临时政府的文秘。同时,她把后勤杂务这一块也担了起来,包括往来人员的住宿安排,寝具的更换清洗,还有卫生保洁等工作。

安山根、崔立骏从光复军里选拔了一批素质较高的人员组成警卫队。待一切安排就绪,崔立骏也终于得以稍作休息。

临时政府入驻一个多月后,一天,众人刚吃过午饭不久,空中突然传来"嗡嗡嗡"的声音,当时崔立骏正在屋内休息,听到楼顶警卫发出信号,立即跑出来查看。

"糟糕,是轰炸机!"崔立骏立刻呼唤众人。他很清楚,这里距院外的防空洞还有段距离,即便全力奔跑,也需十几分钟方能到达。更何况,政府中不乏老弱者,行动迟缓。即使侥幸逃离,外界情势复杂,难保没有日本间谍混迹其中。

众人纷纷跑出室外观望,而后又匆匆转身奔向楼内收集材料。见状,崔立骏大喊:"赶快隐蔽!先躲到平房里!"

因忌惮重庆城防部队的防空高炮,日机不敢飞得过低,匆匆投下数枚炸弹后便迅速飞离。这样一来,投弹精度受限,炸弹并没有扔到莲花池一带。虽然有惊无险,但崔立骏的心还是提到了嗓子眼,他深知这次只是走运,必须找到稳妥的解决办法。

"要不,咱们还像在南京那样,在地下挖个简易防空洞?"有人提议。

金先生摇了摇头,说:"这种土质挖的防空洞并不可靠,一旦塌陷,救人都来不及。"

"其实,这样挖防空洞也只是权宜之计。地下毕竟还是泥土,如果不用钢筋水泥加固,真遇到炸弹,即使炸不死,被活埋的概率也不小。"崔立骏考虑片刻,认为唯有搭建一个坚固的防空洞,才能确保安全无虞。

临时政府成员经反复商量,一致认为崔立骏的建议可行。事不宜迟。第二天,崔立骏即着手处理此事。他请来一位建筑师,领着对方勘察院子,讨论修建计划并让他画了图纸。

为节约经费,挖洞的工作由年轻力壮的警卫人员承担。崔立骏的任务是负责采购所需材料。在物资匮乏的重庆,正规市场难以觅到钢筋、水泥等建筑物资。在外面晃荡几天后，崔立骏虽然结识了几个黑市上的商人，但始终未能找到合适的货源。

沮丧之际，一个叫王长兴的商人找到了崔立骏，说自己认识一个人，手里囤有不少货，急等用钱想要出手。

当天下午，崔立骏就如约赶到"兴隆茶楼"。崔立骏先行抵达，静待片刻后，王长兴方携一中年人步入。

"崔先生，这就是我跟你提起的黄老板，黄立中先生。"王长兴介绍完，便因事离开了。

黄老板问崔立骏："听闻老弟需要建筑材料？不晓得是做何用？"

崔立骏微微一笑："家中老宅年久失修，需加固维修。"

"要得，要得。只要钱到位，随时送货上门。"黄老板答应得颇为爽快。

崔立骏岂敢轻易暴露自己的地址，与对方商定价格并确定一处交货地点后，便起身告辞。

崔立骏前脚刚出茶楼，就有两个人闪进黄老板的包间。

"老板，接下来怎么办？"

"此人心机极重，你们不要轻举妄动，免得断线，待下次交易时伺机行事，一定要咬住他。"

走在回去的路上，崔立骏不自觉地打了两个喷嚏，不禁自言自语道："这是谁又在记挂我呢？"

夜幕降临，黄立中独自外出，谨慎地穿梭于曲折的小巷，最终驻足在一户人家的院门前。他先是敲了两短三长五下，接着又敲了三长两短五下。过了一会儿，门"吱纽"一声打开来，黄立中左右张望一番后，便闪入门内。

"老板在吗？"黄立中问开门人。

"在。"

书房内，山本坐在桌前，旁边站着万兴顺。山本正在专注地临摹王羲之的书法。于是黄立中站在一边静静地等待。山本写满一张，搁下毛笔，冲万兴顺点了点头。

"事情办得怎么样?"万兴顺问。

黄立中将与崔立骏见面的情形细细地讲述了一遍。

"不错,终于摸到点头绪。"山本面露喜色,"这次定要一击即溃,绫子队长在等消息。"

两天之后,在"兴隆茶楼"不远处一片空地上,崔立骏等来了黄立中。黄立中指了指身后平板上的货物,拱手抱拳:"崔老板,你要的货来了。只是,我眼下只能给你一半,另一半今早有人急用取走了。你放心,再来货的话我第一时间通知你。"

崔立骏心中愤懑,但还是强装笑颜道:"那也只能如此了。这些我先用着。"

"对不住啊,兄弟!这样,为表示歉意,我免费给你送货。"黄立中拱手说道。

崔立骏摆了摆手,笑答:"黄老板客气,不麻烦了,我已备好车辆,把货转到我们车上即可。"言罢,他挥了挥手,不远处等候的两个人立即拉着车子奔了过来。

精心设计的进入莲花池38号院的计划落空,黄立中恨得咬牙切齿。

崔立骏拒绝上门送货,黄立中顿时心头一凉。之后,黄立中便找各种理由搪塞,不是凑不齐货,就是东西已被别人捷足先登提走。崔立骏不明所以,无奈之下只得另寻他路。

地下防空洞仍然按照计划修建,设计人员经详细勘察,选定一楼的一个房间作为入口,向下挖掘,连通地下室。又在空置院落掘出一个长宽各四米、深两米的坑,然后打上地基,用砖头砌起,盖上厚木板、油毡,上面再填土夯实。屋里屋外地下室连成一体,足可藏下院内所有的人员。

当地下防空洞正紧锣密鼓施工之际,正有一双眼睛窥视着莲花池38号的大门。这些监视者都是黄立中的组长万兴顺安排的。黄立中是个盗窃惯犯,蹲罢十年大牢正愁生计无门,被万兴顺看中,以一套房屋的代价将其收至麾下。眼看与崔立骏直接接触寻不到机会,万兴顺改弦易辙,责令黄立中带几个人轮流值守,监控莲花池38号每天进出的人员和货物。最关键的,崔立骏买了这么多建筑材料,说是要维修老宅,却未见任何脚手架。

院内到底在做什么? 万兴顺百思不得其解。

黄立中再次找到万兴顺汇报情况,急切地说道:"可以派两个身手利索的兄弟,趁夜深翻墙进去,看看里面到底在搞啥个名堂。"

万兴顺一番琢磨后,还是露出犹豫和担忧的神色:"里面情况不明,贸然进入会不会打草惊蛇?"

"组长,俗话说得好,不入虎穴焉得虎子。"黄立中表明决心。

"也好,派两个机灵的进去踩踩。但要说好,万一失手,定要一口咬定是窃贼,切勿泄露实情。"万兴顺最终点头同意。

得到万兴顺的许可,黄立中着手筹划。他精心选拔了两个人——"山神"和"飞镖"。几日之后,天降良机——重庆热电厂遭到轰炸,夜晚的重庆漆黑一片。

深夜,"山神""飞镖"二人身穿黑色夜行衣,腿上绑着短枪和电筒,悄悄摸到莲花池38号围墙下面,把浸泡麻药和毒药的肉块掷入院内。不久便听到狗奔跑和抢夺肉食的声响。片刻后,再次掷肉入院,已了无声息。

解决掉看门狗,两人轻击一掌,准备攀墙。围墙足有两人多高,"飞镖"掏出一根带铁钩的攀爬绳索,拽住绳头猛地向上一抛,铁钩固定在了高高的梧桐树杈上。两人敏捷地执绳爬过围墙,悄然溜进院子,发现两条狗一东一西倒在地上,已无声息。

"山神"来到院子中间,脚下有些松软。他狐疑地趴在地上使劲嗅了嗅,一股泥腥味儿扑鼻而来,再用手摁了摁,确定这是一方刚踩实踏平的新土。二人再环顾四周,发现码得整齐的建筑材料。"山神"指了指楼梯处,"飞镖"立刻领会,准备分头探查院子的结构。

突然,门口警卫室的灯亮了。两人惊惧之下,立刻卧倒在地。一个警卫边打哈欠边揉眼走了出来。墙角处随后响起了哗啦啦的声音。

小解完毕,警卫系好裤子往回走,却猛然记起往日此时狗儿总会摇着尾巴跑来撒欢。今夜却异常寂静。他心中一震,快步回屋,推醒同伴:"不对劲,狗不见了。"

二人点上风灯,拿上长枪,一前一后走到院内寻找,一眼就看到口吐白沫倒在地上的两条狗。

"狗死了。有情况!"一名警卫大声喊叫。

"叭!叭!"两声脆响,风灯骤然熄灭。睡在一楼的崔立骏听到喊叫声,提枪冲进院内。躲在角落里的一名警卫上气不接下气地喊道:"狗、狗死了,老高,老高也死了。"话语间,崔立骏看到墙头上有个黑影一闪,举手就开了一枪。"哎呀"一声号叫后,黑影跌落墙外。

"快拿风灯,跟我到外面去看看。"崔立骏高呼。楼上两名警卫闻声而至,手执风灯与崔立骏一起打开大门,绕至后围墙处,搜寻良久,却未见人影。

原来,躲在暗中的"山神"和"飞镖"听到警卫呼喊,"山神"不假思索,一枪击毙警卫,再一枪熄灭风灯。趁着混乱,两人返回刚才翻墙之地。"飞镖"抓住绳子,噌噌几下就攀上围墙跳了下去。"山神"握绳刚越过墙头,崔立骏的枪就响了。"飞镖"背起受伤的"山神"跑出两条巷子,钻进了等候在那里的汽车中。

崔立骏顺着滴落的血迹,一路追至巷口,血迹戛然而止,而留在路上的是车轮印。眼前的一切让崔立骏明白,夜入的二人非寻常毛贼,亦非孤身闯入。联想到前面开会时发生的炸弹事件,崔立骏更加断定,"猎虎队"已经瞄上了莲花池38号。

次日,墙边的树枝尽被砍去。警卫队伍重组,实行三班倒安保,夜间警卫严禁入眠,且增设明暗哨双重警戒。

"咱们走着瞧!"崔立骏暗暗发誓。

"山神"和"飞镖"两人回去后,立刻向黄立中和万兴顺汇报了在莲花池38号的遭遇。黄立中问两人在院内发现了什么情况,"飞镖"眼珠子骨碌碌转了几圈,说院中堆有修房子的材料,但看样子又不像是要修房子,根本没搭脚手架。

"再想想,还有什么情况?"万兴顺问。

"院坝中间平展展的,有点儿土腥味儿,可能是才夯的新土。"受了伤的"山神"龇着牙哼唧道。

万兴顺挖空心思、绞尽脑汁也想不明白,便追问黄立中:"你确定那人找你买材料说要修房子?"

"千真万确!"黄立中回答得干脆。

黄立中自言自语道:"那个姓崔的我们盯那么久了,要不干脆带几个兄弟把他绑了?"

"绑他干什么?"万兴顺惊问。

"姓崔的也是人,绑回来皮鞭、海椒水、烙铁一起上,再问姓金的到底在哪里。保证都招了!"黄立中狞笑一声后说。

"混蛋!姓崔的每次出来,看起来是一个人,但你敢保证三五十米之内没有其他同伴?要是他们采取反跟踪,顺藤摸瓜,我们完了,老板也完了。"万兴顺瞪了黄立中一眼。

"那就不绑,找个地方躲起来,一枪放倒他个龟儿子总可以了吧?"黄立中又生一计。

"打死他,我们跟踪姓金的线不就断了?你说的这些法子,我们老板和老板的老板早就想过。"万兴顺鄙视地看了一眼黄立中。

黄立中一惊:"我们的老板还有老板?"

万兴顺知道话多失言,急忙说道:"这事到此为止,多说一句要掉脑袋的。不说了,走!"

万兴顺随即带着黄立中前往"老板"山本处。

山本听完他们的汇报,一把将手中毛笔扔在纸上,好端端的一幅书法被四溅的墨汁玷污了。

"笨蛋!成事不足败事有余。回去吧,明天上午十点再来。"山本吼道。

万兴顺带着黄立中悻悻离去。

第63章　重庆·贵州凤凰山

翌日清晨,山本辗转换乘三辆黄包车,最终抵达金銮街一隅,名曰"凤姐油茶"的早餐铺。

这家早餐铺的油茶和三角粑、白糕以及熨斗糕远近闻名,慕名而来的食客众多。店内座无虚席,迟来者只能捧碗站于店外吃。

山本要了一碗油茶和两个白糕,走出铺子来到一棵黄葛树旁。树荫之下,立着一位戴眼镜的女子,正在低头就食。女人头着白帽,身披风衣,像是学校的教员。

"按照你的命令,昨天夜里派两人进去了。"山本低声说道。

"情况摸清了?"扮成教员模样的绫子问。

山本把万兴顺和黄立中的话简要重复一遍后,说:"院内堆有建筑用料,但没有发现脚手架,院子平整,不像在修房子。具体要干什么,说不清。"

"修房子的用料堆在院子里,地面上看不到脚手架,他们要干什么?"绫子停止咀嚼,双眼紧盯黄葛树身。山本深知其习性,绫子在思考。

突然,绫子目光自树身转向山本。

"既然要修房子,不是地上,则必在地下。"

"啊!你是说他们修地下室?"山本惊叹道。

绫子点了点头。

"为避空袭,修建地下室保命。"绫子冷笑道。

山本频频点头,深以为是。

绫子再次凝视黄葛树身,低声自语:"姓崔的说购材修缮老宅,必为谎话。佐藤的人打听到莲花池38号是几个韩国商人联合租用的,同样是谎话。现在看来，姓金的和朝鲜流亡组织主要头目应该都住在那里，那里很可能就是他们的老巢。"

山本环顾四周，见其他人都沉浸在美味中无暇他顾，笑着回答："队长真是英明，排除掉姓崔的和姓安的经常出入的五六个其他住地，让我们紧盯莲花池38号，看来是盯对了。"

"崔、安二人狡猾至极，其余居所皆为诱饵，虽有韩国人居住，但中国特工也在里面候着，我们的人一旦进入就出不来了。"绫子说完话，脸上露出一丝狡诈的笑容。

"队长，下一步怎么办？"山本问。

"经过这次事件，他们肯定会加强保护措施，我们已经打草惊蛇，不要再派人去了。"绫子说道。

突发事件让崔立骏心中难以平静，他向来行事如履薄冰，此番却不禁自问，究竟是哪个环节出了纰漏？

崔立骏心乱如麻。一筹莫展之际，黄老板那张圆润的脸庞浮现在他脑海中。为何众多商贾皆避之不及，唯独他主动上门，殷勤推销？为何他自告奋勇，要求送货上门？又为何在自己婉拒提议后，骤然冷淡，继而诸般推托，不再供货？

种种疑虑困扰着崔立骏，让他不得不怀疑。而要揭开黄老板的真面目，必须找到当初那个介绍人王长兴。

随后几天，崔立骏以购买东西为由频繁出入市场，果然遇到了王长兴。他直截了当地询问王长兴与黄老板之间的关系。王长兴见他面色不善，只能坦白相告，他和黄老板之间并无瓜葛，先前甚至素昧平生。"有一天黄老板找到我，说你要买建筑材料，让我把他介绍给你。"

黄老板果然是冲着自己而来！

翌日，崔立骏前往警备司令部行动队，找到了魏大通。鉴于屡次劳烦，此番崔立骏言辞更为婉转，未直接道明来意。

"为何中国政府的机关部门、医院，还有一些军事重地屡次遭到日军精准轰炸？这背后必定有人提供情报。前天夜里日机又来轰炸，第二天我路过一处爆炸点，发现那里还留有篝火焚烧的痕迹。我推测，这可能是日特利用火光为轰炸机指示目标。这么看来，蛰伏重庆的日特不仅仅是针对韩国临时政府，更意图破坏我大后方。"崔立骏娓娓道来。

魏大通面露狐疑："此话当真？"

崔立骏成竹在胸地说："我虽不能百分之百地确定，但这事请你务必上报，宁可信其有，不可信其无。"

魏大通点了点头。两天后日机夜间轰炸重庆，魏大通的人果然在两处废墟旁都找到了篝火的炭灰。

凭借记忆，崔立骏和魏大通唤来一名画师，绘制出黄立中的肖像。魏大通派出便衣，协助崔立骏缉拿黄立中。崔立骏与黄立中打过两次交道，约的地点都是在"兴隆茶楼"。随后的七八天时间，崔立骏乔装成衣衫褴褛的流浪汉，日夜在几个茶馆间徘徊。一个阴雨天的傍晚，他终于发现黄立中与两个人一起走进了"兴隆茶楼"。

崔立骏立即通知了魏大通。魏大通带着一支队伍迅速杀到，将正在"大红袍"包间内的黄立中一行三人团团围住。行动队员两两一组，押解三嫌犯下楼。

"砰！"一声枪响，大堂内的茶客们先是一愣，紧接着便惊慌失措地四处逃窜。魏大通带领人马封锁茶馆，搜索开枪者。一阵手忙脚乱后，并未找到凶手，却看见黄立中已经倒地不起，脑袋右后方弹孔里流出一股股鲜血。魏大通指挥众人把"兴隆茶楼"里里外外搜了两遍，在二楼楼梯口发现一枚手枪弹壳，开枪人已越过后窗，逃之夭夭。

黄立中死了，只能将突破口放在带回的两人身上。但无论怎样用刑，两人坚持说和黄立中只是生意伙伴，其他事情一概不知。

光复军创立后，声势日盛，规模迅速达到二百人。成员由两部分组成，其中小部分是韩青班，全称是韩国青年训练班，主要是培养初级军官，另一大部分是韩光班，即韩国光复军训练班，专司作战士兵的训练。为了减轻重庆的压力，并促其速成，金先生决定将他们分散至西安、山西、绥远等多个地方进行训练。

半年时间过去，韩国临时政府和光复军的工作在中国政府支持下，均取得不同程度的进展。韩国临时政府的影响不但在韩侨中，在中国人中的影响也越来越大。

1941年3月中旬的一天，崔立骏派出的信使回来时，取回了厚厚一沓信。为了保密，崔立骏把收信点设在了吴师爷巷的一处寓所，并派数人居住于此，统一签收后再转交给他。

取来的信件，由秘书林熙媛分拣归类。林熙媛逐字逐句阅读信件，突然欣喜地对崔立骏叫道："快来看！"

信是一个叫金文彬的人寄来的。

信中，金文彬介绍自己是韩国黄海道海州人，现在江西上饶中国第三战区司令部政治部服务，他曾经胸怀大志，刻苦学习并赴日本留学。他唯恐在日本被征兵，便设法离开日本来到中国，生活艰辛，居无定所，流浪至浙江金华时，还曾被当地政府误当作间谍抓捕。所幸遇到同在日本留学的中国同学，经解释消除误会，后来他就随同学一起留在了第三战区司令部工作。金文彬在信中表示，前一阵子获悉韩国临时政府在重庆举行韩国光复军成立典礼的消息，无比振奋，作为一个韩国人，他愿意为韩国临时政府做点力所能及的事情。

崔立骏阅信后赞誉道："看来是位热血青年。临时政府需要做的事情繁多，急需这样的人，但我们无法做主，还是先向金先生汇报为宜。"

夫妻俩一同前往金先生的办公室。金先生看完信后立刻表示："我要给他回一封信，邀他有空先过来一趟，当面探讨具体可开展的工作。"

随后，崔立骏通过邮差将信件发出。经过半个月的等待，一个满脸疲惫、风尘仆仆的年轻人敲响了吴师爷巷的一处寓所。当问清楚来人就是金文彬的时候，崔立骏低声询问："身后确保没有'尾巴'吗？"

"来时路上，我已有所留意。但重庆情况特殊，我不敢保证。"金文彬回答。

崔立骏拉着金文彬,笑着说道:"到饭点了,先到外面给你接个风。"随后,崔立骏带着金文彬向街上走去,边走边留意周围环境,最后挑选了一家"渝成小面"餐馆,点了两碗特色豌杂面。

吃饭时,崔立骏一直观察着四周,好在没有发现可疑之人。从金文彬嘴里,崔立骏得知他从上饶远赴重庆,足足用了十天时间。一路上的颠簸辛苦,从眼含泪花的金文彬口中娓娓道来,令崔立骏甚为感动。

饭后,崔立骏带着金文彬换了两辆黄包车,绕了几条巷子后才进入莲花池38号。

"你觉得自己能做什么事情呢?"金先生目光炯炯,询问激动难抑的金文彬。

金文彬抹了一把额头上的密汗,回答道:"自从得知光复军成立的消息,我也一直在思考这个问题。崔大哥向我介绍有关情况后,我心中已有一些想法,不知可否陈述?"

"但说无妨。"金先生鼓励道。

"我在上饶居住已有三年,结识不少朋友,其中就有韩国人。据我所知,中国东部沿海一带,韩国人颇多,我打算在那边做些宣传工作,鼓动他们加入光复军。"

金先生抚着下巴,沉吟片刻后说道:"的确是个好主意,但仅凭你一己之力似乎过于薄弱,建议你在那里设立一个机构对外宣传。"

金文彬甚是激动,连声称是。

金先生让金文彬拟订一份详细的计划。经反复推敲,在江西上饶设置韩国光复军征募处第三分理办事处的计划出台了,金文彬被任命为办事处主任。金先生手写了一份委任状,加盖韩国临时政府大印,命金文彬尽快返回上饶落实此事。

金文彬行事干练,回去后仅一个月便致信金先生,汇报一切事宜均妥善处置,已成功招募三人,另外五人有参加意向,正积极争取。金先生回信建议其一边继续招募,一边适时组织训练,待人数满十人后一并送至部队。

半年之内,金文彬招募的人数达到了五十人,并将他们分送至各集训地点。金先生对金文彬负责的办事处的工作甚是满意,满怀兴致地对安山根和崔立骏说:"我想去上饶看看,如何?"

沉思片刻,安山根道:"重庆至上饶路途遥远,三五天肯定到不了。还有,途中安全也难以确保。"

"安队长说得对,重庆到上饶不但路难走,谋财害命的土匪劫徒听说也特别多……"崔立骏的话还未讲完,就被金先生摆手制止:"纵是刀山火海,我也得去。此行既能鼓舞金文彬他们的士气,又可借此机会宣扬我光复军,对新学员的征召大有裨益。"

"若先生确定前往探访,只能悄悄去。"安山根担心的还是金先生路途之中的安全问题。

"那就这样定了,你在重庆负责整个临时政府的保卫事宜,让立骏带两个人跟我一道去。"

随后几天,安山根为崔立骏挑选了两名身手敏捷、枪法精湛的随行人员,一个是金喜顺,另一个名叫朴红举。出发前,安山根一再叮嘱,他们三人这次远行不但要保护好金先生,还要守护好绑在金先生腰间的五根金条——韩国临时政府拨给金文彬的活动经费。

为避开"猎虎队"的监视与追踪,崔立骏在出行前一天傍晚,将金先生化装成穿着制服前来检查线路的电工,转移至吴师爷巷的租住处。出发时,众人皆作挑夫装扮。崔立骏虑及自己与金先生同行目标过大,遂安排金先生与朴红举扮作父子,而他则与金喜顺伪装成路人,暗中护卫。

凌晨五点,街道上行人稀少,金先生一行坐上了前往遵义的长途汽车。他们计划从遵义出发,经长沙到南昌,再转至上饶。

车子简陋,六条长木凳贴着车厢壁,中间空地用来放置行李,车顶仅以几根竹子撑起一层薄油毡。路面坑洼不平,车内众人纷纷晕车呕吐。崔立骏三个年轻人尚能支撑,但对六十多岁的金先生来说,这样的旅行无疑是一种巨大的折磨。

行程中,车子频繁出现故障。司机修车的时候,崔立骏他们就在附近转悠,让金先生平躺在租来的躺椅上歇息。就这样一路走走停停,从重庆到遵义耗时三天多。考虑到金先生的身体状况,他们在遵义一旅馆好好地睡了一个晚上。

崔立骏原认为,接下来到贵阳的路应该好走一些,其实不然。贵州"八山一水一分田",山路似九转回肠,看起来直线距离近,实则蜿蜒绵长,甚为颠簸耗时。一天,当他们行至凤凰山下一处羊肠小道时,众人皆疲惫不堪,昏昏欲睡。突然,车子猛地来了个急刹车,众人皆被惊醒,纷纷揉眼伸颈探头望向车外。

只见车前车尾聚集着一批衣着简陋之人,领头者手持盒子炮,另外两人握着长枪站在两侧,其余人员则分别操着镰刀、锄头、砍刀和木棍。车子停稳后,一个手拿砍刀的人敲着车厢吼叫:"开门!快开门!"

与此同时,四块大石赫然抵住汽车四轮。

汽车动弹不得,司机无奈之下只得打开车门。两名凶徒瞬间冲进车厢,前者手举砍刀吆喝道:"爷几个只图财不害命,把所有值钱的东西都放到袋子里!不听话,翘脚(死)!"说话间,锐利的刀锋直抵每个乘客的咽喉,然后就是搜身搜鞋搜行李。为了保命,乘客抖抖索索地把衣服口袋和行李中值钱的东西一一掏出,扔进第二个凶徒手中撑开的布袋里。

金先生四人坐在车厢中间靠后的位置。随着两个凶徒一步步逼近,崔立骏心知,若金先生被搜,不仅五根金条难保,更恐其身份暴露,被劫为人质,勒索更多财物。如果事情到了这般地步,金先生将性命难保。眼下已经毫无退路,必须先下手为强。主意已定的崔立骏朝身后坐在金先生旁边的朴红举使了一下眼色,示意他保护好金先生,自己便和金喜顺打开行李袋,佯装翻找贵重物品,实则紧紧握住枪把。

两个土匪吆喝着刚走到他们跟前,崔立骏和金喜顺以迅雷不及掩耳之势同时扼住对方的脖子,用手枪抵住两人的脑袋,将他们拖出车厢。

下车后,崔立骏命令司机将车门关闭,同时将臂下之人一脚踢倒,用脚踩着他的头朗声对土匪头子喊道:"想活命,带着你的人马上滚蛋,不然别怪老子弹不长眼睛。"

崔立骏的身手惊到了手持盒子炮的土匪头子,但当他看到仅有崔立骏两人下车,便放下心来。冷笑一声后,土匪头子大声吼道:"这位兄弟,敢带着家伙进凤凰山,有种!但我还是劝你识相点,二十多个对付两个,比踩死两只蚂蚁还容易!"

"道上的兄弟,人在江湖,行事应有分寸,得饶人处且饶人。你手下人已经收了半袋钱财,见好就收才算识相。"崔立骏面无惧色,话语铿锵。

金先生从车内望向车外,看到崔立骏和金喜顺两个人,更看到了围住两人的黑压压一片的匪徒,知道这次遇到了大麻烦。

"你个憨包,教训起老子来了!兄弟们,听我的,抄家伙,我喊三声,他们不放下枪,就打死他们!"

哗啦啦,二十多个土匪全部抄起家伙。

土匪头目刚数到二,崔立骏的枪就响了。原来,土匪头目旁边的一个人端枪就要扣动扳机,崔立骏眼疾手快,直接开了火。子弹穿颅而过,那人猝然倒地。

一众土匪皆惊恐不已,崔立骏从腰间拔出一颗手雷,将拉环固定在食指上。土匪头子没有想到崔立骏还有更烈性的家伙,但碍于手下在场不肯示弱。崔立骏洞察其犹豫,决定更加强硬。

"道上的兄弟,我本来想在你数到'三'时放下手中的家伙,但躺下的这位弟兄不讲究,你才刚喊到'二'就想扣扳机,不得已我才开的枪。现在出了人命,算是杠上了,我也不打算活着回去。他娘的,不怕死的尽管过来!"崔立骏高高举起手雷,一脸同归于尽的决绝。

"有种!你不怕死,老子更不怕。好,咱们就这样熬着,等他妈的天黑了,我看你往哪儿跑。"崔立骏没有想到土匪头目不吃硬,态度变得更加嚣张。

崔立骏听完土匪头目的话,一阵哈哈大笑。

"他妈的,死到临头还笑什么?"土匪头目从刚才的犹豫不决中缓过气来。

"我这位兄弟刚才还说,车子再开一袋烟工夫就能见他大哥。你们不让走,我们倒也不想走了,让他大哥亲自带人来接。"崔立骏说完话,眼睛一直盯着金喜顺。金喜顺不知其意,只能一个劲地点头。

"他大哥是谁?来了等于地上多个血淋淋的人头!"

"道上的兄弟,他大哥来了,掉脑袋的不是我俩,恐怕是你和你的弟兄们。"崔立骏的嗓门高了三分。

"他妈的,别吓唬人。说说他大哥姓甚名谁!"土匪头目摇枪讥笑。

"梁—大—墩—子!"崔立骏一字一顿地喊道。

听到"梁大墩子"四个字,土匪头目后退半步。

金喜顺眨眼间被改了姓,心中更是如坠云雾,全然不明崔立骏究竟唱的是哪一出,但知道这是他的应对之策,也急忙随机应变道:"给你说几遍了,不要喊我大哥的外号,偏要喊!等会儿见了他,可千万别喊!"

第64章　贵州凤凰山·长沙·上饶·重庆

"梁大墩子"何许人也？

"梁大墩子"是驻守凤凰山一带的国民党部队的一个旅长，不是土匪，胜似土匪，是个黑白两道通吃的混世魔头。出发前，崔立骏找过魏大通，魏大通提供此名，说遇到险情，报这个名字兴许能有所转圜，化险为夷。

土匪头目立刻收起枪，双手抱拳道："小的有眼不识泰山，原来是梁旅长的兄弟，误会，误会啊！"

金喜顺倒也机灵，顺着话头笑着说道："等会儿我大哥问我为啥这么长时间才到，我就说下车在野地里拉屎，多蹲了一会儿。"

"妙！实在是妙！大家听好了，鞠躬送梁旅长的兄弟启程！"土匪头笑着说道。

众土匪闻言，连忙搬走四块石头，恭敬地鞠躬送行。崔立骏顺手从一个土匪手中夺去装钱物的袋子，笑着说："我们正愁没什么东西送给梁大墩子，这不有了！"

无人敢上前抢夺。

两人走进车厢时，金喜顺嘴里还嘟囔道："说过了不让叫外号，咋又叫上了！"

每个乘客都领回了自己的钱物。金先生望着提着空袋子走回座位的崔立骏，脸上现出赞赏的神情。

余下旅途虽看似风平浪静，但因路况、车况问题频出，中途竟辗转换乘五六辆客车，自贵阳至长沙，耗时长达五日。此时长沙已陷落，崔立骏一路上都在思索何处可供避难。车行半途，他心中有了答案，便向金先生提议,去他曾在那里养过伤的岳麓书院短暂栖身。金先生同意。

于是,四人一行便朝着岳麓书院的方向行进。

他们踏入湖南大学校园,临近书院时,金先生和崔立骏均感到一丝难以名状的异样。金先生养病时在此住了近两个月时间,对周边环境颇为熟悉。那时,这里的参天古木浓荫蔽日,湘江水清澈泛蓝,鸟翔天空,鱼游水底,水光山色令人心旷神怡。然而眼下空气中弥漫的硫黄焦煳味、树上的残枝,还有倒塌的残垣,都让他们产生了不祥的预感。

半途,崔立骏让他们三人稍作歇息,他先行一步,去探摸情况。崔立骏循着记忆一路前行,越是接近岳麓书院,心中越是惊骇。途中只见无数的参天古树被削首折臂,书院内诸多建筑被夷为废墟,御书楼、半学斋、静一斋等已是断壁残垣、支离破碎,甚至文庙、大成殿和孔子像也未能幸免。原来,湖南大学四月遭到日军多轮轰炸,导致如此满目疮痍的惨状。

"这些东洋王八蛋!"崔立骏看到如此景象,忍不住咒骂。

岳麓书院内无法安身,崔立骏一行只得去找他们初次来长沙时暂居的旅馆——"三湘旅社"。旅社临街,总共三层,后附一院,院内平房三间,灶屋一间,储物一室,皆为旅社老板自家所用。

一个多钟头后,他们来到这家旅社附近,但门口插着的一面日本膏药旗让他们望而却步。崔立骏在一个茶社先安顿好金先生,孤身前去探查。

尽管过去了几年时光,但老板谭福还是一眼就认出了崔立骏。谭福清楚地记得,当年崔立骏一行初至长沙,便入住他家旅社,首晚连他自己的卧榻亦被占据。最终这位崔先生与他共坐厅堂,和衣而眠。在"三湘旅社"逗留期间,崔立骏但凡闲暇,便助谭福整理房间,还教会其幼子唐诗宋词三十余首。

谭福问崔立骏:"你这次一个人来住宿?"崔立骏没有回答,而是反问一句:"你这门口的膏药旗是怎么回事?"

谈及此事,谭福唉声叹气地说,日本人下了命令,命令街道上商铺都必须挂上这东西,为了做生意,只能低头认了。崔立骏与谭老板言谈片刻,觉得对方仍如昔日心慈面软,便坦言尚有三位友人,欲一同在此暂住两晚。谭福点头应允,却提醒崔立骏,旅社时有人前来检查。崔立骏与谭福商议,四人最好分开住宿。谭福闻言,一脸茫然:"咋个分开住?"

崔立骏说:"两个堂弟住在这里,我和我叔,麻烦老板给另外找个地方对付一晚,只要有床能躺下就行。"

谭福没有说话,点头表示同意后,就带着崔立骏从后门离开,拐弯抹角行至一院内。

一对老年夫妇迎了出来。是谭老板的父母,崔立骏赶忙和他们打了招呼。

谭福和父母说了一通,崔立骏听不大懂长沙方言,最后只看到老头老太点头同意。临走时,崔立骏再三叮嘱谭福,等会儿他会带自己叔叔过来,还说叔叔是位悬壶济世的中医,被一帮恶人陷害追寻,若遇检查,切勿说出。

"我虚长你几岁,就称呼你贤弟吧,我谭福开旅社和人打了一辈子交道,第一次见你,我就认定你不是坏人。请放心,我知道怎么做。"

崔立骏鞠躬致谢。

半夜时分,"三湘旅社"突然响起急促的敲门声。起初,谭老板以为是住客,开门后却见数人蜂拥而入,领头的正是长沙伪政府侦缉队的王队长。

"王队长,你们这是……"谭福睡眼惺忪地问道。

"突击检查!有人报告你们这里来了刁民。"王队长不由分说下令,"搜!"

一听到"搜",谭老板赶紧拿着钥匙跟随,有人居住的房间轻敲房门,没人住的直接用钥匙打开。看到住宿的客人,搜查人员将手电筒直接照到对方面部,领头的王队长问他旁边的一个人:"二秃,是不是?"

"不是!"

"不是!"

……

查到最后一个房间,又是一声"不是",王队长不耐烦了,抬腿朝二秃就是一脚:"他妈的,我让你谎报军情,害得老子不能好好睡觉。"

二秃辩解道:"真,真的,我路过旅社门口时,真的看到那个人进了这家旅社。那个老头,以前就住在我们那条街上,和太君那张画像上的人长得一样。"

谭福一听急了,连忙接话道:"二秃,你鬼扯些啥? 三更半夜的,你们看也看了,搜也搜了,哪里有什么刁民?"

王队长像是突然被什么点醒,眼神凌厉起来,对手下人吼叫:"后面的院子也要搜!"

谭福见状,连忙掏出香烟,为王队长点上,赔笑道:"王队长,对我你还不放心吗? 要是有情况,我会第一个向你汇报,哪轮得到他二秃邀功请赏?"

王队长毫不领情,一把将香烟摔在地上,呵斥道:"少来这一套,快去搜!"

七八个侦缉队员持枪冲进后院,把住人的两个房间和灶屋翻了几遍后,也没找到可疑的人,倒是把谭福父母和妻女吓得浑身颤抖不止。搜查完后院,院内只剩下一间储物房,里面存放着冬季所用的被褥和枕头。侦缉队员把几十床被褥全扔到了屋外,依旧不见人影。

屋内无人,院子里更没有能藏人的地方,只有几个修过的破床板和用绳子捆住的卷成筒状的竹席靠墙摆放着。

"他妈的,骗老子,老子一脚蹬死你。"王队长怒不可遏,扇过二秃两个耳光后,骂骂咧咧地带着一队人马离开了"三湘旅社"。

一袋烟工夫后,奇迹发生了。一个竹席筒竟然动了起来,慢慢地露出一个人来,是崔立骏。随即,旁边的一个竹席筒也动起来,露出了金先生。

第二天一大早,谭福为四个人准备了丰盛的早餐:米粉、糖油粑粑、锅饺、糖饺子等美食琳琅满目。吃完早饭,谭福让父母到外面看了几趟,确认没有埋伏后,才喊来邻家的黄包车夫,送金先生前往汽车站。

上车前,谭福把崔立骏付的住宿费用悄悄塞进崔立骏的口袋,笑着说:"算是我的一点心意,路上买几碗茶,解解乏!"

崔立骏见状欲退还,谭福却紧紧握住他的手,诚恳地说道:"贤弟莫再推辞! 你带的人是个好汉,胸口挨了一枪,现在还这么健壮,命大福大,今后必成大事！"

说完这话，谭福朝金先生深鞠一躬，转身离去。

后半程有惊无险。

从重庆至上饶，这一路走了足足半个月。

见到金先生四人，金文彬热泪盈眶。他想让金先生和崔立骏他们好好休息两天，但金先生却迫不及待地想要了解他们的工作进展。金文彬详尽汇报后，金先生甚是感慨："若各地都像你们这样，那就好了。"

用过早餐，慢慢聚来六个人，金文彬介绍说是他最近招来的光复军队员。平日里，他们不仅在此共同研讨中国和韩国的抗日形势，金文彬还准备了两把步枪和手枪，让这些从未握过枪的新兵也能熟悉枪械，为日后战斗做准备。

"今天这么早叫大家过来，主要是想让你们见一个人。"金文彬强压激动说道。

"谁呀？"六人皆好奇地问道。

"我经常给你们说过的一个人，一个令许多韩国人敬重之人！"金文彬卖起了关子。

"是金先生？"

"对！"

金先生站了起来。六个人几乎同时站起，边呼喊金先生的名字边深深鞠躬。

"坐，坐，请坐！"金先生连喊三次，六个人才噙着眼泪坐了下去。

"过去，大家脑海里都知道韩国临时政府的存在，但没有人亲眼看过。今天请金先生给大家讲一讲我们的临时政府，讲一讲成立光复军对抗击日寇的重要性！"金文彬诚恳地说道。

迎着一屋子热切期待的目光，金先生用韩语缓缓讲述起来……

金先生的讲话，令所有在场的人心潮澎湃，泪花闪闪。

时间来到1942年,中国抗战进入相持阶段,日军在中华大地上的猖狂肆虐之势受到遏制。然而,中华民族所面临的磨难犹未消减。中原地区洪水肆虐,百姓生活困苦,饥寒交迫。陪都重庆的物资供应空前紧张,物价飞涨,米粮难觅。

即便如此,韩国光复军的招募和训练一刻也没有停止。

一天,重庆火车站走出一群人,手持太极旗,高唱《爱国歌》,一路询问打听韩国临时政府驻地。他们一行五十余人,排成队伍,边歌边行。

这些人大多是小伙子,韩语生疏,日语却异常流利。在半道上,安山根和崔立骏截停他们。细问之后才知道,他们大都是日本的韩裔,被强制征兵带到了中国。他们对日本的归属感并不深,在报上知闻韩国光复军成立之讯,心潮澎湃,所以从战场上溜号,奔赴重庆投效光复军。

带队的名叫郑士奎。安山根、崔立骏并没有将他们带至莲花池38号,而是将这批鲁莽青年暂时安置在一家旅社。安山根后来单独叫出郑士奎,严正指出:"太莽撞了!你带着这么一大批人出行,考虑过安全问题吗?假如路途中遇到日本军队怎么办?还有,这批青年虽是韩裔,但曾效力日军,你能保证他们当中没有日本奸细吗?"

郑士奎虽觉存在欠考虑之处,但心中不甘,辩驳道:"虽然你们说得有道理,但如果前怕狼后怕虎,恐诸多事皆难做成。"

他们提出要立刻见金先生。安山根和崔立骏没有立即表态。金先生获悉此事后,非但未加苛责,反倒流露出几分欣喜。在他看来,尽管这群年轻人的举止稍显唐突,但光复军队伍的扩大需要这类身份特别的青年,因为他们是脱离日本军队投奔而来,不仅能增强光复军的实力,还能在舆论上对日本人施压,对鼓舞世界抗日志士也会产生积极的作用。

金先生对安山根说:"我想见见他们,最好能联系一些记者到场。"

安山根劝说不了,崔立骏接着劝:"我的意见是,暂且不见他们,观察几天之后再说,您可以先见见郑士奎。"

崔立骏说得合情合理,金先生同意了。

此后数日,崔立骏与郑士奎等人同食共宿,细察之后,崔立竣觉得他们心思纯良,是可以信任的。

经过缜密筹划,中韩文化协会为学生兵举行了一场欢迎会。金先生亲自迎接这群热血青年,国共两党均有代表出席,国内媒体、欧美各国通讯社记者以及大使馆官员纷纷到场。众人向学生兵问及诸多事宜,这些学生兵自幼受日本人压制,虽仅以基础的韩语交流,但言辞恳切,表达了为祖国独立,即便牺牲性命,也要加入光复军的决心。一番诚挚的话语,不仅令金先生、安山根、林熙媛等一众韩国人潸然泪下,崔立骏、王金花等中国人以及前来参会的记者和外国人亦热泪盈眶。

第二天,《中央日报》《新华日报》《群众周刊》《时事新报》《新民报》等各大报刊,竞相刊载了欢迎会的盛况。消息犹如插翅之鸟,遍飞于华夏每一寸土地,传至世界各个角落。

绫子和山本再次来到金銮街"凤姐油茶",在黄葛树下接头。和绫子藏匿一处的佐藤,这次同样至对面烟铺,近距离保护绫子。

"姓金的最近活动频繁,来自中国各地的朝鲜人都来重庆投奔,嚣张至极!东京来电,此风不可长,指示我们当机立断,予以打击。十天之前来了五十多个在帝国出生的学生娃,就拿他们开刀,挫挫金凡的锐气。"绫子低声交代。

"我亲自带人去。"山本说。

"不。你前期踩好点,派万兴顺带'山神'和'飞镖'两人去执行即可。"绫子否定了山本的计划,眼中闪过一丝狡黠。

"是!"山本点头。

五天后的一个傍晚,新寰球电影院门前来了五位韩国年轻人,他们结伴前来观看中国第一部抗战空战大片——《长空万里》。当看到影片主角、飞行员高飞驾驶中弹的飞机,毅然决然地放弃生还之念,如流星般冲向敌舰荣耀殉国时,电影院内观众皆掩面而泣,哀声四起……正在这时,"山神"和"飞镖"从影院两侧卫生间内悄悄走出,慢慢靠近五个韩国青年所在的座位。及至近前,二人举枪齐发。

五个韩国青年四死一伤,全部倒在血泊里。

听闻枪声,电影院两名警卫从治安室持枪冲进影院,追赶跑向出口的"山神"和"飞镖"。二人全然未觉身后追兵,只顾亡命奔逃。警卫举枪正要射击,忽闻"啪啪"两响,坐在最后一排的万兴顺突然站起,出手快如闪电。两名警卫猝不及防,应声倒下。两人虽然腹部中枪,但仍欲挣扎着从地上站起反击。万兴顺再度扣动扳机,其中一人就此毙命。

当万兴顺准备射杀第二个警卫时,坐在他旁边的一名中国士兵从惊恐中回过神来,站起身,照着万兴顺脑门就是一拳。这一拳下去,万兴顺手中的短枪、头上的帽子、鼻梁上的眼镜和嘴唇上的胡子瞬间被震飞。万兴顺一个趔趄,随即还击一拳,中国士兵被打倒在座位上。万兴顺不敢恋战,拔腿就跑,冲出七慌八乱的电影院⋯⋯

崔立骏随魏大通来到电影院。

经过一夜的调查摸排,"山神""飞镖"和万兴顺的大概外貌被描绘出来。"山神"和"飞镖",崔立骏没有见过,但万兴顺的画像出来后,他心中一惊,从嘉兴一路追杀而来的两个老对手,一个被击毙在沱湾,另外一个终于浮出水面。

翌日,街头巷尾贴满"山神""飞镖"和万兴顺以及山本、佐藤和绫子的画像。重庆市设置一万至五万大洋的悬赏金,缉拿一女五男一伙"江洋大盗"。

第65章　重庆·西安

一周后,"山神""飞镖"被同族检举揭发,但人已经不知去向。半个月后,这六个人的行踪仍是鱼沉雁杳。一个月后,崔立骏找到魏大通,坦言再这般毫无头绪地找下去,寻凶之事恐将付诸东流。欲有所突破,必须得找一个人——重庆码头大佬蔺大号的手下边常在。

"此人曾助我们一臂之力,如今已不再打打杀杀、满街游荡。蔺大号让他掌管四五百个'棒棒'(挑夫),已购置一处大宅,还娶了内地来的两个女学生当小老婆,三个女人七个娃住在一个大院内,享清福呢!"魏大通讥笑道。

听完魏大通的话,崔立骏笑过两声后旋即沉下脸来:"'棒棒'沿街游荡揽活,认人的本领应该不差。要是他一声令下,把他们发动起来,这六个家伙躲得了初一,躲不过十五。"

崔立骏的一句话点醒了魏大通。

"这事我咋没想到呢?好,明天我就去找蔺大号,边常在谁的话不听,只听他的。"魏大通笑道。

崔立骏心中却有疑虑:"能请得动蔺大号?"

魏大通信心满满,笑道:"蔺大号之所以能在重庆屹立不倒,自有其过人之处。此人从不与政府作对,大是大非面前也是头脑清醒。上次空袭中,面粉厂设备被炸,维修期间,他捐赠四百多袋面粉给重庆大学,没让里面的教授和学生挨饿。"

崔立骏点头赞许:"好。既然识大体,就给他透个底,说这一女五男并不是悬赏令上写的'江洋大盗',而是前来刺杀抗战重要人物的日本特务。"

第二天,魏大通前往"蔺府"拜访蔺大号。蔺大号听后二话不说,立刻遣人叫来边常在。当着魏大通的面,责令边常在领下此事:"听清楚了,要是你那些'棒棒'发现这些人的线索,并最终搞掂他们,我在政府悬赏金之上加倍赏你,如何?"

"要得!我回去立刻交代五百'棒棒',白天黑夜寻找这六个日本龟儿子。"边常在边向老板蔺大号鞠躬边信誓旦旦地回话。

魏大通笑着说:"对手下的'棒棒',就不要说是日本人了,还说是'江洋大盗'。"

"晓得。"边常在对魏大通点头承诺。

边常在回去后,通过十几个把头把六人的画像下发给了几百名"棒棒",要求每名"棒棒"如发现与这六人长相相似的人,绝不能惊扰,跟踪摸清地点后立即报告把头,再由把头禀报边常在。

自此之后,重庆城中的百姓发现,"棒棒"们揽活之态悄然生变,过往皆是先估量手中货物的轻重,如今却都先仔细打量顾客的脸。

一晃两个月过去了,一直没有日谍行踪的消息。

1944年春节后,金先生计划前往西安,与美国戴维斯将军商讨军事协议。

重庆至西安,路途遥遥,如何前往成为一个难题。彼时日军正在疯狂进攻晋、陕等地,若选择汽车或火车出行,不仅耗时过长,更兼安全无法保障。

安山根建议金先生:"要不您写封信,派人拿着再去找找陈先生?"

"中国政府现在忙得焦头烂额,就别给他们增加麻烦了,我们想想别的办法。"金先生拒绝了这个提议。

崔立骏只得另觅他途。他首先去了火车站,了解火车运行状态。从重庆到西安的火车三天一班,路上耗时也要三天。若逢中日双方部队交战,火车被逼停,能否保命尚属未知。而汽车出行同样有诸多不便,多次转车会增加风险,实非明智之选,故他毅然放弃。

经再三斟酌，崔立骏通过魏大通牵线拜见了重庆警备司令部司令，询问中国政府近期是否有飞机前往西安，意欲搭机而行。机场方面回复，数日前刚有军用飞机前往西安，物资补给已足，近期内无再飞西安计划。

天无绝人之路。一次偶然的机会，崔立骏得知一位大学同学在美国驻重庆办事处担任翻译。经同窗一番游说，上峰终于点头，愿与远在西安的戴维斯将军取得联系，共商如何方能妥善且安全地安排一场会面。

经戴维斯将军出面协调，最后敲定用军用飞机送金先生前往西安。

走出美国驻重庆办事处不大一会儿，心情轻松的崔立骏才想起自己还未吃早饭。看到街边有家面馆，就打算拐进去填下肚子。两个随行人员已用过早餐，便向崔立骏提出趁此机会去附近商店购买些日用品，等会儿再到面馆会合，一起返回莲花池38号。崔立骏爽快答应。

进入面馆坐定，崔立骏点了一碗特色豌杂面，还特地加了个鸡蛋以小小地慰劳自己一下。

不久，店里又先后进来两个人，看着像是有身份的老板。

这两人并非普通商人，而是经过精心化装的"山神"和"飞镖"。

为躲避风头，"山神"和"飞镖"遵照万兴顺的命令在重庆附近合川县一个狱友家避风三个月，今日再次悄悄潜回重庆。针对中方的高压搜捕及对金先生天衣无缝的安保，绫子随机应变，决定拔掉金先生身边最坚固的"桩子"——崔立骏，起到杀一儆百的效果。二人跟踪崔立骏多日，发现他最近时常出入美国驻重庆办事处，遂每日于附近守候。如此守候八日之久，终在这面馆寻得接近崔立骏之机。

崔立骏点的面终于上桌。面碗甫一落桌，他便急不可耐，夹起鸡蛋送入口中，一时唇齿生香，又夹起面条，大口大口鲸吞起来。另一边，面馆老板把面碗端给坐在墙角的"飞镖"时，"飞镖"故意手一摆，滚烫的面汤瞬间洒在桌上和地上。"飞镖"抓着愣神的老板破口大骂。崔立骏见状，起身走至二人跟前，用重庆话劝解："莫吵了，莫吵了，再吵就作孽了，格老子的！"等老板连连道歉，对方怒气稍减时，他方转身返回座位继续享用面食。崔立骏未曾料到，就在他离开饭桌之时，碗里已经被"山神"下了蒙汗药。

　　崔立骏吃完面,定了会儿神,打算站起来到门外等待两位同事。可当他走到面馆门口时,突然感到一阵眩晕,眼皮沉重,多年的经验让他意识到情况不妙,但身体已经不听使唤,头不由自主地向下栽,很快失去知觉。就在崔立骏快倒下的一瞬间,跟在后面的"山神"将他一把扶住。刚刚还在面馆和老板争执的"飞镖",这时也跟了上来,和"山神"一起架着崔立骏匆匆离去。

　　走出几十步远,"飞镖"扬了一下手,不远处一辆黄包车快速赶了过来。两人将崔立骏抬上车,放下帘布,车夫拉着就跑。黄包车刚跑出二十多米远,由于速度过快,与一条巷口冲出来的黄包车撞在了一起。咣当一声巨响,崔立骏和另外一辆黄包车内的乘客都从车上摔了下来。另一辆车的车夫,小腿骨被崔立骏乘坐的车子撞成骨折,当即瘫倒在地,哀号不已。

　　"山神"见势不妙朝"飞镖"使了个眼神,哭丧着脸说:"格老子的,今天真是倒霉透顶,正送一位朋友去医院,又遇到这么一件事。这样,王经理,你背着单老板去附近医院,我留下来处理这事。"

　　"飞镖"点头,俯身准备背起昏迷不醒的崔立骏。

　　恰在这时,一辆吉普车迎面开来,因市民围住两辆黄包车看热闹,路被堵死,汽车被迫停了下来。副驾座位上走下一个小伙子,挤进人群打探情况。小伙子扫了一眼现场,便将目光聚焦在"飞镖"后背上的崔立骏脸上。小伙子二话没说,拨开人群跑回到吉普车旁。

　　"组长,两辆三轮车相撞,正吵架呢!但有个人好像有点面熟。"小伙子说。

　　"谁?"车上一位四十来岁的中年人大声询问。

　　"去过我们上海的诊所,眼下为韩国临时政府做事的那个人。"

　　四十来岁的中年人,正是曾经两次帮助过崔立骏度过险境的上海"达生诊所"的柯大夫。小伙子是他的助手桩子。柯医生名义上是位医生,实际上是中共上海地下交通站的站长。八路军重庆办事处成立后,他被延安选派至此。无任务时,他手执听诊器,化身医者;有任务时,则抄起短枪,担任保卫组长。今天,他和桩子护送外交组一位女秘书前往美国驻重庆办事处递交信件,没有想到返程中遇到了这场交通事故。

女秘书何许人也?就是那位掩护尹英魁进入虹口公园的韩国姑娘李东禾。当年,尹英魁为保她安全,让她远走他乡。几经辗转,李东禾最后到了延安。重庆办事处设立外交组后,精通英语的李东禾被派往重庆当起了外事秘书兼英文翻译。

"是崔先生?"柯大夫问。

"是。"桩子点头。

"全名叫崔立骏。"李东禾说。

"走!去看看怎么回事!"柯大夫话音未落就跳下车。李东禾和桩子紧随其后。

柯大夫挤进人群,正好看到"飞镖"背着崔立骏准备离开。他与桩子一左一右,巧妙地挡住了对方的去路。一番观察后,柯大夫确认昏迷之人正是崔立骏。与此同时,李东禾也向柯大夫点了点头。

"这个人从车上掉下来,摔成这样?"柯大夫佯装好奇地询问。

半路杀出个程咬金,"山神"和"飞镖"还未缓过神,另一辆车的乘客突然发声:"这位先生,话可不能这么说!这位大哥从他们车上摔下来到现在,眼就没有睁开过,我也是从车上摔下来的,根本没有他这样严重。我敢说,绝非我们车辆所致,他之前肯定就有问题。"

乘客的话,引起了柯大夫的高度警惕。

"这位朋友,背上的人到底怎么回事啊?"柯大夫虽然心中焦虑,但表面上还是心平气和。"飞镖"瞪了一眼柯大夫,怒火中烧。"山神"见状,生怕事态扩大,急忙上前,和颜悦色地解释道:"是,是,不是摔的,我这位兄弟近日连续熬夜,疲惫至极造成晕厥,须速送医院救治。"

看到柯大夫的眼神,李东禾冲着"山神"道:"我这位朋友是医生,让他把把脉,看看送哪家医院合适。"

李东禾言之有理,"飞镖"虽满心不愿,也只好将崔立骏放平于地。柯大夫俯下身子,翻看崔立骏的眼皮后,把起他的脉搏来。

一圈人的眼光全部聚焦在柯大夫身上。

"不是累的,而是被人下了药!"柯大夫神色平静,语气笃定。

"你胡说!""飞镖"大怒。

"下药的时间不长,也就五分钟左右!"柯大夫这次说得更加言之凿凿。

见事态陡转,"山神"又生一计:"他到底是累的还是吃错了药,我们也搞不清,所以要赶快送他到医院抢救,大伙儿就别耽误时间了!"

"所下之药并非毒药,而是蒙汗药。不出十分钟,人便会醒来。在我看来,还是不要将他背走了。"柯大夫一脸严肃,不容置疑。

"你是什么人,出了人命你负责吗?""飞镖"说话间上前一步,摆出一副威逼的架势。

桩子同样上前一步。

"人一离开现场,要是有个三长两短,是不是对方黄包车撞的就说不清了。"柯大夫说完,故意看了一眼另外一辆黄包车的乘客和躺在地上呻吟不断的车夫。

这位乘客明白柯大夫的言外之意,转身面向众人,朗声道:"这位大哥是个公道人。我那拉车的师傅现在都这样了,不能再让他蒙受不白之冤。我已派人去喊警察,警察没到之前,无论死活,谁都不能离开现场。"

"对,谁都不能离开。"众人附和。

"格老子的,救人要紧!谁不让我背走我兄弟,老子就和谁拼命!""飞镖"说完话,一把推开刚才说话的乘客,抱起崔立骏就要走。行动的时候到了,柯大夫朝桩子使了个眼色。桩子走近"飞镖",朝其后背就是狠狠一拳。"飞镖"被打倒在地,桩子死死地反剪住他的双手。

"山神"趁两人打斗混乱,悄悄退出人群企图逃遁。可当他刚转过身来,柯大夫挡住了去路:"这位兄弟,刚说过死的活的都不能离开现场!"

"山神"把手伸向腰间,恫吓道:"快让开,不然老子一枪打死你个龟儿子!"

柯大夫没有被吓住,手慢慢伸向了腰间。

"山神"突然拔出手枪,正要扣动扳机,就听到"啪啪"两声。

硝烟散去,柯大夫稳稳地站在原地,而"山神"却直挺挺地倒在了地上。

李东禾从人群中走了出来,手中的枪口正冒着青烟。

1944年5月,金先生在安山根、崔立骏陪同下,乘坐美国军用飞机穿越秦岭渭水抵达西安,戴维斯将军亲赴机场迎接。金先生此行,意在与美方签署合作协议。

待协议框架逐渐明朗,金先生便提出要去训练场看看,戴维斯欣然应允。

第二天上午,戴维斯作陪,安山根、崔立骏随金先生一起来到训练场。

训练场设在西安市郊,一片约两平方公里的场地被简易铁丝网围圈起来,里面划分成体能、格斗、射击等不同的训练区域。一行人首先经过体能训练区,只见队员们体格健壮,精神抖擞,足显平日力量训练的严苛及日常饮食的丰足。金先生饶有兴致地问一个学员:"你现在一口气能做多少个俯卧撑?"

"六十个。"小伙子响亮有力地回答。

"谁做得最多?"

"我们班长。"小伙子说着用手指向旁边一个高高大大的汉子。

"啪!"那汉子来了一个标准的立正敬礼。

"朴永宪,给长官们展示一下!"教官对汉子下达命令。

朴永宪后撤两步找到一块平坦之地,深吸一口气,俯身做好准备。众人见状纷纷聚拢过来,跟随他的动作开始计数:"1、2、3、4……"

"81、82、83、84……"刚开始气氛还很轻松,数到八十之后,气氛开始变得凝重,计数之声渐渐弱小。众人紧握双拳,心随数字起伏,暗地里为他加油鼓劲。

此时的朴永宪,顽强地憋着一口气,四肢紧绷,面色涨红,额间汗如雨下,后背衣衫已被汗水湿透。

"98、99、100!"

"停!"一片欢呼中,教官喊停。

金先生紧紧握着朴永宪的手,赞赏道:"小伙子,好样的,希望你练出一身真本事,上了战场为大韩民国争光。"

随后,金先生一行来到射击训练区。学员们都在练习瞄准,看到一行长官前来视察,教官暂时集中了人员。戴维斯询问训练情况,教官表示大部分学员的表现可圈可点,个别学员尤为出色,尽管五发子弹射击无法全部命中靶心,但皆能取得四十多环的成绩。崔立骏对枪支情有独钟,一接触到枪就心痒难耐,跃跃欲试:"那就选两个人试试!"

枪靶迅速竖起,枪械亦已备妥。崔立骏对金先生说:"先生,您要不要试试?"

金先生摆摆手:"不必了,你还不知道,我这辈子只擅长使笔杆子,拿不起枪杆子。"

安山根笑着对金先生说:"那您就给他们做做裁判员吧!"

随后,教练挑选了两名射手。二人执汉阳造步枪,目标定于百米之外,采取卧姿。每人五发子弹。一番不紧不慢的射击后,一人成绩45环,另一人则为46环。

掌声过后,金先生察觉到崔立骏语气和神态中有按捺不住的兴奋,随即道:"立骏,你也试试?"

正求之不得的崔立骏笑着点头道:"那我就献丑了。"

接过步枪,稍作调试后,崔立骏卧倒在地,清脆的枪声有节奏地响起。

"48环!"声落,金先生与戴维斯率先鼓掌。

尝试第二把步枪,崔立骏更上一层楼,打了49环。

"哇!太厉害了!"众人一片惊叹。

"Excellent(太棒了)!"戴维斯竖起了大拇指。

"戴维斯将军,我这位朋友不但枪法准,手上的功夫也不得了啊!"金先生笑着看向崔立骏。安山根添油加醋地说道:"立骏,要不要露一手?"

"金先生和安队长一唱一和,我若再推辞,便是拂了两位长官的面子!"崔立骏挠头说道。

话音毕,掏出一方手绢,让金先生与安山根各执一角拉开,随即从怀中拔出手枪、退弹、拆解,动作行云流水。不出片刻,手枪已化为一堆零件,众人正惊叹不已,眨眼间,那堆零件又奇迹般地还原为手枪。

众学员敬仰不已,纷纷询问:"你是怎么做到的?"

"此事并无捷径,唯一秘诀就是刻苦学习与持久训练。十年前我和你们一样也当过学员,白天黑夜不停地琢磨练习,熟能生巧啊。"

"枪打得准有用,组装枪支动作快,有什么好处吗?"一个学员好奇地问道。

"战争,首先为自己的生命而战。天下武功,快者生,慢者亡。与敌人对决,枪就是你的命,谁出手快,谁就能保命。"

人群中爆发出雷鸣般的掌声。

前行一段距离,戴维斯陪同三人来到格斗训练区,这里有练摔跤的,有练格斗的,也有练用匕首近身搏斗的。

此时,两位学员正在进行匕首刺杀训练。对决异常激烈,许是看到有人观看,二人便一边搏击一边向金先生等人靠近。

两位学员手中的匕首上下翻飞,每当即将刺中时总能被对手巧妙躲过。金先生好奇,为看得更清,便向前迈了两步。崔立骏急忙走到金先生跟前,低声说道:"小心。"教官看到后,笑着解释:"别担心,他们所持的匕首,都是橡胶所制,伤不了人。"大家这才松了一口气,安心地继续观看,期待见证两人分出胜负。

经过数个回合的激战,双方胜负未分,众人兴趣渐失,目光流转,欲寻他处热闹。

突然,一名学员迅猛地奔跑几步,紧接着腾空跃起,手持匕首向金先生飞扑过来。

这一突如其来的举动,惊呆了在场的所有人。等站在金先生另一侧的崔立骏反应过来,拔枪已经来不及,他迅速将金先生推开,同时自身扑向前方。就在这电光石火之际,那名学员如饿虎扑食般从高处猛扑而下,匕首直直插入崔立骏的后背。

两人碰撞在一起,同时摔倒在地。

惊愕之余,安山根意识到眼前发生的事情是刺杀,于是猛扑上前。

事出意外,戴维斯指挥众人保护金先生,并立即将崔立骏送往医院抢救。

第66章　西安·重庆

　　特训学员个个经过严格审查，均为韩国人，行刺是谁指使，又为何故？金先生无暇细想。他满心都是崔立骏的安危，今日倘若非崔立骏再次舍身相救，自己恐已命丧黄泉。两人共事十余载，情同父子。担心、感激、心疼各种情感交织在金先生心中。他欲一同前往医院，戴维斯苦劝良久，方才让其打消念头。

　　经过几个小时的煎熬，下午终于传来崔立骏伤情的消息，匕首刺入虽深，所幸未伤及心脏，目前人仍在昏迷，但已脱离生命危险。金先生大大松了一口气，双手合十祈祷良久，顺势悄悄抹去眼角的泪水。

　　抢救崔立骏的同时，对两个学员的审讯也在同步进行。两人一个名叫孙相权，另一个叫赵玉石。赵玉石坚称自己无辜，说自己当时不过是依循平日训练计划，卖力演练。今日见长官在旁观战，更是期待能表现一番。至于孙相权为何出手刺杀，他全然不知，甚至眼前人是韩国临时政府领导人之事，也并不知晓。

　　问题出在孙相权身上。

　　一开始，孙相权紧闭双唇，守口如瓶，几个钟头后，因顶不住戴维斯从美国带来的电刑设备的反复蹂躏，终于开口交代。

　　孙相权幼年时期随父母迁徙至日本。其父母到日本后又陆续生下五个孩子，导致生活更加艰辛。后来日本征兵频繁，他为了减轻家庭负担就选择了参军。之后被选入日本陆军东京长野间谍学校进行特工训练，后被派往中国，归绫子"猎虎队"差遣。绫子听闻朝鲜流亡组织成立光复军，正在四处网罗人才，嗅到时机，便将孙相权安插进光复军新兵中。由于孙相权精通韩语和日语，且身体素质出色，最终被选拔进入挺进队。

绫子从报纸上看到金先生不惧千里颠沛苦旅，前往上饶鼓励金文彬等人的新闻后，又通过安山根、崔立骏、林熙媛等人频繁出入美国驻重庆办事处等迹象，分析研判金先生极有可能前往西安会见美国人，并极有可能视察挺进队。于是她由佐藤陪同，乘火车前往西安，唤醒孙相权这颗埋设已久的棋子。

在钟鼓楼附近西大街一家泡馍店内，绫子等来了休息日前来"逛街"的孙相权。佐藤一如既往没有进店，而是蹲在对面一家凉皮铺外，手捧大海碗边吃边观察动静。

"在挺进队内怎么样？"绫子低声问道。

"早上第一个起床，晚上最后一个上床，各种训练我表现得比其他人都要积极，已经取得他们的信任。"孙相权回答。

绫子笑着点了点头："看来陆军总部没有选错人。"

"队长，以往都是佐藤君前来西安，而此次您亲自莅临，莫非有紧急的事？"孙相权试探性地问道。

绫子喝过一口羊肉汤，点头低语："综合分析，姓金的极有可能来西安，一方面与美国人谈合作，另一方面就是视察挺进队，为他们鼓劲洗脑。"

"队长，下命令吧，'猎虎队'队员孙相权不惜一切代价执行！"

绫子没有直接回答，俯身从座位底下拿出一个布包，递给孙相权："中国人说六六大顺，这里有六根金条，你的父母和五个弟妹应该非常需要。此去凶险，望你珍重。"

手托沉甸甸的礼金，孙相权声音哽咽地说道："队长您为了缉拿金凶，夙兴夜寐，十多年时间跑遍大半个中国。每每念及此事，佐藤君和我见一次面，都会哭上一场。我们不怕死，只怕辜负队长您的信任和栽培。"

望着忠诚的"猎虎队"队员，绫子的眼眶湿润了，低声吐出两个字："谢谢！"

"请队长放心，假如金凶前来进行所谓视察，我一定完成队长交付的任务，即便粉身碎骨，也在所不辞。但我有一个请求，想拜托队长。"孙相权说完,眼睛紧紧盯着绫子。

"说!"

"我死后,请绫子队长一定去横滨看看我的父母和五个弟妹,告诉他们我对得起他们。"

绫子接过孙相权的话,语气沉稳地说道:"放心,我会带着剩下的六根金条亲自告诉他们,你不光对得起自己的家人,也对得起天皇,对得起帝国!"

孙相权站起身来,深深鞠躬。

一周后,报纸报道了孙相权被处决的消息。而与之并列的,竟是金先生接受记者专访的详细内容。他言辞犀利,揭露日本帝国主义的卑鄙暗杀行径,并誓言只要一息尚存,就会带领韩国临时政府与日寇斗争到底。

回到重庆的绫子看到报纸,静立半个钟头后,将报纸撕成碎片,放入口中,大口咀嚼起来……

三个月一晃而过,崔立骏身体已经痊愈。

"飞镖"被抓后,魏大通和崔立骏对其进行审讯,猩红的烙铁还没放到大腿上,人便已吓得屎尿横流。他跪在地上,颤抖着交代了万兴顺的藏身之处——弹子石街一个独门独院。魏大通马不停蹄,带人前往抓捕。一队人马包围弹子石街的院子后,发现万兴顺早已不见了踪影。

韩国临时政府特别是金先生面临一次次的危情,使得安山根和崔立骏食不知味、寝不能安。他们找到魏大通商议对策,三个人均意识到要擒贼先擒王、打蛇打七寸,绫子四个人的抓捕行动到了加大力度的时候了。

此时,崔立骏又想起了边常在。

按照常理,崔立骏认为,边常在手下五百来名"棒棒",日夜游走于大街小巷,重庆接连发生几次"猎虎队"的行动,这么多人理应能发现点蛛丝马迹。可大半年过去了,五百"棒棒"愣是毫无收获。

"不正常,太不合常理了!"崔立骏再次找到魏大通,请他直接去找边常在谈谈。

魏大通一口答应下来，第二天就带人找了边常在。反馈回来的信息是，边常在说手下接触的都是些手提肩扛的平民百姓，"江洋大盗"是不可能自己动手携带东西的。尽管他反复督促"棒棒"们留意线索，但仍然毫无进展。不过边常在的态度倒是十分积极，他保证会一如既往地继续打听剩下的一女三男四个"江洋大盗"，为蔺老板"扎起"（争气），为政府除害。

时光匆匆，时间来到了1944年底。中日投入战争的力量发生变化，中国人民看到了赶走日本侵略者的胜利曙光，全民族抗战的热情更加高涨。重庆的韩国临时政府敏锐地捕捉到了这种大势，对光复祖国更加充满信心。为了争取更多机会推介韩国临时政府，同时也争取中国国内和国际更多的经费支持，金先生更加频繁地出席各种活动。

安山根和崔立骏知道，绫子的"猎虎队"不可能离开重庆，更不会放下屠刀，立地成佛。抗日形势越是对日方不利，他们就越可能垂死挣扎、孤注一掷。与以往相比，金先生的安全此刻最为堪忧。崔立骏向安山根分析道，魏大通虽然为保护韩国临时政府付出巨大心血，但他的行动队人手有限，任务繁重，且涉及重庆治安的方方面面，对韩国临时政府投入过多人力和物力亦不现实；边常在是个商人，无利不起早，也不能过多地指望他。"保护金先生的安全，还必须靠我们自己！"崔立骏的话说到了安山根的心坎里。

安山根征求金先生意见后，果断决定将警卫队分成外围和内卫两部分。内卫组由他亲自领导，负责保护韩国临时政府重要人员特别是金先生的安全，采取贴身防护、寸步不离的等级。外围组则由崔立骏领导，主动出击，重点负责侦查打探绫子、佐藤、山本和万兴顺的下落，最后联手魏大通实施抓捕，彻底根除隐患。应崔立骏的要求，安山根从西安抽调朴永宪、赵玉石等七八名素质过硬的"挺进队"学员，充实外围组的力量。

到哪里去找这四个人？崔立骏带领外围组成员一起讨论。有的成员建议再去寻求人多势众的边常在帮忙，有的建议再把重庆的大小旅店、茶社、教堂、麻将铺篦一遍,有的建议通过魏大通发动户籍警察实施分片巡逻,还有的建议把四人悬赏金额翻倍……经过思考分析,崔立骏一一否定了这些建议。

一周时间没有结论,崔立骏心急如焚、心力交瘁,病倒在床。

"立骏,前一段时间你刚刚负伤住过院,重庆太大了,慢慢找,不能急!"林熙媛望着满嘴水泡的丈夫,心疼地劝慰。

"熙媛,绫子他们四个到底藏在哪里啊?"

林熙媛双手揪着丈夫的两耳,轻轻地摇了摇:"你这么聪明的人都想不出来,我哪知道啊。不过,你们想通过姓边的,还有警察、管户籍的、旅馆登记员这些人寻找'猎虎队',这些人平常都特别显眼,绫子他们肯定会绕着走,根本不会与他们有交集。"

崔立骏一下子从床上坐了起来:"接着说!"

"立骏,你们外围组确定的路子是不是离绫子他们有点远?能不能找那些与他们四个人直接交往甚至还不止一次交往过的人,他们微不足道,没人会在意,但或许这些人恰恰能给你们提供些线索。"

林熙媛的话触动了崔立骏。

"警察、管户籍的、旅馆登记员、'棒棒'、饭店老板、店铺商贩、乞丐、药铺掌柜一般很难与绫子他们照面。这些人都不对路子,那什么样的人对路子呢?"崔立骏自言自语道。

见丈夫仍旧愁眉苦脸,林熙媛心疼地劝道:"算了,算了,躺下休息会儿吧!"

崔立骏却竖起食指放在嘴边,示意妻子不要讲话,他的心中似乎已经有了新的想法在涌动。

"立骏,你想问题,能不能就把自己当成他们四个人来琢磨?"妻子或许看透了丈夫的心思,不疼不痒地说了一句。

崔立骏睁开了双眼:"设身处地来想?"

林熙媛点了点头。

"熙媛、金先生、安山根、魏大通……不对,偏了。"想到这里,崔立骏笑了起来,似乎觉得自己之前的思路有些离谱。

"莲花池38号的门卫、自己经常光临的包子铺的胖大嫂、曾经去过的一家红糖铺的掌柜、鞋匠……崔立骏一口气在心里报出了十几种自己日常生活中必须打交道的人。"

崔立骏突然一个哆嗦,他想起了一种人:"想起来了!"

"想到什么了?"林熙媛惊奇地望着丈夫。

"黄包车夫!这些人和我直接接触,且不止一次。我想,绫子他们出去也一定少不了乘坐黄包车的。"崔立骏眼中闪过一丝兴奋,仿佛找到了问题的关键。

林熙媛还来不及劝阻,崔立骏便迅速乔装打扮,带人前往"飞镖"交代的万兴顺所住的弹子石街。崔立骏并没有在万兴顺租用的院门前向黄包车夫打听,因为他清楚万兴顺绝非愚钝之辈,怎会轻易留下蛛丝马迹。于是,他辗转至下一个街口,取出万兴顺的照片,让一群正等候客人的车夫细细辨认。

几个车夫看过,纷纷摇头。但这些人当中,一个小伙子却在摇头时迟疑了半秒。崔立骏假装失落地离开,在附近等待半个钟头后,其他车夫都离开后,才再次上前走到小伙子面前,将一沓钱塞进他的口袋。

"小伙子,刚才给你看的画像上的人欠我朋友一笔钱,我找他没有别的意思,就是想要回欠的钱。"崔立骏低声说道,语气中带着几分恳求。

小伙子瞥了眼四周,发现没人才低声说话:"车铺掌柜的不让说乘客的情况。我说了,您不要告诉其他人。这个人我拉过两次,都是从这里去慈云寺的,说是去烧香。"

得了这条线索,崔立骏便在慈云寺门前开始秘密摸排。终于,他找到了两个曾经接送过万兴顺的车夫。经过反复侦查和推算,崔立骏最后锁定万兴顺的目的地——几里地外的"瀚海书店"。

在"瀚海书店"旁边的一家桐油铺,崔立骏带领外围组成员守候了三天三夜。第四天天刚蒙蒙亮,熬了一个通宵的崔立骏终于看到书店大门打开,走出来一个人——万兴顺。

五位挺进队员跃跃欲试,建议立即抓捕,被崔立骏制止:"等等!书店很可能不止藏着他一个人。"

果然,万兴顺出去在外面逛游一圈买了麻团、油条和豆浆,半个钟头后回到了书店。崔立骏清楚,他这是在为他同伙探路,试探附近是否安全。

崔立骏按捺住内心的激动,继续等待。

又过去半个钟头,一书店伙计模样的人走出"瀚海书店",别的挺进队员看不出,但崔立骏一眼就认出此人正是老对手山本。

山本上了一辆黄包车。

"你们五个现在就去抓万兴顺!"崔立骏命令道。

"店里会不会还有万兴顺的同伙?"一个挺进队员问。

"绫子不会将所有筹码置于一处,立刻行动!"说完,崔立骏步出桐油铺,也上了一辆黄包车,不紧不慢尾随山本而去。

崔立骏上车后,五名挺进队员开始在"瀚海书店"分头行动。一人盯紧前门,一人潜伏屋后,三人闪入书店。三人在一楼书柜间搜寻无果后,正欲上楼,不料藏匿在二楼的万兴顺见三人无意于看书,顿感不妙,开枪打伤一名最近的挺进队员后迅速打开后窗,纵身一跃。落地后翻滚欲逃,却被一把冰冷的手枪抵住了头颅,只得束手就擒。

半途中,山本发现身后有辆黄包车,疑心被跟踪,正准备换车,见身后的黄包车拐进另外一个巷子内,方才作罢。

崔立骏拐进巷口,立刻换了另外一辆早已布置好的黄包车,继续追踪。

这次,山本是前往金銮街"凤姐油茶",到黄葛树下和绫子接头的。距离"凤姐油茶"还有一百多米,山本下了车,步行前往。

由于"猎虎队"的人熟悉自己,崔立骏同样下了车,命令朴永宪装扮成黄包车夫尾随山本。

来到"凤姐油茶"门前,山本进入铺内购买吃食。朴永宪放下车子,左右观察一阵后,小心谨慎地走进铺内。朴永宪的举动,被对面香烟店内的佐藤看得一清二楚。这时,佐藤看见化装的绫子正从一条不知名的巷子内缓步向"凤姐油茶"走来。佐藤并没有看到同样沿着另外一个方向悄悄逼近的崔立骏,但他清楚,跟踪山本的车夫绝对不止一个人,后续人员很快就会赶到。

十万火急。

佐藤一手插进口袋内,迅速跨过马路,走到"凤姐油茶"店前。这时,山本还在低头购买东西,突然听到门外"啪啪"两声枪响,身后的朴永宪应声而倒,身躯痉挛不止。山本猛然抬头,恰见佐藤于门前挥手示意,神色焦急。

山本心知事有不妙,慌忙扔下手中吃食,推开熙攘人群,奔向门外。

绫子在小巷内听到枪声,没有慌乱,立刻转身折返,快速隐去。

山本刚走到门前,躺在地上的朴永宪吃力地举起手枪,啪的一声,山本背部中弹倒地。山本艰难地转身朝朴永宪连开三枪,自己却怎么都爬不起来。

为掩护绫子,佐藤没有冲进绫子所在的巷子,而是朝崔立骏的方向大步疾行,企图逃窜。

听到一连串枪声从"凤姐油茶"方向传来,崔立骏知道那里出了大事,同样步如流星,向前紧赶。

距"凤姐油茶"三十步之遥,崔立骏瞥见一人低头疾行。及至三步之内,他赫然认出,此人竟是佐藤。

仇人狭路相逢,目光交会的刹那,二人未加思索拔枪、射击。动作行云流水,干净利落,好像已经演练过百次千遍。

"啪!"一声脆响,崔立骏率先开枪。子弹击中佐藤的颈部,一股鲜血喷涌而出。佐藤一手捂住脖子,再次举起手枪。

"啪!"一颗子弹击中佐藤眼窝,活生生将面部掏出一个大洞,佐藤一头栽到了地上。

"佐藤君,日本,这辈子你是再也回不去了!"

收走佐藤手中的短枪，崔立骏匆匆赶往"凤姐油茶"。来到店前，崔立骏扒开人群，地上颤抖不止的山本出现在他的眼前。

此刻的山本，右手紧握短枪，欲举无力，满目绝望。

"山本，看看我是谁？"崔立骏提枪走到山本跟前，用脚踢了踢他的头。

"崔，崔，是，是 你！"山本断断续续地说。

"追了十三年，你们没有抓到我，更没有抓到金先生。放下你的枪，投降吧！"

山本看了一眼崔立骏，一字一句地说道："我，我山本，输了，但你，没有赢，佐藤跑了，绫子队长也跑了！"说话间，山本的枪口悄悄对准了自己的太阳穴。

"我告诉你，佐藤已经死了，我打烂了他的脑袋。抓到绫子，是迟早的事！"

"你，你永远，抓不到，绫、绫子队长！"山本一声狞笑。

话音未落，山本扣动了扳机……

国际局势风起云涌。德军在欧洲战场节节败退；日军在东南亚战场和中国战场也屡屡失利，日本帝国主义的败势日益明显。

时间来到1945年8月，崔立骏陪同金先生再次来到西安，与戴维斯将军商量准备派遣第一批队员潜回国内，执行侦察、破坏、暗杀日军的任务，之后再从阜阳派遣第二批队员回国。

8月15日这一天，金先生应邀来到陕西省主席祝绍周府邸参加晚宴。晚宴进行到一半，崔立骏看到祝先生匆匆起身，走到电话旁。他透过玻璃窗，细细观察，只见祝先生神色不断变化。初时沉静如水，忽而惊异之色显露，转瞬又满面欢容，喜不自胜。

随后不到半个钟头，晚宴匆匆结束，金先生催促崔立骏速回。崔立骏一头雾水，只得护送金先生上车。

刚坐进车里，金先生便激动开口道："我们赶紧回去。东洋，东洋投降了！"

"啊,什么?"崔立骏以为自己出现幻听。

"日本人,投降了!"金先生说话的声音有点颤抖。

"真的?"崔立骏大声质问。

"真的！祝先生刚刚接到来自重庆的电话。"金先生眼中几乎喷出火光来。

崔立骏再看金先生,只见他掩面抽泣,不能自制。

"胜利了!"

"胜利了!"

"我们该回国了！回家了!"

金先生一遍遍大声吼叫着。

突如其来的喜讯,不仅令金先生震撼莫名,亦让崔立骏心潮澎湃。车刚发动不久,崔立骏递上纸巾,欲为金先生拭去泪痕,却不料自己也早已泪水决堤。

"熙媛,胜利了!"

"叔叔,胜利了!"

"志豪,儿子,东洋败了,我们胜了,你快点回来吧,妈妈和爸爸想你啊!"

终章　重庆·上海

1945年8月15日,日本裕仁天皇宣布无条件投降。

重庆防空探照灯在山城打出了象征胜利的"V"字形。璀璨的灯火,照彻夜空。

陪同金先生回到重庆,崔立骏发现战时陪都紧张的气氛已经烟消云散。街头巷尾,人潮涌动。欢呼声、呐喊声、欢歌声交织起伏,欢愉的人们或持锅盆敲击,或点燃鞭炮,或燃香烧纸以祭奠战争中逝去的亲人。几乎所有的山城市民都走上街头,无论相识与否,皆热烈地握手、拥抱。

重庆,迎来了"千年未有的热闹"。

金先生除了接见各方人士,还要与临时政府其他成员商议归国之策,忙得不可开交。在此期间,崔立骏和安山根两人在承担繁重保卫工作的同时,还在思考另外两个问题——绫子究竟藏匿何处?是否已经逃离重庆?

"绫子不是人,是恶,是魔,日本虽降,但她本人绝不会从善,肯定会利用我们庆祝胜利思想松懈之机制造事端。"安山根对崔立骏说。

崔立骏点头赞同,眉宇间却难掩忧虑之色:"队长说得对。现在金先生每日都要会见记者、接待友人,虽然太平无事,但我心中总觉不安,似有山雨欲来之感。"

"立骏,你这样警惕是对的,但也不要过分焦虑,不然的话,身体会垮掉的。干了十多年的保卫,我的肝和胃都不行了,你可不能步我后尘。"安山根说完话,用手拍了拍崔立骏的肩膀。望着脸色清瘦、身材单薄的安山根,崔立骏心里一阵酸楚。十五年前,他第一次见到安山根时,他还是位脸色红润、身体壮硕的小伙子,现在打眼一看,仿佛成了五十多岁的老人。

十多年间,正是有了安山根队长的信任、支持和帮助,他崔立骏才有可能完成一件又一件不可能完成的任务。在韩国临时政府内部,崔立骏最熟悉最敬佩之人,除金先生外,就是安山根。

"队长,你的肝病和胃病都会治好的。熙媛前几天还和我说,等忙完这段时间,一定要我陪你去上海,到广慈医院好好治疗。"

"好!等金先生在重庆忙过这一段最重要的时间,我就和你一块去上海。但眼下,我们必须全力以赴对付绫子。"安山根说完话,在崔立骏胸口轻轻地擂了一拳。

"一言为定!"崔立骏笑着对安山根说。

"驷马难追!"安山根朗声大笑。

金先生要在重庆崇德礼堂会见记者和国际友人的消息,迅速传遍山城。

申请采访的有《大公报》《中央日报》《新华日报》《新民报》《国民公报》《新蜀报》《战时民众(重庆)》《重庆各报联合版》等各大媒体。驻重庆的外交人员和国际反法西斯同盟的成员也将参加会见,人数多达二百二十多人。

提前一天,魏大通和安山根各自带人对崇德礼堂进行全方位检查,然后派警卫封锁值守。

绫子从报纸上获悉金先生将于三天后在崇德礼堂会见记者和国际友人的消息。读完报纸的那一刻,绫子的眼泪,不由自主地滑落。

十三年了。她从一个少妇,变成了一个中年女人,个中辛酸,万般辛苦,她都忍了、认了,可心中那股愤愤不平之气,却从未消散。绫子虽干过许多在外人看来惊天动地的事情,但天皇和帝国交代的最重要的事情,她却没有完成。她亲手枪杀过、劈砍过、毒死过数以十计的抗日者,有男人有女人,有中国人有朝鲜人,但天皇和帝国下令击毙的最重要的人,只有一个,她却没有完成。没有完成最重要的事情,没有击毙最重要的人,让她长年累月沉浸在自责中,她视自己是罪恶之躯,是帝国培养的蛀虫,是天皇眼中猪狗不如的畜生。

现在,机会终于降临,绫子抹去眼泪,面向日本方向庄重敬礼,随后发出一声怒吼:"姓金的,重庆是个好地方,你就在这安息吧!"

上午八点刚过,崇德礼堂门前开始零零星星地来人,活动将在一个小时后开始。

入口处,临时搭建了两个白色的帆布棚。一处用来检查枪支、刀具等危险品,随身携带的物品和设备都必须置于桌面逐件接受检查,之后根据性别由同性搜身检查。对面棚子里,安山根和崔立骏正通过瞭望孔仔细打量排队入场的每一个人。

八点半过后,参会者从四面八方围拢至礼堂门前。由于挨个检查颇为耗时,眨眼间队伍延伸出三十多米。起初,人们还能耐着性子等待,但八点四十过后,记者们就不耐烦了,都想尽早进入礼堂,抢占前排拍照和提问的最佳位置。眼见排队者情绪开始烦躁,崔立骏对安山根说:"队长,我要是绫子,这个时候该出现了。"崔立骏话音刚落,入口处一个女人就与两个检查人员争吵起来。

"长官,我是《前线报》记者柳翌,我和同事于晓岚申请一道来采访,她现在还没到,我得先进去抢个位子,她到了自己排队再进来,总可以吧?"一个手举相机的年轻记者对检查人员说。

"不行。按照规定,你们两个必须一起接受检查,然后一起进。"卫兵说。

同一报社的记者碰头后一起接受检查和进入会场,是保卫组的精心设计,目的是让他们彼此指认,避免个别记者被劫持后,证件上的照片被偷换,其他人冒名混入会场。

"我不能等她了,不然的话就没有好位子了。这是带有她照片的证件,放在你们这,她来后你们核验不就可以了吗?"柳翌显然有点不耐烦了。

"真啰嗦!"

"快点,快点,就剩一刻钟了!"

"她同事什么时候到,再核查她的证件不就行了吗?"

后面排队者意见也大了起来。

卫兵没办法,正要用手接柳翌递来的同事证件,魏大通说:"我来看看!"

卫兵把证件递给了魏大通。看了一眼,魏大通眉头骤然拧紧。他没有说话,快步走进了另一个棚里:"安队长,你们看看!"

崔立骏看过照片,一声惊呼:"绫子!不要看发型,也不要看鼻梁,看眼镜后的眼睛,还有下嘴唇到下巴间的距离。"安山根看过后,确定此人正是绫子。

"不能打草惊蛇,先把女记者放进来,然后立即控制住她,等她'同事'也就是绫子的到来!"崔立骏向安山根和魏大通建议。

此时,门外响起阵阵喧嚣,排队众人更加不耐烦,纷纷抗议。魏大通和安山根对视一眼,彼此心领神会。

"可以放人!等她同事来了再说!"魏大通对卫兵说。

卫兵依令,放柳翌进入会场。但她刚踏入礼堂,便被两名便衣扑倒,随即捂嘴押入杂物间。

安山根迅速审问柳翌。

"你们为什么抓我?"

安山根大声质问:"柳翌,你同事于晓岚是什么人,她人呢?"

柳翌哭哭啼啼,不肯说话。

"我看,你就是日本间谍!"安山根吼道。

一听对方说自己是日本间谍,柳翌腿一软,一屁股坐在了地上:"我说!我说!"

原来,柳翌确是《前线报》记者,于晓岚也确是其同事。但柳翌递交共同采访申请当日,于晓岚突患腹泻,无法成行。当晚,一远亲造访,说听闻《前线报》有记者无法采访,自己一位朋友之妻同为记者,想要替补,不知是否可行。柳翌说,证件上附有照片,恐怕难以蒙混。亲戚笑道,换张照片即可。柳翌抹不开面子，又觉得不是什么大事，便答应了。

但她没想到顶替于晓岚者，竟是个日本间谍。对于顶替者来不来、什么时候来她一概不知。

"这个间谍竟然用自己的照片，这不把自己暴露了吗?"柳翌十分不解。

距会见开始还有不到十分钟的时间，检查的速度明显加快。开场前一分钟，所有参会者终于全部入场。

魏大通带领卫兵进入会场，安山根、崔立骏和几名手脚利索的挺进队队员则埋伏在入口处四周，等待绫子的到来。

一分钟过去了，绫子没有出现。

五分钟过去了，绫子没有出现。

十五分钟过去了，绫子没有出现！

二十分钟过去了，绫子还是没有出现。

"上当了，绫子肯定已经进入会场！"崔立骏一声惊叫，快速从桌下取出一个布包来。

几分钟后，从棚内走出一位身穿白色西服、胸挎相机、头戴白色礼帽、鼻梁上架着金边眼镜、嘴唇上长着浓密胡须的帅气男记者。

悄悄进入礼堂，"记者"崔立骏发现，金先生一个人站在主席台上，正在慷慨激昂地演讲。台下，众记者与外交人员皆全神贯注地聆听着他的报告。此时此刻，崔立骏已经不可能到每个座位上仔细辨别，更不可能打断金先生的演讲进行全场甄别。

"怎么办?"站在最后排的崔立骏心急如焚。

"金先生演讲期间，坐在台下的绫子不可能举枪射击或者投掷手雷，因为任何枪支和爆炸物是不可能带进会场的。要暗杀金先生，只存在近身行刺的可能。如何实施行刺？如果直接从台下冲上台，刺杀不可能成功。因为主席台两侧的幕布后面，埋伏着四名中国特工。他们通过窥视洞随时能够观察台下所有人的举动。一旦有人站起，他们就会立刻重点关注。"崔立骏念及此，心中稍感宽慰。

可刹那间，他猛地一颤，心中暗忖："不对！绫子是王牌特工，绝不会从座位上一跃而起冲到台上的！"

"那她会采取什么样的办法呢？"崔立骏苦思冥想。

时间在一分一秒地过去，金先生还在台上激情万丈地讲演，会场不时爆发出掌声。

"女士们，先生们，十几年来，在中国政府和正义善良的中国人民的帮助下，我们韩国临时政府从东到西，从北到南，辗转中国十几座城市，不但生存了下来，而且壮大了起来！我们不但有自己的政府，还拥有了自己的军队。有了这一切，大韩民族就有希望，就有未来！日本帝国主义战败了，我们会怀着感恩，怀着理想，怀着力量，回到我们久别的故土……"

金先生的报告即将结束，所有的听众都站了起来，拼命鼓掌。

"女士们，先生们，'两岸猿声啼不住，轻舟已过万重山'这两句中国诗句，最能描绘眼下韩国临时政府的现状，没有任何力量能阻挡我们光复祖国，我们的理想一定会实现的！谢谢你们！再见！"

金先生的话音一落，全场顿时沸腾。

此时，崔立骏的心情稍稍轻松了一点。因为按照计划，金先生一讲完，他就会被埋伏在幕后的特工紧紧围拢，然后快步退至后台，出门乘坐轿车离开。

突然，崔立骏目睹数位摄影记者奔向连接台上台下的五六级木梯。其中一名白发苍苍的记者高声喊道："金先生，今天对大韩民国来说意义重大，您愿意接受我们的采访吗？"

四名特工刚刚围住金先生，金先生就听到了记者的邀请声。"好的！"金先生拨开特工，转身快步朝台下走去。

前排记者纷纷蜂拥至木梯处。

"不好！"崔立骏已悄然贴近前排，此刻顾不得其他，拼命沿着墙根冲刺。数名记者挡道，他奋力将他们推开。

金先生踏上第一级木梯，准备走到台下。此时崔立骏已挤至最前，焦急地在与他并肩而立的七八名记者中寻找绫子的身影。

这时，满头白发的那位男记者再次高声说道："金先生，刚才是我喊的！"白发记者说话的意思很明显，请金先生第一个接受他的采访。金先生朝他笑了笑，缓步朝他靠近。

这时，白发记者高高举起了相机。

金先生下到第三级木梯，距白发记者仅有两米远。

"金先生，有刺客！"崔立骏一声大吼。崔立骏想一步冲上前，保护金先生，但身处密集人群，他动弹不得。危急关头，从腰间拔枪已经来不及，崔立骏没有多想，抄起手中的相机，砸向距金先生最近的记者。

这位记者并非那位白发记者，而是一直站在白发记者身边，一手拿钢笔一手拿笔记本的一名清瘦的男记者。

此时，这位清瘦的男记者正欲扑向金先生，冷不防被崔立骏的相机哐当一声砸在脸上。一个晃荡后，此人手中的本子和钢笔掉落在地。

"啪啪！"魏大通的枪骤然响起。转瞬之间，四名特工冲到金先生面前。两人迅速拉回站在木梯上的金先生，另外两人持枪对准台下，掩护金先生撤离。

"是绫子！快抓住她！"人群中的崔立骏指着被砸得满脸流血的男记者，不停呼喊。男记者两拳打倒身边的两个女记者，踩着她们的身体逃离混乱的人群，跑向旁边的女洗手间。

拨开人群，崔立骏冲进女洗手间。只见卫生间的后窗玻璃已经破碎，绫子早已翻出窗外，匿迹于川流不息的人群中。

"快，快通知机场、车站和码头，核查每一个离开重庆的人！"崔立骏对赶来的魏大通焦急地喊道。

魏大通立刻下令，封锁重庆所有交通要道，阻断绫子的退路……

礼堂内，崔立骏正在审问白发记者。

"哪个报社的？叫什么名字？"崔立骏厉声喝问。

"《大公报》记者，李九盛。"白发记者回答。

"说，日本人绫子去了哪里？"崔立骏追问。

"绫子是谁？我真的不知道。"李九盛面带诧异之色。

站在一旁的安山根递给崔立骏一个布兜。崔立骏打开布兜，几片钢笔帽碎片和安装在钢笔芯内的一个三角尖刀露了出来。

"这是刚才在你脚下发现的。东西是站在你旁边的那位男记者，也就是日本特工手中掉落的。如果不是被照相机砸中，金先生很可能就被刺杀了。"崔立骏厉声说道。

"啊！他，是个女的，还是杀手，这么短小的刀子，能杀人？"李九盛大惊失色。

"这把小小的尖刀，三面都开了槽。知道这是干什么用的吗？这把刀肯定在剧毒药水中浸泡过，刺进人身体的时候，表面上的剧毒可能被衣物摩擦掉，但槽内的剧毒不会磨掉，会进入人的血液。"

李九盛吓得浑身哆嗦："啊！原来这样的刀不是刺死人的，是毒死人的。好狠毒啊！"

"你大声邀请金先生接受采访，实则是掩护绫子接近金先生。不要再装了，老实交代！"崔立骏忽然站起，一步跨到李九盛面前。

李九盛吓得面色如土，颤声说："长官，冤枉啊！我和她根本不认识，金先生演讲快结束时，她突然凑到我耳旁，问我想不想一起采访金先生，我说想。她又说金先生很随和，只要记者邀请，一般都会接受。我说，点子是你想的，等会儿你站起来邀请吧。她说，金先生特别尊重老人，您比我年长，还是您喊吧。就这样，我就喊了一声。"

后经核查，李九盛所言属实。对绫子使用的刀进行化验后，沟槽内发现了剧毒氰化钾。事后，几名挺进队员问崔立骏："李九盛先喊的，该是最值得怀疑的人，为什么您砸向他旁边的人？"

崔立骏笑着回答："李九盛照相时，一个膝盖跪地，这明显不是刺客该有的姿势。而他旁边的一名男记者，当他向前冲向金先生时，我以为他想拔得头筹进行采访，但发现，他手中的钢笔迅速由两个手指夹着转换成紧紧攥在手心里……"

"那您怎么突然知道，绫子已经进场了呢？"一名挺进队员好奇地打探。

"这么重要的采访,只要是记者,肯定会提前到场。即便赶路迟到,三五分钟尚可理解,最多也就十来分钟,绝对不会晚到二十来分钟。"崔立骏回答。

"还有一个问题,绫子为什么贴上自己真实的照片,这不是自曝身份吗?"另一位挺进队员问道。

崔立骏摇了摇头:"这正是绫子的狡猾之处。她故意贴上略加修饰的自己的照片,知道我们肯定会甄别出来,故意暴露就是要转移我们的注意力。正如她所想,由于时间紧迫,警卫包括我都放松了后面的核查,一心等待女记者的出现。正在此时,扮成男记者的绫子混在排队的人群中,悄悄进入了会场。"

随后几天,崔立骏顺着柳翌这条线挖出了她那位"好心"的亲戚。经过大半天的审讯,亲戚最终交代出了为绫子牵线搭桥的人——边常在。

事情还需回溯至几年前。

自从边常在带领手下挖出山本的秘密联络点"渝信典当"后,"猎虎队"的其他人就提出除掉边常在。绫子断然制止,说留着此人有大用。从沱湾狼狈回到重庆后,绫子清楚,中国人和韩国人会联合起来在重庆搜寻她。一个漆黑的雨夜,绫子在边常在父母家,将两位老人捆绑结实,静等孝顺的边常在到来。

次日清晨,边常在手提早点赶到父母家,刚踏入家门,便被佐藤扑倒在地。绫子手持尖刀,悠然问道:"向你借个地方暂住一段时日,不知意下如何?"

"啥子地方?"边常在惊恐地问。

"你府上!你有三个老婆七个孩子,总需要一个家庭教师和一个门房吧?"绫子冷笑道。

"要,要不得啊!不要说政府发现了不得了,就是我师傅发现了,也不得了啊!"边常在哭哭啼啼地说道。

"你不仁我们也就不义了!"绫子朝佐藤看了一眼,随手将匕首扔到了两位老人跟前。佐藤捡起匕首,一把揪起边常在老娘的头发,将其脖颈暴露出来,作势就要刺向咽喉。

"要,要不得!"边常在哀号不止。

边常在随后成了绫子的鹰犬,同时他从绫子手里得到了二十根金条。但绫子也让他亲手写下了一份承诺。

三天以后,边常在府上多了一位重庆大学毕业的家庭教师,另外也多了一位新门房。

魏大通的人连续一周封锁车站码头,也没有发现绫子的蛛丝马迹。

在推测绫子去向时,崔立骏说,她可能去的地方有两个,一个是上海,一个是北平。但崔立骏又说,绫子最大可能会去北平,虽然她熟悉上海,且返回日本更容易一些,但上海是她的伤心地,应该不会去那里,建议把北平作为搜查重点。除此之外,他还把自己与绫子十几年交手的得失,特别是其女扮男装的穿着打扮、走路姿势、步长步频以及双手前后摆动的幅度等情况专门写了书面材料。

魏大通将崔立骏的材料报告给了北平方面。

半个月后,北平传来消息。在一个不起眼的胡同中,四名中国便衣特工根据崔立骏描述的特征抓住了一位清晨起来倒马桶的男佣。经验身核查,此男佣并非普通人,正是日本"猎虎队"队长绫子。

11月初,一个抉择摆在崔立骏面前。

晚上,坐在床沿上的崔立骏拉着林熙媛的手说:"日本投降了,绫子抓到了,金先生的危险应该解除了,我也完成了自己的使命。我叔叔一家四口皆遭日本人杀害,我想回上海,寻得他们的尸骨,带回老家镇江安葬。还有,我的父母都在镇江,也都老了,需要我照顾,我不能离开中国。但你不一样,你是韩国人,你们国家光复了,要是你想回去,我不会拦你。"

林熙媛满眼噙着泪,坐到崔立骏的身边,深情地凝望着他:"立骏,感谢你这么多年保护金先生,感谢你为韩国独立所做的一切。十几年了,我们一直提心吊胆地生活，如今终于看到曙光，正如你所说，我们的任务已完成，金先生他们回国后会有他们的事业，一切都会步入正轨的。"

沉思片刻，林熙媛紧紧依偎在丈夫的胸口，继续说："我父亲虽是韩国人，但他在上海生活了大半辈子，已经成为地道的上海人。我在这片土地上成长，虽然热爱父亲的祖国，但对那里并不熟悉，相比较而言，我更愿意跟着你一起回上海去。"

崔立骏听后，感动不已，紧紧搂住妻子的肩膀，深情地吻了吻她的额头："熙媛，谢谢你。"

崔立骏和林熙媛将他们的商议结果告诉了金先生。年近七十岁的金先生听了他们的打算，不禁潸然泪下。十几个春秋，崔立骏与林熙媛犹如儿女陪伴在他左右，即便在最艰难、最危险的时刻，也从未想过离他而去。如今日本投降，自己带队即将返回韩国，却面临与两位莫逆之交分离之苦。

金先生还未开口说话，崔立骏和林熙媛就已经泪流满面。崔立骏拭去泪水，诚挚地说道："天上的太阳只有一个，但围绕太阳的繁星却很多，我们不能守候在您身边，希望您能尽快找到更适合的人选保卫您的安全。"此时，林熙媛取出精心编织的毛衣，与崔立骏一同为老人穿上。两人早就商量好了，要为金先生编织一件毛衣，毛衣要宽松舒适，这里面的一针一线都是两位年轻人的情谊，也表达着他们对金先生的不舍与尊敬。

为感谢中国人民的深情厚谊，在重庆漂泊七年的金先生，在重庆各界人士为韩国临时政府归国人士举行的隆重欢送仪式上，发表了《致中华民国朝野人士告别书》："抗战八年来，敝国临时政府随国府迁渝，举凡借拨政舍，供应军备，以及维持侨民生活，均荷于经济百度艰窘之秋，慨为河润……"

当月5日，崔立骏和林熙媛随同金先生及临时政府其他成员，分乘两架飞机离开重庆。经过五个小时的行程，终于回到睽违多年的上海。巧合的是，他们降落的飞机场正是原来的虹口公园。

踏出机舱的那一刻，他们眼前是一片人海。五千余名韩国侨胞将机场挤得水泄不通，欢迎的声浪此起彼伏，如同潮水般汹涌。金先生满含热泪,内心的激动难以言表。历经整整十三年,他又踏上了上海这片土地。崔立骏和林熙媛陪着他,告诉他这就是尹英魁义士实施壮举的虹口公园。金先生1919年就来到上海,由于一直从事独立运动,东躲西藏,竟一次也没有踏足过虹口公园。

有感于侨胞们的热情,金先生看到一个一丈多高的讲台,示意崔立骏扶他上台。面对众多韩侨,他代表临时政府发表了激昂动人的演讲。

"虹口公园的惊世义举,代表我们誓死捍卫国家主权的坚定决心,代表在全球侨胞的支持下国内饱受磨难的人民顽强抵抗!我要特别说明的是,这一切,是我们的临时政府和中国人民相濡以沫换来的,没有中国人民支持,就没有今天的胜利……乾坤万劫英雄尽,文节双高日月悬。我们不能忘记为之牺牲的以尹英魁为代表的众多'韩人爱国团'的英雄义士们,更不能忘记帮助我们甚至失去生命的善良的普普通通的中国人!"

金先生字字铿锵,说完后,向着台下侨胞深深地鞠了一躬。

金先生未曾料到,他此刻所站立的台子,正是十三年前尹英魁义士投掷的炸弹炸响的地方。

在接下来的十数日里,金先生忙于上海的各项庆典活动。林熙媛的父亲林丙浩专门在家里大摆筵席,款待临时政府的各位要员。老泪纵横的林丙浩,感谢他们为国家民族独立所做的努力,更感谢他们将女儿女婿安然无恙地带回来。

离别的时刻终要来临。

金先生将崔立骏、林熙媛唤至身旁,从一精巧礼盒中取出一支黑色的钢笔,笔身部分黑漆已脱落,长期被握在手中的地方,泛着油黄的色泽,透露着沧桑。夫妇二人立刻认出这是金先生长期使用的钢笔,从上海到嘉兴再到重庆,十余年间始终陪伴着老人。

金先生告诉二人,这支钢笔是由金星建、金星文、金星斌三位韩国兄弟在上海创立的金星自来水笔制造厂所生产,他在策划虹口公园爆炸案的时候购买的。这支钢笔陪伴他历经风雨,正是通过它,将愤怒、讨伐、号召,甚至温情和感动都化作文字,无数民族大义和家国情怀的篇章因它而成。

两人立刻领悟到老人的用意,钢笔代表着老人,每当他们思念老人的时候,钢笔便成为最佳的寄托。接着,金先生又从盒子下面取出一张纸条,上面是他用中文书写的"得树攀枝未足奇,悬崖撒手丈夫儿。水寒夜冷鱼难觅,留得空船载月归"四句话,这是他的恩师道川禅师的诗。金先生告诉崔立骏夫妇,他的一生便寓于这首禅诗之中,倘若日后有人以文字记录他的往事,请务必记住这首诗。崔立骏安慰老人道,日本已经战败,后面两句能否改为"水寒夜冷鱼尚在,乐得空船同月归"?

金先生竖起大拇指,赞许不止。

天下没有不散的筵席。

十几天后,崔立骏携林熙媛到机场送别金先生一行。

金先生把两位年轻人紧紧搂在怀里,此时任何言语都显得苍白无力,所有人都不禁泪流满面。然而,使命在身,聚合离散皆为常态。当战争结束,一切归于平常,各人终将进入属于自己的轨道。

一阵轰鸣后,飞机冲向蓝天。林熙媛紧紧依偎在崔立骏身旁,一起仰望渐渐远去的飞机,久久不愿收回目光……

时光荏苒,岁月如梭,历史的车轮转到了1992年。

中韩建交后,来沪的韩国人陡增。

在一个阳光明媚的下午,在普庆里一个弄堂里,一位白发苍苍的长者悠然地坐在一个小竹凳上细心地摆弄着手头的一盆花卉,给花松土、施肥。

此时,两位背着行囊的外地人向他走来,操着不太流利的中文问道:"老爷爷,您知道几十年前这一带住过韩国人吗?"

长者微笑着回应:"晓得。"

"那您知道大韩民国临时政府吗?它以前的地址在哪里?"由于来人问得急切,老人耳背没太听清,便朝屋内喊道:"老布(婆),出来呀。有事找你呐。"

"来啦,来啦。老头子,啥事体啊?"一位老太太应声而出,脸上洋溢着幸福的笑容。

老太太望着两个年轻人,好奇地询问:"你们找谁?"

两个年轻人又用不太流利的汉语把刚才的话又说了一遍,汉语中夹带着韩语。

老太太仔细一听,十分惊喜:"你们是韩国人?"

"是的,是的。"

"哎哟,家乡人啊。老头子,请两个后生到家里坐坐吧!"老太太热情地招呼着,像是遇到了久违的亲人。

一番交谈下来,方知老爷爷叫崔立骏,老奶奶叫林熙媛。两个韩国人一个叫金正辉,一个叫朴宗顺,他们是来华经商的。金正辉听爷爷讲过年轻时在上海、在重庆的经历,朴宗顺的父亲也是日本投降后从上海回国的,爷爷就是在参与追杀绫子的行动中牺牲的朴永宪。此次到访上海,他们在工作之余希望寻觅昔日父辈生活的足迹。

两位老人见到故人的后代,欣喜不已,欣然领着他们在巷子里游览,目光所及处,似乎每一个房子都承载着老故事。在普庆里4号,崔立骏指着一座古建筑,说这就是当年韩国临时政府的旧址,随后给客人讲了起来……

在狭窄的巷子口,朴宗顺突然反应过来一般,好奇地问道:"两位老人家,对临时政府的事情,你们怎么知道得这么清楚啊?"

崔立骏指了指林熙媛:"她是你们家的人。"然后又指了指自己:"我呢,和她是一家人。"接着摊了摊手,说道:"所以,我们大家都是一家人。一家人的故事,怎么会不晓得呢?"

闻言,大家会心地笑了起来。

晚上,两位长者热情地邀请两位年轻人共进晚餐。金正辉和朴宗顺吃着林熙媛做的饭菜,夸奖道:"林奶奶好手艺,做的饭菜仍然有家乡的味道。"

兴起之时,两人为表示对林奶奶的感谢,邀请她一起用中文和韩语合唱了韩国经典民歌《阿里郎》。

> 阿里郎,阿里郎,阿里郎哟!
> 我的郎君翻山过岭,路途遥远,
> 你怎么情愿把我扔下,
> 出了门不到十里路你会想家!

> 阿里郎,阿里郎,阿里郎哟!
> 我的郎君翻山过岭,路途遥远,
> 晴天的黑夜里满天星辰,
> 我们的离别情话,千言难尽。

> 阿里郎,阿里郎,阿里郎哟!
> 我的郎君翻山过岭,路途遥远,
> 今宵离别后,何日能回来,
> 请你留下你的诺言,我好等待。

随后的日子,探访普庆里的人逐渐增多,大都是在此地住过的老人和他们的子孙后代,他们纷纷来此寻根,一些临时政府领导人的后代也相继探寻临时政府旧址。而崔立骏和林熙媛两位老人,便当起了义务导游。

1993年4月13日,上海马当路306弄4号沉浸在热烈的庆典氛围中,这一天,韩国临时政府旧址修复工程竣工。大楼上,插着中韩两国国旗,门口摆满了鲜花,来自中国、韩国有关方面的官员和民众齐聚门口,中韩两国代表发表了热情洋溢的讲话。仪式结束后,参观的人络绎不绝。

门内侧,一长列的讲解员正整装待发,准备为来访者讲述旧址的漫长历史。他们身着统一制服,精神抖擞,意气风发。然而,在这群讲解员中,有两位白发苍苍的老者略显与众不同。他们穿着志愿者马甲,步态蹒跚但精神矍铄。他们正是崔立骏和林熙媛夫妇,这里招聘的第一批志愿者。

分到任务后,两位老人开始了讲解。

"那时的上海,绝大多数中国人都吃不饱饭,但义举发生后,韩国人在上海的地位那叫高啊,在饭店吃饭打五折,甚至不要钱;在早点店买小笼包,只要是韩国人,买一笼送一笼……"林熙媛讲解时声情并茂。

"韩国临时政府在中国开展独立运动二十六年,中国人民对韩国人民开展反日复国斗争给予了道义上、物质上的支持与帮助。需要特别说明的是,国共两党都同情和关心韩国独立运动,在中韩两国友好的历史上留下了永不磨灭的印记……"崔立骏娓娓道来。

讲解休息的间隙,崔立骏和林熙媛坐在自己带来的小马扎上,喝了几口自带的温水,眯眼休憩。突然,一位身材魁梧的英俊男士走上前来,一把拉住崔立骏的手:"爸,您和妈怎么还不回去啊?说好午饭前赶回去的,你们可好,这一出门就什么也不顾了,也不怕身体受不了?!"

"哦,是志豪啊,爸妈高兴着呢,今天参观的人比往常多,我再讲一拨人就回去!"

"好咯,我在家等你们!"志豪笑着回应,然后转身离去。

一个激灵后,崔立骏猛然睁开双眼,急忙摇醒林熙媛:"熙媛,志豪来了,志豪来了!"

林熙媛一下子从凳子上站了起来:"老,老头子,你说啥?志,志豪,他在哪?"

"刚走,说他先回家,等我们吃饭,这会儿该走到巷口了!"

林熙媛一把扔掉手中的塑料水杯,脚步踉跄却不顾一切地冲向门外,急切地朝巷口张望……

天道轮回,善恶有报:

1945年8月,边常在被蔺大号按"帮规"惩处,接受日本人二十根金条的双手被齐齐砍掉。

1945年12月,万兴顺在重庆被枪决。

1946年1月,文仓济和朴士昌经审判,分别被判处十年、十二年监禁。

1948年1月，绫子在北平接受审判期间，当作为证人的崔立骏走入审判室时，一直态度傲慢的绫子突然变得狂躁不已，大喊："我用了十几年时间也没能杀掉你们，凭什么，凭什么啊?!"崔立骏冷笑着说了四个字："邪不胜正!"绫子听后，面暴青筋，无语应答……经审判，绫子被处以极刑，终年四十五岁。

1948年3月底，褚嘉诚病逝于上海，享年七十五岁，临终留下遗言："予既以身许国，不是生计，尔辈身体余志，忠心为国，余目瞑矣。"1996年，鉴于救助金九等韩国独立运动人士的特殊功勋，韩国政府授予他"大韩民国建国勋章独立章"，由其曾任中国驻津巴布韦大使的长孙代为接受。在杭州、上海等地，建有以其名字命名的小学、中学、博物馆等，以纪念和彰显其泽被乡里、恩润四海的一生和"事了拂衣去，深藏身与名"的德操。

1949年10月，虹口公园爆炸案后改名"宋姤逢"的宋浩宇带领德国妻儿秘密回到湖南老家长沙县东塘村，过起穿草鞋、打赤脚的隐居生活。1949年，宋浩宇带领全家返沪，在将中国古典文学作品翻译成德语中安度晚年。1975年，宋浩宇仙逝，享年八十八岁。

1950年1月，崔立骏来到阿毛和他奶奶所在的村庄，找到了埋藏的那批自制炸弹，捐给了浙江抗战纪念馆。

1985年8月，加入中国国籍、终身未嫁的李东禾离休后向组织上提出要求，希望能住在上海虹口公园附近，组织批准了她的请求，此后，她一直住在那里，直至去世。

1994年开春，崔立骏和林熙媛一个月之内相继离世。两年后，两人被授予"大韩民国建国勋章"。因无后人认领，勋章至今寄存于镇江博物馆。

2016年10月至2025年2月间写作于
首尔、釜山、上海、嘉兴、杭州、镇江、
南京、武汉、长沙、广州、柳州、綦江和重庆